Peter Prange

Das Bernstein-Amulett

Roman

Knaur Taschenbuch Verlag

Für meine Eltern

»Mit Deutschland – sehen Sie – ist das so wie bei einem Ameisenhaufen:
Sie können einen Ameisenhaufen auch nicht druchteilen,
dann laufen die armen Tiere rüber und 'nüber und versuchen verzweifelt,
ihre Brut in Sicherheit zu bringen.
Sie handeln also nicht nach ihrem Verstand,
sondern nach ihrem Instinkt.«

Ein anonymer DDR-Flüchtling

Besuchen Sie uns im Internet:
www.knaur.de

Vollständige Taschenbuchausgabe 2004
Knaur Taschenbuch. Ein Unternehmen der Droemerschen
Verlagsanstalt Th. Knaur Nachf. GmbH & Co. KG, München

Umschlaggestaltung: ZERO Werbeagentur, München
Umschlagabbildung: © Ziegler Film GmbH & Co. KG / Foto: Reiner Bajo
Druck und Bindung: Clausen & Bosse, Leck
Printed in Germany
ISBN 3-426-62703-5

2 4 5 3 1

Prolog: 1990

«Sollen wir ewig hier rumsitzen und warten, oder fangen wir ohne den Herrn Professor an?» fragte Werner. «Ich bin dafür, wir fangen an!»

«Vielleicht kommt Christian ja doch noch», meinte Tina.

«Wie denn? Durch den Schornstein wie der Nikolaus? Er ist ja seit Wochen verschwunden. Vielleicht weiß er gar nicht, daß wir hier sind.»

«Das kann er sich doch denken. Er ist ja nicht so blöd wie du.»

«Wenn Egoismus ein Zeichen von Intelligenz ist, dann bin ich allerdings blöder als er.»

Es war Barbaras fünfundsechzigster Geburtstag – und ihre Tochter und ihr zweitältester Sohn stritten, als wären sie nicht siebenunddreißig und zweiundvierzig, sondern sieben und zwölf. Alex, ihr Mann, der mit ihr am Kopfende der Festtafel saß, gab den Kellnern ein Zeichen, daß sie das Essen auftragen sollten.

Barbara hätte nicht gedacht, daß sie diese Räume je wiedersehen würde. Hier war sie aufgewachsen, hier hatte sie die glücklichsten und schrecklichsten Stunden ihres Lebens genossen und durchlitten. Es war ihr Elternhaus, das Schloß, von dem aus ihre Familie seit Generationen den Gutshof bewirtschaftet hatte. Vor fast dreißig Jahren hatte sie diesen Ort verlassen, für immer, wie sie damals dachte. Ob es richtig war, hier ihren Geburtstag zu feiern? Noch dazu ohne Christian?

Von draußen klatschten dicke Regentropfen gegen die Fensterscheiben. In dem Saal herrschte klammfeuchte Kälte. Für Oktober war es viel zu kühl. Ihr Vater hätte bei diesem Wetter ein Feuer im Kamin angezündet, doch wo früher der Kamin in die Wand eingelassen war, stand heute eine Tiefkühltruhe mit einer Eiskremkarte darauf. Das Herrenhaus war zu DDR-Zeiten ein Kinderheim gewesen; jetzt, ein Jahr nach der Wiedervereinigung, wurde es von einer westdeutschen Restaurantkette als Gasthof genutzt, mit Geldautomaten und Computerspielen in der Eingangshalle. Werner, der den Raum für die Geburtstagsfeier gemietet hatte, überlegte schon, was sie mit den

Gebäuden, wenn sie der Familie wieder gehörten, anstellen würden. Barbara aber hatte Zweifel, ob sie wirklich noch einmal von vorn anfangen sollten, an diesem Ort, mit dieser Vergangenheit. Es war doch längst vorbei und entschieden, sie konnten die Zeit nicht mehr zurückdrehen.

«Barbara, Liebling – wo bist du?» Sie blickte in das Gesicht ihres Mannes, der ihr mit einem Lächeln ein Sektglas reichte. «Ich würde gerne mit dir anstoßen.»

Alex strich ihr eine Strähne aus dem Gesicht, die sich aus ihrer Frisur gelöst hatte, als plötzlich vom Flur her erregte Stimmen und lautes Poltern in den Saal drangen.

«Platz da! Ich bin hier der Ehrengast!»

Barbaras Herz setzte für eine Sekunde aus. Im nächsten Moment flog die Flügeltür zum Speisesaal auf, eine Kellnerin sprang erschrokken zur Seite. Die Gespräche am Tisch verstummten, alle Köpfe wandten sich zur Tür.

«Christian ...»

Barbara biß sich auf die Lippe. In der Tür stand ihr ältester Sohn. Aber wie sah er aus? Sein Gesicht war verwüstet, sein Haar hing ihm naß in der Stirn, der Anzug war voller Falten und verdreckt. In der Hand hielt er eine offene Wodkaflasche.

«Na bravo, der Herr Professor gibt sich die Ehre!» sagte Werner.

Christian achtete nicht auf seinen Bruder. Mit schwankenden Schritten ging er durch das Spalier der Gäste auf seine Mutter zu. Nur mühsam hielt er sich auf den Beinen.

«Mein Gott, bin ich froh, daß du da bist», flüsterte Barbara und stand auf, um ihn zu umarmen. «Wo bist du gewesen? Wo hast du die ganze Zeit gesteckt?»

Christian preßte sie wie ein Liebhaber an sich und gab ihr einen schmatzenden Kuß auf den Mund. Ein scharfer Geruch von Alkohol schlug ihr entgegen. Im nächsten Moment stieß er sie mit einer heftigen Bewegung von sich.

«Herzlichen Glückwunsch zum Geburtstag!» lallte er mit schwerer Zunge. «Herzlichen Glückwunsch zu deinem wunderbaren Leben!»

«Was soll der Unsinn?» fragte Alex. «Was ist das für ein Auftritt?»

Christian stierte ihn mit trüben, betrunkenen Augen an. «Wer bist du denn, fremder Mann? Was willst du hier?» Dann wandte er sich wieder von ihm ab und prostete Barbara mit der Wodkaflasche zu: «Prost, liebste Mama! Oder besser: *nasdrowje!* Auf die Liebe! Auf das Universum! Amen!»

Die Worte trafen sie wie Ohrfeigen. Barbara hatte sie schon einmal gehört, vor vielen, vielen Jahren, aus einem anderen Mund, in einem anderen Leben. Ein fürchterlicher Verdacht regte sich in ihr. Wenn Christian diese Worte sagte, konnte das nur eins bedeuten: Er hatte die Wahrheit herausgefunden, ihr großes, dunkles Geheimnis, das er niemals erfahren durfte. Ihre Hand zitterte so stark, daß sie ihr Glas auf dem Tisch absetzen mußte.

Christian nahm die Flasche an die Lippen und trank einen Schluck. Dann stieß er einen Rülpser aus und warf sie hinter sich. Mit einem Klirren ging sie an der Wand zu Bruch, in großen Schlieren rann der Wodka an der Tapete herab.

«Ach ja, bevor ich's vergesse – dein Geschenk!»

Plötzlich ganz nüchtern, griff er in seine Tasche und fuhr mit der geschlossenen Faust auf den Tisch. Um seine dunklen, fast schwarzen Augen, mit denen er Barbara fixierte wie ein Forscher ein Insekt, zuckte es nervös, während er ganz langsam die Faust öffnete.

«O Gott …» sagte Alex, und seine Stimme überschlug sich fast. «Das ist ja unglaublich! Das ist ja die echte. Wo zum Teufel kommt die denn her?»

Barbara faßte sich unwillkürlich an den Hals. Nein, sie hatte sich nicht geirrt – Christian wußte Bescheid.

In seiner Hand glänzte eine Goldkette, mit einem Bernstein-Amulett als Anhänger. Dieselbe Kette, wie Barbara sie heute an ihrem fünfundsechzigsten Geburtstag trug. Und während sie das Amulett auf ihrer Brust befühlte, bestürzt und entsetzt und gleichzeitig erleichtert, daß die Zeit der Lügen nun ein Ende hatte, wanderten ihre Gedanken in die Vergangenheit zurück, weiter und weiter, bis zu jenem Tag, als sie zum ersten Mal die Kette getragen hatte, die echte, die nun ihr Sohn in Händen hielt, am schönsten Tag in ihrem Leben …

ERSTES BUCH

Der Zusammenbruch 1944/45

I

Barbara öffnete weit das Fenster ihres Mädchenzimmers, und mit ausgebreiteten Armen, die Griffe beider Fensterflügel in den Händen, blickte sie in die Landschaft hinaus.

Es war ein Tag jenseits der Zeit. Ein tiefblauer Himmel, an dem hier und da ausgefranste Wolkenfetzen verharrten, als hätten sie auf ihrer Reise die Richtung verloren, spannte sich über die weite, nur von wenigen Hügeln unterbrochene Ebene jenseits des Schlosses und der Gutsgebäude. Die Sonne tauchte die abgeernteten Felder und Wiesen in ein goldgelbes Licht. Auf der Koppel am See graste im Schatten der Apfelbäume eine Stutenherde. Glatt wie ein Spiegel glänzte der See, kein Luftzug kräuselte die Oberfläche. Es war so still wie am ersten Tag der Schöpfung. Weder Vogelzwitschern noch Grillenzirpen störte den tiefen Frieden dieser Morgenlandschaft, im Altweibersommer des Jahres 1944.

«Papa hat gesagt, es kommen über zweihundert Gäste. Und alle wegen uns. Ist das nicht großartig?»

«Nicht wegen uns – wegen dir», sagte Alex. «Mach die Augen zu und dreh dich nicht um.»

Brav wie ein Lamm schloß sie die Augen. Wie immer, wenn er sie um etwas bat, tat sie einfach, was er sagte – obwohl das gar nicht ihrem Wesen entsprach. Aber sie hatte aufgehört, sich darüber zu wundern. Alex hatte eine so ruhige, vernünftige Art, daß sie ihm blindlings vertraute. Zärtlich berührte er ihren Hals. Sie spürte ein leichtes, angenehmes Kribbeln im Nacken. Was machte er da?

«Aua! Der blöde Verschluß!»

«Jetzt hast du dich verraten!» rief sie triumphierend.

«Na gut, du kannst die Augen aufmachen.»

Als sie aufschaute, war Barbara für einen Moment irritiert. Die Landschaft vor ihr war verschwunden; statt dessen sah sie ihr eigenes Gesicht – in dem Handspiegel von ihrer Frisierkommode, den Alex ihr vorhielt.

«Na, wie gefällt sie dir?» fragte er voller Erwartung.

Barbara biß sich vor Freude auf die Lippen. Um ihren Hals

schmiegte sich eine goldene Kette, in der sich die Sonnenstrahlen funkelnd brachen, aus hauchdünnen, fein gesponnenen Fäden, die ganz ähnlich wie ihr eigenes rotblondes Haar geflochten waren. Am Ende der Kette hing ein Bernstein-Amulett von der Größe eines Kieselsteins, das dunkelrotbraun auf ihrer beigefarbenen Bluse schimmerte.

«Sie ist wunderschön.»

«Wirklich? Findest du? Hast du schon den Einschluß gesehen?»

Sie versuchte zu erkennen, was in dem Bernstein verborgen war. Eine Ameise? Ein Käfer? «Das ist ja eine richtige Biene», staunte sie.

«Nein!» rief er. «Keine Biene – eine Bienen*königin!*» Er nahm das Amulett in die Hand, polierte die Oberfläche an der Manschette seines Uniformrocks und hielt es gegen das Licht. «Siehst du hier, den langen Hinterleib? Ich habe alle Juweliere von Königsberg abgeklappert, bis ich sie endlich fand. Die meisten hatten nur Einschlüsse mit langweiligen Insekten. Aber ich wollte unbedingt eine Bienenkönigin für dich.»

Seine blauen Augen leuchteten vor Begeisterung in seinem von tausend Sommersprossen übersäten Gesicht. Barbara wußte nicht, was sie mehr an ihm mochte: diese leuchtenden blauen Augen oder die vielen Sommersprossen auf seiner hübschen kleinen Nase und seiner braunen Haut.

«Was bist du nur für ein Schatz», sagte sie und strich ihm über das kurze, blonde Haar. «Danke, Alex. Ich werde immer an dich denken, wenn ich sie trage.» Dann wurde sie ganz ernst. «Aber hast du keine Angst, daß das Unglück bringt?»

Alex runzelte die Stirn. «Unglück? Was meinst du?»

«Wenn der Bräutigam seiner Braut schon vor der Hochzeit ein Geschenk macht?»

«Nur keine Bange», lachte er. «Die Kette ist nur zu deinem Geburtstag. Den hast du ja heute auch. Dein Hochzeitsgeschenk bleibt mein Geheimnis, bis nach der Kirche.»

Barbara nahm sein Gesicht zwischen ihre Hände und schaute ihn an. «Womit hab ich dich eigentlich verdient?»

«Womit hab ich *dich* verdient?» flüsterte er.

Sie schmiegte sich an ihn und schloß die Augen. Als ihre Lippen sich berührten, stieg wieder die Ahnung jenes merkwürdigen, ebenso unheimlichen wie herrlichen Gefühls in ihr auf, das sie manchmal beim Reiten überkam, wenn sie frühmorgens am Bach entlangritt und ihr Pferd immer schneller galoppierte, oder auch beim Klavierspielen, wenn sie das Fortissimo so lange hinauszögerte, bis es fast nicht mehr ging. Dieses Gefühl war vielleicht ein dutzendmal über sie gekommen, und jedesmal war sie anschließend in die Küche gegangen, um ein Schmalzbrot zu essen. Weil ihr dabei immer irgend etwas fehlte.

«Ich kann es kaum abwarten bis heute abend», flüsterte sie Alex ins Ohr. «Ich möchte ganz nah bei dir sein. So nah es nur geht ...»

«Hast du immer noch die ollen Reitklamotten an?»

Wie zwei erwischte Pennäler fuhren Barbara und Alex auseinander. Hilde, Barbaras Mutter, stand im Zimmer, das Brautkleid über dem Arm. Sie hatte wirklich ein Talent, immer genau im falschen Moment hereinzuplatzen!

«Alex, meinen Sie wirklich, daß Sie sich noch im Zimmer Ihrer Braut aufhalten sollten?» Hilde legte das Kleid aufs Bett und klatschte in die Hände. «Raus jetzt mit Ihnen! Es ist höchste Zeit!»

«Nicht bevor ich Ihnen die Hand geküßt habe, gnädige Frau», erwiderte Alex und beugte sich über ihre Hand. Dann ging er zur Tür. Mit einem Fuß schon draußen, drehte er sich noch einmal um. «Vergiß nicht», sagte er mit einem Augenzwinkern zu Barbara, «wir haben heute noch eine wichtige Verabredung.»

Hilde sah ihm kopfschüttelnd nach. «Man weiß nie so recht, woran man bei ihm ist», sagte sie, nachdem Alex die Tür hinter sich geschlossen hatte. «Seine Manieren sind wirklich comme il faut, nur diese flapsigen Bemerkungen. Aber was ist, Kindchen, was schaust du mich plötzlich so an? Du siehst ja ganz traurig aus.»

«Jetzt wird mir doch ein bißchen blümerant», sagte Barbara. «Wenn ich mir vorstelle, daß ich in ein paar Stunden eine verheiratete Frau bin, und nicht mehr deine Tochter.»

«Was redest du da für einen Unsinn? Nicht mehr meine Tochter?» fragte Hilde und nahm Barbaras Hand. «Und wenn du selbst schon Enkelkinder hast, wirst du immer noch mein Mädchen sein.» Zusammen setzten sie sich auf die kleine Couch, die Barbara zu ihrem vierzehnten Geburtstag geschenkt bekommen hatte. «Für mich ist das wie gestern, daß du zur Welt gekommen bist. Mein Gott, was war ich stolz, als ich dich im Arm hielt. Außer dir habe ich ja sonst nichts Praktisches im Leben fertiggebracht.»

«Vergiß nicht deinen selbstgemachten Johannisbeerlikör!»

«Und jetzt bist du eine junge, wunderhübsche Frau.» Liebevoll streichelte sie Barbaras Wange. «Warum mußt du auch schon mit neunzehn heiraten?»

«Weil ich ihn liebe, Mama.»

«Bist du dir ganz sicher, Barbarachen?» Sie sah ihre Tochter fest an. «So sicher, daß du wirklich dein ganzes Leben mit ihm verbringen willst? Nur mit ihm und keinem andern?»

«Natürlich, Mama», sagte Barbara und entzog ihrer Mutter die Hand. «Warum fragst du das überhaupt?»

«Weil ich selber lange genug verheiratet bin», erwiderte Hilde mit einem Anflug von Wehmut. «So eine Ehe ist ja nicht nur ein einziger langer Hochzeitstag. Außerdem, wenn ich dich manchmal Klavier spielen höre, so voller Hingabe und Leidenschaft ... Ist Alex da nicht ein bißchen zu nüchtern? Ich meine, ein Physiker. Soviel ich weiß, mag er weder Musik noch Pferde. Aber das sehe ich ja erst jetzt», unterbrach sie sich und griff nach Barbaras Kette. «Hat er dir die geschenkt?»

«Ist die nicht schön? Guck mal, mit einer echten Bienenkönigin.»

Hilde betrachtete voller Anerkennung das Amulett. «Geschmack hat er, das muß man ihm lassen. Wirklich, sehr, sehr hübsch. Nur trag sie nicht zu oft, sonst nutzt sie sich ab.» Sie rückte die Kette am Hals ihrer Tochter zurecht und griff nach dem Brautkleid. «Aber jetzt sollten wir zusehen, daß du fertig wirst. Die Friseuse kommt in einer halben Stunde.»

Doch Barbara machte keine Anstalten aufzustehen. Statt dessen spielte sie mit dem Amulett auf ihrer Brust. «Eines mußt du mir aber vorher noch sagen, Mama ...»

«Nämlich?»

Barbara schlug die Augen zu ihr auf, und mit einem Grinsen fragte sie: «Macht man dabei eigentlich das Licht aus?»

Hilde zuckte zusammen. «Kindchen, du fragst manchmal Sachen! Da muß man ja direkt rot werden. Aber wenn ich ganz ehrlich bin», fügte sie hinzu und beugte sich zu Barbara, um ihr den Rest ins Ohr zu flüstern, «ich hatte es immer am liebsten mit Licht. Doch sag Papa bloß nicht, daß ich dir das erzählt habe. Das würde er mir nie verzeihen. Du weißt ja, wie streng er manchmal ist.»

Barbara nahm ihre Mutter in den Arm und gab ihr einen Kuß. «Du bist zwar eine völlig überkandidelte Frau und zu nichts zu gebrauchen, aber doch die beste Mamutschka der Welt.» Dann schmiegte sie sich ganz eng an diesen warmen, vertrauten Körper. «Ach, Mama, es könnte alles so herrlich sein, wenn Alex nicht morgen zurück an die Front müßte. Warum kann er nicht einfach dableiben und zusammen mit mir glücklich sein?»

«Psst», sagte Hilde und strich ihrer Tochter übers Haar. «Heute ist heute, und morgen ist morgen. Laß uns für heute alle diese unschönen Dinge einfach vergessen ...»

2

Die Vermählung der Gutstochter Barbara von Ganski mit dem Leutnant der Infanterie Alexander Reichenbach war das größte gesellschaftliche Ereignis seit Monaten im Landkreis Greifswald. Die von Ganskis gehörten zu den bedeutendsten Großgrundbesitzern der Gegend; das Gut der Familie, Daggelin bei Boddenhagen, umfaßte achthundert Hektar Ackerland, Wiesen und Wälder. Der Gutsherr und Vater der Braut, Albin von Ganski, war Konsul von Norwegen, Ehrensenator der Universität und bis 1933 Landtagsabgeordneter der Deutschnationalen Volkspartei.

Die Familie Reichenbach gehörte nicht dem Landadel an, sondern stammte aus Dresden. Alex' Vorfahren waren meist Handwerker und Kaufleute, im 19. Jahrhundert waren einige Universitätsprofessoren hinzugekommen. Die private Handels- und Kreditbank, die Alex' Vater Konstantin Reichenbach als Inhaber und Direktor führte, hatte vor über siebzig Jahren dessen Großvater gegründet.

Die «dicke Marie», wie die gotische Hauptkirche im Zentrum der Hansestadt hieß, war eine Stunde vor Beginn der Trauzeremonie bereits bis auf den letzten Platz gefüllt. Die Menschenmassen, die sich auf den uralten Holzbänken drängten, wären unmöglich in der Dorfkirche von Boddenhagen untergekommen, geschweige denn in der Kapelle von Schloß Daggelin. Aus allen Himmelsrichtungen waren die Gäste herbeigeströmt, Studienkollegen und Garnisonskameraden von Alex ebenso wie Jugendfreundinnen Barbaras, Pächter und Großgrundbesitzer aus der Umgebung oder Geschäftsfreunde von Alex' Vater. Nur die Westphals aus Essen im Ruhrgebiet, Barbaras Onkel Alfred und seine Familie, hatten wegen der unsicheren Lage im Reich kurzfristig abgesagt.

Ein Raunen ging durch die Menge der Schaulustigen, die vor dem Portal der «dicken Marie» auf die Ankunft der Brautleute wartete. Vom Marktplatz rasselte im scharfen Trab die offene Hochzeitskutsche heran, gezogen von vier prächtigen Füchsen mit grün-roten Schabracken, den Farben der Familie von Ganski.

«Brrrr... hoooooo...»

Respektvoll trat die Menschenmenge beiseite. Die Kutsche hielt genau vor dem Ehrenspalier, das eine Abordnung der Greifswalder Studentenschaft bildete, angeführt von einem hochgewachsenen, schwarzhaarigen Mann Mitte Dreißig in brauner SA-Uniform, der energisch die Neugierigen zurückdrängte und die kleine Treppe aus dem Wagen herausklappte.

Ausgerechnet der, dachte Barbara.

Der sich da so wichtig machte, war Karl-Heinz Luschnat, in einer Person Doktor der Rechtswissenschaften, Justitiar einer Waffenfabrik und Standartenführer der SA. Er war so ziemlich der letzte Mensch, den sie an diesem Tag sehen wollte. Doch wie so oft hatte Karl-Heinz es mal wieder geschafft, daß man nicht auf ihn verzichten konnte.

Nachdem das Treppchen bereit war, klemmte er sich die Mütze unter den Arm und streckte seine freie Hand aus, um Barbara beim Aussteigen zu helfen. Doch sie ignorierte ihn einfach und wartete, daß ihr Vater voranging. Dabei ahmte sie die Art ihrer Mutter nach, die immer, wenn ihr ein Mensch unangenehm war, den Kopf in den Nacken warf und mit teilnahmsloser und gerade dadurch unnahbarer Miene in die Luft schaute. Erst als ihr Vater auf der Straße stand, raffte Barbara ihr Brautkleid hoch und erhob sich.

«Jeder Zoll eine Freifrau», sagte Albin mit einem Lächeln, aus dem gleichzeitig Anerkennung und Stolz sprachen, während Barbara hoheitsvoll mit seiner Hilfe die Kutsche verließ. «Ich bin mal gespannt, wie dir das bürgerliche Leben schmecken wird, ohne das Adelsbrimborium.»

«Ich weiß gar nicht, wovon du sprichst», erwiderte Barbara mit gespielter Verwunderung.

«Apropos», sagte Albin. «Wo bleiben Alex und seine Eltern denn?»

Mit gerunzelter Stirn blickte er über den Platz. Hinter ihnen hielt gerade die zweite Kutsche mit Hilde. Karl-Heinz nutzte den Augenblick, um Barbara ein paar Worte zuzuflüstern.

«Ich warne dich ... Noch kannst du umkehren. Es ist der Fehler deines Lebens!»

«Ich hab dir schon hundertmal gesagt», zischte sie zurück, «mein Leben geht dich nichts an!»

«Wenn ich eins hasse, dann Unpünktlichkeit», sagte Albin verärgert. Doch als er sich seiner Tochter wieder zuwandte, waren die Falten auf seiner Stirn schon wieder verschwunden. «Na ja, gehen wir auf jeden Fall schon mal hinein. Wir wollen den Pastor nicht länger warten lassen.»

Während Barbara am Arm ihres Vaters die Marienkirche betrat, rollte eine schwarze, schwere Limousine über den Marktplatz: der Maybach der Familie Reichenbach. Alex hatte seine Eltern in der Wohnung am Rubenowplatz abgeholt, die sie ihm und Barbara zur Hochzeit geschenkt und in der sie die Nacht verbracht hatten. Wie immer waren die Vorhänge im Fond des Wagens zugezogen, eine Angewohnheit, die noch aus der Zeit stammte, als Alex' Mutter in den großen Ufa-Filmen mitspielte und sich deshalb in der Öffentlichkeit vor zudringlichen Blicken schützen mußte.

«Findest du es nicht – wie soll ich sagen – etwas *provokant*, im Frack statt in der Uniform zu heiraten, mein Junge?»

Die Limousine war so geräumig, daß Alex seinen Eltern wie in einer Kutsche gegenübersaß. Konstantin, sein Vater, sah ihn mit sorgenvoller Miene an, während er ein wenig mechanisch die Hand seiner Frau Christel streichelte. Solange Alex zurückdenken konnte, hielten die beiden wie zwei Turteltauben Händchen, und wahrscheinlich würden sie das mit hundert Jahren noch tun. Alex wünschte sich, daß Barbara und er das später genauso machen würden.

«Ich finde den Frack absolut richtig», sagte seine Mutter und zog bestens gelaunt an ihrer Zigarettenspitze. «Erstens sitzt er Alex wie angegossen, und zweitens ist ein Frack das einzige Kleidungsstück, in dem ein zivilisierter Mann heiraten kann. Wenn sich dadurch irgendein Idiot provoziert fühlt – ja du meine Güte! Dann ist ihm eben nicht zu helfen.» Sie paffte ein paar blaue Ringe in die Luft. «Deine Vorsicht, Konstantin, nur ja nichts Falsches zu tun, nimmt manchmal groteske Züge an.»

Darin gab Alex seiner Mutter recht: Sein Vater war in den letzten Jahren übervorsichtig geworden. Vielleicht hatte es ja mit Christels Unfall zu tun. Es war 1938 passiert, bei Filmaufnahmen in Davos. Sie spielte eine Skilehrerin, die im Liebeskummer einen Steilhang hinabraste. Kurz vor dem Auslauf verkantete ihr Ski, sie stürzte und brach sich die Hüfte. Das hatte nicht im Drehbuch gestanden. Seitdem saß sie im Rollstuhl, und ihre Filmkarriere war vorbei. Doch so schlimm der Unfall gewesen war: Das allein, dachte Alex, konnte nicht der Grund sein, warum Konstantin nur noch ein Schatten seiner selbst war. Aus dem großen, entschlossenen Mann, den er aus seiner Kindheit in Erinnerung hatte, war ein nervöses Wrack geworden, mit sechzig Jahren schon ein Greis, der mit fahrigen Bewegungen und unruhigen Blicken eine Zigarette nach der anderen rauchte, seine Frau ängstlich auf Schritt und Tritt begleitete und, wenn er auf Reisen war, alle paar Stunden anrief, um sich zu vergewissern, daß ihr nichts passiert war. Von dem alten Bild, das Alex von seinem Vater in sich trug, war in der Realität nur noch die weiße Nelke übriggeblieben, die Konstantin sich jeden Morgen ins Knopfloch steckte. Doch die Blume an seinem Revers war so falsch wie das Gebiß in seinem Mund.

«Keine Angst, Papa», sagte Alex, «ich werde niemand provozieren. Ich habe den Frack nur gewählt, weil er am besten zu meinem Geschenk für Barbara paßt.»

«Das schönste Geschenk, das ein Bräutigam seiner Braut in diesen Zeiten machen kann», sagte seine Mutter und tätschelte sein Knie.

«Und sich selbst dazu», sagte Alex. «Ich weiß gar nicht, womit ich so ein Glück verdient habe. Als mein Kommandeur mir die Mitteilung machte, habe ich mich vor meinen Kameraden fast geschämt.»

Energisch wie selten schüttelte Konstantin den Kopf. «Nein, mein Junge. Das hat nichts mit Glück zu tun, und schämen brauchst du dich ganz sicher nicht. Was du da für Barbara und dich erreicht hast, verdankst du allein deinem Fleiß und deinem Talent.»

Der Chauffeur öffnete den Wagenschlag und half Christel hinaus. Als sie in ihrem Rollstuhl saß, machte Alex Anstalten auszusteigen. Doch Konstantin legte ihm die Hand auf den Arm.

«Noch eine Sekunde, mein Junge», sagte er, die Zigarette im Mundwinkel.

«Ja, Papa?»

«Ich will es uns beiden ersparen, dir die Dinge zu sagen, die ein Vater seinem Sohn vor der Hochzeit so sagt. Du bist alt genug, um zu wissen, was du tust. Doch eins möchte ich dir noch geben.» Er griff in die Innentasche seines Rocks und zog einen Briefumschlag daraus hervor. «Hier, nimm das bitte und steck es ein.»

Alex schaute das Kuvert verwundert an. Es trug die Initialen seines Vaters und war versiegelt.

«Was ist darin, Papa? Ein Scheck? Ihr habt uns doch schon die Wohnung ...»

«Nein, kein Scheck, Alex, und auch kein Geld.» Konstantin drückte seinen Arm und schaute ihn mit seinen wäßrigen, blauen Augen an. «Falls mir je etwas zustoßen sollte, mach den Umschlag auf. Ich habe alles darin aufgeschrieben, was du dann wissen und tun mußt.»

«Aber Papa», sagte Alex erschrocken. «Was soll das? Bist du etwa krank?»

«Nein, mein Junge, mach dir keine Sorgen. Es ist nur für den Fall der Fälle.»

«Bitte, Papa, sei ehrlich! Verschweigst du mir etwas?»

Konstantin schüttelte mit einem müden Lächeln den Kopf. «Nur eine von meinen überflüssigen Vorsichtsmaßnahmen. Wahrscheinlich wirst du das Kuvert nie öffnen. Aber jetzt, Alex», sagte er dann und rückte sich die Nelke im Knopfloch zurecht, «möchte ich endlich meine schöne Schwiegertochter bewundern.»

Albin runzelte in der Kirche irritiert die Stirn, als er seinen Schwiegersohn im Frack erblickte. Doch Alex schenkte ihm ebensowenig

Aufmerksamkeit wie der Kanzel mit den Bildnissen der Reformatoren. Er hatte nur Augen für Barbara, seine Braut.

Sie stand vor dem Altar, mit dem Rücken zu ihm, in einem schlichten, enganliegenden weißen Kleid ohne Schleppe, in aufrechter Haltung wie ihr Vater an ihrer Seite. Sie trug das Haar hochgesteckt, so daß ihr schlanker Hals mit dem rotblonden Flaum im Nacken zu sehen war. Sie hatte seine Kette angelegt. Als Alex auf der Höhe der Kanzel war, drehte sie sich zu ihm um. Ihre Augenpaare begegneten sich, und es war, als würden ihre Blicke verschmelzen. Mit einem Lächeln hinter ihrem hauchdünnen Schleier nickte Barbara ihm zu und schlug den Schleier zurück. Sie war so schön, daß Alex schlucken mußte. Sie hatte die Lippen leicht geöffnet, als wolle sie etwas sagen, auf ihren Wangen bildeten sich zwei Grübchen, und aus ihren grünen Augen sprach grenzenlose Erwartung. Dunkel funkelte das Amulett auf ihrer Brust. Wie oft hatte er sich diesen Augenblick vorgestellt – im Hörsaal der Universität, im Offizierscasino, vor allem aber, wenn er nachts einsam auf Wache war, unter einem fremden Himmel, in Frankreich, Rumänien oder Griechenland. Und jetzt, als dieser Augenblick Wirklichkeit wurde, sie dastand und auf ihn wartete, auf ihn, Alexander Reichenbach, fünfundzwanzig Jahre alt und seiner eigenen Auffassung nach ein Mann ohne alle Eigenschaften, um die Liebe dieser Frau zu verdienen, war es für ihn wie eine Offenbarung.

Während der gesamten Zeremonie war Alex so von Barbaras Gegenwart gebannt, daß er von all den Sätzen, die der Pfarrer sprach, kein einziges Wort mitbekam. Als aber die Frage an ihn erging, ob er Barbara zur Frau nehmen wolle, um sie zu lieben und zu ehren, in guten und in schlechten Tagen, da schaute er sie an, in ihre großen grünen Augen, strich eine Strähne, die sich aus ihrer Frisur gelöst hatte, aus ihrer Stirn und sagte ganz einfach, als wäre dies die natürlichste Sache der Welt: «Ja, das will ich. Bis daß der Tod uns scheidet.»

3

«Nein!» rief Albin und schlug mit der flachen Hand so heftig auf den Tisch, daß die Gläser klirrten. «Nein und abermals nein! Diesen Skandal nehme ich nicht hin!»

«Ich glaube nicht, daß *Sie* das zu entscheiden haben, Herr von Ganski!» erwiderte Alex ebenso laut.

Am Kopfende der Tafel, im Beisein sämtlicher Gäste, von denen einige bereits verstohlen den aufflammenden Wortwechsel zwischen Bräutigam und Schwiegervater verfolgten, blickten die zwei sich mit funkelnden Augen an. Längst hatten sie Messer und Gabel sinken lassen, und das Essen auf den Tellern vor ihnen war kalt.

«Vergeßt nicht, was für ein Tag ist», versuchte Hilde die zwei zu beruhigen. «Wenigstens heute wollten wir diese Dinge beiseite lassen.»

«Papperlapapp!» rief Albin. «Der Krieg steht auf des Messers Schneide, und mein frischgebackener Schwiegersohn erweist sich als Drückeberger!»

«Drückeberger? Mit elf Nahkampfeinsätzen und drei Verwundungen?» Christel war so erregt, daß sie sich beim Sprechen aus ihrem Rollstuhl vorbeugte, als wolle sie dem neben ihr sitzenden Albin an den Kragen. «Sie haben ja keine Ahnung, wovon Sie reden, Sie aufgeblasener Zuckerrübenbaron!»

«Bitte laß das, Mama!» sagte Alex. «Es ist absolut überflüssig, daß du mich rechtfertigst.»

«Während Ihre Kameraden im Graben krepieren, wollen Sie sich in Ihrem Universitätslabor verstecken!» Albin zog ein angewidertes Gesicht. «Ich hatte ja gleich so ein Gefühl», sagte er und warf seine Serviette auf den Tisch, «wie Sie da in die Kirche reinspaziert kamen, in Frack und Lackschuhen wie ein Dandy.»

«Sie machen es sich verdammt leicht», schnaubte Alex. «Sie und Ihresgleichen haben uns die Suppe eingebrockt, die wir jetzt auslöffeln sollen.»

«Das ist eine Frechheit!»

«Und wer dazu nicht hurra schreit, den bezeichnen Sie als Feigling.»

«Seid ihr eigentlich verrückt geworden?!»

Fassungslos sah Barbara die beiden an. Sie war so entsetzt, daß es ihr zunächst die Sprache verschlagen hatte. Das Schlimmste war passiert, was sie sich an diesem Tag nur vorstellen konnte. Zwischen ihrem Vater und ihrem Bräutigam war ein böser Streit entbrannt, und Barbara wußte: Wenn Albin sich einmal in irgend etwas verrannte, dann konnte er sich zu den fürchterlichsten Ausfällen hinreißen lassen, dann schreckte er vor nichts zurück.

Darin war er genau so wie sie.

Bis vor fünf Minuten war Barbaras Welt noch in Ordnung gewesen. Vor der Trauung hatte sie mit ihrem Vater den Notar aufgesucht, das war ein uralter Brauch der Familie: Wann immer ein Stammhalter der von Ganskis heiratete – und Barbara war der Stammhalter, Hilde hatte nach ihr keine Kinder mehr bekommen –, wurde ihm der Besitz des Erbhofs Alt-Daggelin übertragen, auf dem die Geschichte der Familie ihren Anfang genommen hatte und der erstmals 1427 urkundlich erwähnt worden war. Zu Alt-Daggelin gehörten gerade vierzig Hektar Land rund um das Schloß, die bis zur Stutenkoppel am See reichten und wirtschaftlich kaum eine Rolle spielten. Doch darum ging es nicht; die Übertragung sollte die Kontinuität der Familie und ihres Besitzes dokumentieren, genauso wie die monatliche Pacht von einer Reichsmark, die ihr Vater künftig an sie entrichten mußte, als Ausdruck der Tatsache, daß jeder einzelne von Ganski nur ein kleines, austauschbares Glied in einer großen Kette war.

Nach der Trauung, beim Verlassen der Kirche, gab es eine wunderbare Überraschung für das Brautpaar: Vor dem Portal stand, anstelle der Hochzeitskutsche, ein feuerrotes, zweisitziges Cabriolet, ein BMW Dixi, das Geschenk der Westphals aus dem Ruhrgebiet. Obwohl Barbara keinen Führerschein hatte, setzte sie sich – zum Entsetzen ihrer Mutter – ans Steuer. Alex zeigte ihr, wie man das Auto bediente, und nach fünf Minuten hatte sie es begriffen. Mit wehendem Schleier drehte sie ein paar Runden um die «dicke Marie»; dann brauste sie in Richtung Daggelin davon, in einem solchen Tempo, daß Alex in den Kurven die Augen schloß und sich mit beiden Händen am Armaturenbrett festhielt.

Als das Brautpaar und die Gäste auf dem Schloß eintrafen, war für das große Festessen alles gerichtet. Im Saal, in den Nebenräumen, selbst im Musikzimmer sowie in der Eingangshalle, wo auf einem dunklen, rissigen Wandgemälde der Stammbaum der Familie von Ganski prangte, waren Tische und Bänke aufgeschlagen. Dreißig Kapaune, zwanzig Gänse und sechs Ferkel waren geschlachtet worden, Dutzende von Hummern und Aalen lagerten auf Eis, Hasenrükken und Rehkeulen schmorten in den Töpfen, und im Küchenhof briet schon seit dem frühen Morgen ein Mastochse am Spieß. Im Laufschritt holten die Diener Champagner und Wein aus dem Keller und füllten die Gläser nach, kaum daß sie ausgetrunken waren, und in dem alten Schloß summte es bald wie in einem Bienenhaus.

Die prächtige Stimmung rührte aber nicht nur von den Speisen und Getränken her. Neugierig beäugte man die berühmte Schwiegermutter der Braut, die manchmal so laut auflachte, daß es im ganzen Saal zu hören war. Schade, daß sie in keinem Film mehr auftrat! Zu gerne würde man sich mit der mal unterhalten ... Weil sich das aber niemand traute, widmete man sich den Gerüchten, die um Albin kursierten. Hatte er nun ein Verhältnis mit der blutjungen Gutssekretärin oder nicht? Ein Kostverächter war Albin noch nie gewesen, und hübsch genug war die kleine Markwitz allemal, die die Lohndiener herumkommandierte, als wäre sie die Tochter des Hauses: eine zweite Mona Lisa mit ihrem glatten brünetten Haar und dem feinen Lächeln auf den Lippen. Und diese seltsamen Augen, die sie unablässig über die Festtafel schweifen ließ – das eine grün, das andere braun ... Eine höchst eigenartige Laune der Natur, die auch der alte Dorfarzt Dr. Wiedemann nicht erklären konnte.

Doch bevor man ergründet hatte, ob an dem Gerücht etwas dran sei, war diese überraschende Unruhe am Kopfende der Tafel entstanden. Obwohl nur die wenigsten Gäste mit eigenen Ohren hören konnten, was dort geredet wurde, pflanzte sich die Nachricht in Windeseile fort, von Tisch zu Tisch, und bald wußten alle Anwesenden im Saal und in den Nebenräumen Bescheid: Alex hatte Barbara sein Hochzeitsgeschenk gemacht – seine Freistellung vom Wehrdienst. Aufgrund der kriegswichtigen Bedeutung seiner Doktorarbeit durfte er an das physikalische Institut der Universität zurückkehren, um seine Forschung wiederaufzunehmen.

Barbara war Alex vor Glück um den Hals gefallen. Ihr Mann mußte nicht mehr an die Front, er würde dableiben, sie nicht allein auf Daggelin zurücklassen. Statt dessen würden sie nach Greifswald fahren und zusammen in ihre Wohnung einziehen, wie ein richtiges Ehepaar, ja vielleicht sogar eine Hochzeitsreise machen, als gäbe es gar keinen Krieg.

Es war zu schön, um wahr zu sein.

«Haben Sie überhaupt kein Gewissen?» herrschte Albin seinen Schwiegersohn an. «Denken Sie nicht an die Kinder, die in den Bomben umkommen, an die Mütter, die ihre Söhne verlieren?»

«Willst du Alex *darum* an die Front zurückjagen?» rief Barbara. «Damit er mich so schnell wie möglich zur Witwe macht?»

Als hätte sie gar nicht gesprochen, ging Albin über ihre Frage hinweg. Barbara spürte, wie sich Wut in ihre Erregung mischte. Wie sie diesen Kommandoton haßte, diese herrische, selbstgerechte Art!

«In dieser Situation ist es Ihre gottverdammte Pflicht, Ihrem Land zu dienen!»

«Meinem Land», sagte Alex, gleichfalls ohne auf Barbara zu achten, «kann ich als Physiker ebenso nützen wie als Soldat.»

«Und ganz sicher mehr», fügte seine Mutter hinzu, «als wenn er sich dafür totschießen läßt!»

Albin schüttelte mit stummer Verbiesterung den Kopf. Barbara sah, wie es in ihm brodelte. Sein Gesicht war ganz blaß, doch über den Wangenknochen leuchteten dunkelrote Flecken auf seiner Haut. Gleich würde er explodieren.

Doch statt des erwarteten Ausbruchs wandte Albin sich unvermittelt an Alex' Vater. «Und Sie, Herr Reichenbach», sagte er. «Haben Sie gar keine Meinung zum Verhalten Ihres Sohnes? Finden Sie seine Entscheidung richtig?»

Konstantin hatte bislang schweigend dem Streit beigewohnt. Die Schultern noch weiter vorgebeugt als sonst, saß er mit seiner Nelke im Knopfloch abseits am Tisch – an Hildes Seite, getrennt von seiner Frau – und steckte sich eine Zigarette nach der anderen an. Zögernd hob er seine blauen Augen zu Albin.

«Was ist in solchen Zeiten schon richtig?» fragte er leise zurück. «Egal, was man tut, es ist immer irgendwie falsch. Jeder kann nur seine Haut retten. Ich weiß, das ist erbärmlich, aber ...» Mitten im Satz brach er mit einem hilflosen Achselzucken ab.

Albin zog die Mundwinkel nach unten, als würde ihm übel. «Eine saubere Einstellung», sagte er voller Verachtung. «Da braucht man sich über den Sohn nicht zu wundern.» Er lachte einmal zynisch auf. «Als Bankier ist es vermutlich normal, so zu denken. Da ist es ja gleichgültig, ob die Welt untergeht – Geld kann man immer irgendwie hin- und herschieben. Wissen Sie, was Sie in meinen Augen sind?» Er blickte Konstantin mit zusammengekniffenen Augen an. «Ein Parasit, ein ganz gemeiner Schma-»

«Jetzt reicht's aber, Papa!» fuhr Barbara dazwischen. «Beleidige nicht auch noch meinen Schwiegervater!»

«Ist schon gut, Barbara», sagte Konstantin. «Vielleicht hat er ja recht.»

Mit mühsam kontrollierten Bewegungen nahm Albin einen Schluck Wasser aus seinem Glas. «Für meine letzte Bemerkung entschuldige ich mich in aller Form, Herr Reichenbach», erklärte er mit einem kurzen Kopfnicken zu Konstantin, der die Entschuldigung mit einer kaum merklichen Handbewegung akzeptierte. «Doch meine Forderung bleibt bestehen. Alex meldet sich bei seiner Einheit zurück, und Barbara bleibt bei uns auf Daggelin, oder ...»

«Oder was?» fragte Alex.

«Oder ich breche auf der Stelle jeden Verkehr mit Ihnen und Ihrer Familie ab!»

Mit zusammengepreßten Lippen, so daß die Muskeln auf seinen Wangen scharf hervortraten, blickte er geradeaus, ohne jemanden anzusehen.

Alex erhob sich von seinem Platz.

«Ich kann nicht von dir verlangen, daß du mit mir kommst», sagte er zu Barbara, «aber du mußt verstehen, daß ich hier nicht länger bleiben kann.» Er rückte seinen Stuhl an den Tisch und wandte sich zum Gehen.

Barbara fühlte sich plötzlich so allein wie noch nie in ihrem Leben. Mit einer Mischung von Hilflosigkeit und Wut blickte sie ihren Mann an, dann ihren Vater, dann wieder ihren Mann.

«Und ich? Was soll ich tun?»

«Hierbleiben natürlich!» entschied Albin, ohne sie anzuschauen.

«Das mußt du selber wissen», sagte Alex und verließ den Tisch.

Als hätte jemand ein verabredetes Zeichen gegeben, beugten die Gäste im Saal sich über ihre Teller und nahmen mit übertriebenem Eifer die Gespräche auf, die in der Zwischenzeit vollständig verstummt waren. Jeder vermied es, Alex anzuschauen, der mit erhobenem Kopf, weiß wie eine Wand, auf die geöffnete Flügeltür zuging, durch die in der Halle bereits die Musiker beim Auspacken der Instrumente zu sehen waren. Barbara war verzweifelt. Sie konnte Alex unmöglich gehen lassen! Sie warf einen flehenden Blick auf ihren Vater, doch der ignorierte sie und starrte mit versteinertem Gesicht auf einen imaginären Punkt im Raum.

«Papa», flüsterte sie, «bitte, tu doch etwas.»

«Untersteh dich, dem Kerl nachzurennen!»

Schon wieder ein Befehl, schon wieder eine Drohung! Mit einem Ruck wandte Barbara sich von ihrem Vater ab.

«Warte, Alex!» rief sie.

Als sie vom Tisch aufsprang, riß sie mit einer Rüsche ihres Kleides ein Glas um. Ohne darauf zu achten, beugte sie sich zu ihrer Mutter und drückte sie so fest an sich, wie sie nur konnte. «Ich liebe dich, Mama», sagte sie mit eiligen, abgerissenen Worten. «Aber Papa läßt mir keine Wahl.» Dann richtete sie sich auf und drehte sich noch einmal zu Albin herum. «Das verzeihe ich dir nie!»

Alex wartete auf sie. Ohne nach links oder rechts zu schauen, durchschritt Barbara den Saal und hakte sich bei ihm unter. Alle Blicke waren nun auf sie gerichtet, niemand unternahm mehr den Versuch, seine Neugier zu verbergen. Barbara spürte, wie ihr Unterkiefer zitterte, und hatte Angst, in Tränen auszubrechen. Die wenigen Meter bis zur Tür erschienen ihr wie ein endlos langer Marsch.

In der Halle trat ihnen Karl-Heinz Luschnat in seiner SA-Uniform entgegen und verstellte ihnen den Weg. «Ich weiß nicht, wer Ihre Beschützer sind», sagte er und blickte Alex mit haßerfüllten Augen an. «Aber es müssen verdammt mächtige Leute sein.»

Alex stieß ihn beiseite. «Was reden Sie da für einen Unsinn?»

«Mit so was wie Ihnen machen wir sonst kurzen Prozeß! Darauf können Sie Gift nehmen!»

4

Mit seinem Lackschuh stieß Alex die Tür auf und trug Barbara über die Schwelle ihrer dunklen Wohnung. Erst im Schlafzimmer ließ er sie zu Boden gleiten.

«Wenn du nicht möchtest», flüsterte er, «ich meine, nach allem, was passiert ist, wir müssen es nicht heute tun.»

Barbara knipste das Licht an. Sie nahm sein Gesicht zwischen ihre Hände und schaute ihn an. «Doch, Alex, ich möchte es.»

Sie wußte nicht, ob sie sich täuschte, doch für einen Augenblick schien es ihr, als ob er rot geworden wäre.

Mit einem Grinsen blinzelte er ihr zu: «Dann gehe ich jetzt wohl mal ins Bad.»

Sie hatte zwar keine genauen Vorstellungen, wie das zwischen Brautleuten üblich war, aber irgendwie hatte sie angenommen, daß sie sich gemeinsam ausziehen würden. *Danach* hätte sie ihre Mutter fragen sollen! Nun mußte sie sich den Arm verrenken, um die Knöpfe am Rückenausschnitt ihres Kleides zu öffnen. Über den Flur konnte sie hören, wie Alex die Badezimmertür schloß.

Sie ging ans Fenster und machte die Vorhänge zu. Dann zog sie sich aus. Als sie die Wäsche auf den Stuhl legte, sah sie sich plötzlich im Spiegel. Sie konnte kaum glauben, daß sie das war: eine nackte Frau, die sich ihr ungeniert entgegenbeugte, obwohl sie nichts am Körper trug als eine goldene Kette um den Hals, von der ein Amulett herabhing.

Für eine Sekunde überlegte Barbara, ob sie Alex so empfangen sollte, wie sie war. Schon wieder eine Frage, auf die sie keine Antwort hatte! Mit einem Seufzer nahm sie ihr Nachthemd aus der Reisetasche und streifte es sich über.

Das Herz klopfte ihr bis zum Hals, als sie die kühle Bettdecke auf ihrer Haut spürte. Vom Bad her hörte sie Alex' Schritte näher kommen. *Was* sie gleich miteinander tun würden, wußte sie zwar ungefähr, aber sie hatte keine Ahnung *wie*. Barbara beschloß, einfach abzuwarten, was er tat, und sich ihm ganz anzuvertrauen.

Als er hereinkam, lächelte sie ihn zärtlich an. Scheu, fast schüchtern erwiderte er ihr Lächeln. Dann löschte er das Licht und legte sich zu ihr.

«Hab keine Angst», flüsterte er, während er an ihre Seite glitt. «Ich werde ganz vorsichtig sein.»

«Das brauchst du nicht», flüsterte sie zurück. «Fühl mal, wie sehr ich mich auf dich freue.»

Sie nahm seine Hand und führte sie an ihre Brust, damit er den Schlag ihres Herzens spürte. Sanft umfing seine Hand ihren Busen. «Komm», sagte sie. «Komm zu mir, mein Schatz.»

«Ich glaube», sagte er so leise, daß sie ihn kaum verstand, «ich bin genauso aufgeregt wie du.»

Für einen Augenblick war sie verdutzt. Was meinte er damit? Dann ging ihr ein Licht auf. «Ist es für dich auch das erste Mal?»

In dem dunklen Raum konnte sie sein Gesicht nur ahnen. Doch sie glaubte zu erkennen, daß er nickte.

«Aber warum hast du mir das nicht gleich gesagt?»

«Bitte, lach mich nicht aus.»

«Aber ich lach dich ja gar nicht aus.» Sie nahm ihn in den Arm und küßte ihn. «Es ist doch viel schöner so.» Dann richtete sie sich auf und streifte sich ihr Nachthemd über den Kopf. «Komm», sagte sie noch einmal, «ich helfe dir ...»

Draußen schlug eine dunkle, einsame Glocke. Zwei Uhr. Mit diebischer Freude betrachtete Barbara den nackten Körper ihres Mannes, der, vom Licht des Mondes beschienen, an ihrer Seite lag und schlief, ein seliges Lächeln im Gesicht. Er war ihr so nah gewesen, wie zwei Menschen einander nur nah sein können. Jetzt war sie wirklich seine Frau, und niemand auf der Welt, auch nicht ihr Vater, konnte etwas daran ändern.

Sie selbst war noch viel zu aufgewühlt, um zu schlafen. Behutsam, um Alex nicht zu wecken, löste sie sich aus seiner Umarmung und stand auf. Nackt, wie sie war, verließ sie das Zimmer und betrat den Flur. Es war ein prickelndes Gefühl, ohne ein Stück Stoff am Körper durch die Wohnung zu gehen, ohne Scham oder Angst, daß jemand sie sah. Im Gegenteil, wenn jemand sie sah, dann würde es Alex sein, und die Vorstellung erregte sie. Irgendwann, beschloß sie, wenn sie ein bißchen vertrauter miteinander waren, wollte sie dafür sorgen, daß das Licht anblieb.

Mit ihren bloßen Füßen ging sie in Richtung Bad. Sie wollte sich waschen. Ein kleiner, herrlicher Gedanke zuckte ihr durch den Kopf. Wer weiß, vielleicht hatte sie schon ein Kind empfangen? Alex würde so ein wunderbarer Vater sein ... Zum Glück waren sie sich beide darin einig, daß sie Kinder wollten.

Doch statt ins Bad ging sie in die Küche. Warum sollte sie sich waschen? Sie hatte Hunger. Ihre Schwiegereltern hatten in der Wohnung übernachtet, vielleicht hatten sie etwas Eßbares eingekauft. Sie öffnete die Vorratskammer. Im Kasten fand sie ein halbes Schwarzbrot. Dann mußte sie lächeln. Neben dem Brot war ein Töpfchen Griebenschmalz, mit einem Zettel von Alex: «Damit Du nicht verhungern mußt, mein Engel.»

Während sie das Brot bestrich, erinnerte sie sich, wie sie ihn kennengelernt hatte. Das war jetzt drei Jahre her, auf einem Ausflug mit ein paar BDM-Mädchen und Studenten nach Wieck, den ausgerechnet Karl-Heinz Luschnat organisiert hatte. Ausgerechnet, weil Karl-Heinz ihr selber den Hof machte und sich nicht die geringste Mühe gab, das zu verbergen. Er war gerade Gruppenführer geworden, und jeder sagte ihm eine glänzende Karriere in der Waffenfabrik voraus. Eine Verbindung mit Barbara und ihrer Familie wäre die Krönung seiner Pläne gewesen.

Barbara empfand ihn als einen wichtigtuerischen Streber, der noch dazu fast doppelt so alt war wie sie. Während des ganzen Ausflugs war sie darum vor allem damit beschäftigt, sich ihn vom Leib zu halten. Das war auch der Grund, warum sie am «Utkiek» das Fahrgastschiff verpaßte, mit dem die anderen auf dem Ryck weiterfuhren. Als sie sich umdrehte, stand Alex auf der alten, hölzernen Klappbrücke hinter der Anlegestelle und lächelte sie an. Im Gegensatz zu ihr hatte er offenbar mit Absicht das Schiff verpaßt.

«Sind Sie schon mal in Eldena gewesen?» fragte er.

Natürlich kannte sie die alte Klosterruine. Doch weil sie ihn sympathisch fand, mit seinen leuchtenden Augen und den vielen Sommersprossen auf der hübschen kleinen Nase, schüttelte sie den Kopf, und zusammen machten sie sich auf den Weg.

«Studieren Sie noch oder haben Sie Heimaturlaub?» fragte sie, als sie nach ein paar Minuten die Ruine erreichten, ein einsames, umbuschtes, haushohes Fenstergemäuer, das mit starken Pfeilern neben einer Hütte aufragte. Dahinter konnte man bis aufs Meer sehen.

«Ich studiere – noch. Bis zum Examen. Dann muß ich einrücken.»

«Und was ist Ihr Fach?»

«Physik.»

«Auweia!» rutschte es ihr heraus.

«Warum auweia? Was möchten Sie denn später studieren?»

«Mein Vater meint, ein Studium sei nichts für Mädchen», sagte sie. «Aber das ist mir egal. Wenn ich das Abitur erst habe, studiere ich auch – und zwar Musik!»

«Dann haben unsere Fächer ja doch etwas miteinander gemeinsam.»

«Physik und Musik? Nie im Leben!»

«Und ob!» beharrte er mit einem Lächeln. «Das Gemeinsame ist die Mathematik.»

Barbara mußte laut lachen. «Das wird ja immer schöner!»

«Soll ich's Ihnen beweisen?» fragte er und schaute sie herausfordernd an.

«Da bin ich aber gespannt!»

«Sie wissen, was eine Oktave ist?»

«Wollen Sie mich beleidigen? Der achte Ton der Tonleiter natürlich!»

«Entschuldigen Sie», sagte er und wurde für einen Moment rot. Doch als er weitersprach, war von der kurzen Verunsicherung nichts mehr zu merken. «Und woran erkennen Sie, daß es genau der achte Ton ist?»

«Das hab ich im Gehör!»

«Ich gratuliere Ihnen zu Ihren Ohren! Doch woher wissen es Ihre Ohren?»

Jetzt mußte Barbara passen.

«An den Schwingungen!» sagte er. «Der achte Ton der Tonleiter hat exakt doppelt so viele Schwingungen wie der Grundton. Eins durch zwei gleich Oktave.»

«Kann schon sein», sagte Barbara. «Aber für mich ist Musik viel mehr. Musik ist Gefühl, Hingabe, Leidenschaft.»

Alex schüttelte den Kopf. «Musik ist vor allem Vernunft!» erwiderte er, ebenso ruhig wie entschieden. «Sie ist nichts anderes als in Töne verwandelte Mathematik! Haben Sie schon mal überlegt, warum Männer und Frauen fast immer in Oktaven singen?»

«Was für eine komische Frage! Weil es harmonisch klingt natürlich!»

«Aber warum klingt es harmonisch? Doch nur, weil die Oktave doppelt so schnell schwingt und trotzdem der gleiche Ton ist. Sie spaltet die Einheit in zwei Teile, und das Ergebnis ist die Wiederholung desselben, das gleichzeitig etwas anderes ist.»

Barbara dachte nach. «Sie meinen, wie zwei Hälften, die zusammengehören?»

«Genau! Die Oktave ist das vollkommene Symbol der Einheit. Und es ist allgegenwärtig.» Er trat durch das hohe Steinfenster der Ruine und schaute auf das Meer hinaus. Am Horizont senkte sich die Nacht über das Wasser, und in der Abenddämmerung konnte man die ersten Sterne ahnen. «Das ganze Weltall ist ein einziges gigantisches System von Schwingungen. Wir können in der Physik die Frequenzen aller Planeten berechnen und die Schwingungszahlen zueinander in Beziehung setzen.»

«Und wie soll das gehen?»

«Ganz einfach, durch Oktavieren. Sie müssen nur die Winkelgeschwindigkeiten der Planetenbewegung an den Extrempunkten ihrer Ellipsen messen. Das hat schon Kepler getan. Und auf diese Weise im Kosmos die sieben Ur-Harmonien ermittelt, Oktave, Quinte, Quarte und so weiter, mit unwiderlegbarer mathematischer Konsequenz.»

Sie brauchte eine Weile, um seine Worte zu verdauen. Lieber Himmel, war das kompliziert! Plötzlich fiel bei ihr der Groschen. «Heißt das», fragte sie voller Staunen, «daß die Sterne *singen?*»

Irritiert drehte er sich zu ihr um. Dann lächelte er sie an. «So hätte ich es zwar nicht ausgedrückt, aber eigentlich haben Sie recht: Ja, genau so ist es – der ganze Kosmos singt!»

«Ich hätte nie gedacht», sagte Barbara, «daß Physik so romantisch sein kann.»

«Pardon», erwiderte er ein wenig hastig und wurde ein weiteres Mal rot. «Ich wollte keinen romantischen Unsinn erzählen, und wenn sich mein Gerede so angehört hat, tut es mir leid.»

«Schade», sagte Barbara.

«Schade was?»

Sie schaute zu Boden. Auf einmal hatte sie das Gefühl, selbst ein bißchen rot zu werden. «Schade, daß Sie sich so gegen Romantik sträuben», sagte sie leise.

Eine Haarsträhne hatte sich aus ihrer Frisur gelöst und hing ihr im Gesicht. Sie wußte selbst nicht warum, aber sie traute sich nicht, sie einfach wie sonst beiseite zu blasen. Sie stand nur da und schaute zu Boden. Plötzlich spürte sie seine Berührung auf ihrer Haut. Ruhig, ohne ein Wort, doch so selbstverständlich, als hätte er es schon viele viele Male getan, hob er ihr Kinn, blickte sie mit seinen leuchtenden blauen Augen an und strich ihr die Strähne aus dem Gesicht.

Den Weg zur Anlegestelle hatten sie anschließend schweigend zurückgelegt. Sie hatten sich weder geküßt noch irgendwelche Zärtlichkeiten ausgetauscht, nicht einmal Händchen hatten sie gehalten. Doch seit diesem Tag wußte Barbara, daß Alex der Mann war, mit dem sie den Rest ihres Lebens zusammensein wollte. Es war nicht Liebe auf den ersten Blick, es war viel mehr: Es war Gewißheit.

Sie fröstelte. Inzwischen wurde es ihr ohne Kleider doch ein bißchen kalt. Sie stand vom Küchentisch auf, räumte Teller und Messer in die Spüle und stellte das Schmalztöpfchen in die Vorratskammer. Dann kehrte sie ins Schlafzimmer zurück.

«Alex», flüsterte sie, nachdem sie zu ihm unter die Decke geschlüpft war.

«Ja, mein Engel?» murmelte er.

«Ich möchte, daß du mir etwas versprichst.»

«Alles, was du willst.» Er schlug die Augen auf und blinzelte sie an. «Nur nicht, daß ich mir die Nase abbeiße.»

«Ich meine es ernst, Alex.» Sie sah ihn eindringlich an. «Versprich mir, daß du nie auf meinen Vater hörst. Daß du dich nie freiwillig an die Front zurückmeldest. Daß du nie unser Glück aufs Spiel setzt, egal, ob wir es verdient haben oder nicht. – Versprichst du mir das?»

Er nahm sie in den Arm und küßte sie. «Ja, Barbara. Das verspreche ich dir. Großes Hochzeitsehrenwort.»

5

Greifswald, im Januar 1945

Liebste Mama,

Du weißt ganz genau, wie sehr ich Briefeschreiben hasse! Warum zwingst Du mich dann dazu? Das ist jetzt schon mein 17. Anlauf, und ich habe immer noch keine Antwort von Dir. Telefonieren probiere ich schon gar nicht mehr. Entweder komme ich nicht durch, oder wenn doch, dann hat die Markwitz offenbar Anweisung, meine Anrufe abzuweisen.

Papa ist ja so ein Dickschädel!! Als wäre das Leben nicht auch so schon schwer genug. Aber er soll sich ja nicht einbilden, daß ich klein beigebe. Solange er nicht alles zurücknimmt, werde ich keinen Fuß auf Daggelin setzen. Nie, niemals!!! Bitte sag ihm das von mir. Vor allem soll er sich bei Alex' Eltern entschuldigen. Hat er wenigstens das inzwischen getan?

Das Weihnachtsfest war wunderschön. Alex und ich haben zuerst die Kirche besucht, und danach haben wir den Baum angezündet und uns einen ganz romantischen Abend gemacht, nur wir zwei. Wir haben uns bei der Hand gehalten, in die Flammen geschaut und leise all die schönen Lieder gesummt.

Ach, liebste Mamutschka, warum kann ich Dich nicht anlügen? Weihnachten war überhaupt nicht schön. Das erste Weihnachtsfest, das ich nicht auf Daggelin verbracht habe … An Heiligabend habe ich schon beim Frühstück geweint, und den ganzen Tag über war ich so schlecht gelaunt, daß ich fast mit Alex Streit angefangen hätte, nur weil er am Nachmittag noch eine Stunde in seinem Institut gearbeitet hat. Als Pastor Wollenweber in der Predigt dann auch noch sagte, daß der Krieg nicht eher enden würde, als bis Friede in die Herzen der Menschen eingekehrt sei, war meine Stimmung ganz dahin. Woher soll dieser Friede denn kommen? Wenn man mittags nur noch zwischen elf und zwei kochen kann, weil das Gas rationiert ist, und man beim Fleischer für ein paar Suppenknochen fast betteln muß? Wir sind nach dem Abendessen gleich ins Bett gegangen.

Gott sei Dank, daß Alex bei mir ist! Ich wüßte nicht, wie ich es ohne ihn aushalten sollte. Er ist so ein wunderbarer Ehemann. Obwohl er sich jeden Tag in die Arbeit stürzt, als gäbe es nichts Wichtigeres auf der Welt (er sagt immer: «Wenn Beten nicht hilft, dann Arbeit!»), findet er immer wieder Zeit, zusammen mit mir zu lesen oder Radio zu hören oder mir beim Einrichten der Wohnung zu helfen. Abends ist er allerdings meistens so müde, daß er schon vor mir ins Bett geht.

Ich bin sicher, Alex wird einmal ein bedeutender Physiker. Von seiner Dissertation verstehe ich zwar nicht mal den Titel (es geht um Atome, das sind so winzig kleine Teilchen, daß man sie nicht mal sehen kann), außerdem ist alles so geheim, daß er gar nicht darüber reden darf, aber ich spüre, wie wichtig ihm seine Arbeit ist. Wenn ich je eine Rivalin fürchten muß, dann seine Arbeit. Die liebt er fast so sehr wie mich – doch zum Glück nur fast!

Ach, Mamutschka, jetzt habe ich wieder einen langen Brief geschrieben, obwohl ich das Briefeschreiben doch hasse. Daran kannst Du sehen, wie sehr ich Dich vermisse. Manchmal, wenn es an der Tür klingelt, stelle ich mir vor, Du stehst da, um uns zu besuchen. Wie schön wäre das! Aber dann ist es doch nur der Gasmann, der jetzt jede Woche den Stand abliest.

Sei ganz herzlich gegrüßt und umarmt von

Deiner Barbara

PS. Eben kommt Alex mit einer Nachricht nach Hause, die alle unsere Pläne über den Haufen wirft. Sein Institut soll nach Dresden verlagert werden! Der genaue Termin steht noch nicht fest, aber Alex sagt, ich soll am besten gleich mit Packen beginnen. Wir werden erst mal bei seinen Eltern wohnen. Mein Gott, wie soll das alles nur enden?

Schloß Daggelin, 7. Februar 1945

Liebe Barbara,

wenn ich Dir heute schreibe, geschieht dies ohne Wissen Deines Herrn Vaters. Doch die Umstände zwingen mich dazu.

Hier geht es drunter und drüber. Die Flüchtlingstrecks haben derart zugenommen, daß sie nicht länger auf den Vorwerken versorgt werden können. Sie breiten sich jetzt auch auf Daggelin selbst aus. Im Hof, in den Scheunen, ja sogar im Schloß kampieren wildfremde Menschen! Es sieht aus wie in Wallensteins Lager.

Vorgestern wurde Dein Herr Vater zum Volkssturmführer ernannt, und drei von den Mädchen haben sich zum Wehrmachthelferinnenkorps gemeldet. Deine Mutter steht fast ohne Hilfe da. Die wenigen eigenen Leute, die uns noch geblieben sind, haben alle Hände voll zu tun, um den Betrieb aufrechtzuerhalten; außerdem müssen sie die Zwangsarbeiter im Zaum halten, die täglich frecher und aufmüpfiger werden.

Bitte komm! Wir brauchen Dich dringend! Komm, so schnell Du nur kannst!

Herzliche Grüße und Heil Hitler!

Elisabeth Markwitz
Gutssekretärin

6

Von ferne, im diffusen Licht der Abenddämmerung, wirkte Daggelin wie ein verwunschenes Märchenschloß. Barbara sah es, nachdem sie endlich den Ortsausgang von Boddenhagen passiert hatte. Mit seinen Türmchen, Giebeln und Erkern, die von weißen Schneehauben bedeckt waren, erhob sich das Schloß vor dem grauen Wolkenhimmel weithin sichtbar auf seiner Anhöhe über die weite Winterlandschaft, durch die sich endlose schwarze Züge im Schrittempo dahinschleppten, eine stumme, gewaltige Prozession: Menschen und Tiere mit Vehikeln aller Art, Fuhrwerken und Motorrädern, Lastwagen und Tretrollern, Autos und Handkarren.

Zum Glück hatte Barbara sich erst in Boddenhagen in den Treck einreihen müssen. Wie in einem Nadelöhr kamen hier die verschiedenen Ströme auf ihrem Weg von Ost nach West zusammen. Bis dahin war sie mit ihrem Dixi auf kleinen Nebenstraßen einigermaßen zügig vorangekommen, obwohl die Fahrt bei der Schneeglätte oft zur gefährlichen Rutschpartie wurde. Sie hatte Alex am Morgen in Greifswald zur Bahn gebracht. In der Stadt selbst war die Lage noch halbwegs normal gewesen. Alex' Zug, der über Berlin nach Dresden fuhr, hatte mit nur einer Stunde Verspätung den Bahnhof verlassen.

Alle paar Meter mußte sie anhalten, weil irgendwo auf der Straße einer der überbeladenen Leiterwagen umgekippt oder mit Radbruch liegengeblieben war. Nervös trommelte Barbara mit den Fingern auf dem Lenkrad. Je näher sie Daggelin kam, desto unruhiger wurde sie. Was würde sie auf dem Schloß erwarten? Knapp vier Monate waren seit ihrer Hochzeit vergangen. Seitdem hatte sie ihre Eltern weder gesehen noch gesprochen. Wie würde ihr Vater reagieren, wenn er sie plötzlich sah? Würde er überhaupt mit ihr sprechen? Er war imstande, sie wie eine Zigeunerin vom Hof zu jagen. Und wenn sie zehnmal die Eigentümerin von Alt-Daggelin war.

Es war schon dunkel, als sie den Gutshof erreichte. Im Haupttor hatten sich die Fuhrwerke eines ankommenden und eines aufbrechenden Trecks ineinander verkeilt. Barbara parkte ihr Auto abseits der Einfahrt und stieg aus. Ohne daß jemand Notiz von ihr nahm, als wäre sie eine Fremde, quetschte sie sich an den wiehernden und ausschlagenden Pferden vorbei durch das Tor in den Hof.

Was für ein Paradies hatte sie verlassen, und was für ein Tohuwabohu fand sie nun vor! Überall flackerten offene Feuer, an denen abgekocht wurde, überall liefen Menschen hin und her, in den wunderlichsten Kleidern wie bei einem riesigen, makabren Kostümfest, rufend und winkend, jeder schien etwas zu brauchen und zu suchen. Manche hatten ihre Möbel von den Leiterwagen geholt und zu kleinen Gruppen zusammengestellt, wie Zimmer unter freiem Himmel, mit einem Teppich aus Schnee und Morast.

Plötzlich sah sie ihren Vater, keine zwei Meter vor ihr, in einem Uniformmantel und mit einer Volkssturmmütze auf dem Kopf. Er stieg gerade von einem Fuchswallach, Troll, seinem alten Trakehner. Als er sich umdrehte, trafen sich ihre Blicke. Sein Gesicht drückte völlige Überraschung aus, und in seinen Augen blitzte etwas auf. War es Freude? Oder war es Zorn?

«Barbara ...»

Er ließ die Zügel aus der Hand gleiten und machte zwei Schritte auf sie zu. Für eine Sekunde hatte Barbara alles vergessen, sie wollte auf ihn zulaufen und ihn umarmen. Doch plötzlich mußte sie wieder daran denken, was er ihr angetan hatte, an ihrem Hochzeitstag.

Bevor er ein weiteres Mal den Mund aufmachen konnte, warf sie den Kopf in den Nacken und sagte: «Ich bin nur gekommen, um Mama zu helfen!»

Ohne ihm die Hand zu geben, ließ sie ihn stehen und lief ins Haus. Sie fand ihre Mutter in der großen Leuteküche, auf der Rückseite des Hühnerhofs, in der es von fremden Menschen nur so wimmelte. Ein Blick auf Hildes Erscheinung genügte, um Barbara zu sagen, daß sie keine Minute zu früh gekommen war.

Arme Mamutschka! Sie stand, eingehüllt in wabernde Dampfschwaden, die Ärmel hochgeschoben und mit einer karierten Schürze vor der Brust, über einen gigantischen Suppenkessel gebeugt und war so sehr damit beschäftigt, die vielen Teller und Tassen, die die Flüchtlinge ihr entgegenhielten, von ihrem Herd abzuwehren, daß sie gar nicht dazu kam, ihren Schöpflöffel in den Kessel zu tauchen. Das Haar klebte ihr in Strähnen in der Stirn; das Gesicht hochrot, rief sie in fünf Richtungen gleichzeitig, um für Ordnung zu sorgen, doch niemand hörte auf sie.

Als sie Barbara sah, fiel ihr der Löffel aus der Hand. Barbara rannte zu ihr, schlang die Arme um ihren Hals und bedeckte ihr Gesicht mit Küssen, während Hilde hemmungslos an ihrer Brust zu schluchzen anfing.

«Nicht weinen, Mamutschka, jetzt bin ich ja wieder da.»

Hilde lag auf der roten Chaiselongue in ihrem Boudoir und hielt sich eine Kompresse auf die Stirn. Durch die dicken Butzenscheiben drangen kaum noch Geräusche vom Hof ins Zimmer. Im Kamin prasselte ein Feuer.

«Ich weiß auch nicht, warum ich das nicht schaffe», sagte sie mit einem unsicheren Lächeln. «Ich glaube, ich bin für diese Art von Arbeit einfach nicht geeignet. Wer wieviel Löffel Suppe oder Steckrübenbrei kriegt und solche Fragen. Ganz abgesehen von all diesen armen Leuten, die da auf einen einstürmen. Ich kann sie ja verstehen, sie tun mir ja selber leid, aber ich bin doch kein Zirkusdompteur!»

«Gott sei Dank bist du das nicht», sagte Barbara. «Ein Dompteur in der Familie reicht.»

«Das wächst mir alles über den Kopf», fuhr Hilde fort. «Ich habe in meinem Leben derlei Dinge nie tun müssen, und jetzt, in meinem Alter, wie soll ich mich daran gewöhnen? Ich kann doch nicht plötzlich ein anderer Mensch werden.» Sie richtete sich auf und nahm Barbaras Arm. «Bitte, Kind, tu mir die Liebe und iß zusammen mit uns zu Abend.»

«Nein», sagte Barbara. «Erst muß er sich entschuldigen.»

«Ach, Kind, du weißt doch, wie Papa ist. Er kann nicht über seinen Schatten springen. Dabei ist er im Innern viel weicher, als er nach außen tut. Mir hat er jeden Kontakt mit dir verboten, aber selbst hat er alle deine Briefe heimlich gelesen, nachts, wenn er glaubte, ich würde schon schlafen.»

«Das hat Papa getan?» fragte Barbara erstaunt. «Meine Briefe gelesen? Heimlich?»

«Ja, Barbarachen, das hat er. Er hat dich doch genauso lieb wie ich. Fast jeden Abend ist er an meinen Schreibtisch gegangen und hat deine Briefe hervorgeholt. Dieser große Dummkopf», fügte sie lächelnd hinzu. «Er hat sich wirklich eingebildet, ich würde es nicht merken.»

Als Barbara eine Stunde später im kleinen Speisezimmer saß, bereute sie bereits, daß sie ihrer Mutter nachgegeben hatte. Obwohl es das Lieblingsessen der Familie gab, Hornfisch mit Bratkartoffeln, stocherte jeder lustlos mit seinem Besteck herum, und Igor, der russische Zwangsarbeiter, der wie jeden Abend in Livree servierte, hatte kaum etwas zu tun. Die Spannung, die zwischen Barbara und ihrem Vater im Raum hing, hatte allen den Appetit verdorben. Die zwei vermieden jeden Blickkontakt und redeten kein Wort miteinander, während Albin mit Elisabeth Markwitz, der jungen Gutssekretärin, und Inspektor Broszat, einem großen, schweren Mann mit roten Backen und blondem, in der Mitte gescheiteltem Haar, die Situation auf dem Hof besprach.

«Die Flüchtlinge erzählen so fürchterliche Dinge», sagte Elisabeth. «In Goldap haben sie zwölfjährige Mädchen vergewaltigt und erschlagen, in Allenstein Frauen nackt durch die Straßen getrieben und an Scheunentore genagelt.»

«Das ist die Rache der Sieger», sagte Albin. «Aber müssen wir darüber beim Essen reden?»

«Die Rache der Sieger?» erwiderte Elisabeth. «Das ist der bolschewistische Untermensch!»

Barbara beteiligte sich nicht an dem Gespräch. Verärgert beobachtete sie, wie Elisabeth jedesmal, wenn sie den Mund aufmachte, ihre ungleichen Augen – das eine grün, das andere braun – auf Albin richtete, um dann mit einem katzenhaften Lächeln in ihrem hübschen Gesicht die Wirkung ihrer Worte zu überprüfen. Obwohl sie schon seit vier Uhr morgens auf den Beinen war, sah sie in ihrem dunkelblauen Kostüm und mit ihrer im Nacken geknoteten Frisur aus, als hätte sie eben ihre Morgentoilette beendet. Was hatte ihr Vater nur an dieser Person gefressen? Die Sekretärin war erst siebzehn Jahre alt, zwei Jahre jünger als Barbara, doch Albin respektierte sie wie eine erwachsene Frau. Sogar widersprechen durfte sie ihm. Zum Glück wies wenigstens Broszat sie zurecht.

«Du glaubst wohl immer noch an den arischen Übermenschen?» fragte der Verwalter und zeigte mit seinem dicken Finger auf das BDM-Abzeichen, das Elisabeth im Revers ihrer Kostümjacke trug. «An deiner Stelle würde ich den Bonbon da langsam abnehmen. So 'ne Art Schmuck mögen die Russen nicht. Wenn die erst mal hier sind und dich damit sehen …»

«Soll das heißen», unterbrach Hilde ihn erschrocken, «daß auch wir nicht mehr sicher sind?»

«Bis zu uns kommen die Russen nie!» erklärte Elisabeth, bevor der Inspektor antworten konnte. «Das hat der Führer versprochen!»

«So wie früher den Ostpreußen», brummte Broszat. «Nur, die Russen haben sich nicht daran gehalten.»

«Das ist Wehrkraftzersetzung, Herr Broszat!»

«Ach, Elisabeth», sagte Albin und legte seine Hand auf die seiner Sekretärin. «Würdest du so gut sein und in den Schlafunterkünften nach dem Rechten schauen?»

Wütend funkelte die Markwitz den Verwalter an. Doch dann fand sie ihr Lächeln wieder; sie nickte Albin zu, und wie um die Gelegenheit zu nutzen, einmal mehr ihre Tüchtigkeit zu beweisen, stand sie auf und verabschiedete sich. Barbara machte drei Kreuze.

Als wenige Minuten später auch Broszat sich entschuldigte, versiegte das Gespräch ganz. Igor räumte ab, und Hilde schenkte anstelle des Desserts ihren selbstgemachten Johannisbeerlikör aus, aber niemand rührte sein Glas an. Barbara konnte es kaum noch ertragen. Ohne es zu wollen, schielte sie immer wieder zu ihrem Vater hinüber. Der aber tat so, als wäre sie gar nicht da. Eingehüllt in den Rauch seiner Zigarre, schwieg er so beharrlich, daß es ihr in den Ohren dröhnte. Wie sie das haßte! Sie war ja bereit, mit ihm zu reden, ja, sie wartete nur darauf, sich mit ihm auszusprechen. Warum nahm er nicht einfach ihre Hand, um diese entsetzliche Kluft zu überbrücken? Um irgend etwas zu tun, schaltete Barbara das Radio ein; aus Berlin wurde eine Sinfonie von Beethoven übertragen.

«Ja, Kindchen, Musik», sagte Hilde. «Die tut der Seele gut.»

Sie hatte noch nicht ausgesprochen, da flog die Tür des Speisezimmers auf, und ein Huhn, verfolgt von einem Flüchtlingsjungen, flatterte in den Raum.

«Um Himmels willen!» kreischte Hilde.

Das Huhn war schon geköpft, der Junge hielt den roten Kamm in der Hand, während er es quer durch das Zimmer verfolgte, und mit jedem Anlauf, den das Tier nahm, um vom Boden hochzuflattern, spritzte Blut aus seinem Hals. *Dumm-dumm, dumm-dumm, dumm-dumm*, dröhnte es aus dem Radio.

Es war wie ein Gewitterschlag in allzu schwüler Luft. Igor lachte mit seiner hellen Jungenstimme laut auf, und sogar Albin prustete los, so daß er sich fast am Rauch seiner Zigarre verschluckte.

«Aber Hilde», sagte er, «das ist doch nur dein Mittagessen von morgen!»

«Ruhe!» rief Barbara plötzlich dazwischen. Sie war aufgesprungen und zum Radio geeilt, wo sie aufgeregt am Lautstärkeknopf drehte. «Psssst! Bitte! Seid einen Augenblick still!»

Die Übertragung aus Berlin war unterbrochen; aus dem Radio ertönte anstelle der Musik die Stimme eines Sprechers. Bei seinen Worten stockte Barbara das Blut in den Adern.

«Wie das Oberkommando der Wehrmacht soeben meldet, haben Geschwader feindlicher Jagdbomber begonnen, Dresden anzugreifen. Die Bevölkerung wurde aufgefordert, sich unverzüglich in die Luftschutzbunker zu begeben. Dank der überragenden Kampfbereitschaft und dem ungebrochenen Siegeswillen unserer Abwehr aber...»

7

«Wir können jetzt», rief Pastor Wollenweber von der Holzkanzel herab, «an den Grenzen unserer Heimat so oft hören: Gott wird uns nicht verlassen. Aber die Auffassung des Herrn von diesem Nicht-verlassen-Sein wird eine andere sein, als wir Kleinmütigen es vermeinen. Bei Gott heißt Nicht-verlassen-Sein in dieser Zeit – Heimsuchung!»

Albin griff nach Barbaras Hand, aber sie zog sie zurück. Sie saß mit ihren Eltern in der ersten Reihe der übervollen Schloßkapelle von Daggelin, inmitten der Flüchtlinge, die sich bis zum Eingang des kleinen Gotteshauses drängten. Sie hörte der Predigt nur mit halbem Ohr zu. Das war jetzt schon der zweite Sonntag seit jenem fürchterlichen Abend, und immer noch hatte sie keine Nachricht von Alex. Immer wieder hatte sie versucht, in Dresden anzurufen, doch ohne Ergebnis: Alle Leitungen waren tot.

Am dritten Tag hatte sie es nicht mehr ausgehalten. Sie war in ihr Auto gestiegen und hatte sich auf den Weg gemacht – obwohl ihr Vater strikt dagegen gewesen war und private Reisen inzwischen untersagt waren. Doch auf den verstopften Straßen war an ein Durchkommen nicht mehr zu denken. Nachdem sie von Boddenhagen bis Kujau, eine Strecke von knapp zehn Kilometern, über sieben Stunden gebraucht hatte, mußte sie einsehen, daß es sinnlos war. Und am Bahnhof von Schlochtow, wo sie mit dem Zug weiterfahren wollte, verweigerte man ihr die Reisegenehmigung; es gehe von Berlin ohnehin kein Zug nach Dresden mehr ab, tröstete sie der Beamte am Schalter. Immerhin versprach Karl-Heinz Luschnat, den sie in ihrer Verzweiflung um Hilfe gebeten hatte, seine Verbindungen zu nutzen, um etwas über Alex herauszubekommen. Es mußte sich doch wenigstens feststellen lassen, ob das Haus seiner Eltern noch stand.

«... und manch einem von uns», sagte der Pastor, «wird erst in diesen Tagen der Heimsuchung bewußt, woran sein Herz hängt, und vieles, was wir gestern vielleicht noch geringschätzten, begreifen wir nun in seinem vollen und wahren Wert ...»

Ja, dachte Barbara, auch sie hatte schon bald das Glück, daß ihr Mann trotz des Krieges bei ihr sein durfte, wie eine Selbstverständlichkeit hingenommen. Wie hatte sie nur glauben können, daß es immer so bliebe? Statt ihr Zusammensein jede Minute zu genießen, hatten sie angefangen, sich aneinander zu gewöhnen. Statt sich zu lieben, hatten sie die Zeit mit belanglosen Dingen vertan, mit Zeitunglesen oder Radiohören oder Wohnungeinrichten. Wie bereute sie das nun! Vielleicht hatte sie nie mehr Gelegenheit, Alex die Liebe zu geben, die sie für ihn empfand.

«Lasset uns beten!»

Zusammen mit der Gemeinde stand Barbara auf. Pastor Wollenweber hatte seine Predigt beendet und bereitete am Altar das Abendmahl vor. «Bitte, lieber Gott», flüsterte sie, «bitte mach, daß er lebt! Mach, daß er zurückkommt und ich ihn in die Arme nehmen kann!»

«Tut dies zu meinem Gedächtnis!»

Barbara empfand nur noch Angst. «Arbeite!» hatte Alex so oft gesagt. «Wenn Beten nicht hilft, dann Arbeit. Sie ist die beste Medizin!»

Der Pastor spendete der Gemeinde den Segen, als Barbara plötzlich eine Unruhe hinter sich spürte. Sie drehte sich um. In der Nähe des Eingangs war ein Geschiebe und Gedränge unter den Flüchtlingen entstanden. Was war da los? Offenbar versuchte jemand, sich

Platz zu verschaffen. Eine ältere Frau, die einen Säugling auf dem Arm trug, trat widerwillig beiseite.

Und da erblickte Barbara den Mann, der diese Unruhe verursachte.

Tränen schossen ihr in die Augen: Gott hatte ihr Gebet erhört!

«Warst du bei ihnen, als es geschah?» fragte Barbara leise.

Sie standen am Fenster ihres Zimmers und blickten hinaus in die mondlose Nacht, die nur vom Schein einiger Feuerstellen erhellt wurde. Auf der Koppel am See lagerte ein Treck, in dem flackernden Licht waren die Menschen nur als Schemen zu erkennen.

«Wir waren im Zirkus, eine Galavorstellung von Sarrasani.» Alex lachte kurz auf. «Ich war so stolz, daß ich überhaupt noch Karten auftreiben konnte. Mama liebt den Zirkus so sehr, vor allem die Lipizzaner. Das heißt, das tat sie ...»

Er wandte sich zu Barbara um. Obwohl es im Zimmer dunkel war, sah sie, daß seine Augen feucht glänzten.

«Du mußt nicht weiterreden, wenn du nicht willst.»

Er holte tief Atem. «Es war nach der Pause, beim Drahtseilakt», sagte er mit tonloser Stimme. «Auf einmal platzen zwei Clowns in die Manege und künden Bomber an. Das Publikum hat gelacht, wir auch, sogar Papa fand den Witz komisch. Die Clowns sind ganz ernst und aufgeregt und fordern uns auf, das Zelt zu verlassen, aber kein Mensch hört auf sie. Alles johlt und klatscht.» Seine Stimme versagte für einen Moment. «Mit einem Mal geht das Licht aus, das Lachen verstummt. Für eine Sekunde nur Dunkelheit und Stille. Von ferne ein leises Motorendröhnen, das rasch zunimmt und anschwillt. Plötzlich jaulen die Sirenen, der grelle Schein von Leuchtraketen durch die Zeltwand. Ganz in der Nähe schlägt die erste Bombe ein, die Menschen schreien. Im nächsten Augenblick steht das Zelt in Flammen. Alles rennt los, jeder will fliehen, und von draußen die Tiere, die vor Todesangst brüllen, während eine Bombe nach der anderen explodiert.» Er mußte schlucken, bevor er weitersprechen konnte. «Die beiden hielten sich bei der Hand ... Das war das letzte, was ich von ihnen sah. Sie hielten sich einfach bei der Hand, so wie ihr ganzes Leben lang, und Papa hatte seinen Arm um sie gelegt, als könne er sie immer noch schützen.»

Er schlug die Hände vors Gesicht.

«Mein armer Liebling», sagte Barbara und streichelte seinen Kopf.

Eine lange Weile stand er da, ohne sich zu rühren. Nur einmal hörte sie einen leisen Schluchzer und spürte, wie sein Kopf unter ihrer Hand bebte. Obwohl sie ihm so nah war, fühlte sie sich ihm unendlich fern. Was konnte sie nur tun, um ihm zu helfen? Sie hauchte einen Kuß auf seine Stirn. Er ließ die Hände sinken und sah sie an. Ganz sanft, ganz behutsam, als könne sie ihn verletzen, küßte sie sein Gesicht – seine Wangen, seine Augen, seine Tränen. Zögernd erwiderte er ihre Zärtlichkeit; vorsichtig, tastend, kaum daß sie es spüren konnte, berührten seine Lippen ihre Haut.

«Aber wir zwei», flüsterte sie, «wir haben uns. Wir leben. Und solange wir leben, werden wir uns lieben.»

Es war, als kehre er aus einer anderen Welt zurück. Sein Mund suchte den ihren, warm und weich waren seine Lippen, als sie ihn fanden.

«Ja, Alex, küß mich, bitte küß mich.»

Alle Angst, alle Sorge, alle Ungewißheit löste sich in einem langen, tiefen Kuß auf. Plötzlich war ihr jede Kleidung zuviel. Sie streifte ihr Kleid von den Schultern, dann zog sie ihm die Jacke aus, löste den Knoten seiner Krawatte und knöpfte sein Hemd auf. Wie gebannt blickte er auf ihre Brüste, die aus ihrem Mieder quollen. Bewunderung und Begierde spiegelten sich in seinen Augen, die noch feucht von seinen Tränen waren.

«Mein Gott, bist du schön.»

Er streifte mit den Lippen den Ansatz ihrer Brüste. Barbara spürte seinen Atem auf ihrer Haut, seine Finger, die das Mieder lösten, wieder seine Lippen, die sich immer weiter an ihren Brüsten vorwagten. Sie drückte seinen Kopf an sich und schloß die Augen.

Als er für einen Moment innehielt, schob sie ihn sanft von sich fort. Sie wollte ihn sehen, bloß und nackt. Sie kniete vor ihm nieder und öffnete die Knöpfe seiner Hose. Mit einer einzigen Bewegung streifte sie den Stoff von seinen Hüften. Als sein Penis ihr entgegenschnellte, biß sie sich auf die Lippen. Sie schaute zu Alex hoch, ihre Blicke begegneten sich. Er hielt die Luft an. Sie hatte nur noch das Bedürfnis, etwas Gutes für ihn zu tun. Mit einem Seufzer nahm sie sein Glied in die Hand und umfing mit den Lippen die samtige Spitze.

Laut stöhnte er auf, ein langer, fast schmerzlicher Ton, während er mit einem leisen Druck seiner Hand in ihrem Nacken auf ihre Liebkosung antwortete. Dann hob er sie hoch und trug sie zum Bett. Sie hatte nichts mehr am Leib als ihre Kette.

Als er dann zu ihr kam, war es eine Erfüllung, die Barbara in ihrer Ehe noch nie erlebt hatte. Es hatte nichts gemeinsam mit der ungezügelten Heftigkeit jenes Gefühls, das sie manchmal beim Reiten wie eine fremde Gewalt überkam, und trotzdem verspürte sie die gleiche wundervolle Erregung, die jede Faser ihres Körpers erfaßte, die Spitze ihres kleinen Fingers ebenso wie das Zentrum ihrer Lust. Es war, wie wenn sie sich im Meer auf einer Welle treiben ließ, rücklings und ohne eigene Bewegung, ganz im Vertrauen auf die Kraft der Woge, die sie höher und höher hinaufhob, als solle sie aufsteigen bis in den unendlichen Himmel ...

Mit einem Gefühl grenzenloser Seligkeit schlief sie in Alex' Armen ein. Noch im Traum fühlte sie sich von dieser sanften, machtvollen Woge getragen, und die kleinen Geräusche von draußen, das Schnauben eines Pferdes oder das Rasseln einer Kette, waren nur dazu da, ihre wohlige Geborgenheit zu mehren. Wie von weiter Ferne hörte sie das Rascheln, die leisen Schritte, das Knarren der Bodendielen ... Wieder spürte sie seine Lippen auf ihrer Wange.

Sie schlug die Augen auf. Es war dunkle Nacht. Sie tastete zur Seite, doch das Bett neben ihr war leer. Wo war er? Sie richtete sich auf und rieb sich die Augen. Dann sah sie seinen Schatten vor sich. Er stand im Zimmer und zog sich seine Jacke an.

«Alex? Warum schläfst du nicht? Was machst du?»

«Ich muß los, Barbara», sagte er.

«Los? Wohin? Es ist mitten in der Nacht.»

Er trat ans Bett und setzte sich zu ihr. Inzwischen hatten sich ihre Augen an die Dunkelheit gewöhnt, und sie konnte sein Gesicht erkennen. Es war so ernst, daß sie erschrak.

«Ich weiß, Barbara», sagte er. «Aber – ich kehre zu meiner Einheit zurück.»

Die wenigen Worte genügten, um sie hellwach zu machen. «Alex, um Himmels willen!» rief sie. «Du mußt zurück an die Front?»

Er nickte stumm.

«Was ist passiert? Haben sie deine Freistellung aufgehoben?»

«Nein, das nicht.»

«Hat dich dein Kommandeur angefordert?»

Er schüttelte den Kopf.

«Aber warum dann, Alex?»

«Weil ich muß, Barbara. Weil ich nicht anders kann.»

Jetzt verstand sie gar nichts mehr. Wenn niemand ihn zwang, warum sollte er dann zurück? Plötzlich kam ihr eine Ahnung. «Es ist wegen deiner Eltern, nicht wahr?» fragte sie voller Mitgefühl, und bevor er antworten konnte, fügte sie hinzu: «Wenn das der Grund ist, Alex, darfst du es nicht tun. Ich kenne deine Eltern. Sie würden es nicht wollen, bestimmt nicht.»

«Doch. Ich habe keine andere Wahl.»

«Es ist Irrsinn, Alex!» rief sie und schüttelte ihn. «Was haben deine Eltern davon, wenn du jetzt losziehst, um dich totschießen zu lassen? Glaubst du, das macht sie wieder lebendig?» Sie spürte, wie sich die Panik in ihr ausbreitete. Nur mit Mühe gelang es ihr, ihre Stimme unter Kontrolle zu halten. «Du hast mir etwas versprochen, Alex», sagte sie dann, so ruhig sie konnte, «in unserer Hochzeitsnacht.»

«Ich weiß, Barbara.»

«Du hast mir versprochen, das niemals zu tun.»

«Ich habe gesehen, wie sie gestorben sind.»

«Du hast mir versprochen, dich nie an die Front zu melden.»

«Es ist nicht meine Entscheidung.»

«Du hast mir versprochen, unser Glück nie aufs Spiel zu setzen, egal, was passiert.»

«Das gilt nicht mehr, Barbara ...»

Sie redete wie gegen eine Wand. Obwohl er auf alles, was sie sagte, eine Antwort gab, erreichten ihn ihre Worte nicht. Sie sah es seinen Augen an, hörte es an seiner Stimme, an diesem ruhigen, gleichmäßigen, entsetzlich vernünftigen Ton, der jede Einsicht unbeirrbar von sich wies. Verzweifelt nahm sie seine Hand und führte sie an ihre Brust.

«Hast du vergessen, was eben war? Du hast mich berührt, gestreichelt, geküßt!»

«Es geht nicht, Barbara», sagte er und stand auf. «Ich kann nicht länger bleiben.»

Sie sprang aus dem Bett und schlang ihre Arme um ihn. Wieder nahm sie seine Hand und preßte sie auf ihre Scham. «Du warst in mir, Alex, hier, fühl es, ich bin noch ganz feucht und warm von dir. Vielleicht habe ich in dieser Nacht ein Kind von dir empfangen.»

«Es hat keinen Sinn», sagte er. «Es ist schon entschieden. Der Zug geht in zwei Stunden. Broszat bringt mich hin.»

Sie spürte, wie die Tränen in ihr hochkamen. «Warum willst du gehen, Alex? Bitte, sag es mir! Was ist der Grund? Gibt es irgend etwas, was ich nicht weiß?»

Er zögerte kurz, dann schüttelte er den Kopf. «Nichts, Barbara. Es ist einfach so, daß es sein muß. Begreif das doch.» Er ging auf sie zu, um sie zu umarmen. «Laß uns nicht so auseinandergehen. Bitte!»

Barbara trat einen Schritt zurück.

«Sag, daß du bleibst!»

«Das kann ich nicht!» Er wandte sich zur Tür und nahm die Klinke in die Hand.

Sie war wie gelähmt. Sie wollte ihn umarmen, ihn festhalten, ihn küssen, ihn ohrfeigen. Warum nahm sie nicht einfach die Vase auf der Kommode und schlug ihn nieder? Doch statt irgend etwas zu tun, sagte sie nur: «Wenn du jetzt gehst, machst du alles kaputt.»

Alex öffnete die Tür. Halb auf dem Flur, drehte er sich noch einmal um. «Leb wohl, Barbara. Irgendwann wirst du es vielleicht verstehen.»

Dann ging er hinaus.

Endlich erwachte sie aus ihrer Erstarrung. Sie griff zur Kommode, packte die Vase und hob sie hoch, um sie Alex an den Kopf zu schleudern. Doch im selben Augenblick sah sie sein Gesicht: Es war so grau und leer wie ihre Zukunft. Und als sie dieses Gesicht sah, wußte sie, daß nichts auf der Welt ihn zurückhalten konnte. Ohnmächtig ließ sie den Arm sinken, während er auf dem dunklen Flur verschwand. Die Vase glitt aus ihrer Hand und zersprang auf dem Boden.

Durch das Fenster blickte sie auf den Hof hinaus. Ihr Vater stand neben dem Motorrad, auf dessen Sattel Broszat bereits Platz genommen hatte. «Bitte, lieber Gott, bitte mach, daß er bleibt!» Doch diesmal erhörte er sie nicht. Noch während sie ihr Stoßgebet zum Himmel schickte, sah sie, wie Alex zur Haustür herauskam und in eiligen Sätzen die Freitreppe hinunterlief. Im Kegel des Scheinwerferlichts blieb er stehen und schüttelte Albin zum Abschied die Hand. Ohne ein Wort zu sagen, blickten die beiden Männer sich an.

Barbara wandte sich vom Fenster ab. Sie konnte es nicht länger ertragen. Dieser stumme Händedruck war das schlimmste, dieses wortlose Einverständnis zwischen ihrem Mann und ihrem Vater. So enttäuscht wie noch nie zuvor in ihrem Leben, warf sie sich aufs Bett und ließ ihren Tränen freien Lauf.

Von draußen hörte sie, wie das Motorrad startete und sich allmählich entfernte.

8

Es gab ein Problem auf Daggelin, und Karl-Heinz Luschnat war zur Stelle.

«Das stinkt doch zum Himmel! Da steckt doch mehr dahinter!» rief er und marschierte mit seinen Stiefeln in Albins Büro auf und ab. Albin selbst saß am Schreibtisch und rauchte eine Zigarre. Das tat er nur, wenn er sich entweder sehr wohl oder sehr unwohl fühlte.

«Das sind infame Unterstellungen, Standartenführer», protestierte er, «gegen die ich mich auf das schärfste verwahre.»

«Wenn meine Vermutungen zutreffen, hat sich Ihre Tochter strafbar gemacht!»

«Unsinn! Sie äußern nur leere Mutmaßungen. Nennen Sie mir Beweise!»

Luschnat hatte Barbaras Bitte erfüllt und Erkundungen in Dresden eingeholt. Vier Dinge hatte er dabei herausgefunden: erstens, daß das Haus von Alex' Eltern noch stand; zweitens, daß der Bankier Konstantin Reichenbach und seine Frau im Bombenhagel der Alliierten umgekommen waren; drittens, daß Alex' Mutter, die bekannte Schauspielerin Christel Reichenbach, mit Geburtsnamen Christel Rosenberg hieß und Halbjüdin war; und viertens, daß Alex sich fünf Tage nach der Bombennacht bei der Wehrbezirksmeldestelle Dresden freiwillig zum Kriegsdienst zurückgemeldet hatte.

«Sie wollen Beweise? Bitte sehr!» sagte er und baute sich vor Albins Schreibtisch auf. «Ich habe mich mit Greifswald in Verbindung gesetzt. Das physikalische Institut ist ja ein Wehrmachtsbetrieb und untersteht dem Rüstungskommando. Der Professor wußte noch gar nichts von seinem Glück! Der ist aus allen Wolken gefallen, als ich ihm sagte, daß sein Assistent sich aus dem Staub gemacht hat. – Wissen Sie eigentlich, wie man so etwas nennt?» Er stemmte die Fäuste in die Hüften. «Wehrkraftzersetzung!»

Albin verschluckte sich fast am Rauch seiner Zigarre. «Wehrkraftzersetzung?» fragte er hustend zurück. «Weil mein Schwiegersohn sich zu seiner Einheit zurückgemeldet hat? Das ist ja lächerlich!»

«Und ich weiß ganz genau», fuhr Luschnat fort, ohne auf Albins Einwand einzugehen, «warum der ach so hoch intelligente Doktorand Alexander Reichenbach es vorzog, an die Front zurückzukehren, statt hier gemütlich zu forschen. Weil ihm der Boden zu heiß wurde. Er will sich unter dem Schutzmantel der Wehrmacht verkriechen. Für so was habe ich eine Nase!» Wie eine Drohung ballte er seine Faust in der Luft. Doch plötzlich änderte er seine Haltung und seine Stimme. Er ließ die Faust sinken, setzte sich auf die Schreibtischkante und sagte in verbindlichem Ton: «Mein Gott, von Ganski, auch wenn wir manchmal verschiedener Meinung sind – wir teilen doch dieselben Ideale. An Ihrer deutschen Gesinnung besteht doch kein Zweifel, und wenn Sie wollen, daß das so bleibt ...»

«Bitte kommen Sie zur Sache!»

«Ich mache Ihnen einen Vorschlag, wie wir gemeinsam den Fall aus der Welt schaffen.»

«Nun?»

«Barbara läßt sich von dem Kerl scheiden – oder, um mich juristisch präziser auszudrücken, sie läßt ihre Ehe annullieren. Das ist überhaupt kein Problem. Ein Anruf von mir beim Kreisleiter, und die Schweinerei ist erledigt.» Er beugte sich zu Albin vor und nickte ihm aufmunternd zu. «Das müßte doch auch in Ihrem Interesse sein. Es ist ja kein Geheimnis, wie Sie zu Herrn Reichenbach stehen. Ich war ja auf der Hochzeit dabei, als Sie ihn zusammengestaucht haben.»

Er blickte Albin erwartungsvoll an. Doch der entzog sich seinem Blick, indem er aufstand und ans Fenster trat. Draußen schien die Sonne von einem blauen Winterhimmel herab. Ihre Strahlen waren schon so warm, daß die Schneemassen auf den Feldern zu schmelzen anfingen. An einigen Stellen schaute bereits das dunkle Erdreich durch die weiße Decke hervor. Noch einen knappen Monat, dachte Albin, und man müßte mit dem Pflügen beginnen. Vorausgesetzt, es würde dann überhaupt noch einen Sinn haben, die Felder zu bestellen.

Mit einem Seufzer drehte er sich zu Luschnat um. «Ich muß Sie enttäuschen, Standartenführer. Falls Sie auf gewisse Differenzen zwischen meinem Schwiegersohn und mir anspielen, so seien Sie versichert, daß sie rein privater Natur sind und Sie nicht das geringste angehen.»

«Solche Dinge sind nie privater Natur!» protestierte Luschnat und stand gleichfalls auf.

«Außerdem verbiete ich Ihnen, meinen Schwiegersohn zu beleidigen!» erwiderte Albin scharf. «Herr Reichenbach hat weitaus mehr für unser Land geleistet als Sie. Während Sie hier damit beschäftigt waren, Leute zu schikanieren, hat er ein Dutzend Nahkampfeinsätze mitgemacht und wurde dreimal verwundet.»

Er ging zur Tür und öffnete sie. In der Halle hatte Inspektor Broszat gerade alle Hände voll zu tun, Hilde vor ein paar Flüchtlingen in Schutz zu nehmen, die sie bis ins Haus verfolgten.

«Und was Ihren absurden Vorschlag betrifft», sagte Albin zu Luschnat, «erlauben Sie mir, daß ich ihn hiermit vergesse. Guten Tag!»

Luschnat rührte sich nicht vom Fleck. «Dann bestehe ich darauf, mit Barbara zu sprechen. Sie hat ein Recht, in einer so wichtigen Frage selbst zu entscheiden.»

«Solange ihr Mann im Feld steht, ist es meine Aufgabe als ihr Vater, sie vor derartigen Belästigungen in Schutz zu nehmen», sagte Albin. «Ach, Broszat», wandte er sich dann an seinen Verwalter in der Halle. «Würden Sie bitte den Standartenführer hinausbegleiten? Und sorgen Sie dafür, daß er meiner Tochter nicht zu nahe tritt.»

Luschnat zögerte einen Augenblick und warf Albin einen wütenden Blick zu. Dann machte er kehrt und rauschte hinaus. In der Tür blieb er noch einmal kurz stehen und zischte: «Vergessen Sie eins nicht, von Ganski. Noch haben *wir* in Deutschland das Sagen. Passen Sie ja auf, daß Sie das nicht zu spüren bekommen – Sie und Ihr prächtiger Schwiegersohn! Heil Hitler!»

9

Fast sechs Stunden stand die Lokomotive auf dem Stettiner Bahnhof unter Dampf. So lange mußte Alex warten, bis sie sich endgültig in Bewegung setzte, um ihn zu seiner Einheit zu bringen. Im Gegensatz zu den Transporten, die aus dem Osten und Süden in den Bahnhof einliefen und deren Waggons von verwundeten Soldaten und Flüchtlingen überquollen, war sein Zug spärlich besetzt. In den Abteilen saßen ein paar wenige, an die Front zurückkehrende Heimaturlauber sowie Gruppen blutjunger Soldaten mit Kindergesichtern, die noch kaum in ihre Uniformen paßten. Stumm und angespannt beäugten sie die älteren Landser. Kampf, Sieg oder Tod ... Alex beneidete sie. Sie hatten noch Angst vor dem Tod. Er hatte nur noch Angst vor dem Leben.

Am Ende des Zuges, in einem freien Abteil, nahm er den Brief seines Vaters aus der Brusttasche seiner Uniform: Konstantin Reichenbachs Vermächtnis. Alex hatte zwei Tage nach der Bombennacht das Siegel aufgebrochen. *Wenn Du diese Seiten in Händen hältst, mein Junge, werde ich nicht mehr dasein. Ich weiß, daß ich Dir eine Wahrheit zumuten muß, die schlimmer ist als alles, was Du in Deinem bisherigen Leben erfahren hast. Wie oft habe ich zu Gott gebetet, daß ich sie Dir ersparen kann und mit ins Grab nehme. Doch Du mußt die Wahrheit wissen, zu Deinem eigenen Schutz ...* Immer wieder ruckte der Zug an und rollte ein paar Meter, aber nur, um auf einem Nebengleis Platz für einen einfahrenden Transport zu machen. *Was immer auch geschehen mag, mein Junge, sobald Du meinen Brief gelesen hast, mußt Du Dich zur Truppe zurückmelden. Das ist der einzige Ausweg ... Ich habe meine Ehre und Selbstachtung verloren. Um von euch Verbrechen abzuwenden, bin ich selbst zum Verbrecher geworden ... Ich habe Dein Leben und das Deiner Mutter für den schlimmsten Preis erkauft, den es nur geben kann: für anderes Menschenleben ...*

«Ist hier noch frei?»

Ein Obergefreiter stand im Abteil und schaute sich mit hastigen, nervösen Blicken um.

Alex nickte. Der Soldat grüßte und nahm Platz. Er setzte sich nur auf die Kante des Sitzes, als wolle er im nächsten Moment wieder aufspringen. Unruhig wanderten seine Augen hin und her, während der Zug Fahrt aufnahm und den Bahnhof in Richtung Südosten verließ. Draußen brach die Dämmerung herein.

«Haben Sie was dagegen, wenn ich den Vorhang zuziehe?»

Alex gab wieder keine Antwort, sondern schüttelte nur den Kopf. Seit er Barbara verlassen hatte, fühlte er sich wie taub. Für einige wenige Stunden hatte er in ihren Armen ein Glück genossen, das schon längst nicht mehr seins war. Alles, was er seitdem tat, tat er wie eine mechanische Puppe, ohne jede Anteilnahme, in einem Zustand bleierner Gleichgültigkeit.

«Haben Sie auch Kinder?» fragte der Obergefreite mit einem Mal.

«Nein», antwortete Alex knapp.

«Das habe ich mir gedacht, Sie sind ja noch so jung.»

Alex spürte, wie die wandernden Blicke des Soldaten ihn suchten, doch er schlug die Augen nieder. Ein Satz, den sein Vater auf der Hochzeit gesagt hatte, kam ihm wieder in den Sinn. «Egal, was man tut, es ist immer irgendwie falsch.» Dieser kleine, erbärmliche Satz. Er hatte damals nicht geahnt, was er bedeutete, und erst recht nicht, daß er schon so bald auch für ihn gelten würde.

Am schlimmsten war die Scham. Die Scham für seinen Vater, die Scham für seine eigene Existenz. Und die Scham vor Barbara. Zum hundertsten Mal sah er sie vor sich, wie sie beim Abschied vor ihm stand, nackt und hilflos und entsetzt über seinen Aufbruch. Warum hatte er ihr nicht die Wahrheit gesagt? Damit sie verstand, daß er nicht anders handeln konnte, damit sie nicht an ihm und seiner Liebe verzweifelte … Aber wie hätte er ihr die Wahrheit sagen können? Sie hätte ihn verachtet, ihn gehaßt, sich vor ihm geekelt.

«Aber eine Frau, die haben Sie doch? Sie tragen ja einen Ring.»

Unwillkürlich blickte Alex zu seinem Gegenüber auf. Als ihre Blicke sich trafen, lächelte der Soldat ihn an. Erst jetzt merkte Alex, daß er einen nervösen Tick hatte: Alle paar Sekunden zuckte sein Mundwinkel. Einer von den armen Teufeln, die irgendeinen Stoßtrupp, irgendein Trommelfeuer nicht verkraftet hatten. Alex wollte wegschauen, doch zu spät. Wie ein Schiffbrüchiger klammerte der Mann sich an seinen Blick.

«Meine Frau und ich, wir haben einen kleinen Obstgarten, eine

Wiese mit drei Apfelbäumen. Wenn wir im Herbst die Äpfel gepflückt haben, lagern wir sie auf dem Schlafzimmerschrank, damit wir im Winter Äpfel haben. Sie können sich nicht vorstellen, wie das duftet. Nur meine Frau darf die Äpfel vom Schrank nehmen, jeden Samstagabend gibt sie mir einen.» Er schloß die Augen und atmete tief ein. «Sie kann so was nicht tun», sprudelte es plötzlich aus ihm heraus. «Wir haben doch zwei Kinder. Die Große, die Anna, ist schon sechs und geht zur Schule, und Richard, mein Sohn, ist zweieinhalb. Hier», sagte er und zog ein verknittertes Foto aus seiner Manteltasche, «das sind sie, alle drei, meine Familie.» Mit zitternder Hand zeigte er Alex das Bild: eine kräftige, stämmige Frau mit zwei dicklichen Kindern auf dem Arm. «Sie wohnen in Stargard, und da fahre ich jetzt hin. Ich muß die Wahrheit wissen! Sie hat mir geschrieben, daß mein Bruder sie besucht hat, und seitdem halte ich es nicht mehr aus. Jede Nacht sehe ich die beiden vor mir, wie sie zusammen ins Schlafzimmer gehen und sie ihm einen Apfel vom Schrank gibt. Mein Bruder ist ein Schwein, und er hat mir nie verziehen, daß die Helga mich geheiratet hat und nicht ihn …»

Er war so in seine Geschichte vertieft, daß er nicht die schweren Stiefelschritte hörte, die sich draußen näherten. Plötzlich ging die Abteiltür auf, und zwei Feldjäger standen auf dem Gang, die Gewehre über der Schulter.

«Militärpolizei! Marschbefehl und Soldbuch vorzeigen!»

Sie hatten noch nicht zu Ende gesprochen, da sprang der Soldat von seinem Sitz auf, an Alex und den Feldjägern vorbei, hinaus auf den Gang.

«Halt! Stehenbleiben!»

Im nächsten Moment ging ein Ruck durch den Zug, die Feldjäger taumelten, und mit kreischenden Bremsen verlangsamte der Zug seine Fahrt. Der Soldat hatte die Notbremse gezogen. Alex sah, wie die Feldjäger ihre Pistolen zückten und im Laufschritt die Verfolgung aufnahmen. Fauchend und zischend kam der Zug zum Stehen.

Ein Schuß wurde abgefeuert.

Alex trat ans Fenster und blickte hinaus in das dunkle Grau der Dämmerung. Neben dem Bahngleis, in einem Haufen rußigem

Schnee, lag der Körper des Obergefreiten. Die zwei Feldjäger beugten sich über ihn und wühlten in seinen Taschen.

Nur wenige Minuten später fuhr der Zug wieder an.

«So ein Idiot!» hörte Alex eine lachende Stimme. «Geht in Küstrin von der Fahne und haut dann nach Stargard ab.»

«Vom Regen in die Traufe», antwortete eine zweite Stimme. «Hat wahrscheinlich Osten und Westen verwechselt, der Spinner!»

Als Alex in Stargard den Zug verließ, konnte er die Front förmlich riechen. Die restlichen zwei Kilometer, die ihn noch von seiner Einheit trennten, mußte er zu Fuß zurücklegen. Von ferne hörte er das Donnern der Geschütze, ab und zu flammte am Horizont ein dunkelroter Feuerschein auf. Der fremde Soldat ging ihm nicht aus dem Sinn. Immer noch sah er sein Bild vor sich, ein toter Körper in einem Haufen schmutzigem Schnee, der noch ein paar Minuten zuvor gelebt hatte, beseelt und getrieben von einer Frage. Plötzlich tat der Mann ihm unendlich leid. Nein, er würde niemals wissen, ob seine Frau ihn betrogen hatte, für ihn hatte sich jede Frage erledigt ... Und erst jetzt, als Alex durch die menschenleeren Straßen von Stargard lief, in Gedanken an diesen unbekannten Toten, registrierte er an sich wieder jene unwillkürliche Veränderung, die sich immer einstellte, wenn er sich der Front näherte. Er bewegte sich anders, vorsichtiger, konzentrierter, bereit, auf eine plötzliche Gefahr zu reagieren. Er roch den brandigen Geruch, der in der kalten Winterluft lag, lauschte auf die Geräusche, die ihn umgaben – als könnte der Tod an jeder Hausecke lauern.

Eine Sternschnuppe leuchtete am Himmel auf, um wenige Sekunden später zu verglühen. Plötzlich hörte er Barbaras Stimme, sie war noch ganz jung, fast ein Kind – «Heißt das, daß die Sterne *singen?*» –, und ein absurdes Gefühl von Dankbarkeit gegenüber dem fremden Toten stieg in Alex auf. Ja, er hatte wieder Angst! Ja, er wollte leben!

Es war schon fast Mitternacht, als er seine Einheit endlich fand. Der Gefechtsstand war in der Scheune eines Bauernhofs untergebracht, der sich auf der Rückseite eines bewaldeten Hügels befand. Als Alex den kleinen Haufen sah, erschrak er: Von den achthundertsechzig Mann des Bataillons waren nur noch ein paar Dutzend übrig. Doch als er ein paar vertraute Gesichter im Schein der Petroleumlampe wiedererkannte, war ihm zumute wie bei der Rückkehr von einer langen Reise in die Geborgenheit eines Heims. Hier war der einzige Ort auf der Welt, wo er die Chance hatte zu überleben. Und nur wenn er hier überlebte, würde er Barbara jemals wiedersehen. Der Feldwebel sagte ihm, daß er den «Alten» im Wohnhaus finden würde.

Hauptmann Bräucker schrieb gerade seinen Lagebericht.

«Ah, da ist ja unser Ehrengast! Man hat Sie uns bereits angekündigt», sagte er, als Alex hereinkam.

«Was ist das für eine förmliche Anrede, Üppi? Seit wann siezen wir uns?»

Mit ernstem Gesicht nahm der Hauptmann ein Fernschreiben vom Tisch. «Ich habe hier eine Meldung, die Sie betrifft, Leutnant Reichenbach. Von einem Standartenführer Luschnat aus Greifswald.»

Als Alex den Namen hörte, stockte ihm das Herz.

«Dieser Luschnat teilt mir mit, daß Sie gegen eine ganze Reihe von Paragraphen verstoßen haben, und zitiert dazu ein Rundschreiben des OKW.» Der Hauptmann blickte auf das Blatt und las, während er mit der rechten Hand zu der Pistole auf seinem Schreibtisch griff. «Ah, ja, da haben wir es ja, 164/42 vom 24. 10. 42: ‹Auf Grund einer Entscheidung des Führers dürfen keinerlei Anträge jüdischer Mischlinge auf Verbleiben in oder Rückführung zur Wehrmacht mehr gestellt werden. Bereits gestellte Anträge werden zurückgesandt. Wenn noch Mischlinge ohne Genehmigung des Führers in der Wehrmacht dienen, sind sie unverzüglich aus dem aktiven Wehrdienst zu befreien.›» Er blickte wieder auf und sah Alex an. «Nun, wenn ich das Schreiben richtig verstehe, muß ich Sie wohl verhaften. Ich hoffe, Sie leisten keinen Widerstand.»

Alex war wie gelähmt. «Keine Angst, Üppi, ich werde mich nicht wehren», sagte er und hob die Arme.

Es war so grotesk, daß es fast komisch war. Das also sollte das Ende sein – in diesem elenden Bauernhof, zwei Kilometer südlich von Stargard. So viele Jahre hatte der unsichtbare Schutz gehalten, von dem Alex bis vor kurzem selbst keine Ahnung gehabt hatte. Und hier nun ereilte ihn das Schicksal, vor dem ihn sein Vater um jeden Preis hatte bewahren wollen, verhaftet von seinem eigenen Vorgesetzten und langjährigen Kriegskameraden. Hier schnappte die Falle zu, die Karl-Heinz Luschnat ihm gestellt hatte, weil er die gleiche Frau liebte wie er und durch irgendeinen Zufall offenbar die Wahrheit – oder doch einen Teil davon – herausgefunden hatte. Die Logik war so simpel, so einfach und zwingend wie die Folgen, die nun auf ihn zukamen.

Der Hauptmann stand von seinem Schreibtisch auf, in der einen Hand seine Pistole, in der anderen das Fernschreiben. «Soviel zur Rechtslage», sagte er. «In Anbetracht der Tatsache aber, daß ich hier jeden Mann brauche, und erst recht jeden Freund», fügte er mit einem Grinsen hinzu, «halte ich mich lieber an unseren ruhmreichen Reichsmarschall als an so ein kleines Arschloch von Standartenführer.» Er steckte seine Pistole ins Halfter und zerriß das Fernschreiben in der Luft. «Wie hat Hermann Göring gesagt? Wer Jude ist, bestimme ich!»

10

Anfang März war der Schnee auf den Wiesen und Wäldern von Daggelin geschmolzen, und Mitte des Monats begann auf dem Gutshof und seinen fünf Vorwerken die Feldarbeit. Niemand fragte, ob es noch Sinn hatte, ob im Herbst noch jemand da war, der die Ernte einbringen würde. Man tat es, weil man es jedes Jahr tat.

Also wies Oberinspektor Fritz Broszat seine drei «uk»gestellten Traktorführer an, die Äcker zu pflügen, zusammen mit ein paar alten Landarbeitern und mehreren Dutzend Frauen aus dem Dorf. Die polnischen und russischen Zwangsarbeiter waren kaum noch eine Hilfe; sie benahmen sich inzwischen so widerspenstig, daß zwei von ihnen je einen Aufpasser benötigten – selbst Igor hatte schon mehrfach die Arbeit verweigert. Albin fürchtete, daß sie allmählich zur Gefahr wurden, doch konnte er sich um sie ebensowenig kümmern wie um die Wirtschaft. Er war die meiste Zeit damit beschäftigt, die Schanzeinsätze des Volkssturms zu leiten, und hatte außerdem dafür zu sorgen, daß alle wehrfähigen Männer von Daggelin und Boddenhagen zwischen sechzehn und fünfundsechzig Jahren sich daran beteiligten. Wer ohne Entschuldigung beim Schanzeinsatz fehlte, so der

Befehl von Gauleiter Schwede-Coburg, wurde mit dem Entzug von Lebensmittelkarten bestraft.

Zuverlässige Nachrichten von der Front gab es nicht. Doch man brauchte nur auf die Chausseen zu blicken, um sich eine Vorstellung vom Zustand der Verteidigungslinien zu machen. Immer mehr Militärfahrzeuge mischten sich zwischen die Karren der Flüchtlinge – niedrige Wagen, mit Panjepferden bespannt, die Munition und Geräte beförderten, ab und zu auch vereinzelte Panzer, die alle Flüchtlingsfahrzeuge rücksichtslos in die Gräben drängten, wo viele dann umstürzten und zerbrachen.

In der zweiten Aprilwoche wurden die Felder geeggt und bestellt. Albin mußte nachts Wachtposten aufstellen, um das Saatgut vor den hungernden Flüchtlingen zu schützen, eine Aufgabe, die Gott sei Dank bald Soldaten der Nachrichtenformation übernahmen, die auf Daggelin einquartiert wurde. Sie war im Festsaal untergebracht, in dem es nun aussah wie in einer Kaserne, mit Bettstellen und Spinden, Schreibtischen und Telefonen. Und täglich trafen neue Schwärme von Flüchtlingen ein, die um Unterkunft für eine Nacht baten. Im Schloß, in den Leutewohnungen, in der Waschküche wurden Lager eingerichtet, und wenn die Räume in den Wohngebäuden nicht reichten, wich man in die Ställe aus.

Die Organisation der Arbeiten im Haus teilte Barbara sich mit Elisabeth Markwitz. Die Gutssekretärin arbeitete für zwei, und Barbara wußte nicht, wie sie ohne sie hätte auskommen sollen. Elisabeth war morgens um halb fünf die erste in der Küche und abends die letzte, die Kopftuch und Schürze ablegte.

Trotzdem fiel es Barbara schwer, sie zu mögen. Dabei konnte sie sich selbst nicht erklären, woher ihre Abneigung rührte. Daß Elisabeth nach wie vor mit fanatischem Eifer an den Führer glaubte, war kaum der Grund – glühende Nazis gab es immer noch mehr als genug. Eher spielte die Tatsache eine Rolle, daß ihr Vater nicht müde wurde, die Sekretärin wegen ihrer Tüchtigkeit zu loben. Doch wichtiger als diese Eifersucht war etwas anderes: nämlich Elisabeths Art, mit Menschen umzugehen. Sicher, es war ihre Aufgabe, dafür zu sorgen, daß keiner sich vor der Arbeit drückte, daß es bei der Essenszuteilung gerecht zuging, daß die Unterkünfte der Reihe nach vergeben wurden. Doch wie sie es tat, wirkte irgendwie kalt, ja demütigend. Elisabeth war in allem vollkommen korrekt und gerecht, doch ihre Korrektheit war von Mißgunst geprägt, und ihre Gerechtigkeit hatte fast etwas Gemeines.

Nur einmal war sie wie verwandelt. Barbara und Elisabeth waren gerade vor dem Leutehaus damit beschäftigt, Decken für die Nacht auszuteilen, als ein kleines weinendes Mädchen über den Hof irrte, das seine Eltern verloren hatte. Kaum sah Elisabeth die Kleine, ließ sie alles liegen und stehen, nahm sie auf den Schoß, streichelte und tröstete sie und verbrachte mehrere Stunden damit, ihre Eltern aufzuspüren. Wie paßte das zusammen?

Barbara wußte es nicht. Vielleicht lag es daran, daß Elisabeth als Tochter einer ledigen Melkerin nie eine richtige Familie gehabt hatte. Aber wozu sich darüber den Kopf zerbrechen? Barbara hatte andere Sorgen. Seit Alex' unerklärlichem Aufbruch hatte sie kein Lebenszeichen mehr von ihrem Mann bekommen. «Die halten bei der Offensive alle Post zurück», so Elisabeths Meinung. «Damit nicht zuviel verraten wird.» Major Wilke, der Chef der auf Daggelin einquartierten Nachrichtenformation, hatte Barbara zwar versprochen, ihr jede Meldung, die Alex' Einheit betraf, sofort mitzuteilen; doch hatte er bisher lediglich herausgefunden, daß sein Bataillon sich wie alle übrigen Einheiten im Verlauf des März auf die Hauptkampflinie an der Oder zurückgezogen hatte, unter teilweise schweren Verlusten.

Die Vorstellung, daß Alex keine hundert Kilometer von ihr entfernt war, daß vielleicht gerade ein feindlicher Soldat mit seinem Gewehr auf ihn zielte und sie keine Möglichkeit hatte, etwas zu tun, machte Barbara rasend. Zugleich aber mischte sich in ihre Angst und Sorge eine immer wieder aufflackernde Wut. Alex war ja so ein gottverdammter Idiot! Er hatte ihr Unglück selbst heraufbeschworen, hatte selbst dafür gesorgt, daß alles so gekommen war, ohne jeden Grund. Und schließlich verspürte sie, sobald sie an ihn dachte, wieder jene grenzenlose Enttäuschung, die sie in der Nacht erfaßt hatte, als er gegangen war. Warum hatte er sie verlassen? Er hatte ihre Ehe aufgekündigt, sein Versprechen gebrochen, ihre Liebe verraten. Warum hatte er das getan? Wozu? «Arbeite! Wenn Beten nicht hilft, dann Arbeit!» Gott sei Dank gab es Arbeit mehr als genug.

In der dritten Aprilwoche wurden die Felder gewalzt und gedüngt, und auf den Wiesen zeigte sich das erste Grün. Die Apfelbäume auf der Koppel am See standen bereits in Blüte, und in wenigen Wochen würden die Stuten dort wieder weiden. Und auch im Haus kehrte trotz täglich neuer Überraschungen und Katastrophen mit der Zeit eine gewisse Ordnung ein, die Barbara und Elisabeth half, das Chaos in erträglichen Grenzen zu halten.

Doch dann kam der Tag, an dem Albin ganz unvermittelt, beim gemeinsamen Abendessen im kleinen Speisezimmer, jene große, schicksalsschwere Frage stellte, die allen seit geraumer Zeit schon auf der Seele lag, ohne daß einer sie auszusprechen wagte.

II

Es war am 20. April, am Tag von Hitlers Geburtstag. Am Morgen hatte Gutsinspektor Fritz Broszat, der sich in der Vergangenheit zweimal gegen die Ernennung zum Kreisbauernführer gewehrt hatte und nicht mal der Partei angehörte, die Markwitz noch daran gehindert, über dem Portal des Schlosses wie in den Jahren zuvor die Flaggen zu hissen.

«Wollen wir trecken, oder bleiben wir?»

Albin hatte sein Besteck neben den Teller gelegt und faltete die Serviette zusammen.

«Wenn du mich fragst, Albin», sagte Hilde leise, «ich weiß, deine Familie ist schon seit fünfhundert Jahren hier, und Daggelin bedeutet dir mehr als dein Leben.» Sie schaute ihren Mann an, ihr Blick war voller Angst. «Aber seit zwei Tagen dürfen nicht mal mehr die Kirchenglocken läuten! Die dürfen nur noch läuten, wenn die russischen Panzer kommen!»

Albin legte seine Hand auf ihren Arm. «Das heißt, du möchtest, daß wir gehen?»

Hilde nickte stumm und zog ein Taschentuch aus dem Ärmel ihrer Bluse.

«Und du, Barbara?» wandte Albin sich an seine Tochter.

Barbara schüttelte den Kopf. «Ich kann nicht fort. Wenn Alex zurückkommt ...»

«Du könntest ihm eine Nachricht hinterlassen.»

«Wie denn? Die Post funktioniert doch längst nicht mehr! Willst du schon wieder, daß ich ihn im Stich lasse?»

«Bitte, Barbara, nicht jetzt», sagte Albin ruhig und ernst. «Nur deine Meinung.»

«Ich will, daß wir bleiben.»

«Gut. Und Sie, Broszat?»

Der Inspektor wog bedächtig seinen schweren, rotgesichtigen Kopf. «Viel Zeit zu überlegen haben wir nicht mehr. Ich spür das an den Fremdarbeitern, die sind schon ganz kribbelig. Die haben Angst vor ihren eigenen Leuten, daß die sie abknallen, weil sie für uns gearbeitet haben, statt uns die Kehle durchzuschneiden. Entschuldigung, gnädige Frau», fügte er hinzu, als er sah, wie Hilde erschrak. «Aber so ist es nun mal.»

«Ihr Vorschlag, Broszat?» fragte Albin.

«Daß wir auf jeden Fall mit den Vorbereitungen anfangen!»

«Vorbereitungen zum Treck?» protestierte Elisabeth. «Wollen Sie, daß der gnädige Herr erschossen wird? Niemand darf trecken ohne Erlaubnis!»

«Das laß nur meine Sorge sein, Elisabeth», sagte Albin.

Doch er wußte nur zu genau, daß die Warnung seiner Sekretärin keineswegs übertrieben war. Wer sich eigenmächtig auf den Treck begab oder auch nur Vorbereitungen dazu traf, dem drohte die standrechtliche Exekution. Diesen Befehl des Kreisleiters hatte Albin selbst seinen Volkssturmleuten mitgeteilt. Allerdings widersprachen sich die Auskünfte, je nachdem, ob man sich an die Parteileitung, an die Verwaltung oder an die Wehrmacht hielt. Einmal hieß es, Trecken sei verboten, dann wieder, es sei sogar der Befehl dazu ergangen, und schließlich, die Entscheidung sei jedem freigestellt. Wem sollte man da glauben? Ein Irrtum konnte tödliche Folgen haben. Die einzige Hoffnung, an die Albin sich klammern konnte, war das Gerücht, daß Greifswald zur internationalen Lazarettstadt erklärt würde und darum der Landkreis vielleicht vor der Zerstörung verschont bliebe. Aber was von diesem Gerücht zu halten war, konnte ihm niemand sagen. Und erst recht konnte ihm niemand eine Antwort auf die eigentliche, viel schwerere Frage geben: ob er bereit war, Daggelin aufzugeben und dem Schicksal zu überlassen.

Am nächsten Morgen wies er Broszat an, so heimlich wie möglich die Vorbereitungen für den Treck zu beginnen. Schon vor Wochen, als die ersten Luftkämpfe am Himmel über Greifswald zu sehen waren, hatte er Meßtischblatt-Karten kopieren lassen und detaillierte Pläne für den Fall der Fälle aufgestellt: wer von den verbliebenen Männern für welche Fuhrwerke verantwortlich war, was und wieviel jede Familie mitnehmen durfte. Doch das waren nur Pläne gewesen, keine Wirklichkeit.

Am Morgen des 26. April packte die auf Daggelin einquartierte Nachrichtenformation ihre Sachen. Major Wilke verbrannte gerade bündelweise Papiere im Kamin, und ein junger Gefreiter verstaute die Telefone, als Albin in den ehemaligen Festsaal kam.

«Was ist los, Major? Was sollen die Lastwagen im Hof? Warum verbrennen Sie die Papiere?»

«Stettin ist gefallen, die Hauptkampflinie ist zusammengebrochen!»

Die Worte trafen Albin wie ein Schlag. «Die Russen haben die Oder überquert? Das ist das Ende.»

«Sie sagen es», erwiderte der Major und warf einen letzten Stoß Papiere ins Feuer. Dann wandte er sich von dem Kamin ab, um dem Gefreiten zu folgen, der mit dem Telefonkasten unterm Arm in der Halle auf ihn wartete.

«Und was wird aus uns?» fragte Albin.

Der Major zuckte die Achseln. «Ihre Sache», sagte er und ging zur Tür. «Wenn Sie meinen Rat wollen: Machen Sie, daß Sie wegkommen, so schnell und so weit wie möglich. In Sicherheit sind Sie erst hinter der Elbe!» In der Tür blieb er noch einmal stehen. «Übrigens, vor einer Viertelstunde ist noch ein Befehl für Sie reingekommen. Sie sollen mit Ihren Volkssturmmännern Stellung bei der Brücke in Boddenhagen beziehen. Die Brücke um jeden Preis halten! Befehl der Gauleitung! Bei Zuwiderhandlung Verurteilung wegen Hochverrats.»

Er tippte sich an die Mütze und verließ den Saal. Albin sah ihm kopfschüttelnd nach. Die Brücke verteidigen, gegen russische Panzer – mit einem Dutzend Greise, zwei verstümmelten ehemaligen Soldaten und den Jungs einer Dorfschulklasse! Bis zum bitteren Ende blieben die Nazis sich und ihrer Methode treu: das Unmögliche fordern, fehlende Voraussetzungen durch Illusionen ersetzen und jeden, der ihnen dabei nicht folgte, zum Verräter stempeln.

Albin blickte hinaus in den Hof. Es war ein Bild des Jammers. Ein Flüchtling schlachtete gerade neben einer Feuerstelle mit der blanken Axt ein Schwein, während vor dem Portal die Soldaten auf ihre Lastwagen stiegen. Fünfhundert Jahre hatte seine Familie gebraucht, um Daggelin aufzubauen, die Wälder zu roden, das Land urbar zu machen. Und ganze zwölf Jahre hatte diese Kanaille gebraucht, um alles zu zerstören, die Arbeit von so vielen Generationen: das Lebenswerk zahlloser Menschen, ihre Hoffnungen, ihre Träume, ihre Intelligenz, ihre Energie, ihr Geschick. Alles das war nun zunichte gemacht, geopfert für die Wahnideen eines außer Rand und Band geratenen Gefreiten.

Plötzlich stutzte Albin. Was war das? Hilde, seine Frau, eilte die Haupttreppe herunter, mit offenem Mantel und einem kleinen Koffer in der Hand, und lief auf die Lastwagenkolonne zu. Was hatte sie vor? Sie wollte doch wohl nicht …

Noch bevor er den Gedanken zu Ende denken konnte, stürzte Albin hinaus. Von der Treppe aus sah er, wie Hilde auf Major Wilke einredete, der gerade in das Führerhaus des vordersten Lastwagens kletterte. In wenigen Sätzen war Albin bei ihr.

«Bitte, Major», flehte Hilde den Offizier an. «Nehmen Sie mich mit!»

Albin legte seinen Arm um ihre Schulter. Sie drehte sich um; ihr sonst so sorgsam frisiertes Haar war aufgelöst, ihr verstörtes Gesicht von Tränen überströmt.

«Nein, Hilde», sagte Albin und zog sie sanft zu sich heran. «Wir werden unsere Heimat nicht aufgeben. Nicht wegen dieser Kanaille. Es wäre einfach zu erbärmlich.»

Mit einem verzweifelten Schluchzen warf sie sich an seine Brust. «Verzeih mir, Albin», preßte sie mit erstickter Stimme hervor. «Bitte, verzeih mir.»

«Ist ja schon gut, Hildchen», sagte er und strich ihr tröstend über das Haar, wie bei einem Kind. «Wir werden das schon schaffen.»

Noch am selben Mittag rief Albin sämtliche Angehörigen des

Gutsbetriebs im Festsaal zusammen. Ohne daß es aus Greifswald eine entsprechende Anweisung gab, teilte er den Leuten mit, daß die Kreisleitung die Erlaubnis zum Treck gegeben habe.

«Ich selbst werde mit meiner Familie auf Daggelin bleiben», erklärte er. «Doch ich stelle allen von euch, die gehen wollen, Fuhrwerke und Wagen zur Verfügung. Oberinspektor Broszat wird den Treck führen.»

Fassungslos sahen die Leute sich an. Die Frauen weinten, und auch einigen Männern standen Tränen in den Augen. Mit möglichst ruhiger Stimme zählte Albin auf, wieviel jeder mitnehmen dürfe, und schärfte den Leuten ein, sich um sechs Uhr abends bereit zu halten. Um acht sollte der Treck abgehen.

Die weitere Verantwortung übertrug er seinem Verwalter. Er selbst wollte noch am Nachmittag nach Boddenhagen reiten, um dafür zu sorgen, daß seine Volkssturmleute die Brücke kampflos den Russen überließen. Die Schuljungen waren imstande, mit bloßen Fäusten auf die Panzer loszugehen.

Bevor er sich auf den Weg machte, bat er Broszat in sein Büro. Er öffnete den schweren Tresor und nahm daraus die wappengeschmückte Ledermappe hervor, die schon seit Generationen die Dokumente der Familie von Ganski enthielt – das Familienstammbuch, Kaufverträge, Abschriften aus dem Grundbuch, die den Besitz von Daggelin und seiner fünf Vorwerke beurkundeten. Er legte die Mappe in eine große Stahlkassette, zusammen mit mehreren Aktienpaketen sowie dem Familienschmuck.

«Das ist unsere ganze Existenz, Broszat», sagte er und reichte seinem Verwalter die Kassette. «Bringen Sie die Sachen für uns in Sicherheit.»

Die Jungen hatten schon an der Brücke Posten bezogen, als Albin zwei Stunden später in Boddenhagen eintraf. Um ihrem Eifer auf den ersten Einsatz eine weniger gefährliche Nahrung zu geben, machte er ihnen die Sperrung einer unbedeutenden Nebenstraße zur Aufgabe, in der Hoffnung, daß die russischen Panzer über die Hauptchaussee heranrollten. Zum Glück gelang es ihm mit Hilfe der beiden ehemaligen Soldaten, die Jungs davon zu überzeugen, daß auch kriegsentscheidende Befehle oft noch im allerletzten Moment abgeändert wurden: «Anweisung von ganz oben! Schnauze halten und gehorchen!»

Um sieben kehrte Albin nach Daggelin zurück. Neun Fuhrwerke und sieben gummibereifte Wagen standen im Hof bereit; Elisabeth teilte an die Kutscher gerade Karten aus. Hilde liefen Tränen über die Wangen, als sie sich von den Leuten verabschiedete und den Kindern Kekse in die Hand drückte, während Barbara vor dem Leutehaus auf Igor und die drei anderen russischen Zwangsarbeiter einredete, um ihnen begreiflich zu machen, daß sie frei waren. Doch die starrten sie nur mit angsterfüllten Gesichtern an, riefen irgendwelche russischen Worte und zeigten aufgeregt in die Richtung, aus der das Donnern der Geschütze und das Sturmläuten der Glocken zu hören waren. Über dem Kirchturm von Boddenhagen stiegen Rauchwolken in die Abenddämmerung auf.

Albin drückte Broszat gerade zum Abschied die Hand, als ein schwarzer Mercedes in den Hof gefahren kam. Karl-Heinz Luschnat, im einfachen Straßenanzug, sprang aus der Limousine. Auf Albin und Broszat warf er nur einen Blick, dann hatte er Barbara entdeckt und lief mit eiligen Schritten auf sie zu.

«Komm mit!» sagte er hastig und faßte sie am Arm. «Ich hole dich raus aus dieser Scheiße!»

Barbara fuhr unwillkürlich zurück. «Bist du verrückt geworden?»

«Wir fliehen über die Elbe. Ich habe Geld, ich habe Devisen, ich habe ein Auto.» Er sprach in schnellen, abgehackten Sätzen und versuchte gleichzeitig, sie fortzuziehen. «Du hast ja keine Ahnung, was die Russen mit dir machen! Stalin hat jede deutsche Frau zur Kriegsbeute erklärt!» Er rüttelte sie an der Schulter. «Barbara, ich beschwöre dich, komm mit mir. Noch ist es nicht zu spät.»

«Ich? Mit dir? Bist du von allen guten Geistern verlassen?»

«Barbara, komm mit, jetzt gleich!» Auf einmal wurde seine Stimme ganz leise, fast zärtlich. «Ich liebe dich. Du bist die einzige Frau, die ich je geliebt habe. Weißt du das nicht?»

«Du hast wohl vergessen, daß ich verheiratet bin!»

«Nein! Deine Ehe wurde annulliert.» Sein Gesicht bekam einen inständigen Ausdruck. «Wir können heiraten, ganz von vorn anfangen. Doch bitte, ich flehe dich an, komm jetzt endlich!»

«*Was* wurde meine Ehe? Annulliert?» Barbara riß sich von ihm los und starrte ihn an. «Hau ab, du Mistkerl», fauchte sie, angewidert und voller Verachtung. «Lieber verrecke ich hier bei den Russen, als daß ich mit dir Dreckschwein gehe!»

«Was ist da los, Barbara?» rief ihr Vater, der zusammen mit Broszat herbeieilte.

Karl-Heinz Luschnat war leichenblaß im Gesicht. «Ein letztes Mal, Barbara, komm mit, das ist deine einzige Chance!» Seine Stimme war nur noch ein Winseln, während er die Arme nach ihr ausstreckte.

«Hau ab, du Scheißkerl!» wiederholte Barbara.

«Lassen Sie die Hände von meiner Tochter!»

Plötzlich zückte Luschnat eine Pistole, wie ein Blitz fuhr er herum und richtete sie auf Albin und Broszat, die keine zwei Meter mehr entfernt waren.

«Machen Sie keinen Unsinn, Standartenführer!» sagte Albin so ruhig wie möglich und blieb stehen.

«Halten Sie Ihr verdammtes Maul!» schrie Luschnat mit überschnappender Stimme. Die Panik stand ihm im Gesicht, der Lauf seiner Pistole zitterte. «Was ist das hier für eine gottverfluchte Schweinerei? Was sollen die Fuhrwerke? Wo ist Ihre Treckerlaubnis?»

«Keine Sorge, die liefern die Russen schon nach», antwortete Broszat.

«Wer hat Sie gefragt?» herrschte Luschnat ihn an und richtete die Pistole auf den Gutsverwalter. «Lassen Sie sofort abspannen, oder ich knalle Sie ab! Auf der Stelle!»

«Sie sind ja nicht bei Troste», sagte Broszat und wandte sich ab.

«Abspannen, habe ich gesagt!» kreischte Luschnat. Seine Augen verengten sich zu zwei schmalen, haßerfüllten Schlitzen, und Albin sah, wie der Zeigefinger seiner rechten Hand am Abzug den Druckpunkt suchte.

In diesem Augenblick knatterte ein Motorrad heran, im Sattel ein Feldwebel der Wehrmacht. Der Soldat blieb nur einen Moment im Hoftor stehen und schrie: «Die Russen sind in Boddenhagen!» Dann brauste er weiter.

Luschnat blickte für eine Sekunde zur Seite. Albin sprang vor und schlug ihm gegen den Arm. Ein Schuß löste sich. Im nächsten Moment sank Igor, der russische Zwangsarbeiter, zu Boden. Für einen Augenblick begriff niemand, was geschah.

Luschnat blickte einmal nach links, einmal nach rechts. Dann stieß er Barbara aus dem Weg, und ohne auf die Pistole zu achten, die ihm dabei aus der Hand fiel, sprang er in sein Auto und fuhr davon.

Barbara stürzte zu Igor und hob seinen Oberkörper vom Boden. Leblos rollte ihm der Kopf auf die Schulter, aus seinem Mundwinkel rann ein feiner Faden Blut. Sie beugte sich über ihn und hielt ihr Ohr an seine Brust. Als sie sich aufrichtete, schüttelte sie den Kopf.

«Er hat ihn erschossen. Igor ist tot.»

Die drei übrigen Zwangsarbeiter schauten sich voller Entsetzen an. Aufgeregt wechselten sie ein paar Worte, dann ergriffen auch sie die Flucht und liefen zum Tor hinaus.

12

Wann würden die Russen kommen? Noch in der Nacht? Am nächsten Morgen? In ein paar Tagen? Das war die eine große Frage, die über Daggelin schwebte, nachdem der Treck aufgebrochen war. Von der Einfahrt aus konnte man die Fuhrwerke wahrscheinlich noch sehen, doch keiner der Zurückgebliebenen hatte das Bedürfnis, dem traurigen Zug nachzuschauen. Alle hatten sich abgewandt, sobald der letzte Wagen das Tor passiert hatte. Sie hatten nicht einmal mehr gewinkt.

«Wir müssen die Leiche vergraben!» erklärte Elisabeth.

«Wie? Einfach verscharren?» fragte Hilde. «Ohne Pastor? Das können wir nicht tun.»

«Für den Pastor ist jetzt keine Zeit», erwiderte Elisabeth. «Wenn die Russen die Leiche bei uns finden, dann gnade uns Gott!»

Barbara wunderte sich einmal mehr, mit welcher Entschiedenheit Elisabeth sprach, sogar in einer solchen Situation bewahrte sie die Übersicht. Die Sekretärin gehörte zu den wenigen, die mit der Familie zurückgeblieben waren: der alte Stellmacher Durittke und seine kleine, verhutzelte Frau, die alle ihre drei Söhne verloren hatten; Futtermeister Kampmann, der immer seine Mütze abnahm, wenn er mit einem Mitglied der Gutsbesitzerfamilie sprach, und sie verlegen in seinen großen, klobigen Händen drehte; und die junge Frau Grubenhagen, eine Kriegerwitwe, mit ihrem zwei Monate alten Baby. Albin selbst hatte Elisabeth gefragt, ob sie bleiben oder gehen wolle. Sie hatte sich aus drei Gründen fürs Bleiben entschieden: erstens, weil sie «die Sache» nicht verraten wollte; zweitens, weil sie sich der Familie verpflichtet fühlte; und drittens, weil sie niemanden hatte, zu dem sie fliehen konnte.

«Elisabeth hat recht», sagte Albin. «Am besten bringen wir es gleich hinter uns.»

«Aber wo wollt ihr ihn denn begraben?» fragte Hilde.

«In der Familiengruft», sagte Barbara. «Das ist das mindeste, was wir ihm schulden.»

«Nein, auf gar keinen Fall!» widersprach Elisabeth. «Auf dem Friedhof schauen sie als erstes nach. Wenn sie da ein frisches Grab entdecken, buddeln sie ihn sofort wieder aus.»

«Ja», sagte Albin. «Ich denke, wir bringen ihn hinunter zur Stutenkoppel. Wenn du vielleicht einen Spaten holst, Elisabeth?» Dann wandte er sich an Barbara. «Kümmerst du dich um deine Mutter?»

Barbara warf einen letzten Blick auf den toten Igor. Mein Gott, wie jung er war! Er trug seinen grauen Arbeitskittel, wie immer, wenn Hilde ihn nicht gerade in eine Livree gesteckt hatte. Wahrscheinlich hatte er den Kittel schon getragen, als deutsche Soldaten ihn irgendwo in der Ukraine gefangengenommen hatten, um ihn hierher zu verschleppen, Tausende von Kilometern von seiner Heimat entfernt, in eine Welt, deren Menschen er ebensowenig verstand wie die Sprache, in der sie ihm ihre Befehle gaben. Das Mitleid stieg wie eine Woge in Barbara auf, und gleichzeitig eine ebenso starke Angst. Was würde passieren, wenn die Russen seine Leiche entdeckten?

«Komm, Mamutschka», sagte sie und faßte Hilde unterm Arm. «Gehen wir ins Haus.»

Auf dem Hof herrschte eine fast gespenstische Stille. Zusammen mit dem Treck hatten die letzten Flüchtlinge Daggelin verlassen. Wo bis vor wenigen Tagen noch Hunderte von Menschen kampiert hatten, gab es jetzt nur noch die Spuren von ihrem Aufenthalt und ihrem Aufbruch: niedergebrannte Feuerstellen, Karren mit zerbrochenen

Achsen und Rädern, aufgeplatzte Federbetten, zurückgelassene Möbel, leere Benzinkanister. Morgen würden sie mit dem Aufräumen beginnen, dachte Barbara. Auf der Freitreppe drehte sie sich noch einmal um. Ihr Vater und Elisabeth luden gerade die Leiche auf eine Schubkarre.

Es war schon fast Mitternacht, als sie das Abendessen einnahmen. Albin hatte alle aufgefordert, die Nacht im Schloß zu verbringen. Mit verlegenen Gesichtern und scheuen Bewegungen, als hätten sie Angst, die Polsterbezüge der Stühle schmutzig zu machen, nahmen die Durittkes, Kampmann und Frau Grubenhagen an dem Eichentisch im Speisezimmer Platz. Während der Mahlzeit wurde kaum ein Wort gesprochen. Als Hilde am Ende, zerstreut und aus alter Gewohnheit, mit der Tischglocke läutete, um das Zeichen zum Abräumen zu geben, schauten sich die Gutsleute betreten an.

Nach dem Dankgebet räumte jeder sein Gedeck zusammen und brachte es in die Küche. Danach ordnete Albin an, daß alle, die nicht zur Familie gehörten, zusammen im Saal schlafen sollten. Dort wären sie sicherer als in ihren Leutewohnungen. Dann ging er mit Barbara und Hilde zu den Schlafzimmern hinauf.

«Nein», sagte er, als Barbara sich vor ihrer Zimmertür für die Nacht verabschieden wollte. «Du bleibst bei uns.»

Sie zogen nur die Schuhe aus. In ihren Kleidern legten sie sich auf das große, breite Ehebett, zu dritt nebeneinander, Barbara in der Mitte. So hatte sie als kleines Mädchen zum letzten Mal zwischen ihren Eltern gelegen. Obwohl sie todmüde war, machte sie kein Auge zu. Angestrengt horchte sie in die Nacht hinaus, wo am Himmel ab und zu ein Blitz die Finsternis aufriß. Das nahe Donnern der Geschütze vermischte sich mit den vertrauten, doch jetzt fast befremdlichen Geräuschen aus dem Stall, dem Muhen einer Kuh oder dem Rasseln einer Kette. Ganz leise hörte sie die Stimme von Frau Grubenhagen, die unten in der Halle versuchte, ihren greinenden Säugling zu beruhigen: «Schlaf, Kindchen, schlaf, … dein Vater hütet die Schaf' … deine Mutter is' in Pommernland … Pommernland is' abjebrannt …»

Es war vielleicht eine halbe Stunde vergangen, als das Baby aufhörte zu weinen. Barbara blickte zu ihrer Mutter herüber. Hilde war eingeschlafen. Die Angst war aus ihrem Gesicht verschwunden, friedlich wie ein Kind schlummerte sie auf ihrem Kissen. Arme Mamutschka.

«Kannst du auch nicht schlafen?» flüsterte Albin.

«Nein, Papa. Und du?»

Sie drehte sich auf die andere Seite und sah ihn an. In der Dunkelheit konnte sie sein Gesicht nur undeutlich erkennen. Er schüttelte den Kopf.

«Nur gut, daß Mama schläft.»

Er machte einen tiefen Seufzer und schwieg.

«Ach, Barbara», sagte er dann. «Es tut mir so unendlich leid ... für euch ...»

«Nicht jetzt, Papa.»

«Doch, Barbara. Ich muß jetzt mit dir darüber sprechen, vielleicht ist es morgen schon zu spät.» Er machte eine Pause. «Wir haben alles falsch gemacht, genau wie Alex sagte. Wir haben euch die Suppe eingebrockt, und ihr müßt sie nun auslöffeln.»

Sie wandte sich ab und blickte zur Decke. All die Wochen, seit Alex fort war, hatte sie kaum mit ihrem Vater gesprochen. Sie hatten beide ihre Arbeit getan und waren einander aus dem Weg gegangen. Was sollte sie ihm nun antworten? Was erwartete er von ihr? Daß sie ihm verzieh? Nein, das konnte sie nicht.

«Wir haben das Beste gewollt und das Schlimmste angerichtet ... Wir haben mit dem Teufel paktiert ... Wir haben diese Leute in den Sattel gehoben, und sie haben uns die Zügel aus der Hand genommen ... Wir waren solche Narren.»

Er atmete so schwer, daß es fast wie ein Stöhnen klang. Mehrere Minuten lang brachte keiner von beiden ein Wort hervor.

«Als du Alex die Hand geschüttelt hast, Papa», sagte Barbara leise, «damals, in der Nacht, als er mich verließ, da habe ich dich gehaßt. Es war, als würdest du ihm gratulieren.»

Er holte tief Luft, bevor er ihr antwortete. «Du hast alles Recht, so zu empfinden. Und ich weiß, es gibt keine Entschuldigung für das, was wir angerichtet haben, aber eins mußt du mir glauben, nur darum bitte ich dich ...»

Barbara drehte sich zu ihm um und sah ihn an.

«Ich habe immer nur getan, wovon ich zutiefst überzeugt war. Auch wenn ich jetzt begreife, daß ich mich fürchterlich geirrt habe.»

Er schloß die Augen und drehte sich auf den Rücken. «Es ist eine solche Schande. Wir haben euch um eure Zukunft gebracht.»

Eine lange Weile lagen sie so da. Barbara sah, wie sich seine Brust hob und senkte, sie hörte die Seufzer, die den Rhythmus seines Atems unterbrachen, spürte, daß sein Körper neben ihr unmerklich bebte. Sie hatte ihren Vater niemals weinen sehen, nicht mal, als er Broszat auf den Treck geschickt hatte, und auch jetzt wußte sie nicht, ob er es wirklich tat. Ohne daß sie es wollte, tastete sie nach seiner Hand. Zögernd nahm er ihre Hand in die seine und drückte sie. Seine Hand war groß und rauh und so kalt, als wäre alles Blut daraus gewichen.

«Ach Papa. Es ist ja gar nicht deine Schuld, es ist viel schlimmer... Alex hat es selbst gewollt.»

In einem Zustand zwischen Schlafen und Wachen verharrten sie bis zum Morgengrauen, die Hände ineinandergefaltet. Irgendwann in der Nacht schmiegte Barbara sich an seine Schulter, und er nahm sie in den Arm. «Danke», flüsterte er und küßte sie auf die Stirn.

Als die ersten Vögel zu zwitschern anfingen, standen sie auf.

Auch Hilde wurde wach. «Ich habe die ganze Nacht kein Auge zugetan», sagte sie.

Barbara lächelte ihren Vater an. Er lächelte zurück.

«Und was machen wir jetzt?» fragte Hilde.

«Frühstücken», sagten Barbara und Albin wie aus einem Munde.

Sie deckten gerade den Tisch, als der erste Russe erschien: ein einfacher Soldat, ein mächtiger, dicker Mensch, der mit aufgeknöpftem Uniformrock auf einem viel zu kleinen Pferdchen, im langsamen Schritt und mit durchhängenden Zügeln, durch das Tor in den Hof trottete. In der Mitte des Platzes blieb das Pferd stehen, der Oberkörper des Soldaten schwankte einmal nach links, einmal nach rechts – dann plumpste der Mann wie ein nasser Sack zu Boden.

Die ganze Anspannung der Nacht fiel von Barbara ab. «Der ist ja stockbesoffen!» prustete sie los und blickte ihren Vater lachend an.

Doch Albins Gesicht verfinsterte sich.

«Um so schlimmer», sagte er. «Ich hatte gebetet, sie kämen nüchtern.»

13

Über dem Portal von Daggelin wehte die rote Fahne der Sowjetarmee: das aufgeschlitzte Inlett eines Federbetts, auf das mit Kreide Hammer und Sichel gezeichnet waren.

Drinnen im Schloß war die Hölle los. Als Barbara die Halle betrat – sie hatte im letzten Moment, zusammen mit Elisabeth, Luschnats Pistole vergraben, und außerdem ein paar Flaschen uralten Cognac –, hauste dort ein Dutzend betrunkener Soldaten wie die Vandalen. Einer riß das Telefon aus der Wand, ein anderer zertrümmerte das Radio, ein dritter hatte seine Hose geöffnet und urinierte in hohem Bogen gegen den Stammbaum der Familie, der auf der Wand aufgemalt war.

«Nein, Mama!» schrie Barbara.

Zu spät. Wutentbrannt schoß Hilde auf den Soldaten zu und verpaßte ihm eine Ohrfeige. Der Russe schaute sie entgeistert an, mit offener Hose und entblößtem Gemächte, und für eine Sekunde schwankte der Ausdruck in seinem Gesicht zwischen Unverständnis und Zorn. Dann brach er in ein dröhnendes Lachen aus, und ohne seine Hose zu schließen, packte er Hilde bei der Schulter, setzte ihr eine Flasche Schnaps an den Hals und zwang sie zu trinken.

«Lassen Sie das!» rief Barbara und riß dem Russen die Flasche aus der Hand.

Der blickte sie mit dumpfer Gier an. «Uri Uri! *Dawaj!*»

Barbara verstand nicht, was er meinte. Zitternd vor Angst reichte sie ihm die Flasche, aber der Russe schlug die Flasche zu Boden.

«Nix Wodka!» sagte er. «Uri Uri!»

Der Soldat kam langsam und bedrohlich auf sie zu, die tiefliegenden Augen lüstern auf sie gerichtet. Barbara roch den säuerlichen Gestank von Schweiß, Tabak und Alkohol, den sein Körper ausströmte, sah die schwarzen Stummelzähne in seinem Mund, die wulstigen Lippen.

«Uri! Uri!» wiederholte er und griff nach ihrem Arm.

Endlich verstand sie. Er meinte nicht sie, sondern ihre Uhr! Eilig streifte Barbara sie vom Handgelenk. Der Russe nahm sie mit einem

Strahlen, hielt sie sich ans Ohr, als wolle er überprüfen, ob sie auch tickte, und verzückt wie ein Kind unterm Weihnachtsbaum, das ein Geschenk ausprobiert, versuchte er, sich die Uhr anzulegen. Aber sein Unterarm war so dick, daß er das Armband nicht schließen konnte. Enttäuscht warf er Barbaras Uhr fort.

«Mährr Uri Uri!»

«Komm!» sagte Barbara. «Ich zeigen Uri Uri!»

Gemeinsam zogen sie durchs Haus. In allen Räumen des Schlosses, vom Keller bis zum Dachgeschoß, stöberten die Soldaten nach irgendwelchen Dingen, die sie plündern konnten. Sie rissen in der Küche die Schubladen aus den Schränken und sortierten auf dem Boden das Silber daraus hervor, schraubten in den Badezimmern Wasserhähne von den Wänden und wuschen sich in den Kloschüsseln ihre Gesichter. Barbara hatte nie darauf geachtet, in welchem Zimmer welche Uhren hingen oder standen, doch jetzt war sie heilfroh über jedes einzelne Stück, mit dem sie ihren Russen beglücken konnte. Alles, was tickte, steckte er ein: Wanduhren, Stutzuhren, Wecker – vor allem eine billige kleine Spieluhr im Musikzimmer hatte es ihm angetan. Wieder und wieder zog er sie auf, um die mechanische Primaballerina zu bestaunen, die aus dem Gehäuse hervortrat und zu plingsenden Walzerklängen eine Pirouette drehte.

Barbara führte ihm gerade die große Standuhr im Speisezimmer vor, als mit einem Mal die Tür aufflog und ihr Vater von einem Unteroffizier in den Raum gestoßen wurde. Mit zornigen Augen blickte er Albin an.

«Waffen? Wo?» schrie er und stieß bei jedem Wort mit der Faust gegen Albins Brust. «Pistolle! Gewährr!»

Bevor Albin antworten konnte, stolperten vier Soldaten herein, die Kisten mit Wein und Schnaps herbeischleppten, gefolgt von zwei weiteren Russen, die einen riesigen Wäschekorb voller Eier zwischen sich trugen: die dreitausend Eier, die Barbara für das Lazarett in Boddenhagen gesammelt hatte, die aber nie abgeholt worden waren. Der Unteroffizier schaute Albin erst fragend, dann voller Bewunderung an und klopfte ihm auf die Schulter.

«Guttes Mann! Guttes Bauer!»

Im Nu füllte sich der Raum mit Russen. Niemand fragte mehr nach Waffen. Mit ihren Bajonetten köpften sie die Flaschen und setzten sie sich an den Hals, ein Ei nach dem anderen schlugen sie auf und schlürften den Inhalt aus den Schalen, von denen bald der ganze Fußboden übersät war. Auf Barbara, Albin und Hilde achtete kein Mensch.

«Wer frißt, sündigt nicht», flüsterte Barbara ihrem Vater zu.

«Hoffentlich fordern sie mich nicht zum Wegezeigen auf», erwiderte Albin.

«Wegezeigen?» fragte Hilde.

«Daß ich ihnen bei ihrem Vormarsch helfe. Mache ich es gut, schade ich unseren eigenen Leuten, mache ich es schlecht, dann ...»

Plötzlich ertönte aus der Halle ein lautes Rufen und Schreien.

«Laßt mich los! Loslassen! Hilfe!»

Sie stürzten hinaus. Als sie in die Halle kamen, stockte Barbara das Blut in den Adern. Zwei Soldaten, die so betrunken waren, daß sie kaum auf den Beinen stehen konnten, hielten Elisabeth fest, während ein dritter mit heruntergelassenen Hosen sein Glied wieder und wieder zwischen ihre entblößten Schenkel trieb, an denen das Blut in Strömen herabfloß. Verzweifelt schlug Elisabeth um sich, schrie und wand sich, um sich von ihren Peinigern zu befreien, die weitaufgerissenen Augen auf Barbara gerichtet. Noch nie hatte Barbara solches Entsetzen, solche Erniedrigung in zwei Augen gesehen.

Mit ein paar Sätzen war Albin bei dem Vergewaltiger. Er packte ihn bei der Schulter, drehte ihn herum und schlug ihn mit der Faust so hart ins Gesicht, daß der Russe gegen die Wand taumelte. Im nächsten Augenblick herrschte eine gefährliche Stille. Schwankend rappelte der Soldat sich auf, seine blutunterlaufenen Augen füllten sich mit Haß. Mit den langsamen, unsicheren und doch unbeirrbaren Bewegungen des Betrunkenen zog er seine Pistole und richtete sie auf Albin.

«Du – *Kulak*», lallte er. «Du – Verbrecher. Du – tot.»

Da krachte ein Schuß. Barbara und Hilde schrien gleichzeitig auf. Doch die Kugel hatte nicht Albin, sondern den Russen getroffen, der mit verdrehten Augen und einem blutenden Loch in der Brust auf dem Boden lag.

Barbara fuhr herum. In der Eingangstür stand, flankiert von einigen Soldaten, ein russischer Major von vielleicht dreißig Jahren: ein schlanker, hochgewachsener Mann in einer elegant geschnittenen

Uniform und schwarzglänzenden Schaftstiefeln. Ruhig und sicher steckte er seine Pistole in das Halfter und gab mit seiner weiß behandschuhten Hand ein Zeichen, die Leiche fortzuschaffen. Er zog die Augenbraue hoch und schaute mit seinem leicht mongolischen, olivfarbenen Gesicht in die Runde, strich sich einmal über den exakt rasierten Schnurrbart und wandte sich dann auf russisch in scharfem, kaltem Ton an einen der im Raum stehenden Soldaten.

Sofort nahm der Soldat Haltung an, salutierte und erstattete Bericht. Barbara konnte kaum glauben, welche Wirkung der fremde Major ausübte. Der Soldat, dessen Bart noch mit Eigelb verschmiert war, stand plötzlich stramm wie auf dem Exerzierplatz und sprach in kurzen, knappen Sätzen. Die beiden anderen Angreifer ließen Elisabeth los, die mit gerafftem Rock die Treppe hinauf verschwand, und auch die übrigen Soldaten waren wie verwandelt. Zwei trugen den Toten hinaus, während gleich mehrere die Beutestücke, die sie in den Händen hielten, von sich aus an ihre Plätze zurückstellten.

Nachdem der Soldat zu Ende gesprochen hatte, sagte der Major leise ein paar Worte zu dem Mann an seiner Seite. Dieser wandte sich dann in gebrochenem, kaum verständlichem Deutsch an Albin.

«Major befehlt Bericht! Sagen, was passiert!»

Mit keiner Regung seiner Miene gab der Major zu erkennen, wie er Albins Aussage auffaßte, die der Dolmetscher Satz für Satz ins Russische übersetzte. Unbewegt, fast teilnahmslos hörte er zu, streifte wie in Gedanken einen Handschuh ab und schlug sich damit hin und wieder in die freie Hand.

Wie würde er entscheiden? Barbara befiel eine panische Angst. Fieberhaft überlegte sie, was sie tun konnte, um ihrem Vater zu helfen. Vielleicht konnte der Offizier Polnisch? Sie kramte die wenigen Brocken zusammen, die Gutsinspektor Broszat ihr als Kind beigebracht hatte. *«Ojciec dobry, ojciec nie winny!»*

Der Major drehte sich zu ihr um; er hob die Augenbraue und musterte sie mit einem langen, eindringlichen Blick. «Sie brauchen sich nicht zu bemühen, Comtesse», sagte er in völlig akzentfreiem, fließendem Deutsch. «Ich spreche ein wenig Ihre Sprache.» Dann lächelte er sie an, mit einem Lächeln, das Barbara wie ein Blitz in die Glieder fuhr. «Machen Sie sich um Ihren Vater keine Sorge. Ihm wird selbstverständlich nichts geschehen.»

Barbara lief ein Schauer über den Rücken. Sie schlug die Augen nieder und murmelte einen kaum hörbaren Dank.

14

Was war das für ein Mann?

Barbara stand am Fenster ihres Zimmers und blickte hinaus in den Hof, wo Major Michail Belajew zwischen Panjewagen und Panzern die Aufräumarbeiten leitete. Nachdenklich spielte sie mit dem Amulett an ihrem Hals. Seit zwei Tagen war der Major mit seinem Bataillon auf Daggelin, und von dem früheren Chaos war kaum noch etwas zu spüren. Mit seinem Erscheinen hatten alle Plünderungen aufgehört; er hatte die Alkoholausgabe an die Soldaten rationiert, und keiner der Gutsangehörigen war mehr belästigt worden. Dank Belajew konnte wieder jeder ruhig in seinem Bett schlafen.

Trotzdem ging Barbara dem Major aus dem Weg. Er war ihr unheimlich; sobald er in ihrer Nähe war, fühlte sie sich verunsichert – sie wußte selbst nicht, warum. Vielleicht war es die vage, durch nichts begründete Vorstellung, daß auch er diese grausame Bestialität in sich trug, mit der seine Soldaten über Elisabeth hergefallen waren, verborgen hinter der Maske seiner kultivierten Erscheinung. Vielleicht war es auch die unsichtbare Macht, die er auf seine Untergebenen auszuüben schien. Dabei tat er kaum etwas, um sich Respekt zu verschaffen. Auch jetzt stand er einfach nur da, rauchte eine Zigarette und ließ seine dunklen Augen über die Soldaten schweifen, die ruhig und diszipliniert auf dem Hof ihre Arbeit verrichteten.

Ein Motorradgespann kam durch die Einfahrt und hielt vor dem Portal, gefolgt von einem Lastwagen, auf dessen Ladefläche sich eine Abteilung Pioniere drängte. Aus dem Beiwagen des Gespanns stieg ein Offizier aus, ein hagerer Mann mit einer Nickelbrille, dünnen Lippen und einem harten, verschlossenen Gesicht. Er blickte sich kurz um und ging dann auf Belajew zu. Die beiden sprachen aufeinander ein – fast hatte Barbara den Eindruck, als würden sie streiten –

und zeigten mehrmals auf das Schloß. Mit einer kurzen, knappen Handbewegung beendete der fremde Offizier den Wortwechsel. Offenbar war er der Ranghöhere von beiden. Belajew nickte und rief dem Posten etwas zu, der auf der Freitreppe mit einem Gewehr über der Schulter das Portal bewachte.

«Du bist noch nicht umgezogen?»

Barbara zuckte zusammen und drehte sich um. In der Tür stand ihre Mutter.

«Gleich», sagte sie. «Ich war nur in Gedanken.»

Hilde kam ins Zimmer und schloß die Tür hinter sich. «Es war mein Fehler», sagte sie. «Warum mußte ich auch erzählen, daß du so gerne reitest?»

«Du konntest ja nicht wissen, daß er gleich einen Ausritt vorschlägt.»

«Gott sei Dank ist er ja ein sehr kultivierter Mensch», sagte Hilde. «Ganz anders als seine Landsleute. Außerdem dürfen wir ihn nicht beleidigen, schließlich hat er Papa das Leben gerettet. Trotzdem», fügte sie dann hinzu und blickte Barbara an, «wenn ich ganz ehrlich bin – ich würde mich wohler fühlen, wenn du hierbliebst.»

«I wo, Mamutschka», sagte Barbara und knöpfte ihre Bluse auf, um sich umzuziehen. «Soll er sich etwa einbilden, wir hätten Angst vor ihm?»

Major Belajew war ein ausgezeichneter Reiter. Sie hatten kaum den Hof verlassen, als er schon antrabte. Barbara hatte mit Absicht Diana für ihn ausgewählt, eine dreijährige, temperamentvolle Stute, die gerade erst angeritten war und Barbara schon öfters in den Graben geworfen hatte, doch er wurde mühelos mit ihr fertig. Wenn die Stute scheute oder mit dem Kopf schlug, um sich von den Hilfen frei zu machen, lachte er nur oder klopfte ihr sogar lobend den Hals. Als sie den Sandweg erreichten, der fünf Kilometer den Bach entlang bis zur Boddenhagener Brücke führte, galoppierte er an.

«Machen wir ein Wettrennen?» rief er ihr zu.

Barbara nickte und gab ihrem Wallach die Sporen. Mit einem mächtigen Satz schoß er nach vorne, an der Stute vorbei. Barbara blickte sich um und sah, wie auch Belajew sein Pferd antrieb. Sie beugte sich vor und ging in den leichten Sitz. «Los, zeig's ihnen!» rief sie ihrem Pferd ins Ohr und schnalzte mit der Zunge.

Wie eine Maschine hob und senkte sich der mächtige Körper ihres Wallachs. Als sie sicher war, daß sie einen Vorsprung herausgeritten hatte, schaute Barbara über die Schulter. Doch Belajew war nicht zurückgefallen. Im Gegenteil, er lag keine Pferdelänge hinter ihr, und mit jedem Galoppsprung kämpfte er sich näher heran. Bald hatte der Kopf seiner Stute die Kruppe ihres Wallachs erreicht, das Schnauben der beiden Tiere vermischte sich mit dem Hämmern der Hufe. Da stieg eine Entenkette vom Bach auf, Diana scheute, und mit angelegten Ohren und verdrehten Augen raste sie davon. Mit einem Blick erkannte Barbara, daß sie durchging, doch Belajew lachte und ließ ihr die Zügel schießen. Die Panik der Stute übertrug sich auf Barbaras Wallach; er schien unter ihr zu schrumpfen, dann wurde er plötzlich riesenlang. Sie wollte ihn parieren, doch er reagierte nicht mehr auf ihre Hilfen. Seite an Seite stürmten die zwei Pferde voran, als ginge es um ihr Leben. Barbara duckte sich, um im Weg hängenden Zweigen auszuweichen, der Wind trieb ihr Tränen in die Augen, in ihren Ohren rauschte es wie die Brandung der See. Es war ein Gefühl grenzenloser Ohnmacht, und sie hatte nur noch das Bedürfnis, sich irgendwie im Sattel zu halten.

Bei der Brücke parierte Belajew seine Stute, als wäre sie nie durchgegangen, und auch Barbara bekam ihren Wallach wieder unter Kontrolle. Ein paar hundert Meter trabten sie schweigend nebeneinander weiter, dann ließen sie ihre Pferde in Schritt fallen. Am langen Zügel und mit pumpenden Flanken beruhigten die Tiere sich allmählich.

«Mein Kompliment, Comtesse», sagte Belajew. «Reiten können Sie!»

«Ich bin keine Comtesse, Major», erwiderte Barbara, noch ganz außer Atem, doch bemüht, es sich nicht anmerken zu lassen. Sie warf den Kopf in den Nacken und blickte so teilnahmslos und unnahbar wie möglich in die Luft.

«Wie kommt es, daß Sie so gut reiten?» fragte er.

«Wie kommt es, daß Sie so gut Deutsch sprechen?» fragte sie zurück und sah ihn an.

Er hob eine Augenbraue. «Weil ich schon immer hoffte», sagte er mit demselben Lächeln, mit dem er sie schon bei ihrer ersten Begegnung angeschaut hatte, «daß ich Sie eines Tages kennenlernen würde.»

Barbara wandte den Blick von ihm ab und nahm die Zügel auf. «Reden Sie nicht solchen Unsinn. Sagen Sie mir lieber, wer der Offizier war, der heute morgen gekommen ist.» Aus den Augenwinkeln glaubte sie zu erkennen, daß Belajew eine Sekunde lang irritiert war. Die Beobachtung bereitete ihr eine kleine Genugtuung.

«Das war Schuschgin, unser Politkommissar», antwortete er mit leicht verächtlicher Stimme.

«Politkommissar? Was ist das?»

«Wenn ich kein Kommunist wäre, sondern Katholik», erklärte er, nun wieder in seinem alten, amüsiert-überlegenen Tonfall, «würde ich sagen, ein Großinquisitor. Das Auge und Ohr von Väterchen Stalin, dem Tapfersten der Tapferen und Weisesten der Weisen. Aber das ist Politik, und damit will ich Sie nicht langweilen, Comtesse.»

«Ich habe Ihnen schon mal gesagt, ich bin keine Comtesse!» rief Barbara verärgert. «Mein Vater ist kein Graf. Und mein Mann», fügte sie nach kurzem Zögern hinzu, «hat überhaupt keinen Adelstitel.»

«Unsinn!» lachte Belajew. «Das ist alles Papier, Paragraphenrealität. In Wirklichkeit sind Sie natürlich eine Comtesse!» Er schaute ihr in die Augen und lächelte sie an. «Und das wissen Sie selbst auch ganz genau – nicht wahr, Comtesse?»

Statt einer Antwort wendete Barbara ihr Pferd und trabte an. Sie wollte sich diese Unverschämtheiten nicht länger anhören. Außerdem hatte sie Hunger.

Ihre Mutter erwartete sie schon im Schloßhof, zusammen mit Futtermeister Kampmann, der seine Mütze vom Kopf genommen hatte und sie in seinen großen Händen drehte.

«Vater ist fort!» rief Hilde aufgeregt, noch bevor Barbara aus dem Sattel gestiegen war. «Sie haben ihn verschleppt!»

«Um Gottes willen!» Mit einem Satz sprang Barbara vom Pferd und drückte Kampmann die Zügel in die Hand. «Was ist passiert?»

«Du warst gerade fort, da kam ein Offizier, den ich noch nie hier gesehen habe, zu Papa ins Büro, ohne guten Tag zu sagen – ich war zufällig im Raum, sonst hätte ich gar nichts davon mitbekommen –, und befahl ihm, alles stehen- und liegenzulassen und sein Pferd zu satteln. Ach ja, und Landkarten sollte Papa mitnehmen, befahl der Offizier, so ein magerer, dünner Mann mit einer Nickelbrille, ein ganz düsterer Mensch, der einen gar nicht richtig anschaute, der guckte einfach durch einen hindurch, während er sprach.»

«Schuschgin», sagte Belajew, der inzwischen ebenfalls abgestiegen war und sein Pferd einem russischen Soldaten übergab. «Aber machen Sie sich keine Sorgen, gnädige Frau. Der Genosse Politkommissar braucht nur die Hilfe Ihres Mannes. Er muß unseren Pionieren die Brücken und Wege in der Umgebung zeigen.»

«Brücken und Wege zeigen?» fragte Hilde erschrocken. «Wozu?»

«Nur eine technische Notwendigkeit. In ein, zwei Tagen ist Ihr Gatte wieder zurück. Das verspreche ich Ihnen.»

«Als Ehrenmann?»

Belajew schaute erst Hilde, dann Barbara an. «Als Ehrenmann. Morgen oder übermorgen ist er wieder da, spätestens. Aber warum gehen wir nicht ins Haus?»

Zu dritt stiegen sie die Freitreppe hinauf. Vor dem Portal hielt Barbara den Major zurück. Während ihre Mutter in der Tür verschwand, fragte sie ihn: «Haben Sie deshalb den Ausritt vorgeschlagen?»

«Ich glaube, ich verstehe Sie nicht.»

«Weil Sie gewußt haben, daß Schuschgin meinen Vater zum Wegezeigen holt?»

Statt zu antworten, strich Belajew sich nachdenklich über den Bart. «Sehen Sie, ein Land ist wie eine Frau», sagte er schließlich. «Beide kann man nur erobern, wenn man sie kennt.»

«Ein seltsamer Vergleich.»

«Pardon, Sie haben recht. Der Vergleich hinkt.» Er schaute sie an, und wieder spielte dieses Lächeln um seinen Mund. «Wir möchten Sie nicht erobern, Comtesse, wir möchten Sie befreien. Aber das können wir nur, wenn Sie selbst es wollen.»

Barbara erwiderte seinen Blick, eine Sekunde zu lang. Sie spürte, wie ihr das Blut ins Gesicht schoß. Abrupt, fast überstürzt, wandte sie sich ab und eilte ins Haus.

15

Barbara wollte allein zu Abend essen. Sie holte einen Teller und ein Messer aus dem Schrank und richtete ihr Gedeck auf dem Küchentisch.

«Ist irgend etwas vorgefallen, was ich wissen müßte?» fragte ihre Mutter.

«Nein!» erwiderte Barbara rasch, und weil sie das Gefühl hatte, daß es vielleicht ein bißchen allzu rasch war, fügte sie hinzu: «Es fällt mir nur schwer, zusammen mit einem feindlichen Offizier an einem Tisch zu sitzen und zu plaudern und so zu tun, als wäre das normal.»

Ihre Mutter schüttelte den Kopf. «Die Russen sind nicht mehr unsere Feinde», sagte sie. «Sie haben den Krieg gewonnen. Und deshalb müssen wir jetzt freundlich zu ihnen sein. Das ist schon eine Frage der guten Manieren.»

«Du und deine Manieren, Mama! Hast du vergessen, was sie mit Elisabeth gemacht haben?»

«Nein, Barbara, wie könnte ich das. Aber du scheinst zu vergessen, wer diese Bestie bestraft hat.» Noch einmal schüttelte sie den Kopf. «Nein, Major Belajew ist ganz bestimmt nicht unser Feind. Er ist unser Beschützer.»

«Trotzdem werde ich nicht mit ihm zu Abend essen! Da kannst du reden, soviel du willst!» Und um ihrer Mutter zu beweisen, daß es ihr ernst war, öffnete sie das Schmalztöpfchen, das bereits vor ihr stand, und bestrich damit eine Scheibe Brot.

Hilde schüttelte ein drittes Mal den Kopf. «Ach, Barbara», seufzte sie und ging zur Tür. «Manchmal bist du genauso ein Dickkopf wie dein Vater.» Bevor sie die Tür öffnete, drehte sie sich noch einmal um. «Und was soll ich ihm als Entschuldigung sagen?»

«Ist mir egal. Sag einfach, ich hätte Kopfschmerzen.»

Als Barbara die Scheibe Brot zum Mund führte, sah sie, daß ihre Hand zitterte. Sie fing an, diesen Belajew zu hassen! Seine Art, sie anzuschauen, seine Art zu reden … Wieso sprach er eigentlich so gut Deutsch? Wenn er redete, vergaß sie fast, daß er ein Fremder war. Vielleicht hatte er eine deutsche Mutter, ja, das würde es erklären. Ob er wohl verheiratet war? Sicher gab es in Rußland eine Frau, die auf ihn wartete. Wie mochte sie aussehen? War sie hübsch? Bestimmt war sie hübsch, sehr hübsch sogar! Obwohl, wenn sie genauer darüber nachdachte, glaubte Barbara eigentlich nicht, daß er eine Frau hatte. Er war nicht der Typ Mann, der heiratete ... Unsinn! Was sollten diese Fragen? Was ging sie das an?

Sie stand auf und stellte ihr Gedeck in die Spüle. Sie wollte mit Elisabeth die Aufgaben für den kommenden Tag besprechen. Arme Elisabeth ... Sie hatte versucht, mit ihr darüber zu reden, aber Elisabeth hatte es nicht gewollt. Barbara hatte sie zuerst nicht verstanden, aber vielleicht war Schweigen die beste Art, um mit so etwas fertig zu werden. Schweigen und Arbeiten.

Als sie in die Halle trat, hörte sie Belajews Stimme aus dem Speisezimmer: «Nein, gnädige Frau, es besteht wirklich kein Anlaß zur Sorge. Ich garantiere Ihnen, daß Ihr Mann unversehrt zurückkehrt. Er steht unter meinem persönlichen Schutz.»

Wo war Elisabeth? Barbara schaute im Büro nach, im Leutehaus, doch von der Sekretärin keine Spur. Ach ja, jetzt fiel es ihr wieder ein: Elisabeth hatte gesagt, daß sie ins Dorf fahren würde; sie wollte sich erkundigen, ob es Nachrichten über Friedensverhandlungen gab. Vielleicht war der verdammte Krieg schon zu Ende, und sie wußten nichts davon. Die Russen hatten ja das Telefon stillgelegt. Barbara bewunderte Elisabeths Mut. Daß sie sich so etwas noch traute! Hoffentlich erwischten die Russen sie kein zweites Mal.

Aus dem Speisezimmer drang immer noch Licht, als Barbara ins Hauptgebäude zurückkehrte. Sie ging ins Musikzimmer und setzte sich an den Flügel, um eine ihrer Phantasien zu spielen. Vielleicht würde sie das ablenken.

Sie schloß die Augen, um sich zu sammeln. Dann legte sie ihre Hände auf die Tasten und improvisierte ein paar Töne, achtlos und beiläufig, eine Ahnung nur von einer Melodie, eine winzige Figur von anderthalb Takten, die sich allmählich unter ihren Händen formierte, fast wie von selbst, und sich im Diskant wiederholte, eine simple Auflösung, ein sehnsüchtiges Hinsinken von einer Tonart in die andere. Doch dann belebte sich ihr Spiel, Triolen umrankten das kleine Motiv, als wollten sie es schmücken und gleichzeitig verspotten; unruhige Synkopen kamen hinzu, suchend und irrend, wie plötzliche Fragen, die immer heftiger, immer verlangender vorwärtsdrängten und sich mit den Triolen zu einer Melodie zusammenschlossen, um wie ein Choral anzuschwellen, der groß und feierlich, fast inbrünstig ertönte, ein pompöses Schwelgen, maßlos und unersättlich, das sich an sich selbst berauschte. Eine Fermate, dann Stille. Und plötzlich, leise, ganz leise, wie aus weiter Ferne, erklang sie wieder, die kleine, winzige Figur, das Motiv von anderthalb Takten, dieses süße, schmerzliche Hinübersinken von einer Tonart in die andere, ein in Moll dahinrieselndes Arpeggio, das um einen Ton aufstieg, sich in Dur auflöste und endlich erstarb.

Barbara saß noch eine Weile da, die Hände auf den Tasten, still und regungslos, um den letzten Ton verklingen zu lassen, als einsamer Applaus sie aufschreckte. Sie drehte sich um. Belajew saß in dem großen Lederfauteuil und klatschte langsam und voller Anerkennung in die Hände.

«Sie sind nicht nur eine großartige Reiterin, sondern auch eine großartige Künstlerin!»

«Wer hat Ihnen erlaubt einzutreten?» herrschte sie ihn an und erhob sich von ihrem Schemel.

«Sie selbst!» behauptete er amüsiert.

«Ich kann mich nicht erinnern, daß ich irgendwann *Herein* gesagt habe.»

«Aber Sie haben gespielt, und zwar unwiderstehlich. Außerdem war die Tür nur angelehnt.»

Er stand nun ebenfalls auf, ging zum Büffet und schenkte sich ein Glas Cognac ein. «Ich hoffe, Ihre Kopfschmerzen haben nachgelassen?»

«Wie bitte? Ach so! Ja, danke.»

Nachdenklich schwenkte er den Cognac in seiner Hand, die dunklen Augen auf das Glas gerichtet. «Ja, ja, Schmerz und Lust», sagte er leise, wie zu sich selbst. «Die zwei Geschwister der Romantik.»

«Wie kommen Sie auf Romantik?» fragte sie irritiert.

Er sah von seinem Glas auf und blickte sie an. «Weil Sie eine Romantikerin sind», sagte er. «Wer ist Ihr Lieblingsdichter? Lassen Sie mich raten. Hölderlin oder Novalis?»

«Novalis», erwiderte sie unwillkürlich und biß sich auf die Lippe, verärgert, daß sie ihm geantwortet hatte, ohne es zu wollen.

«Sehen Sie? Das hatte ich mir gedacht.» Er runzelte die Stirn und überlegte. «‹Die Liebe ist das höchste Reale›», sagte er dann. «Habe ich richtig zitiert?»

«Ich weiß nicht», stammelte sie. «Ich glaube, die Stelle kenne ich nicht.»

Belajew schüttelte den Kopf. «Was für ein erbärmliches Sätzchen. So abstrakt, so deutsch. Alles wahr und richtig und doch ohne jedes Gefühl, ohne Ahnung für die Größe und Bedeutung der Sache. – Soll ich Ihnen sagen, was Liebe ist?»

Er machte einen Schritt auf sie zu und schaute sie an, unverwandt, fast schamlos. Barbara lief ein Schauer über den Rücken. Sie fühlte sich plötzlich, als stünde sie nackt vor ihm.

«Liebe ist das Amen des Universums», sagte er. «Ich lese es in Ihren Augen.»

Barbara senkte den Blick. «Bitte lassen Sie das», flüsterte sie.

«Warum?» fragte er, fast ebenso leise, und machte noch einen Schritt auf sie zu. Sein Gesicht war nur noch wenige Handbreit von ihrem entfernt. Er roch nach Eau de Cologne. «Ich sage lediglich, was ich in Ihren Augen sehe. Und was ich in Ihrer Musik gehört habe.»

«Das war nur eine dumme Improvisation.»

«Eine Musik voller Hingabe, Leidenschaft, Gefühl.»

Er hob mit seiner Hand ihr Kinn zu sich hoch und schaute sie an.

«Musik ist vor allem Vernunft», erwiderte sie schwach, ohne sich seinem Blick oder seiner Berührung zu entziehen, «in Töne verwandelte Mathematik …»

Belajew lachte laut auf und ließ sie los. «Einen solchen Unsinn habe ich schon lange nicht mehr gehört, Comtesse! Musik – Mathematik? Eine Fuge von Bach vielleicht, aber doch nicht das, was Sie gespielt haben. Lassen Sie mich an den Flügel, ich werde es Ihnen beweisen.»

Er setzte sich auf den Schemel und schlug das Grundmotiv ihrer eigenen kleinen Phantasie an.

«Erkennen Sie es wieder?»

Sie nickte.

«Dann hören Sie zu, wie Liebe klingt.»

Er spielte das Thema ganz leicht, ganz heiter, und während er spielte, hellte sich seine Miene auf. Alles Geheimnisvolle, alles Bedrohliche verlor sich aus seinem Gesicht. Er drehte sich um, sah zu ihr auf und setzte gleichzeitig einen kleinen Triller auf die Figur. Es klang so hübsch, daß Barbara unwillkürlich sein Lächeln erwiderte. Er ließ ein zweites Thema folgen, eine freche Variation des ersten, fast ein Jagdlied, übermütig und voller Unternehmungslust, und Barbara sah eine bunte Frühlingswiese vor sich, roch den Duft von Blumen und Gras. Doch plötzlich brachen dramatische Töne in das Idyll ein, schwere, bedeutungsvolle Akkorde, untermalt von den Bässen, und das kleine Motiv, aus dem eben noch alle Unbekümmertheit der Welt gesprochen hatte, füllte sich mit Angst und Verzweiflung, mit Unheil und Schmerz.

«Und das?» fragte Barbara zögernd.

«Das?» erwiderte Belajew mit geschlossenen Augen. «Das ist jemand, den Sie noch nicht kennen. Ein Verwandter der Liebe, ihr dunkler Bruder, Thanatos, der uns eines Tages alle in seine Arme schließt.»

Mit einer Folge von harten Akkorden, so einfach und ernst wie ein Gebet, löste er ein letztes Mal das Thema auf. Dann nahm er die Hände von den Tasten und schloß den Deckel des Flügels.

«Doch, ich kenne ihn», sagte Barbara leise.

Als er die Augen aufschlug, sah sie, daß sie feucht glänzten.

«Haben Sie Angehörige durch den Krieg verloren?» fragte sie.

Er kniff die Augen zusammen, und der Schmerz in seinem Gesicht wich kurz einem Ausdruck von Härte. Doch dann entspannte sich seine Miene. Er stand auf und griff nach dem Cognac, den er auf dem Flügel abgestellt hatte. Während er einen Schluck nahm, fiel sein Blick auf das Amulett an ihrem Hals. «Ein bezauberndes Stück. Darf ich es ansehen?»

«Ja», sagte sie, ohne nachzudenken, und öffnete den Verschluß in ihrem Nacken. Eine Strähne löste sich aus ihrer Frisur und fiel ihr ins Gesicht. Sie reichte ihm die Kette und versuchte, ihn nicht dabei anzuschauen, aber sie konnte nicht anders, sie mußte seinen Blick erwidern. Und wieder hatte sie das Gefühl, nackt und bloß vor ihm zu stehen.

«Ja, das Schicksal ist grausam», sagte er und betrachtete das Amulett. «Einmal nicht aufgepaßt, und nun für immer eingeschlossen. Arme kleine Biene.»

«Bienenkönigin», erwiderte sie automatisch, doch mit dem Gefühl, daß es unsinnig war.

«Vielleicht wünscht sie sich seitdem, sie wäre nur eine einfache, unbedeutende Arbeiterin gewesen», fuhr Belajew fort. «Dann wäre sie vielleicht davongekommen. Ist Ihr Mann auch Soldat?» fragte er plötzlich und sah sie wieder an.

«Ja, sicher, natürlich», stotterte Barbara. «Woher wissen Sie das?»

«Manchmal frage ich mich, worin die eigentliche Grausamkeit des Krieges besteht. Darin, daß er Menschenleben, oder darin, daß er Liebe zerstört?»

Er warf einen letzten Blick auf das Amulett, dann gab er ihr die Kette zurück. Mit einer ruhigen, ganz selbstverständlichen Geste strich er ihr die Strähne aus dem Gesicht, die sich aus ihrer Frisur gelöst hatte. Barbara wußte, daß sie das nicht zulassen durfte, aber als seine Fingerspitzen ihren Hals streiften, spürte sie die leise Berührung mit ihrem ganzen Körper. Die Kette glitt aus ihrer Hand und fiel zu Boden.

In diesem Moment ging die Tür auf, und Hilde trat herein.

«Bist du noch auf, Barbara? – Oh, Herr Major…»

Mit einem Ruck wandte Barbara sich von Belajew ab.

«Haben Sie eine Nachricht von meinem Mann?» fragte Hilde. «Es ist schon fast Mitternacht, und er ist immer noch nicht da.»

«Das ist ganz normal», erklärte er. «Glauben Sie mir, gnädige Frau, Sie und Ihre Tochter können beruhigt schlafen. Gute Nacht!» Dann drehte er ihnen den Rücken zu und schaute aus dem Fenster.

Gemeinsam verließen die zwei Frauen den Raum und zogen sich in das kleine Bad zurück, das zwischen Barbaras Zimmer und dem Schlafzimmer ihrer Eltern lag. Barbara half ihrer Mutter, die Knöpfe auf dem Rücken ihres Kleids zu öffnen.

«Paß auf, Mamutschka, morgen früh ist Papa wieder da.»

«Glaubst du?»

«Bestimmt!» sagte Barbara und begann, sich selber auszuziehen. Als sie mit den Händen in den Nacken fuhr, um den Verschluß ihrer Kette zu lösen, zuckte sie zusammen. Sie hatte die Kette vergessen! «Geh du schon ins Bett, Mama», sagte sie. «Ich schau noch schnell nach, ob Elisabeth zurück ist.»

Von der Halle aus sah sie ihn durch den Türspalt. Er saß in dem großen Ledersessel, mit dem Rücken zur Tür, und spielte, in Gedanken versunken, mit der Kette in seiner Hand. Das Herz klopfte ihr bis zum Hals. Was würde passieren, wenn sie durch diese Tür ging? Unsinn – was sollte schon passieren? Er würde ihr die Kette geben, und sie würde ihm eine gute Nacht wünschen. Ja, vielleicht würde es so sein ... Aber was, wenn er sie wieder mit seinen dunklen Augen ansah, sie anlächelte, sie berührte? Plötzlich bewegte er sich. Hatte er sie gehört? Nein, er nahm nur sein Glas vom Tisch und nippte an seinem Cognac. Weshalb stand sie eigentlich hier? Warum ging sie nicht ins Bett? Sie konnte ihn morgen früh genausogut bitten, ihr die Kette zurückzugeben.

Sie wandte sich ab, um hinaufzugehen, zurück auf ihr Zimmer. Da hörte sie plötzlich Schritte von draußen, jemand kam die Freitreppe herauf. Das würde Elisabeth sein. Um Gottes willen – wenn die sie hier sah! Ohne weiter nachzudenken, öffnete Barbara die Tür.

«Ich glaube, ich habe meine Kette ...»

Belajew drehte den Kopf über die Schulter, und für eine Sekunde huschte ein Ausdruck von Verwunderung über sein olivfarbenes Gesicht. Er hob die Augenbraue und sah sie an. Ohne ein Wort zu sagen, stand er auf und kam auf sie zu. Er lächelte sie an.

In diesem Augenblick wußte sie, daß sie niemals das Zimmer hätte betreten dürfen. Doch es war zu spät. Er packte sie am Handgelenk, und mit dem Stiefel stieß er die Tür hinter ihr zu.

16

«Es heißt, Stadtkommandant Petershagen will Greifswald den Russen kampflos übergeben», berichtete Elisabeth beim Frühstück, was sie am Vorabend in Boddenhagen erfahren hatte. «Wahrscheinlich haben die Übergabeverhandlungen schon in der Nacht stattgefunden. Das muß man sich vorstellen – Oberst Petershagen, ein Ritterkreuzträger!»

«Gott sei Dank», sagte Hilde. «Dann gibt es endlich Frieden. Wenn mein Mann nur wieder zurück wäre. Warum bist du eigentlich so blaß, Kind? Du siehst ja aus, als hättest du kein Auge zugetan.»

«Die Zeit der Kollaborateure hat begonnen», sagte Elisabeth und richtete ihre ungleichen Augen fest auf Barbara. «Pfui Teufel!»

Barbara spürte, wie ihr das Blut ins Gesicht schoß. Was hatte Elisabeth gehört oder gesehen? Das Gefühl grenzenloser Scham stieg in ihr auf. Sie hatte sich Belajew hingegeben, freiwillig, und es genossen, wie sie noch nie in ihrem Leben etwas genossen hatte. Sie hatte geschrien, vor Schmerz und vor Lust. Noch immer roch sie sein Eau de Cologne auf ihrer Haut.

«Um Gottes willen, was ist das?» rief Hilde.

Für eine Sekunde froh über die Ablenkung, wandte Barbara ihren Blick von Elisabeth ab, doch ihre Erleichterung währte nur diese eine Sekunde. Im Hof stand Troll, der Fuchswallach ihres Vaters, gesattelt und gezäumt, aber ohne Reiter.

Barbara sprang auf und lief zum Zimmer hinaus. In der Halle kam ihr Belajew entgegen, in tadelloser Uniform, den Mantel lose über den Schultern, ein Aktendossier unter dem Arm.

«Wo ist mein Vater? Warum ist sein Pferd allein zurück?»

«Pssst», machte er und schaute sich um. «Gibt es einen Arbeiter oder Angestellten, auf den sich dein Vater hundertprozentig verlassen kann?» fragte er, ebenso leise wie eindringlich. «Jemand, der die Hand für ihn ins Feuer legt? Es geht um sein Leben!»

Noch während er sprach, waren schwere Stiefelschritte zu hören.

«Los! Schnell! Einen Namen!» wiederholte Belajew.

Die Haustür flog auf, und Schuschgin kam herein, der Politkommissar, gefolgt von zwei Soldaten und – Barbara stockte der Atem – von ihrem Vater, der übel zugerichtet und gefesselt war wie ein Verbrecher. Eine böse Ahnung stieg in ihr auf. «Elisabeth Markwitz», zischte sie Belajew zu, «seine Sekretärin!»

Schuschgin musterte sie mit einem mißtrauischen Blick.

«In der Sowjetarmee herrscht Ordnung!» erklärte Belajew barsch, an Barbara gewandt und so laut, daß der Politkommissar seine Worte hören mußte. «Natürlich können Sie an dem Prozeß teilnehmen. Aber jede Unterhaltung mit dem Angeklagten ist strikt untersagt. *Dawaj, dawaj!*» trieb er die Soldaten zur Eile, die Albin brutal ins Büro stießen, und ließ Barbara stehen.

Elisabeth und ihre Mutter kamen ihr auf der Treppe entgegen.

«Um Himmels willen, was ist passiert?» fragte Hilde.

«Sie wollen ihm den Prozeß machen», sagte Barbara. «Elisabeth», wandte sie sich an die Sekretärin. «Er braucht deine Aussage. Du bist der einzige Mensch, der ihm helfen kann.» Sie schaute sie flehend an. «Bitte, hilf ihm da heraus!»

Bevor Elisabeth antworten konnte, rief ein Soldat: «Frau nix sprechen! Verbott von Major!» Er hatte seine Pistole gezückt und hielt sie auf Elisabeth gerichtet. «Frau komm! *Dawaj!*» Er packte sie am Arm und führte sie ab.

Barbara schlug die Hände vors Gesicht. «Mein Gott, wie soll das alles enden?»

Ihre Mutter strich ihr über das Haar. «Nicht, Kind, nicht weinen. Du bist doch die Tapfere von uns beiden.» Barbara nahm die Hände vom Gesicht und schaute ihre Mutter an. «Hab keine Angst», sagte Hilde, obwohl ihr selber die Verzweiflung im Gesicht stand. «Solange der Major da ist, können sie Papa nichts antun. Glaub mir, der Major hilft uns, er ist unser Beschützer.»

Belajew selbst führte die Verhandlung. Barbara versuchte, einen Blick mit ihm zu tauschen, als sie mit ihrer Mutter den Raum betrat, doch seine Miene war vollkommen ausdruckslos. Er saß an Albins Eichenschreibtisch, der zum Richtertisch umfunktioniert worden war, flankiert von den beiden Soldaten, die Elisabeths Vergewaltiger geholfen hatten. Der eine von ihnen war offenbar der Ankläger; er trug gerade die Vergehen vor, die Albin zur Last gelegt wurden. Ein wenig abseits, doch mit aufmerksamem Gesicht verfolgte Schuschgin die Verhandlung; über seinem Kopf hing eine Fotografie von Josef Stalin an der Wand. Albin saß, mit Handschellen an den Händen und einer Platzwunde an der Stirn, zwischen seinen zwei Bewachern und schüttelte immer wieder verständnislos den Kopf.

«... schwere Sabotage der Sowjetarmee», übersetzte ein Dolmetscher. «Der Angeklagte hat die russischen Pioniere vorsätzlich in die Irre geführt, um den Krieg auf inhumane Weise hinauszuzögern. Außerdem hat er einen Helden der ruhmreichen Roten Armee heimtückisch mit einem bösartigen Pferd beritten gemacht ...»

«Aber es wurde mir doch mit Gewalt abgenommen!» protestierte Albin.

«Ruhe!» Belajew klopfte mit einem Hammer auf den Tisch. «Ich rufe den ersten Zeugen auf!»

Ein kleiner, grauhaariger Mann mit Spitzbart wurde hereingeführt, dessen Gesicht Barbara bekannt vorkam. Als er anfing zu sprechen, wußte sie plötzlich wieder, wer er war: Albert Lachmund, der frühere Schullehrer von Boddenhagen, der als Sozialdemokrat vor Jahren vom Dienst suspendiert worden war und den man seitdem in der Gegend nicht mehr gesehen hatte. Auf die Frage nach seinem Beruf antwortete er: «Bürgermeister von Boddenhagen, eingesetzt von den Organen der Roten Armee.»

«Ist der Angeklagte ein Nazi?» fragte Belajew.

Alle Augen richteten sich auf den ehemaligen Lehrer. Der kleine Mann wog nachdenklich seinen Kopf. «Soweit ich weiß», sagte er leise, «war der Großgrundbesitzer von Ganski kein Mitglied der Partei. Allerdings hat er sich auch nicht geweigert, das Amt des Volkssturmführers anzunehmen, und noch zwei Tage vor der Befreiung durch die Rote Armee hat er Befehl gegeben, eine Straßensperre gegen die russischen Panzer zu errichten. Obwohl er wissen mußte, daß er dadurch das Leben halbwüchsiger Schuljungen gefährdete. Gott sei Dank – ich meine, zum Glück – ist es nicht zum Schlimmsten gekommen.»

Schuschgin machte eine Notiz, und auf sein Kopfzeichen hin rief Belajew die nächste Zeugin auf: Elisabeth Markwitz. Barbara schloß die Augen. Elisabeth *mußte* zu Albins Gunsten aussagen, sie hatte ihm alles zu verdanken. Aber wenn Elisabeth sich versprach, irgendeine mißverständliche Bemerkung machte oder in ihrem Fanatismus womöglich anfing, die Nazis zu verteidigen? Ein falsches Wort konnte genügen.

«Er war wie ein Vater zu mir», sagte Elisabeth. «Meine Mutter arbeitete als Melkerin auf dem Gut, und nachdem sie gestorben war, war ich ganz auf seine Fürsorge angewiesen. Einen eigenen Vater hatte ich ja nicht.»

«Ihre persönlichen Umstände und kleinbürgerlichen Gefühle für den Angeklagten sind für das Gericht ohne Bedeutung», unterbrach Belajew sie. «Hat der Angeklagte Ihrer Kenntnis nach irgendwelche Naziverbrechen begangen?»

«Nein.»

«Welchen NS-Organisationen gehörte er an?»

«Keiner.»

«Nicht mal der Kreisbauernschaft?»

«Nein. Er hat sich genauso wie sein Oberinspektor stets geweigert...»

«Hat der Angeklagte Kommunisten und Sozialdemokraten auf seinem Gut verfolgt?»

«Es gab auf Daggelin weder Kommunisten noch Sozialdemokraten.»

Belajew runzelte die Brauen. «Und warum gab es die nicht? Weil der Angeklagte nur Nazis einstellte?»

«Nein, der gnädige Herr kümmerte sich nicht um solche Dinge. Die meisten Landarbeiter waren schon seit Generationen...»

«Wie behandelte der Angeklagte die russischen Zwangsarbeiter? Welchen Formen der Mißhandlung waren sie ausgesetzt?»

Barbara biß sich auf die Lippe. Hoffentlich machte Elisabeth jetzt keinen Fehler! Wenn sie Igor erwähnte, war es um ihren Vater geschehen.

«Es gab keine Mißhandlungen», erklärte Elisabeth. «Im Gegenteil. Die Kreisleitung hat den gnädigen Herrn sogar mehrmals gerügt, weil er die Fremdarbeiter in seinem Betrieb...»

«Ich weise Sie darauf hin, daß Sie unter Eid stehen!» unterbrach Belajew sie scharf. «Jede Falschaussage wird mit dem Tod bestraft!»

«Ich sage nur die Wahrheit», erwiderte Elisabeth mit ebenso energischer Stimme wie Belajew. «Und dabei bleibe ich. Auch wenn Sie versuchen, mich einzuschüchtern! Der gnädige Herr hat stets für alle gesorgt wie für eine Familie!»

Belajew sah Schuschgin fragend an. Der Politkommissar schüttelte kurz den Kopf, und Elisabeth Markwitz wurde aus dem Zeugenstand entlassen.

Barbara tauschte einen erleichterten Blick mit ihrer Mutter. Als nächstes wurde ein sowjetischer Soldat vernommen, ein junger Pionier. Das Verhör erfolgte auf russisch, so daß Barbara kein Wort verstand. Elisabeth wurde zu einem Stuhl neben der Anklagebank geführt, wo bereits Schullehrer Lachmund saß. Als sie Platz nahm, sah Barbara, wie ihr Vater ein paar Worte zu ihr sagte. Wahrscheinlich bedankte er sich für ihre mutige Aussage. Barbara schloß sich innerlich seinen Dankesworten an. Elisabeth hatte ihm vielleicht das Leben gerettet.

Belajew klopfte mit seinem Hammer auf den Tisch und warf Albin einen strengen Blick zu.

«Noch ein Wort, und ich lasse Sie aus dem Saal entfernen!»

Albin verstummte. Doch was war plötzlich mit Elisabeth? Was hatte er ihr gesagt? Was war zwischen ihnen vorgefallen? Mit offenem Mund und geweiteten Augen starrte sie Albin an, fassungslos und entsetzt, als wäre er ein fremdes Wesen, ein Ungeheuer oder Gespenst. Ihre Haut war leichenblaß, alles Blut schien daraus gewichen zu sein, und Barbara hatte den Eindruck, daß sie am ganzen Körper zitterte. Dann, mit einem Mal, verhärteten sich Elisabeths Züge, die Augen verengten sich zu Schlitzen, ihr eben noch offener Mund wurde zu einem dünnen Strich. Mit einem Ruck wandte sie sich von Albin ab; sie stand auf, und ohne den russischen Pionier zu beachten, der gerade auf eine Frage des Anklägers antwortete, trat sie vor den Richtertisch.

«Ich muß meine Aussage ergänzen!»

Belajew hob verwundert die Brauen. Nach einem Blickwechsel mit dem Politkommissar gab er dem Pionier Befehl, sich zu setzen, und forderte Elisabeth auf zu reden.

«Ich habe nur die halbe Wahrheit gesagt», erklärte sie mit gepreßter Stimme, den Blick zu Boden gerichtet. «Richtig ist: Der Angeklagte war kein Nazi. Aber er war ein Kulak, ein ganz gemeiner Kulak, ein typischer Großgrundbesitzer, der seine Arbeiter systematisch schikaniert und ausgebeutet hat.»

«Das ist nicht wahr!» rief Barbara und sprang auf. «Wie kannst du so etwas behaupten! Papa, sag doch was!» Sie schaute zu ihrem Vater, doch der hatte die Augen auf Elisabeth gerichtet, eine unheilvolle Ahnung im Gesicht. «Papa, bitte!»

«Ruhe!» rief Belajew.

«Weil er ein Adliger ist, ein Privilegierter», fuhr Elisabeth fort, «ein Mann, der sich einbildet, aufgrund seiner Geburt über allen anderen Menschen zu stehen. Ich weiß, wovon ich spreche», fügte sie leise hinzu. «Niemand hat unter ihm so gelitten wie meine Mutter. Bei Tag und Nacht hat sie für ihn geschuftet. Und er behandelte sie zum Dank wie Dreck! Dabei war sie, bin ich ...»

«Keine privaten Revanchegelüste!» schnitt Belajew ihr das Wort ab.

Elisabeth sah Belajew an. Sie zögerte einen Moment, öffnete den

Mund, als wollte sie sprechen, schien noch einmal nachzudenken, ohne sich entschließen zu können, doch dann kam es aus ihr heraus, hart und bestimmt, Wort für Wort wie gemeißelt: «Der Angeklagte hat einen russischen Fremdarbeiter erschossen, am letzten Abend, bevor Ihr Bataillon auf Daggelin eintraf.»

«Bist du wahnsinnig geworden?!» schrie Barbara und stürzte sich auf Elisabeth. Im nächsten Augenblick waren zwei Soldaten bei ihr und stießen sie mit Gewalt auf ihren Platz zurück. Ihre Mutter starrte sie mit einer Mischung aus Unglaube und vollkommener Hilflosigkeit an.

Belajew wartete, bis die Ruhe im Saal wiederhergestellt war. «Bitte schildern Sie den Tathergang!» forderte er die Markwitz auf.

«Der Treck wollte gerade aufbrechen, als der Fremdarbeiter Igor sich an den Angeklagten mit der Bitte wandte, ihn freizulassen. Er wollte fliehen, er hatte Angst, daß seine Landsleute ihn für einen Saboteur hielten, weil er für uns Deutsche gearbeitet hatte. Es kam zu einem heftigen Wortwechsel, in den auch der SA-Standartenführer Luschnat, ein enger Freund der Familie, verwickelt war. Als Igor plötzlich davonrannte, fiel der Schuß.»

«Was geschah mit der Leiche?»

«Der Angeklagte hat sie vergraben, damit die Soldaten der heranrückenden Roten Armee sie nicht entdeckten. Er hat mich gezwungen, ihm dabei zu helfen.»

«Und Sie sind in der Lage, dem Gericht die Stelle zu zeigen, wo die Leiche begraben wurde?»

Elisabeth nickte. «Sie liegt unten am See, auf der Stutenkoppel, das Grab ist noch frisch. Die Tatwaffe befindet sich in einem Versteck hinter dem Pferdestall, unter einem Gitterfenster.»

«Danke, das reicht. Das Gericht zieht sich zur Beratung zurück!»

Ein Soldat wurde hinausgeschickt. Wie gelähmt sah Barbara zu, wie Belajew und der Politkommissar leise miteinander sprachen. Belajew hatte sich zu Schuschgin herübergebeugt, der seine Nickelbrille abgenommen hatte, um die Gläser zu putzen, und schien ihm verschiedene Vorschläge zu machen, doch der Politkommissar schüttelte jedesmal den Kopf. Er deutete mit dem Kinn auf Elisabeth Markwitz, die immer noch vor dem Richtertisch stand und mit blassem Gesicht zu Boden schaute, als wolle sie Albins Blicken ausweichen, der reglos auf der Anklagebank saß und nur ab und zu kaum merklich mit dem Kopf nickte, als würde er verstehen, was hier geschah. Barbara konnte und konnte es nicht fassen. Was war in Elisabeth gefahren? Warum hatte sie das gesagt? Wofür wollte sie sich rächen? Nach wenigen Minuten kehrte der Soldat zurück, Luschnats Pistole in der Hand. Er legte die Waffe auf den Richtertisch und sagte zwei, drei Sätze.

Schuschgin nickte einmal und setzte seine Brille wieder auf. Dann kritzelte er etwas auf ein Blatt Papier und schob es Belajew zu. Der überflog die Notiz und runzelte die Stirn. Nachdenklich legte er die Fingerspitzen gegeneinander, wie um sich zu konzentrieren, und holte tief Luft. Schließlich stand er auf, um das Urteil zu verkünden.

«Tod durch Erschießen!»

Barbara schloß die Augen, und für einen Moment war ihr, als würde alles Leben aus ihrem Körper weichen. Wie aus weiter Ferne hörte sie die Urteilsbegründung.

«Nach gründlicher Untersuchung ist das Gericht zu der Überzeugung gelangt, daß der Angeklagte kaltblütig einen sowjetischen Staatsbürger ermordet hat, weil dieser sich seiner unmenschlichen Knechtschaft entziehen wollte. Das ist der Geist des faschistischen Unrechtsregimes, das Abermillionen unschuldiger Menschen das Leben gekostet hat. Die historische Aufgabe des Kommunismus ist die Zerschlagung des Faschismus, eine Aufgabe, die nicht ohne Blutvergießen erfüllt werden kann.»

Barbara schlug die Augen auf und sah, wie Schuschgin zur Bestätigung von Belajews Worten nickte. Der Ankläger knöpfte seinen Uniformrock auf und fing an, ein Butterbrot zu essen. Elisabeth stand immer noch wie versteinert vor dem Richtertisch und schaute ins Nichts.

«Erst wenn der letzte Faschist seine Strafe gefunden hat», fuhr Belajew fort, «können wir beginnen, ein neues Deutschland aufzubauen, ein freies und gerechtes Deutschland, in dem alles Blutvergießen, alle Ausbeutung und Unterdrückung des Menschen durch den Menschen ein Ende hat. Es lebe die Weltrevolution!»

Einsam und verloren stand Albin zwischen den russischen Soldaten, die die geballte Faust erhoben. Dann wurde er abgeführt. Mit einem Weinkrampf brach Hilde zusammen, unfähig, sich von ihrem

Mann zu verabschieden, als dieser ein letztes Mal vor ihr stehenblieb.

«Papa ...» stammelte Barbara. «Wie konnte Elisabeth uns das antun?»

Albin schüttelte den Kopf. «Irgendwann holt uns jeder Fehler ein», sagte er, während er mit seinen gefesselten Händen über den Kopf seiner schluchzenden Frau strich. «Kümmere dich um Mama, mein Kind. Bleibt zusammen auf Daggelin, solange ihr könnt. Versprichst du mir das?»

«Ja, Papa», sagte Barbara mit tränenerstickter Stimme und küßte seine Hand. «Das verspreche ich dir.»

«Dawaj, dawaj!»

«Was immer du in Zukunft über deinen Vater erfahren magst, Barbara, vergiß niemals: Du und Mamutschka, ihr wart das Wertvollste, was ich auf der Welt hatte. Lebt wohl.»

Ein Russe stieß ihm seinen Gewehrkolben in den Rücken. Den Kopf über die Schulter gewandt, stolperte Albin zur Tür hinaus, den Blick auf Barbara gerichtet, wie ein Ertrinkender auf das Ufer einer Insel, von der er immer weiter fortgetrieben wird.

Als die Gewehrsalve krachte, wieherte irgendwo ein Pferd.

17

Ein kühler Abendwind strich über das Land, so daß sich der See, über dem eine blaßgelbe Sonne unterging, in kleinen Wellen kräuselte. Eine Kette Wildgänse stieg in den fahlen, nur von wenigen Wolken verhangenen Himmel auf, und ihre Schreie wehten herüber bis zu der Familiengruft von Daggelin, die, eingefriedet von einer immergrünen Hecke, hinter der Kapelle lag. Troll, Albins Reitpferd seit vielen Jahren, stand reglos wie ein Denkmal neben dem offenen Grab, mit einer grün-roten Schabracke, den Farben der Familie von Ganski, und für immer hochgeschlagenen Bügeln.

«Wer weiß die Zahl der Opfer, die dahingerafft werden?» sprach Pastor Wollenweber, der erst einige Monate zuvor Barbara getraut hatte. «Und dennoch trifft uns der Tod jedes einzelnen mit der ganzen

Wucht des Unwiederbringlichen. Aber so groß der Schmerz über den Verlust auch sein mag, dürfen wir eines nie vergessen: die Lehre Jesu Christi. Nicht Haß, sondern Liebe soll uns leiten, Liebe in unseren Worten und Werken. – Amen.»

«Amen», wiederholte die kleine Trauergemeinde – Frau Grubenhagen, die ihr schlafendes Baby auf dem Arm hielt, die alte Frau Durittke sowie ein Dutzend Dorfbewohner aus Boddenhagen –, während Futtermeister Kampmann und Stellmacher Durittke den Sarg in die Gruft hinabließen. Schweigend und gefaßt nahm Barbara das Beileid der Gäste entgegen. Nachdem sie die letzte Hand geschüttelt hatte, zupfte ihre Mutter sie am Arm.

«Was war das für eine Beerdigung?» fragte Hilde und schaute sie an, ratlos wie ein Kind. «Warum ist Papa nicht da? Er ist doch sonst immer so pünktlich!»

«Papa kommt nicht mehr, Mamutschka», sagte Barbara. «Er ist weit, weit fort.»

«Papa ist fort? Wo denn? Warum hat er mir nichts gesagt?»

Barbara faßte ihre Mutter unter dem Arm und führte sie weg vom Grab ihres Mannes.

«Komm, Mama, gehen wir ins Haus.»

Als sie das quietschende Friedhofstor hinter ihrer Mutter schloß, sah sie, wie Belajew aus dem Schatten eines Lebensbaums an das verlassene Grab trat. Warum tat er das? Warum mußte er sie noch weiter quälen? Eine lange Weile stand er da und blickte auf den Sarg, mit hochgezogenen Brauen. Dann griff er in die Tasche seines Uniformrocks und zog etwas daraus hervor.

«Was macht der Mann da?» fragte Hilde. «Ist das ein Verwandter?»

Es war wie ein Stich in ihr Herz, als Barbara den Gegenstand erkannte. Er hielt ihre Kette in der Hand und betrachtete das Amulett, tief in Gedanken versunken. Dann führte er den Bernstein an die Lippen, küßte das Amulett und warf die Kette in das Grab. Das hohle Geräusch, mit dem sie auf dem Sargdeckel aufschlug, war bis zum Friedhofstor zu hören. Barbara wandte sich ab. Sie konnte es nicht länger ertragen.

«Woina kaputt! Woina kaputt!»

Als sie die Freitreppe zum Schloß hinaufstieg, kam eine Horde von Boddenhagener Frauen und russischen Soldaten jubelnd und tanzend in den Hof gelaufen, vorneweg ein Balalaika-Spieler, der von einem alten Landarbeiter mit seinem Akkordeon begleitet wurde. Immer wieder fielen die Frauen und Männer sich in die Arme, umhalsten einander und küßten sich. Als Barbara die Tür aufmachte, begannen die Glocken der Kapelle zu läuten.

«Der Krieg ist aus! Der Krieg ist aus!»

Barbara führte ihre Mutter ins Wohnzimmer, setzte sie in einen Lehnstuhl und gab ihr ein Buch in die Hand, das Hilde mit leeren Augen betrachtete. Dann ging sie in ihr Zimmer, setzte sich an ihren Schreibtisch und nahm aus der Schublade einen Bogen Briefpapier hervor, das noch mit den Initialen ihres Mädchennamens bedruckt war.

Lieber Alex, schrieb sie. *Ich weiß nicht, ob diese Zeilen Dich je erreichen werden. Der Krieg ist aus, und die Menschen tanzen vor Glück auf der Straße. Ich aber bin so verzweifelt wie noch nie in meinem Leben. Papa wurde von den Russen erschossen, Mama lebt seitdem in einer anderen Welt. Werden wir uns jemals wiedersehen? Ich kann Dir nicht sagen, wie sehr ich mich nach Dir sehne. Ach, hätte ich doch ein Kind von Dir! Dann wärst Du bei mir, wo immer Du bist. Gott gebe, daß ich ein Kind von Dir empfangen habe. Das ist die einzige Hoffnung, die mich am Leben erhält …*

ZWEITES BUCH

Die Stunde Null
1946/47

I

Aus dem Schornstein der Küchenbaracke stiegen Rauchwolken in den grauen Himmel empor, und aus den Lautsprechern der Kommandantur schepperte Marschmusik. Ein Tag wie unzählige andere brach an in Grasnoworsk, einem Arbeitslager für zweitausend deutsche Kriegsgefangene, das sich am Ufer der Desna, umgeben von sumpfigen Wäldern, im riesigen Reich der Sowjetunion verlor, klein und bedeutungslos wie ein Sandkorn in der Wüste.

Alex wußte nicht, ob er schlief oder wach lag, ohne Gefühl für die verrinnende Zeit im trüben Schein der Barackenfunzel, die sich weder ein- noch ausschalten ließ, sondern die ganze Nacht hindurch ihr gleichförmiges, armseliges Licht verströmte. Seit er am Abend nach der Arbeit auf sein Lager gesunken war – zu schwach, um den Teller Kohlsuppe aus eigener Kraft zu sich zu nehmen, so daß Üppi ihm die wässerige Flüssigkeit Löffel für Löffel hatte einflößen müssen –, war er unzählige Male auf der Latrine gewesen und hatte sich die übrigen Stunden im Fieber auf seiner Pritsche hin und her geworfen, zugedeckt nur mit seinem Uniformmantel, der Brotbeutel mit dem Kochgeschirr als Unterlage für seinen Kopf, anstelle eines Kissens.

«Gut, daß Sie mich gerufen haben, Hauptmann. Ich verständige sofort Dr. Swetlana.»

«Die Swetlana? Die läßt ihn zur Arschbackenparade antreten, und wenn er noch ein Gramm Fleisch auf den Knochen und keine vierzig Grad Fieber hat, erklärt sie ihn für arbeitsfähig. Können Sie ihn nicht direkt ins Revier einweisen, Oberstabsarzt?»

«Sie wissen selbst, daß ich das nur in Notfällen darf. Die von der Lagerleitung vorgeschriebene Krankenquote beträgt drei Prozent, tatsächlich sind aber über vierzig Prozent der Männer krank. Woher soll ich die Betten nehmen?»

«Leutnant Reichenbach *ist* ein Notfall, Doktor!»

Alex schlug die Augen auf. Vor seiner Pritsche standen Üppi, sein ehemaliger Kommandeur, und Dr. Seibold, der deutsche Lagerarzt.

«Ich bin nicht krank», sagte Alex. «Nur entsetzlich schlapp und müde.»

«Ah, die Leiche kann sprechen», sagte Seibold und setzte sich zu ihm. «Durchfall?»

«Alle zehn Minuten», antwortete Üppi. «Er schafft es kaum bis zum Lokus. Er wiegt keine fünfzig Kilo mehr, und schauen Sie mal seine Beine an!» Er schlug Alex' Mantel zurück; der Arzt zog die Hosenbeine hoch und betastete seine blauroten Waden, die von Wassereinlagerungen zum Zerplatzen angeschwollen waren. «Wenn er nicht ins Lazarett kommt, macht er's keine zwei Wochen mehr!»

«Nun gut», sagte Dr. Seibold. «Ich glaube, ich kann eine Einweisung verantworten.»

«Nein», widersprach Alex. «Das können Sie nicht. Ich bin kein Notfall, andere brauchen das Lazarett nötiger als ich.»

«Halleluja, ein Held! Ich dachte schon, so was gäb's gar nicht mehr», sagte Dr. Seibold.

«Sehen Sie?» sagte Üppi. «Das Fieber hat ihn schon ganz wirr im Kopf gemacht.»

Mit einer Energie, die niemand ihm zugetraut hätte, fuhr Alex zu Üppi herum. «Halt dein verdammtes Maul! Ich kann selbst beurteilen, ob ich krank bin oder nicht. Und Sie, Herr Doktor, sollten sich lieber um diejenigen kümmern, die wirklich Ihre Hilfe brauchen.»

Seibold schüttelte den Kopf. «Sie sind ein komischer Heiland, Leutnant», sagte er. «Doch bitte sehr, wenn Sie partout so wollen – des Menschen Wille ist sein Himmelreich!»

Bevor der Arzt ging, verabreichte er Alex die übliche Spritze, von der es hieß, sie enthalte «reines» H_2O sowie ein paar Eßlöffel flüssiger, zu Schaum aufgeschlagener Hefe, die Alex ein wunderbares Völlegefühl im Bauch bescherte. Für einen Augenblick gestärkt, legte er den kurzen Weg von der Baracke zum Appellplatz zurück, wo die Gefangenen wie jeden Morgen in Fünferreihen antraten, die mageren Gesichter mit den kahlgeschorenen Schädeln auf die Kommandantur gerichtet, in gehörigem Abstand zu dem Sicherheitsstreifen vor dem Stacheldrahtzaun mit dem geharkten Sand, den zu betreten jeden Gefangenen das Leben kostete. Oberst Weber, der deutsche Kommandant, erstattete Meldung an den russischen Offizier vom Dienst; dann wurde der Reihe nach durchgezählt, drei- oder viermal, weil die Zahlen mal wieder nicht stimmten, und schließlich trotteten sie durch das große Tor hinaus, schon am Morgen erschöpft und mit hängenden Köpfen, unter den Augen der Wachtposten auf den Türmen, die Befehl hatten, auf jeden zu schießen, der sich von dieser Kolonne des Elends entfernte. Die Bäume auf den Bergen waren schon mit einer Puderschicht Schnee bedeckt. Es war nur noch eine Frage von Tagen, wann der Frost einsetzte.

Grasnoworsk war das sechste oder siebte Arbeitslager, in dem Alex interniert war. Seit seiner Gefangennahme bei Stargard – das war jetzt anderthalb Jahre her – hatte er in einem Bergwerk, in einer Ziegelei, in einer Chemiefabrik, in einer Mühle und in einer Sowchose gearbeitet, mit Ausnahme der Chemiefabrik immer zusammen mit Üppi, weshalb die zwei inzwischen als «Ehepaar» galten. Bei jedem Lagerwechsel hatte es *«Skora damoi!»* geheißen – «Bald geht's nach Hause!» Doch in Wirklichkeit war es nur immer weiter in Richtung Osten gegangen.

Das Lager Grasnoworsk gehörte zur Staatsbahn. Hier mußten sie Bäume fällen und quer durch den Wald eine Schienentrasse anlegen, die irgendwann einmal, wenn die Bodenschätze, die angeblich in der Erde lagerten, erschlossen und abgebaut würden, den weltabgeschiedenen Ort mit dem rund hundertfünfzig Kilometer entfernt liegenden Verladebahnhof von Černigow verbinden sollte. Alex ging davon aus, daß ihr Aufenthalt diesmal länger dauern würde. In den drei Monaten, die sie hier interniert waren, hatten sie nicht mal einen Kilometer Gleise verlegt.

Als der Brigadier die Arbeitseinteilung verkündete, holte Alex tief Luft. Ausgerechnet heute mußte es ihn erwischen: Schienenschleppen! Diese Arbeit war schlimmer als alle anderen und nur bei solchen Häftlingen beliebt, die Fluchtpläne schmiedeten, weil man dabei einigermaßen sicher vor Spitzeln reden konnte. Alex kannte seinen Körper; er wußte, daß er diese Maloche in seinem Zustand keine zwei Stunden überstehen würde.

«Wenn du willst, können wir tauschen», schlug Heribert Schneider, ein ehemaliger SS-Mann, ihm vor. «Ich habe die Materialausgabe.»

In Alex keimte eine schwache Hoffnung auf. «Und was verlangst du dafür?»

Schneider schaute ihn mit seinem Unschuldsgesicht an, das er immer aufsetzte, wenn er ein Geschäft vorschlug. «Nur deine Postkarte.»

Alex schloß die Augen. In der Materialausgabe konnte er den Rest des Tages im Sitzen verbringen, und die Latrine war gleich nebenan:

eine paradiesische Vorstellung. Doch heute war kein gewöhnlicher Tag; heute war Posttag – der erste, seit Alex in Gefangenschaft war. Am Abend, nach der Essensausgabe, würde der Politoffizier die Briefe austeilen, die von Deutschland gekommen waren, und umgekehrt jedem Gefangenen die Rote-Kreuz-Postkarte aushändigen, die es von nun an einmal pro Monat geben sollte, die einzige Möglichkeit, eine Nachricht nach Hause zu schicken. Als er die Augen wieder öffnete, grinste Schneider immer noch. Alex mußte sich beherrschen, um ihm nicht in die Fresse zu schlagen.

«Scher dich zum Teufel!»

Er wünschte sich, der Tag wäre bereits vorüber. Zusammen mit Üppi trottete er zu dem Stapel rostiger Schienen, die von dort aus fünfhundert Meter weiter bis zur Spitze der Trasse transportiert werden mußten. Zu zweit schleppten sie die zentnerschweren Eisenstangen, einmal auf der linken, einmal auf der rechten Schulter, eine Schiene in vierzehneinhalb Minuten vom Stapelplatz bis zur Trasse, einschließlich Rückweg – das war die Norm.

Nach drei Stunden fiel Alex, vollkommen entkräftet, in Ohnmacht.

Als er wieder zu sich kam, wußte er nicht, wo er sich befand. In der Luft hing ein scharfer, alkoholischer Geruch. Mit geschlossenen Augen versuchte er sich zu erinnern, was passiert war. Von irgendwoher drang eine leise Stimme an sein Ohr; sie erzählte von einer Kreuzfahrt auf dem Mittelmeer, von einer Tanzkapelle und von einem Büffet mit solchen Unmengen an Speisen, daß der größte Teil davon Abend für Abend ins Meer geworfen werden mußte. Als Alex die Augen aufschlug, sah er, daß er im Lazarett lag. Üppi saß auf seiner Bettkante.

«Hier, deine Karte», sagte er und gab ihm das kleine, graue Stück Karton in die Hand.

Alex nahm die Karte, als wäre sie eine Hostie.

«War Post für mich dabei?» fragte er zögernd.

Üppi schüttelte den Kopf. «Tut mir leid», sagte er. «Aber ich kann dich trösten, für unsere ganze Baracke waren es keine zehn Briefe. Ich habe auch nichts bekommen.»

Alex mußte schlucken. Er brauchte ein paar Sekunden, um die Enttäuschung zu verkraften.

«Vielleicht halten sie noch Post zurück», sagte er schließlich.

«Scheiß was auf die Post», sagte Üppi. «Es gibt eine Neuigkeit, die vielleicht viel wichtiger ist … Wir haben einen neuen Politoffizier. Angeblich haben sie ihn hierher strafversetzt, weil er in Deutschland mit dem Feind fraternisiert hat.»

«Ja und? Was geht uns das an?»

«Ein Major Belajow oder Belajew. Wer weiß, vielleicht ist er kein so scharfer Hund, und unsere Aktien steigen. Mensch, sag doch endlich ja, und Weihnachten sind wir zu Hause.»

«Fängst du schon wieder damit an?»

Üppis Gesicht war fast zum Skelett abgemagert, und seine Augen glühten in ihren Höhlen wie zwei Kohlestücke. «Wir *müssen* fliehen, Alex. Flucht ist unsere einzige Chance. Wenn sie uns den Prozeß machen und als Kriegsverbrecher verurteilen, geht's direkt ab nach Sibirien.»

«Nein», sagte Alex. «Die Russen sind keine Nazis. Wir kriegen einen fairen Prozeß.»

«Du glaubst wohl an den Weihnachtsmann! In Georgiewsk haben sie fünfhundert Mann an einem Tag verurteilt. Alle zu fünfundzwanzig Jahren Zwangsarbeit, quer durch die Bank.»

«Trotzdem müssen wir uns dem Prozeß stellen.»

«Weißt du eigentlich, wie alt du in fünfundzwanzig Jahren bist? Zweiundfünfzig! Ein alter Mann!»

«Wir haben den Krieg angefangen. Sie haben das Recht zu entscheiden, ob wir nach Hause dürfen.»

«Das sollen die Russen entscheiden? Du bist wohl vom Affen gebissen!» Üppi griff nach seinem Arm. «Wenn du schon nicht am Leben hängst, tu's für mich. Alleine schaffe ich's nicht.»

Alex hatte gehofft, daß Üppi ihm das ersparen würde. Er kam sich seinem Freund gegenüber so schäbig und gemein vor. Er stand in seiner Schuld, Üppi hatte ihm ja das Leben gerettet, damals in Stargard. Und trotzdem konnte er es nicht tun, es wäre wieder dieselbe verhängnisvolle Gleichung: sein Leben für das Leben anderer Menschen.

«Üppi», sagte er leise, «du weißt doch, was passiert, wenn wir fliehen.»

«Du meinst den Spießrutenlauf, wenn sie uns erwischen?»

Alex schüttelte den Kopf.

«Jeder Kriegsgefangene hat das Recht auf drei Fluchtversuche», erklärte Üppi trotzig. «Das ist internationales Recht!»

«Aber nur für diejenigen, die abhauen», erwiderte Alex. «Für die anderen heißt Flucht Erhöhung der Arbeitsnorm, Prügel und Schikane, noch weniger zu fressen und mindestens ein Monat Postsperre. Begreif doch, Flucht ist eine Schweinerei!»

Üppi machte einen Seufzer. «Du redest schon wie ein kommunistischer Kanake.»

«Und du, willst du abhauen, obwohl du weißt, daß dann die anderen noch eher verrecken?»

Eine lange Weile schauten sie sich schweigend an. Sie hatten diesen Streit schon so oft geführt, und jeder kannte die Argumente des anderen auswendig. In dieser Hinsicht waren sie wirklich wie ein altes Ehepaar.

Schließlich stand Üppi auf und sagte: «Du mußt dich entscheiden, Alex. Was ist dir wichtiger? Dein gottverdammter Gerechtigkeitsfimmel oder die Aussicht, Barbara wiederzusehen?» Er blickte Alex an, doch als er sah, daß er keine Antwort bekam, wandte er sich ab.

Alex wartete, bis Üppi die Tür der Lazarettbaracke hinter sich geschlossen hatte. Dann stand er auf und holte den Bleistift aus seinem Uniformrock, der neben seinem Bett an einem Haken hing. Er nahm die Postkarte in die Hand und dachte nach. Was wollte er Barbara schreiben? Fünfundzwanzig Wörter hatte er zur Verfügung, einschließlich Anrede und Unterschrift. Sie durften nur Gutes enthalten, alles andere wurde von der Lagerzensur gestrichen.

Durch die schmutzigen Fensterscheiben sah er in die Nacht hinaus. Am Himmel blinkten die Sterne.

2

Christian war es, der Barbara weckte. Wie immer, wenn ihr Kind sich in der Nacht meldete, war sie beim ersten Ton hellwach. Sie stand auf und beugte sich über sein Bettchen, in dem sie selbst vor zwanzig Jahren gelegen hatte. Ängstlich befühlte sie seine Stirn. Gott sei Dank, er schien kein Fieber zu haben. Aufgeregt nuckelte er an seinem Schnuller, dann schlief er wieder ein.

Zärtlich betrachtete Barbara ihr schlummerndes Kind. Christian war ihre einzige Freude – und zugleich ihre größte Sorge. Obwohl er gerade zehn Monate war, hatte er schon ziemlich alle Kinderkrankheiten gehabt, die es gab, und an den Masern wäre er im Sommer fast gestorben. Dr. Wiedemann, der Dorfarzt von Boddenhagen, hatte keine Erklärung, warum der Kleine so kränklich war. Barbara selbst allerdings ahnte den Grund: Wahrscheinlich lag es daran, daß Christian ein Siebenmonatskind war. Wie sehr wünschte sie sich, er wäre zwei Monate früher gezeugt worden! Doch es gab keinen Zweifel: Christian war im Dezember 1945 geboren, und Barbara hatte ihre Periode bis zum Kriegsende bekommen. Seine Augen waren dunkel, fast schwarz. Es waren *seine* Augen: die Augen von Michail Belajew.

Sie schaute auf die Uhr. Halb sechs – höchste Zeit für den Stall! Bis unters Dach hatten sie ihr das Haus mit Vertriebenen vollgestopft und ihr selbst, zusammen mit ihrer Mutter und ihrem Kind, ganze zwei Zimmer gelassen. Dabei mußte sie froh sein, daß sie überhaupt noch auf Daggelin war. Um ein Haar hätten sie ihr alles genommen. Sie fröstelte in ihrem Nachthemd. Allmählich wurde es Zeit, die Doppelfenster einzusetzen. Hoffentlich wurde dieser Winter nicht so kalt wie der letzte. Leise zog sie sich an und ging in die Küche.

Ein Tag voller Arbeit wartete auf sie. Längst waren die Zeiten vorbei, da sie den Tag mit einem Ausritt begann – kein einziges Pferd stand mehr im Stall. Dafür verfaulten in der Scheune die Kartoffeln, weil sich niemand um den Abtransport kümmerte. Gleichzeitig hatte sie die Anordnung erhalten, daß sie umgehend mit der Zuckerrübenernte beginnen und außerdem die Wintersaat in den Boden bringen sollte. Wie sollte sie das anstellen? Sie selbst hatte ja kaum Ahnung von der Landwirtschaft und praktisch keine Unterstützung. Der einzige Traktor, den sie noch besaß, ein fünfzehn Jahre alter Schlepper, war seit der Roggenernte kaputt, der alte Durittke hatte es so stark im Kreuz, daß er sich nicht mehr bücken konnte, die Vertriebenen kümmerten sich einen Dreck um die Feldarbeit, und Bürgermeister Lachmund, der den Einsatz der Erntehelfer organisierte, erteilte ihr immer nur Absagen, wenn sie Arbeitskräfte anforderte. Wie sie unter diesen Voraussetzungen die ständig steigenden Abgabenormen erfüllen sollte, war ihr ein Rätsel.

Sie schürte gerade den Herd, als es draußen klopfte. Wer konnte das sein? Barbara erwartete nichts Gutes. Als sie die Haustür öffnete, war sie erleichtert, daß es nur der Postbote war. Er hatte einen Brief und eine Karte für sie. Die Karte war vom Roten Kreuz.

DIE KARTE WAR VOM ROTEN KREUZ!!!

Mein geliebter Engel,
ich bin gesund, mach Dir keine Sorgen. Wenn ich nachts an Dich denke, höre ich die Sterne singen.
Ich liebe Dich
Alex

Die Worte waren wie eine Flaschenpost aus dem Universum. Alex lebte! Wie lange hatte sie auf diese Nachricht gewartet, wie viele Tage und Nächte von dieser einzigen Hoffnung gezehrt! Kein einziges Lebenszeichen hatte sie von ihm bekommen. Beim Roten Kreuz hatten sie nur gewußt, daß er in russischer Gefangenschaft sein mußte. Sie drückte die Karte an die Brust und schloß die Augen. Sie sah Alex vor sich, in der Ruine von Eldena, wie er ihr das Universum erklärte ... Sie war so glücklich, daß sie den zweiten Brief ungeöffnet auf den Küchentisch legte.

«Hat Papa geschrieben, Barbara?»

Ihre Mutter stand in der Tür, perfekt frisiert und geschminkt, und blickte sie erwartungsvoll an. Barbara fiel ihr um den Hals und gab ihr einen Kuß. «Eine Karte von Alex, Mama!»

«Von Alex?»

«Paß auf, Weihnachten ist er wieder da!»

«Was? So lange will er noch Urlaub machen? Wo steckt er überhaupt?»

«Ach, Mamutschka! Heute feiern wir ein Fest! Wir laden die Durittkes ein und Frau Grubenhagen und auch den alten Kampmann. Und dann lassen wir den ganzen Tag die Arbeit Arbeit sein! Hast du noch eine Flasche von deinem Johannisbeerlikör?»

Hilde zog ein schuldbewußtes Gesicht.

«Hast du alles ausgetrunken? Wie sollen wir feiern, ohne anzustoßen? Na, macht nichts, ich hab eine Idee. Bin gleich wieder zurück.»

Sie verließ die Küche, um eine von den wertvollen Cognacflaschen zu holen, die sie beim Einmarsch der Russen hinter dem Pferdestall versteckt hatte, als Reserve für Notfälle. Doch in der Eingangshalle hörte sie Christian brabbeln. Sie ging in das Musikzimmer und trat an sein Bettchen. Als er sie sah, lachte er sie mit seinen schwarzen Augen an und streckte die Arme nach ihr aus.

«Dada ... mama ... bbbbrrrrrrrrr ...»

Barbara hob ihn hoch und wirbelte ihn durch die Luft. Christian strahlte über das ganze kleine Gesichtchen und gluckste vor Vergnügen. So kränklich er war, steckte er voller Lebenslust. Als sie ihn mit einem Kuß wieder absetzte, kam ihr plötzlich eine Frage in den Sinn, die sich wie ein grauer Schleier über ihre Seele legte. Was würde sie Alex sagen, wenn er zurückkam? Würde sie den Mut haben, ihm die Wahrheit zu gestehen?

«Da ist noch ein Brief, den hast du vergessen», sagte Hilde; sie war ihr gefolgt und hielt ihr den Umschlag hin. «Der ist aber ganz bestimmt von Papa.»

Barbara nahm den Umschlag und riß ihn auf. Eilig überflog sie das Schreiben, doch je weiter sie las, desto mehr runzelte sie die Stirn, und als sie ans Ende gelangte, zuckte sie zusammen. Nach Feiern war ihr nun nicht mehr zumute.

Der Brief war eine Vorladung der Bodenreformkommission auf das Boddenhagener Rathaus.

Betreff: *Endgültige Klärung der Besitzverhältnisse auf Daggelin.*

Unterzeichnet: *Elisabeth Markwitz, stellvertretende Kommissionsleiterin.*

3

Am nächsten Morgen, gleich nachdem sie im Stall die wenigen Tiere versorgt hatte, die ihr noch gehörten, brachte Barbara Christian zu Frau Grubenhagen ins Leutehaus. Dann stieg sie auf ihr Fahrrad, um ins Dorf zu fahren.

Es war das erste Mal seit dem Tod ihres Vaters, daß sie Elisabeth wiedersehen würde. Die Markwitz war bei Kriegsende spurlos verschwunden, niemand wußte etwas Genaues über ihren Verbleib. Im Dorf hieß es, sie habe sich in eine glühende Kommunistin verwandelt und lebe jetzt in Berlin, als Funktionärin der neu gegründeten Einheitspartei SED.

Als Barbara vor der Amtsstube stand, war ihr Mund vor Aufregung ganz trocken. Sie atmete einmal tief durch, dann klopfte sie an.

«Herein!»

Elisabeth mußte jetzt achtzehn Jahre alt sein, aber mit ihrem porzellanhellen Teint und den roten Lippen sah sie aus wie eine zu voller Schönheit erblühte Frau. Sie hatte ihr brünettes, streng gescheiteltes Haar im Nacken zu einem Knoten gebunden, und anstelle einer Bluse trug sie ein hellblaues Männerhemd mit einem Halstuch. Als Barbara eintrat, nickte sie nur mit dem Kopf und schaute sie mit sachlicher Miene an, ihr grünes und ihr braunes Auge auf sie gerichtet, wie um mit ihren Blicken Distanz zu schaffen, während Bürgermeister Lachmund, der neben ihr am Tisch saß und Barbara mit einer Geste aufforderte, Platz zu nehmen, das Gespräch eröffnete.

«Sie machen es uns nicht leicht, Frau Reichenbach», seufzte der ehemalige Dorflehrer und strich seinen Spitzbart. «Daggelin ist der letzte Großgrundbesitz im Landkreis, der immer noch nicht ordnungsgemäß aufgeteilt ist. So kann das nicht weitergehen, wir müssen diesem Zustand ein Ende machen.»

«Daggelin ist kein Großgrundbesitz!» widersprach Barbara. «Ich dachte, das wäre geklärt.»

Lachmund schüttelte müde seinen grauen Kopf. «Nein, Frau Reichenbach. So einfach sind die Dinge nicht. Richtig ist: Der Gutshof Alt-Daggelin, der Ihnen am Tag Ihrer Verheiratung übertragen wurde, umfaßt vierzig Hektar Land und fällt darum nicht unter die Enteignung. Das ändert aber nichts an der Tatsache, daß der Gesamtbetrieb Daggelin sehr wohl als Großgrundbesitz betrachtet werden muß.»

«Wieso? Das restliche Land haben Sie doch längst konfisziert. Jeden Tag muß ich anschauen, wie wildfremde Menschen auf den Feldern herumtrampeln, die mein Vater letztes Jahr noch bestellt hat.»

«Ihr Vater – Felder bestellt? Wohl kaum.» Wie in der Schule hob Lachmund den Finger. «Das ist ja das historische Verdienst der Agrarrevolution, daß sie dieses jahrhundertealte Unrecht wiedergutmacht.

Sie gibt den Boden denjenigen Menschen zurück, die ihn bearbeiten. Die Zerschlagung des Großgrundbesitzes und die Befreiung der Bauern ist das historische ...»

Ein Hüsteln von Elisabeth Markwitz unterbrach ihn.

«Kurz und gut», erklärte Lachmund, «das bisherige Provisorium ist nicht akzeptabel. Die Landeskommission hat uns darum die Genossin Markwitz geschickt, die mit den hiesigen Verhältnissen ja bestens vertraut ist, um eine endgültige Lösung zu erarbeiten. Sie beide kennen sich ja, nicht wahr? – Bitte, Genossin Markwitz.»

Elisabeth schlug einen Aktendeckel auf und strich die Seiten glatt. «Die Verordnung über die Bodenreform verlangt, daß Betriebe mit mehr als hundert Hektar Betriebsfläche sowie Betriebe auch unter hundert Hektar, deren Eigentümer als Mitglieder der NSDAP, als Kriegsschuldige oder Kriegsverbrecher eingestuft wurden, entschädigungslos zu enteignen sind.»

«Warum betest du mir das vor? Das ist mir alles bekannt», sagte Barbara und spürte, wie sich ihr Magen mehr und mehr zusammenkrampfte. «Ich war nicht in der Partei, und um Kriegsverbrechen zu begehen, hätte ich wenigstens Soldat sein müssen.»

«Die entschädigungslose Enteignung», fuhr Elisabeth ungerührt fort, «betrifft nicht nur die landwirtschaftliche Nutzfläche der Betriebe, sondern auch das dazugehörige Inventar. Darunter fallen insbesondere Landmaschinen, Arbeitsgeräte, Stallungen ...»

«Wollt ihr mir jetzt auch noch meine kaputten Trecker nehmen?»

Elisabeth machte eine Pause und hob die Augen von ihren Akten, bevor sie fortfuhr: «... sowie sämtliche Wohn- und Wirtschaftsgebäude.»

In diesem Moment wußte Barbara, worauf sie hinauswollte. «Willst du damit sagen, daß ihr auch das Schloß ...»

Elisabeth erwiderte fest ihren Blick. «Ja», bestätigte sie knapp. «Das Schloß wird enteignet.»

«Das könnt ihr nicht tun! Das Schloß gehört zu meinem Hof!»

«Und ob wir das können! Wir haben das Recht auf unserer Seite.»

Barbara lachte. «Das Recht? Du meinst die Paragraphen, die ihr euch zusammengeschustert habt!»

In Elisabeths Augen blitzte es einmal kurz auf, doch sofort war sie wieder gefaßt. «Wir beziehen uns nur auf die Rechtslage, die Ihre

Familie selbst geschaffen hat», erklärte sie. «Die gesamte Verwaltung des früheren Großgrundbesitzes war im Schloß untergebracht. Damit ist das Gebäude eindeutig Bestandteil des ehemaligen Gutsbetriebs. Außerdem», fügte sie hinzu, «hat die Gutsverwaltung monatlich einen festen Betrag an Sie als Eigentümerin des Erbhofes Alt-Daggelin für die Nutzung der Bodenrechte bezahlt. Haben Sie das vergessen?»

Barbara war wie betäubt. Natürlich hatte die Markwitz recht; als Sekretärin ihres Vaters hatte sie die Zahlungsanweisungen ja selbst vorbereitet: eine symbolische Reichsmark pro Monat, mit der nach alter Familientradition die wechselseitige Verbundenheit des Gutsherrn und seines Nachfolgers zum Ausdruck gebracht werden sollte.

«Und was wollt ihr mit dem Schloß machen?» fragte Barbara leise. «Wollt ihr es genauso aufteilen und wahllos an irgendwelche Leute verschenken wie das Land?»

Elisabeth schüttelte den Kopf. «Nein. Die demokratisch-revolutionäre Bauernschaft hat keine Verwendung für das Schloß. Sie distanziert sich bewußt von solchen Manifestationen des Junkertums. Das Gebäude wird einem anderen Nutzungszweck zugeführt.» Erstmals verriet ihr Gesicht Anzeichen von Genugtuung. «Wir werden darin ein Heim für Flüchtlings- und Kriegswaisen einrichten.»

«Ein Heim für was?»

«Ein Heim für Kinder, die nicht das Privileg genießen, im Schutz einer Familie aufzuwachsen, sondern auf die Fürsorge der Gesellschaft angewiesen sind. Ich kann mir keine sinnvollere Verwendung für das Schloß vorstellen. Sie etwa?»

«Dann habt ihr also alles schon entschieden?»

«Ja», bestätigte Elisabeth. «Der schriftliche Bescheid wird Ihnen in den nächsten Tagen zugestellt. Bis dahin dürfen Sie weiter in den Ihnen zugewiesenen Räumen verbleiben.»

«Bis dahin? Soll das heißen, daß ich danach nicht mal mehr im Schloß *wohnen* darf?»

«Natürlich nicht. Die Hygienevorschriften lassen das nicht zu. Die Kinder des Heims dürfen keinen Ansteckungs- oder Seuchengefahren durch Drittbewohner ausgesetzt werden.»

«Aber daß auf Daggelin seit Monaten Vertriebene mit Typhus und Ruhr hausen, die *mein* Kind anstecken können, das lassen eure Vorschriften zu?»

«Wenn Sie das Schloß erst verlassen haben, wird es dieses Problem nicht mehr geben.»

«Und wo zum Teufel soll ich hin?» rief Barbara. «Mit meiner Mutter und meinem Sohn? Wollt ihr uns vielleicht auf die Straße setzen? Warum bringt ihr uns nicht gleich einfach um?»

«Beruhigen Sie sich, Frau Reichenbach», schaltete Bürgermeister Lachmund sich wieder ein. «Sie sollen keine Not leiden, Revanchismus ist dem Sozialismus fremd. Genossin Markwitz, wenn Sie Frau Reichenbach bitte zeigen würden, wo sie in Zukunft leben wird.»

Elisabeth breitete ein Faltblatt auf dem Schreibtisch aus. Barbara erkannte die Zeichnung sofort: Es war ein Lageplan von Daggelin, mit sämtlichen Wohn- und Wirtschaftsgebäuden.

«Hier», sagte Elisabeth und tippte mit dem Zeigefinger auf ein kleines, schraffiertes Rechteck hinter dem Schweinestall. «Das ist Ihr Haus.»

Barbara traute ihren Augen nicht. «Das ist das Russenhaus! Da haben die Zwangsarbeiter gewohnt.»

«Sehr richtig!» bestätigte Elisabeth. «Doch was Sie das Russenhaus nennen, ist das erste urkundlich erwähnte Gebäude auf Daggelin, der Stammsitz Ihrer Familie und folglich Ihr Eigentum. Das ist der Hof, der zu Ihrem Land gehört.» Mit ruhigen, sorgfältigen Bewegungen faltete sie beim Sprechen den Plan wieder zusammen. «Wenn Sie Zweifel haben, ich bin gern bereit, Ihnen die Eintragungen im Grundbuch zu zeigen. – Dabei fällt mir ein, damit alles seine Ordnung hat, brauchen wir noch die notariell beglaubigte Abschrift der Eigentumsübertragung an Sie. Von der Rechtmäßigkeit dieses Vorgangs sind wir bisher ohne Prüfung ausgegangen. Und schließlich sollten Sie uns auch noch Ihre Geburtsurkunde beziehungsweise Ihren Taufschein vorlegen.» Sie blickte Barbara an, ihr altes Katzenlächeln um die Lippen. «Wie sollen wir sonst wissen, daß Sie tatsächlich die Erbin von Daggelin sind?»

Barbara verschlug es die Sprache. «Du weißt genau, daß ich die Papiere nicht habe», brachte sie schließlich hervor.

Das Lächeln auf dem Gesicht der Markwitz verschwand. «Wir geben Ihnen ein halbes Jahr Zeit, sie zu besorgen. Sind Sie auch dann nicht in der Lage, Ihre Eigentumsansprüche zu belegen, fallen Haus und Hof an den Staat. In diesem Fall würden wir allerdings keine

Möglichkeit für einen weiteren Verbleib Ihrerseits auf Daggelin sehen.»

Barbara stand auf und ging zur Tür. Sie hielt es hier nicht länger aus, sie mußte den Raum verlassen, bevor sie sich erbrach. In der Tür drehte sie sich um und schaute die Markwitz noch einmal an. «Sag, Elisabeth, was haben wir verbrochen? Warum tust du uns das alles an?»

Die Markwitz erhob sich nun ebenfalls. «Ich erfülle nur das Gesetz», sagte sie, den Aktenordner bereits unterm Arm. «Und für die Zukunft möchte ich Sie bitten, mich freundlicherweise zu siezen!»

4

Endlich war der Tag vorbei! Barbara küßte den schlafenden Christian auf die Stirn und nahm ihn von der Brust. Wenigstens produzierte ihr Körper noch genug Milch, um ihr Kind zu stillen. Ansonsten fehlte es an allem, was Christian brauchte; sie hatte weder Quark noch Obst oder Haferflocken für ihn. Behutsam legte sie ihn in sein Bettchen. Es war zum Weinen. Früher hatte Daggelin die ganze Umgebung mit Lebensmitteln versorgt, und heute war sie auf Lebensmittelkarten vom Ernährungsamt angewiesen, um einen Brei für ihr Kind zu kochen. Das bißchen Fleisch und Gemüse, Milch und Getreide und Obst, das sie selbst erwirtschaftete, mußte sie ausnahmslos abliefern. Das meiste davon ging nach Berlin.

Sie trat ans Fenster und blickte hinaus in die Nacht. Dunkel und friedlich lag der Hof da, als hätte es weder die Nazis noch den Krieg oder die Russen je gegeben. Sollte sie jetzt wirklich alles verlieren? Das Schloß und auch noch die paar Hektar Land, die man ihr gelassen hatte? Gab es noch eine Möglichkeit, das zu verhindern? Wie sollte sie das anstellen? Die Papiere, die Elisabeth verlangte, hatte Broszat mit auf den Treck genommen, doch der Gutsinspektor war spurlos verschwunden. Bei den Westphals im Ruhrgebiet war er nie angekommen.

Ein Gedanke beschlich Barbara, der sie in letzter Zeit immer öfter beschlich, klammheimlich, wie ein Dieb in der Nacht. Und wenn sie einfach alles aufgab und in den Westen ging? Was hatte sie hier noch zu verlieren? Ihre Verwandten hatten geschrieben, sie solle zu ihnen kommen. Drüben wäre ihr Leben soviel leichter. Im Ruhrgebiet könnte sie alle Sorgen hinter sich lassen – die fremden Menschen im Haus, die Gemeinheiten der Behörden, Elisabeth und ihre Kommunistenbande. Sie fühlte sich so kraftlos und hilflos und mutlos. Und vor allem so allein. Über zweihundert Gäste hatten an ihrer Hochzeit teilgenommen, doch die meisten waren tot oder geflohen, und die wenigen, die noch in der Gegend lebten, zeigten ihr die kalte Schulter.

Barbara öffnete das Fenster und atmete die frische Nachtluft ein. Der Himmel war sternenklar. Deutlich konnte sie den Polarstern erkennen, die Jungfrau, den Großen Wagen ... Was Alex jetzt wohl machte? Ob sie ihn jemals wiedersehen würde? Er hatte ihr zwar geschrieben, aber was hieß das schon? Niemand wußte, wie lange die Russen ihre Gefangenen zurückbehalten würden. *Ich bin gesund, mach Dir keine Sorgen ...* Wie anders wäre alles ausgegangen, wenn Alex sie damals nicht im Stich gelassen hätte! Den Flügel, der immer noch im Zimmer stand, hatte sie seit Kriegsende nicht mehr angerührt.

Sie wollte gerade das Fenster schließen, als sie am Himmel sein Sternzeichen sah. Deutlich wie ein Schnittmuster traten die Konturen des Widders unter all den Sternen hervor, und plötzlich war ihr, als höre sie, leise, ganz leise, wie aus unendlich weiter Ferne, ein zartes, vertrautes Schwingen, eine Folge klarer, reiner Akkorde: eine Oktave, eine Quinte, eine Quarte ... Ach, Alex! Sie sah sein Gesicht, seine vor Begeisterung leuchtenden blauen Augen, seine hübsche kleine Nase mit den tausend Sommersprossen. Wo immer er auch war, vielleicht würde er jetzt, genau in diesem Moment, in denselben Himmel schauen wie sie ... Trotz der kühlen Luft durchströmte ein warmes Rieseln ihren Körper. Und mit einem Mal fühlte sie sich ihm so nah, als ob er bei ihr wäre.

Es war schon fast Mitternacht, als sie das Fenster zumachte und sich ins Bett legte. Wer weiß, dachte sie, vielleicht würden die Dinge sich irgendwann zum Besseren wenden, vielleicht würde sich bald alles als ein großer Irrtum herausstellen ... Wer weiß, vielleicht, vielleicht ... Endlich fielen ihr die Augen zu, und sie sank in einen tiefen, schweren Schlaf.

Es war kaum eine halbe Stunde vergangen, als Barbara aufwachte. Hatte Christian sich gemeldet? Nein, diesmal war es nicht ihr Kind. Ihre Mutter stand an ihrem Bett, im Nachthemd, und schaute sie mit freudiger Ungeduld an.

«Komm, Kind, wir müssen raus, die Sonnenwende feiern. Die anderen sind alle schon im Hof!»

«Mama, was redest du da?» Barbara rieb sich den Schlaf aus den Augen. «Wir haben November, kein Mensch feiert jetzt die Sonnenwen ... – Um Gottes willen, was ist das?»

Entsetzt fuhr sie von der Matratze auf. Durch die Gardinen drang flackernder Feuerschein ins Zimmer. Sie sprang aus dem Bett und lief ans Fenster.

«Siehst du? Glaubst du mir jetzt?»

Im Hof war eine Horde halbwüchsiger Jungen – zwanzig, dreißig oder noch mehr. Mit Fackeln und Mistgabeln kamen sie auf das Schloß zu und riefen irgendwelche Parolen, die Barbara zuerst nicht verstand. Doch je weiter sie sich dem Haus näherten, desto deutlicher konnte sie die Worte unterscheiden.

«Nieder mit den Junkern und Großgrundbesitzern!»

«Gebt den Bauern, was den Bauern gehört!»

Die hatte Elisabeth geschickt! Die Jungen waren jetzt so nah, daß Barbara ihre Gesichter erkannte. Die meisten von ihnen waren aus dem Dorf, Söhne von ehemaligen Landarbeitern und Pächtern, die jetzt allesamt ihren Anteil an Daggelin besaßen. Manche der Jungen hatte Barbara als Kinder auf dem Arm gehalten. Doch als sie jetzt ihre Gesichter sah, lief ihr ein Schauer über den Rücken. Die Gesichter waren voller Haß.

«Gehen wir jetzt endlich raus und feiern mit?» fragte Hilde.

Barbaras Gedanken überschlugen sich. Was hatten die Jungen vor? Wollten sie ihr nur Angst einjagen oder meinten sie es ernst? Wenn einer von ihnen seine Fackel in eine Scheune warf! Sie mußte mit ihnen sprechen.

«Bleib hier, Mama, und paß auf Christian auf! Ich bin sofort wieder da!»

In der Eingangshalle nahm sie ihren Mut zusammen und schob den

Riegel der Haustür zurück. Vorsichtig öffnete sie das Tor einen Spaltbreit, doch sie hatte den Kopf noch nicht hinausgestreckt, da gellte ein Pfiff, und ein Steinhagel prasselte gegen das Portal. So schnell sie konnte, zog sie den Kopf zurück und schloß die schwere Tür.

Als sie sich umdrehte, schaute sie in ein Dutzend Gesichter. Gott sei Dank, sie war nicht allein! In der Treppe standen mehrere Männer in Unterwäsche und Schlafanzügen, einquartierte Vertriebene, die aus ihren Zimmern gekommen waren, um nachzusehen, was passierte.

«Bitte, helfen Sie mir!» rief Barbara. «Jungen aus dem Dorf. Sie greifen uns an!»

Ein großer, breitschultriger Mann trat vor. «Wer greift hier wen an? *Mich* greift keiner an!»

«Sie bombardieren das Haus mit Steinen!»

«Ja und? Was hab ich damit zu tun?»

«Sie wohnen hier genauso wie ich, verdammt noch mal!»

«Und deshalb soll ich *meinen* Arsch hinhalten, für *Ihr* Haus? Nein, Gnädigste, mein Bedarf an Heldentaten ist gedeckt!»

Damit ließ er sie stehen und ging die Treppe hinauf. Die anderen folgten ihm nach. Manche schüttelten den Kopf, ein paar grinsten Barbara an, andere wichen ihrem Blick aus. Einer von ihnen, ein kleiner, älterer Herr in einem gestreiften Pyjama, blieb in der Treppe stehen.

«Hören Sie, Frau Reichenbach? Ich glaube, es ist schon vorbei.»

Tatsächlich, der Steinhagel hatte aufgehört. Draußen hatten sie angefangen zu singen: *Völker, hört die Signale, auf zum letzten Gefecht …* Noch nie hatte Barbara sich so sehr gefreut, dieses scheußliche Lied zu hören. Mit jeder Zeile, die die Jungen sangen, wurden ihre Stimmen leiser. Offenbar verließen sie den Hof.

Am ganzen Körper zitternd, kehrte sie ins Musikzimmer zurück. Ihre Mutter stand mit Christian auf dem Arm am Fenster. Wie ein unheimliches Schattenspiel bewegte sich die Silhouette der beiden an der Wand.

«Da! Da!» machte Hilde und zeigte hinaus, wo noch ein schwacher, unruhiger Fackelschein die Dunkelheit erhellte.

«Da! Da!» machte der Kleine ihr nach, quietschend vor Vergnügen. «Da! Da!»

«Um Himmels willen, Mama!» rief Barbara. «Weg vom Fenster!»

Sie hatte die zwei noch nicht erreicht, da klirrte die Fensterscheibe, und ein Stein flog ins Zimmer. Er verfehlte Christians Kopf nur um Haaresbreite.

Die restliche Nacht tat Barbara kein Auge zu. Sie hatte Christian zu sich ins Bett genommen, schützend hielt sie ihre Arme um seinen kleinen, schlafenden Körper. Und je mehr die Angst ihrer Wut wich, um so fester wurde ihr Entschluß. Nein, sie würde nicht in den Westen gehen – zumindest freiwillig nicht. Sie gehörte hierher, auf dieses gottverdammte Stück Erde, und würde auf Daggelin bleiben, selbst wenn sie in einer Hundehütte leben mußte. Sie ließ sich nicht davonjagen: Es wäre einfach zu erbärmlich.

In aller Frühe, die Morgendämmerung setzte gerade ein, stand Barbara auf. Auf dem Absatz vor dem Portal schaute sie sich um. Nein, noch war niemand außer ihr auf den Beinen. Leise lief sie die Freitreppe hinunter und huschte über den Hof.

Die alte Tür der Kapelle knarrte in den Angeln, als sie sie öffnete. Das kleine Gotteshaus stand voller Gerümpel – Habseligkeiten der Vertriebenen, die auf Daggelin hausten. Vorsichtig, um keinen Lärm zu machen, bahnte sie sich einen Weg zwischen den Kisten und Kästen entlang und bestieg die Stufen zum Altar. Hinter dem Taufbecken bückte sie sich. Sie löste eine Steinfliese aus dem Boden, griff in die kleine Vertiefung und tastete das Innere ab. Gleich darauf spürte sie das kalte Metall in ihrer Hand: Sie hatte gefunden, wonach sie suchte.

Sie nahm die Pistole und steckte sie unter ihre Jacke: dieselbe Pistole, mit der Karl-Heinz Luschnat Igor erschossen hatte. Barbara hatte sie nach dem Abzug der Russen im Musikzimmer entdeckt. Sie lag auf ihrem Flügel, mit einer Schachtel Patronen.

Und einem Gruß von Mischa.

5

Die Antifaschismus-Schulung war eine Art Universität im Arbeitslager Grasnoworsk. Doch auf dem Lehrplan stand nicht Physik oder Mathematik, sondern Theorie und Praxis des Marxismus-Leninismus, und am Pult saß kein weiser Professor, sondern Leutnant Irina Schuster, eine knapp dreißigjährige, weißblonde Baltin. Obwohl sie besser Deutsch als Russisch sprach, haßte sie alle Deutschen. Die Deutschen hatten ihr im Krieg ein Auge ausgeschossen, und dafür sollten sie büßen.

«Kriegsgefangener Reichenbach, warum laufen Sie immer noch mit kahlem Schädel herum? Wissen Sie nicht, daß alle Offiziere seit März die Erlaubnis der Lagerleitung haben, sich die Haare wachsen zu lassen? Stehen Sie auf, wenn ich mit Ihnen spreche!»

Alex erhob sich von seinem Stuhl. Er war Leutnant Schusters Lieblingsopfer. Etwas abseits vom Katheder, neben der roten Fahne, saß Major Belajew und verfolgte mit aufmerksamem Gesicht, doch ohne einzugreifen, den Unterricht.

«Ich wußte nicht, daß die Erlaubnis als Befehl zu verstehen war», sagte Alex. «Außerdem sehe ich keinen Grund, warum ich mich von den Dienstgraden unterscheiden soll. Wir haben den Krieg zusammen verloren.»

«Aus Ihrer Antwort spricht die arrogante Ignoranz des parasitären, verfaulenden Kapitalismus. Ist Ihnen nicht bekannt, daß auch die Rote Armee zwischen Offizieren und Mannschaften unterscheidet?»

«Diese Tatsache ist mir durchaus bewußt, Leutnant. Ich begreife nur nicht, mit welchem Recht wir Offiziere sogar noch im Lager eine Vorzugsbehandlung erfahren.»

«Wollen Sie damit die Entscheidungen der Lagerleitung in Frage stellen?» Leutnant Schuster nahm ihren Schlagstock, der neben einem Exemplar der *Geschichte der KPdSU* auf ihrem Pult lag, und stand auf. «Ich meine, Sie hätten vielmehr Anlaß, sich selbstkritisch in Frage zu stellen. Schließlich waren Sie nicht nur ein Mitglied der faschistischen deutschen Wehrmacht, sondern gehörten auch persönlich der Klasse von Ausbeutern und Kriegshetzern an, deren einziges Ziel es ist, die Freundschaft der Völker und Werktätigen zu sabotieren. – Äußern Sie sich!»

Leutnant Schuster trat so nahe an Alex heran, daß er den Geruch von Kernseife riechen konnte, der wie ein überstarkes Parfüm von ihr ausströmte. Böse funkelte sie ihn mit ihrem gesunden Auge an; die zweite Augenhöhle war hinter einer schwarzen Klappe verborgen.

«Die deutsche Wehrmacht», sagte Alex, «war nicht faschistisch, faschistisch war die NSDAP. Das ist ein Unterschied.»

«Wollen Sie etwa behaupten, daß Hitlers Generäle keine Bande von Faschisten waren?»

«Das kann ich nicht beurteilen. Aber es war nicht jeder automatisch ein Nazi, der bei der Wehrmacht war. Ich würde ja auch nicht behaupten, daß alle Angehörigen der Roten Armee Kriegsverbrecher sind, obwohl einige sowjetische Offiziere ...»

Noch bevor er den Satz zu Ende gesprochen hatte, schoß ihm Leutnant Schusters Stock ins Gesicht; wie ein scharfer, greller Blitz flammte der Schmerz in seinem Schädel auf. Blut lief ihm aus der Nase und rann über seinen Mund. Er beugte sich vor, damit es nicht auf seine Kleider lief.

«Machen Sie den Boden nicht dreckig! Wischen Sie das Blut auf!»

«Ich habe nichts, womit ich es aufwischen kann.»

Statt einer Antwort bekam Alex einen zweiten Schlag, diesmal auf sein linkes Ohr.

«Sie sind für den Rest des Tages vom Unterricht ausgeschlossen», erklärte Leutnant Schuster. «Gehen Sie in den Nebenraum und verfassen Sie einen Selbstbericht. Wie lauten die Regeln des Selbstberichts?» fragte sie und ließ ihr Auge über die Klasse schweifen.

Heribert Schneider, der ehemalige SS-Mann, sprang auf und nahm Haltung an. «Jeder Mensch ist ein mit Mängeln behaftetes Wesen und begeht darum Fehler», rasselte er herunter. «Wenn er aber einen neuen Weg einschlagen will, muß er seine Fehler sich und anderen eingestehen. Wir Antifaschisten sind eine Gemeinschaft, jeder von uns muß sich auf den anderen blind verlassen können. In unserem gemeinsamen Kampf kann nicht jeder seinen Mann stehen, aber er muß sich selbstkritisch die Frage stellen, ob er dazu willig und fähig ist, und seine Kameraden müssen entscheiden, ob sie ihn als Mitkämpfer anerkennen.»

«Merken Sie sich das, Kriegsgefangener Reichenbach! Und machen Sie sich bewußt, daß Ihr Selbstbericht Auswirkungen auf Ihren Prozeß haben wird. Ihre Strafe bemißt sich nicht nur nach Ihren objektiven Verbrechen, sondern ebenso nach Ihrer subjektiven Fähigkeit zur Einsicht in Ihre Schuld. Abtreten!»

Begleitet von einem interessierten Blick Major Belajews, nahm

Alex seine Sachen und verzog sich in das kleine Nebenzimmer, das an den Unterrichtsraum angrenzte. Seit seiner Einlieferung ins Lazarett war ein halbes Jahr vergangen. Sein Leben hatte er Dr. Swetlana zu verdanken, der russischen Lagerärztin. Sie hatte eine dreimalige Blutübertragung für ihn angeordnet; danach hatte er sich so weit erholt, daß er inzwischen wieder fünfundfünfzig Kilo wog. Damit lag er bei einer Körpergröße von einsachtzig gut zehn Prozent über der Norm.

Den Winter über hatten sie bei Temperaturen von minus dreißig Grad gearbeitet, mit vor Kälte tauben Händen und Eiskrusten in den Augenbrauen und Bärten, und nachts hatten sie ihre Unterkünfte mit den unzähligen Flöhen und Wanzen geteilt, die zum Überleben ihr Blut ebenso brauchten wie die Wärme in den Baracken. Und immer noch warteten sie auf ihren Prozeß, der wie ein Damoklesschwert über ihnen schwebte: die Frage, ob sie freigesprochen wurden und nach Hause zurückkehren durften oder ob die Russen sie als Kriegsverbrecher verurteilten und zur Zwangsarbeit nach Sibirien schickten.

Mit schmerzendem Kopf und einem Rauschen im Ohr nahm Alex an dem wackligen Holztisch Platz. Vorsichtig betastete er seine Nase. Sie war angeschwollen und blutete immer noch. Ob sie wohl gebrochen war? Der Besuch der Antifa-Schulung, die jeden Sonntagmorgen in der Kommandantur stattfand, war freiwillig. Die meisten Gefangenen, die daran teilnahmen, waren Typen wie Heribert Schneider, die sich bei der Lagerleitung beliebt machen wollten. Sie wurden von den übrigen Häftlingen als Arschkriecher und Gesinnungslumpen verachtet. Üppi konnte nicht verstehen, was Alex in dieser Gesellschaft verloren hatte.

Alex wußte selbst nicht genau, weshalb er den Unterricht besuchte. Es war nur ein Gefühl, eine unbestimmte Ahnung. Vielleicht hatten die Kommunisten nicht umsonst den Krieg gewonnen, vielleicht bedeutete ihr Sieg auch den Sieg einer höheren Gerechtigkeit – wenn nicht der Vorsehung, so doch einer geheimen Vernunft in der Geschichte, die ihm bislang verborgen geblieben war, weil er als Physiker nur in der einfachen Logik von Ursache und Wirkung zu denken verstand. Ganz sicher wußte er nur eins: Die paar Mißhandlungen, die er hier erlitten hatte, waren nichts im Vergleich zu den Qualen, die andere für ihn hatten erdulden müssen.

«Ich, Alexander Reichenbach», begann er seinen Selbstbericht, «wurde geboren in Dresden, am 14. April 1919, als Sohn des Bankiers Konstantin Reichenbach und seiner Frau Christel ...»

Er hatte sich schon ein dutzendmal diesem Ritual unterzogen. Es war ein langer, mühevoller, schmerzhafter Prozeß, eine Klärung und Reinigung, die sich trotz aller Schikanen und Demütigungen vielleicht nur so und nicht anders vollziehen konnte, eine schrittweise Selbstentdeckung, die zugleich so vergeblich erschien wie der Versuch, eine Zwiebel zu schälen: Haut für Haut seiner Identität und Vergangenheit hatte Alex schon abgetragen, doch noch nie war er zum eigentlichen Kern vorgestoßen. Ein Tropfen Blut tropfte aus seiner Nase auf das graue Blatt Papier.

«Nehmen Sie das hier, Leutnant Reichenbach.»

Alex blickte auf. Vor ihm stand Major Belajew und reichte ihm ein weißes Stofftaschentuch.

«Danke, Major», sagte Alex und hielt sich das Tuch vor die Nase; es roch nach Eau de Cologne.

«Sie sind ein interessanter Mann», sagte Belajew. «Anders als die meisten Ihrer Kameraden. Sie sind der einzige Gefangene, der es wagt, Leutnant Schuster zu widersprechen. Und Sie sind der einzige, der fest daran glaubt, daß wir Ihnen einen fairen Prozeß machen. Woher nehmen Sie diese Zuversicht?» Mit gerunzelter Stirn schaute er auf Alex herab. «Was macht Sie so sicher, daß wir Kanaken keine Nazis sind? Warum hören Sie nicht auf Ihren Freund Üppi und versuchen zu fliehen? Flucht ist doch Ihre einzige Chance!»

«Woher wissen Sie ...?» stotterte Alex, erschrocken, seine und Üppis Worte aus Belajews Mund zu hören.

Der Major lächelte ihn an. «Wir wissen alles von Ihnen. Es gibt in jedem Lager, in jeder Baracke irgendeine Kreatur, die bereit ist, uns für ein Stück Brot die Informationen zu liefern, an denen wir interessiert sind.»

«Wer ist der Mistkerl?»

Belajew zuckte die Schultern. «Spielt das eine Rolle? Wenn es nicht der eine ist, ist es der andere. Hunger haben sie alle.» Er blickte Alex mit seinen dunklen Augen an. «Bei Ihnen ist ja gar kein Spitzel nötig. Ihre Äußerungen im Unterricht reichen aus, um Sie auch ohne Prozeß nach Sibirien zu deportieren. Warum tun Sie das? Warum machen

Sie es sich und uns so schwer? Haben Sie keine Sehnsucht nach der Heimat?»

Alex gab keine Antwort. Er kannte Belajew nicht, es war das erste Mal, daß der Major das Wort an ihn richtete. Doch er wußte, wenn die russischen Offiziere einen Gefangenen in ein persönliches Gespräch verstrickten, hatten sie immer einen Hintergedanken. Er nahm das Taschentuch vom Gesicht und gab es Belajew zurück.

«Danke. Die Blutung hat aufgehört.»

«Soll ich Ihnen sagen, wie Sie auf mich wirken?» fragte Belajew weiter, während er das Tuch einsteckte. «Wie ein Mann, der sich vor irgend etwas fürchtet. Obwohl Sie hier so wenig Furcht zeigen. Als hätten Sie Angst vor der Heimkehr, Angst vor der Wirklichkeit in Deutschland, Angst vor der Erkenntnis, was Sie angerichtet haben. Habe ich recht? Ist es das?»

Alex senkte den Blick und schaute auf sein leeres Blatt Papier. Er spürte, wie die Augen des Majors auf ihm ruhten. Worauf wollte Belajew hinaus? Wollte er ihm etwas mitteilen? Ihm drohen? Ihn einfach nur verunsichern? Alex beschloß, den Spieß umzudrehen.

«Sagen Sie mir, Major, werden wir einen fairen Prozeß bekommen?»

«Ah, Sie glauben also doch an die Schauergeschichten von der bolschewistischen Siegerjustiz!» stellte Belajew beinahe befriedigt fest. «Aber was heißt schon fair, Leutnant Reichenbach? Was würden *Sie* im umgekehrten Fall als fair bezeichnen? Wenn wir Russen so viele Millionen *Ihrer* Landsleute umgebracht hätten?»

«Ich würde in beiden Fällen sagen, fair ist, wenn jeder Gefangene die Strafe bekommt, die seiner persönlichen Schuld entspricht.»

Belajew hob interessiert die Brauen. «So? Meinen Sie das?» Er schüttelte den Kopf. «Schuld ist niemals persönlich, Leutnant», erklärte er. «Schuld ist Teil der *condition humaine*. Und es ist seltsam, daß ausgerechnet ich als Kommunist Sie daran erinnern muß. Wir machen uns in allem schuldig, was wir tun. Das ist unser Schicksal, das Geheimnis der Erbsünde, um eine Ihnen vertraute Metapher zu benützen. Schon bei der Geburt laden wir Schuld auf uns, indem wir uns an unseren Müttern versündigen.»

Alex fühlte sich auf beklemmende Weise an die Worte seines Vaters erinnert. «Egal, was man tut, es ist immer irgendwie falsch ...» Doch tief in seinem Innern fühlte er, daß diese Worte, so ähnlich sie klangen, etwas völlig anderes bedeuteten.

«Sie lassen etwas Wesentliches aus, Major. Bei der Geburt haben wir keine Wahl.»

Belajew lachte auf. «Sie spielen auf die Willensfreiheit an? Sie hat mit der Frage der Schuld nichts zu tun. Im Gegenteil: Nicht durch Freiheit werden wir schuldig, vielmehr werden wir durch unsere Schuldhaftigkeit frei. Gerade weil wir uns mit jeder Handlung schuldig machen, können wir tun und lassen, was wir wollen. Es kommt – im moralischen Sinn – nicht darauf an. Das haben die Nazis besser begriffen als alle anderen.»

«Das heißt, Sie werden uns alle als Nazis verurteilen? Egal, was der einzelne getan hat?»

Belajew hob die Arme. «Sagen wir einmal, es wäre nicht ganz abwegig, wenn die Gerichte so verfahren würden. Und Ihre Kameraden scheinen diese Empfindung zu teilen, sonst würden sie nicht dauernd diese kindischen Fluchtpläne schmieden.» Er zog ein verächtliches Gesicht. «Wie dumm diese Menschen sind! Sie glauben tatsächlich, sie könnten es schaffen. Obwohl es bis zu ihrer Heimat mehr Kilometer sind, als sie Flöhe in ihren Kleidern haben, und obwohl jeder russische Bauer tausend Rubel bekommt, wenn er einen entlaufenen Häftling erwischt. Was ist es nur, Leutnant Reichenbach, was diese Menschen zu einer derartigen Dummheit treibt? Ist es Instinkt? Ist es Panik? Ist es Todessehnsucht?» Er machte eine Pause. «Ist es Liebe?»

Für einen Augenblick hatte Alex das Gefühl, daß Belajew unsicher war. «Können Ihnen das Ihre Spitzel nicht sagen?»

«Nein», sagte Belajew, ruhig und ohne Ironie. «Das ist das einzige, was wir nicht wissen. Sagen *Sie* es mir, Leutnant Reichenbach.»

Alex sah plötzlich all die Gesichter vor sich, die Gesichter der Männer, die es versucht hatten. «Ich glaube, es ist bei jedem etwas anderes», antwortete er leise. «Meistens sind es ganz einfache Dinge, und wirklich begreifen kann es vielleicht nur derjenige, den es selbst betrifft.»

«Das verstehe ich nicht, Leutnant. Erklären Sie es mir genauer.»

Alex überlegte, bevor er antwortete. Wie sollte er etwas erklären, was er selbst nur unklar empfand? «Ich kannte mal einen Mann», sagte er schließlich, «bei dem war es die Erinnerung an die Äpfel auf seinem Schlafzimmerschrank. Jeden Herbst hatte er sich einen Vorrat davon angelegt. Diese Äpfel und ihren Duft vermißte er mehr als alles andere, bis er irgendwann nur noch von dem Wunsch besessen war, daß seine Frau einen dieser alten, verschrumpelten Äpfel vom Schrank nahm und ihm gab und er wieder diesen Duft riechen konnte. Er hat dafür mit dem Leben bezahlt.» Alex verstummte. Er hatte plötzlich das Gefühl, daß diese Dinge Belajew nichts angingen.

Der Major nickte nachdenklich. «Ich habe als Student einmal ein interessantes Experiment miterlebt. Sie hatten Ratten in einen Käfig gesteckt, doch die Tür offengelassen. Vor der Tür hatten sie einen Köder ausgelegt, und natürlich drängten die Ratten hinaus. Leider bekamen sie dabei jedesmal einen Stromschlag. Trotzdem versuchten die dummen Geschöpfe es immer wieder – sie wollten es einfach nicht wahrhaben, wie Ihre Kameraden.»

«Menschen sind keine Ratten.»

«Wo ist der Unterschied?» fragte Belajew, und über sein Gesicht huschte der Ausdruck von Trauer. «Es ist immer nur eine Frage des Köders. Des Köders und der Gelegenheit. Wenn zum Beispiel eines Tages auf Ihrer Baustelle das Tor offenstehen würde, und der Wachtposten wäre zufällig nicht da, ich wette, neunzig Prozent Ihrer Kameraden würden fliehen, obwohl jeder von ihnen schon gesehen hat, wie Gefangene auf der Flucht erschossen wurden.» Er blickte Alex mit erhobenen Brauen an, als wäre er der Experimentator und Alex Teil des Experiments. «Oder sind es vielleicht sogar hundert Prozent?»

Die Tür ging auf, und Leutnant Schuster kam herein. Als sie Belajew sah, zog sie ein überraschtes Gesicht. Belajew sagte etwas auf russisch zu ihr, die zwei wechselten ein paar Worte, dann verließ die Instruktorin wieder den Raum.

«Jetzt habe ich mir einen schweren Verweis der Genossin eingehandelt», erklärte Belajew mit einem Lächeln. «Aber sie hat ja recht. Sie müssen Ihren Bericht schreiben, damit ein braver Antifaschist aus Ihnen wird, und ich halte Sie mit meinen belanglosen Fragen auf. Dürfen wir uns da wundern, wenn die Weltrevolution auf sich warten läßt? Trotzdem, es hat mich gefreut, Sie kennenzulernen, Leutnant, und es würde mich noch mehr freuen, wenn wir unser kleines philosophisches Gespräch ein andermal fortsetzen könnten.» Er wandte sich zum Gehen, doch dann zögerte er. «Überlegen Sie sich gut, was Sie in Ihrem Bericht schreiben», sagte er und zog einen Brief aus seinem Uniformrock. «Vielleicht inspiriert Sie das.»

Er reichte Alex den Brief. Alex griff danach wie ein Verhungernder nach einem Stück Brot.

«Ich würde schwören», sagte Belajew, «auch Sie erinnern sich an den Duft der Äpfel auf Ihrem Schlafzimmerschrank.» Abwesend, wie verloren in seine Gedanken, nickte er mit dem Kopf. «Ja, Sie sind ein glücklicher Mann, Leutnant Reichenbach. Ich beneide Sie.»

Abrupt wandte er sich ab und ging zur Tür hinaus.

Mit zitternden Händen hielt Alex den Brief in der Hand. Der Umschlag war noch verschlossen; offenbar hatte er die Lagerzensur ungeöffnet passiert. Wie konnte das sein? Als müsse er sich von seiner Existenz überzeugen, betastete Alex den Brief mit den Fingern, hob ihn gegen das Licht. Die Tinte auf dem vergilbten, fleckigen Kuvert war schon ganz blaß, doch zwischen den vielen teils deutschen, teils russischen Stempeln konnte er immer noch seinen Namen lesen, in der sauberen, flüssigen Handschrift Barbaras – der Handschrift seiner Frau.

Über dem Absender standen die Buchstaben *BvG*, die Initialen ihres Mädchennamens. In einer Eingebung beschloß er zu warten, den Brief erst am Abend zu lesen, auf seiner Pritsche, wenn die andern schon schliefen, ganz für sich allein. Doch dann hielt er es nicht mehr aus.

Lieber Alex!

Ich weiß nicht, ob diese Zeilen Dich je erreichen werden. Der Krieg ist aus, und die Menschen tanzen vor Glück auf der Straße. Ich aber bin so verzweifelt wie noch nie in meinem Leben. Papa wurde von den Russen erschossen, Mama lebt seitdem in einer anderen Welt. Werden wir uns jemals wiedersehen? Ich kann Dir nicht sagen, wie sehr ich mich nach Dir sehne. Ach, hätte ich doch ein Kind von Dir! Dann wärst Du bei mir, wo immer Du bist. Gott gebe, daß ich ein Kind von Dir empfangen habe. Das ist die einzige Hoffnung, die mich am Leben erhält …

Nachdem er den Brief gelesen hatte, faltete Alex ihn zusammen und steckte ihn in seine Brusttasche. Anschließend zerriß er den grauen Bogen Papier, den er mit seiner Selbstkritik füllen sollte.

Endlich wußte er, was er zu tun hatte.

6

Der Fluchtplan war ganz einfach. Zusammen wollten sie sich bis Černigow durchschlagen, die ersten fünfzig, sechzig Kilometer mit einem Boot flußabwärts über die Desna, um möglichst schnell einen Vorsprung zu gewinnen, dann den Rest zu Fuß durch die Wälder. Sobald sie in besiedelte Regionen vordringen würden, wollten sie nur noch bei Nacht marschieren. Von den geographischen Verhältnissen hatten sie eine ziemlich genaue Vorstellung – ein Erdkundelehrer im Lager, der schon zu alt war für die Flucht, hatte ihnen für zwei Zigaretten eine Landkarte gezeichnet. Ab Nowgorod-Sewerskij brauchten sie nur noch den Gleisen der Eisenbahn zu folgen, bis zum Bahnhof von Černigow, von wo aus sie mit einem der Güterzüge in Richtung Westen fahren konnten. Sobald der letzte Schnee geschmolzen war, wollten sie die erste günstige Gelegenheit zur Flucht nutzen.

«Schneider will mit uns abhauen», sagte Alex plötzlich eines Morgens zu Üppi. Sie waren zu zweit zum Schienenschleppen eingeteilt.

«Kommt gar nicht in Frage!»

«Doch, Üppi. Er kann uns helfen.»

«Bist du vom Affen gebissen? Schneider ist die mieseste Type im ganzen Lager. Die Ratte war bei der SS!»

«Ebendarum will er weg! Er hat höllische Angst, daß sie ihn in ein Sonderlager stecken.»

«Ja und? Meiner Meinung nach gehört er genau dahin!»

«Er hat mir erzählt, warum er bei der SS war.»

«Das ist mir scheißegal!»

«Er war drei Jahre arbeitslos, seine Frau hatte Tuberkulose. Die SS war seine einzige Chance, seine Familie durchzubringen.»

«Und das Märchen nimmst du der Ratte ab?»

Es dauerte eine Woche, bis Üppi einwilligte. Zwar schenkte er Schneiders Geschichte keinen Glauben, doch ließ er sich von praktischen Gesichtspunkten überzeugen. Das Boot, das sie für den ersten Teil der Flucht brauchten, befand sich in einem Bootshaus am Ufer der Desna, mitten im Wald, gut einen Kilometer von der Baustelle entfernt. Üppi hatte den russischen Kommandanten ein paarmal zum Angeln auf den Fluß hinausgerudert und wußte daher, daß die Boote mit Schlössern gesichert waren, die sie irgendwie aufbrechen mußten. Schneider hatte inzwischen die Materialausgabe sämtlicher Lagerwerkstätten unter sich und kam deshalb an jedes gewünschte Werkzeug heran. Außerdem transportierte er regelmäßig Arbeitsgeräte zwischen den verschiedenen Werkstätten innerhalb und außerhalb des umzäunten Lagers hin und her; er gehörte darum zu den wenigen Häftlingen, die das Haupttor ohne Bewachung passieren durften: ideale Voraussetzungen, um im Wald ein Vorratslager anzulegen.

Aber woher sollten sie Vorräte nehmen? Dreimal am Tag gab es Suppe und sechshundert Gramm Brot pro Mann, manchmal auch ein paar Löffel Kascha, einen zähen, geschmacklosen Graupenbrei, dazu siebzehn Gramm Zucker, siebzehn Gramm Fleisch oder Fett und fünf Gramm Machorka. Damit konnten sie keine Vorräte horten.

Doch sie konnten damit handeln. Schneider war ein hervorragender Organisator. Er fand Häftlinge, die bereit waren, für den Tabak eines Tages eine Wochenration Brot herzugeben, und Alex' und Üppis Postkarten verwandelte er in hundert Gramm Zucker sowie ein halbes Dutzend Kascha-Päckchen, die, getrocknet und zu Portionen gepreßt, nur mit Wasser aufgekocht werden mußten. Das Brot schnitten sie in Scheiben und rösteten es am Feuer, um es haltbar zu machen. Zusammen mit den Kascha-Päckchen, dem Zucker, ihrer Landkarte, dem Kochgeschirr, den Streichhölzern, den Werkzeugen sowie allen möglichen Stoffresten und Lappen, die sie anstelle von Schuhen an den Füßen tragen würden, schaffte Schneider das Brot Abend für Abend aus dem Lager und versteckte alles in einem Gebüsch bei dem Bootshaus. Das war der Treffpunkt, den sie ausgemacht hatten; von dort aus wollten sie fliehen.

Nachts, wenn alle schliefen, holte Alex Barbaras Brief aus seiner

Brusttasche hervor. Die Worte seiner Frau waren sein tägliches Abendgebet. Wie Säure brannte die Sehnsucht in seinen Eingeweiden: nach Barbara und nach dem Kind, das sie vielleicht schon hatten. War es ein Mädchen oder ein Junge? Konnte es schon laufen und die ersten Wörter brabbeln? Wenn Alex sich vorstellte, wie es ihn bei seiner Rückkehr in die Ärmchen schloß, fühlte er Tränen in sich aufsteigen. Seine gebrochene Nase war inzwischen verheilt, krumm und schief saß sie in seinem Gesicht. Dieses Andenken würde er mit nach Hause bringen.

Nach einem Monat hatten sie genügend Vorräte angehäuft, um die Flucht zu riskieren. Schneider erklärte, daß es bis Černigow mit Sicherheit reichen würde, und ab dort waren sie ohnehin bis Deutschland auf Diebstahl angewiesen. Jetzt fehlte nur noch die Gelegenheit.

Doch dann, an einem Dienstag, passierte, was immer wieder passierte, aber gerade jetzt nicht passieren durfte: Beim Morgenappell fehlten zwei Gefangene! Üppi fluchte leise, Alex stand wie versteinert da. Immer wieder wurden die Reihen durchgezählt, doch es blieb dabei: Zwei Mann waren verschwunden.

Die Sirenen heulten auf, alle Gefangenen mußten zurück in ihre Baracken. Die Bewachung wurde verdoppelt, Soldaten schwärmten aus, die Unterkünfte wurden auf den Kopf gestellt, die Latrinen nach heimlichen Stollen untersucht, und den ganzen Tag lang war aus den Wäldern das Jiepen und Kläffen der Spürhunde zu hören.

Am Abend waren die zwei Entflohenen wieder im Lager. Sämtliche Häftlinge traten auf dem Appellplatz an, jeder von ihnen trug einen Gegenstand bei sich: ein Stück Rohr, eine Holzlatte, einen Besenstiel. Niemand hatte den Befehl dazu gegeben, doch auch so wußten alle, was die Russen von ihnen verlangten. Alex hielt einen knorrigen Ast in der Hand. Entweder würde er ihn benutzen, oder er verzichtete auf seine eigene Flucht.

Leutnant Schuster trieb die zwei vor sich her. Alex und Üppi schauten sich an: Sie hatten die beiden noch nie gesehen. Man hatte ihnen die Hände auf dem Rücken zusammengebunden, ihre Gesichter waren mit blauen und roten Flecken übersät. Wie Tiere, die eine tödliche Gefahr wittern, scheuten sie vor ihren Mithäftlingen zurück.

Auf ein Kopfnicken von Belajew bildeten die Gefangenen eine Gasse, die sich die ganze Front der Kommandantur entlang erstreckte. Als die Flüchtlinge die Gasse betraten, schlossen sie die Augen und zogen die Köpfe ein, um sich irgendwie zu schützen vor dem, was nun kam.

Jeder einzelne schlug zu. Gleichmäßig hoben und senkten sich die Arme, gleichmäßig gingen die Schläge auf die beiden Flüchtlinge nieder, ruhig und systematisch, in einem langsamen, wohlbestimmten Rhythmus, als würde ein unsichtbarer Dirigent ihn vorgeben: eine dumpfe, düstere Fuge von Haß und Rache, von Gleichgültigkeit und Gemeinheit.

Ein paar Meter von Alex und Üppi entfernt, brach der Größere der beiden zusammen; schutzlos schlug er mit dem Gesicht auf dem Boden auf. Belajew trat zu dem im Staub liegenden Mann und drehte mit der Stiefelspitze seinen Kopf herum. Die Gefangenen hielten für einen Moment inne und schauten Belajew an, die Schlagwerkzeuge erhoben, doch nur, um nach dieser Synkope ihr Werk an dem zweiten Flüchtling fortzusetzen.

Als er kam, schlug auch Alex zu; Schneider gab ihm mit einer Eisenstange den Rest. Die beiden Flüchtlinge waren erlöst. Drei Soldaten hoben die fast leblosen Körper auf und trugen sie in den Bunker neben der Kommandantur, wo sie die nächsten Wochen verbringen würden, ohne Licht, bei Wasser und Brot.

«Ich bleibe hier, Alex», flüsterte Üppi am Abend, als sie in der Baracke auf ihren Pritschen lagen. «Es hat keinen Zweck, wir schaffen es nicht.»

Alex drehte sich zu ihm um. «Unsinn. Wir müssen nur am ersten Tag weit genug kommen.»

«Hast du gesehen, wie sie auf dem Boden lagen? Zwei Haufen Haut und Knochen, die nicht mal mehr zucken konnten.»

«Wir *müssen* es tun», flüsterte Alex. «Hast du den Prozeß vergessen?»

Üppi schaute ihn an. Die Glut in seinen Augen war vollkommen erloschen. «Ich habe so entsetzliche Angst.»

«Schnauze da unten!» rief irgendeine Stimme.

In der Nacht konnte Alex kaum schlafen. Stundenlang starrte er in die Dunkelheit hinaus, ab und zu blinkte zwischen den Wolken am Himmel ein Stern. Gab es jetzt überhaupt noch eine Chance zu fliehen?

Beim nächsten Morgenappell verkündete Leutnant Schuster die Maßnahmen der Lagerleitung: Zur Strafe für den Fluchtversuch wurden die Essensrationen gekürzt und gleichzeitig die Arbeitsnormen erhöht. Jeder Häftling erhielt statt sechshundert noch vierhundert Gramm Brot, und auf der Baustelle mußten sie jede Schiene in zwölf statt in vierzehneinhalb Minuten vom Stapelplatz bis zur Trasse transportieren. Unentwegt trieben die Russen sie zur Eile an.

«Rabotta, rabotta!»

Doch dann, am Ende noch desselben Tages, die Dämmerung war schon hereingebrochen, und das Dunkel der Nacht senkte sich über die Wälder, war sie plötzlich da, mit einem Mal, ganz unverhofft: die Gelegenheit zur Flucht, auf die sie so sehnsüchtig gewartet hatten.

Alex und Üppi sägten gerade eine Schienenbohle, nur einen Steinwurf vom Tor entfernt, als Schneider sich, mit einem Vorschlaghammer über der Schulter, aus der Richtung der Schmiede dem Stacheldrahtzaun näherte. Die beiden Wachtposten öffneten das Tor und wechselten ein paar Worte mit ihm. Plötzlich ertönte ein Pfiff. Belajew, der den ganzen Tag auf der Baustelle die Sicherheitsmaßnahmen kontrolliert hatte, rief einen der Wachtposten zu sich. Der zweite Soldat setzte am Tor sein Gespräch mit Schneider fort, jetzt bot er ihm sogar den Stummel seiner Zigarette an, während Belajew sich mit dem anderen Wachtposten immer weiter in Richtung Schienentrasse entfernte.

Alex sah das offene Tor vor sich – bis zum Waldrand waren es keine dreihundert Meter. Belajew blieb stehen und schaute sich um, Brauen und Stirn wie zu einer Frage erhoben. Als ihre Blicke sich trafen, hatte Alex für eine Sekunde das Gefühl, daß Belajew ihm zunickte.

«Jetzt oder nie!» zischte er und rannte los.

Üppi ließ die Säge fallen und folgte ihm nach.

Schneider fuhr mit einem überraschten Gesicht herum. Im nächsten Moment hatte er begriffen. Bevor der Wachtposten reagierte, schlug Schneider mit dem Hammer auf ihn ein, einmal, zweimal, dreimal, dann sackte der Soldat zu Boden. Alex lief an ihm vorbei, sah den blutüberströmten, zertrümmerten Schädel. Das verdutzte Gesicht war auf den Rücken verdreht, die Zunge quoll aus dem Mund, und die Mütze, die eben noch den Kopf bedeckt hatte, lag neben der Leiche im Sand.

«Stoi, ruki werch! Stoi, ruki werch!»

Ohne auf die Rufe zu achten, rannten sie weiter. Üppi zog mit langen Schritten an Alex vorbei, der Waldrand lag nur noch hundert Meter vor ihnen. In seinem Rücken hörte Alex Schneiders keuchenden Atem.

Die Wachtposten eröffneten das Feuer.

7

Ein neuer Tag brach an auf Daggelin. Draußen zwitscherten die Spatzen, und im Lehmherd des Russenhauses brannte ein Feuer. Barbara stellte den Wasserkessel auf die Herdplatte und füllte zwei Löffel Malzkaffee in die Kanne. Dann schob sie den Riegel der Küchentür zurück, die zugleich auch die Haustür war, und trat hinaus ins Freie.

Über der Stutenkoppel am See hingen noch die letzten Schwaden der Nacht, aber ein heller, rötlicher Streifen am Horizont kündigte den Aufgang der Sonne an. Es würde schönes Wetter geben, ein guter Tag, um mit dem alten Durittke Heu zu machen. Auch wenn sie nur noch zwei Kühe besaß, war jedes Futter für den Winter wertvoll.

Barbara zog den Kopf ein, um durch die niedrige Tür ins Haus zurückzukehren. Fast ein halbes Jahr wohnte sie nun mit ihrer Mutter und ihrem Kind hier, und manchmal wunderte sie sich selbst, wie schnell sie sich daran gewöhnt hatte. Es machte ihr kaum noch etwas aus, daß sie nicht mehr auf dem Schloß lebte, sondern mit dieser Hütte auskommen mußte, die nur aus einer Küche mit unebenem Steinfußboden und gekalkten Wänden sowie ein paar kleinen, nicht beheizbaren Kammern bestand. Immerhin gab es Strom und fließend Wasser, und durch das Fenster der Wohnküche konnte sie über den Schweinestall hinweg sogar das Schloß sehen, in dem nun statt der Vertriebenen über hundert Kriegs- und Flüchtlingswaisen lebten.

Sie nahm gerade den Wasserkessel vom Feuer, als sie plötzlich draußen Schritte hörte. Leise stellte sie den Kessel wieder ab und lauschte. Ja, es war ganz deutlich: Jemand schlich ums Haus herum. Wer konnte das sein? Um diese Zeit war im Schloß noch niemand wach. Unwillkürlich duckte sie sich vom Fenster weg. Nach dem ersten Überfall im vergangenen Herbst waren die Dorfjungen einen Monat lang fast jede Nacht mit ihren Fackeln nach Daggelin gekommen, um ihre Parolen und Lieder zu grölen; im Winter hatte der Spuk dann aufgehört, bis er vor ein paar Tagen wieder angefangen hatte. Wahrscheinlich, weil in ein paar Tagen ihre Frist ablief.

Vorsichtig spähte sie aus dem Fenster, doch keine Menschenseele war zu sehen. Alles war friedlich und still, nur eine Katze huschte über den Hof. Da! Schon wieder Schritte! Barbara hörte, wie sie näher kamen. Es schien diesmal nur einer zu sein, offenbar hatten sie sich etwas Neues einfallen lassen. Barbara spürte, wie die Angst ihr in den Nacken kroch. Sie tastete hinter den Schrank, wo sie in einem Mauerloch die Pistole versteckt hatte.

Plötzlich waren die Schritte verstummt. Wahrscheinlich war der Kerl jetzt an der Tür. Um Gottes willen – hatte sie den Riegel wieder vorgeschoben, oder stand die Tür noch offen? Leise knackte die Pistole, als Barbara die Sicherung löste. Sie preßte sich an die Wand und lugte um den Mauervorsprung. Die Tür war nur angelehnt, doch sie bewegte sich nicht. Langsam, ganz langsam hob Barbara ihre Pistole. Da! Jetzt bewegte sich die Tür, mit lautem Knarren ging sie auf, und im nächsten Augenblick verdunkelte eine große, vornübergebeugte Gestalt den Eingang. Als der Mann seinen mächtigen Kopf hob, stieß Barbara einen Schrei aus.

«Sind Sie's, oder ist es Ihr Geist?» rief sie und fiel ihm um den Hals. «Herr Broszat! Mein Gott, was bin ich froh, Sie zu sehen, ich kann Ihnen gar nicht sagen, wie froh ich bin!» Plötzlich schluchzte sie so heftig los, daß die Tränen wie Sturzbäche aus ihr hervorbrachen. «Ich hab ja gar nicht mehr damit gerechnet, daß Sie zurückkommen, und auf einmal sind Sie wieder da, wirklich und leibhaftig.»

Sie konnte nicht mehr weitersprechen. Wie eine Erscheinung starrte sie den Gutsinspektor an. Endlich ein Mensch, der zu ihr gehörte! Endlich ein Mensch, der ihr helfen würde!

«Barbara», sagte Broszat und stellte den Seesack ab, den er über der Schulter trug. «Ich hatte dich im Hof gesehen, aber ich war nicht sicher, daß du es warst.» Er hatte immer noch dieselben roten Backen, und wie früher trug er sein Haar in der Mitte gescheitelt. «Aber wozu hast du eine Pistole?»

«Ach, das ist doch jetzt egal!» Sie legte die Waffe auf den Küchenschrank und wischte sich mit dem Ärmel ihrer Jacke die Tränen aus dem Gesicht. «Was müssen Sie nur von mir denken. Jetzt sind Sie wieder hier, und ich stehe da wie eine dumme Göre und heule Rotz und Wasser... Aber zum Kuckuck noch mal, es ist einfach zu schön, ich kann es noch gar nicht glauben!» Sie nahm sein klobiges Gesicht zwischen die Hände und gab ihm einen Kuß, mitten auf den Mund. Der alte Inspektor war so verlegen, daß er gar nicht wußte, wohin er schauen sollte. «So, das mußte einfach sein, Herr Broszat», sagte sie. «Aber jetzt bin ich wieder vernünftig und höre auf, Sie zu umarmen und zu küssen, obwohl ich das noch stundenlang tun könnte.» Sie nahm seine Hand und führte ihn an den Tisch. «Kommen Sie, setzen Sie sich. Ich mache uns einen Kaffee, und dann erzählen Sie mir alles.» «Hier? Im Russenhaus? Willst du etwa sagen, daß du hier *wohnst?* Wo ist dein Vater?»

«Mein Vater lebt nicht mehr. Die Russen haben ihn erschossen.»

«O mein Gott! Das ist ja fürchterlich!» Der Inspektor ließ seinen massigen Körper auf einen Stuhl sinken. «Wie ist es passiert?»

«Nein, Herr Broszat. Erst Sie! Wo kommen Sie her? Wo haben Sie die ganze Zeit gesteckt? Wo sind die anderen, die mit Ihnen gegangen sind? Kahnke und Wolf, der lange Pachali und Frau Olschewski? Leben sie noch? Kommen sie nach?»

Broszat schüttelte seinen schweren Kopf. «Nein, es kommt keiner mehr nach», sagte er mit einem Seufzer. «Und damit es gleich heraus ist: Ich habe alles verloren!»

«Alles, Herr Broszat? Alle die Pferde und Wagen und» – sie machte eine Pause, bevor sie es aussprach – «auch die Wertsachen, die mein Vater Ihnen mitgegeben hat?»

«Ja, Barbara, alles. Wie soll ich das erklären? Wir sind bis Hamburg gekommen, dort hat der Treck sich aufgelöst. Jeder ist zu Freunden oder Verwandten weitergezogen. Ich zu meinem Schwager, der hatte eine Kneipe auf St. Pauli. Herrgott, was war ich für ein Rindvieh!»

Barbara brühte den Kaffee auf und stellte zwei Tassen auf den Tisch. «Erzählen Sie, wie es gekommen ist.»

«Mein Schwager hatte in seinem Büro einen Tresor», sagte er, ohne sie anzuschauen. «Darin wollte er die Kassette einschließen, mit dem Familienschmuck und den Aktien. Das hat er auch getan. Aber zwei Tage später war mein Schwager verschwunden, und mit ihm die Kassette.»

«Dieser Mistkerl! Waren Sie deshalb so lange fort?»

«Ich habe ihn überall gesucht, in Hamburg und Lübeck und Bremen, bei zig Adressen, wo er stecken könnte, aber ich habe ihn nicht gefunden.» Broszat hob seinen Kopf und blickte sie an. «Es sind andere Menschen da drüben als wir, ich verstehe sie nicht.»

Barbara legte ihre Hand auf seine Schulter. «Es ist nicht Ihre Schuld, Herr Broszat. Sie können nichts dafür.»

«Ich habe mich noch nie im Leben so geschämt, Barbara.»

Sie mußte schlucken. Die Vorstellung, daß ein gemeiner Verbrecher jetzt das ganze Vermögen ihrer Familie besaß, während sie um jedes Stück Brot kämpfen mußte, war fast nicht zu ertragen. Doch gewaltsam verdrängte sie den Gedanken daran. Ach was! Es hatte keinen Sinn, Dingen nachzutrauern, die für immer verloren waren.

«Hauptsache, Sie sind wieder da», sagte sie schließlich. «Das ist wichtiger als alles andere.»

«Das einzige, was mein Schwager nicht gestohlen hat, ist das hier.» Broszat holte aus seinem Seesack eine dunkelbraune Ledermappe hervor. «Damit konnte er wohl nichts anfangen.»

Barbaras Herz machte einen Satz. Auf der Mappe prangte ein grünrotes Wappen: die Farben der Familie von Ganski. Wenn darin noch die Urkunden waren, die ihr Vater... Ungeduldig schlug sie die Mappe auf, mit zitternden Fingern blätterte sie in den Papieren. Sie traute kaum ihren Augen. Tatsächlich, es war noch alles da: das Familienstammbuch, Kaufverträge, Abschriften aus dem Grundbuch – und der Notarsvertrag, den sie am Tag ihrer Hochzeit unterschrieben hatte und der ihren Besitz an Alt-Daggelin beurkundete. Sie klappte die Mappe zu und schaute Broszat an. «Wissen Sie eigentlich, was diese Dokumente für mich bedeuten?»

«Wenn sie dir irgendwie helfen, ich wäre der glücklichste Mann auf der Welt.»

«Ob sie mir helfen? Sie retten mir das Leben!» Sie sprang auf, und bevor Broszat sich's versah, drückte sie ihm einen zweiten Kuß auf die Lippen. «Ohne diese Papiere hätten sie mich in einer Woche zum Teufel gejagt.»

Broszat streckte ihr seine großen, schwieligen Hände entgegen. «Das ist alles, was ich noch habe, Barbara, meine zwei alten Hände – und das bißchen Sachverstand in meinem ollen, dicken Kopf. Aber eins verspreche ich dir: Ich werde arbeiten wie ein Pferd, um Daggelin wieder hochzubringen. Wollen wir das versuchen?»

Sie nahm seine Hände und drückte sie, so fest sie nur konnte. «Ja, Herr Broszat, das wollen wir. Zusammen können wir es schaffen.»

In diesem Augenblick meldete sich Christian aus seiner Kammer. Wie ein kleiner Hahn krähte er, als wolle er den ganzen Hof aufwecken. Ein Lächeln breitete sich auf Broszats Gesicht aus.

«Du hast ein Kind?»

«Ja, einen Sohn. Christian.» Zum ersten Mal spürte sie, wie stolz sie auf ihr Kind war.

Broszat nickte bedächtig mit dem Kopf. «Das ist gut, Barbara, das ist gut. Vielleicht hat ja doch alles einen Sinn.»

8

Und ob es einen Sinn hatte! Barbara hatte schon ganz vergessen, wie sich das anfühlte, wenn es keine Probleme gab. Herrje, wie war das Leben schön! Sie konnte es gar nicht aushalten, Elisabeth Markwitz wiederzusehen. Trotzdem wollte sie bis zum letzten Tag warten und sie erst aufsuchen, wenn die Frist wirklich abgelaufen war. Auch wenn es völlig sinnlos war: Diesen Triumph wollte sie auskosten, so genüßlich wie möglich!

Fritz Broszat krempelte inzwischen die Ärmel hoch. Obwohl es längst Mai war, waren die Äcker noch nicht bestellt und die Pflegearbeiten in fürchterlichem Rückstand. Als erstes reparierte Broszat den alten Traktor, dann pflügte er den Boden, um rasch mit dem Pflanzen der Kartoffeln zu beginnen. In Anbetracht der Jahreszeit war höchste Eile geboten.

Barbara half dem Inspektor, so gut sie nur konnte. Es war eine Schande, wie Daggelin heruntergewirtschaftet war. Im ersten Herbst nach dem Krieg hatte sie noch die Felder abernten können, die Broszat bestellt hatte, danach war es nur noch bergab gegangen. Um so größer war ihre Befriedigung, als sie nun sah, wie die Wiesen und Felder sich allmählich wieder in den Zustand verwandelten, den sie von früher her kannte. Manchmal, wenn sie am Abend in ihr Bett sank, wünschte sie sich, ihr Vater könnte sie sehen.

Es war ein Dienstag, der allerletzte Tag vor Ablauf der Frist, als sie sich auf den Weg nach Boddenhagen machte. Fünf Minuten bevor das Rathaus schloß, betrat sie das Amtszimmer von Elisabeth Markwitz, mit einem wunderbaren Hochgefühl im Bauch. Die stellvertretende Leiterin der Bodenreformkommission gab gerade einer Sekretärin eine Mappe in die Hand.

«Hier, das Programm für den deutsch-russischen Freundschaftsabend», sagte sie. «Und daß Sie sich Punkt für Punkt an meine Anweisungen halten. Der Abend *muß* ein Erfolg werden!» Erst als die Sekretärin hinausging, wandte Elisabeth sich Barbara zu. «Sie haben also eingesehen, daß es keinen Zweck hat, sich gegen die Kräfte des Fortschritts zu stellen?»

«Wie wär's, wenn du mir einen Platz anbieten würdest?» fragte Barbara zurück. Erfreut stellte sie fest, wie Elisabeths Gesicht bei dem Wörtchen «du» kurz zuckte. Es war ein Genuß!

«Wenn Einsicht der Grund Ihres Kommens ist, gerne.»

Barbara machte eine lange künstliche Pause, während sie sich setzte. «Ich habe über meine Lage auf Daggelin nachgedacht», sagte sie schließlich, «und ich bin nun ebenfalls der Ansicht, daß dem Zustand ein Ende gemacht werden muß.»

«Das heißt, Sie sind bereit, Daggelin zu verlassen?»

«Nein. Aber ich bin bereit, meine Eigentumsansprüche nachzuweisen.»

Elisabeth biß sich auf die Lippen, und ihre Augen blitzten wütend auf. «Dann stimmt es also, daß Broszat zurück ist?»

«Du hast es schon gehört? Ja, er ist zurück, seit einer Woche, und ich will dir auch zeigen, was er Schönes mitgebracht hat.» Sie legte ihre Mappe auf den Tisch und schlug sie auf. «Hier ist der Notarsvertrag, und hier das Familienstammbuch. Du wolltest dich doch überzeugen, daß ich die Tochter meines Vaters bin!»

Während Elisabeth mit spitzen Fingern die Unterlagen nahm und zu lesen begann, kam erneut die Sekretärin herein. «Da ist eben eine Mitteilung gekommen, die Frau Reichenbach betrifft, und da sie gerade hier ist, dachte ich, daß Sie vielleicht ...»

«Stören Sie mich jetzt nicht», herrschte Elisabeth sie an, ohne die Augen von den Dokumenten zu heben.

Auch Barbara schenkte der Sekretärin, die eine Notiz auf den Schreibtisch legte und dann den Raum mit einem verlegenen Lächeln verließ, keine Beachtung. Elisabeths Anblick war einfach zu schön. Während sie die Papiere las, verzog sie keine Miene. Barbara sah es ihren Augen an, wie sie nach einem Fehler suchte und ihr Gehirn zermartete, doch offensichtlich blieben ihre Anstrengungen ohne Erfolg. Als Elisabeth ans Ende ihrer Lektüre gelangte, hatte sie ihren Mund zu einem so dünnen Strich zusammengepreßt, daß die Muskeln auf ihren Wangen scharf hervortraten. Sie sah aus, als hätte sie eben in eine Zitrone gebissen.

«Dann kann ich jetzt wohl gehen», sagte Barbara. «Ich nehme an, du schickst mir die schriftliche Bestätigung in den nächsten Tagen zu.» Sie nahm Elisabeth die Papiere fort und legte sie zurück in ihre Mappe. Dann stand sie auf und ging zur Tür.

«Einen Augenblick!»

Barbara hatte die Türklinke schon in der Hand.

«Ich habe Ihnen noch eine Mitteilung zu machen!»

Barbara warf den Kopf in den Nacken und grinste sie an.

«Kannst du es nicht verkraften, daß du verloren hast?»

Elisabeths Miene verriet keinerlei Regung. Mit emotionsloser, sachlicher Stimme, als zitiere sie einen Eintrag aus dem Grundbuch, erklärte sie: «Ihr Mann ist tot, Frau Reichenbach.»

Der Satz traf Barbara wie ein Schlag ins Gesicht. «Das ist nicht wahr!» stammelte sie. «Das erfindest du nur, um ...»

Elisabeth schüttelte den Kopf. «Ihr Mann hat mit zwei anderen Kriegsgefangenen versucht, aus dem Arbeitslager Grasnoworsk zu fliehen, um sich seiner Verurteilung als Kriegsverbrecher zu entziehen. Sein Prozeß war für diesen Monat anberaumt. Er wurde auf der Flucht erschossen. Hier, bitte sehr.» Sie nahm die Notiz vom Tisch, die die Sekretärin dort hingelegt hatte, und reichte sie Barbara. «Wenn Sie sich selbst überzeugen wollen.»

Barbara schlug ihr das Papier aus der Hand. «Du elendes, gottverdammtes Miststück!» rief sie und stürzte sich auf Elisabeth. «Reicht es dir nicht, daß du meinen Vater umgebracht hast? Mußt du mir jetzt auch noch meinen Mann nehmen?»

«Was fällt Ihnen ein! Beherrschen Sie sich!»

Mit der Kraft eines Mannes packte Elisabeth Barbara bei den Armen und hielt sie wie in einem Schraubstock fest. Die Gesichter ganz nah, schauten sie sich in die Augen.

«Ich tue nur meine Pflicht», sagte Elisabeth.

Mit einem Mal fühlte Barbara sich wie betäubt. Was hatte Elisabeth da gesagt? Alex – tot? Das war doch Unsinn, das konnte doch gar nicht sein! Mechanisch, als sei der Wille aus ihr gewichen, ließ Barbara die Arme sinken und griff nach ihrer Mappe. Dann wandte sie sich ab und verließ das Büro. Die letzten zwei Minuten waren nicht passiert.

«Natürlich geht Ihnen in den nächsten Tagen ein schriftlicher Bescheid zu.»

Wie aus weiter Ferne hörte sie die Stimme – hörte sie, und hörte sie gleichzeitig nicht.

Gleißendes Sonnenlicht empfing sie vor dem Rathaus. Nichts schien sich in der Viertelstunde, die sie in Elisabeths Zimmer verbracht hatte, verändert zu haben. Auf der Straße spielten dieselben Schuljungen Fußball, die zuvor schon dort gespielt hatten, und die zwei russischen Soldaten, die ihr beim Betreten des Rathauses bewundernde Blicke zugeworfen hatten, standen immer noch neben der Treppe und schauten den Jungen beim Spielen zu.

Barbara ging die staubige Dorfstraße entlang, immer weiter auf den Ortsausgang zu. Schritt für Schritt kroch die Wahrheit in ihre Seele: Alex war tot ... Sie registrierte weder die Gesichter der Passanten, die ihr zunickten und sich verwundert nach ihr umschauten, weil sie keinen Gruß erwiderte, noch sah sie die mit Heu beladenen Leiterwagen, die ihren Weg kreuzten, nachdem sie das Dorf verlassen und den alten Feldweg erreicht hatte, der von Boddenhagen nach Daggelin führte. Sie setzte einfach nur einen Fuß vor den anderen, ohne zu überlegen, was sie tat, als hätte sie keine Wahl, als gäbe es nur die eine Möglichkeit, eben diesen Weg zu gehen, den sie schon so oft in ihrem Leben gegangen war.

Eine Bank unter einem Apfelbaum war das Ende ihres Weges. Hier hatte sie einmal mit Alex gesessen: Hier hatte er sie gefragt, ob sie seine Frau werden wollte. Wie lange war das her? Zwei Jahre? Zwei Jahrhunderte? Barbara empfand weder Schmerz noch Trauer, nur dumpfe Fassungslosigkeit.

Auf dieser Bank wollte sie sitzen bleiben, bis sie starb, mit der Mappe ihrer Familie in der Hand, deren Inhalt heute morgen noch ihr ganzes Glück bedeutet hatte und jetzt so vollkommen sinnlos war. So saß sie da, während die Minuten verstrichen, die Minuten und die Stunden, ohne Hunger und ohne Durst, ohne Angst und ohne Hoffnung, allein mit dem Trost, daß sich auf diese Weise ihr Leben verkürzte.

Als sie irgendwann zum Himmel blickte, sah sie, daß die Nacht hereingebrochen war. Hell leuchtete der Mond auf sie herab. «Sind Sie schon mal in Eldena gewesen?» hatte Alex sie gefragt, am Tag ihrer ersten Begegnung. «Studieren Sie noch oder haben Sie Heimaturlaub?» hatte sie ihn zurückgefragt. Nein, sie würde die Sterne nie wieder singen hören.

«Barbara ...»

Zwei Augen schauten sie an, dunkel und prüfend ruhten sie auf ihr.

Keine fünf Meter von ihr entfernt stand Belajew in der Dunkelheit; eine Zigarette glomm in seiner Hand.

Barbara stöhnte auf wie ein verwundetes Tier. Mühsam, als wäre ihr Kleid aus Blei, stand sie auf. Ohne ein Wort zu sagen, ging sie an ihm vorbei, wie eine Fremde, die Anhöhe hinauf, auf Daggelin zu.

9

Elisabeth Markwitz konnte es nicht fassen. Das war Sabotage, Kollaboration mit dem Klassenfeind! Mit einer Mischung aus Staunen und Wut hörte sie den Bericht vom Fehlschlag der vergangenen Nacht.

«Am Tor waren zwei russische Soldaten, als die Jungen aus dem Dorf mit ihren Fackeln kamen», sagte Norbert, ein schlaksiger, vierzehnjähriger Kriegswaisenjunge, dem Elisabeth Markwitz einen Platz in dem Kinderheim auf Schloß Daggelin verschafft hatte und der ihr darum treu ergeben war. «Sie haben die Jungen nach Hause geschickt.»

«Haben sie den Soldaten nicht erklärt, wozu sie gekommen sind?»

«Doch, das haben sie! Sie haben gesagt, daß sie die Vorhut der Revolution sind, daß sie die Reste von Junkertum und Großgrundbesitz zerschlagen wollen.»

«Idioten! Warum haben sie nicht einfach gesagt, daß sie in meinem Auftrag handeln?»

Norbert, der die ganze Zeit wie ein rapportierender Soldat vor Elisabeths Schreibtisch stand, schlug schuldbewußt die Augen nieder. «Das weiß ich nicht», sagte er mit seiner brüchigen Stimme, die manchmal wie die eines Kindes und dann wieder wie die eines erwachsenen Mannes klang. «Ich kann doch nur berichten, was ich gehört habe.»

«Und was gibt es sonst noch für Nachrichten von Daggelin?»

«Zwei Kinder im Heim haben Typhus.»

«Das weiß ich schon seit drei Tagen, du Dummkopf. Ich habe selbst angeordnet, daß die Hygienevorschriften verschärft werden.» Sie stand von ihrem Stuhl auf und ging auf ihn zu. «Was ist sonst passiert? Ich habe das Gefühl, du verschweigst mir etwas.»

Elisabeth hob sein Kinn und zwang ihn, ihr ins Gesicht zu schauen. Er lief knallrot an und trat verlegen von einem Bein auf das andere.

«Ich glaube, es wird Ihnen nicht gefallen, Genossin Markwitz.»

«Was ist los? Vorwärts! Raus mit der Sprache!»

«Alle Heimkinder über zwölf Jahre sind für nächstes Wochenende zum Ernteeinsatz eingeteilt. Auf Daggelin.»

«Das ist eine Frechheit!» rief Elisabeth. Sie packte Norbert am Kragen und schüttelte ihn. «Ich habe ausdrücklich verboten, daß ihr auf dem Hof helft! Wie könnt ihr es wagen, meine Anordnungen zu mißachten? Wer hat den Befehl zum Ernteeinsatz gegeben? Der Heimleiter?»

«Nein, der nicht.»

«Wer dann?!»

«Major Belajew», erwiderte Norbert leise.

Elisabeth holte aus, um ihm eine Ohrfeige zu verpassen. Mit einem Reflex hob er die Arme, um sein Gesicht zu schützen. Geduckt wie ein Hund, der die Wutanfälle seines Herrn kennt, schielte er zu ihr herauf, in Erwartung ihres Schlages. Plötzlich verharrte Elisabeth in ihrer Bewegung. Nein, das wollte sie nicht! Er sollte keine Angst vor ihr haben! Alles, was sie tat, tat sie doch nur, damit Kinder wie er sich nie wieder ducken und Angst haben mußten. Sie ließ die Hand sinken, und statt ihn zu schlagen, griff sie in die Blechdose auf ihrem Schreibtisch. «Da, nimm», sagte sie und gab ihm ein Bonbon. «Du kannst ja nichts dafür.»

«Danke, Genossin Markwitz», stammelte Norbert, unsicher und scheu.

«Du kannst jetzt gehen, mein Junge.» Sie strich ihm über den Kopf und gab ihm einen Klaps auf die Schulter. «Und immer schön aufpassen, wenn auf Daggelin etwas passiert, hörst du?»

Jetzt strahlte Norberts Gesicht, und für eine Sekunde vergaß Elisabeth ihre Erregung. Doch kaum hatte der Junge die Tür hinter sich geschlossen, spürte sie wieder diesen Stich in ihrem Herzen: Belajew...

Was für ein Spiel spielte dieser Mann? Auf welcher Seite stand er? Seit einem Monat war er inzwischen wieder da, als Inspektor der Roten Armee, und seit einem Monat gerieten die Dinge immer mehr außer Kontrolle. Es war ganz offensichtlich, daß er Barbara half. Wie aber konnte er das tun? Er mußte doch sehen, daß Barbara auf der falschen Seite stand. Das war Verrat! Verrat an der Sache – und Verrat an ihr.

«Er ist im Schloß», sagte Broszat, «er wartet im Musikzimmer.»

«Nein», erwiderte Barbara müde. «Ich will ihn nicht sehen.»

«Ich soll dir ausrichten, daß er dir etwas Wichtiges zu sagen hat.»

«Was will er denn? Mich zu ihrem deutsch-russischen Freundschaftsabend einladen?»

Gutsinspektor Broszat stand in der Stalltür und nickte Barbara zu. Doch Barbara wich seinem Blick aus und melkte weiter ihre Kuh, obwohl ihre Handgelenke schon schmerzten. Seit der Nachricht von Alex' Tod hatte sie nur einen Wunsch: Sie wollte arbeiten, arbeiten, arbeiten ... Um sie herum krabbelte Christian und versuchte, sich auf seinen krummen Beinen aufzurichten, doch immer wieder fiel er um und tappte mit seinen Händen in den Kuhmist. Sein Gesicht war schon ganz verschmiert.

«Ich meine, du solltest mit ihm reden. Der Himmel hat uns Belajew geschickt. Wenn es mit uns wieder bergauf geht, haben wir es nur ihm zu verdanken. Er teilt uns Erntehelfer zu, er besorgt Futtermittel und Werkzeuge, er erlaubt mir, im Wald Holz zu schlagen. Was glaubst du eigentlich, woher wir die Dachpfannen für das Russenhaus haben?»

«Ich will keine Hilfe von diesem Mann. Lieber soll es durchs Dach regnen, als daß ich auf ihn angewiesen bin. Und ich will auch nicht, daß *Sie* ihn um Hilfe bitten.»

«Weißt du, was die Leute sich im Dorf erzählen?»

Barbara zuckte die Achseln.

«Daß die Markwitz sich an ihn heranmacht.»

Sie lachte kurz auf.

«Ich finde das gar nicht zum Lachen. Wenn es ihr gelingt, Belajew auf ihre Seite zu ziehen, dann können wir einpacken und gehen. Also tu mir den Gefallen und sprich mit ihm.»

«Sehen Sie nicht, daß ich mich um mein Kind kümmern muß?»

«Ja, das sehe ich allerdings.» Broszat hob den Kleinen vom Boden. «Wir haben Typhus auf Daggelin, und du läßt Christian im Dreck spielen. Hast du keine Angst, daß er sich ansteckt?»

«Erklären Sie mir nicht, wie ich für mein Kind sorgen soll!» fauchte sie. Sie stand auf, um Broszat den Jungen wegzunehmen, doch stieß sie dabei mit dem Fuß den Melkeimer um. «Herrgott noch mal!» Die Milch breitete sich auf dem Boden aus und floß in die Jaucherinne. Wütend trat Barbara gegen den Eimer, der scheppernd weiterflog. Christian fing an zu schreien und streckte die Arme nach ihr aus.

«Was ist mit dir los, Barbara?» fragte Broszat.

«Was soll mit mir los sein?» fragte sie zurück und nahm ihr Kind auf den Arm. «Nichts ist mit mir los! Mir geht es glänzend!» Mit dem Ärmel ihres Kittels wischte sie Christians Gesicht ab; dann setzte sie das schreiende Kind zurück auf den Boden, holte ihren Eimer und fing wieder an zu melken.

Broszat legte seine schwere Hand auf ihre Schulter. «Ich kann mir vorstellen, wie es in dir aussieht. Du hast deinen Mann verloren und denkst, es ist alles vorbei. Aber das Leben geht weiter. Du hast ein Kind und ein Stück Land. Das ist mehr, als viele andere haben.»

«Sie brauchen mich nicht zu trösten. Ich habe Ihnen doch gesagt, mir geht es gut.»

«Und ich verstehe auch, daß du nichts mit Belajew zu tun haben willst. Aber vergiß nicht – er hat deinen Vater nicht umgebracht. Das war die Markwitz. *Sie* hat ihn auf dem Gewissen. *Sie* hat behauptet, daß er Igor erschossen hat.»

«Ach», sagte sie leise. «Sie haben ja keine Ahnung, wovon Sie sprechen.»

Sie rückte mit ihrem Schemel ein Stück von ihm weg. Broszat zog seine Hand zurück. Schweigend quetschte sie die letzten Tropfen Milch aus dem Euter ihrer Kuh.

«Du willst also nicht wissen, was Belajew dir zu sagen hat?»

Barbara gab keine Antwort. Broszat schüttelte den Kopf und ging hinaus.

«Da, da, da», brabbelte Christian und haschte nach der dicken bunten Fliege, die vor seiner Nase schwirrte.

10

«Was für ein gelungener Abend, Genossin Markwitz!» sagte Bürgermeister Lachmund und setzte sich seine Baskenmütze auf, obwohl es drückend heiß war. «Ich glaube, unsere russischen Freunde waren sehr zufrieden. Ich gratuliere Ihnen zu dem Erfolg.»

«Erfolg ist immer das Verdienst eines Kollektivs», erwiderte Elisabeth.

«Nein, nein, Sie sind zu bescheiden. Die Veranstaltung war Ihr Werk! Der Kinderchor, das Balalaika-Orchester. Allein die Idee, das Fest an diesem Ort zu feiern!»

Wenn der alte Trottel nur verschwinden würde! Schon zehn Minuten standen sie in der Eingangshalle von Schloß Daggelin herum und redeten über den Freundschaftsabend, der vor einer Stunde zu Ende gegangen war. Die übrigen Gäste hatten sich längst verabschiedet – alle bis auf einen. Elisabeth hatte ihn gebeten, im Musikzimmer auf sie zu warten.

«Ich weiß wirklich nicht, was wir ohne Sie gemacht hätten», sagte Lachmund und zupfte an seinem Spitzbart. «Und der Saal ist wieder aufgeräumt?»

«Natürlich. Die Kinder haben mir geholfen.»

«Dann ist ja alles bestens.» Lachmund öffnete die Tür und trat hinaus in die Dunkelheit. «Und vergessen Sie nicht, die Lichter auszumachen. Gute Nacht, Elisabeth.»

Endlich! Sie begleitete ihn auf den Treppenabsatz. Während sie wartete, daß er auf sein Fahrrad stieg und durch das Tor den Hof verließ, fächelte sie sich Luft zu. Die Nacht war furchtbar schwül, wahrscheinlich würde es ein Gewitter geben. Als Lachmund in der Dunkelheit verschwunden war, wandte sie sich ab und kehrte zurück ins Schloß.

Aus dem Musikzimmer drang Licht durch den Türspalt. Elisabeth atmete auf: Belajew hatte auf sie gewartet! Erst an diesem Abend hatte sie erfahren, daß er am nächsten Morgen Boddenhagen verlassen würde, um seine Inspektionsreise fortzusetzen. Die Nachricht hatte sie zuerst wie ein Schlag getroffen. Doch dann hatte sie einen Entschluß gefaßt: Heute würde sie ihn erobern – heute oder nie! Sie griff sich in den Nacken und löste den Knoten ihres Haars, so daß es offen auf ihre Schultern herabfiel. Dann holte sie einmal tief Luft und betrat das Zimmer.

Belajew stand mit dem Rücken zu ihr am Flügel und spielte ein paar Töne. Als er sie eintreten hörte, drehte er sich um und schaute sie mit seinen dunklen Augen an. «Der Flügel ist verstimmt», sagte er. «Schade um das schöne Instrument.»

«Das Klavier gehört Frau Reichenbach. Aber sie kümmert sich nicht darum.»

«Ja, das scheint wohl so zu sein.» Elisabeth glaubte für eine Sekunde den Ausdruck von Schmerz in seinem Gesicht zu lesen. «Aber das ist sicher nicht der Grund, weshalb Sie mich gebeten haben zu bleiben?»

«Nein. Es geht um etwas Wichtigeres. Wir müssen unsere Heimkinder impfen, unbedingt. Zwei haben schon Typhus, aber uns fehlen die Medikamente. Können Sie uns nicht helfen?»

Belajew zündete sich eine Zigarette an. «Die Kinder liegen Ihnen sehr am Herzen, nicht wahr?»

«Kinder bedeuten mir alles.»

«Ja, das spürt man», sagte er und blies sein Streichholz aus. «Sie wollen später sicher auch eigene?»

«Es gibt genügend Kinder, die ohne Eltern aufwachsen und unsere Fürsorge brauchen. Ich muß ein Kind nicht selbst gebären, um es zu lieben. Der Kult des eigenen Kindes ist ein sentimentaler Auswuchs der kleinbürgerlichen Produktionsverhältnisse.»

«Trotzdem», erwiderte Belajew. «Eine junge, schöne Frau wie Sie?»

Sie erwiderte seinen Blick. Auf diese Frage gab es nur eine Antwort. «Außerdem», sagte sie, «habe ich noch nicht den richtigen Mann gefunden.»

Um seine Lippen spielte die Andeutung eines Lächelns. Elisabeth wußte, wie sie auf Männer wirkte. In der Parteischule in Berlin hatten sie ihr scharenweise den Hof gemacht. Doch das waren keine Männer gewesen, sondern harmlose Jungs, unfähig, ihr Wesen zu begreifen. Sie kannte nur einen Mann, den sie begehrte, und dieser Mann stand vor ihr, in diesem Augenblick.

«Gut», sagte er, «ich werde veranlassen, daß Sie den nötigen Impfstoff bekommen.»

«Ich danke Ihnen, Major. Auch im Namen der Kinder.»

«Doch nachdem wir das geklärt haben – wollen wir uns nicht setzen? Dann können wir ein wenig über den schönen Abend plaudern.»

Elisabeths Herz hüpfte vor Freude. Er wollte mit ihr zusammensein! Unwillkürlich tat sie einen Schritt auf das Sofa zu, das vor dem Flügel stand, zusammen mit dem alten, schweren Lederfauteuil. Doch dann blieb sie stehen, mit einem Mal unschlüssig. Und wenn sein Vorschlag nur eine Höflichkeitsfloskel war und er es gar nicht ernst meinte?

«Tut mir leid», antwortete sie. «Ich fürchte, zum Plaudern habe ich keine Zeit. Ich habe noch furchtbar viel zu tun.»

Einen Augenblick stutzte er. «Und wenn ich Sie darum bitte?»

«Nein, es geht nicht, wirklich.»

Er lächelte sie an, sein tiefes, grausames Lächeln. «Tun Sie's mir zuliebe!»

«Ich weiß nicht. Morgen früh haben die Kinder Schulunterricht, und bis dahin müssen sämtliche Räume wieder...»

«Warum lügen Sie mich an?»

Er packte sie am Handgelenk und zog sie zu sich. Ein Schauer lief ihr den Rücken herunter. Jetzt gab es keinen Zweifel! Er wollte den Abend mit ihr verbringen! Sie war ihm so nahe, daß sie seinen Duft riechen konnte, eine Mischung von Eau de Cologne und Mann. Winzig kleine Schweißperlen standen auf seiner Stirn. Durch das offene Fenster war von ferne ein leises Grummeln zu hören.

«Wodka?» fragte er.

«Ja, aber nur einen Schluck. Ich trinke sonst keinen Alkohol.»

«Das ist sehr vernünftig.» Er ließ ihr Handgelenk los und griff zu der Flasche auf dem Tisch. «Der Alkohol ist ein heimtückischer Gast. Kaum hat er sich bei uns eingenistet, sind wir nicht mehr Herr im eigenen Hause. Aber – ist es richtig, immer vernünftig zu sein?»

Er reichte ihr das Glas. Es war fast bis zum Rand gefüllt. Als sie es nahm, zitterte sie so stark, daß es fast überlief.

«Nasdrowje!»

Sie setzte das Glas an die Lippen und kippte es in einem Zug herunter. Mit einem scharfen Brennen strömte der Alkohol durch ihre Adern und breitete sich in ihrem Körper aus.

«Bravo», sagte Belajew und setzte sich in den Fauteuil. «Ich mag starke Frauen. Und ich mag die Atmosphäre dieses Hauses. Sie ist immer noch dieselbe, finden Sie nicht auch? Obwohl doch so viel in diesen Räumen passiert ist.» Er trank einen Schluck und blickte sie über den Rand seines Glases an. «Nur die Gastgeberin hat sich verändert.»

Elisabeth setzte ihr Glas ab. Wußte er, daß sie ihn und Barbara damals beobachtet hatte? In diesem Zimmer war es passiert. Es war schon nach Mitternacht gewesen, sie war mit dem Rad aus Boddenhagen gekommen. Von der Eingangshalle aus hatte sie gesehen, wie er Barbara am Arm gepackt und die Tür mit seinem Stiefel zugeschlagen hatte. Seitdem träumte sie fast jede Nacht von ihm. Wie haßte sie diese Träume! Wie genoß sie diese Träume! Was würde passieren, wenn sie sich jetzt setzte?

«Wäre Ihnen die frühere Gastgeberin lieber?» fragte sie und nahm Platz.

Belajew strich sich nachdenklich über den Schnurrbart. «Jede Frau trägt eine geheime, verborgene Melodie in sich», sagte er. «Und jede dieser Melodien hat ihre eigene Schönheit.»

«Das ist keine Antwort auf meine Frage.»

«Doch, denn jede Melodie hat nicht nur ihre eigene Schönheit, sondern auch ihr eigenes Recht. Und für einen Mann gibt es nichts Faszinierenderes, als diese Melodie in einer Frau zum Klingen zu bringen.»

«Dann muß ich für Sie ja eine Enttäuschung sein. Ich bin absolut unmusikalisch.»

«Sie brauchen nicht musikalisch zu sein. Glauben Sie, eine Nachtigall kann Noten lesen? Sie singt einfach die Melodie, die in ihr ist.»

Elisabeth lachte und warf den Kopf in den Nacken, damit ihr offenes Haar zur Geltung kam. «Ich fürchte, wenn ich anfange zu singen, werden Sie sofort aufstehen und gehen. Und das», fügte sie leise hinzu, «wäre sehr schade.»

«Wäre es das? Dann lassen Sie es mich anders sagen. Was, meinen Sie, ist der Grund, weshalb sich ein Mann zu einer Frau hingezogen fühlt?»

«Kann das nicht nur ein Mann wissen?»

«Ist es ihr Aussehen? Zum Beispiel ihr Haar?» Er lächelte sie an. «Vielleicht. Doch wichtiger als jede noch so vollkommene äußere Schönheit ist etwas anderes.» Er nahm einen Zug von seiner Zigarette. «Er will ihr Geheimnis ergründen. Das ist das einzige, was ihn wirklich reizt an einer Frau, die ewige Herausforderung des anderen Geschlechts. Egal, ob sie groß ist oder klein, häßlich oder hübsch, dumm oder intelligent. Ihn interessiert immer nur das Geheimnis, das kleine dunkle Geheimnis auf dem Grund ihrer Seele.»

«Es gibt keine Seele, Genosse Major. Die Seele ist eine Erfindung der bourgeoisen Philosophie.»

«Wer weiß?» Belajew hob die Hände. «Wenn es keine Seele gibt, wie erklären Sie dann das Geheimnis? – Sehen Sie, darauf haben Sie keine Antwort.»

Elisabeth schwieg. Er hatte recht: Darauf hatte sie keine Antwort. Aber sie hatte eine Frage. «Und wie findet der Mann das Geheimnis einer Frau heraus?»

Belajew sah sie an. «Er liest es in ihren Augen.»

Unwillkürlich senkte sie den Blick. Es war so heiß im Raum, daß der Stoff ihres Kleides ihr am ganzen Körper klebte. Sie zupfte an ihrem Ausschnitt und schlug die Beine übereinander. Das offene Fenster schlug leise im Wind, der draußen in den Bäumen rauschte, doch immer noch keine Kühlung brachte. Elisabeth hob den Kopf und richtete ihren Blick fest auf Belajew.

«Und was lesen Sie in meinen Augen?»

«Wollen Sie das wirklich wissen?»

«Ja. Sagen Sie es mir.»

Er hob mit der Hand ihr Kinn. Ihre Kopfhaut zog sich zusammen, mit einem feinen, scharfen Kribbeln, das sich bis in den Nacken fortsetzte. Sie mußte schlucken, ihr Mund war plötzlich ganz trocken.

«Sie haben die interessantesten Augen, die ich kenne. Das eine grün, das andere braun. Wie zwei Geschwister, die sich nicht vertragen.»

«Zwei Geschwister?»

«Oder zwei Bedürfnisse. Das eine ist ein Bedürfnis nach Unschuld – der Grund, weshalb Sie Kinder so lieben. Kinder sind rein, sie haben noch nichts verbrochen, nicht wahr?»

«Das sehen Sie in meinen Augen?» fragte sie mit rauher Stimme.

«Ja, so klar und deutlich wie auf dem Grund eines Sees. Und ich sehe noch etwas, es gehört dazu, wie die Nacht zum Tag. Ein Bedürfnis, das Sie mit Ihrem ganzen Volk teilen ...»

«Was ist es ...?»

«Das Bedürfnis nach Strafe.»

Elisabeth zuckte zurück, doch Belajew packte sie im Genick. Wie ein Blitz schoß ihr die heftige Berührung in den Leib. Aus seinem Gesicht war jedes Lächeln verschwunden. Als sie diese Miene sah, erschrak sie. Es war die Miene, die sie aus ihren Träumen kannte.

«Ja, Sie sehnen sich nach Unschuld, und weil Sie in Ihrem tiefsten Innern ahnen, daß Sie die längst verloren haben, sehnen Sie sich nach Strafe. Sie sind kein Kind mehr, und darum wollen Sie büßen, für die kleinen und großen Verbrechen, die Sie in Ihrem Leben begangen haben, Sie selbst oder andere in Ihrem Namen, und wünschen, daß ich für Ihre Bestrafung sorge, damit Sie Ihre Schuld vergessen können.»

«Was reden Sie da, Major Belajew?»

Sie versuchte, sich von seinem Griff zu befreien. Doch er faßte nur noch härter zu, so daß sie vor Schmerz aufstöhnte. Ein Schauer lief ihr den Rücken herunter. Obwohl sie sich dagegen wehrte, genoß sie den Schmerz. Am Himmel zuckte ein Wetterleuchten auf.

«Ich weiß genau, was du willst! Ich sehe es in deinen Augen!» Ohne ihren Nacken loszulassen, schlug er ihr mit dem Handrücken ins Gesicht. «Das ist es, was du willst! Daß ich dich schlage und die Dämonen verjage, die in deiner Seele hausen ... Ich soll dich strafen, immer wieder, bis deine Seele endlich leer ist.» Er packte sie bei den Schultern und warf sie zu Boden. «Ja, das möchtest du, wie eine Hure, die ihren Zuhälter anfleht, daß er sie straft. Weil du spüren willst, daß du schlecht bist ... Ich soll dich unterwerfen, wie wir euer ganzes Volk unterworfen haben ... Damit wir in euch bändigen, was ihr selbst nicht bändigen könnt.»

Mit der Spitze seines Stiefels strich er über ihren Leib, ihre Brüste, ihre Schenkel. Elisabeth wand sich unter seinen Berührungen, wimmernd und stöhnend vor Lust.

«Siehst du, das ist deine Melodie, jetzt hast du sie gefunden ... Sing, Nachtigall, sing!»

«Ja, ich will, daß du mich strafst ...»

Endlich! Er war ein Mann, ein wirklicher Mann, und sie durfte sich ihm unterwerfen. Er hatte sie erkannt und gab ihr, was sie brauchte. Denn er liebte sie, sonst würde er sie nicht strafen ... Ja, ja, ja, er liebte sie – sie, und nicht Barbara! Barbara war ein Irrtum gewesen, ein Versehen ... Sie schaute zu ihm auf, in der Hoffnung, daß er sie wieder schlug. Ja, er war der Mann, für den sie geboren war! Sie würde alles für ihn tun, was immer er von ihr verlangte.

«Ya ljublu tebja», stammelte sie. «Ich liebe dich ... *Ya ljublu tebja* ...»

Ein Blitz zuckte durch die Nacht, dem ein einziger, mächtiger Donnerschlag folgte. Und plötzlich, mit einem Mal, brach es aus ihr hervor wie Lava aus einem Vulkan. Sie hockte auf den Knien, preßte die Hände auf ihre Scham und war nur noch ein schreiender Körper, der sich auflöste in einer Woge von Schmerz und Lust, in einem heißen, flutenden Schwall.

Als sie wieder zu sich kam, hörte sie durch das Fenster den Regen rauschen. Belajew blickte sie an. Elisabeth war es, als schaue sie in die Augen ihres Bräutigams.

«Ich danke dir, Genosse», flüsterte sie.

Ohne die Augen von ihr abzuwenden, spuckte er ihr ins Gesicht. «Kollaborateure widern mich an!» Dann stieß er sie von sich und ging hinaus.

Elisabeth sank zu Boden. Sie wollte weinen. Aber ihre Seele war so leer, daß sie keine Tränen darin fand.

11

Mitten in der Nacht fuhr Barbara aus dem Schlaf. Ein schwerer Gewitterregen ging vom Himmel nieder. Wie getrocknete Erbsen prasselten die Regentropfen auf das Dach, und immer wieder zuckten Blitze auf, gefolgt von heftigen Donnerschlägen. Doch nicht davon war sie aufgewacht. Christian hatte sich gemeldet; ganz deutlich hatte sie im Schlaf sein Brabbeln gehört. Sie rieb sich die Augen, um sich an die Dunkelheit zu gewöhnen, und schaute zu seinem Bettchen hinüber. Wieder zuckte ein Blitz auf und erhellte die kleine Kammer.

«Nein!»

Eine große, dunkle Silhouette erhob sich vor der gekalkten Wand: Michail Belajew. Mit nassen Haaren und nasser Uniform stand er neben dem Kinderbett und hielt ihren Sohn auf dem Arm. Christian war hellwach und strahlte über das ganze Gesichtchen, während Belajew mit den Fingern seine brabbelnden Lippen streichelte und leise russische Worte zu ihm sprach.

Mit einem Satz sprang Barbara aus ihrem Bett. «Faß meinen Sohn nicht an!» Sie nahm Belajew den Jungen vom Arm und legte ihn zurück in sein Bett.

«Er hat schwarze Augen ...»

«Was hast du hier zu suchen?» fragte sie. «Wozu schleichst du dich in der Nacht in mein Haus, wie ein Dieb?» Sie gab Christian den Schnuller und hielt mit der Hand seine Wange, damit er sich beruhigte. Sein Kopf war ganz heiß. Christian nahm den Schnuller und fing heftig an zu saugen.

«Ich reise morgen ab, doch vorher muß ich dir noch etwas Wichtiges sagen.»

«Wir haben uns nichts zu sagen.»

«Es ist eine gute Nachricht. Sie wird dich glücklich machen.»

«Begreifst du nicht? Ich will nicht mit dir reden!»

Belajew verstummte. Barbara hielt den Kopf ihres Sohnes und spürte, wie Christian allmählich wieder in den Schlaf fand. Das Gewitter draußen ließ nach. Die Blitze wurden seltener, und die Donnerschläge folgten in immer größeren Abständen. Der prasselnde Regen ging nach und nach in ein gleichmäßiges Rauschen über.

«Als ich wieder hierherkam», sagte Belajew schließlich, «hatte ich gehofft, ich würde dich zurückgewinnen. Ich wollte dich mit mir nach Rußland nehmen, als meine Comtesse. Wir zwei hätten ein großes Leben zusammen führen können. Aber du wolltest mich nicht sehen, und ich habe begriffen, warum.» Er machte eine Pause. «Du liebst deinen Mann zu sehr.»

Barbara richtete sich von dem Kinderbett auf. «Mein Mann ist tot. Ihr habt ihn erschossen.»

«Nein, Barbara. Dein Mann lebt.»

«Warum tust du das? Wozu auch noch diese Lüge?»

«Es ist keine Lüge. Es ist die Wahrheit.»

Tränen schossen ihr in die Augen. Seine Worte taten ihr so weh, als würde er Salz in eine Wunde reiben. «Was bist du nur für ein Mensch? Warum mußt du mich immer weiter quälen? Wann hörst du endlich damit auf?»

«Ich habe gesehen, wie er geflohen ist, zusammen mit zwei Kameraden. Die anderen beiden wurden erschossen, er ist als einziger entkommen.»

«Ich habe eine Nachricht vom Roten Kreuz, daß er tot ist!»

«Dann ist die Nachricht falsch, ein Irrtum oder eine Verwechslung. Solche Dinge kommen vor.» Er faßte ihre Schultern und sah sie an. «Glaub mir, ich sage die Wahrheit.»

Heiß brannten seine Hände durch das dünne Hemd auf ihrer Haut. Wie konnte sie ihm glauben? Nach allem, was geschehen war? Sie machte einen Schritt zurück, um sich seiner Berührung zu entziehen.

«In welchem Lager war mein Mann?»

«In Grasnoworsk an der Desna, in der Gegend von Černigow. Dein Mann hatte die Häftlingsnummer 1589.»

Barbara schluckte. Sollte es wirklich möglich sein, daß er die Wahrheit sagte? Die Angaben stimmten mit denen auf Alex' Karte überein. Aber was war das schon für ein Beweis?

«Woher willst du wissen, wer mein Mann ist?»

«Ich habe selbst mit ihm gesprochen.»

«*Du* hast mit ihm gesprochen?»

«Ich war für die Postverteilung im Lager zuständig. Ich habe ihm deinen Brief gegeben.»

Barbara atmete tief durch. Alex und Belajew sollten sich begegnet sein? Wenn er wirklich die Wahrheit sagte, konnte er es jetzt beweisen. Obwohl ihr die Vorstellung unerträglich war, daß seine Augen jene Zeilen gelesen hatten, die nur für Alex bestimmt gewesen waren, hoffte sie in diesem Moment nichts sehnlicher, als daß er die Antwort auf ihre Frage wußte.

«Und – was stand in dem Brief?»

«Ich habe ihn nicht gelesen. Als ich sah, daß er von dir war, habe ich ihn ungeöffnet deinem Mann gegeben.»

Das bißchen Hoffnung, das sich eben noch in ihr geregt hatte, war dahin. «Und das soll ich dir glauben?»

Müde wandte sie sich ab. Christian schlief wieder tief und fest. Draußen hatte der Regen fast aufgehört. Nur noch wenige Tropfen klatschten gegen die Fensterscheiben.

«Ich kann es dir beweisen», sagte er.

«Bitte, geh jetzt endlich.»

«Du hast ein altes Briefpapier benutzt. Es war älter als deine Ehe.»

Barbara drehte sich um. «Was sagst du da? Woher willst du das wissen?»

«Auf dem Umschlag standen die Buchstaben *BvG*, die Initialen deines Mädchennamens.»

Barbara biß sich auf die Lippe. Er hatte ihren Brief gesehen! Sie schaute in sein Gesicht, dunkel ruhten seine Augen auf ihr, während er langsam und ruhig mit dem Kopf nickte. Plötzlich spürte, ja wußte sie, daß er sie nicht quälen wollte, daß er die Wahrheit sagte. Er hatte Alex gesehen, mit ihm gesprochen. Ohne zu überlegen, was sie tat, nahm sie Mischas Gesicht zwischen ihre Hände und schaute ihn an.

Ganz leise, als könnte sie mit ihren Worten alle Hoffnung zerstören, fragte sie ihn: «Und du sagst, er lebt ...?»

«Ja, Barbara, dein Mann lebt. Ich schwöre es!»

Barbara schloß die Augen. Alex lebte! Plötzlich sah sie sein Gesicht vor sich. *Aber wir zwei, wir haben uns. Wir leben. Und solange wir leben, werden wir uns lieben ...* Sie spürte, wie die Tränen aus ihr hervorquollen, wie die Anspannung von ihr abfiel, wie die Verzweiflung sich löste, der ganze Schmerz, der so viele Tage und Wochen auf ihr gelastet hatte. Es war wie eine Erlösung. Alle Dämme in ihrem Innern brachen ein, hemmungslos schluchzend sank sie an seine Brust, gleichzeitig weinend und lachend vor Freude und überwundenem Leid. Und plötzlich saß sie wieder mit ihm auf der Bank unter dem Apfelbaum. Er lächelte sie an, mit seinen leuchtenden blauen Augen, und fragte, ob sie seine Frau werden wollte. Sie erwiderte sein Lächeln.

«Ja», flüsterte sie und schlang die Arme um seinen Hals.

Als er sie küßte, roch sie den bitteren Duft seines Eau de Cologne ...

Was hatte sie getan?

Stunden lag Barbara wach an seiner Seite, ohne Schlaf zu finden, und starrte in die dunkle Kammer, die nur vom schwachen Schein des Mondes erhellt war.

Ein fürchterlicher, entsetzlicher Gedanke hatte Besitz von ihr ergriffen, kreiste in ihrem Kopf wie ein Mahlstein. Und wenn er sie belogen hatte? Wenn er alles nur erfunden hatte, um sie zu mißbrauchen, ein zweites Mal seine Macht über sie zu genießen? Ja, er wußte, in welchem Lager Alex war, er hatte mit ihm gesprochen, hatte ihren Brief in Händen gehabt. Aber was hieß das schon? Nichts! Sie konnten Alex trotzdem erschossen haben. Solange sie ihn nicht lebend vor sich sah, gab es keine Gewißheit. Beides war möglich: daß Alex lebte, daß Alex tot war ... Und noch eine Frage bohrte in ihrer Seele, noch fürchterlicher als die erste, eine Frage, die sie nicht zu denken wagte, doch die sie immer wieder denken mußte: Hatte Belajew Alex erschossen? Mit denselben Händen, die sie berührt und gestreichelt hatten?

Hatte sie mit dem Mörder ihres Mannes geschlafen?

Im Morgengrauen stand sie auf und ging in die Küche, nackt, wie sie war. Sie folgte keiner Überlegung, keinem Entschluß. Es war, als ob jemand Fremdes für sie entschieden hätte, was sie tat. Sie griff hinter den Schrank und tastete nach ihrer Pistole.

Als sie in ihre Kammer zurückkam, lag er auf dem Rücken; die Bettdecke verhüllte kaum seine Scham. Eine Hand im Nacken, das mongolische, olivfarbene Gesicht ihr zugewandt, schlief er mit einem kleinen, kaum sichtbaren Lächeln auf seinen Lippen, während seine Augen, die hinter den schweren Lidern leise zuckten, sie selbst im Schlaf noch zu beobachten schienen.

Mit einem Knacken entsicherte sie die Pistole und richtete sie auf seinen Kopf. Er schlug die Augen auf und blickte sie an.

«Ich hasse dich», sagte Barbara und spannte den Finger um den Abzug.

Er hob die Brauen und lächelte sie an. Für eine Sekunde spürte sie wieder die heimliche, unsichtbare Macht, die von diesem Lächeln ausging, und ihre Hand begann zu zittern.

«Es war nur ein Traum, Barbara, ein Traum, den wir zusammen geträumt haben. Weil wir zusammengehören ...»

Sie wollte seine Worte nicht hören, verstopfte ihre Ohren mit ihrer Angst und ihrem Haß. Um seinem Blick nicht zu begegnen, konzentrierte sie sich ganz auf den kleinen dunklen Punkt auf seiner Stirn, einen Leberfleck zwischen seinen Brauen.

«Das Schicksal hat uns zusammengeführt ... Das Schicksal will, daß wir zusammenbleiben, daß wir diesen Traum gemeinsam weiterträumen.» Er hob den Arm und streckte ihn nach ihr aus. «Komm her zu mir. Du bist meine Comtesse ...»

Sie ließ ihn reden, es machte ihr nichts mehr aus. Ihre Angst und ihr Haß waren stärker als der Zauber seines Lächelns und seiner Worte, stärker auch als die Liebe, die sie immer noch für ihn empfand.

«Es ist egal, mit wem du verheiratet bist, es ist egal, was du jemals einem anderen Mann versprochen hast. Es war eine Lüge, in einer falschen Wirklichkeit. Die einzige Wirklichkeit, die zählt, ist unser Traum ...»

Es war fast ein Gefühl von Glück, als sie die Pistole auf den kleinen Fleck zwischen seinen Augenbrauen richtete. Ihre Hand war ganz ruhig, während ihr Finger nach dem Druckpunkt des Abzugs suchte. Sie würde ihn töten. Sie war dazu bereit.

In diesem Augenblick ertönte ein leises Wimmern.

«Hörst du? Unser Sohn. Auch er will, daß wir zusammenbleiben.»

Plötzlich war die Pistole in Barbaras Hand unendlich schwer, und aus ihrem Arm, der eben noch so stark und sicher gewesen war, schien alle Kraft zu weichen.

«Verschwinde», flüsterte sie.

Eine lange Weile schauten sie sich an, ohne ein Wort zu sagen. Sie war kaum noch fähig, die Pistole festzuhalten. Nein, er hatte keine Angst vor ihr, weder vor ihr noch vor dem Tod. Sie sah es seinen Augen an, die warm und dunkel auf ihr ruhten, seinem Lächeln, das sie einfing und umhüllte wie ein unsichtbares Netz.

«Komm her zu mir, Comtesse, gib mir deine Hand.»

Belajew beugte sich zu ihr vor. Die Spitzen seiner Finger berührten fast den Lauf der Pistole. Er brauchte nur noch nach ihr zu greifen. Was sollte sie tun?

«Gib mir deinen Körper. Hast du schon vergessen, wie er nach mir geschrien hat? Ich werde ihn schützen, ihn streicheln, ihn küssen, ein Leben lang ...»

Es war wie eine Eingebung. Barbara trat einen Schritt zurück, riß die Pistole herum und richtete sie auf Christian. «Geh jetzt, oder ich drücke ab!»

Das Lächeln auf Belajews Gesicht erstarrte.

«Verschwinde aus meinem Leben!»

«Nein», sagte Belajew, «das kannst du nicht tun. Gib mir die Pistole.»

Sie trat einen Schritt zurück und warf den Kopf in den Nacken, ohne die Waffe von Christian abzuwenden. Sie spürte, wie ihr Unterkiefer zitterte, wie ihre Zähne aufeinanderschlugen, und hatte Angst, in Tränen auszubrechen. Endlos lang erschienen ihr die Sekunden, während nur Christians Jammern zu hören war. Belajew nickte mit dem Kopf.

«Tatsächlich ... Du bist imstande, es zu tun ...»

Mit einem Blick, der so leer und öde war wie eine Wüste, schaute er sie an. Dann, mühsam und langsam wie ein alter Mann, erhob er sich vom Bett und griff zu seinen Kleidern. Barbara ließ die Pistole sinken und wandte sich ab. Belajew kleidete sich an, dann ging er zur Tür. Bevor er sie öffnete, drehte er sich noch einmal um. In seinen Augen schimmerten Tränen.

«Nur eins noch», sagte er.

«Was?»

«Sag mir, wie er heißt.»

Sie schüttelte den Kopf.

«Bitte! Nur seinen Namen.»

«Scher dich zur Hölle!»

Endlich ging er hinaus. Sie schlug die Tür hinter ihm zu und lief an Christians Bett, nahm ihr Kind auf den Arm und preßte seinen kleinen Körper so fest an sich, wie sie nur konnte. Wieder und wieder bedeckte sie sein heißes Gesicht mit Küssen, während die Tränen ihr über die Wangen liefen.

Plötzlich stutzte sie, ein merkwürdiger, süßlicher Geschmack war auf ihren Lippen. Sie hob Christian in die Luft und schaute ihn an. Als sie sein Gesicht sah, erschrak sie.

Aus seiner kleinen Nase rann ein feiner Faden Blut.

12

«Warum sind Sie nicht schon früher mit dem Kind zu mir gekommen, Frau Reichenbach?» fragte Dr. Wiedemann vorwurfsvoll.

«Sie wissen doch, wie Christian ist. Er kränkelt, seit er auf der Welt ist. Wenn es danach ginge, müßte ich jeden Tag zu Ihnen kommen. – Bitte sagen Sie mir, daß es nichts Schlimmes ist!»

Der alte Arzt stand von seinem Schreibtisch auf und nahm Barbara das Kind vom Arm. «Na, dann wollen wir mal sehen, junger Mann.» Mit den sicheren Bewegungen, die er in über vierzig Jahren als Landarzt erworben hatte, legte er Christian auf die rissige, mit braunem Leder bespannte Liege und begann ihn auszuziehen. «Wie lange hat er schon Fieber?»

«Erst seit dieser Nacht. Und heute morgen kam dann der Schüttelfrost.»

«Wie war sein Appetit in den letzten Tagen?»

«Er hat kaum etwas gegessen. Dafür hat er immer wieder trinken wollen.»

«Hat er Verdauung gehabt?»

«Ich weiß nicht ... Nein, ich glaube, das letzte Mal vielleicht vorgestern.»

«Und sein Schlaf?»

«Er schläft furchtbar viel, aber sehr unruhig. Er wirft sich immer hin und her und brabbelt und stöhnt, als würde er schlecht träumen. Aber was ziehen Sie für ein Gesicht, Dr. Wiedemann?»

Der Arzt hatte Christians Leibchen aufgeknöpft und betrachtete mit sorgenvoller Miene den kleinen, nackten Körper. Auf der Haut von Christians Brust und Bauch waren linsengroße rote Flecken. Mit einem Druck seines Fingers ließ Dr. Wiedemann einen Fleck verschwinden, doch sofort kehrte er wieder zurück. Schweigend betastete der Arzt Christians Unterleib.

«Oh, oh, das gefällt mir aber gar nicht», murmelte er und faßte nach dem Puls. Er zog seine Taschenuhr hervor und blickte leise zählend auf das Zifferblatt.

Mit jeder Sekunde, die verstrich, wuchs Barbaras Angst.

«Hundert Schläge in einer Minute», sagte Dr. Wiedemann endlich und ließ Christian los. «Tja, Frau Reichenbach, ich glaube, da hilft nun alles nichts, wir müssen den Tatsachen ins Auge sehen ...»

Er machte eine Pause und blickte Barbara mit gerunzelter Stirn an. Sie wußte, was er als nächstes sagen würde.

«Sie meinen, er hat Typhus?»

Dr. Wiedemann nickte. «Ja, kein Zweifel – leider.»

Barbara schloß die Augen. «Das ist meine Schuld», flüsterte sie.

«Um Himmels willen, was reden Sie da? Sie können nichts dafür! Christian kann sich überall angesteckt haben, durch direkten Kontakt, beim Spielen, durch Abfälle, das Trinkwasser oder durch eine harmlose Fliege.»

Der Arzt bestätigte, was sie befürchtet hatte: Es war im Stall passiert, Broszat hatte sie gewarnt, aber sie war taub gewesen. Sie hatte eine Pistole auf ihr Kind gerichtet, und jetzt hatte Gott oder der Teufel an ihrer Stelle abgedrückt – oder eine harmlose Fliege ... Christian hatte Typhus, und sie war schuld daran.

Plötzlich war ihr, als würde sie aus einem tiefen, bleiernen Schlaf erwachen. «Was muß ich tun, damit mein Kind wieder gesund wird?» fragte sie und zog Christian an.

Dr. Wiedemann seufzte. «Ja, wenn wir im Westen wären ... Die Amerikaner haben in Aachen eine Fabrik aufgemacht, wo Penicillin hergestellt wird – ich glaube, Grünenthal heißt die Firma. Aber davon können wir hier nur träumen.»

«Sagen Sie mir nicht, was ich tun könnte, wenn wir im Westen wären, sagen Sie mir, was ich *hier* tun kann! Mein Kind ist alles, was ich habe.»

«Bitte regen Sie sich nicht auf. Typhus ist eine gefährliche Krankheit, aber Sie dürfen nicht gleich an das Schlimmste denken. Wir hatten letztes Jahr fünfhundert Fälle im Kreis, und die meisten – was sage ich, die allermeisten – der Erkrankten sind heute wieder so gesund und munter wie Sie oder ich. Sorgen Sie für frische, kühle Luft im Zimmer, achten Sie auf äußerste Sauberkeit, füttern Sie Christian mit leichter, eiweißhaltiger Kost. Und senken Sie das Fieber.»

«Die Kinder im Heim sollen eine Schutzimpfung bekommen. Glauben Sie, daß Christian damit ...»

«Dafür ist es zu spät. Die Schutzimpfung wird verabreicht, um einer Infektion vorzubeugen. Ist die Krankheit aber schon ausgebrochen, wirkt der Impfstoff im Körper wie Gift.»

«Das heißt, ich kann nichts für mein Kind tun außer warten und ein bißchen Pflege?»

«Nein, Frau Reichenbach. Ganz so hilflos sind wir nun doch nicht.» Dr. Wiedemann öffnete den Arzneischrank an der Wand und holte ein paar braune Fläschchen daraus hervor. «Ich gebe Ihnen das hier mit, eine Mischung von Jod und Jodkalium, Chinin und Antipyrin. Sie werden staunen, wie das hilft. Ich schreibe Ihnen die genaue Dosierung auf.»

«Und dieses, wie heißt es, Penicillin? Das kann ich nirgendwo bekommen?»

Der Arzt schüttelte den Kopf. «Kein Gedanke, Frau Reichenbach, wir sind hier nicht in Berlin. Aber eins kann ich noch für Sie tun.»

«Was, Dr. Wiedemann?»

«Ich will versuchen, daß Christian nach Greifswald in die Klinik kommt.»

«Warum versuchen? Warum bringen wir ihn nicht gleich hin?»

«Das kann ich leider nicht allein entscheiden, Krankenhausplätze sind knapp. Wir brauchen die Zustimmung der Behörden.»

Noch am selben Nachmittag klopfte Elisabeth Markwitz an die Tür des Russenhauses. Sie war in Begleitung eines Sanitäters. Hilde machte ihr auf.

«Suchen Sie meinen Mann, Elisabeth? Sie wissen doch, daß er verreist ist. Aber wen haben Sie uns denn da mitgebracht? Einen Geschäftsfreund?»

«Komm, Mama, bitte, geh in dein Zimmer.» Barbara nahm ihre Mutter bei der Hand, führte sie in ihre Kammer und setzte sie in ihren Schaukelstuhl. «Was willst du?» fragte sie Elisabeth, nachdem sie in die Küche zurückgekehrt war.

«Dr. Wiedemann hat einen Antrag auf Unterbringung Ihres Kindes ins Kreiskrankenhaus gestellt. Gleichzeitig ist uns ein weiterer Typhus-Fall aus dem Kinderheim gemeldet worden. Wir sind gekommen, um uns einen Eindruck vom Zustand der beiden Fälle zu machen.»

«Wozu?»

«Um zu entscheiden, welches der Kinder wir in die Klinik einweisen.» Elisabeth machte eine kurze Pause. «Wir haben nur einen Platz zur Verfügung.»

«Ich nehme an, dann ist die Entscheidung schon gefallen», platzte Barbara heraus.

Elisabeth richtete ihre ungleichen Augen auf sie, auf ihrem Gesicht das alte Katzenlächeln. «Wollen Sie damit die Objektivität der staatlichen Organe in Frage stellen?»

Und ob Barbara das wollte! Am liebsten hätte sie Elisabeth ein lautes Ja ins Gesicht geschrien. Wie sollte sie an ihre Objektivität glauben, nach allem, was sie ihr schon angetan hatte? Aber sie beherrschte sich. Elisabeth hatte die Macht, Christian war auf ihre Hilfe angewiesen.

«Bitte», sagte Barbara. «Laß uns für dieses eine Mal vergessen, was zwischen uns ist. Mach mit mir, was du willst, aber hilf meinem Kind.»

Das Lächeln in Elisabeths Gesicht verschwand. «Ihre Bitte ist absolut überflüssig, Frau Reichenbach. Wir werden die Entscheidung nach rein sachlichen Kriterien fällen. Es geht hier um Ihr Kind, und das soll nicht unter seiner Mutter leiden. Das widerspräche sowohl meinen persönlichen Prinzipien als auch denen der sozialistischen Gesellschaft. Ihr Kind hat Anspruch auf dieselbe ärztliche Versorgung wie jedes andere. Dürfen wir es jetzt also sehen?»

Barbara schöpfte ein klein wenig Hoffnung. Sollte Elisabeth es wirklich aufrichtig meinen? Sie öffnete die Tür zu ihrer Kammer und ließ die Markwitz und ihren Begleiter eintreten. Um den Raum möglichst kühl zu halten, hatte Barbara das Fenster aufgemacht und die Öffnung mit einem Laken verhängt, so daß keine Sonnenstrahlen eindringen konnten. Christian lag gekrümmt in seinem Bett, mit glühendroten Wangen, das dunkelbraune Haar verklebt vom Schweiß. Leise stöhnte er im Schlaf. Elisabeth schüttelte den Kopf.

«Hier ist es viel zu heiß und stickig. Die Temperatur sollte höchstens siebzehn Grad betragen.»

«Ich weiß», sagte Barbara. «Aber wie soll ich das anstellen in diesem Loch?»

«Viele Menschen wären froh, wenn sie überhaupt ein Dach über dem Kopf hätten. Anstatt sich zu beschweren, sollten Sie sich lieber um Ihr Kind kümmern.» Zärtlich, fast liebevoll blickte Elisabeth auf den schlafenden Christian. «So ein armer Wurm.»

Barbara staunte. Soviel Zärtlichkeit hatte sie noch nie in den Augen der Markwitz gesehen. Oder doch, einmal, als Elisabeth das verirrte Flüchtlingskind auf Daggelin getröstet hatte ... Besaß sie vielleicht doch eine Seite, die Barbara nicht kannte?

«Was meinen Sie, Genosse Seifert», wandte Elisabeth sich an den Sanitäter, der mit prüfenden Blicken den Raum begutachtete, «bringen wir den Kleinen nach Greifswald? Auf dem Schloß müssen wir sowieso eine Quarantäne-Station einrichten. Wir werden sicher noch weitere Fälle bekommen. Außerdem sind dort die räumlichen Verhältnisse weitaus geeigneter, um ...»

Plötzlich stockte sie, und eine merkwürdige Veränderung ging in ihrem Gesicht vor. Der eben noch warmherzige Ausdruck auf ihren Zügen verwandelte sich in ein ungläubiges Staunen. Mit offenem Mund starrte sie Christian an, der soeben wach geworden war und sie ansah.

«Das sind *seine* Augen», flüsterte sie, als könne sie selbst nicht den Sinn der Worte fassen, die ihre Lippen formten.

«Wie bitte, Genossin Markwitz?» fragte der Sanitäter. «Was haben Sie gesagt?»

Elisabeth achtete nicht auf ihn. «Wann ist das Kind geboren?» fragte sie.

Barbara zuckte zusammen. «Im Dezember 1945», antwortete sie, in der Hoffnung, daß die Frage nur eine Formsache war. «Was spielt das für eine Rolle?»

«Ein Siebenmonatskind ...» sagte Elisabeth, tief in Gedanken versunken. Dann aber verhärtete sich ihre Miene, ihre Augen wurden kalt. «Ich muß mich korrigieren», erklärte sie. «Die Ansteckungsgefahr für die Heimkinder wäre bei einem Verbleib des infizierten Falls auf dem Schloß zu groß. Tut mir leid, Frau Reichenbach, aber ich kann eine Verlegung Ihres Kindes nach Greifswald nicht verantworten.»

«Das heißt, Christian muß hierbleiben?»

«Wir haben zwei Fälle, aber nur einen Krankenhausplatz.» Elisabeths Stimme klang wie Metall. «Und was Ihr Kind betrifft, bitte ich Sie, die Vorschriften zu beachten. Sie dürfen zwei Wochen lang keinen Besuch empfangen. Außerdem dürfen Sie keine öffentlichen Gaststätten, Theater, Kinos oder Versammlungen besuchen und keine Lebensmittelläden betreten.»

«Und wie sollen wir uns ernähren?»

«Wir werden uns um alles Nötige kümmern. Eine Bezirkshelferin wird die Zustellung von Lebensmitteln durch Nachbarschaftshilfe regeln oder, falls dies nicht möglich ist, selber besorgen. Sie werden sehen, es wird alles für Sie organisiert.»

«Davon wird mein Kind nicht gesund! Christian muß hier raus!»

«Ich warne Sie, Frau Reichenbach. Jede Zuwiderhandlung gegen die behördlichen Anordnungen wird bestraft!»

Barbara tat, was sie konnte. Sie schüttelte jede Stunde Christians Bett auf und wechselte mehrmals täglich die Bezüge; sie wusch ihm den Schweiß von der Stirn und bekämpfte sein Fieber durch Vollbäder in einer großen Zinkwanne, in die sie Christian alle drei Stunden, bei Tag und bei Nacht, hineintrug und dabei das Wasser vom Fußende aus langsam erkältete, damit er keinen Schock erlitt. Pünktlich verabreichte sie ihm die Medizin und fütterte ihn mit leichter, kräftigender Kost, mit Milch oder Rührei oder Bouillon, je nachdem, was Frau Grubenhagen, die sich um die Besorgung der Lebensmittel kümmerte, in den Läden und auf dem Schwarzmarkt auftreiben konnte.

Doch die Krankheit nahm ihren Verlauf. Stetig und unbeirrbar folgten die Symptome den immer gleichen Stationen der Schwächung und des Verfalls. Nach Ablauf der ersten Woche erreichte die Temperatur von Christians Körper vierzig Grad, und er fiel in einen dämmrigen Halbschlaf. Sein Mund stand offen, die verschleierten Augen blickten teilnahmslos ins Leere, ab und zu brabbelte er ein paar Laute. Seine Zunge, seine Zähne waren mit einer schwärzlichen Masse verklebt, die seinen Atem verpestete. Sein Darm entleerte sich in heftigen Durchfällen; wie Erbsenbrei quoll der Kot aus ihm hervor und verschmierte seine Schenkel, die Wäsche und das Bett. Mit aufgetriebenem Unterleib lag er auf dem Rücken, hastig und jagend gingen Atem und Puls. Die Wangen hörten auf zu glühen, und die Augenlider, die nur zur Hälfte die schwarzen Pupillen bedeckten, schimmerten bläulich. Bauch und Brust waren mit zahllosen roten Flecken übersät, und das Fieber stieg auf einundvierzig Grad.

«Hat er Schmerzen?» fragte Barbara Dr. Wiedemann bei einer seiner Konsultationen.

«Nein. In den ersten Tagen taten ihm Kopf und Glieder weh, aber das ist vorbei. Dafür tobt jetzt ein fürchterlicher Kampf in seinem Innern, das Gesunde wehrt sich gegen die Krankheit.»

«Wird er den Kampf gewinnen?»

«Das wird sich in ungefähr einer Woche entscheiden. Dann setzt die Krisis ein. Bis dahin können wir nur hoffen. Glauben Sie an Gott, Frau Reichenbach?»

«Nein, Dr. Wiedemann. Nicht mehr.»

«Beten Sie trotzdem!»

Ein paar Tage später verstummte Christians Brabbeln. Das Delirium hatte ein Ende, in leere, dunkle Nacht schien sein Geist versunken. Barbara griff nach seiner Hand und streichelte sie. Er war ihr so nah und gleichzeitig unendlich fern. Mit keinem Laut, mit keiner Regung reagierte er auf ihre Gegenwart. In Krankheit und Fieber war er gezeugt, in Krankheit und Fieber sollte er sterben. Auch wenn es keinen Gott mehr gab, zu dem Barbara beten konnte, hörte er nicht auf, sie für ihre Sünden zu strafen.

«Wo ist er jetzt, Dr. Wiedemann?»

«Christian hat eine lange, weite Strecke zurückgelegt und steht nun an einer Kreuzung. Er hat die Wahl zwischen zwei Wegen und kann sich nicht entscheiden.»

«Was für Wege sind das?»

«Der eine ist eine breite, ebene Straße, die ihn immer weiter von uns fortführt, in eine kühle, friedvolle Dämmerung. Der andere Weg aber ist ein schmaler, steiler Pfad voller Anstrengung und Mühsal, dessen Ende niemand kennt. Wenn Christian zu uns zurückkommen will, muß er sich für den schmalen Pfad entscheiden.»

«Wird er kehrtmachen, Dr. Wiedemann?»

«Wenn ich ehrlich bin – ich weiß es nicht.»

«Was kann ich tun, damit er zu mir zurückkommt?»

Der alte Dorfarzt hob die Arme zum Himmel. «Nichts, Frau Reichenbach. Nur beten.»

In diesem Augenblick wußte Barbara, daß nur sie selbst ihr Kind retten konnte.

Noch in derselben Nacht brach sie von Daggelin auf.

13

Ein wolkenloser Sommerhimmel wölbte sich über der Ruine des Reichstags, die friedlich in der Abendsonne lag. Hunderte von Menschen – Männer und Frauen, Kinder und Greise – füllten das riesige Trümmerfeld und die angrenzenden Straßen, als Barbara sich unter die Menge mischte. Würde sie hier finden, wonach sie suchte? Eine seltsame, unwirkliche Stille empfing sie. Es gab weder Autoverkehr noch Marktbuden oder Stände, nur die gleichförmige, stetige Bewegung der Menschen, die stumm auf und ab schlenderten. Scheinbar ziellos, ruhig und gelassen wie Müßiggänger, die keinerlei Interesse oder Beschäftigung leitet, gingen sie aneinander vorbei, mit gesenktem Blick und zur Schau gestellter Gleichgültigkeit. Und doch erkannte Barbara in ihren Gesichtern eine versteckte Aufmerksamkeit, und wann immer ein Passant sich ihr näherte, erfuhr sie die Bestätigung, hörte sie das leise Sprechen, das Flüstern und Tuscheln, die heimlichen Stimmen, die im Vorübergehen, hinter vorgehaltener Hand oder hochgeschlagenem Kragen, fragten und antworteten, forderten und warben für die tausend Dinge, welche die Besucher dieses verbotenen Marktes unter ihren Jacken und Mänteln, in ihren Rucksäcken und Taschen bei sich trugen.

«Original Schuhcreme Erdal Rex ...»

«Ungebrauchte Rasierklingen ...»

«Amerikanische Zigaretten ...»

«Papiertaschentücher ...»

«Echter Bohnenkaffee ...»

«Feine Damenstrümpfe ...»

Barbara war am frühen Morgen in Berlin angekommen. Broszat hatte ihren BMW Dixi wieder fahrbereit gemacht. Das nötige Benzin hatte er bei einem Mechaniker in Kujau für zwei Flaschen Cognac eingetauscht, die Barbara aus dem Versteck hinter dem ehemaligen Pferdestall hervorgeholt hatte. Das Auto hatte sie im Ostteil der Stadt abgestellt, bevor sie am Kontrollpunkt Ecke Friedrichstraße und Zimmernstraße in den Westteil wechselte. Zu Fuß war die Chance größer, unbemerkt die Sektorengrenze zu passieren. Sie besaß ja nicht mal einen Interzonenpaß. Sie hatte sich unter die morgendlichen Grenzgänger gemischt, die im Osten wohnten und im Westen arbeiteten. Gott sei Dank hatten sich weder die Volkspolizisten noch die Arbeiterkontrolleure – freiwillige Schnüffler, die an den Übergängen nach Schiebern fahndeten – für sie interessiert. Auf dem Boden ihrer kleinen Reisetasche, nur notdürftig mit Wäsche getarnt, hatte sie die restlichen vier Cognacflaschen verstaut, zusammen mit ihrer Pistole. Ihr Kind brauchte Penicillin, um jeden Preis. Wie aber sollte sie das in dem Gewimmel finden?

Barbara schaute sich um. An einer halbeingefallenen Mauer hingen ein paar vergilbte, von Hand beschriebene Zettel. Vielleicht gab es hier einen Hinweis? *Tausche Kartoffeln gegen Fahrradbeleuchtung ... Bett-Tücher gegen Kaninchen ... Opernglas gegen 1 Pfund Butter ...*

«Suchst du was Besonderes, Schätzchen?»

Barbara drehte sich um. Vor ihr stand eine mollige, blondgelockte Frau mit knallroten Lippen, die unter einem offenen Bademantel nichts weiter als einen kurzen, rosafarbenen Unterrock und schwarze Seidenstrümpfe trug. Beim Sprechen kaute sie eine weiße, zähe Masse, die sie zwischen den Lippen zu einem kleinen Ballon aufblies. Obwohl Barbara noch nie eine Prostituierte gesehen hatte, wußte sie, daß dies eine war.

«Mit deinem Aussehen kannst du alles haben, Schätzchen. Soll ich dir verraten, wie?»

«Ich glaube nicht, daß Sie mir helfen können.»

Barbara warf den Kopf in den Nacken und wollte weitergehen, doch als sie in die grauen, fremden Gesichter der Passanten sah, die wie in einer endlosen Flüsterprozession an ihr vorüberzogen, ärgerte sie sich über ihre eigene Dummheit. Wenn diese Frau ihr nicht half – wer dann? Nein, es war jetzt keine Zeit für hochnäsiges Brimborium.

«Ich brauche Penicillin», sagte sie leise.

Die Prostituierte brach in schallendes Gelächter aus. «Und ich brauche einen amerikanischen Millionär!» Sie amüsierte sich so sehr, daß ihr fettglänzendes Gesicht sich in tausend kleine Fältchen legte und ihre grünen Augen fast in ihren Schlitzen verschwanden. Doch plötzlich stutzte sie. «Gottchen! Wenn man dich anschaut, kann man fast glauben, du meinst es ernst.»

Barbara schluckte. «Mein Kind ist krank und wird sterben, wenn es kein Penicillin bekommt.»

«Mein lieber Herr Gesangverein, dann ist es wirklich ernst.»

«Wissen Sie jemand, an den ich mich wenden kann?» Barbara faßte die Frau am Arm. «Bitte, helfen Sie mir. Ich kenne niemanden hier in der Stadt.»

Die Frau schaute sie mitleidig an. «Du hast nur noch das Kind, stimmt's?»

Barbara nickte stumm.

«Ich hatte auch mal ein Baby, eine Tochter. Sie starb im April 45. Die Kugel kam durchs Fenster und traf sie im Kopf. Roswitha hieß sie, sie ist nicht mal ein Jahr alt geworden.» Sie schneuzte sich mit einem Taschentuch, dann schüttelte sie sich, als wollte sie sich von der Erinnerung befreien. «Aber jetzt wollen wir mal nachdenken, wer dir weiterhelfen kann.»

Mit offenem Mund und schmatzenden Geräuschen kaute sie weiter. Barbara spürte, wie ihr Herz klopfte. Sie hatte Christian auf Daggelin zurückgelassen, in der Obhut von Broszat und Frau Grubenhagen. Wie lange würde sein kleiner, schwacher Körper sich noch gegen den Typhus wehren? Die Prostituierte ließ einen Ballon platzen und sagte: «Wenn es einen gibt, der dir helfen kann, dann Charly.»

«Wer ist das?» fragte Barbara. «Ein Arzt?»

Die andere lachte wieder ihr schallendes Lachen. «Charly und Arzt? Das ist ein Witz! Nein, Charly ist der größte Schieber von Berlin. Er berät die Amis bei der Entnazifizierung und kommt deshalb an Sachen ran, von denen gewöhnliche Sterbliche nur träumen.»

«Wo finde ich ihn? Können Sie mir seine Adresse sagen?»

«Im *Grünen Kakadu*, das ist sein Lokal, in der Knesebeckstraße. Kennst du dich ein bißchen aus in Berlin?»

«Nein, überhaupt nicht.»

«Aber du weißt, wo der Ku'damm ist?»

Barbara schüttelte den Kopf.

«Dann wird die Sache schwierig.» Sie schob sich ein neues Kaugummi in den Mund und überlegte. «Hmm, wie kann ich es dir am besten erklären? – Ach was, ich bringe dich hin, alleine findest du ja doch nicht den Weg.»

«Das wollen Sie tun?»

«Ja, Schätzchen, weil du so hübsche Grübchen hast, genau wie meine Roswitha. Außerdem ist heute das Geschäft hier ziemlich flau. Im *Kakadu* ist sicher mehr los.»

Barbaras Begleiterin hieß Susanne Ackermann und war früher Sekretärin in einem Ministerium gewesen. Doch seit sie ihrem neuen Gewerbe nachging, nannte sie sich Susi. Ihren Mann hatte sie noch während der Schwangerschaft verloren, er war in Rumänien gefallen. Seit Kriegsende lebte sie zusammen mit einer Freundin im Keller eines ausgebombten Hauses am Potsdamer Platz. Das alles erzählte sie, während sie Barbara immer weiter durch die Straßen in Richtung Westen führte. Gleichzeitig zeigte sie ihr die Stadt, oder vielmehr die Trümmer, die davon übriggeblieben waren. Barbara hatte sich bislang keine Vorstellung vom Ausmaß der Zerstörung in Berlin gemacht. Kaum ein Stein lag auf dem anderen, doch Susi schien das kaum noch wahrzunehmen. Während sich die Abenddämmerung herabsenkte, lief sie fröhlich plappernd durch die aufgeräumten Ruinen, nannte die Namen von Häusern, Kirchen und Plätzen, von Brücken, Bahnhöfen und Museen, als würden die Gebäude immer noch dort stehen, wo sie früher einmal gestanden hatten, obwohl sie nur noch auf alten Postkarten existierten. Es war, als wolle sie mit ihrem Lachen und Reden die Wirklichkeit übermalen wie ihren Mund mit ihrem Lippenstift. Broszat hatte recht; es waren andere Menschen hier, und es war schwer, sie zu verstehen.

Es war schon fast dunkel, als sie endlich vor einer Wellblech-Halle stehenblieben. Über dem Eingang hing ein Schild mit einem grünen Kakadu, daneben brannte eine rote Laterne.

«Du brauchst keine Angst zu haben», sagte Susi. «Ist nur ein harmloser Puff. Hier tut dir keiner was – außer du bist einverstanden.»

Ein paar amerikanische Soldaten kamen zur Tür heraus, einer knöpfte sich noch die Hose zu, während eine träge Jazz-Musik ins Freie schwappte. Barbara nahm ihre Tasche unter den Arm und folgte Susi. Drinnen herrschte ein schummriges Licht, und sie brauchte ein paar Sekunden, bis ihre Augen sich daran gewöhnten. Ein halbes Dutzend Paare schob über die Tanzfläche, neben der eine kleine Kapelle spielte. Die Längsseite der Halle nahm ein endlos langer Tresen ein, wo auf hohen Hockern ein paar Mädchen saßen, die meisten ähnlich gekleidet wie Susi. Andere hatten ihre Begleiter schon gefunden und schmusten mit ihnen auf den Sesseln im hinteren Teil des Raumes. Die Männer waren fast alle Soldaten, darunter mehrere Farbige. Als Barbara sah, wie einer von ihnen ein weißes Mädchen küßte, wandte sie sich ab, peinlich berührt wie von einem unanständigen Bild. Es war das erste Mal, daß sie so etwas sah.

«Das ist aber eine Überraschung!»

Wie elektrisiert fuhr Barbara herum. Diese Stimme kannte sie! Und ihren Besitzer auch: Vor ihr stand ein hochgewachsener, schwarzhaariger Mann Ende Dreißig und lächelte sie an. Zwei Jahre war es her, daß sie sich das letzte Mal gesehen hatten. Aber wie sehr hatte er sich verändert! Früher hatte er immer eine Uniform angehabt, wo er ging und stand; jetzt trug er einen dunklen, großzügig geschnittenen Anzug mit breiten Schultern und weiten Hosen. In seinem Mundwinkel klemmte eine Zigarette, und sein sonst stets kurzgeschnittenes Haar fiel ihm in pomadisierten Locken in den Nacken. Beide Hände in den Hosentaschen, sah er genau so aus, wie Barbara sich als junges Mädchen amerikanische Filmschauspieler vorgestellt hatte.

«Karl-Heinz?» fragte sie ungläubig.

«Guten Tag, Barbara», sagte Luschnat, ohne die Hände aus den Taschen zu nehmen.

«Was denn, Charly, ihr kennt euch?» staunte Susi. «Ich werd verrückt!»

«Warum Charly? Seit wann heißt du Charly?»

«Komm», sagte Luschnat. «Gehen wir in mein Büro.»

Tausend Gedanken stürzten auf Barbara ein, während sie ihm über die Tanzfläche folgte. Wie Schlaglichter blitzten die Bilder der Erinnerung in ihr auf. Luschnat beim Ausflug nach Wieck, Luschnat auf ihrer Hochzeit, Luschnat an jenem fürchterlichen Abend auf Daggelin, als der Treck aufbrach ... Wie er sie angefleht hatte, mit ihm zu kommen ... Wie er die Pistole auf ihren Vater gerichtet hatte und dann Igor tot zu Boden gesunken war ... Und jetzt war er Charly, der größte Schieber von Berlin, der einzige Mensch, der die Medizin besorgen konnte, die Christian so dringend brauchte.

«Was verschafft mir die Ehre?» fragte er, nachdem sie über einen kleinen Flur in eine zweite, noch größere Halle getreten waren und Luschnat die Tür hinter ihnen zugemacht hatte. «Ich nehme nicht an, daß du hier Arbeit suchst. Oder etwa doch?» fügte er anzüglich hinzu.

«Spar dir deine Unverschämtheiten!»

Luschnat zuckte die Achseln. «Ich habe schon ganz andere Frauen erlebt, die wie du begreifen mußten, daß die Zeiten sich geändert haben. Auf den Knien sind sie zu mir gekrochen, damit ich ihnen erlaubte, hier zu arbeiten. Du wärst nicht die erste, und sicher nicht die letzte. Aber wenn du keine Arbeit suchst, was dann?»

Barbara schaute sich um. Die Halle war ein gigantisches Warenlager, bis zur Decke angefüllt mit märchenhaften Schätzen: Säcke voll Zucker, Kaffee und Mehl, Fleischbüchsen, ganze Schweinehälften, Weinfässer, Gemüsekonserven, Spirituosen, Nudelpakete, Schmalztöpfe und Tausende von Zigarettenstangen, aber auch Kleider und Mäntel, Schuhe und Hüte, Teller und Töpfe, Fahrräder und Fotoapparate, sogar Kühlschränke und Waschmaschinen.

«Ich brauche Penicillin», sagte sie. «Man hat mir gesagt, du könntest welches besorgen.»

Luschnat zeigte nicht die geringste Reaktion. «Dann hat man dich richtig informiert», erwiderte er, mit einem so gleichgültigen und gelangweilten Gesicht, als hätte sie ihn nach einem Pfund Kartoffeln gefragt. «Wofür brauchst du es?»

«Mein Kind liegt im Sterben.»

«Du hast ein Kind? Interessant. Und warum kümmert sich sein Vater nicht darum? Na ja, Alex war schon immer ein Versager.»

Barbara biß sich auf die Lippe. «Hast du Penicillin? Ja oder nein?»

Luschnat schlenderte zu dem Schreibtisch, der in der Mitte des Raums, unter der einzigen Lampe, inmitten der Kisten und Kästen stand, holte ein Schlüsselbund aus seiner Hosentasche, bückte sich und schloß eine Schublade auf. Als er sich wieder aufrichtete, hielt er ein Glasröhrchen in der Hand, das längliche, weiße Tabletten enthielt.

«Wie viele brauchst du? Sechs? Zwölf? Da es sich um ein Kind handelt, müßten sechs reichen. Eine halbe Tablette zweimal am Tag, und schon sind wir wieder putzmunter. Ja, die Medizin hat wirklich großartige Fortschritte gemacht», sagte er, während er sich auf der Kante seines Schreibtischs niederließ. «Die Frage ist nur, ob man sie sich auch leisten kann.»

Barbara stellte ihre Tasche auf den Tisch und machte sie auf. «Ich habe vier Flaschen alten französischen Cognac. Courvoisier, Jahrgang 1937, fünf Sterne.»

Luschnat schüttelte mitleidig den Kopf. «Immer noch dieselbe alte Gutsherrenart, jeder Zoll eine Freifrau.» Er schnaubte verächtlich durch die Nase. «Hast du eigentlich eine Vorstellung, wieviel Intelligenz und Erfindungsgeist in diesem Röhrchen stecken? Wie viele Versuche und Fehlversuche? Und du bietest mir vier Flaschen Schnaps? Tss, tss, tss», machte er. «Daß du andere Menschen verachtest, wußte ich ja, aber daß du nicht mal Respekt vor der Wissenschaft hast, ist mir neu.» Er nahm eine Tablette und brach sie in zwei Hälften. «Nun ja, du hast es nicht anders gelernt, außerdem bin ich ein großzügiger Mensch.» Er gab die eine Hälfte in ein zweites, noch leeres Glasröhrchen. «Eine halbe Tablette für deine vier Flaschen, mit einem schönen Gruß von mir an dein Kind. Wie hieß es noch?»

«Christian.»

«Ein Junge also, ein Stammhalter», sagte er in einem sanften, singenden Ton. «Ja, den darfst du natürlich nicht sterben lassen. Bei einem Mädchen hätte ich gesagt, überlegen wir's uns, ob sich der Aufwand lohnt, aber bei einem Jungen ... Was hast du noch?»

Barbara zögerte eine Sekunde. Dann griff sie noch einmal in ihre Tasche und legte die Pistole auf den Tisch.

«Wieviel ist die wert?»

Luschnat pfiff leise durch die Zähne. «Sieh mal einer an. Das ist ja ein echtes Erinnerungsstück. Meine gute alte Belgierin.» Er nahm die

Pistole und streichelte sie. «Was wir nicht alles miteinander erlebt haben ... Das ist aber lieb von dir, daß du mir die zurückgeben willst.»

«Wieviel?» wiederholte Barbara.

Luschnat legte die Pistole beiseite. «Ich fürchte, ich muß dich enttäuschen, Barbara. Pistolen sind nicht viel wert, der Markt ist völlig überschwemmt. Waffen gibt es an jeder Straßenecke. Ich könnte dir in einer Stunde einen echten Panzer besorgen. Sei mir nicht böse, aber ich kann dir auch dafür nur eine halbe Tablette geben. Und das auch nur aus alter Anhänglichkeit, um nicht zu sagen Sentimentalität.»

Er füllte die zweite Hälfte in das Glasröhrchen. Barbara machte einen Schritt vor.

«Vielleicht ist diese Pistole doch etwas mehr wert», sagte sie.

Luschnat schaute verwundert auf. «Und weshalb, wenn ich fragen darf?»

«Wegen der Erinnerungen. Ich war dabei, wie ein Mensch damit erschossen wurde. Ich könnte mir vorstellen, daß deine amerikanischen Freunde sich für solche Dinge interessieren.»

«Ich weiß gar nicht, wovon du redest.»

«Und ob du das weißt!» Barbara blickte ihm fest ins Gesicht. «Der Mann hieß Igor und war ein russischer Zwangsarbeiter. Du hast ihn getötet, und außer mir gibt es noch weitere Zeugen, die damals dabei waren und jederzeit aussagen können.»

«Oh, oh, oh, das klingt ja wie eine Erpressung», sagte Luschnat. «Das paßt aber gar nicht zu dir. Wo bleibt deine Erziehung?»

Barbara warf den Kopf in den Nacken. «Wenn du mir die Tabletten gibst, werde ich alles vergessen. Das verspreche ich dir!»

Luschnat stand von seinem Schreibtisch auf. «Was glaubst du eigentlich, wer du bist?» fragte er, plötzlich mit kalter, scharfer Stimme. «Glaubst du im Ernst, du könntest mir drohen? In der Bar nebenan sind mindestens fünf deutsche und noch mal doppelt so viele amerikanische Polizisten, die sich gerade auf meine Kosten amüsieren. Ein Wort von mir, und du bist verhaftet. Wegen Schwarzhandel, Waffenbesitz und unerlaubtem Grenzübertritt. – Für diese Frechheit muß ich dich leider bestrafen.» Er nahm das Röhrchen mit den zwei halben Tabletten und tat die eine Hälfte in das volle Röhrchen zurück. «Aber ich bin kein Unmensch», sagte er dann, wieder in seinem singenden Ton, als wäre sie ein unartiges Kind, das er beim Naschen oder bei einer Schwindelei ertappt hatte und das nun eine Chance bekam, seinen Fehler wiedergutzumachen. «Wenn du mir endlich ein vernünftiges Angebot machst, sollst du das Penicillin haben. Aber denk an dein Kind, bevor du den Mund aufmachst.»

Barbara spürte, wie die Panik in ihr wuchs. Sie hatte geglaubt, daß – wenn sie nur erst jemanden finden würde, der überhaupt Penicillin besaß – sie mit dem Cognac und der Pistole mehr als genügend Mittel besäße, um es zu bezahlen. Doch jetzt stellte sie fest, daß sie sich fürchterlich geirrt hatte. Hier, in Luschnats Welt, war sie eine Bettlerin, die nichts besaß und gleichzeitig das Wertvollste verlangte, was es in seinem Schlaraffenland gab. Was sollte sie ihm noch anbieten? Sie hatte nichts mehr, was sie ihm geben konnte.

Doch, etwas besaß sie noch. Ohne über die möglichen Folgen nachzudenken, griff sie noch einmal in ihre Tasche.

«Wieviel Penicillin bekomme ich für ein Auto?» fragte sie und legte den Schlüssel auf den Schreibtisch.

Luschnat schaute den Schlüssel an. «Dein BMW? Dein Hochzeitsgeschenk? Das klingt schon besser, viel besser sogar. Ich erinnere mich noch, wie du nach der Trauung davongebraust bist, mit offenem Verdeck und wehendem Schleier. Ein wunderbarer Anblick war das, du hattest nur den falschen Beifahrer.» Er nahm die zwei Röhrchen und zählte die Tabletten ab. «Der Dixi ist sicher drei, nein, sagen wir vier Stück wert. Ja, ich glaube, das läßt sich vertreten.» Plötzlich stutzte er. «Aber was soll ich eigentlich mit einem Auto? Ich habe doch schon drei und kann immer nur mit einem fahren. Nein, das wäre zu unvernünftig.»

Er reichte Barbara den Schlüssel, doch sie nahm ihn nicht an.

«Du *mußt* das Auto nehmen», sagte sie. «Ich habe sonst nichts mehr.»

«Irrtum, Barbara», erwiderte Luschnat und warf den Schlüssel einfach in ihre Tasche zurück. «Ich muß überhaupt nichts. Du willst, daß ich dir sechs von diesen kleinen weißen Tabletten gebe, und es ist meine Entscheidung, für welchen Preis ich bereit bin, das zu tun. Du kannst mich nicht dazu zwingen. Es wird höchste Zeit, daß du dich auf die neuen Verhältnisse umstellst.»

«Das Auto ist soviel wert wie dein halbes Lager hier!»

«Mag sein, aber der Preis ist immer eine Sache von Angebot und Nachfrage. Und wenn ich nun mal kein Interesse an deinem Auto habe, dann ist die Karre einen feuchten Furz wert. So funktioniert der Markt.» Er schüttelte den Kopf. «Man merkt, woher du kommst. Bei uns im Westen hat das inzwischen jedes Kind kapiert.»

«Wenn du mir das Penicillin nicht gibst, muß Christian sterben.»

«Das bedaure ich zutiefst, aber du hast mir nichts angeboten, wofür ich bereit wäre, mich von diesem Röhrchen hier zu trennen.»

«Ich habe dir alles angeboten, was ich besitze! Was willst du denn noch?»

Luschnat machte einen Schritt auf sie zu und legte seine Hand auf ihre Schulter. Ein kalter Schauer lief ihr den Rücken herunter.

«Kannst du dir das nicht denken?» fragte er.

«Nein», sagte sie mit einem Kloß im Hals.

«Dabei ist es so einfach.» Er machte eine lange Pause und schaute sie mit seinen kleinen blauen Augen an. «Ich möchte», sagte er ganz sanft und weich, «daß du einmal *bitte* zu mir sagst, dieses einfache, unscheinbare Wörtchen. Damit würdest du mir eine große Freude machen.»

Barbara räusperte sich. «Bitte», flüsterte sie.

«Lauter! Ich habe dich nicht verstanden.»

«Bitte!» wiederholte sie.

«Bitte, *Karl-Heinz!*»

«Bitte, Karl-Heinz!»

«Na also, es geht doch. Noch überzeugender würde es allerdings klingen, wenn du dabei niederkniest.»

Das also war es! Er wollte sich rächen, sie demütigen – ihr die Demütigungen zurückgeben, die sie ihm in der Vergangenheit zugefügt hatte. Barbara wußte nicht, was sie tun sollte. Irgend etwas in ihr sträubte sich mit aller Macht dagegen, seiner Aufforderung nachzukommen. Sie spürte, wie sich der Druck von Luschnats Hand auf ihrer Schulter verstärkte.

«Los, worauf wartest du noch!»

Seine Stimme klang jetzt gar nicht mehr sanft, sondern barsch und fordernd, genau wie früher, als er noch seine Uniform trug. Barbara überwand sich. Sie holte tief Luft und kniete nieder. Sie tat es für Christian.

«Und jetzt noch einmal!»

«Bitte, Karl-Heinz ...»

«Ja, Barbara?» fragte er mit gespielter Freundlichkeit. «Was möchtest du?»

«Bitte, gib mir das Penicillin ...»

«Ach so, Penicillin möchtest du?»

«Ja, Karl-Heinz, bitte! Ich flehe dich an!»

Plötzlich, ohne irgendwelche vorherigen Anstalten, öffnete er seinen Hosenschlitz und zog seinen Penis daraus hervor. Unwillkürlich zuckte Barbara zurück, aber er hielt sie fest. Er packte sie im Genick und drückte sie an sich.

«Ist das kein süßer Bengel? Er hat sich in den letzten Jahren soviel umgeschaut, so viele hübsche Frauen und Mädchen hat er gesehen, aber keine hat ihm so gefallen wie du. Komm, gib ihm einen Kuß.»

Barbara schloß die Augen und berührte sein Fleisch, ohne die Lippen zu bewegen.

«Einen Kuß, habe ich gesagt, kein Küßchen!»

Sie ahnte den Geruch von Urin und spürte, wie Brechreiz in ihr aufstieg. «Bitte, Karl-Heinz», flüsterte sie. «Zwing mich nicht, das zu tun.»

Luschnat ließ ihren Nacken los. «Aber natürlich nicht, Barbara. Warum sollte ich dich zwingen? Ich würde niemals wollen, daß du irgend etwas tust, was du nicht willst. Ich möchte, daß du es freiwillig tust. Denk einfach an dein Kind.»

Nein, sie hatte keine Wahl. Luschnat hatte das Penicillin, und Christian lag im Sterben. Barbara beschloß, ihren Ekel zu überwinden, und beugte sich vor. Was sie jetzt tun würde, tat sie nicht wirklich. Es hatte nichts mit ihr zu tun. Sie öffnete ihren Mund und nahm sein Glied zwischen die Lippen. Luschnat stöhnte leise auf.

«Siehst du, Darling? Es ist doch gar nicht so schwer. Hmm, wie schön du das machst ...»

Barbara versuchte, nichts zu hören, nichts zu fühlen. Es würde nur ein paar Minuten dauern, redete sie sich ein, ein paar winzig kleine Minuten. Es war nichts, nur die Berührung von etwas Haut. Sie würde diese kleinen, bedeutungslosen Minuten aus ihrem Gedächtnis streichen, sobald sie aufgestanden war, sie aus ihrem Leben eliminieren, als wären sie niemals gewesen, so wie sie sich waschen würde, um sich von seinem Geruch zu befreien. Doch Luschnat hörte nicht auf zu reden; er redete und redete, während sein Glied in ihrem Mund immer größer wurde.

«Ja, damals war ich dir nicht gut genug», sagte er und streichelte ihren Kopf. «Jetzt siehst du, was für einen Fehler du gemacht hast. Das alles hier und noch viel mehr könnte auch dir gehören ... Du hättest nur mit mir zu kommen brauchen.» Er fing an zu keuchen. «Ich bin reich, ich habe Macht, und ich bin der einzige Mann, der dir helfen kann ... Ah, schön, gut machst du das ... Ja, wenn ihr Weiber nicht mehr weiterwißt, dann kommt ihr angekrochen, alle ... Dann winselt ihr den großen Charly an und bettelt und fleht ... Nein, hör nicht auf ... Mach weiter ...»

Sein Atem ging in lautes Stöhnen über. Mit einem Mal begriff sie, daß sie immer dieses Keuchen hören, immer dieses zitternde Stück Fleisch in ihrem Mund fühlen würde, daß sie diese Minuten nie aus ihrem Leben würde streichen können. *Und ob* das hier mit ihr zu tun hatte! Plötzlich, bevor sie es kommen spürte und ohne daß sie es verhindern konnte, erbrach sie den Inhalt ihres Magens auf seinen Schoß.

«Du Miststück, du Sau!» heulte er auf.

Er hob seine Hand, um sie zu schlagen. Barbara duckte sich unter seinem Arm weg, sprang auf und packte die Pistole, die neben ihm auf dem Schreibtisch lag. Er griff nach ihrem Arm, schleuderte sie herum und holte mit dem Fuß aus, um nach ihr zu treten.

In diesem Augenblick drückte sie ab.

Luschnat sank zu Boden. Blut quoll aus seinem Unterleib und vermischte sich mit dem Erbrochenen auf seiner Hose.

Barbara nahm das Röhrchen mit den Tabletten und rannte hinaus.

Im Flur schlug ihr brüllend laute Jazz-Musik entgegen. Susi stand vor einem Spiegel und puderte sich die Nase. Als sie Barbara sah, begriff sie sofort, daß etwas passiert war.

«Hast du das Penicillin?»

Barbara nickte. Ohne weitere Fragen zu stellen, öffnete Susi eine Tür, die auf einen Hinterhof führte: hinaus in die dunkle Nacht.

14

«Halt! Stehenbleiben!»

Barbara hatte die Sektorengrenze schon überschritten, als der Volkspolizist aus der Dunkelheit vor ihr auftauchte. Weit und breit gab es keinen anderen Menschen als sie und diesen Mann in Uniform. Der Vopo schob sich gähnend die Mütze in den Nacken.

«Ihre Papiere, bitte!»

Sollte dies das Ende sein? Auf ihrer Flucht vom *Grünen Kakadu* bis zum Kontrollpunkt war sie tausend Tode gestorben; bei jedem Stiefelschritt, den sie hörte, bei jedem Soldaten, den sie sah, hatte sie mit ihrer Festnahme gerechnet. Und jetzt, da sie endlich den Osten erreicht hatte, hielt sie dieser müde, einsame Wachtposten auf. Das durfte nicht sein!

«Einen Moment», stotterte Barbara und faßte in ihre Tasche, als würde sie suchen. Aber sie wußte selbst am besten, daß dort alles andere war, nur keine Papiere.

«He, wie lange dauert das denn noch?» rief eine Männerstimme irgendwo. «Fritz spielt Null ouvert, und du kommst raus!»

Barbara drehte sich um. Im erleuchteten Eingang eines Holzhäuschens, das sich abseits in einem Hof befand, stand ein zweiter Vopo und schaute ungeduldig zu ihnen herüber.

Der erste Vopo blickte Barbara an, die Hand fordernd ausgestreckt. «Nun, wird's bald?»

«Einen Moment, sofort.»

Barbara war so nervös, daß der Polizist es unmöglich übersehen konnte. Gleich würde er ihr die Tasche abnehmen, sie öffnen und darin statt des Interzonenpasses ihre Pistole und das Penicillin finden. Wenn er sie verhaftete, würde Christian sterben. Doch plötzlich, ohne ersichtlichen Grund, ließ der Vopo seine Hand sinken.

«Machen Sie, daß Sie weiterkommen!» raunte er und wandte sich kopfschüttelnd ab.

War es Mitleid oder das Drängen seines Skatbruders? Barbara ließ sich die Aufforderung nicht zweimal sagen und verschwand, so schnell sie konnte.

Zehn Minuten später war sie bei ihrem Auto. An der Grenze zwischen dem Ostsektor der Stadt und der Zone wurden wie bei der Einreise lediglich ihre Fahrzeugpapiere kontrolliert. Dann hatte sie endlich freie Fahrt. Würde sie rechtzeitig wieder zurück sein? Während sie durch die Dunkelheit raste, murmelte sie leise Gebete und flehte zu Gott, an den sie nicht mehr glaubte, daß Christian noch lebte.

Ein erster, blasser Lichtstreifen hellte den Horizont auf, als Barbara hinter Boddenhagen von der Pappelchaussee abbog und die Auffahrt zum Schloß emporfuhr. Nach zwei Nächten ohne Schlaf befand sie sich in einem Zustand zwischen totaler körperlicher Erschöpfung und übersteigerter, fast unwirklicher Geistesgegenwart.

Daggelin war noch in nächtliche Ruhe gehüllt, als sie auf den Hof einbog. Sie parkte ihr Auto neben der Scheune und schaltete den Motor aus. Dann stieg sie aus und ging am Stall vorbei zum Russenhaus. Vor der Tür blieb sie stehen. Und wenn nun doch alles vergebens war und sie zu spät zurückkam? Wenn Christian sich während ihrer Abwesenheit entschieden hatte und den breiten, bequemen Weg gegangen war, in die kühle, friedliche Dämmerung? Bevor sie die Tür öffnete, schickte sie ein letztes Stoßgebet zum Himmel.

In der Küche zuckte sie zusammen. Was war das? Für eine Sekunde glaubte sie, ein Geräusch zu hören. Sie hielt den Atem an und lauschte, doch jetzt war alles wieder still. Wahrscheinlich waren es nur ihre überreizten Nerven. Nein, da war es schon wieder, ein Murmeln, wie von einer Männerstimme, ganz sicher, sie täuschte sich nicht. Es kam aus ihrer Kammer, deutlich hörte sie die Stimme sprechen, ruhig und gleichmäßig. Wer war das? Broszat? Dr. Wiedemann? Oder – bitte, lieber Gott, nein! – Michail Belajew?

Leise, ganz leise öffnete sie die Tür. Im fahlen Dämmerlicht der Kammer sah sie erst nur einen Schatten, dann erkannte sie die Umrisse einer fremden, in Lumpen gehüllten Gestalt, die, den Rücken zur Tür gewandt, sich über das Bett ihres Kindes beugte und sich an Christian zu schaffen machte, mit einem Tuch seine Stirn tupfte und dabei leise geflüsterte Worte sprach.

«Schlaf, mein Kleiner, schlaf ... Du mußt durchhalten, bis die Mama da ist. Dann wirst du wieder gesund. Ich habe so eine weite Reise gemacht, um dich und die Mama zu sehen ...»

Mit einem Ruck stieß Barbara die Tür auf. «Was zum Teufel machen Sie da? Rühren Sie mein Kind nicht an!»

Die Gestalt drehte sich um und richtete sich auf. Vor ihr stand ein bis auf die Knochen abgemagerter Mann, der mit seinem kahlen Schädel wie ein entsprungener Häftling aussah, und blickte sie aus zwei Augen an, die in tiefen Höhlen lagen, über einer krummen, eingedrückten Nase, die sein ganzes Gesicht entstellte.

«Kennst du mich nicht mehr?» Der Fremde machte einen Schritt auf sie zu und lächelte sie an. Plötzlich begannen seine Augen zu leuchten. «Sind Sie schon mal in Eldena gewesen?»

Als Barbara diese Worte hörte, mußte sie sich an der Tür festhalten. Sie klangen wie aus dem Jenseits, aus einer vergangenen, für immer verlorenen Welt. Es war so lange her, daß er diese Worte zum ersten Mal an sie gerichtet hatte, mit derselben Stimme, dieser gleichzeitig warmen und festen Stimme, die auch jetzt noch, nach all den Jahren der Trennung, ihr so vertraut und nahe war wie der Schlag ihres eigenen Herzens.

«Studieren Sie noch oder haben Sie Heimaturlaub?» fragte sie ihn zurück, genauso wie damals.

«Barbara ...» sagte er und öffnete seine Arme.

«Alex ...» Sie nahm sein Gesicht zwischen ihre Hände und schaute ihn an, immer noch unfähig zu glauben, daß er wirklich und wahrhaftig vor ihr stand. «Bist du es, Alex? Bist du endlich zu mir zurückgekommen?»

«Ja, Barbara, ich bin wieder da.»

«Halt mich fest», flüsterte sie. «Halt mich ganz, ganz fest. Und laß mich nie wieder los.»

15

Warum hast du mich damals verlassen, Alex?

Es war der dritte Tag, seit Barbara aus Berlin zurück war, und immer noch hatte sie es nicht über sich gebracht, Alex diese Frage zu stellen, die ihr nun schon über zwei Jahre auf der Seele brannte. Fast jede Minute verbrachten sie gemeinsam an Christians Bett, in der bangen Hoffnung, daß er endlich ein Lebenszeichen von sich gab. Zusammen schüttelten sie seine Kissen und Decken auf, wechselten sie seine Wäsche, wuschen sie seinen Leib, reinigten sie seine Mundhöhle von dem schwarzen, übelriechenden Belag, flößten sie ihm Medizin und Nahrung ein, genauso wie Barbara es zuvor getan hatte, als sie noch allein gewesen war.

Wir müssen uns aussprechen, Alex! Wenn wir es jetzt nicht tun, können Jahre vergehen.

Sie hatten keine Zeit, um miteinander zu reden, und wenn sie Zeit hatten, hatten sie Angst. Auch nach vier Tagen hatte Christian sich noch nicht entschieden, welchen Weg er gehen wollte. Stunde um Stunde verharrte er in dumpfer, teilnahmsloser Bewußtlosigkeit, lag mit halboffenem Mund und verschleierten Augen da, ohne Kontakt zur Außenwelt, und seine Temperatur betrug weiterhin vierzig Grad. Sie hatten noch eine Tablette Penicillin. Dr. Wiedemann hatte von seltenen Fällen gesprochen, in denen auch dieses Mittel versagte.

Willst du mir nicht endlich sagen, weshalb du dich wieder an die Front gemeldet hast?

Auch Alex kam mit keinem Wort auf jene Nacht zu sprechen, die ihr Leben so sehr verändert hatte. Ihre unausgesprochene Frage und sein Schweigen bildeten eine Wand, die trotz der gemeinsamen Fürsorge für Christian zwischen ihnen stand und sie daran hinderte, wirklich zueinanderzufinden. Barbara spürte, solange sie einander nicht die Wahrheit sagten, würde es keinen wirklichen neuen Anfang für sie geben. Sie mußte seine Wahrheit wissen, und sie war bereit, ihm ihre Wahrheit zu sagen.

Am Morgen des fünften Tages, nachdem sie Christian gewaschen und sein Bett gerichtet hatten, faßte sie sich endlich ein Herz. Sie nahm die Hand ihres Mannes und schaute ihn an.

«Was ist damals passiert, Alex?»

Er wandte sich ab und blickte auf das schlafende Kind.

«Bitte, Alex! Du mußt es mir sagen.»

Er atmete so tief und schwer, daß es fast ein Stöhnen war. Sie drückte seine Hand. «Bitte, Alex, damit wir wirklich wieder zusammen sind!»

Noch während sie sprach, begann sich Christian in seinem Bettchen zu bewegen. Alex drehte sich zu ihr um, ein Anflug von Hoffnung in seinem entstellten Gesicht.

«Barbara», flüsterte er, «unser Kind ist aufgewacht!»

Christian lag auf dem Rücken, seine dunklen Augen ruhten auf ihnen, als würde er sie beobachten. Der Schleier vor seinem Blick war verschwunden, zum ersten Mal, seit er in diesen dumpfen Dämmerzustand gesunken war. Barbara beugte sich über ihn und befühlte seine Stirn.

«Alex! Ich glaube, das Fieber ist gesunken.»

Sie hob Christian aus dem Bett und nahm ihn auf den Arm. Der Kleine fing an zu brabbeln und streckte seine Ärmchen aus.

«Sieh doch», rief Alex aufgeregt, «er will zu mir! Mein Sohn will zu mir!»

Barbara gab ihm Christian auf den Arm. Ein wenig unbeholfen, doch mit einem glücklichen Leuchten in seinen blauen Augen, nahm er ihn in seine knochigen Hände und drückte ihn an seine Brust.

Als Barbara dieses Leuchten in den Augen ihres Mannes sah, wußte sie, daß sie ihm nie die Wahrheit sagen würde.

«Ja, Christian», sagte sie. «Schau ihn dir gut an. Das ist dein Papa.»

«Pa-pa ...» wiederholte Christian und strahlte.

In dieser Nacht schliefen Barbara und Alex erstmals wieder miteinander. Sie liebten sich bis zum Anbruch des neuen Tages, wie von einer großen, mächtigen Woge getragen.

«Jetzt fängt unser Leben erst wirklich an», sagte Alex am Morgen.

Er saß auf der Bettkante und schaute Barbara zu, wie sie ihr Kleid überstreifte. Seit er sie verlassen hatte, war er nicht mehr so glücklich gewesen wie in diesem Augenblick. Die Liebesnacht war eine Erlösung für ihn gewesen, ja fast ein Freispruch für die Schuld, die auf ihm lag. Er stand auf und streifte mit seinen Lippen die rotblonden Härchen in ihrem Nacken.

«Du bist die wunderbarste Frau der Welt. Womit habe ich dich eigentlich verdient?»

«Womit habe ich *dich* verdient?» Sie drehte den Kopf zu ihm herum und gab ihm einen Kuß. «Machst du mir die Knöpfe zu?»

«Aber nur, wenn du mir einen Gefallen tust», sagte Alex.

«Jeden, mein Schatz! Was möchtest du?»

«Würdest du heute deine Kette tragen?» Er strich ihr die Strähne, die sich aus ihrer Frisur gelöst hatte, aus dem Gesicht. «Die mit dem Bernstein-Amulett?»

Barbara wandte sich ab und schlug die Augen nieder. «Die», sagte sie, «die haben die Russen gestohlen.»

DRITTES BUCH

Wiederaufbau
1953–1960

I

«Brrrhhhmm ... Zweiter Gang! Brrrhhhmmm ... Dritter Gang!»

Christian war in voller Fahrt. Immer höher ließ er seine Kinderstimme aufjaulen, so daß sie sich fast wie ein wirklicher Motor anhörte, während er sich am Lenkrad des alten, verrosteten Dixi wie ein Rennfahrer in die Kurven legte und dabei seine viel zu kurzen Beine vergeblich nach den Pedalen ausstreckte. Mit seinen siebeneinhalb Jahren wußte er natürlich, daß das Auto in Wirklichkeit gar nicht fuhr, sondern reglos in der Scheune stand, aufgebockt auf zwei Baumstämmen. Wie sollte es auch fahren? Es hatte ja keine Räder mehr, und außerdem hatte Onkel Broszat den Motor und die Kupplung und wie die einzelnen Teile alle hießen, eines nach dem anderen ausgebaut, weil er sie für Reparaturen am Traktor und an den Feldmaschinen brauchte. Trotzdem steigerte Christian sich so in sein Spiel hinein, daß er den Fahrtwind im Gesicht spürte, als würde er tatsächlich durch die Landschaft brausen, die Pappelchaussee nach Boddenhagen entlang und dann immer weiter, bis nach Greifswald oder sogar bis nach Berlin, der Hauptstadt, wo die russischen Panzer und Soldaten und alle die Befehle herkamen, über die seine Mama und sein Papa sich immer so aufregten.

«Halt an, Christian!» rief Werner, sein Bruder, der auf dem zerschlissenen Beifahrersitz neben ihm saß. «Ich will auch mal ans Lenkrad! Nicht immer du!»

«Du bist noch viel zu klein, um Auto zu fahren!»

«Ich bin schon genauso groß wie du!»

«Bist du nicht!» rief Christian empört, gerade weil er wußte, daß Werner recht hatte. Obwohl Werner zweieinhalb Jahre jünger war als er, wurden die beiden zu Christians maßlosem Ärger meistens für gleichaltrig gehalten. Außerdem sagten alle Leute, daß Werner, im Gegensatz zu ihm, mit seinen Sommersprossen, den blonden Haaren und blauen Augen ihrem Vater wie aus dem Gesicht geschnitten war.

«Christian! Werner! Kommt ins Haus!»

Kaum hörten sie die Stimme ihrer Mutter, trat Christian so heftig auf das Bremspedal, daß er fast vom Sitz rutschte, während Werner, der ihn eben noch verprügeln wollte, um ans Steuer zu gelangen, plötzlich kein Interesse mehr am Autofahren hatte und mit einem Satz vom Beifahrersitz sprang. Den ganzen Nachmittag hatten sie darauf gewartet, daß ihre Mutter sie rief. Erst mußte Papa zurück aus Greifswald sein, ohne ihn durften sie nicht anfangen. Wie zwei geölte Blitze schossen sie über den Hof ins Haus.

In der Tür stieß Christian mit seiner Mutter zusammen.

«Paß doch auf!» rief sein Vater, der gerade die Fahrradklammern von seiner Hose löste. «Du weißt doch, daß Mama ein Baby bekommt!»

Oma Hilde saß schon am Küchentisch, und Christian sah, daß sie genauso ungeduldig und aufgeregt war wie er und sein Bruder. Sie hatte eine Schere in der Hand und konnte es kaum aushalten, das Paket vor ihr aufzumachen, das heute morgen der Postbote gebracht hatte: ein Paket, das mindestens so groß und dick war wie Mamas Bauch mit dem Baby. Welche Schätze wohl diesmal darin sein würden?

«Zuerst der Brief!»

Wie jedesmal, wenn ein Paket von den Westphals, den Verwandten «von drüben», eintraf, mußte alles der Reihe nach gehen. Bevor sie die Geschenke auspacken durften, las Mama den Brief vor, der zuoberst lag. Es war genauso eine Qual, wie wenn man mit Heißhunger von der Schule nach Hause kam und vor dem Essen ein Tischgebet über sich ergehen lassen mußte. Christian hörte kaum hin, sondern starrte sehnsuchtsvoll die in Zeitungspapier eingewickelten Dosen und Schachteln an, die nur darauf warteten, endlich ausgepackt zu werden. In den Briefen stand ja sowieso immer dasselbe: daß es hoffentlich allen gutgehe, daß man so gerne viel mehr tun würde und daß sicher bald andere Zeiten anbrächen.

Endlich war Mama bei den Grüßen angelangt, und Papa fing an, die Geschenke zu verteilen: für Christian und Werner jeweils eine Tafel Schokolade, für Oma eine große Flasche Johannisbeerlikör, für Mama Seife und Waschpulver und hauchdünne, durchsichtige Strümpfe, und für Papa ein Pfund Bohnenkaffee und zwei Stangen Zigaretten, obwohl er gar nicht rauchte.

«Weshalb schicken sie dir Zigaretten, Alex?» fragte Oma Hilde verwundert. «Wollen sie etwa, daß du das Rauchen anfängst? Das soll doch ungesund sein!»

«Mamutschka», sagte Barbara. «Das ist nicht Alex, sondern Achim! Wie oft soll ich dir das noch sagen?»

Hilde zog ein schuldbewußtes Gesicht. «Ich kann mich einfach nicht daran gewöhnen, daß du einen neuen Mann hast, Kind. Aber du mußt zugeben», fügte sie mit leichtem Trotz hinzu, «daß er genauso aussieht wie dein Alex. Nur daß Alex eine schönere Nase hatte.»

«Bitte merk dir einfach, daß dein Schwiegersohn Achim heißt und nicht Alex – *Ach-chim!* Kannst du dir das merken?»

«Natürlich kann ich das!» erwiderte Hilde beleidigt. «Du tust ja gerade so, als hättest du ein Kind vor dir!»

Christian mußte grinsen. Wie oft hatte Mama der Oma schon gesagt, wie Papa hieß? Komisch, daß Oma immer wieder seinen Namen vergaß. Wer sollte dieser Alex sein, mit dem sie ihn dauernd verwechselte? Doch Christian war viel zu aufgeregt, um sich mit dieser Frage zu beschäftigen, denn Papa hielt nun ein letztes Päckchen in die Luft, eine in buntes Geschenkpapier eingeschlagene Schachtel, die halb so groß war wie das ganze Postpaket.

«Na, für wen mag das wohl sein?»

«Für mich!» rief Christian.

«Nein, für mich!» protestierte Werner.

Papa schüttelte den Kopf. «Nein. Dieses Päckchen ist weder für Christian noch für Werner. «

«Ooohhh», machten die zwei wie aus einem Munde.

«Sondern für euch *beide!* – Na, worauf wartet ihr? Wollt ihr es nicht auspacken?»

Das ließen sie sich nicht zweimal sagen. Zusammen fielen sie über das Päckchen her, und im Nu war es von dem Geschenkpapier befreit. Als sie den Inhalt sahen, liefen ihnen die Augen über. In der Schachtel stand, wie in einer Garage, ein feuerrot lackiertes Spielzeugauto, auf Hochglanz poliert, mit blitzenden Stoßstangen aus Chrom: ein BMW Dixi Cabrio.

«So muß das von Mama auch mal ausgesehen haben», flüsterte Christian, vor Andacht ganz leise, während Werner in die Schachtel nach dem Auto griff.

«Vorsicht, sonst geht es noch kaputt», sagte Papa und half beim Herausnehmen.

Als das Auto auf dem Tisch stand, beugten die drei ihre Köpfe so dicht darüber, daß sie es fast mit den Nasen berührten.

«Seht mal, man kann die Türen aufmachen!»

«Und die Motorhaube auch!»

«Und den Kofferraum!»

«Und wofür ist diese Schnur?» wollte Werner wissen.

«Das ist eine Fernbedienung. Mit dem Auto könnt ihr sogar fahren.»

«Das ist unmöglich!» rief Christian aufgeregt. «Ein Spielzeugauto, das fahren kann, gibt es nicht! Sowas habe ich noch nie gesehen.» Empört schüttelte er den Kopf.

«Doch, Christian, das gibt es. Drüben, im Westen, machen sie Sachen, von denen können wir hier nur träumen.» Papa nahm die Fernbedienung in die Hand und öffnete sie. «Schau her, hier müssen zwei Batterien rein, und schon schnurrt das Auto los.»

«Warum tun wir sie dann nicht rein? Wo sind die Batterien?»

«Ich weiß nicht. Ich habe keine in der Verpackung gesehen.»

«Vielleicht», sagte Barbara, «sind sie irgendwo zwischen dem Papier.»

Zusammen mit Werner begann Christian zu suchen. Er war so aus dem Häuschen, daß sein Kopf regelrecht glühte: Er besaß ein Auto, das von alleine fuhr! So ein Spielzeug hatte sonst keiner in seiner Klasse – wenn er das seinen Mitschülern zeigte! Dann würden sie endlich aufhören, ihn zu ärgern, dann würde jeder sein Freund sein wollen ... Wo waren die Batterien nur versteckt? Wieder und wieder durchwühlte er das Packpapier, die zerknüllten Zeitungen, die lose Holzwolle, schaute in jede Schachtel und Dose fünfmal hinein, drehte das leere Paket um – doch von den Batterien keine Spur.

«Ich wußte ja, es ist unmöglich», sagte Christian, als er zwei Stunden später frisch gewaschen in seinem Bett lag, und wandte den Kopf zur Seite. Er war so enttäuscht, daß er seiner Mutter nicht ins Gesicht schauen mochte. «Wie können sie nur die Batterien vergessen, wenn sie doch dazugehören?»

«Ich glaube», sagte Barbara, «das liegt daran, daß sie selber alles haben. Sie haben einfach nicht daran gedacht, daß es hier bei uns keine passenden gibt.»

«Dann schick ihnen das Auto wieder zurück!»

«Pssst!» machte Barbara mit einem Blick auf Werner, der in seinem Bett bereits eingeschlafen war. «Zurückschicken wäre sehr ungezogen und undankbar. Sie haben sich soviel Mühe gegeben, um jedem von uns eine Freude zu machen.»

«Sie haben sich überhaupt keine Mühe gegeben! Wenn sie sich Mühe gegeben hätten, hätten sie an die Batterien gedacht!»

Sie streichelte ihm über den Kopf. «Jetzt warte doch mal ab. Vielleicht fällt es ihnen ja noch ein, und sie schicken uns welche nach. Solange kannst du doch auch so mit dem Auto spielen.»

«Das ist nicht dasselbe! Ohne Batterien will ich das Auto nicht! Schreib ihnen, daß ich es nicht haben will!»

Wie immer, wenn er wütend war, spürte er, daß ihm die Tränen kamen, und er ärgerte sich nur noch mehr. Doch der Gedanke, daß irgendwo ein Land existierte, in dem es alles gab, was man sich nur wünschen konnte, und wo die Leute so reich waren, daß sie anderen Leuten Pakete mit teuren Geschenken schickten, ohne zu wissen, ob diese damit überhaupt etwas anfangen konnten, machte ihn ganz krank. Am allerschlimmsten aber war, daß ohne die Batterien seine Mitschüler auch morgen wieder so gemein und ekelhaft zu ihm sein würden wie sonst auch.

«Wir sind furchtbar arm, nicht wahr, Mama?»

«Wie kommst du denn darauf, mein Liebling?»

«Weil wir uns selbst nichts kaufen können – ich meine, Sachen, die wirklich schön sind. Autos oder Pralinen oder Schokolade. Sogar deine Strümpfe müssen sie uns schicken.»

«Nein, mein Schatz, so etwas darfst du nicht denken. Wir sind nicht arm. Im Westen ist nur alles anders. Manche Sachen gibt es eben nur da.»

Christian dachte nach. «Warum», fragte er schließlich, «leben wir dann hier und nicht da?»

Seine Mutter küßte ihn auf die Stirn. «Ach, Christian, das kannst du nicht verstehen. Dafür bist du noch zu klein.»

«Ich will es aber verstehen.» Er richtete sich in seinem Bett auf und blickte ihr fest in die Augen. «Bitte, Mama, erklär es mir!»

«Na gut», sagte sie. «Ich will es versuchen. Machst du mir ein bißchen Platz?»

Christian rückte zur Seite, und Barbara setzte sich neben ihn aufs Bett. Dann legte sie ihren Arm um seine Schulter und begann zu erzählen.

«Es war einmal vor vielen, vielen Jahren ein Schloß, das hieß Daggelin und war das größte und herrlichste Schloß, das man sich nur denken kann. So weit das Auge reichte, gehörten alle Wiesen und Felder dem reichen und mächtigen Schloßherrn, der glücklich und zufrieden mit seiner Frau und seiner Tochter lebte.»

«Und die Tochter war eine richtige Prinzessin?» fragte Christian.

«Ja, das war sie. Und als sie alt genug war, um zu heiraten, da nahm sie sich den tapfersten Ritter zum Mann, den es im ganzen Reich gab, und der Ritter schenkte ihr zur Hochzeit eine goldene Kette mit einem Bernstein-Amulett, in dem eine richtige Bienenkönigin eingeschlossen war, als Zeichen dafür, daß ihre Liebe etwas ganz Besonderes war. Doch dann brach ein furchtbarer Krieg aus, der Ritter mußte hinaus ins Feld, und als der Krieg vorbei war, war nichts mehr so wie früher. Der Schloßherr war tot, und die Prinzessin und ihre Mutter mußten das Schloß verlassen, weil die Feinde gesiegt hatten und das Schloß nun für sich haben wollten und den Besitz neu verteilten, so wie sie die ganze Welt neu aufteilten.»

«Warum hat die Prinzessin nicht versucht, das Schloß zurückzuerobern?»

«Wie sollte sie das machen? Sie war doch ganz allein. Aber sie ließ sich nicht unterkriegen, und als ihr Ritter wieder zurückkam, da fingen sie beide ein neues Leben an. Einen Palast konnten sie sich nicht leisten, doch machten sie sich aus dem kleinen Haus, das ihnen geblieben war, ein richtiges Zuhause, die Prinzessin wurde eine fleißige Bäuerin und der Ritter ein großer Zauberer, der Sonnenstrahlen in Strom verwandelte. Und obwohl es andere, ferne Reiche gab, wo die Menschen viel mehr Geld verdienten, waren sie entschlossen, nie ihr Zuhause zu verlassen, weil es eben ihr Zuhause war, das sie sich selbst geschaffen hatten und deshalb der einzige Fleck auf der Welt war, wo sie leben wollten, zusammen mit ihren zwei Söhnen.»

Wohlig kuschelte Christian sich an die Schulter seiner Mutter. Wie ein schaurig-schönes Märchen genoß er ihre Erzählung, obwohl er wußte, daß die Wirklichkeit ganz anders war: daß die Russen seinen Großvater umgebracht hatten, daß sein Vater weder ein Ritter noch ein Zauberer war, sondern an der Universität in Greifswald arbeitete und dort Professor werden wollte, und daß die Prinzessin das Haus, das früher einmal das Russenhaus genannt wurde, eigentlich nicht mit Papa, sondern mit Onkel Broszat zu einem richtigen Wohnhaus ausgebaut hatte, der ihr auch in der Landwirtschaft half, damit sie keine Kommunisten werden mußten ... Aber das durfte im Märchen ja so sein, daß alles so ähnlich war wie in der Wirklichkeit und gleichzeitig völlig anders.

«Und darum schworen sie sich», schloß Barbara, «daß sie einfach so bleiben wollten, wie sie schon immer gewesen waren. Daß sie sich nicht von den Rittern des Ostreiches unterdrücken lassen und auch nicht in das Westreich ziehen würden, wo die Menschen glaubten, daß man Gold essen kann. Sie wollten da bleiben, wo sie waren, und das Beste aus ihrem Leben machen, genauso wie ihre Vorfahren. Und wenn sie nicht gestorben sind ...»

«... dann leben sie noch heute!» sprach Christian den Satz zu Ende und strahlte. Doch plötzlich fiel ihm wieder ein, was ihm am nächsten Morgen bevorstand. «Und wenn sie mich in der Schule wieder ärgern, was soll ich dann tun? Wenn sie wieder Saubauer und Schweinepriester rufen?»

«Dann sag ihnen, daß sie ohne uns Bauern alle nichts zu essen hätten.»

«Ich glaube nicht, daß das hilft. Sie haben ja nichts gegen Bauern, nur gegen Bauern wie uns. Wenn ich aber Batterien hätte und das Auto wirklich fahren würde, dann würden sie nett zu mir sein.»

Barbara schüttelte den Kopf. «Damit die anderen nett zu einem sind, braucht man kein Auto. Das muß man alleine schaffen.»

«Aber wie, Mama?»

«Du mußt ihnen beweisen, daß du selbst etwas wert bist.»

«Beweisen, daß ich etwas wert bin?» Der Ausdruck faszinierte ihn. Es klang nach verborgenen Schätzen, nach Gold und Edelsteinen. «Und womit kann ich das tun?»

«Zum Beispiel dadurch, daß du etwas kannst, was die anderen nicht können. Hast du keine Idee?»

Christian dachte ein zweites Mal nach, doch diesmal brauchte er keine Sekunde lang zu überlegen. Ja, es gab etwas, das er besser konnte als alle anderen Schüler in seiner Klasse. Er sprang auf und holte sein Lieblingsbuch aus dem Regal, das *Nibelungenlied* von Rudolf Herzog, aus dem ihm seine Mutter vorlas, solange er denken konnte, und mit dem sie ihm das Lesen beigebracht hatte, lange bevor er zur Schule ging.

«Morgen machen wir einen Lesewettbewerb», sagte er und schlug sein Buch auf. «Wir dürfen den Text selbst aussuchen.»

«Und das sagst du mir erst jetzt, du Schlaumeier?»

«Ich habe gedacht, es ist nicht so wichtig. Aber jetzt will ich üben. Hilfst du mir?»

«Aber natürlich, mein süßer Fratz.»

Zusammen übten sie noch eine Stunde. Christian hörte nicht eher auf, als bis er eine ganze Seite ohne Fehler und ohne zu stocken vorlesen konnte. Erst dann durfte seine Mutter ihm das Buch wegnehmen. Sie legte es unter sein Kopfkissen.

«So lernst du im Schlaf noch weiter. Wenn du träumst, sickern die Buchstaben durch das Kissen in deinen Kopf. Das hat die Prinzessin früher auch so gemacht.»

Christian traute ihr nicht ganz. «In Wirklichkeit oder nur im Märchen?»

«In Wirklichkeit. Du mußt nur fest daran glauben, damit es klappt.» Barbara beugte sich über ihn und gab ihm einen Kuß. «Warte nur ab, morgen wirst du es ihnen zeigen. Die anderen sind vielleicht größer und stärker als du, aber so gut lesen kann keiner. – Gute Nacht, mein Prinz.»

«Gute Nacht, Mama!» Er schlang seine Arme um ihren Hals und drückte sie, so fest er konnte. «Auch wenn wir arm sind – du bist die beste Mama von der ganzen Welt!»

Barbara hatte das Zimmer noch nicht verlassen, da fielen seine schwarzen Augen zu, und Christian glitt hinüber in einen sanften, tiefen Schlaf, in dem er von Siegfried und dem Drachen träumte, der durch die Lüfte flog und sich dabei in ein feuerrotes Cabriolet verwandelte. Vorne aber, auf der Motorhaube, hockte eine Bienenkönigin, die im Gesicht genauso aussah wie seine Mutter.

2

Barbara spürte, wie seine dunklen Augen auf ihr ruhten. Sie wollte nicht hinschauen, aber sie konnte sich seinem Blick nicht entziehen. Belajew lächelte sie an. *Liebe ist das Amen des Universums ... Ich lese es in Ihren Augen, Comtesse ...* Plötzlich veränderte sich sein Lächeln, seine Lippen wurden dünner, die Mundwinkel verzogen sich zu einem höhnischen Grinsen. Karl-Heinz Luschnat stand vor ihr. *Ich möchte, daß du einmal* bitte *zu mir sagst ... Damit würdest du mir eine große Freude machen ...* Sie hörte sein Keuchen, während ihr Mund sich mit einer anschwellenden Masse füllte, so daß sie glaubte, daran zu ersticken. Sie hob den Arm und richtete die Pistole auf ihn. Als sie abdrückte, blickte sie in das Gesicht ihres Mannes.

«Barbara! Beruhige dich! Ich bin ja bei dir!»

Schweißgebadet fuhr sie in ihrem Bett auf. Es war noch dunkle Nacht, nur spärliches Mondlicht erhellte ihre Kammer. Achim hielt sie bei den Schultern.

«Was hast du?» fragte er zärtlich. «Hast du schlecht geträumt?»

Barbara nickte. Wieder und wieder suchte die Vergangenheit sie heim, verfolgten die Bilder der Erinnerung sie wie böse Dämonen, in dieser Nacht wie schon in zahllosen Nächten zuvor, kaum daß sie in den Schlaf sank. Belajew und Luschnat ... Wann würde es endlich aufhören?

«Versuch es zu vergessen. Es war doch nur ein Traum.»

Ach, wenn es nur so wäre ... Die Erinnerungen verpesteten ihre Seele wie giftige Dämpfe einen allzu engen Raum. Sie wußte, sie konnte sie nur vertreiben, wenn sie ein Fenster aufriß, mit ihrem Mann darüber sprach. Aber so stark ihr Bedürfnis war, es war ihr unmöglich. Sechs Jahre waren vergangen, ohne daß sie ihm die Wahrheit über Christian und Belajew gesagt hatte – ihre einzige Chance, den Alpträumen ein Ende zu machen –, und mit jedem Tag, der verging, verfestigte sich ihr Schweigen.

Achim nahm sie in den Arm und küßte sie auf die Stirn. «Hab keine Angst, Barbara. Nachts kriegen die Gedanken Hörner, aber am Morgen ist alles halb so schlimm. Glaub mir, ich kenne das.»

Sie schloß die Augen und legte ihren Kopf auf seine Brust. «Manchmal glaube ich, wir schaffen es nie. Wir belügen unsere Kinder, und wir belügen uns selbst. Wie soll das nur weitergehen?»

Er drückte sie noch fester an sich. «Wir dürfen jetzt nicht aufgeben, so kurz vor dem Ziel. Wir haben ein Haus, wir haben zwei gesunde Jungen» – er strich über ihren gewölbten Bauch – «und bald hoffentlich auch ein gesundes Mädchen. Wir haben Arbeit und genug zu essen. Du hast immer noch einen der größten Bauernhöfe im Landkreis, und wenn Professor Heiliger meine Dissertation annimmt, bekomme ich irgendwann vielleicht eine Stelle als Dozent. Ist das nicht viel, viel mehr, als wir erwarten konnten?»

Sie schmiegte sich an ihn. Es tat so gut, seine warme, feste Stimme zu hören, seine Arme zu spüren. Er gab ihr soviel Kraft. «Ach, Alex», flüsterte sie, «wenn ich dich nicht hätte.»

«Psst, Barbara. Du darfst nicht Alex zu mir sagen, ich heiße Achim. Das dürfen wir nie vergessen!»

Nein, sie durfte ihn nicht Alex nennen, ihre gemeinsame Existenz hing davon ab, vielleicht sogar ihr Leben. Alex war tot, auf der Flucht erschossen, wie das Rote Kreuz gemeldet hatte, und so mußte es für immer bleiben: Alex war tot, und Achim lebte ...

Barbara war in seinen Armen eingeschlafen. Behutsam löste er sich aus der Umarmung und stieg aus dem Bett. Er wußte, wenn er einmal aufgewacht war, konnte er keinen Schlaf mehr finden. Dann bekamen *seine* Gedanken Hörner, trieben ihn vor sich her wie einen Fliehenden, der vor sich selbst davonlief, um doch immer wieder nur bei sich selbst anzukommen.

Er trat ans Fenster und schaute hinaus in die Nacht. Im Osten graute der neue Tag, und ein rosa Streifen am Himmel kündigte den Sonnenaufgang an. Genauso wie damals, in jener Nacht in Černigow, als er nach seiner Flucht aus dem Arbeitslager, nach einem langen Fußmarsch durch die einsamen, sumpfigen Wälder am Ufer der Desna, auf dem er jeder Ansiedlung aus dem Weg gegangen war, endlich den großen Bahnhof erreichte, von dem aus die Züge in Richtung Westen abfuhren. Im Schutz der Dunkelheit huschte er zwischen den Waggons umher, immer auf der Hut, daß ihn keiner sah, bis er im Morgengrauen plötzlich deutsche Stimmen hörte, die ihm gleichzeitig vertraut und beängstigend in den Ohren klangen.

«... vierundsiebzig ... fünfundsiebzig ... sechsundsiebzig ...»

Vorsichtig lugte Alex um das Bremserhäuschen herum, hinter dem er sich versteckt hielt. Es war dasselbe Ritual wie beim Morgenappell in Grasnoworsk; an die hundert Strafgefangene waren in Fünferreihen angetreten und zählten der Reihe nach durch. Dieselben elenden, abgemagerten Gestalten in den ewig gleichen Lumpen. Und doch, wie anders sahen sie aus! Die dumpfe Hoffnungslosigkeit war aus ihren Gesichtern verschwunden, manche grinsten sich an, andere lachten sogar oder stießen sich gegenseitig in die Rippen. Alex begriff sofort: Heimkehrer! Wahrscheinlich hatten sie hier einen Aufenthalt gehabt und wurden nun wieder in die Waggons verladen.

«... siebenundneunzig ... achtundneunzig ... neunundneunzig ...»

Mit einem Mal brachen die Rufe ab, und es entstand eine Pause.

«Verdammt noch mal!» schrie der deutsche Kommandant, der zusammen mit zwei russischen Wachoffizieren vor der Kolonne stand. «Welches Arschloch fehlt da? Noch mal von vorne!»

Ein lautes Murren ging durch die Reihen. Alex verstand die Gefangenen nur zu gut: Jetzt, da sie ihre Heimkehr so nah vor Augen hatten, war ihnen jede Minute zuviel, die sie auf der Reise verloren.

«... eins ... zwei ... drei ...»

Erneut hallten die Rufe durch die klare Morgenluft. Irgendeine Männerstimme rief gerade *achtunddreißig*, als es wie eine Erleuchtung über Alex kam: Und wenn wirklich einer fehlte? Wenn sie sich nicht einfach verzählt hatten, sondern ein Mann, aus welchem Grund auch immer, nicht an seinem Platz stand?

«... zweiundfünfzig ... dreiundfünfzig ...»

Plötzlich klopfte Alex das Herz bis zum Hals. Sollte das seine Chance sein? Die einmalige, unwiederbringliche Möglichkeit, auf einen Heimattransport zu gelangen? Er hatte noch eine halbe Minute, um sich zu entscheiden.

«... einundsiebzig ... zweiundsiebzig ...»

Der deutsche Kommandant und die russischen Offiziere redeten aufeinander ein, ohne das Abzählen zu verfolgen. Es war wie überall: Es kam nur darauf an, daß am Ende die Zahlen stimmten. Trotzdem wußte Alex, daß es eine winzig kleine Hoffnung war, nicht mehr als ein Strohhalm, an den er sich klammerte. Wenn am Ende ein Mann zuviel in der Kolonne stand, war er erledigt.

«... achtzig ... einundachtzig ...»

Noch fünfzehn Sekunden. Der Kommandant drehte sich zu den Gefangenen herum. Alex trat hinter das Bremserhäuschen zurück. Nein, das Risiko war zu groß.

«... achtundneunzig ...»

In diesem Augenblick sprang Alex vor, zwängte sich zwischen die letzten beiden Gefangenen in der Reihe. Es war kein Entschluß, sondern ein Reflex – wie bei einer Ratte, die plötzlich ein offenes Törchen in ihrem Käfig sieht.

«... neunundneunzig ...»

Sein Nebenmann stutzte für eine Sekunde und sah ihn vollkommen irritiert an, als könne er nicht glauben, daß da jemand seine Nummer gerufen hatte. Alex warf ihm einen flehenden Blick zu, während er gleichzeitig nach dem Kommandanten und den russischen Offizieren schielte. Nein, sie hatten nichts bemerkt. Doch der Gefangene an seiner Seite blieb immer noch stumm wie ein Fisch. «Himmel, mach endlich dein Maul auf!» zischte Alex. Der andere runzelte die Stirn, dann endlich ging ein verstehendes Leuchten über sein Gesicht; er straffte den Oberkörper und brüllte wie auf dem Kasernenhof:

«Einhundert!»

«Na also!» rief der deutsche Kommandant. «Warum nicht gleich so? Alles zurück auf die Waggons!»

Der fehlende Mann, dem Alex sein neues Leben verdankte, lag im Sterben, als er zusammen mit den Heimkehrern den Zug bestieg. Er war bereits vor Černigow mit einem Schwächeanfall zusammengebrochen und hatte sich, unbemerkt von seinen Kameraden, in einer Waggonecke zusammengekauert, unfähig, den Zug auf dem Bahnhof zu verlassen. Joachim Schewesta war sein Name, ein alleinstehender Mathematiklehrer aus dem Sudetenland. Er starb, bevor sie die polnische Grenze erreichten. Am nächsten Morgen war seine Leiche verschwunden; irgend jemand hatte sie aus dem Zug geworfen. Seine Papiere gehörten von nun an Alex.

Draußen begannen die Vögel zu zwitschern. Achim wandte sich vom Fenster ab und ging zurück zum Bett; vielleicht fand er doch noch ein wenig Schlaf. Als Alex Reichenbach war er in Rußland geflohen, als Joachim Schewesta war er in Deutschland angekommen. Nur so konnte er sich der drohenden Verhaftung als entflohener Kriegsgefangener entziehen, um mit Barbara einen neuen Anfang zu machen. Niemand hatte Verdacht geschöpft – die eingedrückte Nase, sein Andenken an Leutnant Irina Schuster, war die Tarnung seiner neuen Identität. Fritz Broszat hatte bei seinem Anblick einmal die Stirn in Falten gelegt, aber nichts gesagt. Auf Daggelin und in Boddenhagen kannte ihn sonst niemand genug, um stutzig zu werden, und die Professoren am physikalischen Institut, wo er im Wintersemester 1947/48 sein Studium wiederaufgenommen hatte, waren alle erst nach Kriegsende an die Universität berufen worden. Sogar Elisabeth Markwitz hatte ihn die wenigen Male, da sie einander begegnet waren, völlig arglos angeschaut: Für sie gab es nur die Realität der Papiere und Paragraphen, und laut Auskunft der Roten Armee hatte Alexander Reichenbach aufgehört zu existieren – ein für allemal.

Er hauchte Barbara einen Kuß auf die Stirn und legte sich an ihre Seite. Unter dem Namen eines fremden Menschen hatte er sie ein zweites Mal geheiratet und Christian, seinen eigenen Sohn, adoptiert, damit sie eine Familie waren: ein brüchiges, vom Schicksal zusammengestohlenes Glück, für das so viele Menschen hatten sterben müssen.

«Es ist wie ein Fluch», flüsterte er. «Egal, was ich tue ...»

«Was ist? Hast du etwas gesagt?»

Barbara schlug die Augen auf. Wie lange hatte sie geschlafen? Es war schon fast heller Morgen. Achim lag neben ihr und starrte gegen die Decke.

«Es ist immer falsch, genauso wie mein Vater gesagt hat ...»

Barbara stützte sich auf ihre Ellbogen auf und sah ihn an. «Was ist mit deinem Vater? Wovon redest du?»

Achim erwiderte ihren Blick, und für eine Sekunde sah es so aus, als wolle er sprechen. Doch dann schüttelte er den Kopf und sagte nur: «Nichts, bloß ein dummer Gedanke.»

«Aber vielleicht ist es besser, wenn du ihn aussprichst.»

«Nein, Barbara. Wir müssen endlich vergessen. Wir müssen aufhören, uns mit der Vergangenheit zu beschäftigen. Je mehr wir das tun, um so mehr Macht hat sie über uns.» Er nahm ihre Hand und küßte sie. «Schauen wir lieber in die Zukunft. So viele schöne Dinge liegen vor uns, wir müssen es nur richtig anfangen!»

«Glaubst du das wirklich, Achim?»

«Du etwa nicht?» Zärtlich lächelte er sie an. «Wenn nicht, suche ich mir eine neue Frau – auf der Stelle!»

Sie sah in sein Gesicht: Fast erkannte sie sein altes Grinsen darin wieder. Ja, wahrscheinlich hatte er recht. Es hatte keinen Sinn, immer und ewig zu grübeln. Irgendwann mußte Schluß sein mit den nächtlichen Alpträumen, Schluß mit den Gefühlen von Angst und Schuld. Sie hatte die Pistole vergraben, die sie auf Luschnat und Belajew gerichtet hatte, für immer und ewig, an einem Ort, von dem es kein Zurück mehr gab – warum nicht auch die Erinnerung? Sie spürte, wie das Kind sich in ihrem Bauch bewegte, und in diesem Augenblick wußte sie: Es kam nicht nur auf Wahrheit an im Leben; es gab etwas, das viel wichtiger war – Glück!

«*Waaaaas* willst du, du Schuft?» rief sie mit gespielter Entrüstung. «Dir eine neue Frau suchen?» Lachend warf sie sich auf ihn und trommelte mit den Fäusten gegen seine Brust. «Dir werde ich helfen! Von wegen eine neue Frau!»

«Vorsicht!» rief er und wehrte mit seinen Händen ihre Schläge ab. «Paß auf das Baby auf! Du darfst es nicht so schubsen! Es soll doch ein Mädchen werden!» Er strich ihr eine Haarsträhne aus der Stirn, und, plötzlich wieder ernst, schaute er sie an. «Habe ich dir eigentlich schon mal gesagt, daß ich dich ziemlich sympathisch finde?»

«Und ich», flüsterte sie, «habe ich dir schon mal gesagt, daß ich mir sogar vorstellen könnte, dich zu küssen?»

«Warum tust du es dann nicht?»

«Aber ich tue es ja schon ...»

Sie schloß die Augen und gab ihm einen Kuß.

«Ich habe gerade einen Entschluß gefaßt», sagte er.

«Während ich dich küsse? Verräter!»

«Schimpf nicht. Mein Entschluß wird dir gefallen, hoffentlich.»

«Dann sag schon ...»

«Ich möchte mit dir zusammen alt und grau und klapprig werden. Ich möchte, daß wir es schaffen, eine ganz normale Familie zu sein, du und ich und unsere Kinder. Und ich möchte, daß wir einfach so leben wie vertrottelte, gottverdammte Spießer, ohne Abenteuer und Katastrophen. Hauptsache, wir haben uns und müssen uns wegen dem, was wir tun, nicht schämen. Was meinst du, könntest du dir ein solches Leben vorstellen?»

Seine Worte waren wie eine sanfte, liebevolle Berührung. «Ob ich mir das vorstellen kann?» flüsterte sie. «Und ob, mein Schatz! Das ist der schönste Vorschlag, den ein Mann seiner Frau nur machen kann.» Sie beugte sich über ihn und suchte mit ihrem Mund seine Lippen. «Ich glaube, dafür hast du noch einen Kuß verdient ... Oder zwei ... oder drei ... oder vier ...»

3

«Für Frieden und Freundschaft!» rief die Lehrerin, Fräulein Bosse, wie jeden Morgen, wenn sie das Klassenzimmer betrat, und musterte durch ihre dicke Brille die Schüler. «Seid bereit!»

«Immer bereit!» riefen die Zweitkläßler zurück und hoben die Hände zum Pioniergruß. Alle trugen ein weißes Hemd mit blauem Halstuch – alle außer Christian.

Du mußt ihnen beweisen, daß du selbst etwas wert bist ... Immer wieder rief er sich den Satz seiner Mutter in Erinnerung. Heute war der große Tag, der Tag des Lesewettbewerbs: Jetzt hatte er die Chance, es den anderen zu zeigen. Der Sieger würde beim nächsten Appell vor der ganzen Schule ausgezeichnet. Während Fräulein Bosse schweigend durch die Schulbänke ging, ein jedes Kind mit ihren strengen Augen ansah, stellte er sich vor, wie er nach vorn zur Fahne gerufen würde, der Rektor ihn lobte und ihm das Abzeichen für gutes Lernen ansteckte und seine Mitschüler, die ihn immer als «Saubauer» und «Schweinepriester» beschimpften, Beifall klatschten. Und vor allem stellte er sich vor, wie ein ganz bestimmtes Mädchen ihm die Hand schüttelte, um ihm zu gratulieren.

«Gisela!»

Christian zuckte zusammen, als hätte die Lehrerin seine Gedanken erraten. Gisela war seine Banknachbarin, die Enkeltochter von Bürgermeister Lachmund, der zugleich der Rektor der Schule war – und das Mädchen, an das er eben gedacht hatte. Sie nahm ihr Buch, stand auf und ging nach vorne zum Pult, wobei ihre Affenschaukeln bei jedem Schritt wippten. Nachdem sie Platz genommen hatte, schlug sie ihren Text auf und begann zu lesen.

«Es war einmal mitten im Winter, und die Schneeflocken fielen wie Federn vom Himmel. Da saß eine schöne Königin an ihrem Fenster, das einen Rahmen aus schwarzem Ebenholz hatte, und nähte. Und wie sie so nähte und nach dem Schnee aufblickte, stach sie sich in den Finger, und drei Tropfen Blut fielen in den Schnee ...»

Christian begriff sofort, warum Gisela sich dieses Märchen ausgesucht hatte: Schneewittchen, das war sie selbst! Ihre Haut war weiß wie Schnee, ihr Mund rot wie Blut und ihr Haar schwarz wie Ebenholz. Christian seufzte. Sie war einfach wunderschön, fast so schön wie seine Mama ... Als Fräulein Bosse ihn zu Beginn des Schuljahrs an den «Katzentisch» gesetzt hatte, weil er als einziger in der Klasse nicht den Jungpionieren angehörte, hatte nur Gisela freiwillig neben ihm sitzen wollen. Seitdem betete er sie an, obwohl sie ständig versuchte, ihn für die Pioniere anzuwerben. Ob er mit dem *Nibelungenlied* wohl Eindruck auf sie machen würde?

«An diesem Abend mühten sich die Zwerge vergebens, Schneewittchen wieder zum Leben zu erwecken. Das liebe Mädchen war und blieb tot. Die Zwerge legten es in einen gläsernen Sarg und hielten Wache. Eines Tages aber kam ein Königssohn vorbei ...»

Gisela schaute von ihrem Buch auf, Christian direkt ins Gesicht. Ihr Blick traf ihn wie der Feuerstrahl eines Drachen. Er spürte ein herrliches Kribbeln im Nacken, und das Blut schoß ihm in die Wangen. Er richtete sich auf, damit er nicht wie ein Zwerg aussah, sondern wie ein Königssohn. Sie war noch schöner als seine Mama ...

«Schneewittchen schlug die Augen auf und fragte: ‹Wo bin ich?› Der Königssohn erzählte, was sich zugetragen hatte, und bat sie, mit auf sein Schloß zu kommen. ‹Das will ich gerne tun!› rief sie und folgte ihm nach. Auf dem Schloß aber wurde die Hochzeit in aller Pracht gehalten, und sie lebten glücklich und zufrieden miteinander, bis daß sie gestorben sind.»

Christian merkte nicht, daß sie aufgehört hatte zu lesen. Ganz in sich versunken, träumte er davon, wie er Gisela auf *sein* Schloß nach Hause führte, auf Schloß Daggelin, und wie prächtig sie dort Hochzeit feiern würden, als der Applaus der Schüler ihn aus seinen Gedanken riß.

«Das lernt man bei den Pionieren!» sagte Gisela mit einem herausfordernden Seitenblick, als sie sich wieder neben ihn auf ihren Platz setzte.

«Warte nur, bis ich dran bin!» zischte Christian zurück, so unfreundlich er konnte, damit sie nicht merkte, wie beeindruckt er war. Er war hin- und hergerissen: Einerseits gönnte er Gisela den Sieg fast noch mehr als sich selbst, andererseits konnte er ihre Bewunderung nur erringen, wenn er selber gewann. Warum sollte sie ihn sonst heiraten?

Wenn nur nicht die Pioniere wären! Gisela war Jungpionierin, seine Mutter aber hatte Christian verboten, bei den Pionieren mitzumachen. Zur Christenlehre im Pfarrhaus, wo man Bilder vom Jesuskind malen mußte, durfte er gehen, zu den Pioniernachmittagen nicht. Dabei waren sie viel spannender. Einmal hatte er sich hingeschlichen, ohne seine Mutter zu fragen. Gisela hatte ihn bei der Hand genommen und war den ganzen Nachmittag nicht von seiner Seite gewichen. Zusammen hatten sie auf dem Dorfacker Kartoffelkäfer eingesammelt, die amerikanische Saboteure aus ihren Flugzeugen gestreut hatten, und dann die Krabbeltiere, mit denen der feindliche Geheimdienst die Ernte in Boddenhagen vernichten wollte, in der Bürgermeisterei abgegeben, wo man ihnen sogar Geld dafür gab. Doch als er seiner Mutter das Geld zeigte, war sie so wütend geworden wie noch nie. Sie hatte ihm eine Ohrfeige verpaßt und ihn angeschrien, daß er von diesen Leuten niemals wieder Geld annehmen dürfe, und ihm eine Woche Stubenarrest für den Fall angedroht, daß er noch mal an einem Pioniernachmittag teilnähme. Seitdem behauptete er immer, wenn Gisela ihn fragte, wann er wieder einmal kommen würde, daß er keine Lust hätte, zu den Pionieren zu gehen – nicht, weil er nicht *durfte*, sondern weil er nicht *wollte* –, und die Pioniere nannten ihn «Saubauer» und «Schweinepriester».

«Manfred Schlüter!» rief Fräulein Bosse den nächsten Schüler auf.

Manfred war der dickste und stärkste Junge in der Klasse – und der größte und gemeinste Dummkopf, den Christian kannte. Seit der Kinderkrippe war Manfred sein Feind, der die anderen Kinder gegen ihn aufhetzte. Außerdem hatte er denselben Schulweg wie Gisela, und einmal hatte Christian sogar gesehen, daß sie ihr Pausenbrot teilten. Als würde das Pult ihm gehören, machte Manfred sich daran breit und fing an zu lesen.

«Wir ... Jungpio ... pioniere ... lieeeeben ... un-se-re ... Doi-tsche Deo-kra-tische ... Re ... Repu-blick ...»

Christian grinste voller Schadenfreude. Mit vor Anstrengung rotem Kopf mühte Manfred sich ab, den Text zu entziffern. Sein Lesen hörte sich an, wie wenn Onkel Broszat versuchte, den alten Traktor zu starten, der Motor aber nicht anspringen wollte. Nur Fräulein Bosse schien das nicht zu stören. Mit unerschütterlichem Lächeln nickte sie ihm zu. Manfred war ihr Liebling. Er war der Sohn des Kirchenküsters, und seit dem Tag, an dem er gegen den Willen seiner Eltern den Pionieren beigetreten war, stellte die Lehrerin ihn der Klasse als Vorbild hin, an dem sich vor allem Christian ein Beispiel nehmen sollte.

«Wir lie-ben ... un-se-re ... El ... Eltern ... und ... wir ... lie-lieben den ... Frie-deeeen ...»

«Das ist eine Lüge!» rief Christian voller Empörung.

«Unterbrich nicht den Vortrag deines Mitschülers!»

Zähneknirschend hielt Christian den Mund. Warum wollte die Lehrerin ihm nicht glauben? Manfred liebte weder seine Eltern – und erst recht nicht den Frieden. Mindestens ein dutzendmal hatte er Christian schon verprügelt.

«Ich ... ver-ver-verspreche, ein ... gu-ter Jung-pionier zu-zu ... sein ...» Manfred setzte zum Endspurt an. Die Augen traten ihm fast aus den Höhlen, Schweiß perlte auf seiner Stirn, er gluckste und blubberte, zischte und spuckte, so daß die Schüler in der ersten Reihe in Deckung gingen, um den Speichelfontänen auszuweichen. «Ich ... will ... nach ... den ... Ge-Ge-Ge-bo-tttten ... der Jungpio ... Jungpioniere ... han-delllln.» Endlich hatte er es geschafft. Doch was war das? Obwohl er sein Buch schon zugeklappt hatte, machte er noch einmal den Mund auf.

«Wir Jungpioniere», fügte er in einer plötzlichen Eingebung hinzu, ganz flüssig und ohne zu stottern, «trauern um den Generalissimus Stalin, den Vater der Werktätigen und größten Feldherrn aller Zeiten, den Völkerlenker und Friedensstifter, den Führer der Arbeiter und Bauern.» Dann holte er Luft, und in einem Ton, in dem sonst nur der Pastor in der Kirche sprach, fügte er hinzu: «Gott sei diesem armen Sünder gnädig. Friede seiner Seele! Im Namen des Vaters und des Sohnes und des Heiligen Geistes, amen!»

Manfred strahlte Fräulein Bosse an. Doch die war alles andere als begeistert. Das Lächeln auf ihren Lippen erstarrte, und ihre Augen funkelten so erschrocken hinter den dicken Gläsern ihrer Brille, als stünde sie vor einem Ungeheuer. Eisiges Schweigen breitete sich im Klassenzimmer aus. Christian spürte, daß Manfred etwas Schlimmes gesagt haben mußte, aber er wußte nicht, was. Oder wußte er es doch? Noch bevor er überlegen konnte, schnellte sein Finger in die Höhe.

«Was willst du jetzt schon wieder?» fuhr die Lehrerin ihn an.

«Der Genosse Stalin kann unmöglich im Himmel sein!»

«Zum Kuckuck noch mal, jetzt fängst du auch noch an! Was hat der Genosse Stalin im Himmel zu suchen? Und wenn ja, warum sollte er nicht dort sein?» fragte sie, ebenso verwirrt wie verärgert. «Was redest du für einen Unsinn?»

«Weil», erklärte Christian mit einem triumphierenden Blick auf Manfred, «weil der Genosse Stalin den Himmel verboten hat, genauso wie den lieben Gott!»

Für eine Sekunde sprachlos, blickte Fräulein Bosse Christian an, mit offenem Mund und bleichem Gesicht. Plötzlich schoß sie auf ihn zu, wie ein Blitz und ohne jede Vorankündigung, und packte ihn am Schopf. «Raus mit dir!» schrie sie und zerrte ihn an den Haaren. «Du verdammter kleiner Teufel! Du wirst mir meinen Unterricht nicht länger stören!»

Christian klammerte sich mit beiden Händen an seine Bank. «Aber ich habe doch noch gar nicht vorgelesen!»

«Raus, habe ich gesagt! Du bist vom Wettbewerb ausgeschlossen!»

Christian wehrte sich, so gut er konnte, doch es nutzte nichts: Die Lehrerin war stärker. Mit beiden Händen zog sie ihn von seinem Platz, dann führte sie ihn am Ohr den Gang zwischen den Reihen entlang, am Pult vorbei in Richtung Tür.

«Saubauer! Schweinepriester!»

Christian riß sich los und drehte sich um. Manfred streckte ihm die Zunge raus. Doch das war nicht das Schlimmste. Viel schlimmer war Giselas Blick: ein Blick voller Mitleid – oder war es Verachtung? Als er diesen Blick sah, schossen ihm die Tränen in die Augen, mit solcher Macht, daß er sie nicht zurückhalten konnte.

«Saubauer! Schweinepriester!» johlten jetzt auch die anderen Schüler.

Wie heiße Milch rannen die Tränen an seinen Wangen herab. Und Gisela schaute ihn immer noch an. Christian machte auf dem Absatz kehrt. Fräulein Bosse öffnete die Tür, packte ihn am Kragen und stieß ihn hinaus auf den Flur.

«Du wartest auf dem Schulhof, bis es schellt!»

Mit einem lauten Knall fiel die Tür hinter ihm zu. In ohnmächtiger Wut trat Christian gegen die Wand, einmal, zweimal, immer wieder, bis der Fuß so weh tat, daß er aufhören mußte.

«Wartet nur ab», fauchte er. «Das sollt ihr büßen!»

4

«Ich habe Ihre Arbeit gelesen, Kollege Schewesta.»

Achim verspürte immer noch ein leichtes Befremden, wenn er mit diesem Namen angesprochen wurde. Doch das war im Augenblick Nebensache. Sein Doktorvater, Professor Heiliger, hatte ihn zu sich ins Büro bestellt. Er wollte mit ihm über seine Dissertation sprechen. Heute würde sich seine berufliche Zukunft entscheiden.

«Und», fragte Achim nervös, noch bevor er Platz genommen hatte, «was ist Ihr Eindruck?»

Der Professor saß an seinem Schreibtisch und blätterte in Achims Manuskript, einhundert engbeschriebene Seiten, die Quintessenz seines ganzen Wissens und seiner ganzen Intelligenz. Wie würde Heiligers Urteil lauten?

«Nun, ich muß sagen, nach der ersten Lektüre, eine sehr gewagte These, die Sie da aufstellen. Doch was ist das für ein Krach da draußen?»

Der Professor schaute ihn über den Rand seiner Hornbrille an. «Ach bitte, wenn Sie so freundlich sein wollen, das Fenster zu schließen.»

Achim trat an das Fenster, durch das der Lärm von der Straße hereindrang. Auf der Baustelle gegenüber, wo ein neues Studentenwohnheim mit über achthundert Plätzen errichtet wurde, hatten die Bauarbeiter die Arbeit niedergelegt und formierten sich zu einem Demonstrationszug. Ihre Rufe waren bis hinauf in das Büro zu hören.

«Solidarität mit den Kollegen in Berlin!»

«Wir wollen Butter, keine Kanonen!»

«Freiheit und mehr Lohn!»

Achim machte das Fenster zu. Der Professor forderte ihn mit einer Handbewegung auf, gegenüber von seinem Schreibtisch Platz zu nehmen.

«Ich will es kurz machen», erklärte er in seiner knappen Art. «Ihre Arbeit ist die beste Dissertation, die ich bislang betreut habe.»

Die unvermittelte Eröffnung verschlug Achim für einen Moment die Sprache. «Wollen Sie damit sagen, Sie nehmen die Arbeit an?» fragte er ungläubig.

«Ob ich sie annehme?» lachte Heiliger. «Fragen Sie mich lieber, ob ich sie Ihnen wieder zurückgebe! Ich habe sie gelesen wie einen Krimi, drei Abende bin ich mit ihr ins Bett gegangen. Meine Frau ist schon eifersüchtig auf Sie.» Dann wurde er ernst. Er stand auf und reichte Achim die Hand. «Ich bin stolz, daß ich Ihr Lehrer sein durfte. Ich gratuliere Ihnen.»

Achim mußte schlucken. Vor Freude wäre er seinem Doktorvater fast um den Hals gefallen. Weil das aber schlecht möglich war, nahm er nur seine Hand und schüttelte sie wieder und wieder. «Wenn meine Arbeit irgendeinen Wert hat», sagte er, «habe ich das nur Ihnen zu verdanken, Herr Professor. Ohne Ihre Hilfe hätte ich es niemals geschafft.»

«Dummes Zeug, Schewesta, das ist ganz allein auf Ihrem Mist gewachsen. Ich armer alter Mann bin schon froh, wenn ich Ihre Höhenflüge noch nachvollziehen kann. Aber jetzt lassen Sie endlich meine Hand los. Sie reißen mir ja den Arm ab.»

«Entschuldigung», stammelte Achim. «Ich hoffe, ich habe Sie nicht verletzt», fügte er hinzu und hätte sich am liebsten die Zunge abgebissen, weil er nur noch Unsinn redete.

«Ist schon in Ordnung», lachte Heiliger. «Als mir mein Doktorvater zu meiner Promotion gratulierte, habe ich ihm vor Aufregung eine Tasse Kaffee über die Hose geschüttet.» Er nahm wieder an seinem Schreibtisch Platz. «Doch zurück zu Ihnen. Wenn ich mich nicht täusche, sind Ihre Ergebnisse von außerordentlicher Bedeutung, nicht nur für die Grundlagenforschung, sondern auch in volkswirtschaftlicher Hinsicht. Sie beschreiben das Plasma als einen Zustand der Materie, in dem durch Energieübertragung ein großer Teil der atomaren Bestandteile in einen elektrisch geladenen, ionisierten Zustand übergeht.»

«Ja», bestätigte Achim. «Ich meine, mit Hilfe des Hochtemperatur-Plasmas müßte es gelingen, eine kontrollierte Kernfusion herbeizuführen ...»

«... die eine neue, praktisch unerschöpfliche Energieressource erschließen würde – ein faszinierender Gedanke. Haben Sie in der dritten Juliwoche schon etwas vor?»

Achim hatte keine Ahnung, worauf sein Doktorvater hinauswollte. «Ich? Im Juli? Wieso?»

«Ich möchte, daß Sie mich nach Berlin begleiten, zum internationalen Physiker-Kongreß der Humboldt-Universität. Ich leite die Sektion Plasmaphysik und möchte, daß Sie dort die Ergebnisse Ihrer Arbeit persönlich vorstellen.»

«Selbstverständlich, Herr Professor, mit dem größten Vergnügen, es wäre mir eine Ehre.»

«Pfeifen Sie auf die Ehre! Ich habe etwas ganz Praktisches im Sinn. Auf dem Kongreß werden Vertreter des Staatssekretariats anwesend sein, und es kann nicht schaden, wenn die Genossen sich einen persönlichen Eindruck von Ihnen machen ...»

«Soll das heißen», fiel Achim ihm ins Wort, «Sie haben mich vorgeschlagen?»

«Manchmal kann ich kaum glauben, daß ein so begriffsstutziger Mensch wie Sie eine so blitzgescheite Dissertation geschrieben hat.»

«Und Sie meinen, ich hätte eine Chance? Auf eine Stelle als Dozent?»

«Das meine ich nicht nur, ich bin fest davon überzeugt! Wenn Sie zu Beginn des neuen Studienjahres nicht in Amt und Würden sind, fresse ich einen Besen!»

Achim war froh, daß er auf einem Stuhl saß – er hätte sonst weiche Knie bekommen. Was gestern noch ein bloßer Wunschtraum gewesen war, war nun mit einem Mal Wirklichkeit. Heiliger versprach ihm eine Stelle an der Universität! Er konnte es kaum aushalten, nach Daggelin zu fahren und Barbara die wunderbare Nachricht zu bringen. Hoffentlich schaffte er es vor Geschäftsschluß noch bis zum Rubenowplatz. Es gab dort etwas in einem Schaufenster, das er schon unzählige Male mit sehnsüchtigen Augen betrachtet hatte. Heute war der richtige Tag, um es endlich zu kaufen.

«So, und jetzt nehmen Sie sich den restlichen Nachmittag frei», sagte Heiliger. «Damit Sie Ihrer Frau ein Geschenk besorgen können.»

«Woher wissen Sie, woran ich gerade gedacht habe?» fragte Achim verdutzt.

«Das war nicht schwer zu erraten. Schließlich bin ich auch mal jung gewesen. Doch bevor ich Sie laufenlasse, noch eine Kleinigkeit.» Heiliger nahm ein Blatt von seiner Ablage und reichte es Achim über den Schreibtisch. «Die Resolution des Lehrkörpers zu den Unruhen in der vergangenen Woche. Wenn Sie die eben unterschreiben?»

Achim warf einen Blick auf den Text, der bereits mit mehreren Dutzend Unterschriften versehen war. Es waren nur wenige Zeilen.

Wir, die Professoren, Dozenten und Assistenten der Ernst-Moritz-Arndt-Universität Greifswald, verurteilen entschieden den konterrevolutionären Putschversuch, den imperialistische Kräfte mit Hilfe bezahlter Provokateure in der Hauptstadt unseres sozialistischen Arbeiter-und-Bauern-Staates auf infame Weise inszeniert haben. Zugleich weisen wir die verschiedentlich geäußerte Forderung auf Freilassung der am 17. Juni verhafteten Krawallmacher zurück. Vielmehr plädieren wir mit Nachdruck dafür, daß alle Kräfte, die der Politik unserer Partei und Regierung sowie der Entwicklung eines fortschrittlichen, dem Frieden und der nationalen Einheit verpflichteten Deutschland schaden, konsequent verfolgt und wo nötig von der Teilhabe am gesellschaftlichen Leben ausgeschlossen werden.

«Muß ich das wirklich unterschreiben?» fragte Achim.

Professor Heiliger lächelte ihn an. «Sagen wir mal so: Es würde einen sehr schlechten Eindruck machen, wenn Ihre Unterschrift fehlt. Ihr Name ist schon auf der Liste vorgemerkt.»

Achim legte das Papier auf den Schreibtisch zurück. «Wenn ich ehrlich bin, mir ist nicht wohl dabei. Ich glaube, die Leute haben auch so schon genug Scherereien, ohne daß wir derartige Resolutionen verfassen. Ist es wirklich unsere Aufgabe als Wissenschaftler ...»

«Unsere Aufgabe als Wissenschaftler», unterbrach ihn der Professor, «ist die Verwirklichung der Volkswirtschaftspläne, zum Wohle der sozialistischen Gesellschaft. Wollen Sie sich dieser Aufgabe verschließen?»

«Nein, natürlich nicht. Doch die Streiks in Berlin, ich meine, da waren sicher ausländische Provokateure am Werk, aber, wie soll ich sagen, die meisten Demonstranten sind doch keine Verbrecher. Sie wehren sich nur gegen die Erhöhung der Arbeitsnormen und die Kürzung der Lebensmittelkarten ...»

«Das kann man sehen, wie man will, aber darum geht es jetzt nicht, Schewesta! Es geht um Sie! Herrgott, Sie stehen am Beginn einer glänzenden Universitätskarriere. Die dürfen Sie nicht gefährden! Also geben Sie sich einen Ruck und unterschreiben Sie. Wenn Sie erst mal auf Ihrem eigenen Lehrstuhl sitzen, haben Sie immer noch genügend Möglichkeiten, Ihren humanistischen Anwandlungen zu frönen.»

«Das heißt: Entweder ich unterschreibe und bekomme im Herbst die Stelle als Dozent, oder ich unterschreibe nicht und ...»

«Was dann passiert, das wollen wir uns lieber nicht ausmalen», erwiderte Heiliger. Er nahm einen Füllfederhalter, schraubte ihn auf und legte ihn geöffnet neben die Resolution. «Was ändert es schon, ob Sie Ihren Friedrich Wilhelm darunter setzen oder nicht? Es ist doch nur eine Formsache, ohne Auswirkungen auf irgendeinen Menschen. Sie wissen doch, wie so was geht – Hauptsache, man zeigt seine sozialistische Gesinnung.»

Achim zögerte. Was sollte er tun? Auch wenn Heiliger es nicht ausgesprochen hatte, war vollkommen klar, was passierte, wenn er die Unterschrift verweigerte: Seine Dissertation würde in der Versenkung verschwinden, die Promotion auf Eis gelegt, ein Relegationsverfahren in Gang gesetzt. Alles, wofür er gekämpft hatte, alles, worauf er seine Zukunft baute, wäre mit einem Mal zerstört.

«Sie kommen aus dem Sudetenland, nicht wahr?» fragte Heiliger, ohne jeden Zusammenhang.

Achim zuckte zusammen. «Ja, aus Glatz, dem heutigen Klodzko. Warum?»

«Komisch, man hört es Ihrem Akzent nicht an. Für mich klingen Sie eher wie ein Sachse, der versucht, wie ein Pommer zu sprechen.»

Achim spürte, wie ihm der Schweiß ausbrach. Was wollte Heiliger damit sagen? Wollte er andeuten, daß er Bescheid wußte? Oder war es nur eine harmlose, zufällige Bemerkung? Er blickte seinen Doktorvater an. Doch die Miene des Professors ließ keine Rückschlüsse zu. Sie zeigte nur ein wohlwollendes, freundliches Lächeln.

«Ich versuche lediglich, mich anzupassen», sagte Achim ausweichend.

«Richtig, Herr Schewesta! Wer in Rom lebt, muß leben wie ein Römer.»

Heiliger hielt ihm den Füllfederhalter hin und nickte ihm zu. Achim schloß die Augen und holte Luft. Dann nahm er den Stift und unterschrieb.

«Na also!» sagte der Professor. «Und jetzt möchte ich Sie keinen Augenblick länger hier sehen, Sie Glückspilz. Fahren Sie nach Hause und feiern Sie mit Ihrer Frau, wie sich das für einen solchen Tag gehört!»

5

Barbara richtete sich auf und wischte sich mit dem Handrücken den Schweiß von der Stirn. Obwohl inzwischen ein paar Wolken aufgezogen waren, herrschte immer noch eine drückende Hitze. Bis Christian aus der Schule kam, wollte sie das Gemüsebeet jäten, das sie hinter dem Russenhaus angelegt hatte, doch vor lauter Reden kam sie kaum dazu.

«Daß Sie in Ihrem Zustand noch arbeiten müssen, ist eine Schande, Frau Schewesta.» Bürgermeister Lachmund schüttelte seinen schlohweißen Kopf und schaute sie mitleidig an. «Eine hochschwangere Frau wie Sie.»

«Was bleibt mir anderes übrig? Wenn Sie ständig das Abgabesoll für uns freie Bauern erhöhen.»

«Warum treten Sie nicht in die Genossenschaft ein? Als Mitglied der LPG hätten Sie Anspruch auf bezahlten Urlaub, Krankenversicherung und jede Unterstützung, die Sie brauchen.»

«Das haben wir doch schon hundertmal besprochen – die LPG kommt nicht in Frage! Meine Kühe geben doppelt soviel Milch wie die Tiere der Genossenschaft, und auf dem Wochenmarkt reißen die Leute sich um meine Produkte.»

«Das muß nicht immer so sein, Frau Schewesta. Hochmut kommt vor dem Fall.»

«Außerdem, wenn ich mir vorstelle, daß ich auf meinem eigenen Hof als Angestellte arbeiten muß ...» Statt den Satz zu Ende zu sprechen, schüttelte sie sich.

«Davon kann gar keine Rede sein. Ich würde Sie als Produktionsleiterin vorschlagen, und Broszat übernimmt den Maschinenpark.»

Barbara stellte den Korb ab, in den sie das Unkraut geworfen hatte, und trat von ihrem Beet. Wenn Lachmund versuchte, sie zu der sozialistischen Landwirtschaft zu bekehren, war es mit der Arbeit vorbei. Aber das war typisch für diese LPG-Fritzen: Statt zu tun, was getan werden mußte, redeten sie über Politik. Nur gut, daß wenigstens Elisabeth Markwitz sie in Ruhe ließ: Vor zwei Jahren war sie von der Partei nach Greifswald berufen worden, wo sie im Rat des Kreises sowie im Bezirkssekretariat verschiedene Ämter bekleidete.

«Überlegen Sie doch, wieviel leichter Sie es hätten», sagte der Bürgermeister. «Statt um fünf morgens aufzustehen und bis in die Nacht zu schuften, hätten Sie einen Achtstundentag. Außerdem wären Sie die Sorge um die Sollverpflichtungen los und müßten viel weniger Steuern zahlen. Wenn Sie wollen, können Sie sogar weiter individuelles Vieh halten, das ist überhaupt kein Problem.»

«Mama, Mama!» schrie plötzlich Werner, der bislang vor der Haustür still für sich mit seinem BMW Dixi gespielt hatte. «Christian kommt! Guck mal, wie er aussieht!»

Barbara drehte sich um und sah ihren ältesten Sohn in der Einfahrt. Ach, du meine Güte! Christian war nicht allein. Seine Lehrerin brachte ihn nach Hause, wie so oft in den letzten Wochen. Sie hielt ihn am Ohr und schleifte ihn quer über den Hof, wogegen er sich mit Händen und Füßen zur Wehr setzte.

«Um Himmels willen! Was ist denn jetzt schon wieder passiert?»

«Nichts ist passiert!» behauptete Christian trotzig, obwohl ihm das Hemd zerrissen aus der Hose hing und auf seiner Stirn eine große blutige Schramme prangte. Sein linkes Auge war angeschwollen und schillerte in sämtlichen Farben des Regenbogens.

«Wie ein Tier ist er über Manfred Schlüter hergefallen», erklärte Fräulein Bosse, «kaum daß die Kinder auf dem Schulhof waren.»

«Das ist nicht wahr, Mama! Sie lügt!»

«Was sagst du da, du kleiner Verbrecher? Ich lüge? Dir werd ich's zeigen!»

«Manfred hat angefangen! Er hat Saubauer gerufen!»

Fräulein Bosse drehte ihm das Ohr herum, so daß Christian vor Schmerz aufheulte.

«Lassen Sie meinen Jungen los! Sie bringen ihn ja um!»

«Ihren *Jungen?* Das ist ein Teufel!»

«Es gibt keine Teufel! Das haben Sie selbst gesagt!» rief Christian wütend und versuchte, seine Lehrerin, die ihn mit ausgestrecktem Arm auf Abstand hielt, zu kratzen und zu beißen und mit den Füßen zu treten. «Du bist eine Hexe! Eine richtige böse Hexe!»

«Christian! Hör sofort damit auf!» Barbara verpaßte ihm eine Ohrfeige und zerrte ihn von seiner Lehrerin fort. So klein er war, so stark konnte er sein, wenn er in Wut geriet. Sie mußte ihre ganze Kraft anstrengen, damit er Fräulein Bosse endlich losließ. Fast hatte sie ihn unter Kontrolle, als sie plötzlich einen scharfen Schmerz im Unterleib spürte. War das schon eine Wehe? Ihr Termin war doch erst in zwei Wochen! Im gleichen Augenblick riß Christian sich von ihr los, und ehe sie es verhindern konnte, spuckte er seiner Lehrerin ins Gesicht.

«Hexe!» rief er noch einmal; dann machte er auf dem Absatz kehrt und rannte davon.

Fräulein Bosse brach in Tränen aus.

«Was in aller Welt ist denn hier los?» fragte Bürgermeister Lachmund, der mit seinem steifen Bein herbeigehinkt kam, Werner im Gefolge.

«Gut, daß Sie da sind!» schluchzte Fräulein Bosse. «Haben Sie gesehen, was dieser Teufel gemacht hat? Angespuckt hat er mich! Seine Lehrerin!»

«Warum ist Christian weggelaufen?» fragte Werner. «Muß er ins Gefängnis?»

«Halt du jetzt den Mund!» fuhr Barbara ihn an. «Sei artig, geh ins Haus spielen!»

Lachmund reichte Fräulein Bosse sein Taschentuch. Dann legte er seine Stirn in Falten und wandte sich an Barbara. «Wir haben lange Zeit beide Augen zugedrückt, Frau Schewesta.»

«O ja, das haben wir», bestätigte Fräulein Bosse, ihr Schluchzen unterdrückend, und wischte sich das Gesicht ab. «Viel zu lange haben wir das!»

«Aber so geht es nicht weiter. Die Vorfälle häufen sich. Kaum ein Tag, daß Christian nichts anstellt. Könnte es sein, daß die Arbeit auf dem Hof und Ihre Erziehungsaufgaben Sie überfordern? Wenn Sie in die LPG eintreten würden ...»

«Jetzt kommen Sie mir doch nicht schon wieder damit!»

«Das Kind ist heimtückisch und hinterhältig!» sagte Fräulein Bosse. «Ein richtiger kleiner Klassenfeind!»

«Na, na, na, liebe Kollegin, wir wollen nicht übertreiben ...»

«O doch! Das Kind ist eine Gefahr! Für das ganze Schulkollektiv! Am gesellschaftlichen Leben nimmt er nicht teil, zu den Pioniernachmittagen will er nicht, dafür hetzt er immer wieder seine Mitschüler auf.» Je mehr sie ihre Fassung wiedererlangte, desto massiver wurden ihre Vorwürfe. «Wissen Sie, was er neulich behauptet hat? Daß russische Spione die Kartoffelkäfer auf unseren Feldern eingeschleust hätten, um unsere Ernte zu vernichten!»

«Das ist allerdings starker Tobak.»

«Wenn Sie mich fragen: Das Kind gehört in ein Erziehungsheim!»

«Jetzt machen Sie aber mal einen Punkt!» rief Barbara. «Ich weiß selbst, daß Christian kein Engel ist, und Sie können sicher sein, daß ich ihn mir nachher gehörig vorknöpfen werde.»

«Meinen Sie, daß Sie dazu in der Lage sind?»

«Warum sollte ich nicht in der Lage dazu sein? Schließlich bin ich seine Mutter!»

«Seine Mutter vielleicht. Aber ansonsten fehlt Ihnen jede Quantifikation.»

«Qualifikation, meinen Sie?» wandte Lachmund behutsam ein.

«Allerdings!» bestätigte Fräulein Bosse, nicht im mindesten irritiert. «Wie wollen Sie ohne Kenntnis der sozialistischen Pädagogik ein Kind erziehen?»

Wenn Barbara eins haßte, dann diesen Kommandoton! «Was verstehen Sie denn von Pädagogik?» platzte sie heraus. «Sie sind doch nur eine dumme Milchprüferin und haben Ihre ganze Weisheit in einem Vierwochenkurs gelernt!»

Kaum hatte sie ausgesprochen, wußte sie, daß sie besser den Mund gehalten hätte. Fräulein Bosse rückte ihre Brille zurecht und blickte sie durch ihre dicken Gläser an.

«O ja», sagte sie, plötzlich ruhig und gefaßt, als hätte Barbaras Entgleisung ihr ihre Würde zurückgegeben, «das bin ich, eine einfache Milchprüferin – und keine geborene von und zu wie Sie. Doch wissen Sie was? Ich bin stolz auf meine proletarische Herkunft!»

Barbara bekam plötzlich fürchterliche Angst. «Entschuldigung, Fräulein Bosse! So habe ich das nicht gemeint! Ich wollte Sie nicht beleidigen!»

«Noch heute nachmittag», erklärte die Lehrerin, «rufe ich im Rat des Kreises an, um das Sorgerecht für Ihren Sohn überprüfen zu lassen. Die Mutter-und-Kind-Vorsitzende hat mit mir zusammen studiert. Die kennt in solchen Sachen keinen Spaß. Darauf können Sie Gift nehmen!» Ohne ein weiteres Wort überquerte sie den Hof und verschwand durch die Einfahrt.

«Das ist nicht ihr Ernst, oder?» fragte Barbara. «Bitte, Herr Lachmund, Sie kann doch unmöglich das Sorgerecht für Christian in Frage ...»

Der Bürgermeister hob ohnmächtig die Arme. «Diese jungen Neulehrer nehmen ihre gesellschaftlichen Aufgaben sehr ernst, Frau Schewesta, sehr, sehr ernst.»

«Dann verbieten Sie ihr den Unsinn! Sie sind doch ihr Vorgesetzter!»

«Ich fürchte», erwiderte er und zupfte an seinem Spitzbart, «so einfach geht das nicht. Wenn die Kollegin den Fall meldet, kann ich sie nicht daran hindern. Tut mir leid, aber das ist Demokratie.»

«Aua, Mama!» rief Christian. «Das brennt!»

«Das hast du nicht besser verdient», sagte Barbara und tupfte weiter Jod auf seine Stirn. «Warum mußt du dich immer prügeln? Du weißt doch, daß die anderen stärker sind als du.»

Christian, der auf dem Küchenstuhl saß und den Kopf in den Nakken hielt, schloß die Augen. Obwohl ihm die Tränen über die Wangen liefen, sagte er keinen Ton, während sie seine Wunde versorgte. Beim Anblick seines tapferen kleinen Gesichts mußte Barbara schlucken. Zusammen mit Werner hatte sie eine Stunde lang gesucht, bis sie Christian schließlich gefunden hatte: hoch oben in der Krone eines Apfelbaums, auf der Stutenkoppel am See.

«Wenn du in der Schule so einen Zirkus machst, schadest du nicht nur dir selbst, sondern uns allen. Du weißt doch, daß wir aufpassen müssen. Sie warten nur darauf, daß wir irgend etwas anstellen, damit sie uns den Hof wegnehmen können.»

Christian blickte sie finster an. «Aber es war eine solche Ungerechtigkeit! Manfred Schlüter hat immer nur gestottert und kein einziges Wort richtig gelesen, und ich bin überhaupt nicht drangekommen. Wenn er jetzt ein Abzeichen kriegt und ich nicht...» Vor lauter Empörung wußte er nicht, wie er den Satz beenden sollte.

«Trotzdem darfst du nicht wie ein Verrückter über deine Mitschüler herfallen. Und vor allem darfst du nicht deine Lehrerin anspucken! Herrgott – wie kannst du nur so etwas tun? Wenn du so weitermachst, stecken sie dich wirklich in ein Erziehungsheim.»

Werner, der auf dem Küchenboden mit seinem roten Spielzeugauto spielte, schaute zu seiner Großmutter auf, die in ihrem Schaukelstuhl saß und mit leeren Augen ein aufgeschlagenes Buch anstarrte.

«Was ist das, Oma, ein Erziehungsheim?»

Hilde zuckte zusammen, als habe sie jemand geweckt. «Ein Erziehungsheim?» fragte sie, für eine Sekunde vollkommen klar. «Da kommen alle Kinder hin, die in der Schule nicht gehorchen.»

Und die Kinder von Müttern, die sich nicht beherrschen können – fügte Barbara im stillen hinzu, während sie Christian ein Pflaster auf die Stirn klebte.

«Warum darf ich nicht zu den Pionieren?» fragte Christian. «Ich würde viel lieber zu den Pioniernachmittagen gehen als in die Christenlehre.»

«Nein, kommt nicht in Frage! Das machen wir nicht. Punkt!» Doch als sie seine traurige Miene sah, fügte sie sanft hinzu: «Ist denn die Pionieruniform so schön? Es ist doch nur ein Hemd mit einem Halstuch.»

«Die Uniform ist es ja gar nicht», sagte er leise.

«Was ist es dann?»

Er schlug die Augen nieder und wandte sich ab.

«Sind es die Lieder oder die Zeltlager oder was?»

«Nein, Mama, das ist es alles nicht.»

«Dann sag es doch endlich!»

«Wenn ich so wäre wie sie, würden sie mich vielleicht mögen. Dann müßte ich mich nicht immer mit ihnen prügeln.»

Barbara nahm ihren Sohn in den Arm und drückte ihn an sich. «Ach, mein armer kleiner Fratz. Ich kann dich ja so gut verstehen. Aber – hast du schon vergessen, was die Prinzessin und der Ritter von Schloß Daggelin sich und ihren Söhnen versprochen haben?»

«Was meinst du? Sie haben sich so viel versprochen.»

«Ich meine, daß sie immer so bleiben wollen, wie sie sind, egal was passiert. Daß sie sich nicht verändern, bloß weil die anderen das wollen.»

Christian dachte so angestrengt nach, daß sich die Haut auf seiner Nasenwurzel kräuselte. «Und deshalb darf ich nicht zu den Pionieren?»

Barbara nickte mit einem Seufzer. «Ja, Christian. Ich glaube, beides zusammen geht nicht. Zumindest kann ich mir nicht vorstellen, wie das funktionieren soll.»

«Mama, ich weiß was!» rief Werner plötzlich dazwischen.

Barbara drehte sich zu ihrem zweiten Sohn herum. Werner strahlte sie voller Erwartung an. Als sie sein kleines Alex-Gesicht mit den leuchtenden blauen Augen und den tausend Sommersprossen sah, gab es ihrem Herzen einen Stich. Was war sie nur für eine Mutter? Immer kümmerte sie sich um Christian, und Werner kam zu kurz. «Ja, mein Junge?» fragte sie zärtlich.

«Wenn Christian zu den bösen Kindern ins Heim muß», stotterte er aufgeregt, «gehört dann das Auto mir alleine?»

Barbara seufzte ein zweites Mal. Hoffentlich war es bald Abend und kam Achim endlich nach Hause.

6

Achim verließ das Institut und trat auf die Straße. Die Wohnheim-Baustelle lag einsam und verlassen auf der anderen Straßenseite; wahrscheinlich zogen die Arbeiter noch durch die Stadt. Doch was ging ihn das an? Mit Politik hatte er sich heute schon mehr als genug beschäftigt. Zum Glück gab es noch andere, viel schönere Dinge im Leben. Zum Beispiel die Aussicht auf eine Stelle als Dozent. Und auf eine Feier mit Barbara und den Kindern.

«Ohne Schirm, Herr Schewesta?» fragte ihn Möllermann, der Hausmeister des Instituts, der mit einem Besen vor dem Eingang stand und in den Himmel schaute. «Könnte gefährlich werden.»

«Von mir aus kann es heute junge Hunde regnen!» erwiderte Achim.

Der Hausmeister schüttelte den Kopf. «Na», brummte er und fing an zu fegen, «daß bloß mal Ihre Frau nichts sagt, wenn Sie im nassen Anzug nach Hause kommen!»

Achim tippte mit zwei Fingern gegen die Schläfe und beschleunigte seinen Schritt. Bis zu seinem Ziel am Rubenowplatz waren es nur wenige Minuten.

Wie immer beschlich ihn beim Anblick des Hauses, in dem er seine Hochzeitsnacht mit Barbara verbracht hatte, ein seltsames Gefühl. Eine fremde Frau öffnete gerade das Fenster und schüttelte ein Oberbett aus. Sie hatten die Wohnung aufgegeben. Was sollten sie machen? Wenn sie Ansprüche erhoben, würde es Nachforschungen geben.

Das Geschäft, das er suchte, lag an der äußersten Ecke des Platzes. Über dem Eingang war in verblaßter, teilweise abgeblätterter Schrift noch der alte Firmenname zu lesen: *Reidemeister & Cie*. Ein feines, helles Glockengeläut empfing ihn im Innern. Reidemeister war früher der erste Juwelier in Greifswald gewesen, doch heute lebten die Inhaber, da sie sich weigerten, ihr Geschäft an den Staat zu verkaufen, vom Handel mit allem möglichen Trödel. Frau Reidemeister, eine schon über siebzig Jahre alte Frau, kam Achim aus einer dunklen Ecke des Ladens entgegen. Sie trug immer noch dieselbe Hochfrisur wie vor dem Krieg, und an ihren Ohren funkelten Diamanten.

«Was wünschen Sie, junger Mann?»

«Ich interessiere mich für die Halskette in Ihrem Schaufenster. Dürfte ich die mal sehen?»

«Sie meinen die neben dem Kerzenständer?» Ein erfreuter Ausdruck ging über ihr runzliges, gepudertes Gesicht, und ihr welker, roter Mund erblühte zu einem Lächeln. «Aber gerne, sehr gerne, einen Moment.» Sie öffnete eine Luke in der Wand, holte eine Kette aus der Auslage hervor und bettete sie auf eine schwarze Samtunterlage. «Ist es die?»

«Ja, genau. Die habe ich gemeint.»

«Ein wirklich schönes Stück. Das einzige, das ich in der Art noch habe.»

Achim starrte wie gebannt auf die Kette. Sie war das perfekte Geschenk für Barbara – und der perfekte Schmuck für diesen Tag. «Und – was würde sie kosten, ungefähr?»

«Ich mache Ihnen einen guten Preis. Siebenhundertachtzig Mark.»

Er zuckte zusammen. «Soviel? Das sind fast vier Monatsgehälter.»

«Ich bin sicher, daß die Frau, die sie tragen soll, noch viel mehr wert ist.»

«Und ob!» Er dachte kurz nach. Es war total unvernünftig. Aber genau deshalb war es goldrichtig. «Also gut, ich nehme sie!»

«Das freut mich. Aber was ziehen Sie plötzlich für ein Gesicht?»

«Das Problem ist – soviel Geld habe ich nicht dabei. Gibt es trotzdem eine Möglichkeit, daß ich sie mitnehmen kann? Es ist ganz, ganz wichtig, daß ich sie heute noch meiner Frau schenke.»

«Sie haben heute einen besonderen Tag, nicht wahr?» Die alte Juwelierin lächelte ihn an. «Ja, das habe ich gleich gesehen, wie Sie hereingekommen sind. Würden Sie mir Ihren Ausweis als Pfand dalassen?»

Ein feiner Sprühregen wehte Achim entgegen, als er den Laden verließ. Doch was kümmerte ihn der Regen? Er hatte die Kette bekommen! Er trug sie in der Innentasche seines Jacketts, wohlverschlossen in einer Schatulle und eingeschlagen in feines Seidenpapier. Er stieß einen Freudenschrei aus und machte einen Sprung in die Luft, so daß sich mehrere Passanten verwundert nach ihm umschauten.

Als er in die Hauptstraße einbog, um auf dem kürzesten Weg zum

Bahnhof zu gelangen, hörte er plötzlich ein lautes, vielstimmiges Rufen.

«Solidarität mit den Kollegen in Berlin!»

«Wir wollen Butter, keine Kanonen!»

Achim blieb stehen und überlegte. Wenn er in eine Demonstration geriet, konnte es sein, daß ein Vopo seinen Ausweis verlangte. Das würde stundenlange Scherereien geben. Sollte er also besser einen anderen Weg nehmen? Er blickte auf seine Armbanduhr. In einer halben Stunde ging sein Zug, und der nächste fuhr erst am Abend. Ach was! Wenn er den Streikenden begegnete, würde er einfach auf die andere Straßenseite wechseln und schleunigst weitergehen. Die paar Bauarbeiter waren keine Gefahr.

Im nächsten Augenblick sah er sie kommen: ungefähr zwei Dutzend Männer in Maurerkitteln und Zimmermannshosen, die meisten mit klappernden Holzpantinen. Sie hatten einander untergehakt und liefen, ihre Parolen rhythmisch wiederholend, auf eine Kette von Volkspolizisten zu, die den Demonstranten mit Gummiknüppeln und Maschinenpistolen den Weg versperrten.

«Solidarität mit den Kollegen in Berlin!»

Verfluchter Mist! Das sah doch nicht so harmlos aus, wie er gedacht hatte. Noch am Morgen hatte in der Zeitung gestanden, daß die Unruhen in der Hauptstadt sich gelegt und überall die Streikenden die Arbeit wiederaufgenommen hätten. Nur hier in Greifswald, wo die ganze Zeit von den Protesten so gut wie nichts zu merken gewesen war, mußten ein paar Maurer ihre letzten Gefechte austragen – ausgerechnet heute …

Achim wollte auf der Stelle kehrtmachen, doch als er sich umdrehte, sah er von hinten einen weiteren Demonstrationszug auf sich zukommen, Arbeiter des Reichsbahnausbesserungswerks, die dieselben Parolen skandierten. Himmel, in was geriet er da hinein? Weder links noch rechts gab es eine Möglichkeit, den zwei Wogen auszuweichen, die von beiden Seiten auf ihn zurollten, und es war nur eine Frage von Sekunden, wann er zwischen die Fronten geriet.

«Wir wollen Butter, keine Kanonen!»

Immer nervöser blickte Achim sich um. Gab es irgendwo einen Laden, in dem er verschwinden konnte? Doch weit und breit keine Tür. Da kam ihm der Himmel zu Hilfe. Als würden die Wolken sämtliche Schleusen öffnen, rauschte plötzlich ein Platzregen nieder; es goß aus allen Kübeln, eine Springflut, die beide Parteien, Polizisten und Demonstranten, gleichermaßen traf, mit solcher Wucht, daß die Menschenketten sich in Windeseile auflösten und jeder nur noch nach einem Unterschlupf suchte, um sich vor den Wassermassen zu schützen.

Für einige Augenblicke herrschte vollkommenes Chaos, niemand mehr konnte Freund und Feind unterscheiden. Nach links und rechts, nach vorne und hinten spritzten die Menschen auseinander, als wäre die Faust eines Riesen in ihre Mitte gefahren. Von allen Seiten wurde Achim gedrängt und gestoßen, hin und her geschubst, während alles um ihn herum schrie und rannte, bis er sich in einem kleinen, überdachten Hof wiederfand, zwischen zwei hohen Häusern, durch ein halboffenes Tor von der Straße abgetrennt.

«Hilfe! Hilfe!»

Was waren das für Schreie? Durch den Regen, der auf das Hofdach niederprasselte, klangen sie wie aus weiter, unwirklicher Ferne. Achim drehte sich um. In einer Ecke des Hofes, keine fünf Meter von ihm entfernt, hockte ein kleiner, alter Mann und versuchte mit Händen und Armen die Schläge abzuwehren, die ein Polizist ihm mit seinem Knüppel über den Kopf zog.

«Hilfe! Aufhören! Bitte!»

In Achims Innern schrillten sämtliche Alarmglocken: nichts wie weg hier! Er stieß schon das Tor auf, um auf die Straße zu fliehen, als er plötzlich diese zwei Augen auf sich gerichtet sah. Aus dem blutüberströmten Gesicht des Mannes, der unter den Schlägen des Polizisten immer weiter zu Boden sank, schauten sie ihn an, voller Angst und Ohnmacht und Schmerz, ein sprachloses, verzweifeltes Flehen. Und in diesem Augenblick, dem Bruchteil einer Sekunde, wußte Achim Schewesta alias Alexander Reichenbach: Wenn er sich jetzt abwandte, sich feige aus dem Staub machte, ohne dem Mann da zu helfen, würde er zum Verbrecher.

Bevor er überlegen konnte, was er tat, stürzte er sich auf den Polizisten und griff ihm in die Arme. Er wunderte sich selbst, wie leicht es ging – der Vopo wehrte sich kaum. Verdutzt über den plötzlichen Angriff, ließ er seinen Knüppel sinken und sah Achim voller Verwirrung an, als könne er nicht fassen, was mit ihm geschah.

Da zuckte ein Blitz auf. In einem Reflex fuhr Achim herum. Im Hoftor stand ein Zivilist, ein Mann mit Trenchcoat und Hut und einem Fotoapparat vor dem Gesicht. Was hatte das zu bedeuten? Warum machte der Mann ein Foto von ihm?

Plötzlich spürte Achim eine Hand im Genick.

«Den Ausweis, aber ein bißchen dalli!»

Er blickte in das wütende Gesicht des Polizisten. Achim merkte, wie Panik in ihm aufstieg. «Meinen Ausweis? Natürlich. Sofort.» Um Gottes willen – was war nur in ihn gefahren? Er hatte Widerstand gegen die Staatsgewalt geleistet! Wenn er jetzt festgenommen wurde, dazu ohne Ausweis, war er geliefert. Was sollte er tun?

Der Vopo machte nicht den Eindruck, als würde er mit sich reden lassen. Er ließ Achim nicht aus den Augen und hielt mit eisernem Griff seinen Nacken umklammert. Achim versuchte, sich zu beruhigen, während er fieberhaft überlegte, was ein unschuldiger Bürger, der nichts zu befürchten hatte, an seiner Stelle jetzt machen würde. Er griff in die Innentasche seines Jacketts, wo er Barbaras Geschenk fühlte, und tat, als würde er seine Brieftasche suchen.

«Na, wird's bald!» drängte der Vopo und schlug ihm mit der Hand ins Genick.

Das war seine Chance! Kaum lockerte der Polizist seinen Griff, riß Achim sich los und sprang, so schnell er konnte, durch das Tor hinaus in den strömenden Regen.

«Halt! Stehenbleiben!»

Ohne sich umzuschauen, rannte Achim weiter, immer weiter durch die menschenleeren, von Pfützen und Bächen überfluteten Straßen, bis zum Bahnhof.

Sein Zug nach Boddenhagen stand schon mit dampfenden Kesseln bereit. Er lief durch die Waggons, bis er ein leeres Abteil fand. Durchnäßt bis auf die Haut, ließ er sich auf einen Sitz fallen.

Als der Zug den Bahnhof verließ, spähte er vorsichtig aus dem Fenster. Auf dem Bahnsteig waren nur die üblichen Kontrollen. Achim lehnte sich zurück und atmete auf. Gott sei Dank, er war noch mal davongekommen.

Nur der Kerl mit dem Fotoapparat machte ihm Sorgen. Hoffentlich war der nicht von der Stasi …

7

«Wo ist Barbara? Wo sind die Jungen?»

«Du meine Güte, Alex, wie siehst du denn aus? Meinst du nicht, du solltest dich umziehen?»

«Wo Barbara und die Kinder sind, Mama!»

Hilde saß in ihrem Schaukelstuhl und nippte an einem Glas Johannisbeerlikör. Achim war vor fünf Minuten auf Daggelin angekommen, doch außer seiner Schwiegermutter war niemand im Haus. In der Küchenspüle stand der Abwasch vom Mittagessen in kaltem Laugenwasser, auf dem Fußboden parkte einsam und verlassen das rote Spielzeugauto, und auf dem Tisch lag Christians aufgeschlage-nes Schulheft, in dem ein und derselbe Satz zwei ganze Seiten füllte: *Ich darf keine Jungpioniere schlagen, weil Jungpioniere wertvoller sind als Junkerkinder.*

«Ich kann es dir beim besten Willen nicht sagen», antwortete Hilde. «Möchtest du vielleicht auch ein Gläschen Likör, Alex?»

«Du sollst mich nicht immer Alex nennen! Ich heiße Achim, *Ach-chim!*»

«Bitte schrei mich nicht so an, *Ach-chim.*» Sie nahm noch einen Schluck von ihrem Glas. «Was hattest du mich eben gefragt?»

«Wo Barbara und die Kinder stecken. Hat sie dir nicht gesagt, wohin sie gegangen ist?»

Hilde legte die Stirn in Falten. «Ich glaube, sie hat über Kopfschmerzen geklagt, oder waren es Bauchschmerzen?» Plötzlich strahlte sie. «Jetzt fällt es mir wieder ein! Sie wollte Christian in ein Erziehungsheim bringen!»

«Herr Schewesta?»

Achim drehte sich um. In der Küche stand Fritz Broszat und räusperte sich.

«Einen schönen Gruß von Ihrer Frau», sagte der Verwalter, «und ich soll Ihnen ausrichten, daß Sie sich bitte nicht aufregen ...»

«Ein Mädchen!» rief die Hebamme und hielt den Säugling an den Füßen in die Höhe. «Ein gesundes kleines Mädchen, mit allem Drum und Dran!»

Barbara streckte die Arme nach ihrem Kind aus. Alle Anstrengung, alle Schmerzen waren wie weggeblasen, und sie fühlte nur noch reine Glückseligkeit. Obwohl sie dieses Wunder schon zweimal erlebt hatte, konnte sie kaum fassen, wie plötzlich der Übergang von panischer Todesangst in überströmende Freude sich vollzog. Die Kleine schrie wie am Spieß, so daß ihr verschrumpeltes Gesicht puterrot anlief, doch kaum lag ihr Köpfchen mit dem dichten, nassen Haarschopf an ihrer Brust, beruhigte sie sich. Barbara hauchte ihrer Tochter einen Kuß auf die Stirn.

«Gott sei Dank, du lebst!»

Barbara schaute von ihrem Kind auf. Achim stand in der Tür, mit nassen Haaren und Kleidern, das Gesicht totenblaß, doch sichtlich erleichtert. Hinter seinem Rücken drängten sich Christian und Werner und spähten neugierig ins Zimmer.

«Habe ich so laut geschrien?» fragte Barbara.

«Noch viel lauter!» Achim warf einen fragenden Blick auf die Hebamme, die bereits ihre Tasche wieder einräumte. «Dürfen die Jungen auch rein?»

«Natürlich», sagte Barbara. «Sie müssen doch ihr Schwesterchen kennenlernen.»

«Aber nur für eine Minute!» erklärte die Hebamme. «Und daß mir keiner von euch Bengeln das Kind anfaßt!»

Vorsichtig, auf Zehenspitzen, näherten Christian und Werner sich Barbaras Bett, und mit den Händen auf dem Rücken, um nur ja nichts falsch zu machen, beugten sie sich über das Baby.

«So eine winzige Nase», staunte Christian. «War meine auch mal so klein?»

«Und die Finger!» rief Werner. «Sind die wirklich echt?»

«Was meint ihr, ob ihr euer Schwesterchen wohl mögen werdet?» fragte Barbara.

«Und ob! Und wie!» riefen die beiden.

«Das will ich euch Lausejungs auch raten», sagte die Hebamme, die ihre Tasche inzwischen gepackt hatte. «Doch jetzt raus mit euch! Das Kind braucht Ruhe.» Mit ausgebreiteten Armen trieb sie die beiden vor sich her aus dem Zimmer.

«Na, bist du mit mir zufrieden?» fragte Barbara, als sie mit Achim und dem Baby allein war.

«Ich kann dir gar nicht sagen, wie glücklich ich bin.» Er gab ihr einen Kuß auf den Mund. «Darf ich sie streicheln?»

«Ja, aber paß auf, daß sie nicht an deinen Anzug kommt. Du siehst ja schlimmer aus als Christian und Werner.»

Behutsam streichelte Achim den Kopf des schlafenden Säuglings. «Ich habe mir so sehr ein Töchterchen gewünscht», flüsterte er, die Augen ganz verliebt auf sein Kind gerichtet. «Und jetzt bist du da. Willkommen auf der Welt, mein süßer kleiner Engel.»

«Du! Wenn du so weiterredest, werde ich noch eifersüchtig!»

Achim drehte sich zu Barbara herum und grinste sie an. «Das freut mich!» sagte er. «Obwohl du nicht den geringsten Grund dazu hast.»

«Das kann jeder behaupten!»

«Ich kann es aber beweisen!» Er griff in sein Jackett und zog eine längliche, in Seidenpapier eingeschlagene Schatulle hervor. «Damit du weißt, warum ich den ganzen Tag im Regen rumgelaufen bin.»

«Ein Geschenk? Für mich?»

«Na, worauf wartest du? Möchtest du es nicht aufmachen?»

«Darf ich?»

Barbara löste die Schleife, streifte das Papier ab und drückte auf den kleinen Metallverschluß. Als der Deckel aufsprang, biß sie sich auf die Unterlippe: In der Schatulle lag, gebettet auf einem schwarzen Samtkissen, eine goldene Halskette, an deren Ende, so groß wie eine Haselnuß, ein Bernstein-Amulett befestigt war.

«Und – gefällt sie dir?» Achim strich ihr eine Strähne, die sich aus ihrer Frisur gelöst hatte, aus der Stirn und schaute sie erwartungsvoll an. «Das Amulett ist zwar kleiner und der Einschluß nur eine Ameise, aber sie sieht der ersten ziemlich ähnlich, findest du nicht?»

Barbara schlug die Augen nieder. Sie wußte selbst nicht warum, aber der Anblick der Kette löste ein ungutes Gefühl in ihr aus, eine undeutliche Ahnung, daß es irgendwie falsch war, daß man die Dinge besser so ließ, wie sie waren, statt zu versuchen, sie ungeschehen zu machen.

«Warum sagst du denn gar nichts?»

Sie hob ihren Blick und schaute ihn an. Seine Augen strahlten vor Stolz. Nein, sie durfte ihn nicht enttäuschen! Sie verscheuchte ihre Gedanken und lächelte ihn an.

«Was bist du nur für ein Schatz ...» Sie nahm die Kette in die Hand und schüttelte den Kopf. «Du mußt den Verstand verloren haben. Die hat doch ein Vermögen gekostet.»

«Ja, das hat sie – aber, na und?» erwiderte Achim. «Schließlich kann ich's mir leisten! Heiliger hat meine Arbeit gelesen. Er hat sie angenommen und mir versprochen, daß ich im Herbst als Dozent anfangen kann.»

«Aber das ist ja wundervoll!»

«Ja, Barbara, das ist es.» Er legte die leere Schatulle beiseite und nahm ihre Hand. Voller Zärtlichkeit blickte er sie an. «Hatte ich dir nicht versprochen, daß jetzt eine Zeit mit lauter schönen Dingen vor uns liegt?»

8

Die folgenden Tage standen ganz unter dem Vorzeichen zweier freudiger Ereignisse: des Physiker-Kongresses in Berlin und der Taufe des neugeborenen Kindes. Dabei sorgte die Frage, welchen Namen das langersehnte Töchterchen bekommen sollte, für schlimmeres Kopfzerbrechen als die Vorbereitungen auf das erste große Referat, das Achim vor einem internationalen Fachpublikum halten sollte. Nach endlosen Debatten und den kompliziertesten Varianten einigte man sich schließlich darauf, das Mädchen schlicht und einfach Tina zu nennen.

Achim war so vernarrt in die Kleine, daß Barbara, die bereits zwei Tage nach der Geburt aus dem Krankenhaus entlassen wurde, sich mehr denn je um ihre Söhne kümmern mußte, damit sie nicht eifersüchtig auf ihre Schwester wurden. Jeden Morgen, bevor er mit der Kleinbahn nach Greifswald fuhr, überprüfte Achim das Wachstum seiner Tochter mit einem Zentimetermaß und legte sie auf die alte Futterwaage, die er zu diesem Zweck gereinigt und neu angestrichen hatte, und wenn er am Abend nach Hause kam, tat er dasselbe noch einmal. Barbara schüttelte den Kopf über den glücklichen Papa und war gleichzeitig so verliebt in Achim wie in der Zeit, als er noch Alex hieß.

Im Landkreis und in der Stadt Greifswald nahm das Leben wieder seinen gewohnten Gang. Außer auf der Wohnheim-Baustelle und im Reichsbahnausbesserungswerk hatte es keine Streiks gegeben, und nachdem der kleine Demonstrationszug, in den Achim durch Zufall geraten war, sich aufgelöst hatte, war von den politischen Unruhen, die für kurze Zeit mit solcher Macht über das Land hinweggefegt waren, nichts mehr zu spüren. Im Gegenteil: Die Regierung schien einzusehen, daß sie im Unrecht war; die Arbeitsnormen wurden herabgesetzt, die Regale in den Geschäften füllten sich, und manche Polizisten lächelten sogar, wenn sie auf den Straßen die Ausweise kontrollierten. Justizminister Fechner bestätigte in einem Zeitungsinterview das Recht der Bevölkerung auf Streik und erklärte, daß niemand wegen der Aufstände vor und nach dem 17. Juni Konsequenzen zu fürchten hätte. Abgesehen von ein paar kriminellen Elementen, kamen die Streikenden aus den Gefängnissen frei, und Achim hatte bald das Gefühl, als hätte er nie eine Resolution unterschrieben.

So strahlte in diesem Sommer seit langer, langer Zeit erstmals wieder die Sonne von einem makellos blauen Himmel auf Daggelin herab. Kein Wölkchen schien das Glück der Familie zu trüben, denn auch Barbaras Sorge um Christian ließ mit jedem Tag nach. Weder aus der Schule noch von der Mutter-und-Kind-Stelle hatte es eine Vorladung gegeben. Bis zu den Zeugnissen waren es nur noch wenige Tage. Demnach hatte die Lehrerin ihre Drohung, Christian beim Rat des Kreises zu melden, doch nicht wahr gemacht. Hierin aber sollte Barbara sich täuschen.

Es war am letzten Schultag vor den Ferien. Fräulein Bosse stand an der großen Tafel und fragte die Kinder die wichtigsten Daten der Geschichte ihres Landes ab, von der russischen Oktoberrevolution bis zur Bestätigung des Neuen Kurses, als plötzlich die Tür aufging und Rektor Lachmund den Klassenraum betrat. Er nahm die Lehrerin beiseite, wechselte mit ihr ein paar leise Worte und rief dann Christian auf.

«Komm doch bitte mal mit mir raus, Schewesta.»

Wenn der Rektor ein Kind mit seinem Nachnamen ansprach, mußte es etwas Besonderes sein. Gisela blickte Christian fragend an, doch der zuckte die Achseln und verließ seine Bank.

Auf dem Flur war aus der Nachbarklasse Liedersingen zu hören.

Offenbar hatten die Kinder schon ihre Zeugnisse bekommen. Christian schielte von der Seite zu Rektor Lachmund hinauf. Warum sagte er nicht, was er von ihm wollte? Ihre Schritte hallten einsam auf dem Steinboden des Ganges wider. Vor der Tür zum Lehrerzimmer blieb der Rektor stehen.

«Mach mir jetzt bloß keine Schande.»

Es war das erste Mal, daß Christian diesen Raum betrat. Das Lehrerzimmer war ein Heiligtum, zu dem kein Schüler Zutritt hatte. Zögernd setzte er seinen Fuß hinein. Es roch nach altem Holz und Büchern. An dem langen, schmalen Tisch in der Mitte saß eine Frau, die ungefähr so alt war wie seine Mutter, eingetaucht in helles Sonnenlicht, das durch die Fenster fiel und in dem Millionen von winzig kleinen Staubkörnchen tanzten. Sie war unglaublich schön, wie eine Fee auf der Lichtung eines Zauberwalds, obwohl sie eine blaue FDJ-Uniform trug und ihr Haar im Nacken zu einem strengen Knoten zusammengebunden hatte. Als sie zu ihm aufblickte, hielt Christian vor Staunen den Atem an. So etwas hatte er noch nie gesehen: Die Frau hatte zwei verschiedene Augen – das eine braun, das andere grün. War sie eine gute oder war sie eine böse Fee?

«Das ist die Genossin Markwitz, Christian. Sie ist extra wegen dir vom Rat des Kreises gekommen und würde sich gern mit dir unterhalten.»

«Für Frieden und Freundschaft!» sagte die Fee.

«Immer bereit!» antwortete Christian, wie jeden Morgen zu Beginn des Unterrichts.

«Na, das machst du ja ganz prima», sagte sie und bot ihm einen Platz an. «Damit ich dich besser kennenlerne, schlage ich vor, ich stelle dir ein paar Fragen, und du antwortest mir darauf. Hast du dazu Lust?»

«Ja», sagte Christian. «Aber ich kann Ihnen auch so sagen, wer ich bin. Ich heiße Christian Schewesta, und Weihnachten werde ich acht Jahre alt.»

«Das ist schön», erwiderte sie. «Dazu fällt mir übrigens gleich eine Frage ein: Weshalb feiern wir eigentlich Weihnachten?»

Das war aber leicht! Natürlich, weil Weihnachten das Christkind auf die Welt gekommen ist! Er wollte die Antwort schon sagen, als er das Gesicht von Rektor Lachmund sah. Der schaute ihn so streng an, daß Christian die Worte im Hals steckenblieben. Nein, die Frage war doch nicht so leicht, wie er gedacht hatte. Es gab nämlich zwei Antworten darauf: eine, die er zu Hause, und eine andere, die er in der Schule gelernt hatte. Welche wollte die Fee wohl hören?

«Wir feiern Weihnachten, weil ...» Er machte eine Pause und blickte seine Prüferin unsicher an. Die zwei ungleichen Augen machten ihn jetzt ganz verwirrt. Er mußte sich für eine der beiden Antworten entscheiden. Doch wen sollte er verraten: das Christkind oder Fräulein Bosse? «Wir feiern Weihnachten», sagte er schließlich, «weil wir stolz sind, daß wir im vergangenen Jahr so viel geleistet haben.»

«Bravo!» sagte die Fee mit einem Lächeln. Jetzt sah sie wieder so schön aus wie vorher. «Und da wir gerade bei den Festtagen sind: Was für ein Tag ist der 7. Oktober?»

«Der Geburtstag der Republik!» antwortete Christian wie aus der Pistole geschossen.

«Du bist ja ein richtiger kleiner Professor! Jetzt wollen wir mal sehen, ob du auch rechnen kannst.»

Die Fee nahm das ganze kleine Einmaleins mit ihm durch. Dabei brauchte er nicht groß zu überlegen: Im Rechnen war eine Antwort entweder richtig oder falsch, und die Lösungen, die er vormittags bei Fräulein Bosse lernte, waren dieselben wie diejenigen, die seine Mutter ihn nachmittags abfragte. Mit jeder richtigen Antwort, die er gab, entspannte sich das Gesicht von Rektor Lachmund, und bald strahlte der alte Lehrer, als hätte er selbst ein Examen bestanden.

«Eines verstehe ich nicht, Christian», sagte die Fee schließlich. «Wie kann ein so guter Schüler wie du so schlimme Sachen anstellen und seine Mitschüler verprügeln?»

Christian fiel es wie Schuppen von den Augen. Darauf wollte sie also hinaus! Er war froh, daß er endlich Gelegenheit hatte, seine Meinung zu sagen. «Weil Manfred immer Saubauer hinter mir herruft. Außerdem hat er mich schon dreimal verpetzt, nur weil ich kein Pionier bin.»

«Und warum gehst du nicht zu den Pionieren?»

Christian wußte, das war eine schwierige Frage. In der Schule gehörten die Pioniere zu den Guten, zu Hause aber zu den Bösen. Also konnte es nur eine Antwort geben: «Beides zusammen geht nicht.»

Die Fee blickte ihn aufmerksam an. «Was meinst du damit, beides zusammen?»

«Zu den Pionieren gehen und – und das Versprechen halten, das der Ritter und die Prinzessin sich und ihren Söhnen gegeben haben.»

«Der Ritter und die Prinzessin?»

«Das ist ein Märchen, das meine Mama mir erzählt hat.»

«Ach so, ich verstehe», nickte die Fee. Sie beugte sich zu Christian vor. «Und darin haben sich also der Ritter und die Prinzessin ein Versprechen gegeben, nicht wahr? Was war denn das für ein Versprechen?»

Christian spürte, daß die Fragen immer schwieriger wurden. Fieberhaft dachte er nach. Welches Versprechen hatte seine Mutter noch mal gemeint? Sie hatten sich so viele Dinge versprochen, daß er schon gar nicht mehr wußte, was davon am wichtigsten war. Und welches Versprechen durfte er verraten, ohne daß die Fee böse wurde?

«Sie haben sich versprochen, daß sie niemals in das Westreich ziehen werden, wo die Menschen glauben, daß man Gold essen kann ...»

«Was redest du da für einen Unsinn?» rief Rektor Lachmund dazwischen.

«Nein, nein, lassen Sie ihn nur ausreden», wehrte die Fee ab. Und wieder an Christian gewandt, fragte sie weiter: «Und was haben sie sich außerdem versprochen?»

«Daß sie immer so bleiben, wie sie sind, und sich nicht verändern, nur weil die anderen es wollen. Und vor allem», fügte er hinzu, als er sah, wie die Fee ihm aufmunternd zunickte, «daß sie sich nicht von den bösen Rittern des Ostreichs unterdrücken lassen!»

«Das ist ja interessant! Und wer sind das, die bösen Ritter des Ostreichs?»

Christian stutzte. Ja, wer waren die bösen Ritter des Ostreichs überhaupt? Das hatte seine Mutter ihm nicht gesagt. Der Generalissimus Stalin fiel ihm ein, der gehörte mit seinen Soldaten sicher dazu, aber der war ja tot, und sie mußten um ihn trauern. Und die jungen Pioniere? Die bestimmt auch, aber sagen durfte er das nicht. Oder die Männer, die immer nach Daggelin kamen und auf seine Mutter einredeten, daß sie und ihre Kühe Kommunisten werden sollten? Aber zu denen gehörte ja sogar Rektor Lachmund, dann wäre der ja auch ein böser Ritter des Ostreichs.

«Na, willst du es mir nicht sagen?»

Christian dachte so angestrengt nach, daß ihm der Kopf davon weh tat. Schließlich fiel ihm nur noch ein einziger Name ein. «Fräulein Bosse!»

«Deine Lehrerin? Hast du sie darum angespuckt?»

«Nein!» rief Christian so laut, daß seine Stimme sich fast überschlug. «Das habe ich getan, weil sie gemein ist und ungerecht und außerdem lügt!»

Jetzt war es heraus! Rektor Lachmund starrte ihn fassungslos an und schüttelte immer wieder seinen Kopf. Christian spürte, daß er etwas Fürchterliches gesagt hatte – und daß es trotzdem die Wahrheit war.

«Ungerecht?» fragte die Fee.

«Ja! Weil sie mich vom Lesewettbewerb ausgeschlossen hat», sagte Christian, obwohl er wußte, daß er besser den Mund halten sollte. Doch jetzt war es ja sowieso um ihn geschehen. «Alle Schüler hat sie drangenommen, nur mich nicht. Weil sie eine Hexe ist, eine gemeine Hexe, die alle Kinder haßt, die in die Christenlehre gehen, und nur lieb zu einem ist, wenn man zu den Pionieren gehört, wie der doofe Manfred Schlüter.» Er war so aufgeregt, daß ihm beim Sprechen die Zähne aufeinanderschlugen und seine Hände zitterten.

«Ich glaube, das reicht», sagte Rektor Lachmund. «Geh jetzt zurück in deine Klasse.»

In der Tür drehte Christian sich noch einmal um. Die Genossin Markwitz runzelte die Stirn und machte sich eine Notiz. Sie sah immer noch aus wie eine Fee, aber ganz bestimmt nicht mehr wie eine gute.

9

«Auferstanden aus Ruinen», sangen die Kinder im Chor, «und der Zukunft zugewandt ...»

Der Fahnenappell war beinahe vorüber. Die Lehrerin hatte die Zeugnisse verteilt – Christian hatte lauter Einser und Zweier, aber in Betragen eine Fünf und außerdem den Vermerk «Nahm nicht am gesellschaftlichen Leben teil», was schwerer wog als alle guten Noten zusammen. Nach der Zeugnisausgabe waren zwei Kinder aus seiner Klasse mit dem «Abzeichen für gutes Lernen» ausgezeichnet worden: Gisela Lachmund, natürlich, und außerdem Manfred Schlüter.

Christian wußte, er hatte alles falsch gemacht. Warum hatte er so dumme Antworten gegeben? Was er gesagt hatte, durfte man nicht sagen, auch wenn alles so und nicht anders in dem Märchen seiner Mutter vorkam. Die Genossin Markwitz war ja gar keine Fee, sondern die Mutter-und-Kind-Vorsitzende aus Greifswald, die ihn jetzt für einen Klassenfeind hielt, genauso wie Fräulein Bosse. Traurig blickte er auf die Fahne, die vor dem blauen Sommerhimmel im Wind flatterte. Gleich würde sie zum letzten Mal für dieses Schuljahr eingeholt. Mußte er dann in ein Erziehungsheim?

Da trat plötzlich die Genossin Markwitz vor und unterbrach die Feier. «Zum Abschluß liest uns noch ein Schüler eine Geschichte vor. Weil er beim Wettbewerb seiner Klasse nicht vorlesen konnte, erhält er nun nachträglich Gelegenheit, sein Können zu beweisen. – Christian Schewesta, kommst du bitte mit deinem Buch nach vorn?»

Als Christian seinen Namen hörte, glaubte er zuerst, sich geirrt zu haben.

«Na los, worauf wartest du?»

Ohne zu wissen, was er tat, stolperte er an seinen Mitschülern vorbei zur Fahne.

«Würdest du jetzt bitte dein Buch aufschlagen und lesen?»

Vor ihm auf dem Schulhof standen sämtliche Schüler von Boddenhagen, aufgestellt in Reih und Glied, von den Erstkläßlern bis zu den ganz großen, und schauten ihn an, manche grinsend, andere spöttisch. Alle trugen sie ihre weißen Hemden und blauen Halstücher. Christian wurde von Sekunde zu Sekunde nervöser. Mit zittrigen Händen schlug er sein Buch auf und blätterte nach der Stelle, die er mit seiner Mutter geübt hatte. Wo war sie nur?

«Wird's bald?» fragte Fräulein Bosse mit mürrischem Gesicht.

Rektor Lachmund schloß die Augen, in sicherer Erwartung einer neuen Katastrophe. Christian war jetzt so nervös, daß er seine Hände kaum noch unter Kontrolle hatte. Endlich! Da war die Stelle, die er suchte! Doch gerade als er sie gefunden hatte, rutschte ihm das Buch aus den Fingern und landete auf dem Schulhof. Ein lautes Brüllen ging durch die Reihen der Schüler. Christian spürte, wie ihm das Blut ins Gesicht schoß, und bückte sich zu Boden.

«Saubauer!»

Er blickte auf und sah in Manfreds rotes, rundes, frech grinsendes Gesicht, während an seinem Hemdkragen das frisch erworbene Abzeichen in der Sonne blinkte. *Du mußt ihnen beweisen, daß du selbst etwas wert bist* ... Christian packte sein Buch, richtete sich auf, und ohne weiter nach der vorbereiteten Stelle zu suchen, begann er zu lesen, irgendwo, mitten im Text.

«Ver ... verzerrten Ge-sichtes starrte die Königin Brunhild auf die Ei-efernde. ‹Und Ihr lügt den-noch!› kreischte sie. ‹Einen Stärkeren ... als Gunther trägt nicht die Erde, denn ich habe mit ihm um sein Bett gekämpft ... und furchtbar seine Mannes ... Manneskraft verspürt.›»

Christian holperte und stolperte durch die Sätze, fast so schlimm wie Manfred Schlüter. Ein dicker Kloß saß in seinem Hals, schnürte ihm die Luft ab und drückte auf seine Stimme, so daß die Laute wie die Fehlzündungen eines kaputten Motors in seinem Mund explodierten. Doch dann schluckte er den Kloß hinunter, räusperte sich und gab sich einen Ruck, und plötzlich spürte er, wie seine Zunge und Lippen die Buchstaben formten, kaum daß seine Augen sie erfaßt hatten. Bald war er so in Fahrt, wie wenn er in dem alten Cabrio seiner Mutter in der Scheune durch die Landschaft brauste.

«‹Siegfrieds Manneskraft habt Ihr verspürt!› jauchzte die Königin Krimhild ihr ins Gesicht. ‹Siegfried warf Euch aufs Bette, bis Ihr demütig wurdet und um Gnade betteltet.› – ‹Lügnerin!› schrie die Königin Brunhild noch einmal.»

Christian strengte seine Stimme an, als wäre er Brunhild und Krimhild zugleich. Er schrie und kreischte, jauchzte und bettelte – und mit jedem Satz, den er aus sich herausschleuderte, schwand die Wirklichkeit, die ihn umgab, bis er nur noch in der Welt der Nibelungen lebte. Auf dem Schulhof wurde es so still, daß kein Laut mehr außer seiner Stimme zu hören war.

«Da reckte die Königin Krimhild ihr die Hand unter die Augen, an der König Nibelungs Ring stak. ‹Kennt Ihr diesen Ring?› frohlockte sie. ‹Siegfried nahm ihn Euch, seinen Verlobungsreif holte er sich wieder in der Nacht, da er Euch gebändigt an König Gunther abtrat wie ein altes Gewand!›»

«Genug! Genug!»

Für einen Augenblick ganz verwirrt, sah Christian von seinem Buch auf. Die Genossin Markwitz kam auf ihn zu, lachend und mit beiden Händen applaudierend. Groß wie Brunhild, beugte sie sich über ihn, griff in ihre Tasche und holte einen Gegenstand daraus hervor.

«Das hast du dir wirklich verdient!» sagte sie und heftete ihm das Abzeichen an sein Hemd. «Zur Belohnung darfst du außerdem die Fahne einholen.»

Wieder klatschte sie in die Hände, und in der nächsten Sekunde applaudierten sämtliche Schüler. Christian wußte nicht, wie ihm geschah. Was war passiert? Was für ein Ring war das an seinem Hemd? War er Siegfried oder Gunther? Da sah er in Giselas strahlendes Gesicht. Sie lachte und klatschte und jubelte ihm zu. Das war seine Krimhild, und sie bewunderte ihn! Vor lauter Verwirrung und Freude und unerträglicher Glückseligkeit schlang er seine Arme um Brunhild, die immer noch vor ihm stand, und erst als er ihr einen Kuß auf die Wange gab, merkte er, daß sie gar nicht Brunhild war, genausowenig wie eine Fee, sondern die Genossin Markwitz: die erste und einzige Frau in seinem Leben, die er außer seiner Mutter und Oma Hilde je geküßt hatte.

Puterrot und voller Scham wandte er sich ab. Gisela aber wich seinem Blick aus und schaute zu Boden.

«Nein, nein und nochmals nein! Wie kannst du nur dieses Kind auszeichnen, Genossin? Dieser Schewesta ist ein motorischer Klassenfeind. Er sabotiert meinen Unterricht!»

Noch eine Stunde nach dem Fahnenappell machte Fräulein Bosse ihrer Studienkollegin Elisabeth Markwitz Vorwürfe. Die aber hatte keine Schwierigkeiten, ihr Verhalten zu begründen.

«Der Neue Kurs der Regierung verlangt, daß wir umdenken. Hast du vergessen, was Ministerpräsident Grotewohl vor dem Parteiaktiv in Berlin gesagt hat? ‹Wenn die Menschen sich von uns abwenden, dann ist unsere Politik falsch!›»

«Aber deshalb dürfen wir doch nicht anfangen, die Kinder von

Großgrundbesitzern und Junkern zu bevorzugen! Dieser kleine Teufel gehört in ein Erziehungsheim!»

«Die Jugend ist unsere Zukunft. Kein Kind soll für seine Eltern büßen!»

Elisabeth war selten so mit sich zufrieden gewesen wie an diesem Tag. Obwohl sie Barbara und ihre Familie haßte wie die Pest, war sie objektiv geblieben. Sie hatte den Fall, zu dem man sie gerufen hatte, nicht nach Maßgabe ihrer persönlichen Ressentiments entschieden, sondern so, wie die Partei es von ihr erwartete: im Sinne der Revolution. Ein so wertvolles, intelligentes Kind ... Wenn man solche Kinder in ein Erziehungsheim steckte, schürte man in ihnen nur den Geist des Revanchismus. Konnte das ihr Ziel sein? Natürlich nicht! Man mußte mit ihnen ganz anders umgehen: Man mußte ihre Herzen erobern, und das hatte sie heute geschafft. Vielleicht war es ihr sogar gelungen, den Jungen für immer aus dem geistigen Gefängnis seines Elternhauses zu befreien und für die richtige Sache zu gewinnen.

Noch im Zug, der sie nach Greifswald brachte, sah sie die glücklichen Kinderaugen vor sich: diese dunklen, fast schwarzen Augen, in denen eine solche Leidenschaft glühte. Vor Jahren hätte sie dieses Kind fast an Typhus sterben lassen, um sich zu rächen. Heute hatte sie den Fehler von damals ein kleines bißchen wiedergutgemacht.

«Keine besonderen Vorkommnisse», meldete ihre Sekretärin, als sie am späten Nachmittag in ihr Büro zurückkehrte. Auf dem Schreibtisch lagen ein paar Zeitungen und Zeitschriften, ein Stapel Akten und ein Dutzend Briefe: der Antrag einer ledigen Mutter auf eine Wohnung, die Überprüfung einer Vaterschaft, die Pläne für den Kindergarten im Studentenwohnheim ... Alles nur Routine.

Sie wollte schon aufstehen und für heute das Büro verlassen, als ihr Blick auf ein unscharfes Foto fiel. Es gehörte zur Reportage einer Westberliner Illustrierten, die sie regelmäßig las, um sich über die Propaganda des Klassenfeindes zu informieren. Elisabeth stutzte. Dieses Gesicht kannte sie doch ... Sie nahm die Illustrierte in die Hand und sah das Foto genauer an. Nein, kein Zweifel, sie hatte sich nicht geirrt.

Für eine Sekunde zögerte sie. Ausgerechnet heute! Am liebsten hätte sie die Zeitschrift in den Papierkorb geworfen und ihre Entdekkung vergessen. Doch war sie dazu berechtigt? Nein, ganz sicher nicht! Ihre Aufgabe war es, zu tun, was getan werden mußte.

Mit einem Seufzer nahm sie die Hülle von ihrer Schreibmaschine. Dann spannte sie einen Bogen Papier ein und schrieb ihren Bericht.

10

Taufe! Taufe auf Daggelin!

Dank des herrlichen Sommerwetters konnte die Feier im Freien stattfinden. Broszat hatte das Scheunentor ausgehängt und damit hinter dem Russenhaus die Tafel gerichtet, an der sich nun die Gäste drängten: die Taufpatin Frau Grubenhagen, die inzwischen in Kujau lebte und dort mit einem Traktoristen verheiratet war, die zwei Durittkes, die beide so schwerhörig waren, daß sie sich nur noch brüllend miteinander verständigen konnten, der alte Kampmann, der vor lauter Verlegenheit auf der vordersten Stuhlkante Platz nahm und noch beim Essen seine Mütze in der Hand drehte, natürlich Fritz Broszat, die Eltern Achim und Barbara, Oma Hilde, die von ihrer Tochter mehrmals ermahnt wurde, nicht nach jedem Bissen an ihrem Likörglas zu nippen, und auch der gute Pastor Wollenweber, derselbe, der schon Barbara getraut hatte und eigens aus Greifswald gekommen war, um die kleine Tina, die in ihrem Kleidchen aus Gardinenresten wie eine Prinzessin aussah, in der Kapelle von Daggelin zu taufen, der jetzigen Aula des Kinderheims, in der jedes Jahr die Jugendweihe der Heimkinder gefeiert wurde und die der Heimleiter für die Zeremonie ausnahmsweise zur Verfügung gestellt hatte.

«Es war gut, daß du Christian für seinen Orden so gelobt hast», sagte Barbara am Abend, nachdem die Gäste gegangen waren und sie Achim half, den Koffer zu packen. Am nächsten Tag war seine Abreise nach Berlin. «Ich glaube, er leidet ziemlich darunter, daß im Moment sich alle nur für seine kleine Schwester interessieren.»

«Daß ausgerechnet die Markwitz ihm das Abzeichen verliehen hat», erwiderte Achim, «ist mir ein Rätsel. Übrigens, weißt du eigentlich, wie groß Tinchen mit vier Jahren sein wird? Ungefähr zwei Meter!»

«Wie kommst du denn auf den Unsinn?»

«Unsinn? Das kann ich dir ganz leicht vorrechnen! Seit ihrer Geburt ist sie drei Zentimeter gewachsen. Macht einen Zentimeter pro Woche. Wenn du das mit zweiundfünfzig Wochen multiplizierst und dann mal vier Jahre nimmst ...»

Barbara schüttelte den Kopf. «Wirst du eigentlich nie erwachsen?» fragte sie lachend und legte einen Stapel Wäsche in den offenen Koffer auf dem Bett. «Wann geht morgen dein Zug?»

«Um elf Uhr dreiundzwanzig. Ich bin mit Heiliger am Bahnhof verabredet.»

«Hast du den Fahrschein eingesteckt?»

«Ist in meiner Brieftasche.»

«Und dein Referat?»

«Hältst du mich schon für vertrottelt, bevor ich überhaupt Professor bin?»

Achim hatte noch nicht ausgesprochen, da flog die Tür auf, und die beiden Jungen kamen hereingerannt, Werner als erster, gefolgt von Christian, der ihn mit einer Hand am Hosenbund hielt und mit der anderen am Hemd zerrte.

«Das ist mein Orden, gib ihn mir zurück!»

«Du hast ihn jetzt die ganze Zeit getragen!»

«Auseinander mit euch!» Achim packte die zwei am Kragen und hob sie vom Boden. Mit Armen und Beinen zappelnd, versuchten sie noch in der Luft, sich zu schlagen und zu treten. «Wenn ihr aufhört zu streiten, bringe ich euch aus Berlin ein Geschenk mit! Aber nur dann!»

Augenblicklich waren die beiden friedlich wie zwei Lämmer. Achim ließ sie wieder zu Boden. Mit erwartungsvollen Augen blickten sie ihn an.

«Wenn ihr jetzt lieb seid und uns in Ruhe den Koffer packen laßt, besorge ich die Batterien für euer Auto. Damit ihr seht, wie es von alleine fährt.»

«Au ja, Papa!»

«Also gut, versprochen! Aber jetzt raus mit euch!»

Wie zwei geölte Blitze verschwanden Christian und Werner aus dem Schlafzimmer.

Barbara machte einen Schritt auf Achim zu und nahm sein Gesicht zwischen ihre Hände. Zärtlich streifte sie mit ihren Lippen seinen Mund. «Ich glaube, ich hätte mir für meine Kinder keinen besseren Papa aussuchen können.»

«Und ich mir für meine keine bessere Mama», erwiderte er. «Weißt du, worauf ich jetzt Lust hätte?»

«Hmmmmm ... Etwa auf dasselbe wie ich?»

Barbara wollte gerade die Augen schließen, um ihn zu küssen, als es klopfte. Hilde stand in der Tür. Sosehr sie sich in den letzten Jahren verändert hatte, eine Eigenschaft war ihr geblieben: daß sie immer im unpassendsten Moment hereinplatzte.

«Was ist denn, Mama?»

«Da sind noch zwei Gäste. Sie wollen Alex sprechen.» Erschrocken hielt sie sich die Hand vor den Mund. «Ich meine, *Ach-chim*.»

Zwei Männer tauchten hinter ihr im Türrahmen auf und schoben sie beiseite. Der eine trug eine Lederjacke, der andere trotz der sommerlichen Temperaturen einen Regenmantel und auf dem Kopf einen Hut. Der mit der Lederjacke trat auf Achim zu und fragte: «Sind Sie Joachim Schewesta, geboren in Glatz, heute Klodzko?»

Barbara zuckte zusammen.

«Ja, natürlich», sagte Achim. «Warum?»

«Staatssicherheit», sagte der Mann mit der Lederjacke und packte ihn am Arm. «Kommen Sie mit. Nur eine kurze Vernehmung.»

II

«Sie werden lachen, aber mein Ausweis ist beim Trödler.»

«Das finde ich gar nicht komisch», sagte der mit dem Hut. «Außer Sie haben eine witzige Erklärung.»

«Ich habe eine Halskette für meine Frau gekauft», erwiderte Achim, «bei Reidemeister am Rubenowplatz, und weil ich kein Geld dabeihatte, habe ich den Ausweis als Pfand dagelassen. Morgen früh wollte ich ihn auslösen. Wie soll ich denn ohne Ausweis nach Berlin fahren?»

«Ach, Sie wollen nach Berlin fahren?» schaltete sich der mit der Lederjacke ein. «Das ist ja interessant. Brauchen Sie dafür das viele Bargeld?»

«Nein, das brauche ich, um meinen Ausweis auszulösen. Die Kette kostet siebenhundertachtzig Mark!»

«Ein so teures Geschenk? Für die eigene Ehefrau? Jetzt muß ich wirklich lachen!» Der mit dem Hut schüttelte den Kopf. «Erst machen Sie Ihrer Frau ein Geschenk, als wären Sie der Schah von Persien, und dann packen Sie Ihre Koffer, um abzuhauen! Wie paßt das zusammen?»

Achim hätte sich am liebsten selbst geohrfeigt. Wie hatte er nur so dumm sein können, seinen Ausweis zu verpfänden? Ohne Ausweis war ein Mensch ja wie ohne Beine! Jetzt hatten sie einen Punkt, an dem sie sich festbeißen konnten. Wenn sie ihm nur endlich sagen würden, weshalb sie ihn verhaftet hatten! Statt konkrete Anschuldigungen zu erheben, fragten sie einfach ins Blaue hinein.

Achim wußte nicht einmal, wo er sich befand. Sie hatten ihn auf Daggelin in ihr schwarzes Auto verfrachtet, an dessen Türen die Klinken abgeschraubt waren, und ihm eine große Brille mit getönten Gläsern aufgesetzt, durch die er nichts sehen konnte. Seinem Gefühl nach waren sie in Boddenhagen nach Kujau abgebogen, doch vielleicht hatten sie das auch nur getan, um ihn irrezuführen. Wahrscheinlich befand sich der kleine, fensterlose Raum, in dem sie ihn inzwischen seit über einer Stunde verhörten, im Keller der Staatssicherheit in Greifswald.

Der mit dem Hut setzte sich auf die Schreibtischkante, ganz dicht neben Achim, und legte ihm seine Hand auf die Schulter. «Wollen Sie uns nicht einfach die Wahrheit sagen? Sie würden es uns und sich selbst soviel leichter machen.»

«Die Wahrheit?» stammelte Achim. «Was für eine Wahrheit?»

«Aber warum zucken Sie zusammen? Wir meinen es doch gut mit Ihnen.»

Der mit der Lederjacke, der bislang im Raum auf und ab gegangen war, schlug ihm mit der Faust in den Rücken. «Ich rate Ihnen eins, lügen Sie uns nicht an! Sie haben ja keine Ahnung, was mit Ihnen passiert, wenn Sie uns die Wahrheit verschweigen.»

Achim wollte aufspringen, doch dann beherrschte er sich. «Ich habe Ihnen die Wahrheit gesagt», erwiderte er, so ruhig er konnte. «Mein Ausweis befindet sich bei Juwelier Reidemeister, das Geld brauche ich, um mein Pfand auszulösen, und den Koffer habe ich gepackt, weil ich morgen nach Berlin reise, zum Physiker-Kongreß der Humboldt-Universität.» Er sah die beiden Männer an. «Sie können meine Aussagen leicht überprüfen. Professor Heiliger wird Ihnen gern bestätigen, daß ich ...»

«Jetzt will ich Ihnen mal was sagen», unterbrach ihn der mit der Lederjacke. «Nämlich, wie wir die Sache sehen. Sie haben Vorbereitungen zur Republikflucht getroffen. Sie wollten Ihren Aufenthalt in Berlin dazu nützen, um sich in den Westen abzusetzen. Dafür brauchen Sie das Geld!»

«Das ist doch absurd! Warum um Himmels willen sollte ich das tun? Ich habe hier meine Familie, meine Arbeit – mein ganzes Leben!»

«Dann will ich Ihnen den Grund zeigen!» schrie der mit dem Hut, nun gar nicht mehr freundlich. «Darum!» Er knallte eine Illustrierte auf den Schreibtisch und tippte mit dem Zeigefinger auf ein unscharfes Foto. «Oder wollen Sie abstreiten, daß Sie das da sind?»

Als Achim das Foto sah, brach ihm der Schweiß aus: Es zeigte, wie er einem Volkspolizisten, der mit seinem Schlagstock auf einen kleinen, alten Mann einprügelte, in die Arme griff. Sein Gesicht war deutlich zu erkennen. Dann las er den Satz unter dem Foto: *Wissenschaftler der Universität Greifswald solidarisieren sich mit streikenden Bauarbeitern*.

«Die Situation», stotterte Achim, «war ganz anders, als es auf dem Bild aussieht. Ich wollte nur verhindern, daß der Polizist den Mann zu Tode ...»

«Ganz anders, als es aussieht?» äffte der mit dem Hut ihn nach. «Das ist eindeutig Widerstand gegen die Staatsgewalt! Doch das ist noch nicht alles.» Er legte Achim ein zweites Dokument vor. Achim erkannte es gleich: die Resolution von Professor Heiliger. «Haben Sie das hier unterschrieben?»

«Ja», erwiderte Achim knapp.

«Und warum, wenn ich fragen darf?»

«Weil es alle Mitglieder der Fakultät getan haben.»

«Ach so? Sie wollten ein bißchen sozialistische Gesinnung zeigen?» Der mit dem Hut erhob sich vom Schreibtisch und baute sich mit verschränkten Armen vor Achim auf. «Mittags den linientreuen Wissenschaftler markieren, und nachmittags sich mit Putschisten verbünden?» Er schob sich den Hut in den Nacken und schüttelte den Kopf. «Könnte es sein, daß wir es hier mit einem amerikanischen Agenten zu tun haben? Mit einem *Agent provocateur?*»

Achim sprang auf. «Diese Unterstellung ist ein Witz! Ich bin Physiker und sonst gar nichts. Außerdem verlange ich einen Anwalt.»

«Ah, wir werden langsam nervös?» Der mit der Lederjacke drückte Achim auf seinen Stuhl zurück. «Nun, das kann ich verstehen. Schließlich haben wir ja achthundert Mark vom CIA kassiert.»

«Ich weiß nicht, wovon Sie reden. Sie haben für Ihre Anschuldigungen nicht den geringsten Beweis.»

Der mit dem Hut blickte Achim mitleidig an. «Beweise sind für uns eine Kleinigkeit, die haben wir schneller, als Sie Ihren eigenen Namen buchstabieren können. – Abführen!» befahl er dann dem uniformierten Polizisten, der bislang schweigend neben der Tür gewartet hatte.

«Soll das heißen», rief Achim, «Sie wollen mich hierbehalten?»

«Was haben Sie denn gedacht, Sie Clown?»

«Das können Sie nicht tun! Ich muß morgen in Berlin ein wichtiges Referat halten! Vertreter des Staatssekretariats haben sich angemeldet, um mich zu sehen.»

Noch während er sprach, zerrte der Polizist ihn in die Höhe und legte ihm die Handschellen an.

«Na, die haben auf ein Früchtchen wie dich gerade gewartet», sagte der mit dem Hut. «Oh, guten Abend, Genossin!» unterbrach er sich plötzlich und nahm Haltung an.

Achim drehte sich um. Vor ihm stand Elisabeth Markwitz und blickte ihn mit ihren ungleichen Augen an. «Lassen Sie sich nicht stören», sagte sie, ohne den Blick von ihm zu wenden. «Ich wollte mich nur überzeugen, daß alles seinen ordentlichen Gang nimmt.»

«Der Justizminister hat öffentlich erklärt, daß der Staat das Streikrecht garantiert und daß niemand, der an den Unruhen teilgenommen hat, ins Gefängnis muß!»

Nach einer Nacht voller Ungewißheit und Angst war Barbara am frühen Morgen mit dem Fahrrad nach Boddenhagen gefahren und ins Rathaus gestürmt, direkt in das Dienstzimmer von Bürgermeister Lachmund.

«Der Justizminister wurde vorgestern selbst verhaftet.»

«Was wurde der Minister?»

Lachmund hob hilflos die Arme. «Ja, verhaftet. Und wenn mich nicht alles täuscht, genau wegen dieser seiner Erklärung in der Zeitung. Außerdem hat das Zentralkomitee den Aufstand vom 17. Juni zum konterrevolutionären Putsch erklärt. Es sieht also schlimm aus für Ihren Mann, sehr schlimm. – Warum hat er das nur getan, Barbara?»

«Ich weiß es ja selber nicht», flüsterte sie und schlug die Hände vors Gesicht. Lachmund hatte ihr das Foto in der Westberliner Illustrierten gezeigt. Warum, warum um Himmels willen hatte Achim sich zu einem solchen Irrsinn hinreißen lassen? Was ging ihn der Streik der Bauarbeiter an?

«Ich fürchte», sagte Lachmund leise, «wenn die erhobenen Vorwürfe sich als berechtigt erweisen, hat das nicht nur Konsequenzen für Ihren Mann.»

Barbara ließ die Hände von ihrem Gesicht sinken und hob den Kopf. «Sie meinen, daß dann auch die Kinder und ich ...»

Der Bürgermeister nickte langsam, aber nachdrücklich. «Ja, Barbara. Dann seid auch ihr betroffen. Christian wurde bereits mehrmals auffällig, und wenn nun auch noch hinzukommt, daß sein Vater ...» Er atmete einmal tief durch. «Ich weiß nicht, ob ich euch dann noch schützen kann.»

«Das heißt, Christian muß in ein Erziehungsheim?»

Lachmund nickte erneut. «Wenn dein Mann ins Gefängnis muß, führt kaum ein Weg daran vorbei.»

«Und ich?» fragte sie, ohne zu merken, daß Lachmund sie plötzlich wie in ihrer Kindheit duzte. «Kann ich denn nichts dagegen tun?»

«Doch, Barbara», sagte er und nahm einen Aktendeckel von seinem Schreibtisch. «Es gibt eine Möglichkeit.»

«Sagen Sie, was ich tun muß! Ich bin zu allem bereit!»

«In dieser prekären Situation müssen wir ein deutliches, ganz und gar unmißverständliches Zeichen setzen», sagte er. «Ein Zeichen, daß du und deine Familie euch nicht länger dem Geist der neuen Zeit verschließt, sondern bereit seid, euch endlich in die sozialistische Gesellschaft einzufügen.»

«Bitte reden Sie nicht herum! Sagen Sie mir, was ich tun muß!»

«Ich habe die Genossin Markwitz gebeten, eine Lösung zu suchen.»

«Elisabeth?»

«Eine Lösung», fuhr der Bürgermeister fort, «die genau ein solches Zeichen beinhaltet, wie die Situation es erfordert und die Genossen in Greifswald erwarten. Und ich meine», fügte er hinzu, wobei er Barbara endlich den Aktendeckel reichte, «die Genossin Markwitz hat einen guten Weg gefunden.»

Barbara nahm den Ordner und überflog das Schriftstück darin. Es war ein Vertrag, der mehrere Seiten umfaßte, doch schon nach den ersten zwei Zeilen wußte sie, was er bedeutete.

«Das ist Erpressung», sagte sie.

«Nein, Barbara, keine Erpressung. Ein Angebot.»

«Entweder ich trete in die LPG ein, oder mein Mann muß ins Gefängnis.»

«Nimm doch Vernunft an», unterbrach der Bürgermeister sie. «Ich kenne dich jetzt, seit du auf der Welt bist, und du kannst mir glauben, daß ich sorgfältig erwogen habe, was für dich, für deine Familie und für die Dorfgemeinschaft das beste ist.» Er reichte ihr einen Füllfederhalter. «Ich weiß, was du alles schon mitgemacht hast. Wieviel willst du denn noch ertragen?»

Barbara nahm den Füllfederhalter, doch statt ihn zu öffnen, zögerte sie.

«Glaub mir, du kannst uns vertrauen. Auch wenn wir manchmal hart durchgreifen müssen – wir sind keine Unmenschen. Was wir wollen, ist Friede, Wohlstand und Glück für alle. Mit deiner Unterschrift kannst du uns viel Kummer und Leid ersparen.»

Barbara zögerte nur einen Moment. Sie hatte ihren Mann schon einmal verloren, ein zweites Mal würde sie ihn nicht hergeben – um keinen Preis der Welt. Mit Tränen in den Augen schraubte sie den Füllfederhalter auf und blätterte zur letzten Seite des Vertrags.

«Ich hoffe nur», sagte sie, während sie ihren Namen unter das Schriftstück setzte, «daß mein Vater mich jetzt nicht sehen kann.»

Drei Tage und drei Nächte, so schätzte Achim, verbrachte er nun schon in der Zelle, von deren Decke unentwegt eine trübe Funzel brannte. Drei Tage und drei Nächte, ohne daß er einen Menschen zu Gesicht bekam. Nach dem Verhör hatte er sich ausziehen und seine Kleider gegen einen alten Trainingsanzug wechseln müssen. Morgens wurde ihm eine Waschschüssel mit Wasser und Seife in die Zelle geschoben, zusammen mit einer drei Zentimeter dicken Scheibe Brot und einem Becher Kaffee, der schon von weitem stank. Mittags gab es einen Teller Wassersuppe mit halbrohen Kartoffeln, abends wieder eine Scheibe Brot, die hauchdünn mit Margarine bekratzt war. Obwohl er sich Mühe gab, brachte er von den Mahlzeiten nur den Kaffee und die Suppe herunter; das Brot und die Kartoffeln blieben ihm im Halse stecken. Als Toilette diente ein Kübel, den er abends vor die Zellentür stellen mußte.

Am Morgen des vierten Tages durfte er seine Zelle erstmals verlassen. Zwei uniformierte Beamte führten ihn über einen grell erleuchteten, endlos langen Flur in einen kleinen, fensterlosen Raum, denselben, den er schon kannte. Am Schreibtisch saß, die Beine lässig übereinandergeschlagen, derselbe Mann mit dem Hut, der bereits das erste Verhör geführt hatte, und an der Wand lümmelte sein Kollege mit der Lederjacke. Auf dem Schreibtisch stand eine große Schüssel Tomatensalat, schön zurechtgemacht und mit einer Gabel versehen.

«Der ist für Sie», sagte der mit dem Hut. «Lassen Sie's sich schmekken!»

Der Salat war die erste anständige Mahlzeit, die Achim seit der Taufe seiner Tochter vorgesetzt bekam. Er verschlang ihn mit solchem Heißhunger, daß er alles um sich herum vergaß, bis die Schüssel leer war. Die beiden Männer schauten ihm schweigend zu und richteten erst das Wort an ihn, als er die Gabel beiseite legte.

«Wir haben Ihre Angaben überprüft», sagte der mit dem Hut.

Achim spürte, wie sein Herz zu pochen anfing. Er war so aufgeregt, daß er keinen Ton hervorbrachte. Der mit dem Hut lächelte ihn mit freundlichem Verständnis an.

«Professor Heiliger hat Ihre Aussage bestätigt und läßt Sie herzlich grüßen. Er hat Sie, in Absprache mit uns, auf dem Kongreß als krank entschuldigt und an Ihrer Stelle Ihr Referat vorgetragen – übrigens mit großem Erfolg.» Er nickte Achim voller Anerkennung zu. «Sie scheinen auf Ihrem Gebiet Bedeutendes zu leisten.»

«Außerdem haben wir Frau Reidemeister besucht», ergänzte der mit der Lederjacke. «Sie hat uns Ihren Ausweis gegeben und uns den Pfandzettel gezeigt.»

«Ja, wo die Liebe hinfällt», schmunzelte der mit dem Hut. «Doch ich muß zugeben, Ihre Frau hat den Schmuck wirklich verdient. Sie hat sich absolut vorbildlich für Sie eingesetzt, mehr kann man von einer Frau nicht verlangen ...»

«Was wollen Sie damit sagen?» rief Achim. Bei dem scheinheiligen Schmunzeln kam ihm ein fürchterlicher Verdacht. «Wenn Sie meine Frau auch nur angerührt haben ...»

«Du meine Güte, nein!» fiel ihm der mit der Lederjacke ins Wort. «Mein Kollege wollte nur sagen, daß, wenn wir noch einen Rest von Zweifel an Ihrer sozialistischen Gesinnung hatten, Ihre Frau diese Zweifel gründlich ausgeräumt hat.»

«Kurz und gut», erklärte der mit dem Hut, «Ihre Anklage wegen Landfriedensbruch wurde fallengelassen.»

Achim traute seinen Ohren nicht. Er mußte sich räuspern, bevor er es wagte, die entscheidende Frage zu stellen. «Wollen Sie damit sagen, ich bin frei?»

«Ich wüßte nicht, was dem im Wege steht», sagte der mit dem Hut.

«Ja», bestätigte der mit der Lederjacke, «ich glaube, wir müssen uns bei Ihnen entschuldigen.»

Achim erhob sich zögernd von seinem Stuhl. «Dann ... dann würde ich jetzt gerne gehen.»

«Bitte sehr», sagte der mit dem Hut. «Mein Kollege bringt Sie nur noch in den Nebenraum. Dort können Sie das Protokoll unterschreiben und Ihre eigenen Kleider anziehen, damit Sie wieder aussehen wie ein zivilisierter Mensch.» Er streckte Achim die Hand entgegen. «Hat mich sehr gefreut, Sie kennenzulernen – Herr Dr. Reichenbach!»

Achims Knie wurden plötzlich so weich, daß er sich auf der Schreibtischplatte aufstützen mußte. Es war das erste Mal, daß ihn jemand mit seinem neuen Titel ansprach. Doch nicht deswegen trafen die Worte ihn wie ein Keulenhieb.

«Was ist los mit Ihnen?» fragte der mit dem Hut. «Sie sind ja ganz blaß. Ist Ihnen der Salat nicht bekommen?»

«Ja, setzen Sie sich nur wieder hin!» forderte der mit der Lederjacke ihn auf. «Ich kann Ihre Gefühle verstehen. Nach so vielen Jahren endlich mal wieder seinen alten Namen zu hören. Das muß doch wie eine Wiedergeburt sein, habe ich recht, *Herr Reichenbach?*»

Die beiden bauten sich nebeneinander vor ihm auf, die Mienen voll gemeiner Siegesgewißheit. Als er in diese Gesichter sah, wußte er, daß es keinen Sinn hatte zu leugnen.

«Wie ... wie haben Sie es herausbekommen?» fragte Alex mit leiser Stimme.

«Wollen Sie es wirklich wissen?» fragte der mit der Lederjacke zurück. «Es könnte aber Ihr Familienleben belasten.»

Alex nickte stumm.

«Ihre Schwiegermutter hat uns stutzig gemacht. Sie hat Sie bei Ihrer Verhaftung Alex genannt. Daraufhin haben wir natürlich ein bißchen recherchiert.»

«Und wirklich Erstaunliches herausgefunden», ergänzte der mit dem Hut. Sein Gesicht wurde plötzlich sehr ernst. «Haben Sie wirklich geglaubt, Sie kommen damit durch, Sie kleiner Idiot? Erst aus einem russischen Gefangenenlager abhauen, und dann mit den Papieren eines Toten hier untertauchen?» Er lehnte sich zurück, schob den Hut in den Nacken und kratzte sich am Kopf. «Tja, Herr Doktor, was nützt die treueste Ehefrau, wenn die dumme Schwiegermutter dazwischenfunkt?» Dann richtete er sich wieder auf, und mit einem Ruck seines Kopfes in Richtung Alex rief er den zwei an der Tür wartenden Polizisten ein einziges, kleines Wörtchen zu, kurz, präzise und scharf: «Abführen!»

12

Da es in der Gerichtsbarkeit der Deutschen Demokratischen Republik keine politischen Häftlinge gab – Justizminister Fechner, der nun selbst in Haft saß, hatte 1951 den Begriff zum Tabu und alle Staatsbürger, die sich gegen die sozialistische Gesellschaftsordnung stellten, zu gewöhnlichen Verbrechern erklärt –, wurde Alex wegen

Boykott- und Kriegshetze nach Paragraph 6, Absatz 2 der DDR-Verfassung sowie Flucht aus einem sowjetischen Kriegsgefangenenlager, Betrug und Urkundenfälschung verurteilt: zu lebenslanger Haft. Außerdem wurde seine Ehe, da unter irregulären Bedingungen geschlossen, für geschieden erklärt und, als wäre dies noch nicht genug, die Annullierung seiner ersten Ehe unter richtigem Namen, die SA-Standartenführer Luschnat im April 1945 erwirkt hatte, ausdrücklich bestätigt. Nach dem Prozeß erfuhr Barbara, daß Alex aus der Untersuchungshaft in die Strafanstalt Kujau verlegt worden war. Damit brach für sie eine Zeit der Mutmaßungen an.

Klar und unmißverständlich waren nur die postalischen Bestimmungen. Von nun an durfte sie ihrem Mann pro Monat einen Brief schreiben und umgekehrt einen Brief pro Monat von ihm empfangen. In beiden Richtungen passierte die Post die Zensur; anstößige Stellen wurden unleserlich gemacht, oder die Post wurde gar nicht erst zugestellt. In diesen Fällen, so wurde Barbara gesagt, erhalte Alex lediglich die Nachricht, daß ein Brief für ihn eingegangen sei, dieser ihm aber erst bei seiner Entlassung ausgehändigt werde – also bei seinem Tod.

Päckchen waren alle Vierteljahre erlaubt. Jedes durfte fünfhundert Gramm Fett, zweihundertfünfzig Gramm Käse, zweihundertfünfzig Gramm Speck, fünfhundert Gramm Wurst, fünfhundert Gramm Zucker enthalten, doch insgesamt nicht mehr als drei Kilogramm netto. Verboten waren Backwaren, Genußmittel und Tabakwaren aller Art, Stärkungsmittel, Medikamente, Toilettengegenstände sowie Geld oder Fotos. Barbara fragte sich, welches Bild Alex wohl vor sich sah, wenn er an seine Kinder dachte. Ob sie in seiner Vorstellung noch immer so aussahen wie zum Zeitpunkt seiner Verhaftung? Dann war Tinchen in seiner Welt noch ein Säugling, obwohl sie auf Daggelin schon hinter den Hühnern herlief und sie beim Körnerpicken aufscheuchte.

Viel weniger verständlich und nachvollziehbar waren die Bestimmungen, nach denen die Besuchsanträge bewilligt wurden. Die Frage, welcher Häftling wann, wie oft und wie lange Besuch empfangen durfte, wurde in völliger Willkür entschieden. Ein Besuchserlaubnisschein, und war er auch nur auf eine Viertelstunde ausgestellt, war darum für jeden Angehörigen eine Kostbarkeit von unschätzbarem Wert. Es dauerte zwei Jahre, bis Barbara in ihren Genuß kam.

Als sie Alex zum ersten Mal sah, mußte sie sich beherrschen, um ihr Entsetzen zu verbergen. Er trug einen alten Drillichanzug, sein Kopf war fast kahl rasiert, und drei seiner Schneidezähne fehlten. Alex erklärte, er sei auf einer Treppe ausgerutscht und dabei mit dem Mund unglücklich auf eine Stufe geschlagen. Obwohl er behauptete, daß es ihm gutgehe, daß es ihm an nichts fehle, er sogar eine Arbeit als Techniker in Aussicht habe, war es ihr, sobald sie sein Gesicht sah, unmöglich, frei zu sprechen. Was sollte sie ihm von der Außenwelt erzählen? Wieviel Wahrheit durfte sie ihm zumuten, ohne daß die Hoffnungslosigkeit, die nun aus seinen sonst so leuchtenden Augen sprach, sich in Verzweiflung verwandelte?

Also erzählte sie ihm, daß die Lage zu Hause in unveränderter Ordnung sei. Daß sie Daggelin weiter auf eigene Rechnung bewirtschafte, ohne in die LPG einzutreten, und alles Fleisch und Getreide, Obst und Gemüse, das sie über das Pflichtsoll hinaus produziere, zu Höchstpreisen auf dem freien Markt verkaufe. Daß Christian in der Schule der beste Schüler sei und keinerlei Probleme mehr mit seinen Kameraden habe, daß Werner ihr täglich mehr Freude bereite und daß auch Tinchen sich prächtig entwickele. Alex nickte bei ihren Worten zwar, doch sie konnte nicht unterscheiden, ob dies ein Ausdruck echter Anteilnahme oder nur eine leere Geste war. Als er nach Ablauf der erlaubten Viertelstunde aufstand, um den Besucherraum zu verlassen, sah sie ein großes rotes Kreuz auf seinem Rücken: die Kennzeichnung der Häftlinge, die wegen Beteiligung an den Juni-Aufständen verurteilt und darum den besonderen Schikanen der Wachmannschaften ausgesetzt waren.

Anfang 1955 wurde der Paketverkehr eingeschränkt, dann im November desselben Jahres ganz verboten. Als Begründung wurde Barbara erklärt, daß in der Anstalt immer wieder Pakete mit ungenießbaren Lebensmitteln eingetroffen seien, vor denen man die Häftlinge schützen müsse. Von nun an durfte sie Alex nur noch zum Geburtstag ein Päckchen schicken.

Immerhin konnte sie ihren Mann weiterhin besuchen, und irgendwann verschwand endlich das rote Kreuz auf seinem Rücken. Statt dessen war sein Anzug nun an einem Arm und einem Bein mit einem grünen Farbstreifen versehen. Das bedeutete, daß Alex zum Arbeitseinsatz innerhalb der Anstalt verwendet wurde: Er hatte tatsächlich eine Stelle als Techniker bekommen und war für die Wartung der Anlagen zur Strom- und Wärmeversorgung zuständig. Sogar Geld erhielt er für seine Tätigkeit: hundertachtundneunzig Mark und sechzehn Pfennige im Monat, von denen ihm nach Abzug der Steuern, Versicherungsbeiträge, Rücklagen für die Entlassung sowie des Unterstützungsgeldes für seine Familie genau fünfzehn Mark zum Kauf von Lebensmitteln und Rauchwaren in dem anstaltseigenen HO-Laden verblieben. Als er Barbara am Ende eines Besuchs ein Töpfchen Schmalz schenkte, das er dort für zwei Mark fünfzig gekauft hatte, schossen ihr die Tränen in die Augen. Er machte ihr ein Geschenk – doch sein Gesicht, das früher gleichzeitig so frech und so lieb grinsen konnte, zeigte nicht die Spur eines Lächelns.

Etwa zur gleichen Zeit hörte Alex allmählich auf, sich nach den Verhältnissen auf Daggelin zu erkundigen. Höchstens nach Tinchen fragte er ab und zu. Barbara hatte den beklemmenden Eindruck, als zähle für ihn nur noch die Welt hinter den Gefängnismauern, als habe er die Hoffnung auf eine Rückkehr für immer aufgegeben. Dabei gab es durchaus Amnestien, bei denen Gefangene freigelassen wurden – zum Gründungstag der Republik, zum Geburtstag des Präsidenten –, doch wenn Barbara davon zu sprechen anfing, zuckte Alex nur die Schulter, als ginge ihn das nichts an. Auch von einem Gnadengesuch wollte er nichts wissen. Im Gegenteil: «Ich habe meine Strafe verdient», sagte er mit leeren Augen und tonloser Stimme. «Wir haben versucht, die Vergangenheit zu vergessen und uns in einem Leben einzurichten, das uns nicht gehört. Doch das geht nicht. Es gibt kein richtiges Leben im falschen, schon gar nicht mit einer gestohlenen Identität.»

Wenn Alex in dieser Weise zu ihr sprach, fühlte Barbara sich ihm so fremd wie in jener Nacht vor über zehn Jahren, als er sie verlassen hatte, um zur Front zurückzukehren, und sie ahnte dunkel, daß die Veränderung in seinem Wesen nicht nur das Resultat der immer längeren Inhaftierung war. Es gab in seinem Innern etwas, das sich auf unheimliche, ja gespenstische Weise nach Buße und Bestrafung sehnte. Doch wofür nur? Weshalb?

Ab Mai 1958 trug Alex nicht mehr grüne, sondern weiße Streifen an Arm und Bein seines Drillichanzugs: Er durfte nun auch außerhalb der Anstalt arbeiten. Barbara hoffte, daß dieser kleine Zugewinn an Freiheit ein wenig die Düsternis lichten würde, die von ihrem Mann immer mehr Besitz ergriffen hatte. Und tatsächlich hatte sie bei ihren Besuchen den Eindruck, als helle sich sein Gesicht allmählich wieder auf. Bis er ihr eines Tages erklärte, er habe auf dem Hof einer LPG, wo er ein Kraftwerk reparieren mußte, Werner gesehen, seinen Sohn.

«Eine Horde Jungpioniere johlte hinter mir her. Das passiert oft, sie erkennen einen an der Anstaltskleidung. Als ich mich umdrehte, blickte ich in das Gesicht eines zehnjährigen Jungen. Er sah genauso aus wie ich als Junge in dem Alter. Ich rief seinen Namen, aber er rannte weg. Als würde er sich vor seinen Kameraden schämen.»

«Das kann unmöglich sein», protestierte Barbara. «Werner ist ja gar kein Pionier!»

«Ich habe ihn erkannt, Barbara. Er sieht mir doch so ähnlich, daß es fast lächerlich ist. Er hat sich für mich geschämt, und ... und ich kann ihn verstehen.»

So vergingen die Wochen, Monate und Jahre, in denen Barbara und Alex einander durch die Landschaften ihrer Seelen führten wie einst Fürst Potemkin Kaiserin Katharina durch die Dörfer der russischen Steppe. Und mit jeder Lüge und Halbwahrheit, zu der die Liebe sie zwang, zerfiel ihre gemeinsame Wirklichkeit, mehr und mehr, bis schließlich nur noch der nächtliche Anblick der Sterne sie vereinte, der Anblick der Sterne und die Hoffnung, daß der andere in denselben Himmel schaute und vielleicht aus der unendlichen Ferne immer noch dieselben Töne und Akkorde vernahm.

13

Im Herbst 1960, ganz plötzlich und unerwartet, traf die Nachricht ein, daß Alex in wenigen Tagen entlassen würde. Barbara war so überrascht, daß sie zuerst glaubte, es handle sich um eine weitere der zahllosen Schikanen, denen die Angehörigen der Häftlinge ausgesetzt waren. Sie suchte darum Bürgermeister Lachmund auf, doch der bestätigte ihr die Richtigkeit der Nachricht: Der Staatsrat, das neue kollektive Staatsoberhaupt, das nach dem Tod von Präsident Pieck an dessen Stelle getreten war, hatte eine Amnestie erlassen, und durch diese Amnestie wurde Alex begnadigt.

An einem schmuddligen, naßkalten Novembertag stand Barbara also mit ihren drei Kindern vor der großen Eisentür der Strafvollzugsanstalt Kujau und wartete auf ihren Mann. Werner hatte den ganzen Weg gemault. Er wollte seinen Vater nicht aus dem Gefängnis abholen, er wollte an der Schnitzeljagd teilnehmen, die die Pioniere an diesem Nachmittag veranstalteten. Unwillig trat er gegen die Bordsteinkante, während Christian, der mit seinen fast fünfzehn Jahren immer noch nicht größer war als sein zwei Jahre jüngerer Bruder, mit seinen dunklen Augen das Tor anstarrte, als erwarte er von dort die Antwort auf eine stumme Frage. Obwohl er das Gegenteil behauptete, schien auch er sich nicht auf das Wiedersehen mit seinem Vater zu freuen.

War es ein Wunder? Barbara selbst sah der ersten Begegnung mit Alex nach all den Jahren der Trennung mit solcher Bangigkeit entgegen, daß sie ständig an ihrer Lippe nagte, während die siebenjährige Tina alle fünf Minuten falschen Alarm gab, das Tor würde sich öffnen, und an ihrer Hand zerrte. Wie würde Alex die Wahrheit verkraften, die er nun vorfinden würde? Und würde er bereit sein, an ihrem Alltag hier draußen wieder teilzunehmen?

Ein Windstoß riß die letzten Blätter von den Bäumen vor der Gefängnismauer und wehte sie die Straße hinab, als endlich das Tor aufging und Alex ins Freie trat. Barbaras Herz machte einen Sprung, und fast zerbrach es, als sie ihn sah. Sein alter Anzug, derselbe, in dem er verhaftet worden war, schlotterte um seinen mageren Körper, und in der Hand trug er, an einem Bindfaden als Griff, einen grauen Pappkarton. Er sah wirklich aus wie ein Verbrecher, der aus dem Gefängnis entlassen wurde.

«Mein Gott», flüsterte Barbara.

Alex blieb stehen und hob die Augen. Hinter ihm schloß der Wärter, der ihn zum Ausgang begleitet hatte, das Tor. Als Alex den Mund zu einem zaghaften Lächeln verzog, sah Barbara anstelle der Zahnlücke eine Prothese. Einige Sekunden blickten sie sich über die Straße hinweg an, beide unfähig, sich zu rühren.

Da riß Tinchen sich von ihrer Hand los, und, die Arme ausgebreitet, rannte sie über die Straße, auf Alex zu, und rief mit ihrer kleinen Stimme, so laut sie konnte: «Papa! Papa!» Und immer wieder: «Papa! Papa!»

Der Mann in dem zu großen Anzug, der Tinchen auf der anderen Seite der Straße in die Luft hob und an sich drückte, kam Barbara vor wie ein Fremder.

Noch am selben Abend schliefen Alex und Barbara miteinander, doch es war ganz anders als früher. Sie liebten sich, ohne sich anzuschauen, und als er in sie eindrang, hatte sie das Gefühl, ihm nie so fern gewesen zu sein wie in diesem Moment. Es war, als würden sie nebeneinander weinen, jeder für sich, lautlos und ohne Worte.

Was die Veränderungen auf Daggelin betraf, so hatte Barbara sich unnötige Sorgen gemacht. Daß der Hof nun Teil der LPG war, in der sie wie eine Angestellte arbeitete, daß Werner zu den Pionieren ging und man aufpassen mußte, was man in seiner Gegenwart sagte, und daß Christian auf Anraten von Bürgermeister Lachmund statt zur Konfirmation zur Jugendweihe gegangen war, weil er sonst, obwohl er der beste Schüler seiner Klasse war, womöglich von der Schule verwiesen worden wäre: Alle diese Dinge nahm Alex mit völliger Gleichgültigkeit auf. Nicht einmal die Tatsache, daß seine Schwiegermutter Hilde inzwischen so krank und hinfällig war, daß sie dauernd im Bett liegen mußte und seine Heimkehr mit keiner Silbe kommentierte, schien ihn zu berühren.

Drei Tage nach seiner Entlassung bekam Alex eine Einladung vom Rat des Kreises, zu einer «zwanglosen Unterhaltung». Man bot ihm eine Stelle als Heizungsmonteur in Boddenhagen an, doch als er sich zum vereinbarten Datum in dem Betrieb meldete, wurde ihm mitgeteilt, daß die Stelle schon vergeben sei. Alex zuckte die Schultern, und statt sich um eine andere Arbeit zu bemühen, verließ er von nun an jeden Morgen das Haus, um bis zum Abend, egal, wie das Wetter war, durch die Wiesen und Wälder zu wandern, allein und ohne Ziel. Wenn er dann nach Hause kam und Barbara ihn fragte, wo er gewesen sei, schüttelte er stumm den Kopf und setzte sich in Hildes alten Schaukelstuhl, um mit abwesendem Blick vor sich hin zu brüten, stundenlang. Seine Teilnahmslosigkeit brach nur auf, wenn Tinchen auf seinen Schoß kam, sie sich zärtlich an ihn kuschelte, ihm heimliche Worte ins Ohr flüsterte und ihn streichelte. Dann entspannte sich sein Gesicht für ein paar Augenblicke, und er konnte manchmal sogar lächeln.

Auf diese Weise verbrachte er den ganzen November, und mit jedem Tag, der verging, wuchs Barbaras Verzweiflung. Wie oft und mit welcher Sehnsucht hatte sie davon geträumt, daß Alex zu ihr zurückkehrte? Jetzt war er da, und er war doch nicht da. Alles, aber auch alles war so von Grund auf anders, als sie es sich vorgestellt hatte. Sie hatte gehofft, daß die Apathie von ihm abfallen würde, wenn er erst das Gefängnis verließ, jetzt aber erkannte sie: Er hatte sein Gefängnis mit in die Freiheit genommen.

So durfte es nicht weitergehen. Doch was mußte passieren, damit die Dinge sich änderten? Im Grunde ihres Herzens wußte Barbara die Lösung, aber sie war noch nicht bereit, die nötigen Konsequenzen zu ziehen. Noch fehlte der letzte Anstoß.

Weihnachten war es dann soweit.

Mitte Dezember ging der Nieselregen, der seit Wochen ohne Unterbrechung auf das Land herabsprühte, in Schneeregen über. Bald fielen dicke, feste Flocken vom Himmel, und am Heiligen Abend war Daggelin eingeschneit, daß es eine Pracht war. In der Wohnküche des Russenhauses duftete es nach Bratäpfeln und Zimt, und Broszat hatte im Wald einen Baum geschlagen, der nun, geschmückt mit Talgkerzen, Engelshaar und Christbaumkugeln, die Barbara mit Tinchen gebastelt hatte, in festlichem Glanz erstrahlte.

Als erstes wurde das Paket der Westphals ausgepackt. Barbara verzichtete darauf, den beigefügten Brief vorzulesen – inzwischen war auch sie die ewig gleichen Phrasen leid –, um sofort die Geschenke zu verteilen. Es waren dieselben, die sie auch in den vergangenen Jahren bekommen hatten: für Alex Zigaretten, obwohl er immer noch nicht rauchte, für die Jungen zwei Abenteuerromane von Jack London, für Tinchen eine Puppe, für Barbara Nylonstrümpfe, dazu für die ganze Familie Kaffee, Schokolade und einen großen Christstollen.

Dann aber gab es doch noch eine Überraschung. Plötzlich zog Alex ein kleines, in braunes Papier eingeschlagenes Päckchen aus seiner Jackentasche und legte es auf den Tisch.

«Das ist für euch zwei», sagte er zu Christian und Werner.

«Für uns?» fragten die beiden wie aus einem Munde und machten sich gleichzeitig daran, das Päckchen auszupacken. Barbara biß sich vor Freude auf die Lippe. War dies ein erstes Zeichen, daß Alex wieder am Familienleben Anteil nahm? Als die Jungen das Geschenk von dem Papier befreit hatten, drehten sie sich voller Verwunderung zu ihrem Vater um.

«Batterien?» fragte Christian.

«Wofür denn das?» wollte Werner wissen.

«Erinnert ihr euch denn nicht? Die hatte ich euch doch versprochen! Damit ihr seht, wie euer Auto von alleine fährt.» Erwartungsvoll blickte Alex seine Söhne an. «Worauf wartet ihr noch? Wollt ihr es nicht ausprobieren?»

Die beiden Jungen wichen seinem Blick aus. Christian schaute verlegen zu Boden, und Werner setzte sich wieder auf seinen Platz und griff nach einem der Jack-London-Bücher.

«Aber Papa, wir spielen nicht mehr mit Autos», sagte Christian schließlich mit seiner rauhen, schon männlichen Stimme. «Dafür sind wir zu groß.»

Es entstand ein langes, tiefes Schweigen. Barbara sah, wie die Erwartung in Alex' Gesicht einer maßlosen Enttäuschung wich.

«Natürlich», sagte Alex leise und nahm die Batterien vom Tisch. «Ihr habt recht, das hätte ich mir denken können.»

Stumm, mit zusammengepreßten Lippen strich er das zerknüllte Papier glatt, wickelte die Batterien wieder ein und steckte sie in seine Jackentasche. Dann lehnte er sich in den Schaukelstuhl zurück und schaute zur Decke.

Barbara erstickte fast an dem Schweigen. Um irgend etwas zu sagen, fragte sie: «Und wie war die Weihnachtsfeier in der Schule?»

Christian zuckte die Achseln.

«Lustig!» sagte Werner. «Ich hab mich fast totgelacht. Zuerst haben wir den Erstkläßlern vorgemacht, wie früher Weihnachten gefeiert wurde.» Er zog ein Gesicht wie ein Schaf und fing mit plärrender Stimme an zu singen: *«Ooooo duuuu fröööööhhhhlichehe* ... Und dann», unterbrach er sich mit ernstem, wichtigem Gesicht, «haben wir gesungen, wie es sich gehört: *Brüder, zur Sonne, zur* ...»

«Was ist denn das?» rief plötzlich Tinchen dazwischen. «Da ist ja noch ein Brief! Im Kuchen!»

Barbara drehte sich zu ihrer Tochter herum, die damit beschäftigt war, den Christstollen in Scheiben zu schneiden. Tatsächlich: In der Mitte, wo sonst die Marzipanrolle eingebacken war, steckte ein eingedrehtes, von Hand beschriebenes Blatt Papier. Barbara zog es aus dem Stollen heraus und überflog die Zeilen. Sie waren an Alex gerichtet; Richard Westphal, Barbaras Cousin aus dem Ruhrgebiet, hatte sie geschrieben. Nach wenigen Sätzen gelangte sie an die entscheidende Stelle:

Worauf wartet Ihr noch? Kommt endlich rüber! Jetzt oder nie! Ich kann jeden Ingenieur gebrauchen!

«Du *mußt* gehen, Alex», sagte Barbara, als sie am Abend allein waren. «Es ist die einzige Lösung!»

«Ohne dich und die Kinder?» Endlich war er aus seiner Apathie erwacht. Er war aus Hildes Schaukelstuhl aufgestanden und lief beim Sprechen aufgeregt vor dem Weihnachtsbaum auf und ab. «Wie stellst du dir das vor?»

«Pssst, nicht so laut! Werner könnte uns hören.» Barbara legte einen Finger auf die Lippen und griff nach seiner Hand. «Du nimmst Tinchen mit. Dann bist du drüben nicht allein, und außerdem fällst du mit ihr an der Grenze weniger auf.»

«Und du?» fragte er.

«Ich komme mit den Jungen nach, sobald ich für Mamutschka eine Lösung habe.»

Alex schüttelte den Kopf. In dem flackernden Kerzenlicht sah sein Gesicht mit der zertrümmerten Nase und der schiefen Zahnprothese beinahe gespenstisch aus. «Ich habe Angst, Barbara. Angst, daß ich es nicht schaffe. Angst, daß sie dich nach meiner Flucht noch mehr schikanieren. Und Angst, daß ich dich und die Jungen verliere ...»

Barbara nahm sein Gesicht zwischen ihre Hände. Mein Gott, was war von ihrem Mann nur übriggeblieben? «Wir müssen es tun, Alex», sagte sie und küßte ihn auf die Lippen. «Es ist unsere einzige Chance – auch für uns beide.»

14

Zehn Tage später verabschiedete Barbara sich von ihrem Mann. Es war an einem Dienstag, kurz nach dem Mittagessen; die Wintersonne strahlte von einem stahlblauen Himmel herab und verwandelte die schneebedeckten Felder in ein Meer aus funkelnden und glitzernden Kristallen. Werner war bei den Pionieren, und Tinchen baute draußen im Hof einen Schneemann. Barbara hatte ihr gesagt, daß sie mit ihrem Papa einen Ausflug nach Kujau machen würde, um einen Schlitten zu kaufen. Auch Werner hatte keine Ahnung, daß er am Abend, wenn er nach Hause kam, seinen Vater und seine Schwester nicht mehr wiedersehen würde. Alex und Barbara hatten sich nicht getraut, ihn in ihre Pläne einzuweihen. Werner war ein so begeisterter Jungpionier – vielleicht hätte er die Flucht verraten.

Als es soweit war, hatte Barbara nur noch den Wunsch, daß es möglichst schnell ging.

«Sag jetzt deinem Vater auf Wiedersehen!» forderte sie Christian auf, der als einziger mit ihnen in der Wohnküche geblieben war.

Ihr Sohn trat zögernd auf Alex zu, der schon im Mantel war. Alex nahm Christian stumm in den Arm und drückte ihn an sich. Dann faßte er ihn mit beiden Händen an den Schultern und blickte ihn an.

«Du mußt mir etwas versprechen, mein Junge.»

«Was, Papa?»

«Ich möchte, daß du mich hier in der Familie vertrittst, bis wir alle wieder zusammen sind. Damit ich weiß, daß Mama immer einen Mann an ihrer Seite hat.» Er streckte ihm die Hand hin. «Willst du das tun?»

Christian nahm seine Hand und nickte. Barbara mußte schlucken, als die beiden das Versprechen mit ihrem Handschlag besiegelten.

«Ich … ich hätte auch einen Wunsch, oder vielmehr eine Frage», sagte Christian, den Blick zu Boden gesenkt. «Ich würde gerne wissen, ob du … ob ich …» stammelte er und brach ab, das Gesicht mit einem Mal puterrot.

«Warum sagst du's dann nicht?»

Christian hob den Kopf und richtete seine dunklen Augen auf

Alex. «Als du mich damals adoptiert hast, ich meine, nachdem du aus Rußland zurückgekommen bist, das ... das war doch nur, weil du da einen anderen Namen hattest, oder?»

Barbara zuckte zusammen, als hätte sie eine elektrische Leitung berührt. Unwillkürlich suchten ihre Finger die Kette an ihrem Hals.

«Ja, aber natürlich!» erwiderte Alex verwundert. «Weshalb denn sonst?»

«Ich ... ich wollte es nur wissen», meinte Christian, doch seine Augen strahlten. Plötzlich schlang er seine Arme um Alex, er preßte ihn an sich, als wollte er ihn erdrücken, und gab ihm auf beide Wangen einen Kuß. «Auf Wiedersehen, Papa», sagte er, und ebenso abrupt, wie er ihn umarmt hatte, ließ er ihn wieder los, als würde er sich für seine Gefühlsaufwallung schämen. «Ich ... ich sage dann schon mal Tinchen Bescheid, daß du kommst.»

Damit drehte er sich um und ging zur Tür hinaus.

«Ich wußte gar nicht, daß der Junge so an mir hängt», sagte Alex, als Christian fort war. Seine Augen schimmerten feucht, doch sein Gesicht lächelte.

Barbara wurde ganz flau, aber sein Gesicht bewies ihr, daß die Entscheidung zur Flucht richtig war; schon jetzt war Alex wieder auf dem Weg zurück zu sich selbst. Gleichzeitig konnte sie den Gedanken kaum ertragen, daß sie sich einmal mehr mit einer Lüge voneinander trennten. «Ich auch nicht», sagte sie darum nur.

Alex nahm sie in den Arm und gab ihr einen Kuß. «Ich will gar nicht daran denken, daß ich dir heute abend keinen Gutenachtkuß geben kann.»

«Denk lieber daran, daß du heute abend schon im Westen bist.»

«Soll ich nicht doch bleiben und mit dir warten, bis wir eine Lösung für deine Mutter gefunden haben?»

Wie gerne hätte Barbara ja gesagt! Aber sie wußte, daß es die falsche Antwort war. «Red keinen Unsinn, es ist höchste Zeit, daß du gehst.» Ohne zu überlegen, was sie tat, fing sie an, seinen Mantel zuzuknöpfen. «Wenn dich ein Polizist im Zug fragt, was ihr in Berlin wollt, sag einfach, du willst deine Tante besuchen.»

«Mach dir keine Sorgen, Barbara, Tinchen und ich kommen schon durch.»

«Und in der S-Bahn mußt du darauf achten, daß möglichst viele

Leute im Abteil sitzen. Am besten, du nimmst einen Zug mit Berufsverkehr, da wird am wenigsten kontrolliert. Und wenn dich ein Trapo anschaut, darfst du nicht weggucken, sondern mußt seinen Blick fest erwidern, sonst schöpft er Verdacht. Und ruf die Westphals an, sobald du in Marienfelde bist. Weißt du die Nummer noch?»

Alex schüttelte den Kopf und lächelte. «Ich glaube, wir sind immer noch keine Spezialisten im Abschiednehmen.» Er strich ihr eine Strähne aus der Stirn und schaute sie an. «Vergiß nicht, es ist nur für kurze Zeit.» Dann berührte er das Amulett an ihrem Hals. «Es sieht wirklich fast aus wie das alte. Vielleicht bringt es uns mehr Glück.»

Sie küßten sich noch einmal. «Bitte, geh jetzt», flüsterte Barbara. Sie mußte sich fast Gewalt antun, um sich von Alex zu lösen. Sie streichelte noch einmal sein Gesicht, dann nahm sie die Stoffpuppe vom Küchentisch, die sie am Abend zuvor genäht hatte, ein rotes Männchen mit schwarzer Knollennase und grünen Fransenhaaren. «Die ist für Tinchen, damit sie an mich denkt. Gib du sie ihr von mir.»

«Ich?» fragte Alex. «Kommst du nicht mit raus?»

«Nein», sagte Barbara. «Und jetzt verschwinde endlich, sonst heule ich gleich los.»

Noch während sie sprach, drehte sie ihm den Rücken zu. Sie wollte nicht sehen, wie er das Haus verließ. Nach einer endlos langen Minute hörte sie, wie er die Tür öffnete und hinausging. Ein scharfer, kalter Luftzug, dann fiel die Tür ins Schloß.

Allein im Raum, konnte sie sich doch nicht beherrschen. Sie trat ans Fenster und schob die Gardine zur Seite. Draußen nahm Alex gerade Tinchen an die Hand, und Tinchen ihre Puppe. Ohne sich umzuschauen, überquerten die beiden den Hof, stapften über den festgefrorenen Schnee, am Schloß vorbei und dann am Leutehaus, um schließlich Daggelin zu verlassen, durch das hohe, große Tor hinaus. Schritt für Schritt schienen sie zu schrumpfen, bis sie nur noch zwei sich fortbewegende Flecken waren, ein kleiner und ein großer, die immer weiter in der glitzernden Schneelandschaft verschwanden, wie in einer anderen Welt.

Christians Stimme, rauh und männlich, holte Barbara in die Wirklichkeit zurück.

«Ich bin froh, daß ich ihn gefragt habe. Manchmal hatte ich schon Angst, er wäre gar nicht mein Vater.»

VIERTES BUCH

Zweigeteilt
1961/62

I

Wir wollen niemals auseinandergehn …

Es war am Morgen des 17. Juni. Ein Feiertag brach an, der Tag der deutschen Einheit. Alex stellte das Transistorradio leiser, damit Tinchen nicht von der Musik aufwachte, und steckte sich eine Zigarette an. Seit er in Essen war, hatte er sich das Rauchen angewöhnt.

… wir wollen immer zueinanderstehn …

Genüßlich inhalierte er den ersten Zug. Während er sich das Gesicht einseifte, summte er den dummen kleinen Schlager mit, der neuerdings an jeder Ecke zu hören war, und schielte zum Fenster hinaus. Die Straße lag in Feiertagsruhe da; keine Straßenbahn, kein Lastwagen störte den Morgenfrieden, nur ein paar ältere, schwarzgekleidete Frauen huschten vorbei und hoben die Köpfe, wenn ein Auto über das Kopfsteinpflaster rollte. Alex vermißte fast die summende Geschäftigkeit, die werktags zu dieser Stunde von dem Viertel Besitz ergriff, die Scharen von Fabrikarbeitern, die in die Straßenbahn drängten, den Lärm der Motoren, das ungeduldige Hupen und Klingeln überall. Nur der Rauch der Hochöfen stieg wie jeden Tag aus den Schornsteinen auf und verhüllte den Himmel mit seinem immer gleichen gelblichen Schleier, wie eine leise Mahnung, daß auch an einem Feiertag die Arbeit eigentlich nicht ruhen durfte.

… mag auf der großen Welt auch noch soviel geschehn, wir wollen niemals auseinandergehn …

Alex hatte auch nicht die Absicht, die Arbeit ruhenzulassen. Arbeit war für ihn die beste Medizin; wenn er arbeitete, vergaß er alles, was ihn bedrückte – und Arbeit gab es mehr als genug. Bereits um neun Uhr war eine Besprechung mit Richard Westphal und dessen Vater Alfred anberaumt, dem Junior- und dem Seniorchef der Zeche «Glückauf». Auf der Tagesordnung stand nur ein Thema: Sollte die Firma Westphal, die seit hundert Jahren im Bergbau tätig war, in die Atomenergie einsteigen?

«Aua! Verdammt!»

Ein Tropfen Blut quoll aus Alex' Kinn. Er warf die Zigarettenkippe ins Klo und wusch sich den Rasierschaum aus dem Gesicht. Sobald er an die Sitzung dachte, spürte er ein Kribbeln. Er selbst hatte die Frage aufgeworfen, und Richard unterstützte seinen Vorschlag, sich mit der neuen Form der Energiegewinnung zu beschäftigen. Doch was waren Richards Motive? Von der Materie hatte er keinen Schimmer. Alex hatte den Verdacht, daß es ihm weniger um die Reaktortechnik als um seine Position in der Firma ging. Barbaras Cousin war ein eitler und gleichzeitig unsicherer Mann, der, obwohl schon über vierzig, immer noch im Schatten seines Vaters stand. Noch wichtiger aber war eine andere Frage: Was hielt Alfred Westphal von Alex' Idee? Nahm er ihn, den armen Verwandten aus der Ostzone, überhaupt ernst?

«Schaust du dir schon wieder die Zähne an, die Onkel Richard dir geschenkt hat?»

Alex, der gerade im Spiegel seine neuen Jacketkronen betrachtete, fühlte sich ertappt. Tinchen stand in der Badezimmertür, in ihrem rosa Nachthemd und natürlich mit Plum in der Hand, der Stoffpuppe mit den grünen Zottelhaaren.

«Was? Du bist schon auf? Hat dich das Radio geweckt?»

Tinchen kam auf ihren bloßen Füßen angerannt und flog ihm um den Hals. «Bitte, Papa», bettelte sie, «ruf Onkel Richard an und sag ihm, daß du heute nicht kommst!»

«Du weißt doch, daß das nicht geht, mein Püppchen. Heute ist ein furchtbar wichtiger Tag.»

«Ich würde aber viel lieber mit dir als mit Tante Lilo in die Badeanstalt gehen.»

«Und wenn ich euch fünf Mark extra gebe, damit ihr anschließend noch ins Kino könnt?»

«In einen Mickymaus-Film?» Tinchen, eben noch todtraurig, strahlte plötzlich über das ganze Gesicht. «Juhuu!» rief sie und gab Alex einen Kuß. Dann verwandelte sich ihre Miene zum zweiten Mal innerhalb weniger Sekunden. Ernst sah sie ihren Vater an und fragte: «Und wann kauft Onkel Richard dir eine neue Nase?»

«Jetzt aber ab mit dir!» lachte Alex, und mit einem Klaps auf den Po ließ er sie auf den Boden. «In einer halben Stunde kommt Tante Lilo und holt dich ab.»

Während Alex ins Schlafzimmer ging, um sich anzuziehen, dachte er einmal mehr, was für ein Glücksfall Lilo war. Lilo, die eigentlich

Lieselotte Bauer hieß, war siebenundzwanzig Jahre alt und eine ebenso hübsche wie gescheite Frau. Sie war mit einem Rechtsanwalt verlobt gewesen, der kurz vor der Hochzeit bei einem Autounfall ums Leben gekommen war. Jetzt arbeitete sie vormittags als Alex' Sekretärin im Büro, nachmittags kümmerte sie sich um Tinchen. Sie holte seine Tochter von der Schule ab, beaufsichtigte ihre Hausaufgaben, brachte sie zum Eiskunstlaufen und in den Ballettunterricht. Da die Westphals – und hierin waren sich Vater und Sohn ausnahmsweise einig – der Ansicht waren, daß er mit seinen privaten Problemen allein fertig werden mußte, wäre er ohne Lilo Bauer aufgeschmissen gewesen. Er stellte das Radio auf die Fensterbank und öffnete den Schrank.

Wir wollen niemals auseinandergehn, wir wollen immer zueinanderstehn …

Welche Krawatte würde zu dem grauen Glencheck-Anzug passen? Eine mit Streifen oder eine mit Punkten? Alex hatte sich zwar inzwischen daran gewöhnt, daß hier im Westen alles anders war als zu Hause; daß seine kleine Wohnung zum Beispiel Apartment hieß und er selbst nicht nur ein Ingenieur war, sondern außerdem ein Manager. Doch bei der Schlips-Entscheidung tat er sich immer noch schwer. In der Ostzone trug kaum jemand Krawatte, und im Gefängnis hatte er sieben Jahre keine getragen, hier aber wurde er schon schief angesehen, wenn er zwei Tage hintereinander mit demselben Schlips im Betrieb erschien.

«Nehmen Sie die mit den rotblauen Streifen!»

Alex drehte sich um. «Oh, Sie sind schon da?»

In der Tür stand Lilo Bauer. Mit ihrem Pepitakostüm, dessen Rock ihre hübschen Beine bis zu den Knien sehen ließ, und dem glatten, blonden Haar, das sie zu einer Haube hochtoupiert hatte, sah sie aus wie ein Mannequin. Ihr Lippenstift war so täuschend rosarot, daß er von der natürlichen Farbe ihres Mundes kaum zu unterscheiden war, und Alex wunderte sich einmal mehr, wie sie es schaffte, gleichzeitig so patent und so feminin zu wirken. Daß ein Wesen wie sie seine Sekretärin war, gehörte für Alex zu den großen Rätseln des Westens.

«Eine Krawatte», sagte Lilo mit ihrer hellen, klaren Stimme, «ist die Visitenkarte des Mannes.» Mit ihren Stöckelschuhen durchquerte sie den Raum und trat zu ihm an den Schrank. Nach einem kurzen

Blick zog sie eine Krawatte aus dem Halter und legte sie ihm um den Hals. «Ja, die ist perfekt.» Als ihre Fingerspitzen seinen Nacken streiften, bekam er eine Gänsehaut. Zum Glück merkte sie nichts, weil sie schon wieder mit etwas anderem beschäftigt war. Sie öffnete ihre schwarze Lacklederhandtasche und holte daraus eine Flasche aus weißem Opalglas hervor. «Und das da nehmen Sie bitte auch!»

«Was ist das?»

«Rasierwasser. Tabac Original.»

Alex schüttelte sich. «Ich soll mich parfümieren?»

«Allerdings. So zeigt man heute, daß man es zu was gebracht hat.»

«Okay», sagte Alex, ein kleines bißchen stolz, daß ihm das fremde, doch gerade perfekte Wort so schnell über die Lippen kam. «Nur, ist das nicht zu weibisch?»

«Weibisch? Die Amerikaner nehmen alle Rasierwasser, und die haben den Krieg gewonnen!»

«Ich bin fertig!» rief Tinchen vom Flur, und im nächsten Augenblick kam sie ins Zimmer. Sie hatte ein Pepitakleid angezogen und ihr Haar toupiert, so daß sie aussah wie eine kleine Lilo Bauer – nur daß sie statt Nylonstrümpfen und Stöckelschuhen weiße Söckchen und Sandalen an den Füßen trug. «Gehen wir?»

«Sofort, Püppa!» rief Lilo. «Und Sie, Dr. Reichenbach, versprechen mir, daß Sie das Rasierwasser nehmen? An so einem Tag muß man alle Register ziehen, um Eindruck zu machen.» Als sie sah, daß er zögerte, schlug sie die Augen zu ihm auf und klimperte mit ihren langen, schwarzen Wimpern. «Einmal ist keinmal ...»

«Also gut!» grinste Alex. «Ich will's ausprobieren.»

Warum tut sie das eigentlich alles für uns? fragte er sich, als seine Sekretärin und seine Tochter im Flur verschwanden. Daß sie es nicht um seinetwillen tat, war klar. Welche Frau interessierte sich schon für einen Mann mit einem so verhauenen Gesicht? Er schloß den Schrank und ging zurück ins Badezimmer. Wie Barbara und die Jungen wohl den Feiertag verbrachten? Doch kaum kam ihm die Frage in den Sinn, schüttelte er den Kopf über seine eigene Dummheit. In der Zone war heute ja gar kein Feiertag.

Am Waschbecken öffnete er die Flasche Rasierwasser und rieb sich damit Kinn und Wangen ein. Dann betrachtete er sich im Spiegel. Lilo hatte recht: Die Krawatte war perfekt, und das Rasierwasser erzeugte ein herrliches Prickeln auf seiner Haut. Er fühlte sich gut – wie ein Mann, der es zu etwas bringen würde.

Ob der heutige Tag der Anfang dazu war?

Aus dem Radio tönte ein letztes Mal der Refrain des Schlagers:

... mag auf der großen Welt auch noch soviel geschehn, wir wollen niemals auseinandergehn ...

2

Ich hoffe so sehr, daß Du es schaffst, auch für uns beide. Wenn ich Deine Briefe lese, höre ich manchmal schon wieder Deine alte Stimme und sehe Dein liebes, freches Lächeln vor mir. Ich glaube, der Westen tut Dir gut.

Barbara setzte den Füllfederhalter ab und rieb sich die Augen. Sie fühlte sich unendlich müde und verlassen. Es war jetzt schon ein halbes Jahr her, seit Alex mit Tinchen geflohen war, und alle paar Tage verschwanden weitere Menschen, die zu ihrem Leben gehörten. Es war wie ein Exodus. Vor zwei Monaten war Frau Grubenhagen mit ihrer Familie in den Westen gegangen, die alten Durittkes waren keine vier Wochen später gefolgt, und nach den letzten Schulferien hieß es sogar, daß Fräulein Bosse, Christians ehemalige Lehrerin und bekannt als stramme Kommunistin, sich nach drüben abgesetzt hätte.

«Wem schreibst du da, Kind? Achim?»

Hilde saß in ihrem Schaukelstuhl am Fenster und schaute Barbara an. In den letzten Monaten hatte sich ihr Zustand in erstaunlicher Weise gebessert. Sie war jetzt oft mehrere Stunden am Tag auf den Beinen, und manchmal machte sie sogar ein paar Schritte draußen auf dem Hof. Dr. Wiedemann, der schon fast achtzig Jahre alt war, hatte keine Erklärung für diese Wandlung. Er äußerte nur die Vermutung, daß Hilde trotz ihres Dämmerzustands selbst ihre Verfassung beeinflußte, je nachdem, inwieweit sie gerade am Leben teilnehmen wollte. Diese Vorstellung machte Barbara angst: Sie kannte ihre Mutter und wußte, wie sehr sie am Leben hing, und je länger sie das tat, in um so weitere Ferne rückte ihre eigene Flucht – die Flucht und das Wiedersehen mit ihrem Mann und mit Tinchen.

«Nein, Mamutschka. Ich schreibe Alex. Soll ich ihm Grüße von dir bestellen?»

«Alex? Wer ist Alex? Ich kenne keinen Alex!» Hilde zwinkerte ihr verschwörerisch zu. «Ich kenne nur Achim – *Ach-chim*.»

Alex hatte nur allzu recht behalten. Seit er fort war, bekam Barbara ständig zu spüren, daß sie die Frau eines Republikflüchtlings war. Sie war zwar Mitglied der LPG «Rotes Banner», wie der Gutsbetrieb auf Daggelin inzwischen hieß, geblieben, doch hatte man sie von der Produktionsleiterin Milchwirtschaft zur einfachen Melkerin degradiert. Und diese Demütigung war noch nichts im Vergleich zu dem, was sie mit Christian gemacht hatten. Sie hatten dem Jungen das Beste geraubt, was er besaß, seine Zukunft … Aber was sollte sie Alex davon schreiben? Es würde ihn nur belasten, und helfen konnte er ja doch nicht.

Barbara blickte auf die Uhr. Noch fünf Minuten Frühstückspause, dann mußte sie zurück in den Stall. Also nahm sie den Füller, um den Brief an Alex zu beenden.

Ich bin sicher, Du wirst Deinen Weg gehen, und wenn Dir drüben der Neuanfang gelingt, dann glaube ich, daß auch wir zwei, Du und ich …

Sie war mitten im Satz, als plötzlich die Tür aufflog. Broszat stand im Raum, mit blassem Gesicht, das sonst immer so sorgfältig gescheitelte Haar kraus in der Stirn.

«Es … es ist etwas Fürchterliches passiert!» stammelte er, ganz außer Atem. «Der Petzold ist mit seinen Leuten auf dem Friedhof und …»

«Petzold? Auf dem Friedhof? Was in aller Welt hat er da zu suchen?»

«Ich … ich kann es gar nicht aussprechen …» Broszat, normalerweise die Ruhe in Person, war so aufgeregt, daß ihm die Stimme versagte. «Das … das mußt du dir selbst anschauen! Aber ich warne dich, mach dich auf was gefaßt!»

Christian hatte schon viele idiotische Aufträge bekommen, seit er in der Baubrigade arbeitete, aber dieser war der idiotischste von allen.

Er sollte die Holzbrücke, die bei Boddenhagen über den Bach führte, «begehen», um ihre Tragfähigkeit zu überprüfen. So wie sein Brigadier und Petzold, der neue Produktionsleiter der LPG, getuschelt hatten, als sie ihn losschickten, war ihm klar, daß der Auftrag nur ein Vorwand war. Sie hatten irgend etwas vor, wobei er sie störte. Doch Christian hatte längst aufgehört, sich über solche Dinge den Kopf zu zerbrechen. Wozu auch? Der unsinnige Auftrag bedeutete ein paar Stunden Freiheit für ihn, und die wollte er nutzen, um eine ganz bestimmte Person zu überraschen, bei den Karpfenteichen am Buchenwald. Er konnte es gar nicht abwarten, bis er endlich dort war.

An diesem Vormittag kümmerte ihn nicht, daß man ihn keine zwei Wochen nach der Flucht seines Vaters von der Schule geworfen und in die Baubrigade gesteckt hatte, «zur Bewährung in der Produktion», so daß sein Traum vom Studium wohl für immer ein Luftschloß blieb; auch seine neuen Kollegen, die ihn von morgens bis abends verspotteten, weil er kleiner und schwächer und vor allem intelligenter war als sie und in jeder freien Minute in irgendwelchen Büchern las, waren ihm egal; nicht mal der Gedanke an seinen Bruder Werner, der als Freundschaftsrat der Pioniere und «Trommel»-Reporter der Schülerzeitung ihren Vater öffentlich als Verräter beschimpfte, damit er weiter auf der Schule bleiben durfte, konnte ihm die Stimmung vermiesen. Denn Christian war bis über beide Ohren verliebt.

Und da sah er sie auch schon. Er hatte sich nicht geirrt: Seine alte Schulklasse hatte heute polytechnischen Unterricht; die Schüler arbeiteten in verschiedenen Betrieben, um Grundfertigkeiten in der Produktion zu erlernen. Und das himmlische Wesen, zu dem es Christian mit solcher Macht zog, betreute die Karpfenteiche der LPG.

Sie stand mit einem Korb auf dem Steg und beugte sich über das Wasser, um Futter für die Fische in den Teich zu streuen. Leise, ganz leise, damit sie ihn nicht hörte, schlich Christian sich von hinten heran. Als er ihr Spiegelbild auf der glatten Wasseroberfläche sah, mußte er schlucken: Spieglein, Spieglein an der Wand ... Ja, *sie* war die Schönste im ganzen Land! Ob sie sich wohl freute, wenn sie ihn sah?

«Guten Tag, Schneewittchen ...»

Gisela drehte sich um. «Christian?» Und ob sie sich freute! Ihr Gesicht war ein einziges Strahlen, während sie den Korb abstellte, um ihm die Hand zu geben. «Das ist aber eine schöne Überraschung. Wie kommt es, daß du nicht arbeiten mußt?»

«Was ist los, Kind?» fragte Hilde. «Wo willst du hin?»

Barbara gab ihrer Mutter keine Antwort. Im Laufschritt verließ sie das Haus, überquerte den Hof und eilte an der Schloßkapelle vorbei. Als sie den Familienfriedhof erreichte, traute sie ihren Augen nicht.

«Sind Sie wahnsinnig?» schrie sie, außer sich vor Entsetzen. «Hören Sie sofort auf!»

Norbert Petzold, der Leiter der LPG, ein schlaksiger, kaum dreißig Jahre alter Mann mit braunen Locken und hübschem Gesicht, lehnte mit einer Zigarette im Mund am Stamm der Trauerweide, die sich in der Mitte des Friedhofs erhob, und beaufsichtigte ein halbes Dutzend Arbeiter von Christians Baubrigade, die mit Spitzhacken und Schaufeln den Boden aushoben – genau an der Stelle, wo Albin von Ganski, Barbaras Vater, begraben lag.

«Aufhören, hab ich gesagt!» Barbara lief zu dem Grab, das schon so weit geöffnet war, daß an manchen Stellen der Sargdeckel zum Vorschein kam. Das schlichte Holzkreuz am Kopfende war umgeknickt, als hätte jemand dagegen getreten, und lag neben dem zersplitterten Stiel im Gras. Barbara packte Petzold am Kittel und schüttelte ihn. «Was um Gottes willen tun Sie da? Sehen Sie nicht, daß das ein Grab ist?»

«Jetzt mal ganz ruhig, Frau Reichenbach», sagte Petzold, die Zigarette zwischen den Lippen, und befreite sich von ihrem Griff. Die Männer unterbrachen ihre Arbeit und drehten sich neugierig um. Petzold spuckte seine Zigarette aus. «Natürlich sehe ich, daß das ein Grab ist. Aber», fügte er mit einem Grinsen hinzu, «das wird es nicht mehr lange sein.»

«Was wollen Sie damit sagen?»

«Ganz einfach», erklärte Petzold. «Der Friedhof wird in eine Nutzfläche der Nahrungsmittel-Produktion umgewandelt. Beschluß der LPG!»

Barbara verschlug es für einen Moment die Sprache. «Soll das heißen, Sie wollen einen Acker aus dem Friedhof machen?»

«Richtig. Nachdem die Kollektivierung endlich abgeschlossen ist, hat sich unsere LPG verpflichtet, die Getreideproduktion um dreißig Prozent zu steigern ...»

«Was hat eure verfluchte LPG damit zu tun? Das ist der Friedhof meiner Familie!»

«... und diese freiwillige Verpflichtung können wir nur einhalten», fuhr Petzold unbeirrt fort, «wenn wir jedes Fleckchen Erde nutzen.»

Barbara schaute sich um. Wo blieb Broszat? Das war eine Situation, mit der sie allein nicht fertig wurde. Doch von Broszat war keine Spur. Ein Arbeiter spuckte in die Hände und setzte seinen Fuß auf den Spaten. Barbara riß ihm den Spaten aus der Hand und warf ihn ins Gras.

«Könnt ihr nicht mal die Toten in Ruhe lassen? Ist euch gar nichts mehr heilig?»

«Heilig?» fragte Petzold zurück. «Wir verwandeln nur einen Gottesacker in einen Getreideacker! Dagegen kann auch der liebe Gott nichts haben.» Als hätte er einen gelungenen Witz gemacht, blickte er beifallheischend in die Runde der Arbeiter, die pflichtschuldig grinsten.

«Hier liegen mein Vater und meine Großeltern begraben!»

«Wollen Sie etwa auf alte Privilegien pochen?» Petzold schüttelte den Kopf. «Offenbar haben Sie immer noch nicht kapiert, daß diese Zeiten vorbei sind. Im Sozialismus gibt es keine Vorrechte – auch nicht für Tote. Alle menschlichen Überreste, die wir finden, werden nach Boddenhagen überführt und dort auf dem Friedhof beigesetzt. Wenn Sie wünschen, sogar mit geistlichem Beistand.»

Wieder blickte er in die Runde, und wieder grinsten die Arbeiter. Barbara hätte Petzold am liebsten links und rechts in sein hübsches Gesicht geschlagen. Aber sie wußte: Mit Gewalt kam sie gegen diese Verbrecher nicht an.

«Dazu haben Sie kein Recht», sagte sie so ruhig und sachlich, wie sie nur konnte, und warf den Kopf in den Nacken. «Laut Genossenschaftsgesetz hat die LPG nur das Nutzungsrecht, der Grund und Boden aber bleibt im Besitz der Mitglieder. Und als Besitzerin des Friedhofs fordere ich Sie auf ...»

«Ich bewundere Ihre juristischen Kenntnisse», fiel Petzold ihr ins Wort. «Aber ich fürchte, sie werden Ihnen nichts nützen. Die Umwandlung des Friedhofs betrifft ja nur die *Nutzung* des Bodens, Ihr Eigentum wird dadurch in keiner Weise berührt. – Weitermachen!»

Die Arbeiter griffen zu ihren Werkzeugen. Barbara stellte sich vor das Grab ihres Vaters und hob beide Arme in die Höhe.

«Nur über meine Leiche!»

Petzold machte einen Schritt auf sie zu. «Ich rate Ihnen im guten, stören Sie die Männer nicht bei ihrer Arbeit.»

«Einen Teufel werde ich tun!»

«Gehen Sie zur Seite!»

Statt einer Antwort verschränkte Barbara die Arme vor der Brust.

«Ein letztes Mal, Frau Reichenbach. Entweder Sie hören auf, die Durchführung der LPG-Beschlüsse zu behindern, oder ich lasse Sie entfernen und melde der Genossin Markwitz ...»

Als Barbara diesen Namen hörte, fiel es ihr wie Schuppen von den Augen. «Die Genossin Markwitz? Hat *sie* die Anweisung zu dieser Gemeinheit gegeben?»

Über Petzolds hübsches Gesicht huschte ein Schatten. «Niemand hat mir eine Anweisung gegeben», sagte er so energisch, daß es fast trotzig klang. «Ich bin der Produktionsleiter dieser LPG und damit als einziger verantwortlich für alles, was hier geschieht.»

Während seine Stimme immer lauter wurde, schrumpfte sein Gesicht immer mehr zusammen – wie bei einem Hund, der beleidigt ist. Barbara wußte jetzt, daß ihre Vermutung stimmte.

«Und wenn Sie mich totschlagen», erklärte sie, «ich rühre mich nicht vom Fleck!»

Sie schaute Petzold fest in die Augen. Der Produktionsleiter erwiderte ein paar Sekunden ihren Blick, dann schaute er zu Boden. Barbara atmete tief durch. Petzold war ein Feigling. Wenn sie ihn jetzt aufforderte, seine Leute wegzuschicken, würde er wahrscheinlich ... Sie hatte den Gedanken noch nicht zu Ende gedacht, als sie plötzlich hinter seinem Rücken zwei Gestalten sah.

«Um Gottes willen, nein!»

Ihre Mutter kam, Verstörung und Verzweiflung im Gesicht, auf den Friedhof gestolpert, gefolgt von Fritz Broszat, der versuchte, sie zurückzuhalten.

«Nein, Frau von Ganski! Tun Sie das nicht! Bleiben Sie hier!»

«Lassen Sie mich zu meinem Mann! Ich will zu meinem Mann!»

Barbara stieß Petzold beiseite und eilte ihrer Mutter entgegen. «Mamutschka! Nicht! Bleib da! Ich komme!»

Genau in dem Moment brach Hilde zusammen, keine zwei Schritte vom Grab ihres Mannes entfernt. Barbara stürzte zu ihr, bückte sich und bettete Hildes Kopf auf ihrem Schoß. Tränen schossen ihr in die Augen, als sie das Gesicht ihrer Mutter sah, die angstvolle Sehnsucht in ihrem Blick, ihre Verzweiflung.

«Aber Mamutschka! Was machst du? Was tust du da?»

Hildes Atem ging hart und schwer, mit beiden Händen faßte sie nach ihrer Brust, als leide sie dort Schmerzen, während ihr Mund schwache, unverständliche Laute formte, die gegen das Rasseln und Röcheln ihres Atems ankämpften. Barbara beugte sich zu ihr herab und küßte ihre Wange, ihre Stirn.

«Nein, Mamutschka ... bitte, tu das nicht ... Du darfst nicht sterben ... Laß mich nicht allein ...»

Hilde sah sie nicht an. Ihre Augen schauten an Barbara vorbei, hinauf in den hohen Himmel. «Laß ... mich ... zu meinem Mann ...» flüsterte sie. «Ich will ... zu meinem Mann ...» Plötzlich wurde ihr Blick ganz wach, ganz klar, sie richtete sich sogar ein wenig auf, als wollte sie sich erheben. «Warte, Albin ... ich komme ... gleich bin ich da ...»

Dann sank sie auf Barbaras Schoß zurück. Ihre Lippen waren für immer verstummt.

3

Zur selben Stunde betrat Alex in Essen die Villa der Familie Westphal.

«Ah, Tabac Original! Meine Marke», sagte Richard mit schnuppernder Nase, als er Alex in der Halle den Hut abnahm. «Kompliment, Cousin Alex, du begreifst ziemlich schnell. – Am besten, wir gehen gleich ins Herrenzimmer. Papa kommt in ein paar Minuten. Er ist bester Laune, zum Frühstück hat er eine komplette Sülze verputzt.»

Alex versuchte zu lächeln. Richard hatte eine Art, «Cousin» zu sagen, die zwischen ihnen mehr Distanz als Nähe schaffte. Außerdem war er wieder so elegant gekleidet wie ein Pariser Modeschöpfer. Er trug einen dunkelblauen Nadelstreifenanzug, aus dessen Brusttasche ein silbergraues Einstecktuch hervorschaute, und sein schwarzes

Haar hatte er mit Brillantine frisiert. Im Vergleich zu ihm kam Alex sich direkt schäbig vor, trotz seiner Krawatte.

«Ich dachte, ich sollte zuerst deine Mutter begrüßen.»

«Du meinst, du willst das Grünzeug loswerden?» lachte Richard und drückte den kleinen Nelkenstrauß, den Alex unterwegs noch rasch gekauft hatte, einem Dienstmädchen in die Hand. Hoffentlich, dachte Alex, fand sie in dem riesigen Haus eine Vase, die klein genug für die paar Blumen war. Richard legte ihm gönnerhaft den Arm um die Schulter. «Die Verwandtschaftsrituale können wir beim Mittagessen erledigen.»

Sie gingen die breite Treppe hinauf. Zwei Tage hatte Alex nach seiner Ankunft bei den Westphals gewohnt, dann hatte Richard ihm die Firmenwohnung besorgt. In der Villa gab es Zimmer für jeden erdenklichen Zweck: gleich mehrere Dutzend zum Schlafen, Essen und Wohnen, einen Festsaal, eine Bibliothek, ein Billardzimmer, verschiedene Küchen und Vorratskammern, Räume für das Putzen von Silber und das Bügeln von Anzügen ... Mit jedem Schritt schrumpfte Alex' Selbstbewußtsein. War er eigentlich verrückt geworden? Wer war er denn, gemessen an diesen Leuten? Ein Nichts! Ein kleiner Physiker, der die letzten Jahre statt im Labor im Gefängnis verbracht hatte ... Und er wollte hier einen Vortrag halten, über die Zukunft der Firma Westphal? Mit einem Mal wurde er so nervös, daß er am liebsten davongelaufen wäre.

Zum Glück ließ Alfred Westphal nicht lange auf sich warten. Alex und Richard wollten gerade an dem großen Konferenztisch im Herrenzimmer Platz nehmen, als die massige Gestalt des Firmenchefs in der Tür erschien. Alfred war fast siebzig Jahre alt, an die drei Zentner schwer und hatte eine spiegelblanke Glatze. In der Mitte des Raums blieb er stehen, beide Daumen in den Taschen seiner Weste vergraben, die sich samt der goldenen Uhrkette um seinen Bauch spannte, rülpste einmal laut und polterte dann mit seiner tiefen Baßstimme:

«Zum Teufel! Hier stinkt's ja wie im Puff!»

Alex zuckte schuldbewußt zusammen. Richard verzog keine Miene, sondern betrachtete nur seine schmalen, sorgfältig gepflegten Hände. Alfred ging ans Fenster und machte beide Flügel sperrangelweit auf, um zu lüften.

«Hast du wieder in Rasierwasser gebadet, Richard? Weibische Angewohnheit!»

«Ach, Papa, das haben wir doch schon tausendmal ...»

«Zu meiner Zeit genügten Wasser und Seife, um sich zu waschen», schnitt Alfred ihm das Wort ab. «Außerdem sollst du mich nicht *Papa* nennen, man muß ja glauben, du hättest noch einen Matrosenanzug an.» Er schloß das Fenster und nahm am Kopfende des Tisches Platz. «Und jetzt zu dir – ja, du da», sagte er zu Alex. «Was stehst du da rum, stumm wie ein Fisch? Worauf wartest du? Richard behauptet ja wahre Wunderdinge von diesem Atomkraftzeug oder wie das heißt. Schieß los! Ich höre!»

Alex räusperte sich und nahm seine Notizen zur Hand. «Die Energiewirtschaft», sagte er, unsicher und zögernd, «regelt sich wie jeder andere Wirtschaftszweig nach dem Gesetz von Angebot und Nachfrage. Darum möchte ich mit einer einfachen, aber entscheidenden Frage beginnen. In welchem Ausmaß wird der Energiebedarf bis zum Jahr 2000 steigen?» Er nahm eine Schautafel zur Hand. «Nun, angesichts des zu erwartenden Bevölkerungswachstums sowie der fortschreitenden Industrialisierung nehmen wir an, daß die Menschheit zur Jahrtausendwende etwa zehnmal soviel Nutzenergie verbrauchen wird wie 1950, bei gleichbleibender Höhe des vorausgeschätzten Bedarfs an Primär-Energieträgern ...»

Er hatte sich gründlich vorbereitet, Tag und Nacht gearbeitet, und je länger er redete, desto mehr legte sich seine Nervosität. Aufmerksam beobachtete er die Gesichter seiner beiden Zuhörer. Richard bestätigte jeden seiner Sätze mit einem Kopfnicken, Alfred aber hatte die Arme vor der Brust verschränkt und paffte mit undurchsichtiger Miene seine Zigarre. Wenn Alex darin überhaupt etwas erkennen konnte, dann nur eine Frage: Na und – was geht mich das an? Also beeilte er sich, zum entscheidenden Punkt vorzustoßen.

«Es ist demnach ganz unwahrscheinlich, daß die Kohle in Zukunft denselben Anteil des Bedarfs an Nutzenergie decken wird wie heute. Schon in der ersten Hälfte des Jahrhunderts wurde ihre Bedeutung immer geringer, und ihr Anteil an der Deckung des Energiebedarfs sank von neunzig Prozent 1900 auf rund fünfzig Prozent im letzten Jahr. Diese Entwicklung wird sich in den nächsten Jahrzehnten noch dramatisch verschärfen. Die Euratom-Studie der Drei Weisen kommt zu dem Schluß, daß wir in den Ländern der Montanunion bis 1967 Atomkraftwerke mit einer Kapazität von fünfzehn und bis 1975

Anlagen mit einer Kapazität von fünfzig Millionen Kilowatt brauchen. Die Atomwirtschaft wird damit zur Schlüsselindustrie der Zukunft überhaupt. Deshalb mein Vorschlag: Die Westphal AG sollte den Einstieg in die Reaktortechnik wagen, und zwar besser heute als morgen!»

Als er verstummte, erhob Richard sich von seinem Stuhl und klatschte Beifall. Alfred aber blieb sitzen und hüllte sich in Schweigen, während er blaue Ringe in die Luft blies. Dann, nach mehr als einer Minute, fuhr er sich schließlich mit der Hand über die Glatze.

«Alles sehr einleuchtend, Hochwürden, nur gibt es da ein Problem.» Er verzog das Gesicht und rülpste erneut. «Die Kosten! Nach allem, was du da erzählst, steht für mich eins fest: Das verschlingt ein Schweinegeld!»

«Sicher, billig ist das nicht», sagte Richard, «aber wir müssen an die Zukunft denken, Papa!» Als er den Blick sah, den sein Vater ihm bei dem Wort *Papa* zuwarf, fügte er rasch hinzu: «Außerdem gibt es jede Menge Förderprogramme. Die Regierung unterstützt Unternehmen, die sich jetzt zum Einstieg entschließen, mit enormen Summen, so daß wir kaum ein Risiko eingehen würden.»

«Ich bin kein Bettler», erklärte Alfred scharf, «sondern Unternehmer!»

«Als Unternehmer», wandte Alex ein, «sollten Sie berücksichtigen, daß die Kohleförderung hier im Ruhrgebiet immer teurer wird. Unsere Produktionskosten liegen heute schon bei über siebzig Mark pro Tonne, während die Amerikaner und vor allem die Russen mit weniger als zehn Mark auskommen. Wenn das so weitergeht, sind wir in ein paar Jahren nicht mehr konkurrenzfähig!»

«Sieh mal an, unser Besuch aus der Ostzone will mir erklären, wie Kapitalismus funktioniert!»

«Alex hat recht!» ereiferte sich Richard. «Und ich finde es gar nicht fair von dir, Papa, wenn du dich über ihn lustig …»

«Himmel, Arsch und Zwirn! Du sollst mich nicht immer Papa nennen!»

Richard ließ sich durch den Wutausbruch seines Vaters nicht beirren. «Calder Hall in England ist der Beweis, daß wir Kernenergie erzeugen können. Nicht en miniature, sondern im ganz großen Stil.» Er zog eine Zeitschrift aus seinen Unterlagen hervor und schlug eine

Seite auf. «Hör zu, was der *Economist* schreibt: ‹Die Atomkraftstation Calder Hall ist das größte und erfolgreichste Unternehmen, welches das England der Nachkriegszeit …›»

«Was englische Pressefritzen über ihr neues Nationalheiligtum schreiben, interessiert mich einen Furz», unterbrach ihn Alfred. «Und dir, mein Sohn, würde ich empfehlen, zur Abwechslung mal deinen eigenen Verstand anzustrengen, falls du den noch nicht in Rasierwasser ersäuft hast. Guck nicht so beleidigt. Im Gegensatz zu dir habe ich mich nämlich informiert.» Er lehnte sich zurück und strich sich über die Glatze. «Hast du schon mal was von Shippingport gehört?»

Alex bekam einen Schreck. Er konnte sich denken, was jetzt kam.

«Shippingport?» fragte Richard. «Äh, hm, nicht direkt …»

«Das habe ich mir gedacht», sagte Alfred. «Ist ja auch nur die größte Atomenergieanlage in den USA. Und weißt du, was der Strom da pro Kilowatt kostet?»

«Einundzwanzig Komma acht Pfennig», antwortete Alex an Richards Stelle.

«Allerdings», nickte Alfred. «Wenigstens einer, der den Kopf nicht nur zum Haarekämmen braucht. Einundzwanzig Komma acht Pfennig, das ist das Achtfache der Stromkosten in einem Kohlekraftwerk.»

«Das können Sie nicht vergleichen», erwiderte Alex. «Die Technik der Amerikaner ist völlig veraltet.»

«Papperlapapp!» fuhr Alfred ihm über den Mund. «Der ganze Atomquatsch geht von zwei Voraussetzungen aus: erstens, daß wir die gute alte Steinkohle in ein paar Jahrzehnten aufgebraucht haben, und zweitens, daß die Reaktortechnik schon jetzt so ausgereift ist, daß man damit vernünftig produzieren kann. Alles Kokolores. Die Kohlereserven reichen noch für tausend Jahre, und bevor ich so einem gottverdammten Reaktor über den Weg traue, lasse ich mich lieber zum Mond schießen.»

Richard zog ein Gesicht, als hätte sein Vater ihm eine Ohrfeige gegeben, und auch Alex brauchte ein paar Sekunden, bis er die Sätze verdaut hatte.

«Das heißt also, Sie halten nichts von meiner Idee?» Er war so enttäuscht, daß er nur mühsam die Worte herausbrachte.

«‹Nichts› wäre geschmeichelt!» erwiderte Alfred. «Ich halte sie für kolossalen Unsinn! Und was Calder Hall betrifft – ihr Bürschchen habt ja keine Ahnung. Glaubt ihr im Ernst, die Engländer würden den ganzen Zirkus für ein paar Kilowatt Strom veranstalten? Nein», antwortete er sich selbst, «sie haben die Anlage gebaut, weil ihre Generäle sie brauchen, zur Produktion von Atombomben. Und damit Kindsköpfe wie ihr das nicht merken, haben sie ihre hübsche kleine Bombenfabrik in einem Kraftwerk versteckt … Der Dritte Weltkrieg – darum geht es bei der Atomenergie! Aber ohne mich! Am Kriegspielen haben wir Deutsche uns in diesem Jahrhundert schon zweimal die Finger verbrannt. Das reicht!» Er stützte sich mit seinen Händen auf die Armlehnen seines Stuhls und stemmte sich in die Höhe. «Man sollte euch wirklich in Matrosenanzüge stecken, alle beide … So, und jetzt habe ich Hunger und will was zu essen!» Mit einer energischen Bewegung kehrte er Alex und Richard seinen mächtigen Rücken zu und ging zur Tür.

«Einen Augenblick noch, bitte!»

Alfred drehte sich um. Mit einer Mischung von Verwunderung und Verärgerung im Gesicht schaute er Alex an. «Was willst du denn noch? Der Braten wird kalt!»

Herrgott, konnte dieser Mensch an nichts anderes denken als an die nächste Mahlzeit? Alex dachte wie im Fieber nach. Ein Argument gab es noch, und er durfte Alfred Westphal nicht aus dem Raum lassen, bevor er es in die Waagschale geworfen hatte.

«Vielleicht haben Sie recht, was Calder Hall betrifft», brachte er hervor.

«So, hab ich das? Das ist aber sehr gnädig von dir!»

«Doch die Sache hat eine Kehrseite», sagte Alex. Während er nach den passenden Worten suchte, erhob er sich vom Tisch und ging auf Alfred zu. «Die Atomkraft hat zwei Seiten. Sie ist, wie soll ich sagen – wie ein Messer … Man kann damit Menschen umbringen oder Brot schneiden. Es kommt nur darauf an, welchen Gebrauch wir davon machen. Doch jetzt, wo die Technik einmal da ist, wäre es ein unverantwortlicher Fehler, ja ein Verbrechen an der Menschheit, auf sie zu verzichten.»

«Laß gut sein, Alex!» warf Richard dazwischen. «Papa interessiert sich nicht für moralischen Firlefanz!»

«Was mich interessiert und was nicht, entscheide immer noch ich!» polterte Alfred. «Wenn ein Gockel krähen muß, dann soll man ihn krähen lassen!»

Alex stand jetzt so dicht vor dem Alten, daß er seinen Zigarrenatem riechen konnte. In Alfreds Miene überwog nun die Verärgerung eindeutig die Verwunderung.

«Ja», fuhr Alex fort, «mit der Atomkraft können wir die ganze Menschheit mit einem Schlag auslöschen. Aber sie bietet uns auch unvergleichliche Chancen. Mit ihrer Energie können wir Städte und Länder, eines Tages vielleicht sogar den ganzen Erdball mit Strom und Wärme versorgen. Wir können soviel Licht wie die Sonne produzieren und soviel Heizkraft, daß selbst die Eskimos nicht frieren müssen, und das alles, ohne die natürlichen Energiereserven auszubeuten. Wir selbst haben es in der Hand, das größte Potential der Vernichtung, das es je gegeben hat, in das größte Potential des Wachstums zu verwandeln, zum Nutzen der ganzen Menschheit.» Er trat noch einen Schritt näher an Alfred heran und blickte ihm fest in die Augen. «Meinen Sie nicht, daß gerade wir Deutsche diese einmalige Chance ergreifen sollten? Als Wiedergutmachung für die Fehler und Verbrechen, die wir begangen haben?»

Alfred hob die Brauen, so daß sich seine Glatze in Falten legte, und erwiderte mit seinen kleinen, wachen Augen Alex' fragenden Blick. Plötzlich rümpfte er die Nase.

«Pfui Teufel! Du stinkst ja auch nach diesem weibischen Zeug!»

«Ist das alles, was Sie dazu zu sagen haben?»

«Für heute ja.» Alfred ließ seine schwere Hand auf Alex' Schulter fallen und nickte ihm zu. «Meine Schwester hat immer gesagt, daß sie dich mag, darum kannst du von jetzt an *du* zu mir sagen.» Er öffnete die Tür und trat auf die Galerie hinaus. «Aber bilde dir nichts darauf ein», erklärte er mürrisch. «Hilde ist ein verrücktes Huhn, mich kann man nicht so leicht um den Finger wickeln. Deine Predigt eben hat mich noch nicht überzeugt, ganz und gar nicht. Trotzdem, immerhin», brummte er, «ich will darüber nachdenken.»

Damit setzte er sich in Bewegung und verschwand in Richtung Treppe. Unten in der Halle wartete schon das Dienstmädchen auf ihn; offenbar war das Mittagessen angerichtet.

4

«Was meinen Sie, wie stehen meine Chancen?»

«Scusate, signori, ecco gli spaghetti!»

Bevor Lilo Bauer Alex antworten konnte, servierte der Kellner drei Teller mit dampfenden Nudeln. Solche Nudeln hatte Alex sein Lebtag noch nicht gesehen: endlose, hoffnungslos ineinander verwickelte Bindfäden, deren Anblick ihn fast so ratlos machte wie seine gerade gestellte Frage. Er nahm das Besteck in die Hände und blickte Lilo an.

«Und wie muß man die essen? Ich glaube, der Kellner hat die Messer vergessen.»

«I wo, Papa! Für Spaghetti braucht man doch kein Messer!» lachte Tinchen, der Lilo eine große Serviette um den Hals gebunden hatte. «Guck, ich zeig dir, wie's geht!»

Während sie sprach, nahm sie den Löffel in die linke Hand, spießte mit der Gabel in der rechten eine Portion Nudeln auf und wickelte diese zu einer kleinen, appetitlichen Rolle zusammen. Alex versuchte es ihr nachzumachen, und schon im zweiten Versuch gelang es ihm, ein paar von diesen unpraktischen Nudeln in den Mund zu befördern.

«Bravo!» rief Lilo. *«Dem Ingeniör ist nichts zu schwör!»*

«Die Kernfusion ist dagegen ein Klacks», sagte Alex mit vollem Mund. «Aber zur Sicherheit binde ich mir doch lieber eine Serviette um. – Schon wegen der Krawatte.»

Seine Sekretärin erwiderte sein Lächeln mit einem Augenaufschlag. Natürlich hatte sie das Lokal ausgesucht. Mit der Einladung revanchierte Alex sich für Tinchens Betreuung – Geld nahm Lilo ja nicht an. *Die blaue Grotte* war eine sogenannte Pizzeria und, wie Lilo behauptete, genauso wie ein Restaurant in Italien eingerichtet. Unter der Decke hingen Fischernetze und Reusen und an den Wänden Fotos von Papst Johannes XXIII. und Filmschauspielerinnen mit schwellenden Dekolletés.

«Im Kino hat mir am besten Onkel Dagobert gefallen», plapperte Tinchen. «Stell dir vor, Papa, der ist so reich, daß er in Goldstücken badet! Ist Onkel Richard auch so reich?»

«Nein, Püppchen, das glaube ich nicht», erwiderte Alex. «Und wie war's in der Badeanstalt? Kannst du schon ein paar Züge schwimmen?»

«Ein paar Züge?» fragte Tinchen empört. «Ich bin eine Stunde lang geschwommen!»

«Eine Stunde? Wie ist denn das möglich?»

«Ganz einfach. Mama hat mir einen Schwimmreifen gekauft!»

Alex ließ sein Besteck sinken. «Mama?» fragte er verwundert.

«Ich meine natürlich Tante Lilo», verbesserte sich Tinchen und ließ einen Spaghettifaden mit lautem Schlürfen zwischen den Lippen verschwinden. «Sie hat den Reifen aufgeblasen und selber ausprobiert, bevor sie mir erlaubt hat, damit ins Tiefe zu gehen.»

Unwillkürlich schaute Alex seine Sekretärin an. In dem flackernden Kerzenlicht wirkte sie noch hübscher als bei Tage. Als hätte sie seine Gedanken erraten, schlug Lilo die Augen nieder.

«Um auf Ihre Frage von vorhin zurückzukommen, Herr Dr. Reichenbach», sagte sie, «ich bin mir nicht sicher, wie Ihre Chancen stehen. Daß der Senior Ihnen das Du angeboten hat, ist natürlich ein gutes Zeichen. Aber wenn Richard Ihnen gratuliert – ich weiß nicht, er und sein Vater sind selten einer Meinung.» Sie nahm ihr Glas und nippte einen Schluck Rotwein. «Wenn Sie wissen wollen, wie Alfred Westphal über Sie denkt, gibt es nur ein wirklich zuverlässiges Kriterium.»

«Welches?»

«Hat er Ihnen nach dem Essen eine Zigarre angeboten?»

Alex staunte einmal mehr, wie einfach und praktisch Lilo Bauer dachte und dadurch imstande war, auch hochkomplizierte Fragen mit verblüffender Sicherheit zu klären.

«Nun», wiederholte sie. «Hat er oder hat er nicht?»

Alex schüttelte den Kopf. «Aber das ist doch Unsinn. Eine so simple Geste kann unmöglich eine so große Bedeutung haben.»

Aus dem dunklen Gewölbe trat der Kellner an ihren Tisch. *«Un gelato per la signorina?»* fragte er Tinchen, die gerade mit der Zunge die letzten Saucenreste von ihrem Teller leckte. «Eine Eis für die hübsche kleine Fräulein?»

«Au ja! Ein *gelato! Sì, sì!*»

Alex blickte auf seine Armbanduhr. «Ist es dafür nicht ein bißchen spät?»

«Aber Herr Dr. Reichenbach», sagte Lilo, «Spaghetti ohne Eis zum Nachtisch – das ist wie Frühstücken ohne Kaffee.» Als sie sah, daß Alex zögerte, legte sie ihre Hand auf seinen Arm und schaute ihn durch ihre langen Wimpern an. «Und wenn ich Sie darum bitte? Geben Sie sich einen Ruck und sagen Sie ja. Mir zuliebe.» Sie nickte ihm zu. «Einmal ist keinmal ...»

Es war schon nach elf, als sie im Auto saßen und der dunkelbraune VW Käfer, Alex' Firmenwagen und ganzer Stolz, über das Kopfsteinpflaster in Richtung Baldeney rollte. Um neun war Tinchen in der Pizzeria eingeschlafen – Lilo erzählte gerade von einer Klinik für Schönheitschirurgie im Sauerland, wo Politiker und Schauspieler sich neue Gesichter machen ließen. Alex genierte sich zwar, fragte dann aber doch: Ob er seine Nase dort wohl auch ...? Sie hatten eine zweite Flasche Chianti bestellt und eine ganze Kollektion von Nasen auf eine Papierserviette gemalt, damit Alex sich eine aussuchen konnte. Sie hatten gelacht und gealbert wie zwei Achtzehnjährige.

«Ich danke Ihnen für den schönen Abend», sagte Lilo, als sie vor dem Haus parkten, in dem sich ihre Wohnung befand. Im Licht der Neonreklamen draußen schimmerte ihr Gesicht einmal rosa, dann violett.

«Sekunde», sagte er. «Ich bringe Sie zur Tür.»

Lilo wartete, bis Alex um den Wagen herum war und ihr den Schlag öffnete. Als sie ausstieg, hakte sie sich wie selbstverständlich bei ihm unter. Er roch ihr zartes, blumiges Parfüm, hörte das Rascheln ihres Kostüms, und bei jedem Schritt streifte ihre Hüfte kaum merklich seine Seite.

Vor der Haustür gaben sie sich die Hand.

«Eins möchte ich aber noch wissen, damit ich einschlafen kann», sagte Lilo. «Hat der Senior Ihnen nun eine Zigarre angeboten oder nicht?»

«Also gut», sagte er mit einem Grinsen, «ja, er hat!»

«Da fällt mir aber ein Stein vom Herzen! Das macht es mir leichter, Sie um Verzeihung zu bitten.»

«Sie – mich um Verzeihung bitten? Wofür denn das?»

«Daß ich Sie heute morgen überredet habe, das dumme Rasierwasser zu nehmen. Ich hatte nur an den Junior gedacht und dabei vergessen, daß der Senior parfümierte Männer nicht ausstehen kann.» Sie senkte den Blick, und leise fügte sie hinzu: «Wenn er Ihnen keine Zigarre gegeben hätte, hätte ich mir fürchterliche Vorwürfe gemacht.»

«Aber Lilo! Was reden Sie da? Nach allem, was Sie für Tinchen und mich getan haben.»

Lilo schlug die Augen zu ihm auf. Als ihre Blicke sich trafen, spürte Alex einen Kloß im Hals.

«Das heißt, Sie verzeihen mir?» fragte sie mit einer Stimme, die wie ein Streicheln war.

«Natürlich verzeihe ich Ihnen – das heißt, natürlich verzeihe ich Ihnen nicht», stotterte er, «weil, wie kann ich Ihnen verzeihen, wenn es nichts zu verzeihen gibt?»

Er spürte, wie er rot anlief, während sie ihren Blick weiter auf ihn gerichtet hielt und seine Hand noch ein wenig fester drückte als zuvor. Ihre Hand war so weich und warm.

«Dann beweisen Sie's mir», hauchte sie, so leise, daß er die Worte mehr ahnte als hörte.

«Was ...?» fragte er und schluckte.

«Daß Sie mir verziehen haben ...»

Sie klimperte mit ihren Wimpern, als wäre ihr etwas ins Auge geflogen, doch Alex wußte, daß dies nicht der wirkliche Grund war. Ein Schauer rieselte ihm den Rücken herunter. Jetzt schloß sie die Augen, hob das Kinn und spitzte ihre Lippen. Himmel, war sie schön! Alex beugte sich vor und berührte ihren Mund, so sanft, daß es fast keine Berührung war. Leise stöhnte sie auf, und er spürte, wie sie ihn mit der Spitze ihrer Zunge aufforderte, den Kuß zu vertiefen, ganz unschuldig und doch so unmißverständlich, daß es keinen Ausweg gab ... Da rempelte ihn jemand von der Seite an.

«Könnt ihr nicht woanders knutschen?»

Alex' Lippen landeten auf Lilos Nase.

«Ich ... ich glaube, ich muß jetzt gehen», stammelte er. «Vielen, vielen Dank für alles, und dann ... auf Wiedersehen, bis morgen im Büro ...»

Ohne sie anzusehen, wandte er sich ab und lief zurück zum Auto, so eilig und schnell, als hätte er Angst, daß sie ihm folgen könnte.

«Wo bist du gewesen, Papa?» fragte Tinchen verschlafen vom Rücksitz.

Alex drehte sich um. «Hab keine Angst, es ist nichts passiert», sagte er und legte ihr die Stoffpuppe, die sie im Schlaf hatte fallen lassen, zurück in den Arm. «Jetzt bin ich wieder da.»

Er startete den Motor und fuhr los. Durch die Windschutzscheibe sah er, wie Lilo die Haustür aufschloß und in den Flur trat. Alex stieß einen Seufzer aus. Mein Gott, fast hätte er sie geküßt ... Als Lilo sich noch einmal umdrehte und ihm mit einer kleinen Handbewegung zuwinkte, winkte er vorsichtig zurück. Dann schaltete er in den zweiten Gang und stellte das Radio an.

... wir wollen niemals auseinandergehn, wir wollen immer zueinanderstehn ...

Und wenn der Passant ihn nicht angerempelt hätte? Plötzlich sah er am Himmel eine Sternschnuppe leuchten. Erst jetzt wurde ihm bewußt, daß er den ganzen Tag kein einziges Mal an Barbara gedacht hatte. Mit einem Lächeln schüttelte er den Kopf, ein wenig über Lilo Bauer und ein wenig mehr noch über sich selbst. Gott sei Dank, daß wenigstens der Himmel hier noch derselbe war wie zu Hause! Dann lehnte er sich am Steuer zurück, und froh, daß er sich so und nicht anders entschieden hatte, summte er den dummen, kleinen Schlager mit, der aus dem Radio tönte.

... mag auf der großen Welt auch noch soviel geschehn, wir wollen niemals auseinandergehn ...

Gleichzeitig aber stellte er sich vor, wie Lilo Bauer in ihre kleine Wohnung trat, das Licht anmachte und sich langsam auszog.

5

Elisabeth Markwitz saß am Schreibtisch ihres Büros in der Greifswalder Parteizentrale und versuchte, sich auf den Bericht von der 12. Tagung des Zentralkomitees zu konzentrieren, doch es gelang ihr nicht. Sie war jetzt vierunddreißig Jahre alt, stellvertretende Bezirkssekretärin und mit mehreren Orden für ihre Verdienste um die Partei, den Staat und die Gesellschaft ausgezeichnet. Nur glücklich war sie nicht.

Während sie las, mit welchen Maßnahmen die Regierung die wirtschaftlichen Probleme in den Griff kriegen wollte, um den Strom der Republikflüchtlinge einzudämmen, schweiften ihre Gedanken immer wieder ab. Hätte sie den Arbeitern vielleicht doch sagen sollen, wofür sie den Friedhof brauchte? Nein, sie hätten sie nicht verstanden; die Erweiterung der Ackerfläche zur Steigerung der Getreideproduktion war ein Grund, der schlichten Gemütern wie ihnen viel eher einleuchtete. Doch in Wahrheit ging es Elisabeth um etwas ganz anderes. Sie träumte davon, für die Waisenkinder auf Daggelin einen Zoo einzurichten, mit einem Aquarium und einem Vogelkäfig und lebendigen Affen. Und auf dem ehemaligen Friedhof wollte sie ein Gehege anlegen, um darin Rehe und Hirsche und Wildschweine zu halten. Die Heimkinder sollten soviel Kontakt wie möglich zu Tieren haben. Tiere waren gut. Sie konnten zwar keine Eltern ersetzen – nichts und niemand konnte das –, aber sie waren doch geeignet, die geistige und moralische Entwicklung heranwachsender Menschen zu fördern.

«Herein!»

In der Tür stand Norbert Petzold, der Produktionsleiter der LPG «Rotes Banner», im dunkelblauen Ausgehanzug und strahlte über das ganze Gesicht. «Der Fall wäre geritzt!» erklärte er triumphierend.

«Komm rein.»

Mit dem Fuß stieß Norbert die Tür hinter sich zu und ließ sich in den gelben Kunstledersessel fallen, der gegenüber dem Schreibtisch stand. Elisabeth schwante nichts Gutes. Wenn Norbert so fröhlich und aufgekratzt war, kam das dicke Ende meistens nach.

«Ich glaube, heute habe ich mir eine Sonderprämie verdient», sagte er. Und mit seinem charmantesten Lächeln fügte er hinzu: «Ich weiß nur noch nicht, welche Form der Belohnung mir die liebste wäre.»

Elisabeth beschloß, seine Anspielung zu ignorieren. Zumindest vorläufig.

«Das heißt, die Sache ist ohne Komplikationen über die Bühne gegangen?»

«Nicht ganz.» Norbert machte ein geheimnisvolles Gesicht.

«Ist Barbara euch in die Quere gekommen?»

«Ach was!» schnaubte er. «Natürlich kam die dumme Kuh irgendwann angerannt, aber mit der habe ich kurzen Prozeß gemacht.

Nein, es war viel besser, das wird dir Spaß machen.» Sein Mund verzog sich zu einem breiten Grinsen. «Die alte von Ganski ist am Grab zusammengeklappt, gerade als wir die Kiste von ihrem Mann ausbuddelten. Herzklabaster. – Aber was hast du? Du lachst ja gar nicht?»

«Du verdammter Idiot!» fauchte Elisabeth. «Hab ich dir nicht gesagt, du sollst dafür sorgen, daß keiner von der Familie dabei ist?»

«Hab ich ja auch», erwiderte Norbert beleidigt. «Werner war in der Schule, und Christian habe ich mit einem Auftrag nach Boddenhagen geschickt. Aber was kann ich dafür, wenn die beiden Weiber verrückt spielen?»

Elisabeth holte Luft, um sich zu beruhigen. Norbert hatte mal wieder schlecht funktioniert, und das brachte sie in Rage. «Ist sie tot?» fragte sie knapp.

«Was weiß ich?» Norbert zuckte die Schultern. «Und wenn schon? Ein Schmarotzer weniger auf dieser Welt. Wird sowieso höchste Zeit, daß die Junkerbrut ausstirbt.» Er stand auf, zog etwas aus seiner Tasche und setzte sich auf ihren Schreibtisch. «Schau mal, ich hab dir etwas mitgebracht.»

Wieder lächelte er sie an, und diesmal quittierte ihr Körper die Wirkung seines Lächelns mit einem Kribbeln. Ein hübscher Kerl war er ja, das mußte sie ihm lassen! Aber was war das? Was baumelte da in seiner Hand? Das war doch ... Elisabeth konnte kaum glauben, was sie da sah.

«Woher hast du das?»

«Ist die nicht hübsch?» In seiner Hand hielt er eine goldene Kette aus hauchdünnen, fein gesponnenen Fäden, an deren Ende ein kieselsteingroßes Bernstein-Amulett baumelte. «Die habe ich heute gekauft, für dich. Gefällt sie dir?»

«Gib her!» Schneller, als er reagieren konnte, riß sie ihm die Kette aus der Hand. «Gekauft, für mich? Du widerlicher kleiner Lügner! Du hast sie gestohlen – aus dem Grab!»

Norbert zog ein Gesicht wie ein Schuljunge, der beim Kirschenklauen ertappt worden ist. «War doch nur ein Scherz», maulte er. «Nicht im Traum käme ich auf die Idee, mir fremdes Eigentum anzueignen. Hier, bitte, der Beweis.»

Während er sprach, holte er einen zweiten, in ein Tuch eingeschlagenen Gegenstand hervor und legte ihn auf den Tisch. Elisabeth runzelte die Stirn. Als er das Tuch öffnete, zuckte sie zusammen. Vor ihr lag eine alte, verrostete Pistole.

«Das Grab war die reinste Schatzkammer», sagte Norbert. «Wahrscheinlich haben sie die Sachen bei Kriegsende da verbuddelt. Pfui Teufel! Nicht mal Respekt vor den Toten haben diese Leute! Nur gut, daß die nichts mehr zu melden haben!»

Mit forschendem Blick und unsicherem Lächeln schielte er zu ihr rüber. Das tat er immer, wenn er nicht wußte, ob er etwas falsch gemacht hatte. Elisabeth konnte dieses Gesicht nicht ausstehen. Seit fünfzehn Jahren kannte sie Norbert nun schon. Sie selbst hatte ihm einen Platz im Kinderheim besorgt, als Kriegswaise, in der allerersten Anfangszeit, und seit er auf Daggelin lebte, förderte sie ihn, wo und wie sie nur konnte. Doch er hatte immer noch dieselbe unterwürfige, hündische Natur wie damals. Und immer noch hatte er Angst vor ihr. Warum gelang es ihr nicht, ihm diese Angst zu nehmen, damit er endlich ein aufrichtiger, anständiger Kerl wurde?

«Du hast deine Sache gut gemacht», sagte sie sanft. «Aber jetzt laß mich allein, ich muß ein bißchen nachdenken.»

Es dauerte keine Sekunde, und Norbert hatte sein selbstzufriedenes Gesicht wiedergefunden. «Und meine Prämie?»

Elisabeth strich ihm über das Haar. «Wenn du willst, darfst du mich heute abend besuchen – in meiner Wohnung. Doch jetzt sei artig und geh.»

Kaum war Norbert zur Tür hinaus, öffnete Elisabeth den Rolladen ihres Aktenschranks und holte ein großes, dickleibiges Dossier daraus hervor, das mit Bindfaden mehrfach verschnürt war. *Barbara Reichenbach, geb. von Ganski, alias Barbara Schewesta,* stand in Elisabeths steiler, akkurater Handschrift auf dem Etikett.

Mit einer Schere schnitt sie den Bindfaden durch. Das Dossier enthielt Hunderte von Notizen und Beweisstücken – sämtliche Informationen, die sie im Lauf der Jahre über Barbara zusammengetragen hatte, Zeugnisse zahlloser Verfehlungen und Verbrechen. Jede Gemeinheit, jede Ungerechtigkeit, die Barbara sich hatte zuschulden kommen lassen, war hier dokumentiert, aufbewahrt für alle Zeit. Wahllos blätterte Elisabeth in den Papieren: «Vater des ältesten Sohnes der B.R. ist der Genosse B., Major der brüderlichen Sowjetarmee.» Diese Notiz hatte sie bei Christians Typhus-Erkrankung gemacht. Sie hatte ihn an seinen Augen erkannt.

Jetzt fügte sie dem Dossier zwei weitere Gegenstände hinzu: eine Kette und eine Pistole. Wie waren sie nur in die Familiengruft gelangt? Elisabeth nahm das Amulett in die Hand, entfernte mit dem Daumennagel den angetrockneten Lehm und putzte am Ärmel ihres Kleides den Bernstein blank. Deutlich konnte sie die darin eingeschlossene Bienenkönigin erkennen. Barbara Reichenbach ... Wie haßte sie diese Frau! Diese arrogante, hochmütige Person, die noch jetzt, da sie fast nichts mehr besaß außer dem Elend, das ein gerechtes Schicksal ihr zugewiesen hatte, sie behandelte wie ein Stück Dreck ... Barbara war und blieb die Königin, und Elisabeth war und blieb die unscheinbare Arbeiterin, von niemandem beachtet, von niemandem geliebt ...

Plötzlich erinnerte sie sich: Belajew! Er hatte mit dem Amulett in seinen Händen gespielt, sie hatte es durchs Fenster gesehen, in jener Nacht vor vielen, vielen Jahren, der Krieg war gerade vorbei, als sie mit dem Fahrrad aus dem Dorf zurückgekommen war und beobachtet hatte, wie sich Barbara zu ihm ins Musikzimmer schlich ... Er mußte die Kette in das Grab geworfen haben.

Mit einem Seufzer legte sie das Amulett beiseite. Belajew hatte Barbara geliebt ... Und die Pistole? Ja, sie kannte auch die Pistole ... Sie war einem Mann zum Verhängnis geworden, der die Quelle allen Unrechts war, das man ihr, Elisabeth Markwitz, im Leben zugefügt hatte. Die Waffe hatte Karl-Heinz Luschnat gehört. Mit ihr war Igor erschossen worden, ein russischer Zwangsarbeiter, der keiner Fliege je etwas zuleide getan hatte, und sie, Elisabeth, hatte vor dem Tribunal der Roten Armee ausgesagt, wo sie vergraben lag. Belajew hatte das Urteil gesprochen – damals über Albin von Ganski, und später über sie.

Elisabeth biß sich auf die Lippe. Was war das für eine Gefühlsduselei? Wozu diese kleinbürgerlichen Gewissensbisse? Sie nahm ihr Taschentuch und wischte die Tränen fort.

Nein, sie hatte sich nichts vorzuwerfen.

6

Es war ein wunderbarer Sommernachmittag. Von der Küste wehte der Wind würzige Seeluft über das Land, auf dem schon gelbe Kornfelder wogten, und vermischte sich mit dem Duft frisch aufgebrochener Erde. Barbara stand am Grab ihrer Mutter, allein mit ihren Gedanken. Noch vor zwei Tagen hatte sie gefürchtet, Hilde könnte ewig leben. Jetzt war sie tot, und nichts hinderte Barbara mehr daran, Daggelin zu verlassen und ihrem Mann zu folgen. Es war so erbärmlich, daß es kaum auszuhalten war.

Heute ist heute, und morgen ist morgen ... Sie hörte die Stimme ihrer Mutter, wie sie diesen Satz gesagt hatte, am Tag ihrer Hochzeit, um ihr die Angst vor der ungewissen Zukunft zu nehmen. Die Zukunft war heute so ungewiß wie damals, doch niemand war mehr da, der sie tröstete oder ihr Mut machte. Barbara bückte sich und ordnete die wenigen Blumensträuße auf dem Erdhügel um das rote Windlicht herum, in dem eine unruhige Flamme flackerte. Hildes letzte Ruhestätte war ein Reihengrab auf dem Dorffriedhof von Boddenhagen, durch ein Dutzend fremder Gräber vom neuen Grab ihres Mannes entfernt. Nicht mal benachbarte Grabstellen hatte man ihnen gegeben.

«Warum tut Elisabeth uns das nur an, Herr Lachmund? Was haben wir verbrochen, daß sie uns so behandelt?» fragte Barbara wenige Minuten später den alten Lehrer, der als einziger Bewohner aus dem Dorf an der Beerdigung teilgenommen und zusammen mit Fritz Broszat sowie ihren Söhnen am Ausgang des Friedhofs gewartet hatte, solange sie am Grab von ihrer Mutter Abschied nahm.

«Ich weiß es nicht», seufzte Lachmund. «Ich verstehe diese Menschen nicht. Sie verraten alles, woran wir geglaubt und wofür wir gekämpft haben. Humanität, Gerechtigkeit, Nächstenliebe – unsere ganzen Ideale.» Er stockte, bevor er weitersprach. «Ich bin gestern als Bürgermeister zurückgetreten. Ich wollte, daß du das weißt.»

«Weil sie das Grab meines Vaters zerstört haben?»

«Ja, Barbara.» Er nahm seine Baskenmütze ab und reichte ihr die Hand. «Ich fürchte, ich muß jetzt nach Hause. Meine Frau ist allein und wartet auf mich. Sie ist nicht gut dran.»

Sie nahm seine Hand und drückte sie. «Danke, Herr Lachmund. Dafür, daß Sie gekommen sind, und auch, weil Sie ...»

«Das ist das wenigste, das allerwenigste.» Er schaute sie mit seinen alten, müden Augen an und schüttelte den Kopf. «Glaub mir, wenn ich gewußt hätte, wie sich alles entwickelt – nein ...» Ohne den Satz zu Ende zu sprechen, wandte er sich ab und ging davon.

Seite an Seite folgten Barbara und Broszat dem alten, staubigen Weg, der von Boddenhagen nach Daggelin führte, eingehüllt in Schweigen, während Christian und Werner vorausliefen. Was sollten sie auch miteinander sprechen? Mit Hildes Tod war ihre alte Welt endgültig untergegangen. Sie lebten zwar noch am selben Ort, an dem sie geboren waren, doch ihre Heimat hatten sie verloren. Sie waren zu Fremden geworden, mit jeder Woche, mit jedem Monat, mit jedem Jahr etwas mehr, entwurzelt im eigenen Land, dem Land, das ihre Vorfahren urbar gemacht und bebaut hatten. Ein russischer Mähdrescher rumpelte ihnen entgegen und zwang sie, beiseite zu treten. Werner grüßte ihn mit erhobener Faust. Daggelin gehörte für immer der Vergangenheit an.

Zu Hause hatte Barbara das Bedürfnis, allein zu sein. Sie schickte ihre Söhne in den Stall, damit sie die Kühe melkten, und nachdem sie Broszat noch einmal die Hand gedrückt hatte, zog sie sich in die Kammer ihrer Mutter zurück. Auf dem ungemachten Bett lag noch Hildes rosafarbenes Nachthemd, genau so, wie sie es vor drei Tagen zum letzten Mal dort abgelegt hatte, und auf dem kleinen Tisch stand eine angebrochene Flasche Johannisbeerlikör.

Barbara schraubte den Verschluß der Flasche fest zu und stellte sie in den Schrank. Sie wollte sie in dem Zustand aufbewahren, als letzte Erinnerung. «Ach, Mamutschka», murmelte sie. «Ich hoffe, du hast es dort oben besser als hier.»

Bei dem Gedanken, daß ihre Mutter, die doch einmal eine so große und vornehme Dame gewesen war, in dieser engen, stickigen Kammer ihre letzten Lebensjahre verbracht hatte, schnürte es ihr die Kehle zu. Hilde war immer so altmodisch und weltfremd gewesen und gleichzeitig so elegant ... Wie hatte sie sich über schlechte Manieren aufregen können, und wie konnte sie sich freuen, wenn man ihr ein paar Blumen oder eine Schachtel Pralinen schenkte ...

Barbara setzte sich an den kleinen Tisch und öffnete die Schublade, in der Hilde ein paar Andenken aufbewahrt hatte. Ein Poesiealbum, Fotos, ein Bündel Briefe ... Das war alles, was von ihr übriggeblieben war, die Spur ihres Lebens. Barbara schlug das Poesiealbum auf und begann zu blättern. Plötzlich mußte sie lächeln. *Heute ist heute, und morgen ist morgen*, hatte eine Schulfreundin ihrer Mutter in das Album geschrieben, am 24. April 1907 ... Das Hochzeitsfoto war noch erstaunlich gut erhalten. Hilde war eine bildhübsche Frau gewesen und, ihrem Blick auf dem Foto nach zu urteilen, sehr stolz auf ihren Mann, der ihr in gerader Haltung den Arm reichte und mit seinem Schnauzbart ein wenig finster in die Kamera schaute ... Die Briefe waren alle von Albin. Barbara zögerte. Durfte sie die Briefe lesen?

Kindchen, du fragst manchmal Sachen!

Lächelnd schnürte sie das Bündel auf, öffnete einen der vergilbten Umschläge und begann zu lesen. Es war ein Brief aus der Verlobungszeit. Barbara staunte, wie romantisch ihr Vater damals gewesen war. Er hatte sogar ein Gedicht für Hilde geschrieben! Die meisten der späteren Briefe stammten aus Norwegen, wohin Albin als Konsul des Landes offenbar regelmäßig gereist war, und enthielten ausführliche Beschreibungen und politische Bemerkungen. Barbara wollte sie gerade beiseite legen, als ihr ein Kuvert auffiel, das sich merkwürdig von den anderen unterschied. Die Hülle war ganz zerknittert und sah aus, als ob jemand sie zusammengeknüllt und anschließend wieder glattgestrichen hätte. Sie faltete den Bogen auseinander und überflog die Zeilen. Plötzlich runzelte sie die Stirn.

> *... Du hast durch einen dummen Zufall etwas entdeckt, meine Liebe* (stand da in der ebenso flüssigen wie akkuraten Handschrift ihres Vaters), *was Dir besser verborgen geblieben wäre, aber da Du es nun einmal weißt, will ich Dir die ganze Wahrheit mitteilen und Dir sagen, wie ich die Dinge für die Zukunft zu arrangieren gedenke. Damit dieses Thema ein für allemal zwischen uns erledigt ist ...*

Barbara beschlich ein immer stärkeres Unbehagen. Wenn ihr Vater diesen Ton anschlug, mußte es sich um eine ernste Angelegenheit gehandelt haben. Komisch. Sie konnte sich kaum erinnern, daß ihre Eltern je einen größeren Streit miteinander gehabt hatten. Sie schaute auf das Datum des Briefes. Er war im Dezember 1927 abgefaßt worden. Mit einem Kopfschütteln wendete sie das Blatt und las die letzten Sätze.

... Ich gebe zu, daß ich mich niemals mit dieser Person hätte einlassen dürfen, und bin mir bewußt, daß ich Dich damit sehr verletzt habe. Aber solche Dinge passieren nun mal, und daß Du jetzt eine solche Affäre daraus machst, mit unserer Tochter zu Deinen Eltern abreist und mir sogar mit Scheidung drohst, halte ich für reichlich übertrieben. Ich fordere Dich darum auf, unverzüglich nach Daggelin zurückzukehren, spätestens aber bis Weihnachten, damit wir das Fest zusammen feiern, wie es sich für eine Familie gehört ...

Barbara verstand kein einziges Wort. Ihre Mutter hatte ihrem Vater mit Scheidung gedroht? Weshalb um Himmels willen? Sie drehte den engbeschriebenen Bogen ein zweites Mal um und kehrte an den Anfang zurück, um den Inhalt der Reihe nach zu lesen.

... Diese Person, die seit Jahren als Melkerin auf unserem Hof arbeitet, hat im letzten Monat ein Kind zur Welt gebracht, dessen leiblicher Vater ich leider unstreitig bin. Natürlich werde ich die Vaterschaft niemals anerkennen. Zum Glück hat die fragliche Person mir glaubwürdig versichert, daß auch sie niemanden davon in Kenntnis setzen wird, sofern ich für sie und das Kind in angemessener Weise sorge. Da ich dieses Ansinnen für recht und billig halte, habe ich ihr angeboten, daß sie in ihrer bisherigen Stellung auf Daggelin verbleiben darf und ich mich um die Erziehung des Kindes kümmern werde. Es soll eine ordentliche Schulbildung bekommen und später einmal in der Verwaltung des Gutsbetriebes arbeiten. Ich meine, mit diesen Vorkehrungen ist allen Seiten gedient und auch den Forderungen des Anstands Genüge getan ... Und da Du mich nach dem Namen der betreffenden Person gefragt hast, will ich auch daraus kein Geheimnis machen. Es handelt sich um die Melkerin Markwitz, und ihre Tochter heißt Elisabeth ...

Barbaras Hände zitterten so sehr, daß die Buchstaben vor ihren Augen zu tanzen anfingen. Sie ließ den Brief sinken und versuchte zu begreifen, was sie gelesen hatte, doch es dauerte einige Sekunden, bis die Bedeutung der Worte, die ihr Vater vor so vielen Jahren an ihre Mutter gerichtet hatte, in ihr Bewußtsein drangen: Elisabeth Markwitz war ihre Schwester, hatte denselben Vater wie sie selbst. Und ihre Mutter hatte es all die Jahre gewußt und mit sich herumgetragen, ein halbes Leben lang.

«Arme Mamutschka!»

Plötzlich packte sie eine unsägliche Wut. Sie spürte nur einen Impuls: Sie mußte zu Elisabeth! Sofort! Auf der Stelle! Um sie an den Haaren zum Friedhof zu schleifen, zu den Gräbern ihrer Eltern ... Doch schon in der nächsten Sekunde verwandelte sich ihr Zorn in Unsicherheit, ja in Angst. Die Dinge waren soviel komplizierter ... Wie sollte sie Elisabeth entgegentreten? Wer von ihnen war die Klägerin und wer die Angeklagte?

Stöhnend schloß Barbara die Augen. Jetzt wußte sie die Antwort auf die Frage, die sie Bürgermeister Lachmund gestellt hatte: warum Elisabeth das alles tat, weshalb sie ihre Familie immer wieder so behandelte. Nicht, weil Barbara und ihre Angehörigen Adlige waren, Privilegierte, an denen sie sich rächen wollte. Es hatte nichts mit Politik zu tun. Elisabeth haßte die Familie, weil sie selbst zur Familie gehörte. Ihr Haß war die Kehrseite des Unrechts, das sie selber erlitten hatte.

Am Abend dieses Tages suchte Barbara den Leiter des Kinderheims auf, das Elisabeth im Schloß eingerichtet hatte, und bat ihn um den Schlüssel zum Musikzimmer. Der Heimleiter war zuerst irritiert über ihre Bitte, doch da der Flügel immer noch ihr Eigentum war, willigte er schließlich ein.

Sie hatte das Bedürfnis, noch einmal auf ihrem alten Instrument zu spielen. Die Musik war das einzige, was ihr niemand nehmen konnte. Sie wollte spielen, um sich von Daggelin und ihrem alten Leben zu verabschieden.

In zwei Wochen brachen Werners Schulferien an; dann würde sie in den Westen fliehen, zusammen mit ihren Söhnen.

7

Alex wußte nicht, was ihn an Alfred Westphal mehr beeindruckte: sein grenzenloser Appetit, mit dem er zu jeder Tages- und Nachtzeit Unmengen von Nahrungsmitteln verschlang, oder seine Fähigkeit, einmal getroffene Entscheidungen mit unglaublichem Tempo in die Tat umzusetzen? Wahrscheinlich letzteres. Vor knapp zwei Monaten erst hatte der Seniorchef der Westphal AG den Bau eines Versuchsreaktors beschlossen, und bereits an diesem Sonntag fand die Grundsteinlegung für das Verwaltungsgebäude statt, in dem Alex im Frühjahr des kommenden Jahres einziehen sollte: als Direktor des neugegründeten Unternehmensbereichs Kernenergie/Atomwirtschaft.

«Sitzt meine Krawatte?» fragte er Lilo nervös.

Sie saßen zusammen im Fond eines schweren Firmen-Mercedes, der sie zur Grundsteinlegung brachte, wo mehrere hundert Gäste erwartet wurden.

«Absolut perfekt, Herr Doktor.» Lilo machte eine kurze Pause und schaute ihn ernst an. «Ich hoffe, die Nachrichten aus Berlin haben Sie nicht allzusehr erschreckt? Sicher renkt sich alles bald schon wieder ein. Die Amerikaner werden nie und nimmer zulassen, daß die Russen ...»

«Was für Nachrichten?» fragte Alex zerstreut und griff in die Innentasche seines Jacketts. «Ich habe heute noch kein Radio gehört. – Zum Kuckuck, wo habe ich nur meine Rede gelassen? Was haben die Russen und Amerikaner?»

Für eine Sekunde huschte ein Schatten über Lilos hübsches Gesicht. Dann schüttelte sie den Kopf. «Nichts, womit Sie sich jetzt beschäftigen sollten. – Hier», sagte sie mit einem Lächeln und nahm ein zusammengefaltetes Blatt Papier aus ihrer Handtasche, «ich habe noch eine Abschrift dabei, für den Fall der Fälle. Möchten Sie sie noch mal durchgehen?»

«Sie meinen, damit ich mich vor dem Staatssekretär nicht blamiere? Sie sind wirklich ein Engel! Ich habe den Text zwar schon hundertmal gelesen, aber Sie haben recht, einmal mehr kann nicht schaden.»

Während er seine Rede überflog, beobachtete er aus den Augenwinkeln seine Sekretärin, die sich gerade mit Hilfe eines Handspiegels ihr Gesicht puderte. Er wußte nicht, was ihn mehr verwirrte: der Gedanke an seinen ersten öffentlichen Auftritt als Direktor der Westphal AG oder Lilos Anblick beim Schminken?

Es war Richards Idee gewesen, daß Lilo Bauer ihn heute begleitete. Richard meinte, an einem solchen Tag müsse ein Mann eine vorzeigbare Frau an seiner Seite haben, und wenn er sich eine auslieh. Richard hatte gut reden, er hatte ein Dutzend Freundinnen – aber Alex? Zum Glück war Lilo Bauer so, wie sie war. Sie hatte auf seine Frage, ob sie den Sonntag für ihn und die Firma opfern wollte, sofort ja gesagt, in ihrer unkomplizierten, patenten Art, als wäre das die selbstverständlichste Sache der Welt. Den verunglückten Kuß vor ihrer Haustür hatte sie in all den Wochen mit keinem Wort erwähnt.

Alex war ihr so dankbar. Doch Dankbarkeit war nicht das einzige Gefühl, das sie in ihm auslöste. Tatsächlich empfand er für Lilo viel, viel mehr, als er empfinden sollte. Er konnte sie in der Firma nicht ansehen, ohne rot zu werden, so daß er sie am liebsten gar nicht sah, doch sobald sie fort war, suchte er nach einem Vorwand, um sie in sein Büro zu rufen. Jetzt malte sie mit dem Lippenstift die Konturen ihres Mundes nach, den sie dabei einen Spaltbreit geöffnet hielt, wie zum Kuß. Alex ließ seinen Redetext auf den Schoß sinken, damit sie nicht die Aufwölbung seiner Hose bemerkte. Wenn das so weiterging, mußte er ihr irgendwann kündigen. Gott sei Dank, daß Barbara bald wieder bei ihm sein würde.

Der Mercedes bremste so plötzlich, daß Alex fast vom Sitz rutschte. Als er aufblickte, sah er, daß aus einer Querstraße Hunderte von Menschen die Straße kreuzten.

«Was ist denn das für eine Demonstration, am Sonntag?»

Der Chauffeur drehte sich zu Alex herum. «In einer Minute kommen die neuesten Nachrichten, Herr Direktor. Soll ich das Radio einschalten?»

«Nein», sagte Lilo, bevor Alex antworten konnte. «Lassen Sie das Radio aus. Herr Dr. Reichenbach möchte sich konzentrieren.»

Mit einer Viertelstunde Verspätung erreichten sie den Bauplatz. Trotzdem waren die Stuhlreihen vor dem Podium nicht mal zur Hälfte besetzt. Die beiden Westphals warteten bei dem Gerüst, an dem die Grundsteinlegung erfolgen sollte, und schienen alles andere als begeistert. Richard betrachtete nervös seine Hände, und Alfred hatte seine Daumen in die Westentasche gesteckt und trommelte mit den Fingerspitzen auf seinem Bauch.

«Wir sind unterwegs in eine Demonstration geraten», entschuldigte Alex sich.

«Ja, ja, ja», erwiderte Alfred mit einem Gesicht, als hätte er zwei Tage nichts zu essen bekommen. «Alles wegen dieser Granatenscheiße in Berlin! Der Staatssekretär hat auch schon abgesagt. Konnten die Arschlöcher nicht einen Tag länger warten?»

«Alexander Reichenbach ... Das ist aber eine Überraschung!»

Alex schaute sich um. Vor ihm stand ein hochgewachsener, graumelierter Mann Mitte Fünfzig, der fast so korpulent war wie Alfred Westphal. Sein Gesicht, das ein überaus joviales Lächeln zeigte, kam Alex auf unangenehme Weise bekannt vor. Doch er wußte nicht, wo er ihn hintun sollte.

«Ich hätte Sie fast nicht erkannt», sagte der Fremde. «Wie mich das freut, daß wir uns wiedersehen. Und das», fügte er mit einem anerkennenden Blick auf Lilo hinzu, «auch noch in so charmanter Begleitung.»

Richard trat hüstelnd zu ihnen. «Oh, Sie kennen unseren Dr. Reichenbach, Herr Ministerialdirigent?»

«Für privates Gedöns ist jetzt keine Zeit», unterbrach ihn sein Vater. «Wir müssen endlich anfangen. Los, Alex, worauf wartest du noch?»

Alex nahm seinen Redetext und eilte die Stufen zum Podium hinauf. Am Pult richtete er das Mikrofon. «Sehr geehrte Damen und Herren, verehrte Festgäste ...»

Gott sei Dank, daß Lilo an die Abschrift gedacht hatte! Erst jetzt merkte er, wie aufgeregt er war. Ohne Manuskript hätte er keine zwei Worte herausgebracht ... Das Publikum hörte kaum zu. Die Leute steckten die Köpfe zusammen und tuschelten, als gäbe es eine Nachricht, die viel wichtiger war als das, was er zu sagen hatte. Nur der Ministerialdirigent starrte ihn an, als hätte Alex vergessen, sich die Hose zuzumachen. Woher kannte er nur diesen Mann? Er war früher schlanker gewesen, und auch die Frisur hatte sich verändert, die Haare waren kürzer gewesen, militärischer ... Alex gab sich einen Ruck und konzentrierte sich auf seine Rede.

«... Die Atomkraft bietet uns eine unvergleichliche Chance. Mit ihrer Energie können wir Städte und Länder, eines Tages vielleicht sogar den ganzen Erdball mit Strom und Wärme versorgen. Wir können soviel Licht wie die Sonne produzieren und soviel Heizkraft, daß kein Kind auf der Welt mehr frieren muß. Sie garantiert das Wachstum der Wirtschaft und den Fortschritt der Menschheit. Lassen Sie uns gemeinsam diese Chance ergreifen!»

Mit einer Verbeugung bedankte Alex sich für den Applaus und stolperte vom Podium. Der Ministerialdirigent war der erste, der ihm gratulierte.

«Großartige Rede!» sagte er mit schnarrender Stimme, während er ihm die Hand schüttelte und dabei die Hacken zusammenschlug. Wie ein Soldat auf dem Kasernenhof.

In diesem Augenblick fiel es Alex wie Schuppen von den Augen. «Karl-Heinz Luschnat ... Was machen Sie denn hier?»

«Ist der Groschen gefallen?» fragte Luschnat zurück. «Ich habe die Ehre, den Staatssekretär des Innern zu vertreten.» Dann beugte er sich ein wenig vor, und mit Trauerflor in der Stimme fügte er hinzu: «Ihre Haltung imponiert mir. Wenn man bedenkt, was Sie heute empfinden müssen. Tut mir ausgesprochen leid für Sie und Barbara.»

«Ich weiß nicht, wovon Sie reden.»

«Ja, haben Sie denn keine Nachrichten gehört?»

«Nein, weshalb sollte ich?»

Luschnat zog ein bestürztes Gesicht. «Das ist mir jetzt aber peinlich, daß ausgerechnet ich Ihnen diese Mitteilung machen muß.» Bevor er weitersprach, leckte er sich genüßlich die Lippen. «Die Kommunisten haben diese Nacht eine Mauer quer durch Berlin gezogen.»

«Eine WAS?!»

«Ja, eine Mauer, mit Stacheldraht und allem Drum und Dran! Der Osten hat den Laden dichtgemacht! Aus und vorbei! Da kommt keine Maus mehr raus.»

Alex hörte nicht, was Luschnat weiter sagte. Es war wie ein Film, bei dem jemand den Ton abgedreht hatte. Während er in Luschnats Gesicht starrte und sah, wie dessen Lippen sich bewegten, hatte er nur einen Gedanken: Barbara ... In ein paar Tagen, so war es ausgemacht, sollte sie kommen, zusammen mit den Jungen. Und er, Alex, hatte sie aufgefordert, bis nach der Grundsteinlegung zu warten. Damit er bei ihrer Ankunft Zeit für sie hätte.

«Ja, das ist ein Drama», sagte Luschnat. «Doch Kopf hoch! Ihre hübsche Begleiterin wird Sie schon trösten. Wie war gleich ihr Name?»

8

Barbara trat in das Musikzimmer, und leise, um niemand im Schloß zu wecken, zog sie die Tür hinter sich zu. Abgesehen von den Fotos und den Bannern an den Wänden war in dem Raum alles noch genauso wie früher – der Flügel, der kleine Tisch, die Couch und der Ledersessel, sogar der Geruch war noch derselbe.

Fröstelnd setzte sie sich an den Flügel und öffnete den Deckel. Obwohl sie heute Geburtstag hatte, war sie allein. Werner nahm an einer Exkursion der Pioniergruppe teil – zu Beginn des Schuljahres war er zum Kassierer des Freundschaftsrats gewählt worden, als Anerkennung dafür, daß er sich beim Fahnenappell von seinem Vater losgesagt hatte –, und Christian war während des Abendessens die ganze Zeit so unruhig auf seinem Stuhl hin und her gerutscht, daß sie ihn schließlich fortgeschickt hatte. Sie wußte ja, daß er lieber mit seiner Freundin Gisela als mit ihr den Abend verbrachte; also hatte sie es ihm und sich erspart, so zu tun, als würden sie ihren Geburtstag feiern.

Mit einem Seufzer legte sie die Hände auf die Tasten. Ihr Geburtstag war gleichzeitig auch ihr Hochzeitstag. Vor siebzehn Jahren hatte sie geheiratet, doch Alex war weiter fort denn je. Fast schon ein Jahr lebte er jetzt in einer anderen Welt, auf der anderen Seite der Mauer, und sowenig sie ihm nachfolgen konnte, sowenig konnte er zu ihr zurückkehren. Sie faßte nach der Bernstein-Kette, die sie am Morgen angelegt hatte. Ob Alex wohl daran dachte, was für ein Tag heute war?

Sie schloß die Augen, um sich zu sammeln, dann schlug sie ein paar Töne an, wahllos und zufällig, wie ihre Hände gerade wollten. Seit einigen Wochen spielte sie nun wieder Klavier, meist in den Abendstunden, wenn im Schloß alles dunkel war und die Heimkinder schliefen. Wenn sie spielte, konnte sie vergessen, und je tiefer sie in ihrem Spiel versank, desto ferner und unwirklicher erschien ihr die Realität, als wäre ihr Leben nur ein Traum und ihr Spiel die Wirklichkeit ...

Eine kleine Phantasie bildete sich unter ihren Händen, wie von allein fand sich das Thema, eine Figur von anderthalb Takten, eine simple Auflösung nur, ein Hinsinken von einer Tonart in die andere. Doch bald belebte sich ihr Spiel, ein zweites Thema folgte, eine heitere Variation des ersten, und Barbara sah eine bunte Frühlingswiese, roch den Duft von Blumen und Gras. Synkopen kamen hinzu, suchend und irrend, der Rhythmus beschleunigte sich, und plötzlich stieg wieder die Ahnung jenes Gefühls in ihr auf, das sie vor Jahren beim Reiten überkam, wenn sie morgens am Bach entlangjagte, schneller und schneller, bis der Wind ihr Tränen in die Augen trieb und sie von der Landschaft nichts mehr sah als nur ein verwischtes Grünbraun und nichts mehr hörte als das Knarzen des Sattels, der sich am Lederbesatz ihrer Reithose rieb ... Mit einem Mal erklangen dramatische Töne, Töne wie von fremder Hand, schwere, bedeutungsvolle Akkorde, die von den Bässen getragen wurden, und ihr kleines Motiv füllte sich mit Angst und Verzweiflung, mit Unheil und Schmerz. Die Frühlingswiese blieb hinter ihr zurück, statt dessen tauchte sie ein in einen hohen, dunklen Wald, und der Duft von Blumen und Gras wich den modrigen, betäubenden und dennoch verlokkenden Düften des Untergangs ...

Plötzlich, mitten im Spiel, hatte sie das Gefühl, daß sie nicht allein war. Jemand war im Raum, sie spürte es ganz deutlich, und sie brach ab. Während der letzte Akkord verklang, hörte sie eine Stimme, ruhig und fest.

«Immer noch dieselbe Melodie ...»

Sie drehte sich um – und blickte in zwei dunkle, fast schwarze Augen.

«Mischa ...!»

Es war wie die Begegnung mit einem Geist. Belajew stand direkt hinter ihr. Er war älter geworden, er hatte kleine Falten im Gesicht und ein paar graue Strähnen im Haar, aber um seine Lippen spielte immer noch dasselbe geheimnisvolle Lächeln, als er auf sie zutrat.

«*Deine* Melodie. Voller Hingabe, Gefühl, Leidenschaft – die Klänge deiner Seele.» Er nickte ihr zu. «Weißt du noch, wie du diese Melodie zum ersten Mal für mich gespielt hast?»

Barbara nahm ihre Finger von den Tasten des Flügels. Wie könnte sie das je vergessen? Als hätte eine unsichtbare Hand am großen Rad der Zeit gedreht, sahen sie sich wieder, am selben Ort, an dem alles angefangen hatte.

«Weshalb bist du gekommen?» fragte sie leise.

«Weil heute dein Geburtstag ist, Comtesse. Ich möchte dir etwas schenken.»

Ruhig hielt er seine Augen auf sie gerichtet, unverwandt, fast schamlos schaute er sie an. Sie wollte sich diesem Blick entziehen, doch sie konnte es nicht. Wieder spürte sie die heftigen, einander widersprechenden Gefühle, die dieser Mann stets in ihr auslöste, die unerklärliche, magische Anziehungskraft, die sie in seiner Gegenwart empfand, und zugleich die Angst vor dem Fremden, vor der Gefahr, die in seinen verstehenden Augen lauerte.

«Ich habe dir gesagt, daß ich dich nie mehr wiedersehen will.»

Er schüttelte den Kopf, und das Lächeln auf seinen Lippen erstarb. «Du weißt selbst, daß es eine Lüge war.»

Das Blut schoß ihr in die Wangen. Mit einem Mal fühlte sie sich, als wäre sie nackt, entblößt von seinem Blick. Wie um sich zu bedecken, legte sie die Arme um ihre Brust und stand auf.

«Ich will dich mitnehmen», sagte er, ohne den Blick von ihr zu wenden, «dich endlich zu mir holen, dich aus deiner Einsamkeit befreien.»

«Wie kommst du darauf, daß ich einsam bin?»

Er hob die Brauen und strich sich über den Bart. «Ich weiß alles von dir», sagte er. «Alles – von dir und deinem Mann.» Seine Miene war ganz ernst, kein Anflug von Spott oder Ironie spielte in seinen Zügen. «Ich habe dich nie aus den Augen gelassen, Barbara, all die Jahre hindurch habe ich dich aus der Ferne verfolgt, jeden Schritt, jeden Atemzug, den du getan hast.»

Zögernd ließ sie die Arme sinken und wandte sich zu ihm um. Mit einer ruhigen, ganz selbstverständlichen Geste, als hätte er es schon viele Male getan, strich er ihr eine Strähne aus dem Gesicht, die sich aus ihrer Frisur gelöst hatte. Sie hätte es ihm verbieten müssen, aber sie tat es nicht. Als seine Fingerspitzen ihren Hals streiften, spürte sie die leise Berührung mit ihrem ganzen Körper.

«Was du auch getan hast», fuhr er fort, «ich war immer bei dir. Obwohl wir nie zusammen waren, habe ich mein Leben mit dir geteilt, deine Ängste und deine Hoffnungen, deine Sehnsucht und deinen Schmerz. Ich war mit dir glücklich, wenn du glücklich warst, und ich habe mit dir gelitten, wenn du ...» Er sprach den Satz nicht zu Ende, sondern hob mit der Hand ihr Kinn, so daß sie seinen Blick erwidern mußte. «Ich liebe dich, Barbara», sagte er, so einfach und ernst, wie man ein Gebet spricht. «Du bist die einzige Frau, die ich je geliebt habe. Und du bist die einzige Frau, die ich jemals lieben werde.»

Er war ihr so nah, daß sie sein Eau de Cologne roch, herb wie der Duft von verfallendem Laub. Wieder trafen sich ihre Blicke, und wieder war es, als stünde sie nackt vor ihm da.

«Ich hasse dich», sagte sie.

«Du möchtest mich hassen, Barbara, ich sehe es in deinen Augen, aber du tust es nicht.»

Sie warf den Kopf in den Nacken. «Ich hasse dich, wie ich noch nie einen Menschen gehaßt habe.» Sein Gesicht war nur wenige Handbreit von ihrem entfernt. Alle Empfindungen, die sie darin sah, seine Frage, seine Hoffnung, seine Angst, fühlte sie zugleich in sich selber. «Ich hasse dich, weil es dich gibt. Und ...» Sie machte eine Pause, und so leise, daß es kaum zu hören war, sagte sie: «... weil ich dich liebe ...»

Ohne ein Wort zu sagen, die Augen auf sie gerichtet, legte er seine Hand um ihre Schulter und drückte sie an sich. In diesem Moment hatte sie nur noch das Bedürfnis, sich ihm hinzugeben. Sie schlang ihre Arme um seinen Hals und schloß die Augen. Als sie seinen Mund auf ihren Lippen spürte, war es, als öffne sich die Tür eines engen, dunklen Raums, in dem sie lange, allzu lange Zeit gefangen war.

«Mischa ...»

«Komm mit mir», sagte er. «Wirf dein altes Leben fort. Noch diese Nacht brechen wir auf, nach Moskau, nach Leningrad, nach Berlin – sag mir, wohin du willst, und ich bringe dich hin. Aber laß uns endlich das Leben führen, für das wir bestimmt sind.»

Er redete mit solcher Begeisterung, daß sein Gesicht strahlte wie das eines jungen Mannes, beseelt und voller Optimismus. Alles Geheimnisvolle, alles Bedrohliche, alles Gefährliche schien daraus verschwunden. Unwillkürlich erwiderte sie sein Lächeln. Jedes Wort, das er sagte, war eine leidenschaftliche Liebkosung.

«Wir werden zusammen leben, und wir werden uns lieben, bei Tag und bei Nacht ... Im Glanz der Morgensonne und in der Hülle der Dämmerung ... Ich werde dich streicheln, dich küssen, dich behüten ... Ich werde dich beschenken, wie du noch nie beschenkt worden bist ...»

Es war wie ein Strudel, der sich schneller und schneller drehte. Und während ihr mit jedem Wort, das er sprach, schwindliger wurde, schien plötzlich alles so einfach, so klar, so selbstverständlich. Sie mußte ihm nur folgen, ihm vertrauen, sich ganz auf ihn einlassen.

«Noch sind wir jung, noch haben wir Zeit. Ein ganzes Leben liegt vor uns, *unser* Leben, Jahres des Glücks, eine Ewigkeit, die uns gehört.» Er führte sie ans Fenster und zog die Gardine zurück. «Siehst du die Sterne? Wir müssen nur nach ihnen greifen. Bitte, sag ja, und ich werde sie dir vom Himmel holen. Sie sollen mein Geschenk für dich sein.»

Es war wie ein Riß: Mit einem Mal war der Zauber verflogen. Wie eine stumme Erinnerung leuchteten die Sterne am Himmel. Abrupt wandte Barbara sich vom Fenster ab. Die Stimme, mit der Belajew weiterredete, klang plötzlich wie die Stimme eines anderen, rauh und fremd.

«Ich flehe dich an, Barbara. Worauf warten wir noch? Hier hast du keine Zukunft mehr. Und», fügte er nach kurzem Zögern hinzu, «es gibt keine Chance, daß du deinen Mann jemals wiedersiehst. Die Mauer bleibt noch hundert Jahre stehen, die Amerikaner wollen eure Wiedervereinigung genauso wenig wie unsere Regierung. Ich habe mit Politikern gesprochen, mit Generälen, mit Offizieren des Geheimdienstes. Kein Mensch denkt daran, sie abzuschaffen. Das mußt du mir glauben, ich lüge nicht.»

Ohne daß sie wußte, was sie tat, griff sie nach dem Amulett an ihrem Hals. «Ja, ich glaube dir. Du hast mich nie belogen.» Sie sah den dunklen Punkt auf seiner Stirn, den Leberfleck zwischen seinen Brauen. Auf diesen Punkt hatte sie einmal eine Pistole gerichtet.

Er nahm ihre Hände und kniete vor sie hin. «Bitte, Barbara, ich will mit dir zusammensein, mit dir und unserem Sohn.»

Sie überließ ihm ihre Hände, zog sie auch nicht zurück, als er sie küßte. «Ich liebe dich, Mischa, ja. Aber leben mit dir?» Und bevor sie die Frage in ihrem Innern beantwortet hatte, formten sich die Worte wie von selbst auf ihren Lippen, als würde eine fremde Macht sie ihr eingeben. «Es wäre der größte Irrtum meines Lebens. Es wäre Verrat.»

Sie beugte sich über ihn und küßte ihn auf die Stirn, auf dieselbe Stelle, auf die sie damals gezielt hatte, um ihn zu töten. Belajew sprang auf und faßte nach dem Amulett.

«Verrat?» Ein dunkler Schatten verfinsterte sein Gesicht, mit dem Finger zeigte er auf den Einschluß in dem Bernstein. «*Das* da ist Verrat! Verrat an dir und deinem Schicksal! Du, eine Königin – mit einer Ameise!»

Unwillkürlich machte sie einen Schritt zurück. «Bitte, laß es los», sagte sie leise. «Ich möchte nicht, daß du es berührst.»

«Nicht berühren?» rief er, mit einem Funkeln in den Augen. «Ich werde dich davon befreien!» Ein Lächeln spielte um seinen Mund, doch diesmal war es ein gefährliches, grausames Lächeln – das Lächeln eines Wolfs. Seine Hand schnellte vor, und mit einem scharfen, schmerzenden Ruck riß er die Kette von ihrem Hals. «Damit du wieder eine Königin wirst!»

Er packte sie und preßte sie an sich. Durch ihr Kleid spürte sie sein Glied, während seine Lippen ihren Mund suchten. Wie ein Blitz fuhr die Berührung ihr in die Lenden.

«Warum lügst du schon wieder?»

Mit einer heftigen Bewegung riß sie sich von ihm los. Die Kette lag auf dem alten, abgetretenen Teppich, neben Belajews Fuß. Sie bückte sich, um sie aufzuheben.

«Weißt du noch», sagte sie, «wie du unser Land mit einer Frau verglichen hast, bei eurem Einmarsch, als du und deine Soldaten uns angeblich die Freiheit schenkten? Wir waren zusammen ausgeritten und standen auf der Treppe vor dem Portal.»

Belajew kehrte ihr den Rücken zu.

«Beide, hast du damals gesagt, kann man nur befreien, wenn sie es selber wollen.» Tränen schnürten ihr die Kehle zu. «Damals habe ich nicht verstanden, was du damit meintest. – Jetzt weiß ich es.»

Unendlich lange Sekunden standen sie da, ohne ein Wort zu sagen. Sie starrte auf seinen Rücken, unschlüssig, ob sie gehen oder bleiben sollte. Dann drehte er sich zu ihr um. Als er die Augen aufschlug, sah sie, daß sie feucht glänzten.

«Ich weiß, daß du mich liebst», stöhnte er, das Gesicht voller Schmerz. «Deine Augen sagen es mir...»

«Bitte», flüsterte sie, «hör auf, so zu reden.»

«Aber sie sagen mir auch, daß du mich nicht so liebst wie ihn.» Er hob behutsam seine Hand. Noch einmal strich er eine Strähne aus ihrem Gesicht. «Nicht mal die Mauer ist hoch genug, um euch voneinander zu trennen», sagte er mit einem wehmütigen Lächeln. «Ich wollte, ich wäre dein Mann.»

Dann wandte er sich von ihr ab und ging hinaus.

In dieser Nacht fand Barbara keinen Schlaf. Unruhig warf sie sich im Bett hin und her, sein Gesicht vor Augen, als wäre er in ihrer Kammer, sein Gesicht und sein Lächeln, die sie nicht aus ihrer Seele verbannen konnte. Noch immer sah sie seine Blicke auf sich ruhen, spürte seine schwarzen Augen auf ihrer Haut, spürte ihr Werben, ihre Zärtlichkeit, ihre Begierde, spürte sie durch ihre Kleider hindurch, als stünde sie nackt und bloß vor ihm da. Und der Klang seiner Stimme, die sie berührte wie eine fordernde Liebkosung, vermischte sich mit den Tönen der Phantasie, die sie an ihrem Flügel gespielt hatte...

Ihre Hand glitt zwischen ihre Schenkel und tastete nach ihrer Scham. Als sie sich berührte, entrang sich ein Seufzer ihrer Brust, und sie schloß die Augen. Lautlos wie aus dem Jenseits und doch so klar und rein schwebte ihr kleines Motiv im Raum, diese winzige Figur, das Hinübersinken von einer Tonart in die andere ... Mischa ... Langsam bewegte sie ihre Hand, vorsichtig kreisend, als gäbe es immer ein Zurück, streichelte sie sich, um das Verlangen zu besänftigen, das in ihren Adern pulsierte, näherte sie sich dem Zentrum, behutsam und zart, erst nur mit den Spitzen ihrer Finger, doch dann kräftiger, stärker und mehr, im vorwärts drängenden Rhythmus ihrer Melodie ... Keuchend hob und senkte sich ihr Leib, während das kleine, unschuldige Motiv mit einem zweiten Thema verwob, die Lust, die zwischen ihren Schenkeln brannte, sich quälend danach sehnte, von ihrem eigenen Schmerz gelöscht zu werden, sich selbst zu verzehren ... Mischa ... Ihr Fleisch schrie nach seinem Fleisch. Sie wollte ihn fühlen, seinen Atem, seine Hände, sein Glied ... Sie wollte ihn mit ihren Küssen bedecken, mit ihrer Zunge, jede Stelle seines Körpers, ihn in sich aufsaugen, mit allen Öffnungen und Poren ihres Leibes … Sie wollte seine Liebe, seine Zärtlichkeit, seine Grausamkeit … Und wieder ertönte ihre Melodie, wie ein Orkan brauste sie heran, ein Gefühl von unsäglicher Ohnmacht und gleichzeitig seliger Süße, das nicht sein sollte und doch sein wollte, ein pompöses Schwelgen, maßlos und unersättlich, das sich an sich selbst berauschte … Ein Gefühl wie ein Choral, der anschwoll zum Fortissimo … Doch noch immer zögerte sie das Ende hinaus, hielt es zurück, bis es fast nicht mehr ging, um dann, nach einem letzten Augenblick des Aufschubs und der Spannung, hinüberzugleiten in die Auflösung, in die unerträgliche Befriedigung der Sehnsucht. Mischa … Ein langer, alles hinausschleudernder Schrei, dann Stille. Und plötzlich, leise, ganz leise, wie die wehmütige Erinnerung eines längst vergangenen Glücks, erklang sie wieder, die kleine, winzige Figur, das Motiv von anderthalb Takten, dieses süße, schmerzliche Hinübersinken von einer Tonart in die andere, ein in Moll dahinrieselndes Arpeggio, das um einen Ton aufstieg, sich in Dur auflöste und endlich erstarb …

Barbara nahm die Hand von ihrem Schoß, zitternd am ganzen Leib. Ihr Körper war heiß und feucht von der genossenen Lust. Nur allmählich beruhigte sich ihr Atem, alle Kraft schien aus ihr gewichen. Eine lange Weile lag sie da, das Gesicht im Kissen vergraben. Dann drehte sie sich um, und endlich schlug sie die Augen auf.

Durch das Fenster sah sie hinaus in die Nacht. Am Himmel blinkten die Sterne, stumm und schweigend in der Unendlichkeit.

9

Es war schon spät in der Nacht, und Christian war immer noch nicht nach Daggelin zurückgekehrt. Er war so aufgewühlt, daß er die Dorfstraße von Boddenhagen ein dutzendmal rauf- und runterlief, ganz durchdrungen von dem einen seligen Gefühl: Schneewittchen hatte ihn geküßt!

Erst als die letzten Lichter im Dorf erloschen, machte Christian sich auf den Heimweg. Sie hatten sich gerade darüber gestritten, wer der größte russische Dichter war, Puschkin oder Majakowski, als es plötzlich passierte, wie von allein. Warm und süß wie frische Milch hatte der Kuß geschmeckt. Nie wieder wollte Christian etwas essen oder trinken, seinen Mund weder mit Speisen noch Getränken besudeln, fasten bis zum nächsten Kuß, und wenn es eine Woche dauerte!

Er torkelte wie ein Betrunkener die nächtliche Pappelallee entlang, die von der Chaussee die Anhöhe zum Schloß hinaufführte. Plötzlich zuckte er zusammen.

«Himmel, haben Sie mich erschreckt!»

In der Hofeinfahrt, im Schatten des Tores, stand ein russischer Offizier, die Mütze in der Stirn, eine Zigarette zwischen den Lippen. Christian war mit einem Schlag wieder in der Realität zurück. Mißtrauisch beäugte er den Offizier. Er wußte nicht warum, aber irgendwie hatte er das Gefühl, als hätte der Fremde auf ihn gewartet.

«Was ist?» fragte er unsicher. «Wollen Sie etwas von mir?»

Der Offizier zog an seiner Zigarette. Im Schein der aufglimmenden Glut sah Christian zwei schwarze Augen auf sich gerichtet. Warum schaute der Mann ihn so an? Hatte er irgend etwas getan, wofür man ihn belangen konnte?

«Schto slutschilos? Vy chotite schto-nibud' ot menja?» wiederholte er seine Frage auf russisch.

Der Offizier gab keine Antwort. Christian wurde immer nervöser. Aus der Richtung des ehemaligen Friedhofs trug der Nachtwind Grunzlaute und krächzende Vogelschreie herüber. Christian tastete in der Tasche nach seinem Ausweis.

Endlich rührte sich der Mann. «Christian?» fragte er.

Bei der Nennung seines Namens erschrak er ein zweites Mal. «Ja ...? *Vy znaete menja?* Sie kennen mich?»

«Du kannst deinen Ausweis steckenlassen», sagte der Offizier in perfektem Deutsch und trat aus dem Schatten. «Ich will nichts von dir. Ich ... ich wollte nur einmal deine Stimme hören.» Er warf seine Zigarette fort und berührte mit der Hand Christians Wange. Seine Augen wirkten unendlich traurig. «Es freut mich, daß du meine Sprache so gut sprichst. Gute Nacht.»

Dann wandte er sich ab und verschwand in der Dunkelheit. Christian schaute ihm nach, ebenso erleichtert wie verwundert. Diese Russen waren komische Menschen … Er schüttelte sich, um das Gefühl der Beklommenheit loszuwerden, das ihn in der Gegenwart des Fremden beschlichen hatte, und überquerte den Hof.

Im Russenhaus war alles dunkel. Offenbar schlief seine Mutter schon. Vielleicht hätte er doch früher nach Hause kommen sollen, schließlich hatte sie heute Geburtstag. Um sie nicht zu wecken, machte er in der Küche nur das kleine Licht an. Auf dem Tisch stand ein offenes Töpfchen Schmalz neben einem benutzten Teller. Wahrscheinlich hatte Barbara in der Nacht noch einmal Hunger bekommen.

Plötzlich merkte Christian, wie hungrig er selber war. Er griff nach dem Messer, um sich ein Brot zu schmieren, da hörte er ein leises, unterdrücktes Schluchzen, wie wenn jemand in ein Kissen weint. Er ging zurück in den Flur und lauschte. Ja, es war ganz deutlich. Es kam aus dem Schlafzimmer seiner Mutter. Wie eine Hand im Nacken packte ihn das schlechte Gewissen. Er vergaß seinen Hunger und öffnete die Tür.

«Mama, was hast du?» fragte er und setzte sich zu ihr aufs Bett.

Barbara antwortete nicht. Sie lag mit dem Gesicht zur Wand. Behutsam faßte er nach ihrer Schulter, traute sich aber nicht, sie zu berühren.

«Ist es, weil ich dich allein gelassen habe?»

Wieder sagte sie nichts, sondern schüttelte nur stumm den Kopf.

Zärtlich streichelte er ihr übers Haar. «Du weinst wegen Papa, stimmt's?» sagte er leise. «Weil wir nicht zusammen sind …»

Sie drehte sich um und blickte ihn an. Trotz der Dunkelheit sah er, daß ihr Gesicht voller Tränen war. «Ach, Christian», seufzte sie. Dann richtete sie sich auf und klopfte neben sich auf die Matratze. «Komm ein bißchen näher.»

«So wie früher?»

«Ich brauche jetzt jemand, der mich festhält.»

Er rückte an ihre Seite und nahm sie in den Arm. Ganz eng schmiegte sie sich an seine Schulter. Ihr Atem ging unruhig und in Stößen, und ihr Körper zitterte, als würde sie frieren. Eine Weile drückte er sie einfach an sich, ohne etwas zu sagen, während sie an seiner Seite weinte. Wie oft hatte sie früher *ihn* so im Arm gehalten …

Mit einem Anflug von Stolz stellte er fest, daß er inzwischen größer als seine Mutter war. Gleichzeitig war er von seinen eigenen Erlebnissen an diesem Abend noch so aufgewühlt, daß er fast platzte, nicht darüber reden zu können.

«Tut es eigentlich immer so weh, wenn man sich liebt?» fragte er schließlich.

«Wenn man sich wirklich liebt, ja.»

«Warum hört man dann nicht einfach auf, wenn es nicht mehr geht?»

«Wenn man das könnte ... Aber dann wäre es nichts wert.» Sie hob den Kopf und schaute ihn mit nassen Augen an. «Du magst Gisela sehr, nicht wahr?»

Christian wich ihrem Blick aus. Sie hatte ihn durchschaut und wußte, warum er diese Fragen stellte. Plötzlich war es ihm furchtbar peinlich, so mit seiner Mutter zu reden. Und noch peinlicher war es ihm, mit ihr im Bett zu sitzen und sie im Arm zu halten.

«Liebe», sagte Barbara stockend, «ist das Schönste und gleichzeitig das Grausamste, was es gibt. Sie ist das Amen des Universums ...»

Die Worte irritierten ihn so sehr, als hätte seine Mutter mit einer Männerstimme geredet. Obwohl sie ihm aus der Seele sprach, die ganzen Empfindungen, die ihn seit Stunden mit unerträglicher Glückseligkeit plagten, zum Ausdruck brachte, wurde ihm so unbehaglich, daß er den Arm von ihrer Schulter nahm und aufstand.

«Im Hof», sagte er mit einem Räuspern, «ist mir eben ein russischer Offizier begegnet. Er kannte meinen Namen. Hast du eine Ahnung, wer das war?»

«Ein russischer Offizier?» fragte Barbara erschrocken. «Wie sah er aus?»

«Irgendwie unheimlich. Ein bißchen wie ein Mongole.»

Sie biß sich auf die Lippe. «Was hat er von dir gewollt?»

«Nichts, er war irgendwie seltsam. Wieso fragst du? Kennst du ihn?»

«Wie kommst du darauf, daß ich ihn kenne? Was hat er gewollt?»

«Nichts. Er wollte hören, wie meine Stimme klingt. Aber warum bist du plötzlich so nervös?»

Barbara sprang vom Bett auf. «Ich bin nicht nervös!» rief sie. «Du bist nervös! Ich will nur wissen, was mit dir passiert, wenn du dich nachts rumtreibst! Ich mache mir Sorgen um dich. Kannst du das nicht verstehen?»

«Du mußt dir keine Sorgen machen, Mama. Der Mann war harmlos, er wollte nicht mal meinen Ausweis sehen. Er hat mir zu meinem Russisch gratuliert.»

«Zu deinem Russisch?»

«Ja. Aber was hast du? Warum fängst du wieder an zu weinen? Sag endlich, was ist mit diesem Mann?»

Barbara schlug die Hände vors Gesicht und wandte sich schluchzend ab. Christian verstand überhaupt nichts mehr. Was hatte das schon wieder zu bedeuten? Unsicher trat er zu ihr und streichelte ihren Rücken.

«Bitte, Mama, hör auf zu weinen. Was ist mit dir los? Du weinst doch sonst nie. Sag mir, was ich tun muß, damit du endlich aufhörst zu weinen.»

Er fühlte sich so hilflos, als wäre er noch ein Kind. In Wahrheit wußte er ja nur zu gut, was mit seiner Mutter los war, aber wie konnte er ihr helfen? Er konnte ihr doch nicht ihren Mann wiedergeben, das war doch unmöglich, ganz und gar ausgeschlossen ... War es das wirklich? Mit einem Mal sah er seinen Vater vor sich, bei ihrem Abschied, wie sie sich die Hände gaben, um sich etwas zu versprechen: *Ich möchte, daß du mich hier vertrittst, bis wir wieder zusammen sind. Damit ich weiß, daß Mama einen Mann an ihrer Seite hat. Willst du das tun?* Bei der Erinnerung fühlte Christian sich wie ein jämmerlicher Versager.

Er gab sich einen Ruck; statt seiner Mutter weiter sinnlos den Rükken zu streicheln, faßte er sie bei der Schulter, und noch bevor der Gedanke, der plötzlich von ihm Besitz ergriff, ihm selber wirklich klar wurde, sagte er: «Wir haben nur eine Möglichkeit, Mama ...»

Er sprach so ruhig und sicher, daß Barbara sich zu ihm umdrehte.

«Wir müssen fliehen», erklärte er.

«Fliehen? Wie soll das gehen? Die Grenze ist zu.»

«Wir müssen nach Berlin, irgendwo hat die Mauer ein Loch. Das müssen wir finden.» Bereits während er sprach, nahm seine Idee Konturen an; er wunderte sich selbst, wie schnell das ging. Nein, er war kein Kind mehr, er war ein Mann und würde das Versprechen halten, das er seinem Vater gegeben hatte. «Hör zu», sagte er. «Um nach Berlin zu kommen, brauchen wir einen Zuzug. Den bekommen aber nur Privilegierte, also», fügte er mit einem Grinsen hinzu, «mußt *du* ihn uns besorgen.»

«Ich? Ausgerechnet?»

«Natürlich du!» erwiderte er, begeistert von seinem eigenen Plan. «Du kannst Klavier spielen, und die Hauptstadt der DDR braucht Musiklehrerinnen.» Er stockte für eine Sekunde, ein Problem kam ihm in den Sinn, doch im nächsten Moment hatte er es schon gelöst. «Werner sagen wir vorläufig nicht, was wir vorhaben. Wir erklären ihm einfach, daß wir nach Berlin ziehen. Er wird ganz aus dem Häuschen sein bei der Aussicht, daß er auf dem Schulweg womöglich Ulbricht trifft. Und wenn wir erst in Berlin sind, holt Papa uns raus.»

Barbara schaute ihn an, ein Funken Hoffnung in ihren verweinten Augen. «Du meinst, wir hätten eine Chance?»

«Wir müssen es probieren, das Loch in der Mauer finden.» Christian nahm das Amulett, das sie am Hals trug, in die Hand. «Weißt du noch, wie du mir früher immer die Geschichte von der Prinzessin auf dem Schloß erzählt hast? Und daß der Ritter ihr zur Hochzeit eine Kette schenkte, damit sie wußten, daß sie für immer zusammengehörten?»

«Deine Mutter ist eine ziemliche Heulsuse, was?»

Christian schüttelte den Kopf. «Du mußt hier raus, Mama», sagte er und wischte ihr mit seinem Taschentuch die Tränen ab. «Papa und du, ihr gehört zusammen. Das … das geht einfach nicht, daß er drüben ist und du bist hier.»

Zärtlich lächelte sie ihn an und küßte ihn auf die Wange. «Womit hab ich dich eigentlich verdient?»

«Hast du in Biologie nicht aufgepaßt?» erwiderte er mit einem frechen Grinsen. «Du hast es doch eben selbst gesagt: Liebe ist das Amen des Universums.»

Christian sah, wie seine Mutter rot wurde, und hätte sich am liebsten die Zunge abgebissen. Um die Peinlichkeit, die plötzlich wieder zwischen ihnen war, zu überwinden, fragte er: «Von wem ist der Satz eigentlich?»

«Von einem russischen Dichter, glaube ich», antwortete Barbara, ohne ihn anzuschauen. «Ich … Ich hab seinen Namen vergessen.»

«Außerdem bin ich dir noch ein Geschenk schuldig», fügte Christian schnell hinzu. «Heute ist doch dein Geburtstag.»

Endlich hob sie wieder die Augen. «Danke, mein großer Sohn», sagte sie und gab ihm einen zweiten Kuß. «Das ist das schönste Geschenk, das du mir machen kannst.» Plötzlich runzelte sie die Stirn. «Nur, willst du es auch wirklich?»

«Aber natürlich, Mama! Warum nicht? Für dich tu ich doch alles!»

«Und was ist mit Gisela?»

Die Frage erwischte ihn wie eine kalte Dusche. «Schneewittchen?» Die hatte er in seinem Eifer ganz vergessen.

10

«Kaffee oder Cognac?» fragte Alex.

«Wenn es Ihnen nichts ausmacht, lieber Kaffee.»

Während er die Tassen einschenkte, musterte Alex seinen Gast. Gottfried Maluschke war ein älterer, unscheinbarer Herr, der eher wie ein Finanzbeamter als ein Fluchthelfer aussah, mit seiner Aktentasche auf dem Schoß und den fast ehrfürchtigen Blicken, mit denen er sich in Alex' neuem, noch nach frischer Farbe riechendem Büro umschaute. Richard hatte ihm den Tip gegeben, sich an das *Kuratorium SBZ* zu wenden, einen kürzlich gegründeten Verein zur Verteidigung der Menschenrechte in der Sowjetischen Besatzungszone. Wenn jemand Barbara in den Westen holen konnte, so hatte Richard gemeint, dann diese Organisation.

«Ihre Frau wohnt in Ost-Berlin?» fragte Maluschke.

«Ja, seit einem Monat», bestätigte Alex. «Sie hat dort eine Stelle als Musiklehrerin gefunden.»

«Da hat sie aber großes Glück gehabt.» Maluschke runzelte erstaunt die Brauen, dann schüttelte er den Kopf. «Diese Kommunisten. Predigen den Weltfrieden und reißen Familien auseinander. Nun, ich kann mir vorstellen, wie Ihnen zumute ist.»

Alex erwiderte Maluschkes Blick. «Meinen Sie, Sie können sie herausholen?»

«Schwer zu sagen, Dr. Reichenbach, ich will Ihnen nichts vormachen.

In den ersten Tagen nach dem Mauerbau war es ja ein Kinderspiel. Da gab es Häuser an der Grenze, da brauchte man nur durchs Fenster zu springen oder sich vom Dach abzuseilen, und schon war man im Westen. Aber damit ist es vorbei. Und glauben Sie bitte nicht, was in den Zeitungen steht, von gepanzerten Lastwagen, die gegen die Mauer fahren, oder von Flucht mit dem Boot über die Spree. Alles viel zu gefährlich!»

«Meine Sekretärin hat mir von einem Friedhof erzählt, über den ihre Tante geflohen ist. Die Leichenhalle hat zwei Keller, einen im Westen, einen im Osten, die durch einen Tunnel unter der Erde verbunden sind.»

«Sie meinen den Luisenfriedhof?» Maluschke winkte ab. «Ja, das war ein guter Weg, der sicher ein paar Dutzend Menschen zur Flucht verholfen hat. Aber die Vopos schlafen nicht. Inzwischen schieben da rund um die Uhr Doppelposten Wache, und jeder, der die Leichenhalle betritt, wird festgenommen.»

«An welche Möglichkeit denken Sie dann?» fragte Alex. «Gefälschte Pässe?»

«Vielleicht. Wir haben Kontakt zu einer Kunstakademie – die Studenten fertigen regelrechte Kunstwerke an. Der Haken ist nur, bei der Kontrolle haben sie Apparate eingeführt, die einen gefälschten Stempel von einem echten ziemlich sicher unterscheiden.»

Maluschke steckte sich eine Zigarette in den Mund. Alex gab ihm Feuer.

«Und wenn wir eine Frau finden, die meiner Frau ähnlich sieht? Könnte sie nicht mit deren Paß …»

«Keine schlechte Idee», erwiderte Maluschke und blies den Rauch in die Luft, «hat auch schon einige Male geklappt. Aber hier im Westen gibt es kaum Leute, die bereit sind, ihre Papiere zur Verfügung zu stellen.» Er machte eine kurze Pause. «Wenn ich ehrlich bin, kann ich es ihnen nicht mal verdenken. Schließlich machen sie sich strafbar, und wer riskiert schon Gefängnis, wenn er selbst nichts davon hat?»

Er blickte in seine leere Tasse. Alex ahnte, worauf er hinauswollte. «Wenn es eine Frage der Bezahlung ist», sagte er und schenkte Kaffee nach, «darauf soll es nicht ankommen.»

«Gut zu wissen», sagte Maluschke. «Nur, Geld kann das Problem nicht lösen. Angenommen, wir finden eine Frau, die Ihrer Gattin ähnelt und uns ihren Paß gibt – woher nehmen wir die Ausweise für Ihre Söhne? Nein», sagte er und öffnete die Aktentasche auf seinem Schoß. «In Ihrem Fall gibt es nur eine realistische Möglichkeit.»

Er faltete eine Landkarte auseinander und breitete sie auf dem Schreibtisch aus. Alex beugte sich vor und erkannte den Stadtplan von Berlin.

«Ist Ihre Frau körperlich auf der Höhe? Ich meine, kann sie ein bißchen klettern und so?»

«Ich denke schon», sagte Alex. «Warum?»

«Dann holen wir sie und Ihre Söhne hier raus.» Maluschke tippte mit dem Zeigefinger auf ein großes, schwarzes Areal, das mit Kugelschreiber auf der Karte eingekreist war. «Das ist das Loch, wonach alle suchen, das Loch in der Mauer!»

Alex traute seinen Augen nicht. «Da? Mitten in der Stadt? Wie soll das funktionieren, bei soviel Verkehr? Da schaut doch halb Berlin zu.»

Maluschke lachte. «Das ist ja das Geniale an dem Plan – daß kein Mensch an diesem Ort mit Flucht rechnet.» Er blickte Alex an. «Eines müssen Sie wissen, Dr. Reichenbach: Fluchthilfe ist Vertrauenssache. Ohne Vertrauen geht dabei gar nichts.»

«Es ist Ihr Beruf, Leuten bei der Flucht aus der Ostzone zu helfen?» fragte Alex.

«Beruf nicht, eher eine Art Berufung», erwiderte Maluschke. «Meine Brötchen verdiene ich als Vertriebsleiter einer kleinen Brauerei. Aber nach dem Krieg habe ich viel nachgedacht.» Sein Gesicht wurde sehr ernst. «Ich meine, wir hier im Westen, wir haben mehr Glück als Verstand und wissen kaum noch, wie gut es uns geht. Darum ist es unsere Pflicht, den Brüdern und Schwestern drüben zu helfen, so gut wir können. Schließlich haben wir alle etwas wiedergutzumachen – wenn Sie verstehen, was ich meine.»

Alex nickte.

«Sind wir uns also einig, ja?» fragte Maluschke. «Dann sollten wir jetzt die Einzelheiten besprechen.»

Nachdem Maluschke gegangen war, blieb Alex noch ein paar Minuten allein in seinem Büro. Er saß an seinem Schreibtisch, rauchte eine Zigarette und dachte nach. Die Begegnung mit dem unscheinbaren kleinen Mann hatte ihn zutiefst beeindruckt. Er hatte jemanden erwartet, der die Not anderer Menschen für sich ausnutzen wollte, doch Maluschke hatte kein einziges Mal über Geld gesprochen. Alex schämte sich fast. Er warf seine Zigarette in den Aschenbecher und drückte auf die Gegensprechanlage.

Zehn Sekunden später stand Lilo Bauer in der Tür.

«Sie wünschen, Herr Direktor?»

«Ich möchte, daß Sie alle Termine streichen, bei denen ich länger als einen Tag fort bin.»

In Lilos Gesicht mischten sich Schreck und Enttäuschung. «Auch den Termin in der Sauerland-Klinik?»

«In welcher Sauerland-Klinik?» fragte Alex zurück, für eine Sekunde verwirrt. «Ach so, wegen der Nasenkorrektur. Ja natürlich, den auch.»

«Sind Sie sicher, Herr Direktor? Es wird sehr schwer sein, einen neuen Termin zu bekommen.»

Alex sah an ihr vorbei und nickte stumm.

«Ganz wie Sie wünschen», sagte Lilo leise und schluckte.

«Und sorgen Sie bitte dafür, daß ich jederzeit nach Berlin fliegen kann, notfalls mit einer Dauerreservierung. Würden Sie das für mich erledigen?»

«Selbstverständlich, Herr Direktor.»

«Und noch eins.» Alex stockte, bevor er es aussprach. «Um Püppa, ich meine Tinchen, brauchen Sie sich nicht mehr zu kümmern. Ich glaube, sie ist jetzt groß genug, um allein von der Schule nach Hause zu gehen, und für die Hausaufgabenbetreuung habe ich eine Gymnasiastin gefunden.»

Damit war alles zwischen ihnen gesagt. Alex war froh, daß er es endlich heraushatte. Die Affäre war zu Ende, bevor sie wirklich angefangen hatte. Trotzdem blieb Lilo noch einen Augenblick in der Tür stehen und schaute ihn an. Ihre langen dunklen Wimpern bewegten sich noch ein wenig schneller als sonst, ihre Nasenflügel bebten, und um ihren rosafarbenen Mund zuckte es, als könnte sie nur mit Beherrschung die Tränen zurückhalten. Ihr Anblick schmerzte Alex wie eine Wunde. Wie gern wäre er aufgestanden, um sie in den Arm zu nehmen! Aber er blieb hinter seinem Schreibtisch sitzen, ohne sich zu rühren.

«Ist noch etwas, Fräulein Bauer?»

«Ich ... ich drücke Ihnen die Daumen, Herr Direktor. Ihnen und Ihrer Frau. Und Sie sollen wissen, daß ich ... daß ich immer für Sie da bin, ganz egal, was passiert.»

Mit einem Schluchzer machte sie kehrt und eilte hinaus, zum ersten Mal unsicher auf ihren Stöckelschuhen.

11

Barbara stellte das Brot in den Küchenschrank, dann griff sie zu ihrem Mantel. Eine innere Stimme warnte sie, daß sie lieber nicht gehen sollte. Irgendwann würde es noch auffallen, wenn sie jeden Abend das Haus verließ und mit dem Bus wegfuhr. Sie sollte in ihrer kleinen Wohnung bleiben, sagte die innere Stimme, das Geschirr vom Abendessen abwaschen und die Wäsche bügeln, die sich schon seit einer Woche stapelte. Doch das Bedürfnis hinzugehen war stärker. Es war wie eine Sucht.

«Willst du schon wieder fort?» fragte Werner, als sie den Mantel überzog. «Wo treibst du dich eigentlich immer rum?»

Ihr Sohn saß am Küchentisch und machte Hausaufgaben. Je älter er wurde, desto mehr glich er seinem Vater, wenn auch nur äußerlich. Seit sie in Berlin wohnten – Barbaras alter Lehrer Lachmund hatte ihr die Stelle besorgt, in einer Musikschule der evangelischen Landeskirche, so daß Elisabeth Markwitz ihre Anstellung nicht hatte verhindern können –, entwickelte Werner sich immer mehr in eine Richtung, die ihr Sorgen machte. Mit Begeisterung besuchte er die Jurij-Gagarin-Oberschule, doch nicht, weil er Freude am Lernen hatte, sondern weil es dort so viele Gleichgesinnte gab und er außerdem für die Ulbricht-Ecke in seiner Klasse verantwortlich war. Jeden Morgen nahm er dafür etwas von zu Hause mit: ein Zeitungsfoto von einem Politiker, eine selbsterfundene Tageslosung, einen Kerzenstummel oder ein paar Blumen oder Zweige. Wie für einen Altar.

«Ich mache noch kurz einen Spaziergang», sagte Barbara. «Nur ein bißchen frische Luft schnappen.»

Auf der Straße atmete sie durch; die kalte Luft schmeckte bereits nach Schnee. Gott sei Dank würde das Versteckspiel nicht mehr lange dauern. Werner hatte keine Ahnung von ihren Fluchtplänen. Wenn es soweit war, war es immer noch früh genug, ihn einzuweihen. Alles hing jetzt davon ab, daß Christian endlich aus Daggelin nachkam. Die neue Baubrigade, bei der er in Berlin arbeiten sollte, verlangte von seiner ehemaligen Schule eine Bescheinigung, daß er relegiert worden war; die Schule aber durfte eine solche Erklärung nicht abgeben, dafür war das Ministerium für Volksbildung zuständig. Bis der Vorgang erledigt war, bekam er keinen Zuzug nach Berlin und mußte in Daggelin bleiben.

Barbara grüßte mit einem Kopfnicken den Hausbuchführer, einen dicken, mißtrauisch blickenden Mann, der gerade vor dem Eingang mit einem Nachbarn sprach, und überquerte die Straße. An der Haltestelle gegenüber stieg sie in einen Bus. Unterwegs erhaschte sie immer wieder einen Blick auf die Grenze. In der Dunkelheit wirkte sie noch beängstigender als bei Tage – und tausendmal beängstigender, als sie es sich in Daggelin vorgestellt hatte. Drei Zäune, vier Zäune, fünf Zäune. Dazwischen Spiralen aus Stacheldraht, dahinter die Mauer und darauf noch einmal ein Stacheldrahtzaun. Im West-Radio hatte sie gehört, daß man mit dem Draht, der an dieser Grenze verbraucht worden war, den ganzen Erdball umspannen konnte.

Zweimal mußte sie umsteigen, dann war sie am Ziel: Bahnhof Friedrichstraße. Wie jeden Abend, wenn sie hier den Bus verließ, befiel sie ein heftiges Kribbeln, das im Bauch anfing und sich von dort im ganzen Körper ausbreitete. Sie wußte, daß es falsch war, hierherzukommen, aber sie tat es trotzdem. Wenn sie hier war, fühlte sie sich Alex ein bißchen näher, und wenn es nur für diese wenigen Minuten war ... Während sie unter der Brücke hindurch zum Ufer der Spree ging, musterte sie die Straßenpassanten. Uniformierte Grenzpolizisten sah sie nicht, doch überall konnten Zivilstreifen lauern. Bis zum Aufgang zur Fluchtstelle waren es keine hundert Meter.

Vor drei Wochen war der Fluchthelfer plötzlich bei ihr aufgetaucht, ein harmlos wirkender älterer Herr, der wie ein Beamter aussah. Alex hatte ihn geschickt, zusammen mit Geld und dem Fluchtplan.

Der Mann hatte ihr den Fluchtweg erklärt und ihr geraten, keinen Antrag auf Familienzusammenführung oder Ausreise zu stellen, zum einen, weil sie laut Gesetz gar nicht verheiratet war, und zweitens, um nicht die Aufmerksamkeit der Behörden auf sich zu ziehen. Seitdem kam sie fast jeden Abend hierher, um sich zu vergewissern, daß niemand die Stelle entdeckt oder verraten hatte. Wie eine Alkoholikerin, die weiß, wie gefährlich Alkohol ist, und trotzdem nicht die Hand von der Flasche lassen kann.

Unauffällig schaute Barbara sich um, doch sie konnte nichts Verdächtiges erkennen. Der Verkehr hatte bereits nachgelassen, nur ein paar verspätete Theaterbesucher hasteten an ihr vorbei zum Theater am Schiffbauerdamm. Barbara beugte sich über die Brüstung und schaute hinab auf den Fluß, auf dem lautlos ein leerer Lastkahn vorüberglitt. Im Wasser spiegelten sich die Lichter des Postscheckamtes, in dem noch gearbeitet wurde. Dann ging sie weiter bis zu der Stelle, von wo aus sie den Verlauf der Spree überblicken konnte. Der Fluß wurde immer dunkler, aber darüber war es taghell. Das Bahngelände, das nach West-Berlin führte, wurde von so vielen Scheinwerfern angestrahlt, daß die Backsteinmauern der Charité dahinter rot leuchteten.

Barbara warf einen Blick auf ihre Armbanduhr. Viertel nach acht. Um 20 Uhr 53 ging der Berlin-Aachen-Expreß vom Bahnhof ab. Manchmal blieb sie einfach hier stehen und wartete bis zur Abfahrt, nur um zuzusehen, wie der Zug an ihr vorüberfuhr: der Zug, der sie und ihre Söhne in den Westen bringen würde. Sie hauchte in ihre Hände und überlegte, was sie tun sollte. Werner war sicher schon unruhig. Sie sollte jetzt zur Haltestelle zurückkehren und mit dem nächsten Bus nach Hause fahren. Doch statt dessen ging sie weiter am Wasser entlang, und an der ersten Straßeneinmündung überquerte sie den Schiffbauerdamm.

Da war auch schon der Torweg, der unter dem Bahngelände hindurchführte. Plötzlich fiel ihr ein Mann auf, und unwillkürlich verlangsamte sie ihren Schritt. Der Mann war noch jung, vielleicht Mitte Zwanzig, und lehnte an einer Laterne, keine fünf Meter von ihr entfernt. Jetzt schlug er den Kragen seiner karierten Jacke hoch und steckte sich eine Zigarette an. Barbara hatte das Gefühl, daß er sie aus den Augenwinkeln beobachtete. Sie warf den Kopf in den Nacken und wollte gerade an dem Torweg vorübergehen, da schnippte er sein Streichholz fort und schlenderte in die andere Richtung davon.

Ohne zu überlegen, was sie tat, bog Barbara in den Torweg ein. Es war wie ein Sog, dem sie willenlos folgte. Sie mußte die Stelle noch einmal sehen, sich überzeugen, daß alles noch so war wie am Abend zuvor. Zwischen verschlossenen Garagentoren, die auf beiden Seiten die Unterführung säumten, gelangte sie auf einen Platz, in dessen Mitte ein großer, schwarzer Kohlenhaufen lag. Suchend glitten ihre Augen über den schwach beleuchteten Hof, hinunter zu der Mauer, die den Platz begrenzte. Es dauerte einige Sekunden, bis ihre Augen sich an die Dunkelheit gewöhnt hatten, dann sah sie, wonach sie suchte: die Stelle, wo mehrere Steine aus der Mauer gebrochen waren. Durch diese Öffnung, hatte der Fluchthelfer gesagt, konnte man auf das Eisenbahngelände klettern.

Bis zu der Stelle selbst hatte sie sich bislang noch nie vorgewagt, sondern immer im Dunkel der Unterführung wieder kehrtgemacht. Doch heute folgten ihre Beine einfach ihren Blicken, ganz automatisch, ohne daß sie ihnen den Befehl dazu gab, und sie überquerte den Platz. Als sie das Mauerloch erreichte, klopfte ihr das Herz bis zum Hals. Vorsichtig spähte sie durch die Öffnung. Ja, tatsächlich, von hier aus war es möglich, auf die Verstrebungen der Eisenbahnbrücke zu gelangen und sich hinauf auf den Brückenrand zu schwingen. Jeder normale Mensch konnte das schaffen! Dann mußte man nur noch über ein Geländer flanken, und schon war man auf dem Bahndamm, auf dem der Expreßzug entlangrollte, nachdem er den Bahnhof verlassen hatte. Fünfundzwanzig Stundenkilometer würde seine Geschwindigkeit betragen. Langsam genug, um während der Fahrt aufzuspringen.

Plötzlich hörte Barbara Schritte. Erschrocken drehte sie sich um – und blickte in das Gesicht des jungen Mannes mit der karierten Jacke. In ihrem Kopf schrillte Alarm. Ein Grenzpolizist in Zivil! Fieberhaft überlegte sie, was sie sagen sollte, wenn er fragte, weshalb sie sich hier herumtrieb. Er kam direkt auf sie zu, sie schaute sich um, doch es gab keine Möglichkeit, ihm auszuweichen. Barbara spürte, wie ihr der Schweiß ausbrach und sie am ganzen Körper zu zittern anfing. Sie brauchte eine Ausrede, um Himmels willen! Aber ihre Gedanken waren wie gelähmt.

Der Mann beschleunigte seinen Schritt. Endlich erwachte Barbara aus ihrer Erstarrung. Sie schlug die Augen nieder, und so unbefangen sie konnte, ging sie ihm entgegen, als wollte sie den Hof verlassen. Jeden Moment mußte er sie ansprechen und ihren Ausweis verlangen. Sie würde sagen, daß sie den Eingang des Theaters gesucht und sich dabei verlaufen hätte. Was spielten sie nur für ein Stück heute abend? Von ferne hörte sie, wie ein Zug in den Bahnhof einlief und mit kreischenden Bremsen zum Stehen kam. Das mußte ihr Zug sein. Würde sie ihn je besteigen?

Dann aber geschah etwas völlig Unerwartetes. Mit einem Mal fing der Mann an zu rennen, und bevor Barbara reagieren konnte, stieß er sie beiseite, so daß sie fast zu Boden stürzte. Als sie sich wieder aufrichtete, sah sie, wie er auf die Mauer zurannte, sich bückte und seinen Körper durch die Maueröffnung zwängte, durch dasselbe Loch, durch das sie eben selbst gespäht hatte. Für eine Sekunde trafen sich ihre Augen, ein kurzer, intensiver Blickkontakt, ein Kopfnicken wie eine Aufforderung – dann war er verschwunden. Was zum Himmel bedeutete das?

Der Wind wehte vom Bahnhof die Lautsprecherstimme des Stationsvorstehers herbei: «Auf Gleis sechs ist soeben der Berlin-Aachen-Expreß eingelaufen. Pünktliche Abfahrt um zwanzig Uhr dreiundfünfzig!»

In diesem Moment begriff Barbara: Der Mann war kein Polizist, er wollte fliehen, genauso wie sie!

Am selben Abend fand in Bonn eine erregte Podiumsdiskussion statt. «Nieder mit der Schandmauer!» lautete das Thema der Veranstaltung, die das *Kuratorium SBZ* organisiert hatte. Die Gesprächsteilnehmer waren sich einig, daß die Bundesregierung sowie die drei Westalliierten die Teilung der alten Reichshauptstadt auf keinen Fall hinnehmen durften. Von den Politikern, die in diesen Wochen scharenweise nach Berlin pilgerten, um betroffen über die Mauer gen Osten zu blicken, forderten sie statt lahmer Proteste Panzer, um das Bollwerk einzureißen. Zu den Mitgliedern der Vereinigung gehörten vor allem ehemalige Angehörige der *SA* und der Waffen-*SS*.

Mit einem Glas Pils in der Hand schlenderten im Anschluß an die Diskussion zwei Männer durch das Foyer des Kongreßzentrums, wo ein Empfang für die Ehrengäste stattfand. Der eine war Dr. Karl-Heinz Luschnat, Ministerialdirigent im Innenministerium, und der andere Gottfried Maluschke, Protokollführer des gemeinnützigen Kuratoriums und im Privatberuf Vertriebsleiter einer westfälischen Bierbrauerei, die ihrerseits das Kuratorium mit beträchtlichen Mitteln finanzierte.

«Und wie hast du Reichenbachs Vertrauen gewonnen?» fragte Luschnat. Er hatte seinen Arm um Maluschkes Schulter gelegt und führte ihn zu einer Sitzecke, die sich etwas abseits in einem ruhigeren Teil der Halle befand. «Ich meine, ganz blöd ist er ja nicht.»

«Ich bin ihm auf die moralische gekommen», erwiderte Maluschke. «Fluchthilfe ist Vertrauenssache und so. Das hat ihn schwer beeindruckt.»

«Es ist doch immer nützlich, wenn man seine Pappenheimer kennt», schmunzelte Luschnat. «Ah, Herr Westphal», rief er plötzlich und sprang auf. «Freut mich außerordentlich, daß Sie uns beehren.»

Eine Hand im Rücken, das Bierglas vor der Brust, verbeugte er sich und schlug die Hacken zusammen. Richard Westphal, der eine schöne Frau am Arm führte, wollte offenbar nicht in seiner Unterhaltung gestört werden. Ohne stehenzubleiben, drehte er nur kurz seinen pomadisierten Kopf herum und nickte Luschnat im Vorbeigehen zu.

«Weiß der Lackaffe Bescheid?» fragte Maluschke, als Luschnat sich wieder setzte.

«Um Gottes willen, nein! Der kleine Westphal ist nur ein nützlicher Idiot, der uns regelmäßig einen Scheck zuschiebt. Aber wie ich den Scheißer kenne, hat er sicher nichts dagegen, wenn Alex Reichenbach eins auf seine zerdetschte Nase kriegt. Stinkt ihm nämlich gewaltig, daß sein armer Verwandter aus der Ostzone ihm bei seinem Alten immer mehr die Show stiehlt.» Luschnat beugte sich vor und legte eine Hand auf Maluschkes Oberschenkel. «Weißt du, was der Homo sich als neuestes hat einfallen lassen, um dem Alten zu imponieren? Er hat ihm vorgeschlagen, Stacheldraht an die Kommunisten zu verkaufen, weil die doch gerade soviel davon brauchen.»

«Meine Fresse!» staunte Maluschke und verschluckte sich fast an seinem Bier.

«So wahr ich hier sitze! Aber da hat er sich verrechnet. Der Alte hat einen Tobsuchtsanfall gekriegt und ihn fürchterlich zusammengestaucht. – Doch zurück zum Thema. Kann ich sicher sein, daß die liebe Frau Reichenbach bleibt, wo sie ist?»

«Verlaß dich ganz auf mich, Alter», sagte Maluschke. «Sie wird Tag und Nacht observiert. Wofür haben wir unsere Freunde auf der anderen Seite? Sobald sie eine falsche Bewegung macht, nimmt die Stasi sie hops.»

«Na, darauf stoßen wir an!»

«Auf Dr. Alexander Reichenbach und seine Frau Gemahlin!»

«Ja», nickte Karl-Heinz Luschnat, «vor allem auf die Frau Gemahlin ...»

«Die Fahrgäste nach Aachen bitte einsteigen und die Türen schließen!»

Barbara hörte die Lautsprecherstimme, als käme sie aus einer anderen Welt. Wie hypnotisiert starrte sie auf das Loch in der Mauer, durch das der Mann in der karierten Jacke vor ein paar Sekunden verschwunden war. Seine plötzliche Flucht hatte sie völlig aus dem Gleichgewicht gebracht. Vielleicht war er jetzt schon auf der Brücke und hockte neben dem Bahndamm, um auf den Zug aufzuspringen, der jeden Augenblick aus dem Bahnhof Friedrichstraße rollte. Und in einer Viertelstunde würde er denselben Zug am Bahnhof Zoo im Westen verlassen und irgendeinem Menschen, der ihn dort erwartete, glücklich in die Arme fallen.

«Vorsicht an der Bahnsteigkante! Wir wünschen den Reisenden eine gute Fahrt!»

Die Trillerpfeife des Stationsvorstehers gellte durch die Nacht. Es war wie ein Kommando. *Los, Barbara, lauf!* Das ist deine Chance! Wie eine plötzliche Woge kam die Erkenntnis über sie: Sie wollte fort, nur fort! Aber wie konnte sie jetzt fliehen? Werner wartete zu Hause auf sie, und Christian war noch in Daggelin. Tausend Gedanken stürzten auf sie ein, während sie weiter auf das Loch in der Mauer starrte, ihr geheimes Tor nach drüben. Vielleicht würde schon diese Nacht ein Grenzpolizist den Fluchtweg entdecken, und sie blieb für immer hier eingesperrt. *Los, Barbara, lauf!* Du hast schon einmal zu lange gewartet, und dann war die Grenze zu ... Immer noch starrte Barbara auf das Loch in der Mauer, und plötzlich sah sie Alex' Gesicht vor sich, als junger Student, bei ihrer ersten Begegnung, an der alten, hölzernen Klappbrücke von Wieck, wie er lächelnd auf sie wartete: *Sind Sie schon mal in Eldena gewesen?*

In diesem Augenblick rannte sie los. Als hätte in ihrem Kopf jemand einen Schalter umgelegt, verwandelte sich ihre Verwirrung in Klarheit, und mit einem Mal war alles ganz leicht und selbstverständlich. Sie schob sich durch die Maueröffnung, streifte den Mantel ab, und ein paar Sekunden später war sie in den Trägern der Brückenverstrebung. Ruhig und gleichmäßig hangelte sie sich an den kalten Eisenteilen hoch, ohne nach unten zu schauen, und hielt sich dabei immer so dicht wie möglich im Schatten, damit sie nicht von der Straße aus gesehen wurde. Über ihrem Kopf, aus der Richtung des Bahnhofs, hörte sie den herannahenden Zug.

Sie mußte sich beeilen. Bald war sie sechs, sieben Meter über der Straße. Plötzlich zuckte sie zusammen. In einem Hausflur, der auf ihrer Höhe lag, ging Licht an. Sie preßte sich an eine Strebe und starrte angestrengt in das Fenster. Deutlich erkannte sie die Umrisse einer Person. Es war ein Mann ... Was hielt er in der Hand? Ein Gewehr? Ein zweites Licht ging an. Nein, es war kein Mann. Es war eine Frau, und in ihrer Hand hielt sie einen Besen.

Erleichtert kletterte Barbara weiter. Sie durfte nicht stehenbleiben, es kam auf jede Sekunde an. Immer lauter hörte sie den Zug heranrollen. Bitte, lieber Gott, flüsterte sie, mach, daß die Zeit reicht ... In ihren Händen spürte sie schon das Beben der fahrenden Lokomotive, das sich von den Gleisen auf die ganze Brücke übertrug. Ihr Ziel war jetzt zum Greifen nahe, keine zwei Meter mehr weit, sie mußte sich nur noch bis zu dem Mauervorsprung hangeln, von dem aus sie sich auf den Bahndamm schwingen konnte, dann hatte sie es geschafft.

Als sie auf dem Vorsprung landete, erstarrte sie. Eine Gestalt trat aus dem Schatten einer Verstrebung und kam auf sie zu. Ein junger Mann in einer karierten Jacke. In seiner Hand hielt er eine Pistole.

«Was tun Sie hier auf der Eisenbahnbrücke?» fragte er.

Barbara starrte ihn wortlos an. Über seinem Kopf rollte der Zug vorbei, so langsam, daß es fast weh tat. Aus dem Kessel der Lokomotive stieg eine gewaltige Dampfwolke empor, die den Zug in weißen Nebel hüllte.

12

«Geben Sie zu, daß Sie fliehen wollten!»

«Was ist mit meinem Sohn? Er sitzt allein zu Hause und wartet auf mich!»

«Das hätten Sie sich früher überlegen sollen!»

Schon seit einer Stunde wurde Barbara verhört. Nach ihrer Festnahme hatte der junge Mann in der karierten Jacke sie zwei Polizisten übergeben, die sie vom Bahnhof mit einem Wagen in die Magazinstraße gebracht hatten. Ein dicker, schon über sechzig Jahre alter Mann, der in dem überheizten Zimmer so sehr schwitzte, daß er Jackett und Schlips abgelegt hatte, führte das Verhör, während eine etwa dreißigjährige Frau mit gesenktem Kopf das Protokoll schrieb und ab und zu nachfragte, wenn sie beim Schreiben nicht mitkam.

«Sagt Ihnen der Name Gottfried Maluschke etwas?»

Barbara schüttelte den Kopf.

«Und das *Kuratorium SBZ* kennen Sie wohl auch nicht?»

«Tut mir leid, aber ich habe beide Namen noch nie gehört.»

Die Stimme des Mannes wurde lauter. «Dann ist es also reiner Zufall, daß Gottfried Maluschke vom *Kuratorium SBZ* Kontakte zu Ihrem Mann in der BRD unterhält?»

«Ich habe wirklich keine Ahnung, wovon Sie sprechen.»

«Das wissen Sie ganz genau! Von Ihren Verbindungen zum westdeutschen Geheimdienst – davon spreche ich!»

Barbara war wie betäubt. Als hätte jemand ihren Blick fixiert, schaute sie nur auf den großen Gummibaum, der in einer Zimmerecke stand. Seine Blätter glänzten in einem so tiefen, satten Grün, wie Barbara es selten gesehen hatte. Ohne daß es irgendeinen Sinn hatte, fragte sie sich, wer von den beiden, der Mann oder die Frau, den Gummibaum wohl pflegte. Sie konnte sich nicht vorstellen, daß Menschen, die solche Verhöre führten, soviel Sorgfalt für eine Pflanze aufbrachten.

«Hören Sie mir überhaupt zu?»

Barbara wandte den Blick von der Zimmerpflanze ab. «Bitte sagen Sie mir, was mit meinem Jungen passiert. Es ist schon nach Mitternacht, und er weiß nicht, wo ich bin. Ich habe ihm gesagt, daß ich nur kurz frische Luft schnappen will.»

«Frische Luft schnappen ist gut!» Der Mann schnaubte durch die Nase. «Der Junge kann einem leid tun. Erst der Vater abgehauen, und jetzt will auch noch die Mutter türmen.»

«Soll ich das mitschreiben, oder gehört das nicht ins Protokoll?»

«Wirklich saubere Eltern», fuhr der Polizist fort, ohne seiner Assistentin zu antworten. «Lassen die eigenen Kinder im Stich, um in den goldenen Westen zu fliehen. Bloß um ein paar Mark mehr zu verdienen, als könnte man Geld fressen. Widerlich!»

«Bitte sagen Sie mir, was Sie mit meinem Sohn vorhaben», wiederholte Barbara.

«Wenn Sie wirklich was für Ihren Sohn tun wollen», sagte der Polizist und wuchtete seinen mächtigen Körper in die Höhe, «dann legen Sie endlich ein Geständnis ab.» Er kam um den Schreibtisch herum und legte seine Hand auf Barbaras Schulter. Ganz leicht nur drückte er zu, trotzdem war die Botschaft unmißverständlich. «Was meinen Sie, wäre es nicht viel vernünftiger, wenn Sie uns alles sagen würden?»

Zwei Stunden später verlas die Assistentin das Protokoll. Darin gab Barbara zu, Anstalten mit dem Ziel getroffen zu haben, die Deutsche Demokratische Republik in gesetzwidriger Weise zu verlassen, unter Mißachtung der Staatsgrenze, die in dem Protokoll als «antifaschistischer Friedenswall» bezeichnet wurde.

«Sehen Sie Ihren Fehler ein?» fragte der Mann, als seine Assistentin Barbara den maschinengeschriebenen Text vorlegte.

Barbara nickte und unterschrieb. «Darf ich jetzt zu meinem Sohn?»

«Wir werden uns um Ihre Kinder in geeigneter Weise kümmern», sagte der Mann und nahm ihr das Protokoll aus der Hand. «Abführen!»

Dann wurde sie in ihre Zelle gebracht. In dem niedrigen Kellergewölbe, in dem sie nur gebückt stehen konnte, war es bitter kalt. Barbara setzte sich auf die Bank, die einzige Sitzgelegenheit im Raum, und wickelte sich in die Decke ein, die man ihr gegeben hatte. Während draußen auf dem Gang die Schritte der Wachtposten verhallten, kam sie allmählich zur Besinnung.

Und ob sie ihren Fehler einsah! Wie eine Idiotin hatte sie sich verhalten. Sie biß sich so heftig auf die Lippe, daß die Haut aufplatzte. Was um Himmels willen war nur über sie gekommen? Der Polizist hatte tausendmal recht. Ja, sie hatte ihre Söhne im Stich gelassen.

Fröstelnd kauerte sie sich in eine Ecke. Was würden sie jetzt mit Werner anstellen? Sie sah ihn am Küchentisch über seinen Hausaufgaben. Vielleicht schellte es in diesem Augenblick an der Wohnungstür, und zwei Männer holten ihn ab. Wahrscheinlich mußte nun auch er die Oberschule verlassen. Oder sie steckten ihn in ein Heim, wo er dann endgültig so werden würde, wie es ihrer Vorstellung von Erziehung entsprach. Von seinem Vater hatte er sich schon losgesagt. Bald würde er auch leugnen, daß sie seine Mutter war.

Barbara versuchte zu schlafen, aber es ging nicht. Die Bank war zu hart und die Verzweiflung zu groß. Noch schlimmer als die Sorge um Werner war es, wenn sie an Christian dachte. Er hatte die Idee zur Flucht gehabt, obwohl er selber gar nicht fliehen wollte. Er war bereit gewesen, ihr zuliebe Gisela zurückzulassen, und sie, seine Mutter, hatte versucht, sich ohne ihn aus dem Staub zu machen. Weil sie keine Geduld gehabt hatte, obwohl es doch nur um Tage oder Wochen ging, weil sie es nicht aushalten konnte, ihren Mann wiederzusehen, den sie jetzt vielleicht erst in vielen Jahren wiedersehen würde – wenn überhaupt.

Im Morgengrauen näherten sich Schritte, ein Schlüsselbund rasselte, dann ging die Zellentür auf. Eine alte, magere Frau in grüner Zolluniform, die Barbara in der Nacht durchsucht hatte, holte sie ab, zusammen mit zwei bewaffneten Wärtern.

«Wohin bringen Sie mich?»

«Das werden Sie schon früh genug erfahren.»

In dem Vernehmungszimmer traf sie denselben Polizisten an, der sie am Vorabend verhört hatte. Er war gerade damit beschäftigt, den Gummibaum zu gießen, während seine Assistentin mit einem Staubtuch behutsam die Blätter der Pflanze abwischte. Ohne von ihr Notiz zu nehmen, fuhren sie mit ihrer Beschäftigung auch dann noch fort, als Barbara auf dem Stuhl in der Mitte des Zimmers Platz nahm und die Zöllnerin zur Tür hinausging.

«Haben Sie meinen Sohn benachrichtigt?»

«Maul halten!»

Stumm schaute Barbara den beiden zu. Würden sie sie in Untersuchungshaft dabehalten, oder durfte sie bis zum Prozeß nach Hause, um ihre Angelegenheiten zu regeln? Über den Ausgang des Prozesses machte sie sich keine Illusionen. Sie kannte das Strafmaß: Für Republikflucht gab es zwei Jahre.

«Ein Gummibaum muß viel Wasser haben, *viel*», herrschte der Polizist seine Assistentin an. «Wie oft soll ich Ihnen das noch sagen?»

Unsicher blickte die Frau ihn von der Seite an, als hätte sie sich an diesem Morgen schon mehrere Verweise eingehandelt. Barbara wußte nicht, was sie davon halten sollte. War das ein Schauspiel, das die beiden für sie aufführten? Wenn ja, zu welchem Zweck? Sie hatte doch schon alles zugegeben, was sie zugeben konnte.

Endlich stellte der Mann seine Gießkanne ab, und seine Assistentin setzte sich an ihren kleinen Schreibtisch.

«Und jetzt zu Ihnen», wandte er sich mit widerwilligem Gesicht an Barbara. Es war auch jetzt so heiß in dem Raum, daß er nur ein Hemd trug. Barbara sah die Schweißflecken unter seinen Achseln, als er sich vorbeugte, um nach einer Akte zu greifen. Mit spitzen Fingern, als würde er einen vergifteten Gegenstand berühren, klappte er den Deckel auf. «Eine Mitteilung vom Ministerium für Staatssicherheit. Ihr Ausreiseantrag wurde positiv entschieden.»

Barbara blickte ihn mit großen Augen an. Der Mann hätte genausogut chinesisch reden können.

«Ich glaube, ich verstehe nicht, was Sie meinen.»

«Sie dürfen ausreisen», erklärte er, nur mühsam beherrscht. «Sie und Ihre Söhne. In den Westen. Ein humanitärer Akt im Rahmen der Familienzusammenführung.»

Barbara wurde fast schwindlig. Träumte sie, oder was geschah in diesem Zimmer? «Ich ... ich habe nie einen Antrag gestellt.»

«Eine Genehmigung ohne Antrag gibt es nicht. Also belügen Sie mich nicht!» Sein Gesicht war jetzt ganz rot, und obwohl er immer leiser sprach, bebte seine Stimme. «Ich warne Sie.»

«Aber das kann unmöglich sein. Angeblich bin ich ja nicht mal verheiratet.»

«Himmel, Arsch und Zwirn!» brüllte er plötzlich los. «Wollen Sie mir beibringen, was in diesem Staat möglich ist und was nicht?» Er nahm das oberste Blatt aus dem Deckel und schob es ihr mit zitternder Hand zu. «Unterschreiben Sie das, aber ein bißchen dalli, bevor ich die Nerven verliere und den Wisch zerreiße oder mir damit den Arsch abputze!»

Barbara stand auf. Wie in Trance nahm sie den Füllfederhalter, den er ihr hinhielt, und setzte ihre Unterschrift auf das Blatt. «Und jetzt?» fragte sie dann.

«Was – und jetzt?» äffte er sie nach. «Jetzt können Sie gehen. Sie sind frei.» Er schlug mit der Hand auf den Tisch, so daß seine Assistentin verschreckt den Kopf einzog. «Hauen Sie ab, verschwinden Sie, oder ich muß kotzen! Und vergessen Sie das da nicht!» Er nahm den Aktendeckel in die Hand, warf ihn in die Luft, so daß die Papiere einzeln zu Boden flatterten.

Barbara bückte sich und hob sie auf, so schnell sie konnte. Als sie den Raum verließ, sah sie, wie der Polizist mit voller Wucht gegen den Gummibaum trat.

Vollkommen irritiert stolperte Barbara den Flur entlang zur Pforte, wo ihr eine Sekretärin die Gegenstände aushändigte, die man ihr in der Nacht abgenommen hatte: ihren Ausweis, ihren Gürtel, ihr Portemonnaie.

Sie zog den Mantel an und stopfte alles in die Taschen. Sie wollte sich gerade zum Gehen abwenden, als sie plötzlich das Gefühl hatte, daß jemand sie beobachtete. Im nächsten Moment sah sie ihn: Keine zwei Meter von ihr entfernt stand Michail Belajew, die Augenbrauen erhoben, und schaute sie an.

«Mischa? Du?»

«Wir möchten Sie nicht erobern, Comtesse», sagte er mit seinem Lächeln, «wir möchten Sie befreien. Aber das können wir nur, wenn Sie selbst es wollen.» Das Lächeln auf seinem Gesicht erstarb. «Leider hast du es nicht gewollt.»

Dann wandte er sich ab und ging den Gang zurück.

«Ich danke dir», flüsterte sie.

Er drehte sich nicht um.

13

Christian schloß die Augen und küßte sie. Und solange ihre Lippen sich berührten, vergaß er die Welt um sich her, mit allen ihren komplizierten Fragen und Verwicklungen. Er spürte nur Schneewittchens Haut, ihren Atem, ihre Zunge – und den «strammen Genossen», den kleinen großen Quälgeist zwischen seinen Beinen, der seit dem ersten Kuß mit Gisela keine Ruhe mehr gab und an diesem Abend von einem einzigen Gedanken besessen war: heute oder nie!

«Und wenn du mich hundertmal küßt», flüsterte Schneewittchen in seinen Armen, «ich bleibe trotzdem dabei: Majakowski ist der größte russische Dichter, nicht Puschkin!»

«Die können mir im Moment alle beide gestohlen bleiben. Gib mir lieber noch einen Kuß.»

«Kommt gar nicht in Frage. Erst wenn du sagst, daß ich recht habe!»

Christian legte die Hand salutierend an die Schläfe. «Jawohl, Genossin, melde gehorsamst, Wladimir Wladimirowitsch Majakowski ist der größte russische Maler aller Zeiten.»

«Das finde ich überhaupt nicht witzig, Christian!»

Sie saßen in der Fischerhütte am Karpfenteich, wie immer, wenn sie sich heimlich trafen, um zu diskutieren und sich zu küssen, und der Kanonenofen, den Christian mit ein paar auf dem Bau gestohlenen Briketts gefüttert hatte, bullerte gegen die Kälte des Februarabends an. Im flackernden Kerzenlicht war Gisela schöner denn je. Ihre Haut war wirklich weiß wie Schnee, ihr Mund rot wie Blut und ihr Haar schwarz wie Ebenholz. Christian schluckte. Wie gerne hätte er gewußt, ob auch ihr Körper, den ein Wollpullover vor seinen Blicken verbarg, so weiß war wie die Haut in ihrem Gesicht, ob die Knospen auf ihren Brüsten, die seine Hände ein paarmal flüchtig berührt hatten, so rot waren wie die Lippen ihres Mundes, ob der Flaum, den er zwischen ihren Schenkeln ahnte, so schwarz war wie die Locken auf ihrem Kopf. Würde er es an diesem Abend erfahren?

Schneewittchen schüttelte den Kopf. «Was ist los mit dir heute? Entweder willst du küssen, oder du redest Unsinn. Du bist überhaupt nicht bei der Sache!»

Darin hatte sie allerdings recht. Doch wie sollte Christian bei der Sache sein? Schneewittchen konnte ja nicht ahnen, daß er am Morgen eine Nachricht erhalten hatte, die sein ganzes Leben durcheinanderbrachte. Seine Mutter hatte auf unerfindliche Weise eine Ausreisegenehmigung bekommen – für sich und für Werner und für ihn. Sie durften in den Westen! Ein Soldat der russischen Kommandantur hatte Christian den Paß und das Visum ausgehändigt, gerade als er mit seinen Kollegen Frühstückspause machte, und ihm den Ort und Termin der Ausreise genannt: In vierundzwanzig Stunden würde sie erfolgen, um 20 Uhr 53 vom Ost-Berliner Bahnhof Friedrichstraße aus.

So wunderbar die Nachricht war, so fürchterlich war sie zugleich. Nichts war mehr so, wie es gewesen war. Der unbestimmte Schwebezustand, der ihn weiterhin in Daggelin und damit in Schneewittchens Nähe zurückhielt, obwohl seine Mutter und sein Bruder längst in Berlin waren, und der andauern würde, solange das Ministerium seine Relegation von der Schule nicht offiziell bestätigte, dieser Zustand der Unentschiedenheit, an den er sich um so leichter gewöhnt hatte, je unwirklicher darin der Gedanke an Flucht erschien, war mit einem Schlag vorbei. Jetzt war die Stunde der Wahrheit da, und Christian wußte nicht, wie er sich verhalten sollte.

Sollte er Gisela sagen, daß dies der letzte Abend war, den sie zusammen verbrachten? Wahrscheinlich sollte er das, er durfte sie doch nicht belügen. Aber würde sie ihn nicht gleich zum Teufel jagen, wenn sie die Wahrheit erfuhr? Er hatte keine Ahnung. Und wenn sie ihn einfach gehen ließ? Das wäre noch viel schlimmer. Oder sollte er in der Nacht spurlos aus ihrem Leben verschwinden, damit sie glaubte, er habe sie verraten – um ihr die Schmerzen des Abschieds zu ersparen? Alles Fragen, auf die er keine Antwort wußte.

«Überhaupt», sagte Schneewittchen, «man kann die zwei nicht vergleichen. Majakowski hat seinem Land alles gegeben, was er als Künstler zu geben hatte. Er hat sein Leben für eine große Sache geopfert, wie ein Soldat. Während dein Puschkin sein Talent damit vergeudet hat, Gefühlsduseleien dekadenter Großgrundbesitzer zu beschreiben.»

«Puschkin hat vor allem die Liebe beschrieben!» protestierte Christian. «Wie die Liebe das Leben verändert, wie sie die Menschen verzaubert und quält.»

«Von mir aus. Aber was ist die Liebe im Vergleich zur Revolution? Die Revolution hat den Faschismus zerschlagen, das größte Verbrechen der Menschheit.»

«Auf jeden Fall ist die Liebe keine Gefühlsduselei.» Er stockte, bevor er weitersprach. «Sie ... sie ist das Amen des Universums.»

«Das Amen des Universums?» prustete Gisela. «Woher hast du denn den Unsinn? Von deinem Puschkin?»

«Von deinem Majakowski jedenfalls nicht», erwiderte Christian beleidigt.

Schneewittchen runzelte die Stirn. «Du verwechselst wie immer Ursache und Wirkung», erklärte sie. «Du glaubst, die Liebe ist der Grund von allem, dabei ist sie in Wirklichkeit nur Ausdruck der Produktionsverhältnisse. Was meinst du, warum zwei Menschen sich lieben?»

«Weil sie nicht anders können natürlich!»

«O nein! Weil sie den andern besitzen wollen. Liebe ist dialektisch die Kehrseite des Mangels. Wenn du im Staatsbürgerunterricht besser aufgepaßt hättest, bräuchte ich dir das nicht zu erklären!»

«Im Staatsbürgerunterricht? Lernt man da neuerdings, wie man küßt? Da hab ich ja wirklich was verpaßt!»

«Du sollst dich über so wichtige Dinge nicht immer lustig machen, Christian Reichenbach!» rief sie mit wunderbar funkelnden Augen. «Nimm dir ein Beispiel an deinem Bruder.»

«An Werner? Lieber hänge ich mich auf.»

«Dein Bruder hat im Gegensatz zu dir kapiert, daß die Zeiten sich geändert haben.» Obwohl es kaum möglich war, zog Schneewittchen ein noch ernsteres Gesicht. «Ich gebe ja zu, auch im Sozialismus passieren Fehler, und daß sie dich von der Schule geworfen haben, war ganz bestimmt nicht richtig. Aber du darfst nicht vergessen, daß wir am Anfang stehen, daß die Revolution gerade erst begonnen hat, und am Ende werden wir in einer Gesellschaft leben, wie es noch keine gegeben hat, eine Gesellschaft, in der jeder Mensch sich nach seinen Bedürfnissen und nach seinen Fähigkeiten entwickeln kann.»

«Und in der ich dich küssen darf, wann immer ich will?»

«Christian Reichenbach! Ich bringe dich um!!!»

Ihr Gesicht war jetzt so nah, daß sich ihre Nasenspitzen fast berührten, und Christian spürte, wie der «stramme Genosse» mit von Sekunde zu Sekunde wachsendem Nachdruck auf seine Rechte pochte. Er *mußte* heute Erlösung finden.

«Wenn Liebe nur Gefühlsduselei ist», flüsterte Christian, «warum lieben *wir* uns dann?»

«Woher willst du wissen, daß ich dich liebe?»

«Tust du das nicht?»

Es entstand eine Pause.

«Warum müssen wir eigentlich immer streiten?» sagte Schneewittchen schließlich. «Nie sind wir einer Meinung.»

Ihre Stimme klang so traurig, daß Christian plötzlich einen Kloß im Hals spürte. Wie Gift kam ihm wieder die Tatsache zu Bewußtsein, die er für ein paar Minuten vergessen hatte: daß dies gerade ihr letzter Streit war. Vielleicht würden Jahre vergehen, bis sie ihn wieder mit diesen Augen anfunkelte, weil er nicht ihrer Meinung war, oder ihn mit denselben Augen anstrahlte, voller Begeisterung über die schöne neue Welt, von der sie erzählte, mit ihren glühenden, leidenschaftlichen Worten, die nur verstummten, wenn sie sich küßten.

«Ich ... ich möchte mit dir schlafen», sagte er, ohne daß er wußte, wie die Worte auf seine Lippen kamen.

Schneewittchen schoß das Blut ins Gesicht, und sie schlug die Augen nieder. Doch nur wenige Sekunden später hob sie den Blick zu ihm auf. Sie schaute ihm fest in die Augen, und so leise, daß Christian die Worte kaum verstand, flüsterte sie: «Das möchte ich auch ...»

Er nahm sie in den Arm. Zärtlich suchte er nach ihrem Mund, ihre Lippen berührten sich, er spürte ihre Zunge, wie sie lockte und ihn ermunterte, weiter vorzudringen. Mit einem Seufzer schloß er die Augen, um sich dem Zauber hinzugeben. Doch plötzlich kam ihm der Kuß vor wie Verrat, so falsch und verlogen, wie wenn Ulbricht und Chruschtschow sich vor der Berliner Mauer küßten.

«Gisela ...» sagte er – nicht Schneewittchen.

«Ja, Christian?» flüsterte sie, die Augen noch immer geschlossen.

«Ich ... ich glaube, ich muß dir etwas gestehen.»

«Etwas gestehen?» fragte sie irritiert. «Ausgerechnet jetzt?»

Christian nickte stumm.

Ein ängstlicher Ausdruck huschte über ihr Gesicht. «Hast du ... hast du es schon mal mit einer anderen Frau ...»

Bevor sie die Frage aussprechen konnte, schüttelte er den Kopf, so heftig, daß er sich beinahe den Hals verrenkte.

«Was ist es dann?»

Christian blickte zu Boden. Eine Sekunde zögerte er, unschlüssig, ob er ihr die Wahrheit sagen sollte. Doch dann nahm er seinen ganzen Mut zusammen.

«Das ist heute unser letzter Abend, Gisela. Morgen ... morgen um diese Zeit ... bin ich schon im Westen.»

14

Nervös schaute Barbara zur Küchenuhr. Christian sollte mit dem Nachmittagszug um 16 Uhr 35 aus Greifswald kommen. Jetzt war es zwanzig nach fünf. Und ihr Sohn war immer noch nicht da.

«Guck doch nicht dauernd, wie spät es ist», sagte Werner. «Wenn Christian nicht kommt, dann kommt er eben nicht. Dann weißt du wenigstens, wieviel ihm das Wiedersehen mit seinem Vater wert ist.»

«Herrgott im Himmel noch mal», fuhr sie ihn an. «Mußt du immer so über deinen Bruder reden? Kannst du nicht wenigstens jetzt damit aufhören?»

«Ist ja schon gut», maulte er. «Entschuldige, daß ich den Namen von deinem Lieblingssohn überhaupt in den Mund genommen habe.» Mit beleidigtem Gesicht griff er zu der Ausgabe des *Neuen Deutschland*, die vor ihm auf dem Küchentisch lag, und fuhr damit fort, aus der Zeitung Fotos und Überschriften auszuschneiden, die er am Montag morgen mit in die Schule nehmen wollte, zur Bereicherung seiner Ulbricht-Ecke. «Bei den Pionieren hätten sie ihm die Unpünktlichkeit schon ausgetrieben. Wann genau geht unser Zug nach Stettin?»

«Um zwanzig Uhr dreiundfünfzig.»

«Erst? Dann weiß ich wirklich nicht, warum du dich so aufregst.»

Er hatte gut reden. Wie sollte sie sich nicht aufregen an diesem Tag? Heute abend würden sie der Zone für immer den Rücken kehren.

Doch davon wußte Werner nichts. Aus Angst, daß er einen Tobsuchtsanfall bekam und sich weigerte mitzukommen, hatte Barbara ihm die Wahrheit verschwiegen. Statt dessen hatte sie ihm gesagt, daß sie nach Stettin fahren würden, in den ersten Ort hinter der polnischen Grenze, um sich dort mit Alex übers Wochenende zu treffen. Er war alles andere als begeistert gewesen, doch zum Glück hatte er ihr das Märchen geglaubt. Damit er keinen Verdacht schöpfte, hatte Barbara nur einen kleinen Koffer gepackt, der seit Mittag griffbereit neben der Tür stand.

«Daran», sagte Werner, «daß du deinen Mann so einfach treffen darfst, kannst du übrigens sehen, wie sehr du im Unrecht bist.»

«Was?» fragte Barbara zerstreut. «Ich habe keine Ahnung, wovon du redest.»

«Von deinen politischen Vorurteilen. Wenn unsere Regierung wirklich so wäre, wie du immer behauptest, hätte sie uns nie die Genehmigung gegeben.»

«Vielleicht hast du recht», antwortete sie, während ihre Augen schon wieder zu der tickenden Küchenuhr wanderten. «Vielleicht habe ich mich tatsächlich geirrt.»

«Ich hoffe nur, daß in der Schule keiner erfährt, was wir in Stettin machen. Wenn sie rauskriegen, daß ich mit einem Republikflüchtling Kontakt habe, bin ich die Ulbricht-Ecke los. Der Blöing aus dem Hinterhaus wartet nur darauf, daß er sie sich unter den Nagel reißen kann.»

Um Viertel vor sechs war klar, daß Christian nicht mit dem Nachmittagszug gekommen war. Barbaras Nerven waren inzwischen so angespannt, daß sie fortwährend an ihrer Unterlippe nagte. Wo steckte er nur? An eine Verspätung des Zuges glaubte sie nicht. Viel eher fürchtete sie, daß es Probleme mit Christians Papieren gab, daß die Polizei ihn an der Stadtgrenze von Berlin aufgehalten hatte. Oder daß jemand in letzter Minute versuchte, ihre Ausreise zu verhindern. Zum Beispiel Elisabeth Markwitz. Wenn sie Wind von der Sache bekommen hatte ... Die Vorstellung war so entsetzlich, daß Barbara den Gedanken nicht zu Ende dachte.

Sie wartete bis sechs, bis Viertel nach sechs, bis halb sieben. Teilnahmslos tickte die Uhr an der Wand, während die Zeiger voranrückten, Sekunde für Sekunde, Minute für Minute. Als Christian um sieben immer noch nicht erschienen war, gab es nur noch eine Hoffnung: daß er mit dem Abendzug kam, um 20 Uhr 35. Barbara zog sich den Mantel an und griff nach ihrem Koffer.

«Komm, Werner, wir gehen. Vielleicht wartet Christian am Bahnhof auf uns.»

«Es war sowieso eine Schnapsidee, uns hier in Berlin zu treffen», sagte Werner und stand auf. «Christian hätte direkt von Greifswald aus nach Stettin fahren sollen. Wozu dieser Umweg?»

«Halt jetzt keine Predigt!» Barbara drängte ihn zur Tür hinaus, während er sich noch eine Jacke überzog. «Mach lieber vorwärts!»

«Willst du nicht wenigstens das Licht ausknipsen?»

«Herrgott! Das ist doch nun wirklich egal. Wir müssen uns beeilen!»

Werner schüttelte den Kopf. «So eine Stromverschwendung», sagte er und löschte das Licht.

Draußen herrschte bittere Kälte. Von den Dachrinnen hingen winzig kleine Eiszapfen herab, und der eisige Wind wirbelte von der trokkenen Straße einige wenige Schneeflocken auf, die wie Daunen im trüben Schein der Laternen durch die Luft tanzten. Im Laufschritt überquerte Barbara die Straße, Werner trottete unwillig hinter ihr her. Sie schaute sich kein einziges Mal um. Hoffentlich würde sie dieses Haus und diese Straße niemals wiedersehen.

Im Bus überkam Barbara plötzlich eine entsetzliche Mutlosigkeit. Es konnte noch soviel schiefgehen. Christian war ja nicht ihr einziges Problem. Selbst wenn er rechtzeitig eintraf, gab es immer noch Werner. Er war imstande und warf sich auf die Bahngleise, wenn er die Wahrheit erfuhr: daß sie nicht nach Stettin, sondern in Richtung Westen fuhren. Sie konnte nur hoffen, daß er so lange wie möglich nichts von ihrer Lüge merkte. Zum Glück plapperte er während der ganzen Busfahrt unentwegt auf sie ein, so daß er voll und ganz mit sich selbst beschäftigt war.

«Sieh mal», rief er plötzlich, als sie an einem Grenzabschnitt vorüberkamen, «der Wachhund da vorne!»

Kaum einen Steinwurf entfernt erkannte Barbara im gleißenden Scheinwerferlicht einen Schäferhund, der auf dem hellen Sandstreifen längs der Mauer mit wütendem Gebell an einem Stacheldrahtzaun hin und her lief, schnurgerade wie ein Pfeil, als folge er einer unsichtbaren Spur.

«Er kann nicht anders», erklärte Werner. «Seine Leine ist an einer Laufrolle befestigt, ein Aktivist aus Potsdam hat das erfunden. Die Hunde sind so scharf», fügte er stolz hinzu, als gehörten sie ihm, «daß sie nur auf ihren Führer hören. Die fallen sogar Soldaten aus ihrer eigenen Kompanie an.»

Als sie am Bahnhof Friedrichstraße den Bus verließen, spürte Barbara ihre Nervosität mit solcher Macht, daß sie kaum weiterlaufen konnte. Ihre Knie waren weich wie Gummi, und sie bebte am ganzen Körper. Um Werner abzulenken, erkundigte sie sich, woher er so gut über die Hunde Bescheid wußte, während sie unauffällig nach Christian Ausschau hielt. Der Erfinder aus Potsdam hatte in Werners FDJ-Gruppe darüber gesprochen. Von Christian war nirgendwo etwas zu sehen.

Die große Bahnhofsuhr zeigte auf halb neun, als sie das Gebäude betraten. Es mußten soeben mehrere Fernzüge eingetroffen sein, denn in der Halle herrschte ein fürchterliches Gedränge. Barbara versuchte sich zu orientieren. Wo mußten sie hin, um zu ihrem Gleis zu gelangen? Sie wußte nur, daß es irgendwo einen gesonderten Zugang mit verschärften Sicherheitskontrollen geben mußte.

Plötzlich stand sie zwei bewaffneten Grenzoffizieren gegenüber. Mit zitternden Händen zog sie ihre und Werners Papiere aus der Manteltasche. Hoffentlich stellten sie keine Fragen oder machten Bemerkungen. Barbara hatte die Ausreisegenehmigung die ganze Zeit vor Werner versteckt gehalten.

Dann wurden sie getrennt. Eine Zöllnerin in grüner Uniform führte Barbara in ein kleines, kahles Büro, das wie die Umkleidekabine einer Turnhalle aussah und auch so roch, um sie dort am ganzen Körper zu untersuchen. Dabei schaute sie Barbara immer wieder mißmutig an, ohne ein Wort mit ihr zu sprechen, als würde sie durch die Ausreise persönlich beleidigt. Barbara war alles egal. Wenn sie nur endlich hier rauskonnte!

Als sie die Kabine verließ, stand Werner immer noch bei den Grenzoffizieren und schielte mit neugieriger Bewunderung auf ihre Maschienenpistolen. Gott sei Dank sprachen sie nicht mit ihm. Sie behielten ihn im Auge, ohne ihn anzuschauen. Dann wurden noch einmal die Papiere überprüft.

«Ich wußte gar nicht», sagte Werner, «daß hier so streng kontro–»

«Bitte halt jetzt den Mund!» schnitt Barbara ihm das Wort ab.

Der ältere der beiden Offiziere führte die Überprüfung durch. Ein paar endlos lange Sekunden starrte er sie an, einmal Barbara, einmal Werner, dann schaute er auf die Papiere, dann noch einmal in ihre Gesichter. Er hatte grüne Augen, die eigentlich ganz freundlich wirkten. Barbara fröstelte. *Bitte, lieber Gott, mach, daß alles in Ordnung ist …* Endlich gab er ihr die Papiere zurück und ruckte einmal mit dem Kopf.

«Sie können passieren.»

Barbara war zuerst so verwirrt, daß sie ihn mit offenem Mund anstarrte.

«Na los, worauf warten Sie!»

Endlich begriff sie, was er gesagt hatte. Sie packte Werner an der Hand und zog ihn mit sich fort durch die Sperre, vollkommen fassungslos, wie einfach es war, dieses Land zu verlassen, wenn man nur ein paar Papiere und die nötigen Stempel darauf hatte.

«Ich wollte doch nur fragen», sagte Werner, als sie außer Hörweite waren, «warum sie uns so streng kontrollieren.»

«Bitte, nicht jetzt!»

«Schließlich fahren wir doch nur in die Volksrepublik Polen. Oder stand in den Papieren, daß du deinen Mann da treffen willst? Das könnte ich verstehen. Immerhin ist mein Vater ja ein Klassenfeind.»

«Werner! Bitte!» sagte sie, während sie die Stufen zu den Gleisen hinaufeilten.

Nur wenige Fahrgäste, Touristen aus dem Ausland und BRD-Bürger, die sorglos miteinander plauderten, offenbar ohne daran zu denken, welches Privileg sie gerade genossen, verloren sich auf dem gespenstisch leeren Bahnsteig, an dessen Enden mehrere Soldaten in der Kälte patrouillierten, mit russischen Kalaschnikows und deutschen Schäferhunden. Von Christian keine Spur.

Zwanzig vor neun. Barbara starrte auf das Zifferblatt der Bahnsteiguhr, als könne sie so die Zeiger anhalten. Inzwischen mußte der Abendzug aus Greifswald eingelaufen sein. Christian hatte alle Papiere, genauso wie sie. Es war ihre letzte Chance. Doch was sollte sie tun, wenn er immer noch nicht angekommen war? Die Ausreisegenehmigung galt nur für diesen einen Tag, für diese eine Reise, für diesen einen Zug.

«Vorsicht an Gleis sechs», ertönte die Stimme des Stationsvorstehers aus dem Lautsprecher. «In wenigen Minuten fährt ein der Berlin-Aachen-Expreß. Planmäßige Abfahrt zwanzig Uhr dreiundfünfzig.»

«Berlin-Aachen?» fragte Werner verwirrt. «Was hat das zu bedeuten?» Dann ging ihm ein Licht auf. «Mama, wir sind auf dem falschen Bahnsteig!»

«Nein», erwiderte Barbara schneller, als sie denken konnte. «Die Ansage ist für die Gegenrichtung.»

«Aber wie ist das möglich? Sieh doch das Schild da! Da steht es – Gleis sechs!»

Er zeigte mit ausgestrecktem Arm in die Luft, als plötzlich ein Hund hinter ihnen anfing zu bellen. Barbara drehte sich um. Mit offenem Mantel und wehendem Schal, immer zwei Stufen auf einmal nehmend, kam Christian die Treppe heraufgerannt, direkt auf sie zu. Barbara schloß die Augen, und für eine Sekunde glaubte sie, sie würde ohnmächtig. Einen Moment später fielen sie einander in die Arme.

«Gott sei Dank!» sagte sie und drückte ihn an sich. «Du hast es geschafft! Ich hatte die Hoffnung schon aufgegeben.»

«Da!» schrie Werner aufgeregt. «Der Zug! Er kommt aus der falschen Richtung! Wir müssen den Bahnsteig wechseln.»

Barbara ließ Christian los und drehte sich zu ihrem zweiten Sohn um. Werner war ihr nachgelaufen und starrte sie mit vollkommen verstörtem Gesicht an. Barbara begriff: Der Augenblick war gekommen, sie mußte ihm die Wahrheit sagen. Sie hoffte nur, daß sie ihn damit so überrumpeln würde, daß er erst zur Besinnung kam, nachdem sie eingestiegen waren.

«Nein, Werner. Das ist der richtige Zug. Wir fahren nicht nach Stettin, wir fahren nach West-Berlin.»

«Wohin fahren wir?» In seinem Gesicht stand blankes Entsetzen.

«Vorsicht an der Bahnsteigkante», tönte es aus dem Lautsprecher. «Die Fahrgäste werden gebeten …»

Die restliche Ansage ging in dem Lärm der einfahrenden Lokomotive unter. Für eine Weile übertönten die stampfenden Maschinen und zischenden Räder jedes andere Geräusch, so daß kein Wort von Werner zu verstehen war, der mit hochrotem Kopf gegen das Getöse anschrie. Barbara ließ ihren kleinen Koffer fallen, packte ihren Sohn am Arm und zog ihn mit sich fort zur Bahnsteigkante. Noch bevor der Zug ausgerollt war, öffnete sie die erstbeste Waggontür, und den Türgriff in der einen, Werners Arm in der anderen Hand, lief sie am Gleis entlang. Ein letztes ohrenbetäubendes Zischen, und die Räder standen still.

«Nein, Mama, ich komme nicht mit. Ich bleibe hier.»

Entsetzt fuhr Barbara herum. Nicht Werner hatte gesprochen, sondern Christian.

«Was hast du gesagt?» fragte Barbara. «Bist du wahnsinnig geworden?»

Christian schüttelte den Kopf. «Ich bin nur gekommen, um mich von euch zu verabschieden. Ihr müßt ohne mich fahren.»

«Die Fahrgäste nach Aachen bitte einsteigen und die Türen schließen!»

«Christian, mach mich nicht verrückt! Es ist jetzt keine Zeit für solchen Unsinn!»

«Das ist kein Unsinn. Ich meine es ernst!»

«Aber du kannst doch jetzt nicht plötzlich ...»

Mitten im Satz brach sie ab. Der Schaffner hob die Kelle und steckte sich die Trillerpfeife zwischen die Lippen. Eine Mischung aus Ohnmacht und Verzweiflung überfiel Barbara, so heftig, daß sie mit einem Mal das Gefühl hatte, als würde der Boden unter ihr schwanken.

«Was ist in dich gefahren? Hast du noch alle Tassen im Schrank?» Sie sprang auf den Bahnsteig zurück und griff nach Christians Arm. «Ihr steigt jetzt sofort ein, auf der Stelle! Alle beide!»

«Schließen Sie bitte die Türen», wiederholte der Lautsprecher, «und treten Sie zurück von der Bahnsteigkante.»

Mit einer ruhigen, entschlossenen Bewegung löste Christian sich aus ihrem Griff. «Ich habe das Versprechen gehalten, das ich Papa gegeben habe. Aber jetzt brauchst du mich nicht mehr.» Seine dunklen Augen füllten sich mit Tränen. «Ich kann ... ich will Gisela nicht hier zurücklassen ... Ich ... ich liebe sie!»

Jetzt meldete sich auch Werner, dem es einen Moment die Sprache verschlagen hatte, wieder zu Wort. «Ich bleibe auch hier! Du kannst uns nicht zwingen, mit dir zu den Faschisten zu fahren!»

Der Pfiff des Schaffners gellte über den Bahnsteig, und mit einem Ruck setzte sich der Zug in Bewegung.

«Bitte», sagte Barbara. «Steigt endlich ein!»

Noch während sie sprach, wußte sie, daß ihre Worte keine Wirkung haben würden. Wie angewurzelt blieben ihre Söhne auf dem Bahnsteig stehen: Werner mit Wut und Trotz im Gesicht, und Christian mit naßglänzenden Augen, die erfüllt waren von einem stummen Flehen, als könnte er selbst die Situation nicht ertragen. Doch auch er rührte sich nicht vom Fleck.

«Bitte, verzeih mir, Mama», sagte er. «Aber ich kann nicht anders.» Plötzlich trat er auf sie zu und versuchte, sie in den anrollenden Waggon zu drängen. «Mach schnell! Du mußt alleine fahren! Papa wartet auf dich! Wenn du jetzt nicht einsteigst, ist es zu spät!»

Barbara stolperte am Bahngleis entlang. Noch konnte sie aufspringen, der Zug fuhr noch nicht mal im Schrittempo. Ein paar entsetzliche Sekunden lang wußte sie nicht, was sie tun sollte. Alex oder die Jungen – eine dritte Wahl hatte sie nicht. Wieder ging ein Ruck durch den Zug, und die Lokomotive nahm an Fahrt auf. Plötzlich erinnerte sie sich an den Polizisten, der sie nach ihrem Fluchtversuch verhört hatte: *Wirklich saubere Eltern. Lassen ihre eigenen Kinder im Stich, um in den goldenen Westen zu fliehen …*

Nein, es gab nichts zu überlegen. Barbara ließ die Waggontür los und blieb stehen. Ohnmächtig sah sie dem Zug nach, wie er den Bahnhof verließ. Eine Hand streckte sich aus dem Innern des Waggons, hangelte kurz in der Luft und zog dann die Tür zu. Barbara war so gebannt von dem Anblick der fremden Hand, daß sie nicht mal den Grenzsoldaten bemerkte, der mit seinem Hund auf sie zukam.

«Wir wünschen Ihnen eine gute Reise!» tönte der Lautsprecher.

Während der Zug in Richtung Brücke davonrollte, schnüffelte der Hund interessiert an ihrem Mantel. Christian legte seinen Arm um ihre Schulter, um sie fortzuführen.

«Du gottverdammter Egoist», flüsterte Barbara.

Als ihre Blicke sich trafen, zuckte sie zusammen. Christian schaute sie mit denselben dunklen Augen an, mit denen sein Vater sie angeschaut hatte.

15

Der Zug rauschte durch die Nacht. Alex saß am Fenster seines abgedunkelten Abteils, allein mit sich und seinen Gedanken, und schaute in die vorbeirasende Landschaft hinaus, ohne etwas zu sehen.

Er hatte im Büro angerufen und Bescheid gegeben, daß er nicht am Nachmittag mit dem Flugzeug, sondern erst am Abend mit der Bahn von Berlin nach Essen zurückkehren würde. Er wollte nicht mit derselben Maschine fliegen, in der für Barbara und seine Söhne Plätze reserviert waren. Außerdem brauchte er Zeit, um die Enttäuschung zu verkraften. Mit hundert roten Rosen hatte er im Bahnhof Zoo auf Barbara gewartet. Die Rosen verwelkten nun in dem Hotel, in dem er am Morgen die Nachricht erhalten hatte, daß sie nicht kommen würde.

Als er in Essen den Zug verließ, stand Lilo Bauer am Bahnsteig.

«Es tut mir ja so leid, Herr Direktor», sagte sie und drückte ihm die Hand.

«Das ist sehr freundlich von Ihnen, Fräulein Bauer.»

«Aber das ist doch selbstverständlich.» Sie machte eine Pause, bevor sie weitersprach, als wäre ihr das, was sie noch zu sagen hatte, unangenehm. «Der Senior hat mich geschickt. Sie sollen heute abend unbedingt noch in den Betrieb kommen.»

Alex war es nur recht. Er konnte sich zwar nicht vorstellen, was Alfred Westphal zu dieser späten Stunde von ihm wollte, aber eine geschäftliche Besprechung erschien ihm immer noch erträglicher, als zu Hause vor sich hin zu brüten. Auf Tinchen paßte ein Kindermädchen auf.

Während der Fahrt in dem Firmen-Mercedes redete er mit seiner Sekretärin nur das Nötigste. Sie wechselten ein paar Worte über seine Reise, über das Wetter in Berlin, daß es dort viel kälter sei als im Ruhrgebiet, dann verstummte das Gespräch. Alex spürte, wie sie ab und zu aus den Augenwinkeln zu ihm herüberblickte, aber er erwiderte ihre Blicke nicht, sondern schaute geradeaus vor sich hin, als würde er die Nackenhaare des Chauffeurs zählen. Als in einer Kurve sich ihre Schenkel für eine Sekunde berührten, rückte er ein Stück zur Seite.

Zehn Minuten später hielt der Wagen vor der Hauptverwaltung der Westphal AG.

«Was ist denn hier los?» fragte Alex. Obwohl schon seit mehreren Stunden Feierabend war, brannte in dem großen Gebäude überall Licht.

«Ich kann nichts dafür», erwiderte Lilo Bauer. «Ich habe dem Senior gesagt, daß Sie sicher keine Lust haben, heute abend hierherzukommen. Aber er ließ sich nicht davon abbringen.»

Als Alex das Gebäude betrat, schlug ihm ein ohrenbetäubender Lärm entgegen, doch der Anblick, der sich ihm bot, verwirrte ihn noch mehr. In der Halle sah es aus wie im Tollhaus. Piraten und Meerjungfrauen, Cowboys und Barmädchen, Bankräuber und Prinzessinnen, Cancan-Tänzerinnen und Clowns drängten sich zu Hunderten in dem marmorgetäfelten Foyer, ein einziges schunkelndes und tanzendes Chaos, das sich im Takt einer Blaskapelle bewegte, die Alex auf einer Empore im hinteren Teil der Halle erblickte.

Ja, dann geht's humbahumbahumba täteteräh …

Endlich begriff er, was los war. Heute war Rosenmontag, und die Belegschaft feierte Betriebskarneval! Eine Polonaise schlängelte sich durch das Gewühl, direkt auf ihn zu, an der Spitze Alfred Westphal, Bowler-Hut auf dem Kopf, Zigarre im Mund und mit beiden Armen dirigierend.

Alex wollte auf der Stelle kehrtmachen.

«Nichts da! Hiergeblieben!» Alfred packte ihn am Arm, und während die Menschenschlange in seinem Rücken ungeduldig auf der Stelle tänzelte, brüllte er ihm ins Ohr: «Du bleibst da und besäufst dich – dienstlicher Befehl. Das ist die einzige Art, mit so was fertig zu werden!»

Ehe Alex ein Wort erwidern konnte, spielte die Kapelle einen Tusch. Alfred drückte ihm eine Flasche Bier in die Hand, eine Ladung Konfetti flog ihm ins Gesicht, dann nahmen zwei hübsche Stenotypistinnen ihn zwischen sich, eine dritte setzte ihm ein Lackhütchen auf den Kopf, und schon ging es weiter, und bevor er sich's versah, stolperte er mit, im scheppernden Rhythmus der Polonaise.

Uuuuund daaaaann geeeeeht's – humbahumbahumba täteräh, täteräh, täteräh …

Alex wußte nicht, wie viele Stunden vergangen waren, als er spät in der Nacht in einen Sessel sank, irgendwo in einem kleinen Nebenraum. Die Lampen waren mit rotem Krepp verklebt, von der Decke hingen Luftschlangen herab, der Boden war mit Konfetti übersät. Alex erinnerte sich undeutlich, daß dies die Sektbar gewesen war, doch jetzt war niemand mehr da. Er schob sich die Pappnase in die Stirn, die ihm am Abend irgendwann jemand aufgesetzt hatte, und griff nach einer der angebrochenen Sektflaschen, die hier überall herumstanden. Aus der Halle hörte er leise die Blaskapelle.

Mit der Flasche in der Hand stand er auf und trat ans Fenster. Die roten und gelben Lichter der Stadt verschwammen vor seinen Augen. Wieviel hatte er getrunken? Mindestens sechs oder sieben Flaschen Bier, von dem Sekt und den Schnäpsen ganz zu schweigen. Obwohl ihm leicht übel war, hatte der Alkohol ihm geholfen. Damit die Wirkung nicht nachließ, setzte Alex die Sektflasche an die Lippen und trank mit geschlossenen Augen, in langen, tiefen Schlucken.

Als er die Augen öffnete, sah er in Lilos Gesicht.

«Hallo», sagte sie leise.

«Hallo, Lilo ...»

Sie hatte sich als Clown verkleidet. Ihr kleiner, zierlicher Körper verschwand in einer riesigen karierten Jacke, und ihr blonder Pagenkopf steckte unter einer Plastikglatze mit rotgelocktem Haarkranz. Voller Mitgefühl sah sie ihn an; aus ihren Augen quollen zwei große aufgemalte Tränen.

«Ich wollte, ich könnte irgend etwas für Sie tun, Herr Direktor.»

Wie durch einen feinen Schleier sah Alex ihr Gesicht, die Clownsnase, die Apfelbäckchen. Sie klimperte mit ihren langen, schwarzen Wimpern, und ihr roter Herzmund verzog sich zu einem unsicheren, doch so unglaublich lieben und warmen Lächeln, daß Alex plötzlich nur noch Zärtlichkeit empfand.

«Oder möchten Sie allein sein?»

Statt ihr eine Antwort zu geben, stellte er die Flasche ab und nahm sie in den Arm.

Durch das Fenster sah er den Nachthimmel, der vom Widerschein der Hochöfen dunkelrot glühte, während im Osten bereits ein heller Streifen den neuen Tag ankündigte. Bald würden die Sterne verblassen.

Als er Lilo küßte, zog er den Vorhang zu.

Drei Wochen später fuhr Alex in die Sauerland-Klinik, wo er eine neue Nase bekam.

FÜNFTES BUCH

Kleine Schritte
1970/71

I

Es war ein warmer Herbsttag im Oktober 1970. Als wollte die Sonne beweisen, daß sie den Kampf gegen den heraufziehenden Winter noch nicht verloren gab, sandte sie von einem makellos blauen Himmel ihre Strahlen auf Berlin herab – nicht nur auf den Westen, auch auf den Osten, wie Werner Reichenbach mit Genugtuung feststellte, als er in seiner hellgrünen Ausgehuniform aus dem U-Bahn-Schacht ins Freie trat, um die letzten Meter zu Fuß zur Wohnung seiner Mutter zu laufen. Barbara hatte heute Geburtstag, und den wollten sie feiern.

Werner war nun zweiundzwanzig Jahre alt, und für ihn gab es keinen besseren Staat auf der Welt als die Deutsche Demokratische Republik. Er brauchte weder Kaviar noch Schampus, um glücklich zu sein, Schwarzbrot und Flaschenbier taten es ihm auch. Viel wichtiger als jeder Luxus oder die zweifelhafte Freiheit, unter den überflüssigen Dingen wählen zu können, die das West-Fernsehen mit seiner billigen Reklame den Menschen hüben und drüben anpries, war für ihn das Gefühl von Sicherheit und Geborgenheit, und dieses Gefühl gab ihm sein Land.

Er war Unterleutnant der Nationalen Volksarmee, versah seit einigen Monaten seinen Dienst beim Kommando Grenze und würde alle Jahre, vorausgesetzt, er war fleißig und tat seine Pflicht, Stufe um Stufe befördert werden, planbar und absehbar, bis er eines Tages Hauptmann und Major oder irgendwann vielleicht sogar Oberst war. Für den Beruf des Offiziers hatte er sich aus Überzeugung entschieden, weil er meinte, auf diese Weise am meisten für das Wohl eben des Landes tun zu können, in dem er sich selbst so wohl fühlte.

Tief atmete er die milde Herbstluft ein und blinzelte in die Sonne, während er an seiner alten Jurij-Gagarin-Oberschule vorbeiging, die nur einen Steinwurf vom Mietshaus seiner Mutter entfernt lag. Ja, leben konnte man auch hier! Doch er war nicht nur mit dem Wetter und dem Staat zufrieden, sondern auch mit sich selbst. Der Grund dafür steckte in der Brusttasche seiner Uniform, ein flaches, knisterndes, mit einer roten Schleife verschnürtes Kuvert, das Geburtstagsgeschenk für Barbara. Ein ganzes Jahr hatte er dafür gespart, und jetzt konnte er es kaum erwarten, ihr den Umschlag zu geben. Ungeduldig beschleunigte er seinen Schritt. Seine Mutter würde Augen machen! Mit seiner Hilfe konnte sie sich endlich einen alten Traum erfüllen ... Die ganze Zeit hatte er die Überraschung geheimgehalten, nur Gisela war eingeweiht, Christians Freundin, die seit ein paar Jahren ebenfalls in der Hauptstadt lebte und als Ärztin in der Charité arbeitete. Sie war das netteste Mädchen, das Werner kannte. Schade nur, daß sie einen so schlechten Geschmack hatte, was Männer betraf.

Er öffnete die Haustür und stieg die Treppe hinauf. Hier drinnen war es dunkel und kühl, und aus der Wohnung im ersten Stock roch es wie immer nach Kohl. Als er an der Etagentür schellte, hörte er die anderen schon reden und lachen. Kaum zu glauben, daß Christian einmal pünktlich war. Seine Mutter machte ihm auf, ein Sektglas in der Hand.

«Weißt du schon das Neueste?» empfing sie ihn mit strahlendem Gesicht.

«Willst du mir nicht erst mal guten Tag sagen?»

«Christian und Gisela haben sich verlobt!» Bevor er etwas erwidern konnte, sah er auch schon die zwei, die, gleichfalls mit einem Sektglas in der Hand, im Eingang der kleinen Küche standen, in der er früher immer seine Hausaufgaben gemacht hatte. «Komm, stoß mit uns an!» Barbara nahm ein Glas von der Garderobenablage und drückte es ihm in die Hand.

«Donnerwetter!» sagte Werner und kam sich vor wie ein Trottel.

«Und stell dir vor, nächsten Sommer wollen sie heiraten.» Sie hob ihr Glas und prostete Christian und Gisela zu. «Auf euer Wohl, ihr zwei!»

«Wann ... wann habt ihr es beschlossen?» fragte Werner, völlig überrumpelt.

«Ich wußte heute morgen selbst noch nichts davon», antwortete Gisela. «Dein Bruder hat uns erst vor fünf Minuten damit überrascht.»

«Ich hatte einfach vergessen», grinste Christian, «rechtzeitig ein Geschenk für Mama zu besorgen. Und da Schneewittchen und ich sowieso irgendwann heiraten wollten, dachte ich, wäre heute vielleicht eine gute Gelegenheit, es offiziell zu verkünden.»

«Das ist das schönste Geschenk, das ihr mir machen konntet», sagte Barbara mit einem warmen Lächeln. «Nein, man weiß wirklich nie, wofür was gut ist.»

«Wie bitte?» fragte Werner.

«Ich meine, dann war es doch nicht ganz sinnlos, daß wir damals hiergeblieben sind.»

«Werner ist der letzte, dem du das erklären mußt», lachte Christian. «Aber was ziehst du denn für ein blödes Gesicht, Bruderherz? Willst du uns nicht endlich gratulieren?»

Wohl oder übel hob Werner sein Glas. «Ich ... ich wünsche euch alles Gute.» Er gab sich die größte Mühe, ebenfalls zu lächeln, aber es wollte ihm nicht gelingen. Er war so enttäuscht, daß er am liebsten auf der Stelle wieder gegangen wäre. Christian! Mamas gottverdammter Lieblingssohn! Immer mußte er die erste Geige spielen! Und vielleicht wäre Werner tatsächlich gegangen, wenn Gisela ihm nicht heftig zugenickt hätte. Also riß er sich zusammen, stellte sein Glas beiseite und gab seiner Mutter einen Kuß.

«Herzlichen Glückwunsch, Mama. Zu deinem Geburtstag und zur Verlobung deines Ältesten. – Schade nur, daß du kein Klavier hast, sonst könntest du jetzt ein Ständchen spielen.»

«Warum mußt du das jetzt sagen?» fragte Barbara. «Ausgerechnet heute? Du weißt doch, wie gern ich ein Klavier hätte, wenn ich mir eins leisten könnte.»

«Aber das weiß Werner doch», sagte Gisela. «Und ich möchte wetten, daß er im Gegensatz zu seinem Bruder an ein Geschenk für Sie gedacht hat. Stimmt's oder hab ich recht, Werner?»

«Gut, daß du mich daran erinnerst, sonst hätte ich glatt vergessen, weshalb ich hier bin.» Werner zwinkerte Gisela zu und zog aus seinem Uniformrock den Umschlag hervor. «Das ist für dich, Mama.»

«Für mich?» fragte Barbara. «Noch ein Geschenk?»

Er reichte ihr das Kuvert, und behutsam, als hätte sie Angst, den Inhalt zu beschädigen, zog sie die Schleife auf. Werner sah ihr voller Spannung zu. Herrje, wie hatte er sie gern! Auch wenn ihre politischen Ansichten eine Katastrophe waren, wollte er sie gegen keine andere Mutter der Welt eintauschen, und nichts würde ihm eine größere Freude bereiten, als wenn er ihr mit seinem Geschenk eine Freude machte.

Endlich hatte Barbara den Knoten geöffnet. Als sie das dicke Bündel sah, biß sie sich auf die Lippe. «Werner! Um Gottes willen! Bist du verrückt geworden?»

«Ist schon gut, Mama. Ist doch nicht der Rede wert.»

«Nicht der Rede wert? Das sind sicher tausend Mark!»

«Nicht ganz», erwiderte er, so gelassen, wie er nur konnte. «Exakt sind es achthundertsiebzig. – Für ein Klavier», erklärte er dann. «Das wünschst du dir doch, seit wir in Berlin sind.»

«Mein lieber Mann, da hast du dich aber ins Zeug geschmissen», sagte Christian säuerlich. «Jetzt fehlt nur noch das Klavier! Hoffentlich ist im Fünfjahresplan eins für unsere Mutter vorgesehen.»

«Jetzt mach Werners Geschenk nicht madig», zischte Gisela. «Oder bist du neidisch?»

«Keine Sorge», erklärte Werner. «Das Instrument ist bereits bestellt, aus volkseigener Produktion, und in drei Wochen wird es geliefert. Frei Haus, selbstverständlich.»

So selbstsicher er gesprochen hatte, überkamen ihn plötzlich Zweifel. Warum sagte seine Mutter nichts? Freute sie sich nicht? Er hatte erwartet, daß sie ihm um den Hals fallen würde, sobald sie sein Geschenk ausgepackt hatte, doch sie rührte sich nicht vom Fleck. Hatte er wieder etwas falsch gemacht? Endlich schaute sie ihn an. Nein, er hatte nichts falsch gemacht, im Gegenteil: Ihre Augen strahlten, und mit einem Lächeln, wie sie ihm noch keines geschenkt hatte, gab sie ihm einen Kuß, mitten auf den Mund.

«Jetzt weiß ich gar nicht, worüber ich mich mehr freuen soll.» Sie legte das Geld auf den Küchentisch, nahm ihre beiden Söhne links und rechts an die Hand und zog sie zu sich. «Zwei solche Prachtjungen!» Sie schaute sie der Reihe nach an, erst den einen, dann den anderen, und gab Werner noch einen Kuß. «Ich danke dir. Du weißt ja nicht, wie glücklich du mich damit machst. Ein so wunderbares Geschenk ...»

«Freust du dich wirklich?» fragte Werner, so aufgeregt, als wäre er selbst das Geburtstagskind. «Ganz richtig und wahrhaftig?»

«Aber ja doch, mein Junge.»

«Genauso wie über Christians Verlobung?»

Statt einer Antwort strich sie ihm über den Kopf. «Eine so liebe Idee. Aber woher hast du nur das viele Geld?»

«Das habe ich nach und nach auf die Seite gelegt, Mama. Kleinvieh gibt auch Mist.»

«Und das bei deinem Gehalt! Das mußt du dir ja vom Munde abgespart haben!»

«Na, da unterschätzt du meinen Sold. Die Armee sorgt schon dafür, daß wir Soldaten ihren Müttern etwas Ordentliches zum Geburtstag schenken können. Außerdem», fügte er hinzu, «bekomme ich ja auch noch Zulagen.»

«Zulagen? Wofür denn das?»

Als Werner ihren fragenden Blick sah, wußte er, daß er besser den Mund gehalten hätte. Zum Glück kam Gisela ihm zu Hilfe.

«Ist doch egal, Frau Reichenbach. Hauptsache, er hat das Geld für Sie gespart.»

Aber Barbara hörte nicht auf sie. «Nein, das mußt du mir jetzt sagen, mein Junge. Was für Zulagen? Davon hast du nie erzählt.»

Werner spürte, wie er rot anlief, und schlug die Augen nieder.

«Vielleicht, weil er sich schämt?» sagte Christian an seiner Stelle.

«Sich schämt? Weshalb sollte dein Bruder das tun?»

Werner verfluchte sich im stillen selbst. Zulagen. Warum war ihm nur dieses Wörtchen über die Lippen gekommen? Jetzt konnte er nur noch hoffen, daß Christian seinen verdammten Mund hielt. Aber den Gefallen tat ihm sein Bruder nicht.

«Kannst du dir das nicht denken, Mama? Zulagen bekommen die Soldaten unserer Friedensarmee für jeden Verräter, den sie beim Fluchtversuch aus unserem Arbeiter- und-Bauern-Paradies verhaften. Verhaften oder erschießen.»

«Ich habe noch nie einen Menschen erschossen!» protestierte Werner.

«Vielleicht», erwiderte Christian. «Aber verhaftet hast du offenbar schon jede Menge. Ein großartiger Beruf, den du dir da ausgesucht hast.»

Werner wich Christians Blick aus, obwohl er ihm am liebsten in seine selbstgefällige Fresse geschlagen hätte. Noch nie war sein Bruder ihm so zuwider gewesen wie in diesem Moment. Der ganze Kerl war eine Provokation. Um nicht zu explodieren, drehte Werner den andern den Rücken zu. Wie Nadelstiche fühlte er ihre Blicke auf sich ruhen. Um irgend etwas zu tun, nahm er sein Glas und trank einen

Schluck. Seine Hand zitterte so stark, daß er aufpassen mußte, um nicht den Sekt auf seinen Uniformrock zu verschütten.

«Stimmt es, Werner?» fragte Barbara. «Hast du das Geld daher? Du hast mir doch immer gesagt, daß du nur Papierkram machst, am Schreibtisch in deinem Büro.»

Er antwortete nicht. Wieder entstand ein betretenes Schweigen. Werner ballte die Faust in der Tasche. Er hatte sich so auf diesen Augenblick gefreut, und jetzt war wieder alles im Eimer. Ganz egal, was er machte, und wenn er seiner Mutter ein Vermögen schenkte: Immer war er das Arschloch der Familie, und Christian der strahlende Held.

«Ich warte auf eine Antwort, mein Junge. Stimmt es, was dein Bruder sagt?»

Jetzt hielt Werner es nicht mehr aus. «Und wenn schon!» fuhr er herum. «Ja, ich kriege Prämien dafür, daß ich Republikflüchtlinge unschädlich mache. Ja, ja und nochmals ja! Na und? Wo ist das Problem? Hat der Staat etwa kein Recht, seine Grenze zu schützen?» Vor Wut warf er sein Glas zu Boden. «Ich will euch sagen, was euer Problem ist: daß es euch zu gut geht! Das ist alles, womit ihr nicht fertig werdet!»

Seine Mutter wollte etwas erwidern, doch Werner war so in Fahrt, daß er sie nicht zu Wort kommen ließ.

«Schau dich doch selber an! Was hast du nicht alles getan, um dir das Leben hier schwerzumachen! Immer hast du kritisiert und dich quergestellt! Und trotzdem hast du eine eigene Wohnung, darfst du als Lehrerin arbeiten, hier in Berlin, an einer der besten Musikschulen der Hauptstadt. Hast du da nicht allen Grund, dem Staat verflucht noch mal dankbar zu sein?»

«Noch dankbarer», erwiderte Christian, «wäre Mama, wenn dein geliebter Staat sie einfach dahin gehen ließe, wohin sie will.»

«Halt du deine große himmelarschverdammte Schnauze! Wer hat unsere Ausreise denn damals verhindert?» Er packte Christian am Kragen und schüttelte ihn. «Na, erinnerst du dich, du Klugscheißer? Oder hast du das vergessen? Dann will ich dir sagen, wer das war! Du, sonst keiner!» So plötzlich, wie er ihn gepackt hatte, ließ er ihn wieder los und wischte sich die Hand an der Hose ab. «Außerdem bist du der letzte, der hier sein Maul aufreißen kann! Du bist doch nur ein mieser Schmarotzer, der auf Kosten anderer lebt.»

«Ich arbeite genauso wie du!» sagte Christian, mit einem Mal ziemlich kleinlaut.

«Ach was, ein Schmarotzer bist du! Du darfst studieren und promovieren, stiehlst anderen Leuten, die einen ehrlichen Beitrag zum Aufbau unserer Gesellschaft leisten wollen, einen Studienplatz, dabei hast du nicht mal den Wehrdienst absolviert. Aber dich dann hinstellen und den Unschuldsengel spielen, der sich nie die Hände schmutzig macht, und Leute wie mich zum Arschloch erklären – so eine verlogene Scheinheiligkeit!»

«Du vergißt, daß ich als Kind Typhus hatte. Ich bin dienstuntauglich!»

«Dienstuntauglich? Quatsch mit Soße!» schnaubte Werner. «Du bist so gesund wie ich! Du hast einen Schutzengel, irgend jemand hat einen Narren an dir gefressen, ich weiß nur nicht wer. Ach, zum Kotzen ist das alles!»

Der Streit war ihm auf einmal so widerlich, daß ihn jedes Wort auf der Zunge ekelte, wie eine verdorbene Speise. Er nahm das Geld, das immer noch auf dem Tisch lag, und streckte es seiner Mutter entgegen.

«Da, Mama», sagte er, «bitte, nimm das und bezahl damit das Klavier.»

Seine Mutter rührte sich nicht.

«Bitte ... Es ist mein Geschenk an dich.» Er machte einen Schritt auf sie zu, um ihr das Geld in die Hand zu drücken. «Du hast dich doch so darüber gefreut.»

Sie sah ihn nur an und schüttelte den Kopf. «Nein, Werner. Du hast es sicher gut gemeint, und dafür bin ich dir auch dankbar, aber ... ich kann es nicht annehmen.»

«Und was soll ich jetzt damit machen?» fragte er. Immer noch hielt er ihr das Geld hin. «Bitte, Mama. Du mußt es nehmen.» Er schluckte, weil sich ihm der Hals zuschnürte. «Bitte!» wiederholte er noch einmal, so leise, daß es fast ein Flüstern war. «Nimm es doch endlich!»

Seine Mutter schüttelte noch einmal den Kopf. «Nein, Werner, ich möchte es nicht.» Dann schlug sie die Augen nieder und wandte sich von ihm ab.

«Bitte, Mama! Du mußt es nehmen! Mir zuliebe!»

«Jetzt hör doch endlich auf», sagte Christian. «Siehst du denn nicht, daß sie es nicht will?»

«Dann leckt mich doch alle am Arsch!» schrie Werner und warf die Geldscheine in die Luft. Bevor die anderen reagieren konnten, machte er auf dem Absatz kehrt und rauschte hinaus.

«Werner!» rief Gisela. «Bleib hier! So kannst du nicht gehen!»

Er knallte die Tür hinter sich zu. Krachend fiel sie ins Schloß.

Und ob er das konnte!

2

«Wenn ich ehrlich bin, Lilo, mir wird übel bei dem Gedanken, mit diesen Gangstern Geschäfte zu machen.»

«Du wirst nicht drum herumkommen, Alex. Der kalte Krieg ist vorbei, alle Welt redet von Entspannung und ist daran interessiert, die Beziehungen zu normalisieren. Da kannst du dich nicht abseits stellen, nicht in deiner exponierten Position.»

«Wandel durch Annäherung – wenn ich das schon höre! Die Kommunisten können sich noch so verstellen, ändern werden sie sich nie. Daß das hier keiner begreift!»

«Hauptsache, *du* hast es begriffen», sagte Lilo und streichelte seine Hand.

«Ist doch wahr», sagte Alex. «Die verarschen uns nach Strich und Faden, und wir Idioten küssen ihnen noch die Füße! Dabei ist das Strickmuster immer dasselbe: Erst ködern sie uns mit ein paar Erleichterungen im Reiseverkehr, installieren zwei, drei neue Telefonleitungen nach West-Berlin, und kaum haben sie unsere Schecks kassiert, schalten sie wieder auf stur.»

«Also genau wie du», lachte sie. «Nein, im Ernst, Alex, du mußt dich gesprächsbereit zeigen. Richard wartet nur auf eine Gelegenheit, um an deinem Stuhl zu sägen. Willst du ihm etwa selbst die Gelegenheit dazu bieten?»

«Natürlich nicht.»

«Dann gib dir einen Ruck und mach einen Termin mit dem Ministerium aus, als Geste deines guten Willens. – Einmal ist keinmal.»

Die beiden parkten im Schein einer Straßenlaterne, ein wenig abseits des modernen, von einem gepflegten Garten umgebenen Bungalows, den Alex seit drei Jahren mit seiner Tochter bewohnte. Lilo saß am Steuer ihres BMW 2002, mit dem sie Alex nach Hause gebracht hatte, weil er nach der neuen Promillegrenze nicht mehr fahrtüchtig war. Am Abend hatte es noch eine Konferenz gegeben, an der außer Alex nur Alfred und Richard Westphal teilgenommen hatten. Ein großes Energie-Kombinat aus der DDR war an einem Technologie-Transfer interessiert, an Bauplänen der Westphal AG, um irgendwo in Sachsen ein Atomkraftwerk nach westlichem Standard zu errichten, und ein Vertreter der neuen sozialliberalen Regierung hatte diskret, doch nachdrücklich zu verstehen gegeben, wie sehr man in Bonn das Zustandekommen eines solchen Geschäfts begrüßen würde. Richard träumte bereits davon, den Ostblock mit Nuklearanlagen der Westphal AG zu beliefern, und war Feuer und Flamme. Alex' Einwand, daß er noch nicht mal das Land seiner möglichen Geschäftspartner betreten könne, ohne auf der Stelle verhaftet zu werden, hatte Richard einfach vom Tisch gewischt.

«Na gut», sagte Alex. «Ich werde darüber nachdenken. Vermutlich hast du ja recht. Aber ich glaube, jetzt ist es Zeit, ins Bett zu gehen.»

«Das heißt, du in deins und ich in meins?» Trotz der Dunkelheit sah er die Enttäuschung auf Lilos Gesicht. «Wird sich das nie ändern?»

Alex schüttelte den Kopf. «Nicht, solange Tinchen bei mir wohnt. Sie hat auch so schon genug unter der ganzen Situation zu leiden.»

«Du hast ja recht», sagte Lilo mit einem Seufzer. «Trotzdem wünsche ich mir manchmal, daß ich nicht nur auf Geschäftsreisen mit dir übernachten kann. Einfach an deiner Seite liegen, vor dem Einschlafen noch ein bißchen erzählen, und dann das Licht ausknipsen, wie eine normale Ehefrau.» Sie gab ihm einen Kuß auf die Nase. «Na ja, wenigstens die habe ich durchgesetzt. Gute Nacht, Alex.»

«Gute Nacht, Lilo.»

Er stieg aus dem Wagen und wartete auf dem Bürgersteig, daß sie den Motor anließ. Sie winkte ihm noch einmal zu, dann fuhr sie los, und ein paar Sekunden später verschwand ihr Auto in einer Kurve. Nächtliche Stille kehrte in dem Neubauviertel ein, während Alex die Straße überquerte; nur in der Ferne bellte irgendwo ein Hund. Er fühlte sich erschöpft, und ein leichtes Sodbrennen erinnerte ihn an die vier Cognacs, die er am Abend getrunken hatte. Erst letzten Sommer hatte er sich ein Magengeschwür wegoperieren lassen. «Managerkrankheit», hatte der Arzt gesagt.

Als er die Haustür aufschloß, hörte er von drinnen leise Musik. Nanu, wo kam die denn her? In der Diele war alles dunkel, doch die Musik war jetzt ganz deutlich zu hören. Sie kam aus derselben Richtung wie der merkwürdige, süßliche Tabakgeruch, den er in der Luft schnupperte. Mit einem Mal war er hellwach. Er warf seinen Mantel über einen Sessel und lief die Kellertreppe hinunter.

Turn off your mind, relax and flow down stream ...

Kaum hatte er die Tür zum Partykeller aufgerissen, schwappte ihm die Musik entgegen, wie eine zähe, wabernde Jauchewelle. In dem Raum herrschte schummriges Licht, auf dem Boden lagen Matratzen herum, auf denen sich halbnackte, ineinander verschlungene Leiber wälzten. Alex machte Licht, stürzte zur Stereoanlage und riß den Stecker aus der Dose. Mit ein paar gurgelnden Lauten verstummte die Musik.

«Tina!» schrie er in die plötzliche Stille hinein.

Vom Boden blinzelten ihm verstörte Gesichter entgegen.

«Papa? Du? Ich dachte, du bist auf Geschäftsreise.»

Tina hockte in der hintersten Ecke auf einer Matratze und befreite sich aus den Armen eines langhaarigen Geschöpfs, von dem Alex nicht sagen konnte, ob es ein Männchen oder ein Weibchen war. Er sah nur, daß dieser Mensch ein Stirnband um den Kopf trug und in einen langen, wallenden Umhang gekleidet war, der an einen Bischofsmantel erinnerte. Für eine Sekunde hatte Alex das Gefühl, diesen Umhang schon mal gesehen zu haben.

«Was hat das zu bedeuten?»

Wie in Zeitlupe richtete Tinchen sich auf und stopfte die Zipfel ihrer Bluse in den Bund ihrer Jeans. Dabei schaute sie Alex aus zwei geröteten, glasigen Augen an, mit einem Ausdruck von so blöder Glückseligkeit in ihrem Puppengesicht, daß es ihm kalt den Rücken runterlief. Auch in die übrigen Gestalten am Boden kam allmählich Bewegung.

«Ich will sofort wissen, was hier los ist!»

«Reg dich ab, Papa!» sagte Tinchen mit schwerer Zunge. «Wir hatten heute Nachmittag unser Kapital-AK.»

«Kapital-AK? Was ist das für ein Unsinn?»

«Karl Marx, die Expro ... Expropria ... die Expropriation der Expropriateure», brachte sie schließlich mit verklärtem Gesicht heraus.

«Ich hab dir schon hundertmal gesagt, was ich von diesem Kommunistenquatsch halte!»

«Und anschließend meinte Ingo, daß wir noch ein bißchen darüber diskutieren sollten.»

«Wer zum Teufel ist Ingo?»

«Peace!»

Der langhaarige Mensch an Tinchens Seite erhob sich von der Matratze und streckte Alex zwei Finger entgegen, zwischen denen eine unförmige, selbstgedrehte Zigarette klemmte. Alex schaute ihn vollkommen entgeistert an.

«Sagen Sie mal, kenne ich Sie nicht von irgendwoher?»

«Nicht, daß ich wüßte.» Ingo wich Alex' fragendem Blick aus. «Also dann verzieh ich mich jetzt wohl mal.»

Er wollte sich gerade hinausschleichen, als es Alex wie Schuppen von den Augen fiel. «Aber natürlich», sagte er und hielt Ingo am Arm zurück. «Sie arbeiten doch in meinem Betrieb, als Hausmeister in Halle fünf.»

«He, lassen Sie mich los!»

«Von wegen, Bürschchen! Was fällt dir ein, dich an meine Tochter ranzumachen?»

«Sie sollen mich loslassen! Das ist Freiheitsberaubung!»

«Und was ist das?» Bevor Ingo reagieren konnte, nahm Alex ihm die Zigarette aus der Hand und schnupperte daran. Er brauchte gar nicht erst zu fragen, der Fall war auch so sonnenklar. «Haschisch ...» Plötzlich überkam ihn eine fürchterliche Wut. «Du verdammter Mistkerl!» schrie er und schüttelte Ingo so heftig, daß ihm das Stirnband auf die Nase rutschte. «Wie kannst du es wagen, hier Haschisch zu rauchen, in *meinem* Haus, mit *meiner* Tochter?»

«Wenn Sie mich nicht sofort loslassen, zeige ich Sie an!»

«Du, mich anzeigen? Morgen kannst du dir deine Papiere abholen!» Der Kerl stank, als hätte er unter einer Brücke geschlafen. Alex hätte ihm am liebsten in sein blasses Milchgesicht gespuckt. «Hau ab», zischte er und schubste ihn in Richtung Tür. «Raus hier! Ihr alle! Raus aus meinem Haus!»

Mit albernem Kichern packten Tinchens Gäste ihre Sachen und verkrümelten sich. Alex konnte es kaum abwarten, daß sie endlich verschwanden. Ingo blieb noch einmal in der Tür stehen und rückte sein Stirnband zurecht.

«Nazi!»

«Raus, hab ich gesagt!»

Als Alex sich umdrehte, stand Tinchen hinter ihm. Ihre Augen schauten ihn ängstlich an, doch auf ihrer Stirn, zwischen den Brauen, zeichnete sich ihre Trotzfalte ab, die sie immer bekam, wenn sie stritten. Alex nahm sich vor, ganz ruhig zu bleiben. Tinchens Entwicklung war sein größtes Problem; sie war drauf und dran, auf die schiefe Bahn abzurutschen.

«Woher nimmst du das Recht, meinen Freund zu beleidigen?» fragte sie aggressiv.

«Freund?» erwiderte Alex. «Ich verbiete dir, den Scheißkerl wiederzusehen!»

«Du kannst mir gar nichts verbieten!»

«Das wollen wir doch mal sehen!»

«Ingo ist der intelligenteste Junge, den ich kenne! Auf jeden Fall intelligenter als du!»

«Das ist ja fabelhaft. Und deshalb geht er auch nicht ins Gymnasium, sondern arbeitet als Hausmeister!»

«Das ist ungerecht, Papa! Ungerecht und arrogant und außerdem typisch für dich!» Mit funkelnden Augen blickte sie ihn an, und die Trotzfalte auf ihrer Stirn verschärfte sich. Mit provozierend leiser Stimme fügte sie hinzu: «Ingo kann nichts dafür, daß er aus einem zerrütteten Elternhaus stammt.»

Das saß! Alex holte tief Luft, um sich zu beherrschen: Er war der Vater, und seine Aufgabe war es, das Gespräch in vernünftige Bahnen zu lenken. Wenn sie in diesem Stil weiterredeten, würde gleich einer von ihnen das Zimmer verlassen, und dann würden sie mehrere Tage kein Wort miteinander wechseln. Das hatten sie schon mehr als einmal durchexerziert. Also gab er sich alle Mühe, daß seine Stimme besonnen klang, als er wieder zu sprechen anfing.

«Sieh mal, Tinchen, ich will doch nur dein Bestes. Aber dieser Ingo ist kein Umgang für dich. Er verleitet dich zu Dingen, die nicht gut für dich sind. Mit Haschisch ruinierst du deine Gesundheit.»

«Ingo hat das ganze *Kapital* gelesen, alle vier Bände, und außerdem Bakunin und Blanqui und sogar Stirner. Den hat nicht mal unser Deutschlehrer kapiert!»

«Das ist sicher eine erstaunliche Leistung, aber auf Haschisch steht Gefängnis. Und du willst doch das Abitur machen – das willst du doch, oder?»

«Das muß ich mir noch gründlich überlegen.»

Alex nahm ihre Hand und schaute sie an. Sie war als Kind ein so süßes kleines Mädchen gewesen. Wie hatte sie sich nur so verändern können?

«Bitte», sagte er leise, «versprich mir, daß du dich mit dem Kerl nicht mehr triffst.»

«Das kann ich nicht.»

«Wenigstens für einen Monat.»

Tinchen schüttelte den Kopf.

«Für eine Woche?»

Tinchen zögerte. «Na gut», sagte sie, «ich will es versuchen. Aber nur für eine Woche!»

Alex fiel ein Stein vom Herzen. Das war immerhin mehr als nichts ... In einer Aufwallung von Zärtlichkeit und schlechtem Gewissen nahm er seine Tochter in den Arm. Als hätte sie darauf gewartet, schmiegte sie sich an ihn. Einen Streit konnte sie genauso wenig aushalten wie er. Obwohl sie fast jedesmal stritten, wenn sie sich sahen.

«Ich rege mich ja nur so auf, weil ich mir Sorgen um dich mache, Püppa.»

«Ich weiß, Papa», sagte sie und gab ihm einen Kuß. «Und ich kann dir auch nicht böse sein.»

«Und vor allem mußt du mir versprechen, daß du nie wieder dieses Teufelszeug anrührst. Du weißt doch, daß man davon süchtig werden kann.»

«Versprochen, Papa.»

«Und zusammen wollen wir uns vornehmen, daß wir endlich aufhören, uns zu streiten. Wenn wir streiten, wird alles nur noch schlimmer.» Er steckte sich eine Zigarette zwischen die Lippen und tastete nach seinem Feuerzeug. «Hast du vielleicht irgendwo Streichhölzer?»

«Warte», sagte Tinchen. «In meiner Tasche.»

Sie öffnete den bunten Stoffbeutel, der stets an einem Lederriemen um ihre Schulter hing, und so eifrig, als wollte auch sie etwas wiedergutmachen, fing sie an darin zu kramen. Sogar die Trotzfalte war aus ihrer Stirn verschwunden. Alex atmete auf.

«Übrigens», sagte er mit beiläufiger Miene, «ich habe gehört, daß es nächste Woche in der Grugahalle ein Beatkonzert gibt. Von diesem neuen Verrückten aus Amerika.»

Tinchen unterbrach ihre Suche und schielte zu ihm hinüber.

«Du weißt schon, der mit der elektrischen Frisur. Der so aussieht, als hätte er in eine Steckdose gegriffen.»

«Du meinst Jimi Hendrix?»

«Ja, ich glaube, so heißt er. Was meinst du, hättest du Lust hinzugehen? Zusammen mit einer Freundin?» Er zog zwei Eintrittskarten aus seiner Brusttasche und wedelte damit in der Luft.

Tinchen stieß einen Freudenschrei aus und fiel ihm um den Hals. Dabei machte sie eine so heftige Bewegung, daß der Inhalt ihrer Umhängetasche auf den Boden kullerte. Mit einem Reflex bückte Alex sich, um ihr beim Aufheben zu helfen.

«Laß nur, Papa», sagte sie hastig. «Das mach ich schon.»

Doch Alex war schneller. Bevor sie die orangefarbene Arzneipackung wieder in ihrer Tasche verschwinden lassen konnte, griff er nach ihrer Hand.

«Was – ist – das?» fragte er entsetzt.

Die Frage war absolut überflüssig, er kannte die Packung. Lilo nahm das gleiche Präparat.

«Bitte, Papa», sagte Tinchen, ganz blaß im Gesicht. «Bitte reg dich jetzt nicht auf.»

«Nicht aufregen? Wenn meine Tochter die Pille schluckt?»

«Die hat der Arzt mir verschrieben. Das hat überhaupt nichts zu sagen.»

«Nein, natürlich nicht! Außer, daß du mit diesem Schweinehund schläfst!»

Statt einer Antwort schaute Tinchen zu Boden.

«Ob du mit ihm schläfst, will ich wissen!»

Wieder erntete er nur ihr Schweigen. Sie war das schlechte Gewissen in Person.

«O nein! Das darf nicht wahr sein!»

«Bitte, Papa, denk an dein Magengeschwür! Der Arzt hat gesagt –»

«Zum Kuckuck, was der Arzt gesagt hat!» Er schaute seine Tochter an, und bei ihrem Anblick kamen ihm fast die Tränen. «Du bist doch noch ein Kind, nicht mal siebzehn Jahre, und wirfst dich einfach weg. Statt zu warten, bis du einen Mann findest, den du wirklich liebst.» Wieder stieg die Wut in ihm auf. «Dieser Mistkerl, dieser gottverdammte Widerling …»

Das hätte er besser nicht gesagt! Alex hatte noch nicht zu Ende gesprochen, da vollzog sich eine erneute Wandlung in Tinchens Gesicht. Der schuldbewußte Ausdruck, der eben noch darin gelegen hatte, verschwand aus ihren Zügen, und auf ihre Stirn kehrte die böse alte Trotzfalte zurück, schärfer und deutlicher noch als zuvor.

«Na und?» sagte sie, leise und kalt. «Und wenn ich wirklich mit ihm schlafe? Was wäre dabei?» Ganz ungeniert sah sie ihm ins Gesicht, und mit einem Blick voll abgrundtiefer Verachtung fügte sie hinzu: «Du schläfst doch auch mit Lilo.»

«Um Gottes willen, was redest du da?»

«Ich habe gerade gesagt, daß du mit deiner Sekretärin schläfst», wiederholte Tinchen. «Hast du dir etwa eingebildet, ich wüßte das nicht? Für wie doof hältst du mich eigentlich?»

Alex schnappte nach Luft. Jahrelang hatte er alles getan, um sein Verhältnis vor ihr zu verheimlichen – und jetzt das!

«Das Konzert ist gestrichen», erklärte er, ebenso knapp wie ratlos. Er war am Ende mit seinem Latein. Also machte er kehrt und ging zur Tür. Doch dann hatte er plötzlich eine Eingebung. «Und noch eins: Sobald ich einen Platz für dich gefunden habe, kommst du ins Internat.»

Tinchen starrte ihn fassungslos an. «Das … das wirst du nicht wagen», stammelte sie.

«Das wirst du schon sehen.»

«Kein Mensch, und am allerletzten du, kann mich dazu zwingen.»

«Und ob ich das kann! Du hast es nicht anders gewollt.»

Als er hinausging, sah er, wie sie sich auf eine Matratze warf und in Tränen ausbrach. Doch diesmal blieb er hart.

Auf dem Fußboden lag Plum, Tinchens alte Stoffpuppe, ein rotes Knollenmännchen mit grünen Fransenhaaren: das Abschiedsgeschenk ihrer Mutter.

3

«Psst!» machte Sascha. «Redet nicht so laut! Es könnte jemand zuhören!»

«Das will ich hoffen! Wozu soll ich mir sonst den Mund fusselig quasseln?»

Christian und Gisela saßen seit zwei Stunden im *Café Prisma*, einer billigen, düsteren Kneipe am Ende der Prenzlauer Allee, nachdem sie an *Konoppkes Würstchenbude* zur Feier des Tages einen Imbiß zu sich genommen hatten. Obwohl der Senf noch in ihren Mündern brannte, dachten sie beide nicht mehr daran, daß sie sich heute verlobt hatten. Denn kaum waren sie in ihrer Stammkneipe aufgekreuzt, hatte ihr Freund Sascha, wie Christian Doktorand im Fach Slawistik, sie mit einer unglaublichen Nachricht überrascht: Der russische Dissident Alexander Solschenizyn war für den Literatur-Nobelpreis vorgeschlagen worden!

«Ich freue mich schon jetzt auf die Kommentare unserer Professoren», grinste Christian, nicht mehr ganz nüchtern von dem vielen sauren Weißwein, und ahmte den sächsischen Akzent seines Doktorvaters nach. «Wenn so ein Gesindel den Nobelpreis bekommt, dann könnt ihr mal sehen, was diese Auszeichnung wert ist.»

Sascha, der mit seinem schulterlangen Haar und seinem Bart aussah wie Dschingis-Khan, fand das gar nicht lustig. «Kommt, laßt uns lieber woanders hingehen», drängte er leise. «Hier wimmelt es von Spitzeln.»

«Das ist mir scheißegal! Heute ist ein Festtag, und den will ich feiern!»

«Aber nicht mit mir!» erwiderte Gisela. Sie war inzwischen so aufgebracht, daß ihre Augen bedrohlich funkelten. «Wenn dir diese Dissidenten lieber sind als unsere Professoren, warum gehst du dann nicht gleich nach drüben?»

«Mach dir keine falschen Hoffnungen, Schneewittchen. Erstens gehe ich nur dahin, wo auch du hingehst, das ist sozusagen mein eingebauter antifaschistischer Schutzwall! Und zweitens weiß ich so gut wie ihr, daß unser Arbeiter-und-Bauern-Paradies immer noch das kleinere von den beiden deutschen Übeln ist.»

«Jetzt halt doch endlich die Schnauze!» zischte Sascha.

«Nein, laß ihn nur reden. Sonst behauptet er wieder, wir würden ihm sein Recht auf freie Meinungsäußerung nehmen.»

«Danke, Schneewittchen. Ich wußte doch, daß du mich liebst.» Er trank einen Schluck. «Aber gerade weil der Sozialismus das bessere System ist, brauchen wir Leute, die ihn kritisieren. Ohne Kritik verfault die ganze Idee vom Sozialismus, bis einem davon so übel wird wie von diesem Scheißwein hier!» Angewidert stellte er sein Glas ab.

«Willst du damit sagen, daß Solschenizyn und Konsorten frei rumlaufen sollen?»

«Es geht doch nichts über eine intelligente Braut!»

Sascha schaute sich um, ob jemand zuhörte. «Mal im Ernst», flüsterte er. «Angenommen, so ein Solschenizyn taucht bei dir auf, was würdest du tun? Ihn bei dir aufnehmen?»

«Natürlich», sagte Christian, ohne mit der Wimper zu zucken.

«Auch wenn du wüßtest, daß er gesucht wird?»

Christian hob die Hand zum Schwur. «Großes Ehrenwort! Vor allem, wenn der Dissident eine Dissidentin ist. – Das kann jeder hören, ist gar nichts dabei. Ich zitiere nur die letzte Ausgabe der *Wochenpost*: ‹Die marxistisch-leninistische Weltordnung bejaht jede Form von sexueller Betätigung, die zur Freude und Beglückung der Menschen beiträgt.› Prost!»

«Ich glaube, du solltest jetzt lieber mit der Sauferei aufhören!»

«Bloß weil ich die Prinzipien unserer revolutionären Weltanschauung vertrete? Nein, Politik und Liebe haben eine Menge gemeinsam. In der Theorie gibt es immer ein Ideal, aber in der Praxis stellt man die Differenzen fest. Und das Komische ist, man muß die Differenzen ausprobieren, um dem Ideal näherzukommen.»

«Ist das jetzt schon das Delirium oder erst eine Vorstufe?» fragte Sascha.

«Hör zu, du langweiliger Antialkoholiker, ich will es dir erklären – vorausgesetzt, Schneewittchen hört eine Sekunde weg.»

Statt einer Antwort verdrehte Gisela die Augen.

«Nimm zum Beispiel uns Männer», sagte Christian. «Egal, wie oft wir uns verlieben – im Grunde lieben wir immer nur eine Frau, irgendein Urbild weiblicher Vollkommenheit, von dem wir als kleine

Jungs mal geträumt haben. Und unser ganzes Leben verbringen wir damit, diese Traumfrau zu suchen.»

«Was hat das mit Politik zu tun?»

«Halt die Klappe und hör zu. Natürlich finden wir die Traumfrau in der Wirklichkeit nie. Die eine hat eine zu lange Nase, die andere zu kurze Beine, die dritte einen zu dicken Hintern. Also lieben wir uns durch alle möglichen Frauen hindurch, so viele, wie wir kriegen können. Und trotzdem lieben wir eigentlich immer nur ein und dieselbe – ja, die meisten Männer sind so erbärmlich monogam, daß dies die Ursache ihrer Polygamie ist. Sie hören einfach nicht auf zu glauben, daß sie eines Tages doch noch ihrer Traumfrau begegnen.» Er hob sein Glas und rülpste. «Genauso ist es mit der Politik. Darum lebe der Sozialismus! Wir werden ihn nie verwirklichen, also lassen wir nicht locker!»

Sascha schüttelte den Kopf. «Du legst es wirklich darauf an, daß man dich in den Arsch tritt.»

«Warum? So ist es nun mal. Daran können weder Marx noch Lenin was ändern!»

Sascha lachte. «Ich meine ausnahmsweise nicht deine politischen Ansichten.» Er deutete mit dem Kopf auf Gisela: «Schau mal, was deine Verlobte für ein Gesicht zieht! Wenn du so weiterredest, steht sie gleich auf und geht allein nach Hause!»

«Wieso sollte sie? Ich hab doch nur allgemein gesprochen, von uns war keine Rede!» Christian drehte sich um, und bevor Gisela sich wehren konnte, küßte er sie. «Schneewittchen und ich sind die große Ausnahme. Wir haben uns schon im Sandkasten fürs Leben gefunden.»

«Haben wir das?» fragte sie.

Christian antwortete nicht. Denn in diesem Moment sah er aus einer Ecke der Kneipe zwei Augen auf sich gerichtet, und plötzlich hatte er das Gefühl, als hätten sie ihn schon die ganze Zeit beobachtet.

Mit einem Schlag war er nüchtern.

Zwei Tage später erhielt Christian eine schriftliche Vorladung vom Gesellschaftlichen Rat der Humboldt-Universität, Sektion Geisteswissenschaften: Er sollte sich am 10. Oktober um 15 Uhr in Zimmer 327 der zentralen Verwaltung einfinden.

4

Elisabeth Markwitz, Parteisekretärin der Humboldt-Universität Berlin, schaute in ihren Taschenspiegel. Mit dem Anblick konnte sie mehr als zufrieden sein: eine reife, zur vollen Schönheit erblühte Frau sah ihr entgegen. Ihre makellos glatte Haut hatte einen rosigen Teint, und nicht eine graue Strähne in ihrem Haar verriet, daß sie die Vierzig überschritten hatte. Sie klappte den Spiegel gerade zu, da klopfte es an der Tür.

«Herein!» Elisabeth strich ihre Frisur glatt.

«Entschuldigen Sie bitte die Verspätung, aber ...»

Christian Reichenbach stand in der Tür. Statt seinen Satz zu Ende zu sprechen, hob er die Arme in die Höhe und lächelte sie einfach an. Mein Gott, wie hatte er sich verändert! Im dämmrigen Licht der Studentenkneipe hatte sie ihn ja kaum erkannt. Aus dem schmächtigen, kränkelnden Jungen von einst, der stets einen Kopf kleiner gewesen war als seine Kameraden, war ein Mann geworden, groß und sportlich und auffallend hübsch mit seinen kurzen, braunen Haaren und dem klaren, wohlproportionierten Gesicht, aus dem dieselben dunklen Augen wie früher schauten, während er auf dem Stuhl vor ihrem Schreibtisch Platz nahm. Wie sollte sie ihn anreden? Mit «Sie» oder mit «du»?

«Es geht um die Parade zum dreiundfünfzigsten Jahrestag der Revolution», eröffnete sie das Gespräch. «Leider kann ich aus meinen Unterlagen nicht erkennen, daß Sie sich zur Teilnahme gemeldet haben. Gibt es dafür einen besonderen Grund?»

«Einen?» fragte er mit seinem Lächeln zurück. «Mindestens zehn!» Er zählte an den Fingern ab. «Im letzten Jahr wurde ich gerügt, weil ich beim Vorbeimarsch eine Jeans trug. 1968 steckte meine Nelke im zweiten statt im vorgeschriebenen dritten Knopfloch. 1967 kam ich zu spät, 1966 zu früh. 1965 habe ich nicht vorschriftsmäßig zur Tribüne hinübergewinkt, und im Jahr davor – lassen Sie mich überlegen –, ach ja, da war ich im Stimmbruch und konnte mich darum nur unvollkommen an den Sprechchören beteiligen.» Er ließ die Hand sinken. «Wie Sie sehen, bin ich ein hoffnungsloser Fall.»

Was für ein sympathischer, witziger Kerl! Unwillkürlich mußte Elisabeth lächeln. Damit er es nicht merkte, schaute sie in ihre Akten. «Ich halte Sie keineswegs für einen hoffnungslosen Fall», sagte sie. «Im Gegenteil.»

«Wirklich? Haben Sie Hoffnung, daß aus mir noch ein brauchbarer Vorbeimarschierer wird?»

Eigentlich mußte Elisabeth ihn jetzt zurechtweisen, und in einem ersten Reflex öffnete sie bereits den Mund. Doch dann beherrschte sie sich. Mit einer Rüge würde sie das Gespräch beenden, ehe es begonnen hatte. Und dann? Seine Teilnahme an der Parade war ihr so egal wie nur was. Sie hatte ein viel wichtigeres Anliegen: Sie wollte ihn für die richtige Sache gewinnen. Dieser junge Mann verkörperte einen Teil der Gesellschaft, auf den es ihr mehr als auf jeden anderen ankam. Wenn es ihr nicht gelang, Christian Reichenbach auf ihre Seite zu ziehen, war ihr ganzer Kampf vergebens: Er war Barbara von Ganskis Sohn – und der Sohn von Michail Belajew.

«Ich will offen zu Ihnen sein», sagte sie also. «Ich mache mir Sorgen um Ihre Zukunft.»

«Ob Sie es glauben oder nicht: ich mir auch!»

«Im Ernst, Herr Reichenbach. Ihre Zeugnisse befähigen Sie zu einer glänzenden Universitäts-Karriere, aber mit Ihrer politischen Unzuverlässigkeit werfen Sie sich immer wieder selbst Knüppel zwischen die Beine. Gegen die grassierende West-Influenza scheinen Sie zwar immun, trotzdem nehmen Sie nicht am gesellschaftlichen Leben teil. Die Partei wird aus Ihnen nicht schlau.»

«Und ich nicht aus Ihnen, Genossin Markwitz!»

Die Antwort erfolgte so prompt, daß Elisabeth aufsah. «Was wollen Sie damit sagen?»

Christians Gesicht wurde ernst. «Das fragen Sie? Seit zwanzig Jahren schikanieren Sie meine Familie, als wären wir Agenten der Konterrevolution. Andererseits», fügte er hinzu, «werde ich nie vergessen, wie Sie mir als Kind in der Schule einmal geholfen haben. Ich hatte eine fürchterliche Lehrerin namens ...»

«... Roswitha Bosse. Ja, ich erinnere mich.» Instinktiv erkannte Elisabeth ihre Chance. Sie hatte genug in der Hand, um ihm ihren Willen aufzuzwingen, ganz gleich, was sie von ihm verlangte; das Belastungsmaterial reichte aus, um ihn für Jahre ins Gefängnis zu stecken. Doch sie wollte ihn nicht zwingen, sie wollte ihn überzeugen. «Nun», sagte sie, «dann sollten Sie eigentlich wissen, daß ich es gut mit Ihnen meine.»

«Tun Sie das wirklich?»

Er schaute sie mit seinen dunklen Augen so eindringlich an, daß es ihr schwerfiel, seinem Blick standzuhalten. Aber sie gab sich keine Blöße.

«Trinken Sie einen Schluck?» Sie nahm eine Flasche Wein und schenkte zwei Gläser ein. «Ich bin sicher, der wird Ihnen besser schmecken als das saure Zeug im *Prisma*. – Doch zurück zum Thema. Ich finde es ausgesprochen schade, wenn intelligente junge Menschen wie Sie sich abseits stellen. Statt Ihre Kritik hinter vorgehaltener Hand zu äußern, sollten Sie sie offen und frei vortragen.»

«Offen und frei? Wo denn, wenn ich fragen darf?»

«Hier, bei mir», erwiderte sie. «Sie irren, wenn Sie meinen, wir wollten Kritik nicht hören. Die Antithese gehört zur Logik des dialektischen Materialismus und ist Voraussetzung des gesellschaftlichen Fortschritts.» Sie machte eine Pause und sah ihn an. «Warum sagen Sie nicht einfach, was Sie auf dem Herzen haben? Was gefällt Ihnen nicht an unserem System?»

Christian schlug die Beine übereinander, nahm sein Glas und trank einen Schluck. Doch so gelassen er sich gab, verriet ihn doch die wippende Spitze seines Fußes. Zufrieden stellte Elisabeth fest, daß er nervös war.

«Nun, worauf warten Sie?»

«Ganz ehrlich?»

«Ganz ehrlich!» Sie trank gleichfalls von ihrem Wein und nickte ihm zu.

«Dann will ich Ihnen sagen, wie der Sozialismus mir hier vorkommt», erklärte er. «Ungefähr so, als würde man Beethovens Neunte auf einem Kamm blasen.»

«Beethovens Neunte auf einem Kamm?» prustete Elisabeth, so daß sie sich fast verschluckte. «Das ist gut! Den muß ich mir merken.»

Christian schaute sie entgeistert an. «Sie lachen?»

«Warum nicht? Halten Sie mich für humorlos?»

«Das verstehe ich nicht», sagte er. «Jetzt lachen Sie, doch vor zwei

Jahren, in Prag, wurden Menschen für solche Bemerkungen erschossen. Im Namen des Sozialismus.»

Elisabeth stellte ihr Glas ab. «Wenn zwei das gleiche tun», sagte sie, nun ebenso ernst wie er, «ist es noch lange nicht dasselbe.»

«Das klingt nicht gerade nach Karl Marx.»

«Nein. Aber darum ist es nicht weniger wahr.» Sie lehnte sich zurück und schaute prüfend in sein waches, intelligentes Gesicht. «Der Sozialismus», erklärte sie, «ist, von allen Inhalten abgesehen, zunächst ein gesellschaftliches Ordnungssystem, und wie jedes solcher Systeme geht er von einer einfachen Annahme aus.»

Christian erwiderte fragend ihren Blick. «Nämlich?»

«Daß es nur dann funktioniert, wenn einige wenige Genies an der Spitze das System so einrichten, daß die kollektive Masse an der Basis ihm blindlings folgen kann, unter Ausschaltung aller individuellen Verstandestätigkeit.»

Elisabeth erinnerte sich an den Schock, den sie vor Jahren empfunden hatte, als sie das erste Mal mit dieser Wahrheit konfrontiert wurde, und sah, wie es nun in Christian arbeitete. Geduldig ließ sie ihm Zeit, die Worte zu verdauen.

«Was Sie da über den Sozialismus behaupten», sagte er schließlich, «gilt genauso für den Faschismus.»

Elisabeths Herz machte vor Freude einen Sprung. Denselben Einwand hatte früher auch sie gemacht. «Allerdings, Christian. Aber es gibt einen wichtigen Unterschied: Der Zweck ist nicht derselbe, und nur auf ihn kommt es an. Im Faschismus mißbrauchen die Genies an der Spitze ihre Macht, um die Massen für sich und ihren Vorteil auszubeuten, im Sozialismus dagegen stellen sie sich in ihren Dienst.»

«Und deshalb haben in Prag russische Sozialisten auf tschechische Sozialisten geschossen?»

«Ja, so brutal es klingt, genau aus diesem Grund. Hast du dir einmal klargemacht, wohin es führt, wenn der Sozialismus sein Ordnungsprinzip aufgibt? Wenn jeder anfängt, zu tun und zu lassen, was er für richtig hält, wie damals in der Tschechoslowakei?»

Erst als sie die Frage ausgesprochen hatte, stellte sie fest, daß sie ihn plötzlich duzte. Doch Christian war so irritiert, daß er es offenbar gar nicht merkte.

«Ich kann mir nicht vorstellen», sagte er unsicher, «daß eigenes Denken schädlich sein kann.»

Sie stand auf und ging um den Schreibtisch herum. «Damit wir uns richtig verstehen, Christian. Auf deine Teilnahme an der Parade kommt es mir nicht an. Aber ich möchte, daß wir zusammen einen Ausflug machen. Ich würde dir gern etwas zeigen.» Sie legte ihre Hand auf seine Schulter und schaute ihn an. «Wenn du dich dann mit eigenen Augen überzeugt hast, sollst du selbst entscheiden, ob du in Zukunft bei uns mitmachen willst. Nicht als Herdenvieh an der Basis, sondern bei den Leuten, auf die es ankommt, bei uns – an der Spitze.»

Sie spürte durch seine Jacke, wie seine Muskeln sich entspannten. Hatte sie den entscheidenden Nerv getroffen? Behutsam ließ sie ihn los. Christian griff nach seinem Glas und trank einen Schluck.

«In einem Punkt muß ich Ihnen recht geben», sagte er. «Ihr Wein ist wirklich besser als das saure Zeug im *Prisma*.» Dann setzte er sein Glas ab und fragte: «Und wohin soll unser Ausflug gehen?»

5

Alex drückte das Gaspedal durch. Wütend heulte der Motor auf, und wie eine Rakete schoß der 280er SE auf die Autobahn. An anderen Tagen genoß Alex die enorme Kraftentfaltung seines Wagens wie ein physisches Erlebnis, doch an diesem trüben Novemberabend ließ sie ihn kalt. Er hatte nur ein Bedürfnis: Er wollte zurück nach Essen, und zwar so schnell wie möglich. Lilo war der einzige Mensch, den er jetzt sehen wollte.

Ein Nieselregen setzte ein, und Alex stellte den Scheibenwischer an. Am Nachmittag hatte er Tinchen nach Altena ins Internat gebracht. Die Schule galt als die beste Privatschule in ganz Nordrhein-Westfalen und befand sich in einer romantischen Burg, in deren Mauern sogar die erste Jugendherberge der Welt beheimatet war. Tinchen aber hatte sich angestellt, als hätte er sie in der Hölle abgeliefert. Sie hatte wie eine Verrückte geschrien und getobt, ohne Rücksicht auf den Direktor, der mit mildem Lächeln Verständnis zeigte.

Gleichmäßig schwappte der Scheibenwischer hin und her. Alex verstand seine Tochter nicht mehr, es war, als hätte sie ihm den Krieg erklärt. Nachdem der Direktor sie endlich allein gelassen hatte, hörte Tinchen zwar auf zu schreien, doch ihre Worte wurden immer häßlicher und gemeiner, während sich die Augen in ihrem niedlichen Puppengesicht zu zwei Schlitzen verengten, aus denen ihm Haß und Verachtung entgegensprühten. Sie schien nur noch von dem Willen beseelt zu sein, ihn zu verletzen.

«Mich steckst du ins Internat, angeblich weil ich die Pille nehme, dabei willst du mich nur loswerden. Damit Lilo bei dir einziehen kann und ihr in Ruhe vögeln könnt.»

«Ich verbiete dir, so mit mir zu sprechen!»

«Ich weiß gar nicht, was du willst. Ich sage doch nur die Wahrheit. Aber die kannst du ja nicht vertragen. Ihr seid ja so verlogen! Wenn ihr wenigstens ehrlich wärt!»

«Du machst es dir verdammt einfach, Tinchen.»

«Ist es etwa nicht verlogen, wenn du Mama Liebesbriefe schreibst und gleichzeitig mit deiner Sekretärin ins Bett gehst? Außerdem, wenn du Mama wirklich lieben würdest, wäre sie längst hier. Dann wäre dir garantiert was eingefallen!»

«Wie das denn? Ist es jetzt meine Schuld, daß es die Mauer gibt?»

«Ja ja, die böse Mauer. Und gleichzeitig so praktisch! Wenn die Russen sie nicht schon gebaut hätten, müßte man sie direkt erfinden ...»

Als er Tinchen zum Abschied umarmen wollte, hatte sie sich ihm wie eine Schlange entzogen – als hätte er eine ansteckende Krankheit. Noch die Erinnerung daran schnürte ihm die Kehle zu. Sie hatte ein todsicheres Gespür, wie sie ihm am meisten weh tun konnte. Und dabei diese verfluchte moralische, durch nichts zu erschütternde pubertäre Selbstgerechtigkeit! Aber damit war es jetzt vorbei! Im Internat würden sie ihr Manieren beibringen!

«Scheiße!»

Er war so in seine Gedanken vertieft, daß er am Westhofener Kreuz fast die Abfahrt verpaßte. In letzter Sekunde riß er das Steuer herum, und mit quietschenden Reifen wechselte er die Fahrbahn. *Wenn du*

Mama wirklich lieben würdest, wäre sie längst hier. Dann wäre dir garantiert was eingefallen!

Alex versuchte, sich aufs Fahren zu konzentrieren. Er durfte nicht länger an Tinchen denken, er mußte den scheußlichen Streit vergessen. Der Tacho des Mercedes zeigte konstant auf 180 km/h. Gott sei Dank, in einer Viertelstunde würde er bei Lilo sein. Jetzt wartete sie schon in ihrer Wohnung auf ihn, sicher hatte sie etwas gekocht. *Wenn du Mama wirklich lieben würdest, wäre sie längst hier. Dann wäre dir garantiert was eingefallen!*

Um sich abzulenken, ging Alex im Geist seine Agenda durch. Morgen früh um acht hatte er einen Termin mit Richard Westphal, die Dienstagskonferenz, die in der Regel nur der Selbstdarstellung seines Cousins diente. Zwischen neun und elf würde er ein Dutzend Briefe diktieren, und dann mußte er auch schon in den «Ratskeller», wo er mit zwei Vertretern des Ministeriums für innerdeutsche Beziehungen verabredet war, um mit ihnen die Anfrage des DDR-Kombinats zu diskutieren. *Wenn du Mama wirklich lieben würdest, wäre sie längst hier. Dann wäre dir garantiert was eingefallen!*

Alex hielt beim Essener Hauptbahnhof gerade vor einer Ampel, als es ihn plötzlich wie eine Eingebung überkam. Wandel durch Annäherung ... Wenn die Bonzen etwas von ihm *haben* wollten, dann mußten sie auch bereit sein, ihm etwas zu *geben* ... Als die Ampel auf Grün schaltete, stand die Idee so klar und deutlich vor seinen Augen, daß er sich wunderte, erst jetzt darauf gekommen zu sein. Statt abzubiegen, um zu Lilos Straße zu gelangen, fuhr er geradeaus.

Fünf Minuten später stand er vor dem Portal der Westphalschen Villa.

«Tut mir leid, Dr. Reichenbach», sagte das Dienstmädchen, «aber der Herr Generaldirektor hat sich schon schlafen gelegt.»

«So ein Mist!» Warum zum Teufel mußte Alfred ausgerechnet heute so früh zu Bett gehen? Alex brauchte ihn so dringend wie noch nie. Ob er ihn wecken lassen sollte?

«Cousin Alex?» hörte er plötzlich Richards Stimme, und im nächsten Moment sah er auch schon das verwunderte Gesicht seines Vetters, der im seidenen Hausmantel durch die Halle geschlendert kam. «Was verschafft uns die Ehre deines späten Besuchs?»

«Ich wollte deinen Vater sprechen, in einer wichtigen Angelegenheit, aber offensichtlich schläft er schon.»

«Ja, Papa baut inzwischen etwas ab. Aber vielleicht kann ich dir ja helfen? Worum geht es?»

«Ich weiß nicht ...»

«Du weißt nicht? Obwohl es so wichtig ist? – Na, komm erst mal rein.»

Richard nickte ihm zu, und um seinen Mund, den neuerdings ein feiner Oberlippenbart zierte, spielte ein ironisches Lächeln. Alex zögerte. Sollte er sich seinem Vetter anvertrauen? Ihr Verhältnis war in letzter Zeit zunehmend gespannt; Richard ließ immer wieder erkennen, wer der Chef und wer der Angestellte war. Trotzdem, Alex *mußte* mit jemandem über seine Idee reden, ob es eine Chance gab, sie zu verwirklichen, und Lilo, mit der er sonst über alle seine Sorgen und Hoffnungen sprach, kam diesmal nicht in Frage. Diesmal nicht und vielleicht bald überhaupt nicht mehr ... Also überwand er sich und trat ein.

«Aber das ist ja ein hervorragender Einfall!» sagte Richard eine Viertelstunde später in seinem Arbeitszimmer, nachdem er Alex eine ganze Weile schweigend zugehört hatte. «Das einzige, was mich daran stört, ist, daß er nicht von mir stammt!»

«Dann ist es also keine Schnapsidee?» fragte Alex mit wachsender Zuversicht.

«Absolut nicht! Und ich garantiere dir die volle Unterstützung der Westphal AG. Schließlich ist es auch im Firmeninteresse, daß die leitenden Angestellten meines Betriebs in geordneten Familienverhältnissen leben.» Er nahm Alex bei der Schulter, und leise, fast verschwörerisch, fügte er hinzu: «Das soll natürlich nicht heißen, daß du deswegen sonstige Verhältnisse gleich aufkündigen mußt.»

Alex überhörte die Bemerkung. «Die Frage ist nur, wie ich die Geschichte einfädeln kann?»

«Das muß ein Profi machen», entschied Richard. «Und wenn du mich fragst, kommt dafür nur ein Mann in Frage. Ich glaube, du kennst ihn. Ein richtiger Kommunistenfresser, der trotzdem tausend Kontakte nach drüben hat.»

Alex wußte sofort, von wem die Rede war. Schlagartig sank sein Mut. «Wenn du denselben Mann meinst wie ich, ist die Sache aussichtslos. Karl-Heinz Luschnat haßt Barbara und mich, seit wir verheiratet sind. Der würde sich eher umbringen als uns helfen.»

Richard lächelte ihn an. «Das, Cousin Alex, kannst du getrost mir überlassen. Du wirst dich wundern, wie so ein kleiner Ministerialdirigent spurt, wenn der Chef der Westphal AG ihm Beine macht.»

6

«Weltniveau …»

Mit einem Naserümpfen schaute Dr. Karl-Heinz Luschnat sich um, während er die Halle des Hotels am Ost-Berliner Alexanderplatz durchquerte. Auf dem Boden, an den Wänden: überall Plüsch und Filz. Entweder hatte der letzte Fünfjahresplan nichts anderes hergegeben, oder die fanden das hier ganz besonders vornehm. Luschnat schüttelte den Kopf. Ein System, das eine solche Innenarchitektur hervorbrachte und auch noch stolz darauf war, würde den Westen niemals überholen. Nur die Mädchen, die in den Plastik-Clubsesseln herumlungerten und verstohlen nach Kundschaft Ausschau hielten, waren 1 A. Doch dafür hatte er jetzt keine Zeit – leider. Sein alter Freund Oberst Jukureit wartete bereits auf ihn.

Offiziell galt Luschnat als westdeutscher Fabrikant von Sanitärartikeln, der gekommen war, um über die Produktion von Toilettenschüsseln in einem DDR-Kombinat zu verhandeln. Sein tatsächlicher Auftrag war jedoch weit interessanter – ein Fall ganz nach seinem Geschmack. Äußerlich betrachtet ging es um eines der üblichen Geschäfte auf Gegenseitigkeit, im Kern aber um eine höchst delikate Familienzusammenführung. Er würde ein bißchen lieber Gott spielen und Alex und Barbara Reichenbach eine Art privater Wiedervereinigung bescheren. Das tat er natürlich nicht aus Nächstenliebe, nein! Wenn er sich von Richard Westphal vor den Karren spannen ließ, dann aus einem anderen Grund. Sein Ziel war es, das Ehepaar Reichenbach, das, rechtlich gesehen, sowieso keines war, zu erledigen – ein für allemal. Er hoffte nur, daß Jukureit ihm heute die Informationen lieferte, die er dafür brauchte. Und wenn nicht – nun ja, dann konnte er die Sache immer noch platzen lassen.

«Eigentlich müßte ich Sie auf der Stelle verhaften», empfing ihn der Oberst in dem kleinen Besprechungszimmer, wo es nach Wanzen förmlich roch. «Die Behauptungen, die Sie im *ZDF-Magazin* über angebliche Verletzungen von Menschenrechten in der DDR gemacht haben, sind wahrheitsverfälschende revanchistische Lügen!»

«Danke für die Blumen», sagte Luschnat und nahm Platz. «Aber ich muß die Komplimente zurückgeben: Ihr Interview im *Schwarzen Kanal* war auch nicht von Pappe!»

«Nun ja, Handwerk muß klappern», grinste Jukureit.

Luschnat mochte Jukureit außerordentlich gut leiden: Der Oberst war ein Mann, mit dem man Geschäfte machen konnte. Während sie ihre Unterlagen bereitlegten, nickten sie sich zu. Was hatten sie nicht schon alles zu zweit eingefädelt, wofür sich andere dann in der Öffentlichkeit feiern ließen ... Geld gegen Menschlichkeit, das war ihre Formel.

«Ja, dann wollen wir mal.»

Es ging um den Austausch von Dissidenten, von denen die meisten in Bautzen hinter Gittern saßen. Sie sollten in die BRD freigelassen werden; im Gegenzug sicherte die Bundesregierung der DDR zu, ein bereits im Bau befindliches Atomkraftwerk in der Nähe von Dresden mit moderner West-Technologie auszurüsten. Die Durchführung sollte der Essener Westphal AG übertragen werden.

«Sie sind sich über die Konditionen im klaren?» fragte Luschnat.

«Selbstverständlich», sagte Jukureit und reichte ihm eine Liste. «Barbara Reichenbach steht an erster Stelle, wie Sie verlangt haben. Sie darf in Kürze ausreisen. Damit alles seine Ordnung hat, werden wir dafür sorgen, daß sie eine Einladung zu einem Musikertreffen in Stockholm bekommt, und ihr dann die entsprechende Reisegenehmigung erteilen.»

Luschnat überflog die Liste. Als er ans Ende gelangte, warf er die Akte auf den Tisch. «Und die Namen der zwei Söhne, wo sind die?»

«Die konnten wir leider nicht berücksichtigen. Der eine ist Offizier der NVA und der andere ein junger Wissenschaftler. Nachwuchskader sind grundsätzlich ausgeschlossen. Sicher wissen Sie, wieviel Geld wir in die Ausbildung unserer Jugend ...»

«Außerdem stimmt die Endsumme nicht!» unterbrach Luschnat ihn verärgert. «Wir hatten insgesamt fünfzig Personen vereinbart, nicht dreißig!»

«Ihr Kapitalisten seid doch immer gleich: Kaum gibt man euch den kleinen Finger, wollt ihr die ganze Hand.» Jukureit schüttelte den Kopf. «Von fünfzig war die Rede, bevor Sie Ihre Extra-Wünsche geäußert haben. Glauben Sie im Ernst, daß Sie die gratis kriegen?»

«Extra-Wünsche? Jetzt plustern Sie sich mal nicht so auf. Für eure Stasi-Schnüffler ist es doch ein Vergnügen, wenn sie im Dreck von Banken wühlen dürfen.»

«Keine Ideologie! Das Problem liegt woanders. Als Jurist wissen Sie so gut wie ich, daß ich ohne Rechtshilfeabkommen eigentlich gar nicht befugt bin, Ihnen so sensibles Material auszuhändigen. Und sollte ich es trotzdem tun, hat das natürlich seinen Preis.»

In Luschnats Kopf klingelten gleich mehrere Glocken. Jukureit sprach bereits vom Preis – also hatten sie etwas herausgefunden! Luschnat spürte, wie seine Hände feucht wurden. Wenn das stimmte, hatte er mal wieder den richtigen Riecher gehabt. Und Richard Westphal erwies sich einmal mehr als nützlicher Idiot.

Die Sache war die: Im *Kuratorium SBZ* kursierten schon seit langem Gerüchte, wonach eine Dresdner Privatbank sich gegen Kriegsende gewisse «Unregelmäßigkeiten» geleistet habe, Schweinereien von ziemlicher politischer Brisanz, die heute kein Mensch mehr wahrhaben wollte und die man tunlichst unter der Decke hielt. Worum es dabei im einzelnen ging, wußte Luschnat nicht; er wußte nur – und das war der Clou –, daß sich dabei vor allem Konstantin Reichenbach, Alexanders Vater, die Finger schmutzig gemacht haben sollte.

Bei seinen Recherchen hatte Luschnat ziemlich bald gemerkt, daß er ohne Hilfe von DDR-Behörden nicht weiterkam. Er hatte seine Kontakte spielen lassen und sondiert, doch so gut seine Verbindungen nach drüben auch waren – ohne Gegenleistung wollten die Kommunisten keine Informationen rausrücken. Da war es wie eine Fügung des Himmels, daß die Bonzen auf das Know-how der Westphal AG scharf waren. Klein Richard hatte damit angegeben wie zehn nackte Neger. Luschnat hatte ihm angeboten, die Vorverhandlungen für ihn zu führen, um das Geschäft professionell einzufädeln, doch der warme Bruder hatte sich geziert wie eine Jungfrau. Zum Glück aber wußte Luschnat, wie der Homo zu knacken war. Alexander Reichenbach, der arme Verwandte aus dem Osten, den der alte Westphal zu seinem Liebling erkoren hatte, war dem Lackaffen längst über den Kopf gewachsen und ihm darum ein Dorn im Auge. Und siehe da: Kaum brachte Luschnat «Cousin Alex» ins Spiel, spurte Richard wie eine Eins und übertrug ihm das Mandat.

Als er nun in das feiste Gesicht von Oberst Jukureit blickte, wußte Luschnat, daß er seinem Ziel sehr nahe war. Das war seine Chance, die alten Rechnungen zu begleichen, die er mit der Familie Reichenbach offen hatte. Um sicherzugehen, daß er Jukureits Anspielung richtig verstanden hatte, bohrte er noch einmal nach: «Und wer gibt mir die Garantie, daß Sie überhaupt Informationen haben, an denen ich interessiert bin?»

«Niemand. Aber wenn Sie uns nicht vertrauen, können wir gerne auf die ursprüngliche Vereinbarung zurückkommen. Sie kriegen Ihre fünfzig Dissidenten, von mir aus sogar einschließlich der Reichenbach-Söhne, und wir behalten unsere Dokumente für uns.»

Mit dem harmlosesten Gesicht der Welt schaute Jukureit ihn an. Dieser verdammte Fettsack! Luschnat verfluchte im stillen die Tatsache, daß sie sich so gut kannten. Der Oberst hatte den Braten gerochen und ahnte, daß die Informationen bei diesem Geschäft wichtiger waren als alles andere. Doch zum Glück kannte Luschnat seinen Pappenheimer ebenso gut.

«Wenn Sie auf stur schalten wollen, meinetwegen – das kann ich auch!» Er nahm die Liste und reichte sie Jukureit über den Tisch. «Von mir aus stecken Sie sich Ihre Dissidenten sonstwohin! Aber lassen Sie da noch ein bißchen Platz für Ihr Atomkraftwerk. Das können Sie nämlich gleich nachschieben.»

Jukureit zog ein Gesicht, als hätte ihm jemand in die Weichteile getreten. «Jetzt seien Sie mal nicht gleich beleidigt. Ich bin ja bereit zu kooperieren. Nur müssen Sie verstehen, daß wir nicht leichtfertig mit unseren Erkenntnissen umgehen. Vorausgesetzt, wir teilen Ihnen das Ergebnis unserer Recherche mit – was haben Sie eigentlich damit vor?»

«Das werde ich Ihnen gerade auf die Nase binden», lachte Luschnat. Dann wurde er ernst. «Sie müssen sich entscheiden, Oberst. Wenn Sie wollen, daß in Ihrem sozialistischen Paradies in Zukunft der Saft etwas reichlicher aus der Dose kommt, machen Sie mir jetzt einen Vorschlag.»

Jukureit legte seine dicken Wurstfinger an die Schläfe und dachte nach. Dann stieß er einen Seufzer aus. «Also gut. Fünfunddreißig Dissidenten und die Dokumente.»

«Die Dokumente und fünfundvierzig Dissidenten!» konterte Luschnat blitzschnell.

Jukureit streckte ihm seine Hand entgegen. «Na schön, weil wir hier nicht auf dem Roßmarkt sind: vierzig Dissidenten und die Dokumente. – Aber ohne die Söhne!»

Luschnat überlegte kurz, ob er das riskieren konnte. Ach was, auf die zwei kam es nicht an. «Abgemacht», sagte er und schlug ein.

Im nächsten Moment kam eine schlanke, brünette Frau herein, die so hübsch war, daß Luschnat zuerst dachte, sie gehöre zu den Schönheiten in der Halle. «Die gewünschten Informationen, Genosse Oberst», sagte sie und legte einen Ordner auf den Tisch.

Als Luschnat die Augen der Frau sah, traf ihn fast der Schlag. «Elisabeth Markwitz …»

«Sie kennen sich?» fragte Jukureit erstaunt.

«Das will ich meinen!»

«Die Genossin Markwitz war so freundlich, uns bei der Materialbeschaffung zu helfen.»

«Ich könnte mir keinen geeigneteren Partner für diese Aufgabe wünschen», sagte Luschnat. Nur mit Mühe gelang es ihm, seine Augen von ihr abzuwenden, doch sobald er in den Akten zu blättern begann, wurde er belohnt. Leise pfiff er durch die Zähne. «Du meine Fresse, das sind ja ganz schwere Geschütze …» Das war ja tausendmal besser, als er sich erhofft hatte. Eine Geschichte wie aus dem Sabotage-Lehrbuch. Alles war da, er brauchte die Fakten bloß noch ein wenig frisieren und an die Pressefritzen weiterleiten. Damit war Alexander Reichenbach geliefert. Und der lieben Barbara die Wiedersehensfreude mit ihrem Ehemann gründlich versalzen.

«Aber erst Gebrauch davon machen, wenn die Verträge unterschrieben sind.»

«Natürlich», murmelte Luschnat, ganz vertieft in seine Lektüre. «*Pacta sunt servanda* … Haben Sie heute abend schon etwas vor?» fragte er dann Elisabeth. «Ich würde mich freuen, wenn ich Sie zum Essen einladen dürfte.»

«Entschuldigung», erwiderte sie kalt, «aber ich weise Sie darauf hin, daß ich mich im Dienst befinde.» Sie nickte einmal kurz und ging hinaus. «Guten Tag, Herr Standartenführer!»

«Blöde Ziege», sagte Karl-Heinz Luschnat.

Aber seine Enttäuschung währte nicht lange. Er brauchte ja nur an Barbaras Gesicht zu denken, wenn er die Bombe hochgehen ließ: wenn das kein innerer Reichsparteitag war!

7

«Wenn Mama eine so großzügige Reisegenehmigung mißbraucht und sich unterwegs absetzt – hast du eigentlich eine Ahnung, was dann passiert?»

«Was soll schon passieren? Dann gibt es eine Musiklehrerin weniger in der Hauptstadt der DDR. Meinst du, das kann der Sozialismus nicht verkraften?»

«Ja, ja, ja! Spotte du nur! Ob es anderen dafür an den Kragen geht, ist dir ja scheißegal, du verdammter Egoist! Du würdest doch am liebsten gleich mit abhauen!»

«Du weißt genau, daß das nicht wahr ist! Ich finde den Westen genauso zum Kotzen wie du! Außerdem rate ich Mama ja gar nicht, daß sie gehen soll!»

«Aber immer das Maul aufreißen und rumstänkern! Immer alles madig machen, was wir aufgebaut haben! Da braucht sich keiner zu wundern, wenn sie wegwill!»

«Das mußt du gerade sagen! Du tust ja alles, um sie zu vergraulen! Erinner dich nur mal an ihren Geburtstag! Wer hat sich denn da aufgeführt wie ein Irrer? Du oder ich?»

«Du gemeiner, widerlicher Mistkerl! Da hast du mich doch absichtlich provoziert!»

«Jetzt fang ja nicht schon wieder mit deinem blöden Klavier an!»

«Wie kommst du auf das Klavier? Das hat absolut nichts damit zu tun!»

«Zum Kuckuck noch mal, seid ihr eigentlich verrückt geworden?»

Barbara schlug mit der Hand auf den Küchentisch, daß es laut knallte, und ihre zwei Söhne, die sich eben noch mit bösen, vor Wut funkelnden Augen angeschrien hatten, blickten sie ganz verdutzt an, wie zwei Schuljungen, die mitten im Streit plötzlich feststellen, daß die Pause vorbei ist und die Lehrerin bereits im Klassenzimmer steht.

«Darf ich vielleicht auch mal was sagen?» fragte Barbara. «Schließlich geht es um meine Entscheidung, Herrgott noch mal.»

Während Christian und Werner zögernd auf ihren Stühlen Platz nahmen, spürte Barbara wieder Hitzewallungen in sich aufsteigen. Gisela hatte ihr gesagt, daß dies wahrscheinlich Vorboten der Wechseljahre seien, doch heute war der Grund zweifellos ein anderer: Sie hatte eine Einladung zu einem Kongreß in Stockholm bekommen, zu einem Treffen von Musiklehrern aus aller Welt. Und damit nicht genug, hatte man ihr auch noch die Reisegenehmigung erteilt: Sie durfte nach Schweden fliegen, ins westliche Ausland!

«Und was hast du jetzt vor, Mama?» fragte Werner mit mühsamer Beherrschung.

«Um ehrlich zu sein, ich bin vollkommen ratlos. Erstens habe ich überhaupt keine Erklärung, wie ich zu der Einladung komme.»

«Das ist die Friedenspolitik unserer Regierung. Ich habe ja immer gesagt, daß das keine leeren Versprechungen sind.»

«Und zweitens habe ich Angst, euch zurückzulassen. Wenn ich mir vorstelle, ich bin drüben, und ihr seid noch hier.» Mit einem Seufzer schüttelte sie den Kopf. «Es wäre etwas anderes, wenn ihr schon verheiratet wärt und eure eigenen Familien hättet. Dann wäre mir wohler.»

«Ich wollte, das wäre das einzige Problem», schnaubte Werner. «Wir sind doch keine Kinder.»

«Ich mache mir Sorgen um euch, besonders um dich, Christian.» Sie schaute ihren ältesten Sohn an. «Warum heiratest du nicht endlich Gisela?»

Christian wich ihrem Blick aus. Statt ihr zu antworten, sagte er: «Da muß ich Werner ausnahmsweise recht geben, Mama. Wir sind keine Kinder, wir sind erwachsen. Hier geht es nur um dich.»

«Ja», pflichtete sein Bruder ihm bei. «Die Entscheidung kann dir keiner abnehmen. Du mußt selber wissen, was du willst – für dich und für andere.» Er nickte, und Barbara wunderte sich einmal mehr, wie ähnlich er mit seinen blauen Augen und den Sommersprossen seinem Vater sah. «Also sag endlich, was wirst du tun?»

Barbara seufzte. Ja, ihre Söhne waren erwachsen, mehr, als ihr lieb war. Fast zehn Jahre lang hatte sie die zwei allein großgezogen, doch mit jedem Jahr waren sie ihr fremder geworden. Mit Werners Jugendweihe hatte es begonnen, dieser geschmacklosen Nachahmung der Konfirmation, wo die Ameisen auf den Ameisenstaat schworen; später dann war auch Christian, teils Gisela zuliebe, teils aus Überzeugung, immer öfter mit den Horden marschiert, die, während Barbara mit ihren Schülern die Tonleiter klimperte, unter dem Fenster der Musikschule durch die Straße zogen; und heute war Werner soweit, daß er Menschen, die nichts anderes wollten als dieses Land verlassen, genauso wie sie selbst, mit Gewalt daran hinderte: indem er sie verhaftete oder womöglich sogar erschoß.

«Ich bin es so leid», sagte sie müde, «in diesem Ameisenstaat zu leben. So unglaublich leid, wie ihr es euch gar nicht vorstellen könnt.»

«Ameisenstaat!» schnaubte Werner. «Woher nimmst du nur diese unglaubliche Arroganz?» Er faßte nach dem Bernstein-Amulett an ihrer Kette. «Was hast du gegen Ameisen? Du trägst doch selber eine an deinem Hals.»

«Das war nicht immer so», erwiderte sie. «Ich hatte einmal ein anderes Amulett, dein Vater hat es mir geschenkt. Darin war eine echte Bienenkönigin eingeschlossen.»

«Bienenkönigin? Das paßt zu dir!» Angewidert ließ er den Schmuck los und kehrte Barbara auf seinem Stuhl den Rücken zu.

Christian nickte. «Ja, ich erinnere mich, du hast uns ja davon erzählt. Aber war es wirklich besser?» Er blickte Barbara mit seinen dunklen Augen an. «Und überhaupt, wo ist es jetzt? Glaubst du vielleicht, daß du es drüben wiederfindest?»

Barbara hielt seinen forschenden Blick nicht länger aus und schlug die Augen nieder. «Dann wollt ihr also», fragte sie, «daß ich dableibe?»

Werner fuhr auf seinem Stuhl herum. «So kannst du das nicht ausdrücken! Aber hast du dich schon mal gefragt, was das für mich bedeutet, wenn du verschwindest? So was kommt in die Akten! Erst der Vater, und jetzt auch noch die Mutter. Wie soll ich das meinen Vorgesetzten erklären? Dann kann ich gleich meine Sachen packen und den Dienst quittieren –»

«Darum geht es jetzt nicht», unterbrach Christian ihn.

«Natürlich nicht! Wie sollte es auch? Um mich geht es ja nie! Ihr ruiniert meine Karriere, meine Existenz, mein ganzes Leben – aber was soll's? Darum geht es ja nicht!»

Christian achtete nicht auf ihn. Er nahm Barbaras Hand und sagte: «Ich weiß nicht, was ich dir raten soll, ob Flucht die richtige Lösung ist oder nicht. Entscheidend ist nur eine Frage ...»

«Da bin ich aber gespannt!» sagte Werner verächtlich.

«Ob er dich noch liebt. Nur darauf kommt es an.»

Barbara sah ihm ins Gesicht. Hatte Christian recht? War das die entscheidende Frage? Vielleicht. Alex' Gefühle für sie konnten sich in den vielen Jahren verändert haben; sicher hatte er andere Frauen kennengelernt, er war ja kein Mönch ... Doch ebenso wichtig war eine andere Frage: Liebte *sie ihn* überhaupt noch? Vielleicht würde sie gar nichts mehr empfinden, wenn sie sich wiedersahen? Vielleicht war ihre Liebe nur noch eine Erinnerung, eine alte, vertraute, zur Gewohnheit gewordene Illusion? Mit einem Mal spürte Barbara, wie die Sehnsucht sie übermannte. Und plötzlich war sie ganz ruhig und sicher.

«Ich muß ihn wiedersehen», sagte sie. «Ich fahre nach Stockholm.»

Sie hatte noch nicht ausgesprochen, da sprang Werner von seinem Stuhl auf, und mit einem Gesicht, das, verzerrt von Wut und Ohnmacht, wie eine häßliche Karikatur von Alex' Gesicht aussah, zischte er: «Ja, geh nur, lauf dem Verräter nach! Du wirst schon sehen, was du davon hast!»

8

«So, da wären wir», sagte Elisabeth Markwitz und schaltete den Motor ihres Wartburg aus.

Christian atmete einmal tief durch, bevor er die Beifahrertür öffnete. Sie waren schon um sechs Uhr morgens in Berlin aufgebrochen, ohne daß er wußte, wohin. Unterwegs hatten sie über alles mögliche gesprochen, nur nicht über den Zweck der Fahrt. Jetzt parkten sie im Hof von Daggelin, gegenüber der Freitreppe des Schlosses. Das Gebäude war mit einer scheußlichen, pißgelben Farbe angestrichen. Christian gab sich einen Ruck und stieg aus.

«Wollen Sie mir nicht endlich sagen, weshalb Sie mich hierhergebracht haben?»

«Das erfahren Sie noch früh genug. Erst sollen Sie sich in Ruhe alles anschauen.»

Draußen war es bitter kalt. Christian schlug den Mantelkragen hoch. Doch er fröstelte nicht nur wegen der winterlichen Temperaturen. Viel mehr machten ihm seine Gefühle zu schaffen, als sie den zugeschneiten Hof überquerten. Er hatte zwar nie verstanden, weshalb seine Mutter so sehr an den alten Gemäuern hing, doch jetzt, als er sie nach so vielen Jahren wiedersah, war ihm doch komisch zumute. Das war nicht die Rückkehr des Prinzen auf sein Märchenschloß, von der er als Kind so oft geträumt hatte, ganz und gar nicht! Er bereute schon fast, daß er sich auf den Vorschlag der Markwitz überhaupt eingelassen hatte.

«Falls Sie einen Blick hineinwerfen möchten», sagte Elisabeth, als sie am Russenhaus vorbeikamen, «können Sie das gerne tun.»

«Um Himmels willen, nein!»

Auf der Freitreppe war ein Arbeiter gerade damit beschäftigt, den Schnee von den Stufen zu räumen. Mit mürrischem Gesicht unterbrach er seine Arbeit, um ihnen Platz zu machen. Während sie die Stufen hinaufgingen, spürte Christian, daß er immer nervöser wurde. Was erwartete ihn hier? Seiner Mutter hatte er den Ausflug in die alte Heimat verheimlicht. Er wußte selbst nicht genau, warum. Wahrscheinlich, weil sie in ihren Reisevorbereitungen steckte und er sie nicht damit belasten wollte. Vielleicht aber auch, weil er keine Lust hatte, ihr zu sagen, mit wem er den Tag auf Daggelin verbrachte. Er war sich ja selbst alles andere als sicher, was er von Elisabeth Markwitz halten sollte.

Im Schloß, kaum hatten sie die Halle betreten, lief ihnen ein alter Bekannter über den Weg: Norbert Petzold, der ehemalige Leiter der LPG, der, wie Elisabeth beim Ablegen der Mäntel erklärte, inzwischen Leiter des Kinderheims war. Christian fand, daß er immer noch dieselbe schmierig-hübsche Visage hatte wie früher.

«Das ist ja schön, dich wiederzusehen», sagte Norbert und reichte Christian mit gönnerhafter Freundlichkeit die Hand. «Laß dich mal anschauen. Du meine Güte, aus dir ist ja ein richtiger Mann geworden.»

«Was hattest du denn erwartet? Vielleicht ein Kaninchen?»

«Und immer noch der alte Witzbold», lachte Norbert. «Kein bißchen verändert.» Dann machte er ein wichtiges Gesicht. «Tut mir leid, aber ich muß euch jetzt allein lassen, ich habe furchtbar viel zu tun. Sagt mir Bescheid, wenn ihr etwas braucht.»

Er drehte sich auf dem Absatz herum, und Christian machte innerlich drei Kreuze, als er plötzlich etwas Verwirrendes sah, eine winzig kleine Geste nur, die kaum eine Sekunde dauerte, doch eine unglaubliche Intimität verriet. Während Norbert an Elisabeth vorbeiging, zwinkerte er ihr zu und berührte sie mit der Hand zwischen ihren Schenkeln, genau dort, wo unter dem Rock ihre Scham verborgen war. Ganz kurz nur, doch ohne jeden Zweifel.

Christian traute seinen Augen nicht, aber als er Elisabeth Markwitz anschaute, wußte er, daß er richtig gesehen hatte. Mit einer Mischung von Verlegenheit und Verärgerung wich sie seinem Blick aus, während Petzold sich noch einmal umdrehte. «Übrigens», sagte er so harmlos, als wäre nichts gewesen, «am Nachmittag haben wir Probealarm. Eine Übung für den Ernstfall. Wenn ihr die Sirene hört, kommt bitte mit den andern in den Luftschutzkeller.»

Er verschwand in seinem Büro. Dann waren sie allein. Christian hörte, daß irgendwo eine Klasse im Chor das Pionierversprechen übte. Er war so durcheinander, daß er Elisabeth wie ein fremdes Wesen anstarrte. Sie war nicht nur eine Frau, sondern eines der attraktivsten weiblichen Geschöpfe, die er je gesehen hatte! Diese fein geschwungene Nase, dieser so geheimnisvoll lächelnde Mund – und vor allem diese atemberaubende Figur, die sich unter ihrer Bluse abzeichnete. Er konnte kaum glauben, daß ihm das erst jetzt auffiel.

«Wenn Sie mir bitte folgen», sagte Elisabeth, inzwischen wieder gefaßt, «würde ich Ihnen nun gerne zeigen, weshalb wir hier sind.»

Christian erwachte aus seiner Erstarrung. «Natürlich. Ich bin schon wahnsinnig gespannt.»

Er spürte, wie der «stramme Genosse» sich regte, während Elisabeth vor ihm die Treppe hinauflief, und plötzlich war es ihm ganz egal, weshalb sie die weite Fahrt hierher gemacht hatten. Ihn interessierte nur noch eine Frage: Was war das für eine Frau?

Bis zu ihrer Ankunft hatte ihn lediglich das Katz-und-Maus-Spiel gereizt, das Elisabeth mit ihm trieb. Sie war eine mächtige Parteifunktionärin, und trotzdem, obwohl sie es nicht im geringsten nötig hatte, gab sie sich solche Mühe, ihn für sich zu gewinnen. Das hatte ihn irritiert und ihm gleichzeitig geschmeichelt. Doch dieser Reiz war nichts im Vergleich zu der Versuchung, die ihre reife Schönheit auf ihn ausübte. Mein Gott, mußte das ein Gefühl sein, eine solche Frau im Arm zu halten!

Elisabeth führte ihn durch das ganze Schloß; sie zeigte ihm die Schlafsäle, die Unterrichts- und die Werkräume, das Pionierzimmer mit Vogelkäfig und Aquarium, ja sogar die Bäder, die Küchen und die Vorratskammern; sie besuchten verschiedene Klassen, sprachen mit den Kindern, fragten sie nach ihren Fächern, nach ihren Lehrern, nach ihren Lieblingsspeisen. Während Elisabeth mit den Jungen und Mädchen redete, glitten Christians Augen immer wieder über ihren Körper. Er stellte sie sich im Morgenmantel vor, im Badeanzug – doch komisch, so verführerisch diese Vorstellung war, kehrte sein Blick immer wieder zu ihrem Gesicht zurück, als würde er sich für seine Gedanken schämen. Denn an diesem Tag hatte er noch eine Eigenschaft an Elisabeth entdeckt, die ihm bisher verborgen gewesen war: Immer wenn sie mit einem Kind sprach, füllte sich ihr Gesicht mit einem Leuchten, wie er es nur von Frauengesichtern auf alten Gemälden kannte. Und dieses Leuchten bezauberte ihn.

Die Stunden an ihrer Seite vergingen wie im Flug. Am Mittag aßen sie zusammen mit den Schülern im Speisesaal, danach besichtigten sie den kleinen Zoo hinter der Kapelle, wo es sogar ein echtes Lama gab, das mit erhobenem Haupt durch das Gehege stolzierte, dann kehrten sie wieder ins Schloß zurück und setzten dort ihre Besichtigung fort. Mit jeder Minute des Zusammenseins wuchs Christians Faszination. Er hatte noch gar nicht gewußt, wie sehr er sich für Waisenkinder interessierte! Alles wollte er von Elisabeth wissen, erkundigte sich nach der Anzahl der Jungen und Mädchen, die auf Daggelin lebten, woher sie kamen und was aus ihnen wurde, wenn sie das Heim verließen. Doch während er mit den Augen an ihren Lippen hing, schweiften seine Gedanken immer wieder ab.

Wie alt mochte Elisabeth sein? Sicher schon über vierzig... Na und? Wenn sie dieses Leuchten im Gesicht hatte, sah sie aus wie eine Studentin, ja, dann wirkte sie sogar noch jünger als Schneewittchen. Kaum fiel seine Verlobte ihm ein, verscheuchte Christian den Gedanken an sie. Noch waren sie ja nicht verheiratet! Außerdem, wie oft hatte Gisela selbst gesagt, daß der Monopolanspruch in einer Partnerschaft nur Ausdruck spätkapitalistischer Produktionsverhältnisse sei?

«Und jetzt möchte ich Ihnen das Allerwichtigste zeigen.»

«Wie bitte?» fragte er zerstreut.

Sie standen im ersten Stock vor einer Tür. Elisabeth hatte die Klinke schon in der Hand.

«Der Grund, weshalb wir hier sind.»

Sie machte die Tür auf, und Christian sah ein Zimmer voller Wiegen, mit lauter kleinen Babys darin, die frisch gewickelt und gefüttert ihrem Leben entgegenschlummerten. Er trat in den Raum und beugte sich über ein Bettchen, in dem zwei Säuglinge einander gegenüberlagen; mit ihren Hauben und Schrumpelgesichtern wirkten sie wie ein winziges, uraltes Ehepaar. Während das eine Baby genüßlich an seinem Schnuller nuckelte, blinzelte das andere ihn an.

«Mein Gott, sind die süß!»

«Ja», sagte Elisabeth ernst. «Aber leider nicht süß genug.»

«Das verstehe ich nicht.»

«Das können Sie auch nicht. Die Kinder, die Sie hier sehen, haben alle dasselbe traurige Schicksal.»

Christian nickte. «Sie meinen, sie haben keine Eltern mehr?»

«Nein, es ist viel trauriger. Die Eltern dieser Kinder leben noch.»

«Wie? Sie sind nicht tot? Warum sind die Kinder dann hier?»

«Die Eltern haben sie im Stich gelassen. Weil sie ihnen im Weg waren.»

«Im Weg? Was soll das heißen?»

«Sie waren ihnen lästig, sie konnten sie nicht gebrauchen. Weil sie andere Interessen hatten.»

«Solche Schweine!» Christian konnte es nicht fassen. «Und, wo sind die Eltern jetzt? Im Gefängnis?»

Elisabeth schüttelte den Kopf. «Nein. Unsere Gerichte können sie nicht belangen.» Sie machte eine kurze Pause und sah Christian an. «Diese Kinder sind Kinder von Republikflüchtlingen.»

Endlich begriff er. «Wollen Sie damit sagen», fragte er entsetzt, «daß sie ihre Kinder zurückgelassen haben, nur weil sie in den Westen wollten? Wie lästiges Gepäck, das man nicht mitnehmen kann? Nur ... nur weil sie hoffen, daß es ihnen drüben vielleicht bessergeht?»

«Ja», sagte sie. «Verstehen Sie jetzt, was ich bei unserem ersten Gespräch meinte? Was dabei herauskommt, wenn jeder tut und läßt, wie es ihm in den Sinn kommt?»

Was sollte er auf diese Frage antworten? Er nickte nur stumm und wandte sich ab. Schweigend verließen sie den Raum. Christian fühlte sich wie betäubt, während er Elisabeth die Treppe hinunterfolgte. Etwas so Widerwärtiges hatte er sein ganzes Leben noch nicht gehört. Was waren das für Menschen, die so etwas taten? Er war so in seine Gedanken vertieft, daß er seine Umgebung erst wieder wahrnahm, als sie im Musikzimmer waren und Elisabeth die Tür hinter ihnen schloß.

«Was meinen Sie», fragte sie, «ist es nicht eine schöne und sinnvolle Aufgabe, diesen armen Geschöpfen zu helfen?»

«Ja, das ist es. Ich kann mir keine schönere und sinnvollere vorstellen.»

«Und Sie, Christian, wollen Sie dabei nicht mitmachen?»

«Doch», antwortete er. «Gerne sogar. Sie müssen mir nur sagen, was ich tun kann.»

Über Elisabeths Gesicht ging ein Strahlen. «Ich hatte gehofft, daß Sie so reagieren würden.» Sie nahm seine Hände und drückte sie. «Helfen Sie uns, für diese Kinder neue Eltern zu finden. Damit sie die Chance haben, in einer richtigen Familie aufzuwachsen.»

Sie standen neben dem Flügel, nur einen halben Meter voneinander entfernt, und blickten sich an. Er schaute in ihre Augen, das eine grün, das andere braun, die von einem glücklichen Leuchten erfüllt waren. Und plötzlich sah er sie wieder vor sich, wie beim allerersten Mal, eingetaucht in das Licht der Wintersonne, die in hellen Strahlen durch das Fenster flutete.

«Du bist doch eine gute Fee», flüsterte er.

«Wie bitte?» flüsterte sie, ohne die Augen von ihm zu nehmen. «Was redest du da?»

Statt ihr zu antworten, legte er seinen Arm um ihre Schulter und zog sie zu sich. «Weißt du eigentlich, daß du die erste Frau bist, die ich geküßt habe?»

«Bin ich das wirklich?»

Statt einer Antwort schloß er die Augen und küßte sie.

Ihre Lippen waren noch miteinander verschmolzen, als der Alarm losheulte. Im nächsten Augenblick ertönte im Schloß das Trappeln und Rufen der Kinder, die in Scharen aus den Klassenzimmern in die Flure strömten.

«Müssen wir jetzt auch in den Keller?»

Mit einem zärtlichen Lächeln schüttelte Elisabeth den Kopf. Den Blick fest auf ihn gerichtet, knöpfte sie ihre Bluse auf. Als sie den Stoff von den Schultern streifte, stutzte er.

«Was ... was ist das für eine Kette?»

Christian liefen die Augen über. Wie gebannt starrte er auf das Bernstein-Amulett, das, groß wie ein Kieselstein, dunkelrotbraun zwischen ihren hellen, nackten Brüsten schimmerte.

«Psssst», machte Elisabeth und legte ihren Finger auf seine Lippen.

9

Es war ein ganz gewöhnlicher Mittwoch, im Februar des Jahres 1971. Doch für Barbara brach an diesem Morgen der wichtigste Tag seit vielen, vielen Jahren an: In wenigen Stunden würde sie ein Flugzeug besteigen, und dieses Flugzeug würde sie nach Stockholm bringen, von wo aus sie frei und ungehindert nach Westdeutschland reisen konnte, zu ihrem Ehemann.

Trotzdem wollte ihr nicht mal ein Lächeln gelingen, als sie in der Abfertigungshalle des Flughafens Schönefeld stand und sich von ihrem ältesten Sohn verabschiedete. Nur Christian hatte sie begleitet, Werner hatte seit dem letzten Streit jeden Kontakt mit ihr verweigert. Und während sie nun ihre Tasche auf dem Boden abstellte, um Christian ein letztes Mal zu umarmen, würde Werner wahrscheinlich schon im Büro seines Vorgesetzten eine «Veränderungsmeldung» abgeben, mit dem Inhalt, daß nun auch seine Mutter die DDR verlassen hatte.

«Du hättest trotzdem das Geld einstecken sollen, das er dir zum Geburtstag geschenkt hat», sagte Christian. «Jetzt liegt es in der Wohnung herum, und du kommst ohne einen Pfennig in Stockholm an.»

«Meinst du im Ernst, daß ich das gekonnt hätte?»

Er schüttelte den Kopf. Plötzlich hellte sich sein Gesicht auf. «Wenn du einverstanden bist, hätte ich eine Idee. Wie wär's, wenn wir das Geld einem Kinderheim geben? Zum Beispiel in Daggelin.»

«Daggelin? Wie kommst du denn darauf?»

«Ich ... ich hab neulich», antwortete er, ungewohnt zögernd und ernst, «ich hab in letzter Zeit eine Menge nachgedacht. Manchmal ist man ganz sicher, daß man recht hat und der andere nicht, und dann stellt man auf einmal fest, daß man sich fürchterlich geirrt hat.»

«Ich verstehe kein einziges Wort.» Sie sah ihren Sohn an, doch er wich ihrem Blick aus. «Christian, gibt es irgendwas, das du mir sagen willst?»

«Ach was!» entgegnete er, nun wieder mit unbekümmerter Miene. «Was stehen wir hier und reden von dem blöden Geld?» Und mit einem zärtlichen Lächeln fügte er hinzu: «Ich kann es gar nicht glauben, Mama, daß du gleich fort bist. Du ... du wirst mir schrecklich fehlen.»

«Bitte, Christian, sag jetzt nicht so was. Mir ist sowieso schon ganz blümerant.»

«Doch. Und ich möchte dir danken, für alles, was du für mich getan hast.»

«Jetzt hör doch endlich auf damit.» Während sie in sein Gesicht sah, war es ihr plötzlich, als schauten sie aus seinen Zügen unendlich viele Gesichter an, Gesichter seiner Vergangenheit, Christian mit drei, mit sieben, mit fünfzehn Jahren, als hätte ein Maler auf einer Leinwand zahllose Bilder übereinandergemalt, und im gleichen Augenblick hatte sie das Gefühl, daß es noch tausend Dinge gab, die sie ihm sagen mußte. Doch laut sagte sie nur: «Heirate Gisela. Auch wenn sie manchmal fast wie Werner redet – ihr paßt so gut zusammen.»

«Ja, ja, Mama», sagte er mit seinem Grinsen, das all die Jahre hindurch dasselbe geblieben war. «Ich weiß, die Liebe und das Universum. Aber leider ist das Universum so verflucht groß.»

«Ach, mein kleiner, großer Junge.» Sie drückte ihn an sich und küßte ihn. «Wann wirst du endlich erwachsen?»

«Nie! Mein Ehrenwort!» Und während er sein Gesicht an ihre Wange schmiegte, flüsterte er ihr leise ins Ohr: «Ich drücke dir die Daumen, Mama, daß du drüben dein Amulett wiederfindest. Ich meine, das richtige, das mit der Bienenkönigin.»

Als er sich aus der Umarmung löste, sah sie, daß seine dunklen Augen feucht glänzten.

«Geh jetzt endlich!» sagte sie. «Verschwinde! Sonst heule ich hier noch in aller Öffentlichkeit los!»

Zur selben Zeit saß Alex in Lilos praktischer kleiner Küche und überlegte, wie er es ihr sagen sollte. Mindestens ein Dutzend Gelegenheiten hatte er in den letzten Tagen verpaßt oder es gar nicht erst versucht, weil er es einfach nicht fertigbrachte. Auch jetzt schnürte es ihm die Kehle zu, wenn er sie ansah. Sie stand, perfekt frisiert und geschminkt, mit einer adretten weißen Schürze über dem pinkfarbenen Kostüm, an ihrem blankpolierten Vier-Platten-Herd und brutzelte unter der Abzugshaube, die sie als die praktischste Neuerung in der Geschichte des Haushalts seit der Erfindung des Handmixers pries, ein leckeres kleines Gabelfrühstück.

«Das Ticket ist am Lufthansa-Schalter für dich hinterlegt», sagte sie über die Schulter, während sie gleichzeitig ein Ei in ihre Teflonpfanne schlug.

Lilo hatte keine Ahnung, weshalb er nach Stockholm flog. Alex war erst vor ein paar Minuten gekommen. Die Nächte verbrachte er schon seit zwei Wochen nicht mehr bei ihr, obwohl Tinchen im Internat war und ein Journalist namens Oswald Kolle im Fernsehen behauptete, daß ein gesunder Mensch fünfmal am Tag Sex haben mußte. Die Enthaltsamkeit war Alex' Versuch, sich nicht ganz als der Verräter fühlen zu müssen, als der er sich empfand.

Mit der Pfanne in der Hand kam Lilo zu ihm an den Tisch. «Du hast ja noch keinen Bissen angerührt», wunderte sie sich. «Schmeckt es dir nicht?»

Schuldbewußt schaute Alex auf seinen Teller, auf dem zwei unversehrte Würstchen lagen. Der Augenblick, vor dem er sich so sehr gefürchtet hatte, war da. «Nein, Lilo», sagte er. «Es ist nicht das Essen.»

«Wenn du willst, brate ich dir gern ein kleines Steak. Das geht ruck, zuck.»

«Nein, wirklich nicht. Ich hab einfach keinen Appetit.»

«Was ist los? Hast du wieder Probleme mit dem Magen? Dann solltest du zum Arzt gehen.»

Er schüttelte den Kopf. «Ich glaube nicht, daß ein Arzt mir helfen kann.» Ihre praktische Art machte es ihm nur schwerer. «Bitte setz dich hin. Ich muß dir etwas sagen. Etwas, das uns beide angeht.»

«Du meinst, dich und mich?» fragte sie zögernd und stellte die Pfanne auf den Tisch, doch ohne sich zu setzen. «Hat es … hat es damit zu tun, daß du in letzter Zeit so oft bei dir zu Hause schläfst?»

Alex räusperte sich. Das Spiegelei in der Pfanne glotzte ihn mit stummem Vorwurf an.

«Ja, Lilo. Ich will es dir schon seit Tagen sagen, aber ich habe es einfach nicht geschafft.»

«Willst du», fragte sie leise, während alle patente Zuversicht aus ihrem Gesicht verschwand, «willst du sagen, daß es aus ist?» Sie klimperte mit den Wimpern, als hätte sie etwas ins Auge bekommen.

Er nickte stumm, und es entstand eine Pause, während deren die Abzugshaube immer lauter zu brummen schien. Lilo schloß die Augen und atmete tief durch. Dann wischte sie sich die Hände an der Schürze ab und fing an, den Tisch abzuräumen, ohne ein einziges Wort. Hilflos sah Alex ihr zu, wie sie die Essensreste von den Tellern in den Abfall streifte und das Geschirr in die Spülmaschine stellte, erst die Teller, dann die Tassen, dann das Besteck, entschlossen und systematisch, mit raschen, routinierten Bewegungen, die nur eine Spur eiliger waren als sonst.

«Es tut mir ja so leid», sagte er. «Aber mir ist keine Lösung eingefallen.»

Wieder mußte er schweigen, weil er nicht wußte, was er ihr sagen sollte. Was sollte er ihr auch sagen? Während er sich wünschte, daß ihm trotzdem irgend etwas einfiel, womit er sie trösten konnte, schaltete Lilo die Abzugshaube aus und nahm einen Lappen in die Hand, um die Spüle abzuwischen. Sie war so unglaublich tapfer, daß Alex sich nur noch schäbiger vorkam.

«Ich habe es die ganze Zeit gewußt», sagte sie, mit dem Rücken zu ihm. «Aber ich habe es nicht wahrhaben wollen. Meinst du, ich hätte nicht geahnt, warum du plötzlich nach Stockholm fliegst? Wir haben doch überhaupt keine Geschäftspartner dort.» Sie drehte sich um und sah ihn mit verweinten Augen an, ihr Make-up war mit Wimperntusche verschmiert. «Immer habe ich Angst gehabt, daß du es eines Tages sagen würdest, und jetzt ist dieser Tag da.»

Alex stand auf und nahm sie in den Arm. «Es ist meine Schuld, Lilo. Ich hatte gehofft, es würde irgendwie immer so weitergehen, aber das war eine Illusion. Das zwischen uns hätte nie anfangen dürfen.»

«Paß auf, sonst machst du dir noch deinen Anzug naß!» Sie legte ihren Scheuerlappen in die Spüle und schmiegte sich an seine Brust. Leise weinte sie in seinem Arm. «Es ist genau wie damals, als der Polizist an der Wohnungstür schellte und sagte, daß mein Verlobter verunglückt war. Damals hatte ich es auch geahnt ... Er war immer viel zu schnell gefahren.»

Alex streichelte ihre Schulter, und instinktiv wollte er ihr Haar küssen, doch dann beherrschte er sich und streichelte nur weiter ihren Rücken. «Ich werde nie vergessen, was du für mich getan hast. Und ich möchte, daß wir für immer Freunde bleiben ...»

«Nein, Alex», sagte sie und machte sich aus seiner Umarmung frei. «Einmal ist keinmal, und wenn Schluß ist, ist Schluß.» Dann nahm sie ihr Taschentuch aus dem Ärmel, wischte sich über die Augen und sagte: «Morgen reiche ich die Kündigung ein. Ich glaube, das ist die einzige praktikable Lösung.»

Während Alex die Tür von Lilos Wohnung hinter sich schloß, passierte Barbara auf dem Flughafen die Sperre, wo zwei Beamte mit mißtrauischen Blicken ihre Papiere kontrollierten, und betrat einen langen, fensterlosen, völlig menschenleeren Gang, in dem auf unheimliche Weise ihre Schritte widerhallten: ein neonerhellter Korridor im Niemandsland, eine Strecke, die nicht mehr zur DDR gehörte, doch immer noch auf deren Boden lag.

Barbara schaute auf die Uhr. Bis zum Abflug hatte sie noch fünf Stunden Zeit. Sie haßte es, zu warten, und wußte, daß die Minuten quälend langsam verstreichen würden. Trotzdem war sie absichtlich so früh gekommen. Lieber ließ sie sich von ihren Fragen und Gedanken quälen, als zu riskieren, daß noch etwas schiefging und sie den Flug verpaßte.

Nach ungefähr fünfzig Metern machte der Korridor einen Knick, und plötzlich öffnete sich vor ihr ein Fenster, das auf den Eingang des Flughafens hinausging. Ein merkwürdiges Gefühl: Die Menschen auf der Straße, die Busse und Autos, alles war noch so nah und trotzdem schon ganz weit weg, fast eine andere Welt, wie wenn man durch das Glas eines Aquariums die im Wasser schwimmenden Fische und Pflanzen betrachtete. Sie trat näher an das Fenster heran. Vielleicht würde sie Christian sehen, wie er den Ausgang verließ.

«Guten Tag, Comtesse.»

Wie elektrisiert fuhr sie herum. Obwohl seit ihrer letzten Begegnung fast ein Jahrzehnt vergangen war, hatte sie die Stimme sofort erkannt. Vor ihr stand Michail Belajew. Statt der Uniform trug er einen einfachen Straßenanzug. Er hob die Augenbraue und lächelte sie an. Sein Blick traf sie wie eine verbotene Berührung.

«Mischa? Was machst du hier?»

«Ich bin gekommen, um mich von dir zu verabschieden.» Er nahm ihre Hand und führte sie an seine Lippen. «Ich wollte dich noch einmal sehen – bevor du auf die andere Seite gehst.»

«Du weißt es also?»

«Wie wenig du mich doch kennst», sagte er, und ein Anflug von Trauer huschte über sein olivfarbenes Gesicht. «Trotz deiner Entscheidung – meine Gefühle für dich haben sich nie verändert. Ich bin immer bei dir gewesen. – Sieh nur, unser Sohn.»

Barbara drehte sich zum Fenster um. Christian überquerte gerade die Straße und sprang in einen Bus.

«Wenn ich fort bin», sagte sie, während draußen, in der anderen Welt, ihr Sohn in dem Bus verschwand, als habe es ihn nie gegeben, «versprich mir bitte eins.» Sie schaute Belajew an. «Paß auf ihn auf. Er ist in Gefahr.»

«Ja, Barbara, hab keine Angst. Ich passe auf ihn auf, auch wenn Christian mich nicht kennt. Und ich werde dafür sorgen, daß ihm nichts geschieht.»

Liebe Freundin, lieber Freund,
die Kälte des Winters wird durch
die Liebe erwärmt, die die
Hauseltern und Lehrer mit den
Lakota-Jungen und -Mädchen
teilen. St. Josefs
ist wirklich ein Platz, der
Liebe vermittelt und die Schule
wird von der Liebe, die Freunde
wie Sie teilen, in Betrieb gehalten.
Sie sind für die Kinder
ein Geschenk der Liebe
und wir danken Ihnen!

Dr. Dan Nagel

Mainzer Landstraße 47
60329 Frankfurt am Main

Ich werde meinen Geist
ausgiessen über alles Fleisch.
Und eure Söhne
und eure Töchter werden
weissagen, eure Greise werden
Träume haben,
eure jungen Männer werden
Gesichte sehen..

Joel 3:1
Apostelgeschichte 2:17

10

Es war schon dunkle Nacht, als die Maschine zum Anflug auf Stockholm ansetzte. Für die Eindrücke des Fluges hatte Barbara keinerlei Sinn gehabt, weder für die Kraft, die die großen Propellermotoren beim Start entfalteten, noch für das Kribbeln in ihrem Bauch, während die Iljuschin, wie von der Hand eines unsichtbaren Riesen gezogen, in den Himmel aufstieg, höher und höher, und die Welt unter ihr in immer weitere Ferne rückte, bis die Straßen und Häuser bald aussahen wie eine winzig kleine Spielzeuglandschaft, bevor sie in die Wolken eintauchte und in eine fremde, märchenhafte, grenzenlose Welt entschwebte, wo es nur noch den Himmel gab und die Sonne, die in einem endlosen Wattemeer versank. Denn obwohl sie wußte, daß sie hier oben, fern von aller Wirklichkeit, den Eisernen Vorhang, der die Welt dort unten in zwei so unterschiedliche Hälften teilte, längst passiert haben mußte, wollte die Angst nicht von ihr weichen, die Angst, daß plötzlich irgend etwas passierte, was alles in Frage stellte: daß eine der lächelnden Stewardessen ihr erklärte, das Flugzeug würde kehrtmachen, um zurück nach Ost-Berlin zu fliegen, oder daß der Pilot von der Bodenstation Befehl erhalten habe, sie nach der Landung nicht von Bord zu lassen, oder daß man ihr noch im Flughafen, auf schwedischem Boden, die Einreise im allerletzten Augenblick verweigerte.

Aber nichts dergleichen geschah. Nach der Landung rollte das Flugzeug wie selbstverständlich vor einem Gebäude aus, an dem in großen Buchstaben und über jeden Zweifel erhaben der Name STOCKHOLM prangte; und als Barbara an der Paßkontrolle stehenblieb, schaute der Beamte sie kaum an und winkte sie weiter, ohne ihre Papiere zu überprüfen.

«Why are you stopping? Please go ahead!»

Erst als Barbara die Halle betrat, wo sie ihre Koffer abholen sollte, und sie sich nach einem Schild oder sonst einem Hinweis auf das Musikertreffen umschaute, zu dem sie eingeladen war, regte sich in ihr das Gefühl, daß sie tatsächlich in einer anderen Welt angekommen war. Es war nichts Konkretes, eher ein allgemeiner, doch ungemein sinnlicher Eindruck: Alles, was sie hier sah, war so unglaublich bunt! Die Kleider der Menschen, die Reklameschilder, ja selbst die Arbeitsanzüge des Reinigungstrupps, der gerade an ihr vorübermarschierte – alles wirkte auf sie, als hätte sie bislang in einem Schwarzweißfilm gelebt, der hier, in dieser Halle, mit einem Schlag farbig geworden war.

Plötzlich, sie hob gerade ihre Koffer vom Rollband, sah sie hinter der Glasscheibe, die sie von der Wartehalle trennte, das Gesicht eines älteren Herrn, der einen Blumenstrauß in der Hand hielt und sich ebenso suchend umschaute wie sie selbst, und sie spürte, wie sich ihr Herz zusammenzog. Aber wie konnte das sein? Das war unmöglich! Sie hatte Alex weder geschrieben noch ihn angerufen, um ihre Flucht nicht zu gefährden. Doch warum klopfte der Mann jetzt an die Scheibe, stellte sich auf die Zehenspitzen und winkte ihr zu, genau so, wie man einem Menschen zuwinkt, den man in einer Menge gesucht und entdeckt hat? Ja, es gab keinen Zweifel, er meinte sie und niemand sonst! Mit einem Aufschrei ließ sie ihr Gepäck zu Boden fallen und rannte auf die Scheibe zu, versuchte, seine Hände durch das Glas hindurch zu berühren, die Blumen, sein Gesicht, tastete sich zusammen mit ihm die Scheibe entlang zu der Zollsperre, wo die Beamten sich lächelnd nach ihr umdrehten.

Eine Minute später stand Barbara Alex gegenüber. Nichts war mehr da, was sie trennte: kein Schlagbaum, keine Mauer, keine Glaswand. Doch genau in diesem Moment, auf den sie so viele Jahre hatte warten müssen, geschah etwas, womit sie nicht in ihren bösesten Träumen gerechnet hatte. Sie wollte ihm um den Hals fallen und ihn küssen, aber sie konnte es nicht. Es war, als wäre sie mit einem Mal gelähmt, und ihre Arme waren schwer wie Blei.

«Guten Tag, Alex», sagte sie nur und blieb stehen.

Er blieb ebenfalls stehen und schaute sie an. «Hallo, Barbara.» Unsicher ließ er die Arme sinken, die er ihr eben noch entgegengestreckt hatte. «Hattest … hattest du einen guten Flug?»

«Ja, danke», antwortete sie, ebenso hilflos wie er. «Es waren viele Wolken am Himmel, aber der Sonnenuntergang war sehr schön …»

Ihre überschäumenden Gefühle, die jubelnde Freude, die sie vor einer Minute erfüllt hatten, waren plötzlich fort, wie weggeblasen, als sie nun in ihrem schäbigen, braunen, abgetragenen Wintermantel diesem älteren, eleganten Herrn mit dem Strauß Blumen gegenüberstand, zwei Koffer und eine Tasche in den Händen, und übrig war nur noch eine Frage, bleiern und dumpf: Was sollte sie hier? Was hatte sie mit diesem Mann zu tun? Als könnte sie nirgendwo anders hinschauen, starrte sie auf seine Nase. Deshalb hatte sie ihn erkannt und doch nicht erkannt. Seine Nase sah aus wie früher, in seiner Jugend, bevor man sie ihm demoliert hatte, aber trotzdem war sie nicht mehr dieselbe, sie wirkte anders, irgendwie künstlich ... Und während sie diese fremde, falsche Nase anstarrte, unter der ebenso fremde, falsche, künstlich weiße Zähne zwischen seinen Lippen strahlten, schoß ihr ein kleiner, hinterhältiger Gedanke durch den Kopf, heimtückisch und gemein: *Es wird nie wieder so sein wie früher. Du hättest dableiben sollen, wo du hingehörst, bei deinen Söhnen – und bei Mischa ...*

Ratlos wie selten in ihrem Leben stand sie da. Doch plötzlich zuckte es in seinem Gesicht, in die kleinen Fältchen um seine Augen und seinen Mund kam Bewegung, und in der nächsten Sekunde lächelte Alex sie an, ganz verliebt und gleichzeitig schüchtern, wie beim allerersten Mal, als sie sich kennengelernt hatten, auf ihrem gemeinsamen Ausflug nach Wieck: «Waren Sie schon mal», fragte er leise, «warst du schon mal in – Essen?»

Die Frage war wie eine Erlösung. Als hätte er sie mit einem Zauberstab berührt, fiel alles Befremden, alle Beklemmung von ihr ab. Sie erwachte aus ihrer Erstarrung, lief auf ihn zu und warf sich in seine offenen Arme.

«Alex, o mein Schatz», stammelte sie, gleichzeitig lachend und weinend vor Glück, während er sie in seine Arme schloß und ihr Gesicht mit Küssen bedeckte, ohne auf die Blumen zu achten, die aus seiner Hand zu Boden fielen, wo sie zwischen die Füße fremder Leute gerieten. «Ich kann es nicht glauben, daß es wirklich wahr ist, daß ich dich endlich wiederhabe.» Zärtlich und leidenschaftlich erwiderte sie seine Küsse, berührte mit ihren Lippen seine Augen, seine Wangen, seinen Mund.

«Weißt du noch», flüsterte er, «was du einmal gesagt hast? – Wir zwei, wir haben uns, wir leben. Und solange wir leben, werden wir uns lieben.» Er faßte nach dem Amulett an ihrem Hals und schaute sie mit seinen leuchtenden blauen Augen zärtlich an. «Habe ich nicht gesagt, daß es uns Glück bringen wird? – Aber was ist?» unterbrach er sich plötzlich. «Was hast du?»

«Da, sieh nur!» Barbara zeigte ungläubig auf den internationalen Zeitungskiosk, der sich hinter seinem Rücken befand. «Das bist ja du...»

Alex drehte sich um. Auf dem Werbeplakat für eine deutsche Illustrierte war, überlebensgroß und unverkennbar, sein Gesicht abgedruckt, und darunter die Schlagzeile:

WER IST DIESER MANN? SEGENSTIFTER ODER UNGEHEUER?

II

Am nächsten Morgen stand Christian in aller Herrgottsfrühe auf. Er freute sich so sehr auf den Tag, daß er ganz von allein aufgewacht war, obwohl er normalerweise zwei Wecker brauchte, um nicht zu verschlafen. Er war mit Elisabeth verabredet; sie wollten nach Daggelin fahren. Ein Ehepaar aus Leipzig, das sich mit der Absicht trug, ein Waisenkind aus dem Heim zu adoptieren, hatte sich für diesen Tag angemeldet.

Mit einem Satz sprang Christian aus dem Bett. Verflucht noch mal, was war das Leben für eine herrliche Erfindung, wenn man verliebt war! Seit zweieinhalb Monaten war Elisabeth nun seine Fee; sie trafen sich, sooft sie nur konnten, und es verging kein Tag, an dem sie nicht miteinander schliefen. Sie war das faszinierendste Geschöpf, das er je kennengelernt hatte, und er wußte nicht, was ihn mehr zu ihr hinzog: ihre Schönheit, die Aura der Macht – oder das flauschige Lammfell vor dem Kamin in ihrer Datsche, auf dem er sie am liebsten liebte?

Wahrscheinlich alles miteinander. Auf jeden Fall kam sie dem Bild von der Traumfrau, das er in sich trug, verteufelt nahe. Nur daß Gisela neuerdings herumnörgelte, weil er keine Zeit für sie hatte, ging ihm allmählich auf die Nerven. Woher sollte er die Zeit nehmen? Schließlich war er seit Jahresbeginn Hochschulassistent – Elisabeth hatte das Verfahren in sensationeller Weise beschleunigt –, und da hatte er natürlich mehr Verpflichtungen als so ein x-beliebiger Doktorand, wie er zuvor einer gewesen war.

Pfeifend verließ er das kleine Assistenten-Apartment, das er – ebenfalls mit Elisabeths Hilfe – vor einem Monat im Dozentenwohnheim gegen die Hälfte eines kleinen Zweibett-Zimmers getauscht hatte, und lief die Treppe hinunter zur Haustür. Im Briefkasten war schon Post: eine Benachrichtigungskarte von der Uni-Bibliothek, ein Schreiben von der Wohnheimverwaltung und außerdem ein großer grauer Umschlag, der nur mit seinem Namen adressiert war. Nanu, was war das? Er hatte nicht die leiseste Ahnung, was darin sein konnte. Als er das Kuvert öffnete, hielt er einen maschinegeschriebenen Brief in der Hand sowie etliche Seiten mit Fotokopien. Eilig überflog er den Brief, stutzte, runzelte die Stirn, schaute auf dem Umschlag nach dem Absender, doch es war keiner da, kehrte zurück zur ersten Zeile und begann, der Reihe nach zu lesen. Der Brief war in russischer Sprache verfaßt und betraf Elisabeth Markwitz sowie ihre Tätigkeit auf Daggelin. Die Sätze waren kurz, klar und präzise, wie ein militärischer Bericht. Als Christian zu Ende gelesen hatte, zitterte seine Hand: Das war die scheußlichste und widerwärtigste Verleumdung, die er je gehört hatte!

«Ist etwas mit dir?» fragte Elisabeth, nachdem er zu ihr ins Auto gestiegen war. «Du ziehst ja ein Gesicht, als kämst du gerade von einer Beerdigung.»

Es drängte ihn, ihr von dem anonymen Brief zu erzählen, und er überlegte, wie er es anfangen konnte, aber dann tat er es doch nicht. «Keine Ahnung», sagte er nur. «Ich glaube, ich bin heute mit dem linken Fuß aufgestanden.»

«Schade. Ich habe nämlich eine wunderbare Nachricht für dich. Aber wenn du schlechte Laune hast, warte ich damit lieber bis zur Rückfahrt.» Und während sie den Motor startete, fügte sie mit einem bezaubernden Lächeln hinzu: «Soviel Strafe muß sein.»

Während der Fahrt sprachen sie nur über belanglose Dinge. Dabei gab Christian sich alle Mühe, den idiotischen Brief zu vergessen, doch es gelang ihm nicht. Da der Brief auf russisch war, war der Absender wahrscheinlich ein Angehöriger der Roten Armee. Der Kerl mußte geisteskrank sein. Was für einen Aufwand er getrieben hatte – schon die vielen gefälschten Fotokopien. Doch welche Absicht verfolgte er? War er vielleicht ein ehemaliger Geliebter von Elisabeth, der sich rächen wollte?

Immer wieder schielte Christian zu ihr hinüber. Während sie mit der einen Hand lenkte, faßte sie mit der andern nach dem Amulett auf ihrer Brust. Komisch, daß sie genau so eine Kette hatte, wie seine Mutter sie immer beschrieben hatte, mit einer echten Bienenkönigin darin.

Als sie auf Daggelin ankamen, war das Leipziger Ehepaar schon im Pionierzimmer, zusammen mit dem dreijährigen Mädchen, das ihnen zugedacht war. Der Mann und die Frau lagen mit der Kleinen bäuchlings auf dem Boden und bauten einen Turm aus Holzklötzchen.

«Entschuldigen Sie die Verspätung», sagte Elisabeth, als sie den Raum betrat. «Aber wie ich sehe, haben Sie ja schon Freundschaft geschlossen!»

Bei der anschließenden Besprechung im Büro sagte Christian kaum ein Wort, doch ließ er Elisabeth nicht aus den Augen. Sagte oder tat sie vielleicht etwas, das sie verriet? Sosehr der Verdacht ihn quälte, wollte er der Wahrheit ins Gesicht schauen und forschte nach einem Hinweis, nach irgendeinem Indiz, das darauf schließen ließ, daß die Anschuldigungen des Briefes vielleicht einen realen Kern hatten. Doch er konnte nichts dergleichen erkennen, im Gegenteil. Elisabeth war nur auf rührende Weise um das Wohl des Kindes besorgt, erkundigte sich nach den Verhältnissen des möglichen künftigen Elternpaares, gründlich und ausführlich, nach ihrer Wohnung, nach ihrer Verwandtschaft, nach ihren Erziehungsgrundsätzen, fragte, ob das Mädchen ein eigenes Zimmer haben würde, ja sogar, ob es in der Nachbarschaft andere Kinder zum Spielen gab.

Bis plötzlich die Frau sagte: «Wir sind doch hier unter uns und können ganz offen reden?»

«Aber selbstverständlich», erwiderte Elisabeth. «Was haben Sie auf dem Herzen?»

«Wäre es möglich, daß Sie uns noch etwas über die leiblichen Eltern sagen, ich meine –»

«Tut mir leid», unterbrach Elisabeth sie energisch, beinahe schroff, «aber die Anonymität der Kinder ist tabu. Das ist übrigens auch in Ihrem Interesse», fügte sie, schon wieder mit einem freundlichen Lächeln, hinzu. «Je schneller es den Kindern gelingt, sich von ihrer

Vergangenheit zu lösen, um so eher können sie eine tiefe und dauerhafte Beziehung zu ihren neuen Eltern aufbauen. Sind Sie da mit mir nicht einer Meinung?»

Die Frau nickte und schien mit der Auskunft zufrieden. Doch ihr Ehemann hatte noch eine Frage.

«Aber was passiert, wenn die leiblichen Eltern ihre Haftstrafe verbüßt haben und aus der Anstalt freikommen?»

Christian zuckte zusammen. Haftstrafe? Anstalt? Er war so durcheinander, daß er die zweite Frage kaum noch hörte.

«Kann es sein, daß wir die Kleine dann plötzlich wieder hergeben müssen?»

Der Mann schaute Elisabeth fragend an, doch statt ihm eine Antwort zu geben, fuhr ihr Kopf zu Christian herum, Panik in ihren ungleichen Augen. Als ihre Blicke sich trafen, schnürte es ihm die Kehle zu.

«Du gottverdammte Lügnerin! Wie konnte ich auf so was wie dich nur reinfallen!»

«Jetzt reg dich bitte nicht so auf. Ich kann dir alles erklären.»

«Erklären? Was gibt es da zu erklären?» Christian schnappte nach Luft. Sie rasten mit hundert Stundenkilometern über die Landstraße, aber das war ihm egal. Es mußte jetzt heraus, oder er würde ersticken. «Kinder von Republikflüchtlingen, hast du gesagt, von egoistischen, skrupellosen Eltern, die ihr eigenes Fleisch und Blut im Stich lassen, um sich in den Westen abzusetzen – daß ich nicht lache!»

«Hör mir bitte erst mal zu, dann wirst du vielleicht verstehen, warum ich …»

«Ich hab dir schon viel zu lange zugehört! Ihr seid ja solche Schweine! Erst werft ihr unschuldige Leute ins Gefängnis, nur weil sie eine andere politische Meinung haben als ihr, und dann nehmt ihr ihnen auch noch die Kinder weg, um sie in wildfremde Familien zu stecken, wie – wie Kuckuckseier! Und ich Wahnsinniger habe dir geglaubt, habe sogar bei deinen Verbrechen mitgeholfen.»

«Bitte, Christian, versuch es von der objektiven Seite zu sehen, es ist nichts Schlechtes, was wir getan haben, ganz und gar nicht.»

«Halt an! Halt sofort an! Auf der Stelle!» Er griff ihr ins Lenkrad und trat vom Beifahrersitz aus auf die Bremse. Mit quietschenden Reifen kam der Wartburg zum Stehen, kurz vor dem Straßengraben.

Christian faßte nach dem Türgriff und schaute Elisabeth an. An ihrem Hals baumelte das Bernstein-Amulett.

«Ich kann dir gar nicht sagen, wie sehr ich dich verachte. Du bist der letzte Abschaum.»

«Bitte, Christian», sagte sie mit zitternder Stimme, «laß uns in Ruhe darüber reden.»

«Ein einziger stinkender Haufen Dreck!»

Er öffnete die Tür. Sie wandte sich zu ihm um; ihre Augen waren voller Angst.

«Geh jetzt nicht fort, bitte! Wir gehören zusammen! Hast du vergessen, wie glücklich wir waren?» Sie nahm seine Hand und führte sie an ihre Brüste, an ihre Schenkel. «Du kannst alles von mir haben, was du willst, ich werde dir jeden Wunsch erfüllen. Ich will alles tun, was du von mir verlangst. Aber bitte, verlaß mich nicht!»

«Ihr gehört vor ein Gericht, oder ins Irrenhaus ...»

«Und du brauchst mich doch auch! Deine Mutter hat sich letzte Nacht in den Westen abgesetzt, und wenn ich dir nicht helfe, ist deine Karriere vorbei!»

Das wußte sie also schon und wollte ihn erpressen! Angewidert zog Christian seine Hand zurück. Wenn er nicht sofort aufstand, mußte er sich übergeben. Ohne sie noch einmal anzuschauen, sprang er auf die Straße. Er wollte weg hier, nur weg!

«Christian!»

Der Ruf erfolgte in einem so scharfen Befehlston, daß Christian unwillkürlich stehenblieb. Elisabeth hatte das Fenster heruntergekurbelt und blickte ihn an, mit kalten, ruhigen Augen.

«Ich hatte dir noch eine Nachricht versprochen», sagte sie. «Gestern war ich beim Arzt. Möchtest du nicht wissen, was bei der Untersuchung herausgekommen ist?» Sie machte eine Pause, und um ihren Mund spielte ein Lächeln. «Ich bekomme ein Kind von dir.» Plötzlich begann ihr Blick zu flackern, sie warf den Kopf in den Nacken und fing hysterisch an zu lachen. «Ja, der Haufen Dreck bekommt ein Kind von dir! Und du kannst nichts daran ändern! Es wird leben! Dein Kind!»

Christian hielt sich die Ohren zu. Doch mit ihrer überschnappenden Stimme schrie sie so laut, daß er sie trotzdem hörte.

«Und du bist der Vater! Oder der Cousin! Such es dir aus! Du hast die Wahl!»

12

Alkohol konnte zwar nichts an den Dingen ändern, aber er machte sie erträglicher. Seit Christian mitten auf der Landstraße aus Elisabeths Auto ausgestiegen war, hatte er drei Bushaltestellen, zwei Bahnhöfe und mindestens ein halbes Dutzend Kneipen passiert, bevor er am Stadtrand von Berlin das Offiziersheim der Nationalen Volksarmee erreichte, in dem sein Bruder Werner lebte. Dort kam er am Abend so betrunken an, daß er sich am Türpfosten abstützen mußte, als er auf den Klingelknopf drückte.

«Christian – du? Was willst du denn hier?»

«Willst du mich nicht reinlassen?» fragte er mit schwerer Zunge.

«Offen gestanden, ich war gerade im Begriff, ins Bett zu gehen. Ich muß morgen um fünf raus zum Dienst.»

Wie durch einen Nebelschleier sah Christian seinen Bruder. Werner hatte schon die Krawatte abgelegt und das Hemd aufgeknöpft. Und machte keinerlei Anstalten, die Tür zu öffnen.

«Nur fünf Minuten, ich hab was mit dir zu besprechen.»

«Außerdem, wie siehst du überhaupt aus? Wenn dich meine Kameraden in dem Zustand sehen, stockbesoffen und in Jeans, das fällt auf mich zurück.» Das Rasseln eines Schlüssels war zu hören. «Scheiße, da kommt jemand!» Werner schaute sich nervös um. Irgendwo auf dem langen Flur wurde eine Tür geöffnet.

«Wenn du mich jetzt nicht reinläßt», lallte Christian, «dann wirf mir hinterher nicht vor, daß ich dich blamiert hätte. Denn das», fügte er mit einem Grinsen in Richtung der Geräusche hinzu, «wird schätzungsweise in zehn Sekunden der Fall sein.»

«Also gut. Aber nur fünf Minuten.»

Christian quetschte sich an seinem Bruder vorbei in die Wohnung. «Rauscht hier irgendwo Wasser? Oder ist das schon mein Brummschädel von morgen? – Oh, was haben wir denn da? West-Fernsehen!» Er trat in das Wohnzimmer, wo neben einer Zimmerpflanze ein kleiner Fernseher lief. Als er die Bilder auf dem Bildschirm sah, schüttelte er den Kopf. «Tss tss tss, das *ZDF-Magazin*. Wenn das dein Kompanie-Dingsbums erfährt!»

«Beobachtung des Klassenfeindes, Teil der politischen Schulung», sagte Werner ärgerlich und schaltete den Apparat aus. «Jetzt sag endlich, warum du hier bist. Ich nehme an, es ist wegen Mama. Ist sie fort?»

Christian schaute umständlich auf seine Armbanduhr. Er hatte Mühe, das Zifferblatt zu erkennen. «Ja, sie ist jetzt seit genau dreiundzwanzig Stunden und fünfzehn Minuten drüben, beim Klassenfeind, vorausgesetzt natürlich, daß der Flug keine Verspätung hatte.» Er ließ sich in einen Sessel fallen und nahm eine Zigarette aus der angebrochenen Club-Packung auf dem Tisch. «Aber eigentlich bin ich aus einem ganz anderen Grund gekommen. Ich hab heute nämlich einen höchst interessanten Tag verbracht. Auf Daggelin.»

«Auf Daggelin? Was zum Teufel hast du da gemacht?»

«Nur Geduld, Bruderherz.» Christian versuchte, sich die Zigarette anzustecken, doch brauchte er drei Streichhölzer, bis es ihm endlich gelang. Dann nahm er einen tiefen Zug und schaute Werner an, der mit den Händen in den Hüften, die in zwei runden Wülsten aus seinem Hosenbund quollen, auf ihn herunterblickte, als wollte er ihn abführen oder zumindest aus der Wohnung schmeißen. «Jetzt weiß ich auch, warum du keine Jeans magst. Weil, Jeans sind keine Hosen, sondern eine Einstellung, und wenn jemand mit so fetten Hüften wie du Jeans tragen würde, wäre das, wie wenn einer Kommunist ist und seine Frau verprügelt.» Er zog noch einmal an seiner Zigarette. «Oder harmlosen Eltern ihre Kinder klaut.»

«Was redest du da für einen Scheiß?» fragte Werner. «Jetzt sag, was du sagen willst, und dann hau ab. Ich habe morgen einen anstrengenden Tag.»

«Ist gar kein Scheiß», widersprach Christian. «Ist eine Maßnahme der Partei, und die hat immer recht. Sozusagen eine objektiv notwendige Korrektur der Biologie im Geist der Revolution, um mich dialektisch auszudrücken.»

«Du bist ja so besoffen, daß du nicht mehr weißt, was du redest.» Er packte Christian an der Schulter und versuchte, ihn aus dem Sessel zu wuchten. «Geh jetzt und schlaf deinen Rausch aus. Dann kannst du mir morgen alles erzählen. Falls du dich dann überhaupt noch erinnerst.»

«Willst du damit sagen, ich soll die Sache vergessen? Das hättet ihr wohl gerne! Nein, nein, mein Lieber, den Gefallen tu ich euch nicht.»

«Behalt es oder vergiß es, nur tu mir den einen Gefallen und geh!»

«Ach so, du willst den Unschuldsengel spielen?» Christian schlug auf den Tisch. «Oder weißt du etwa nicht, was für Schweinereien deine Genossen auf Daggelin treiben? Mit den Kindern von Dissidenten?»

Werner zog eilig die Wohnzimmertür zu. «Was haben Dissidenten-Kinder auf Daggelin verloren?» fragte er leise. «Daggelin ist ein Heim für Waisenkinder!»

Er machte ein so dummes Gesicht, daß es Christian wie Schuppen von den Augen fiel. «Du meine Güte, du hast ja wirklich keine Ahnung.» Er nahm einen Schluck aus der Bierflasche, die neben dem Sessel auf dem Linoleumboden stand. «Na, dann will ich dir mal was erzählen, aber mach dich auf was gefaßt.»

«Wenn es was Politisches ist, will ich nichts davon wissen», erwiderte Werner mit erhobenen Händen. «Ich bin Soldat, und als solcher...»

«Die Kenntnis der exakten historischen Wahrheit ist die Verpflichtung jedes Sozialisten», zitierte Christian mit einem Rülpser. «Wer hat das noch mal gesagt? Ist auch egal. Jedenfalls, die exakte historische Wahrheit auf Daggelin ist, daß sie dort niedliche kleine Kinder haben, für die sie freundliche große Eltern suchen. Der Haken an der Sache ist nur –»

«Ich hab gesagt, daß ich davon nichts wissen will!»

«Der Haken ist nur», fuhr Christian fort, «daß die niedlichen kleinen Kinderlein ihren Wohltätern gar nicht gehören, daß die sie sozusagen gestohlen haben oder entwendet oder genauer gesagt enteignet, schließlich sind sie ja sozusagen aus volkseigener Produktion. Doch weil die Wohltäter Wohltäter sind, haben sie das nur aus den allersozialistischsten Gründen getan, weil die lieben kleinen Kinderlein nämlich furchtbar böse Eltern haben.»

«Halt jetzt endlich dein gottverdammtes Maul!»

«Du kannst dir ja gar nicht vorstellen, was das für böse Schweineeltern sind. Die sind so schweinisch böse, daß sie es gewagt haben, unser Arbeiter-und-Bauern-Paradies zu kritisieren. Und weil sie dafür ins Gefängnis müssen, so will es nun mal die sozialistische Gerechtigkeit, brauchen die Kinder natürlich neue Eltern, bessere Eltern als solche Schweineeltern» – er rülpste noch einmal – «Eltern, die ihnen abends keine dummen Gutenachtgeschichten erzählen oder dumme Gutenachtküsse geben, sondern ihnen aus dem *Kommunistischen Manifest* vorlesen oder aus der Rede des Staatsratsvorsitzenden zum Parteitag...»

«Wenn du jetzt nicht still bist, schlag ich dir eins in die Fresse!»

«... oder vielleicht auch aus dem Fünfjahresplan, damit die kleinen niedlichen Kinder den ganzen sozialistischen Katechismus lernen und eines Tages ebenso vorbildliche Sozialisten werden wie ihre Wohltäter und froh und dankbar sind, daß man ihnen ihre bösen Dissidenten-Schweineeltern vom Hals gehalten hat...»

Christian hatte den Satz noch nicht zu Ende gesprochen, als sich ihm plötzlich der Magen umdrehte. So schnell er konnte, versuchte er, sich aus dem Sessel zu stemmen, um zum Klo zu laufen, doch kaum stand er auf den Beinen, erbrach er sich auf den Tisch.

«Himmelherrgottsakrament verfluchte Scheiße!»

«Tut mir leid, Bruderherz, das war nicht meine Absicht.»

In diesem Moment ging die Tür auf.

«Werner, was ist hier los?»

Christian traute seinen Augen nicht. In der Tür stand eine Frau, mit nassen Haaren und nur einem gestreiften Männer-Bademantel bekleidet. Ihre Erscheinung war so unwirklich und wirklich zugleich, als sähe er eine Fata Morgana.

«Schneewittchen – du?»

«Christian...?»

So plötzlich, wie sie gekommen war, machte Gisela kehrt und verschwand im Bad. In der nächsten Sekunde fiel die Tür ins Schloß. Mit ausgebreiteten Armen, den Rücken zur Wand, trat Werner seinem Bruder in den Weg und blies die Backen auf. Fassungslos blickte Christian in sein rundes Gesicht.

«Du elender Dreckskerl!»

«Wir leben in einem freien Land, und Gisela ist eine erwachsene Frau!»

«Den eigenen Bruder betrügen...»

«Was bildest du dir ein? Seit Wochen hast du dich nicht mehr um sie gekümmert!»

«Hinter meinem Rücken...»

«Du hast sie behandelt wie Luft, als wäre sie gar nicht da, und dich immer nur irgendwo rumgetrieben, und jetzt kommst du her und spielst dich als Moralapostel auf und glaubst ...» Statt den Satz zu Ende zu sprechen, schüttelte Werner den Kopf. «Nein, Gisela hat was Besseres verdient als dich!»

13

«Onkel Alfred?» fragte Barbara unsicher, als sie aus der Dunkelheit in die hell erleuchtete Halle der Westphalschen Villa trat.

«Cousine Barbara?» Über das ebenso hübsche wie eitle Gesicht des Mannes, der sie im Portal empfing, huschte ein beleidigter Ausdruck. «Ich fürchte, du verwechselst mich. Ich bin Richard, dein Cousin.»

«Habt ihr das gehört?» dröhnte eine Stimme aus dem Hintergrund. «Sie hält mich für meinen eigenen Sohn! Na, das wird dem aber gar nicht schmecken!» Ein großer, schwerer Greis mit spiegelblanker Glatze kam ihr aus der Halle entgegen. «Schäm dich, du Küken, deinen eigenen Onkel nicht zu kennen!»

«Ist das vielleicht meine Schuld?» erwiderte Barbara und versuchte zu lächeln. «Beim letzten Mal hattest du noch Haare auf dem Kopf!»

«Die habe ich doch schon seit dreißig Jahren nicht mehr! Mein Gott, haben wir uns wirklich schon so lange nicht mehr gesehen?» Er faßte sie an den Schultern und schaute sie an. «Nein, wo ist die Zeit geblieben? Aber du hast immer noch dieselbe Stupsnase und die frechen Grübchen, wenn du lächelst. Willkommen in Essen, mein Küken!» Er drückte sie an sich und küßte sie auf die Wange; dann drehte er sich zu Alex um, der zusammen mit Barbara eingetreten war. «Ich freue mich, für euch zwei und auch für mich selbst. Obwohl wir uns diesen Tag sicher schöner vorgestellt haben.»

«Für die Verwandtschaftsrituale haben wir später noch Zeit», unterbrach Richard ungeduldig. «Die Herren warten seit über einer Stunde, und es ist schon fast Mitternacht.»

«Ist ja schon gut», seufzte Alfred. «Richard hat leider recht», fügte er an Barbara gewandt hinzu. «Wir stehen schwer unter Beschuß. Ich nehme an, du weißt Bescheid?»

Und ob sie Bescheid wußte! Und gleichzeitig hatte sie nicht die leiseste Ahnung. Natürlich hatte sie die Meldung, wegen der Alex in die Schlagzeilen geraten war, noch am Flughafen gelesen. Doch was hatte das alles zu bedeuten? Alex hatte sofort in Essen angerufen, und statt ein paar Tage zu zweit in Stockholm zu verbringen, wo er schon ein Hotel gebucht hatte, um ihr Wiedersehen zu feiern, waren sie mit dem ersten Flugzeug, in dem es freie Plätze gab, nach Deutschland zurückgeflogen. Sie hatten nicht mal Zeit gehabt, Tinchen aus dem Internat abzuholen. Das Schlimmste aber war: Die Geschichte hatte Alex so tief getroffen, daß er unfähig war, mit Barbara darüber zu sprechen. Nur eines spürte sie mit instinktiver Sicherheit: Die Wahrheit, die sich hinter dieser Geschichte verbarg, war die Wahrheit über ihren Mann – der Schlüssel zu dem dunklen Geheimnis, das seit jener Nacht, als Alex sie verlassen hatte, um sich an die Front zurückzumelden, wie ein Verhängnis über ihrer Beziehung lag.

«Ich komme mit», erklärte sie.

«Ich fürchte, das wird nicht gehen», erwiderte Richard.

«Doch. Ich habe ein Recht darauf, zu wissen, was meinem Mann vorgeworfen wird.»

«Nein», sagte Alex, der jetzt zum ersten Mal den Mund aufmachte.

Irritiert drehte Barbara sich zu ihm um. Sein Gesicht war ganz blaß.

«Nein, Barbara», wiederholte er. «Bleib bitte hier. Damit muß ich allein fertig werden.»

Dann ließ er sie stehen und verschwand mit Alfred und Richard die Treppe hinauf.

Im Herrenzimmer war ein Dutzend ernster, vorwiegend älterer Männer in grauen Anzügen um den Konferenztisch versammelt, die «Sesselfurzer aus dem Aufsichtsrat», wie Alfred auf dem Weg durchs Haus erklärt hatte, sowie zwei «Bankfritzen» und zwei «Rechtsverdreher», die sich allesamt von ihren Stühlen erhoben, als sie den Raum betraten. Auf dem Tisch lagen haufenweise Zeitungen und Zeitschriften verstreut. Alex kannte die Männer fast alle persönlich; der jüngste, der Justitiar der Firma, ergriff als erster das Wort.

«Worum es bei dieser Krisensitzung geht, brauche ich wohl nicht groß zu erläutern.» Er nahm die erstbeste Zeitung vom Tisch und las die Schlagzeile vor. *«Für sein Leben gingen Tausende in den Tod. Heute lebt er als Top-Manager eines Energiekonzerns in Saus und Braus. Da drängt sich die Frage auf: Ist die Kernenergie in den richtigen Händen?* Oder hier.» Der Justitiar griff nach einem anderen Blatt. «*Der Fall Dr. R.: Atomkraft zum Wohl oder Verderben der Menschheit? Sollen die Verbrecher von einst die Energiemeiler der Zukunft bauen?* Oder da, noch besser: *Westphal AG mit brauner Vergangenheit! Die deutsche Wirtschaft immer noch im Nazi-Sumpf?* Und so geht es lustig weiter, insgesamt dreiundfünfzig Berichte – an einem einzigen Tag.» Er warf die Zeitungen auf den Tisch und schaute Alex an. «Herr Dr. Reichenbach, ich glaube, Sie schulden uns eine Erklärung.»

Alle Augen waren auf Alex gerichtet, der am Fußende des Tisches Platz genommen hatte und sich mit beiden Händen das Gesicht rieb.

«Sie müssen eine eidesstattliche Erklärung abgeben, daß kein Wort davon der Wahrheit entspricht», sagte ein Aufsichtsratsmitglied. «Und verklagen Sie sämtliche Zeitungen, die Ihren Namen in den Schmutz gezogen haben.»

«Am besten auf Schadenersatz!» fügte einer der Bankiers hinzu.

«Außerdem sollten wir von allen Redaktionen Gegendarstellungen verlangen!»

«Wie wär's, wenn wir das Fernsehen einschalten?»

«Gute Idee! Ich kenne den WDR-Intendanten!»

Alex hob den Kopf und schaute in die Runde. Alfred nickte ihm aufmunternd zu. «Ich glaube, mein Junge, die Herren haben recht. Wir müssen in die Offensive. Angriff ist hier die einzig mögliche Verteidigung.»

Alex schüttelte langsam den Kopf. «Nein, das kann ich nicht», sagte er leise.

«Was soll das heißen?» fragte Alfred. «Willst du etwa behaupten», er schnappte nach Luft, «an der Sache ist was dran? Diese … diese Schmierfinken schreiben die – Wahrheit?»

«Die Wahrheit?» fragte Alex zurück. «Ich glaube, die ist zu kompliziert für eine Gegendarstellung.»

«Aber – es muß etwas geschehen! Wir können nicht zusehen, wie die Firma ruiniert wird!»

«Es tut mir leid», sagte Alex, «aber ich kann keine Lösung anbieten.»

Es entstand ein langes, tiefes Schweigen, in dem seine Worte verhallten. Einige der Herren blickten ihn verständnislos an, andere schüttelten den Kopf, zwei oder drei hüstelten hinter vorgehaltener Hand. Und obwohl sich niemand auf seinem Stuhl bewegte, spürte Alex, wie sie innerlich von ihm Abstand nahmen, von ihm abrückten, als hätten sie Angst, sich bei ihm anzustecken, während Alfred sich eine Zigarre anzündete, langsam und umständlich, wie um Zeit zu gewinnen, obwohl das doch ganz unsinnig war.

Richard war es, der das Schweigen schließlich brach. «Wenn das so ist, Cousin Alex», sagte er mit einem Räuspern, «dann, fürchte ich, kommt nur eine Lösung in Betracht...»

Alle Köpfe drehten sich zu Richard um.

«Dein Rücktritt!»

14

«Du mußt dich von ihm scheiden lassen, Mama! Ich jedenfalls will nichts mehr mit ihm zu tun haben! Nie, nie, nie wieder! Und ich weigere mich, mit ihm unter einem Dach zu leben!»

«Meinst du nicht, daß Papa gerade jetzt unsere Hilfe braucht?»

«Er ist ein Monster! Ein Ungeheuer! Er hat Menschenleben auf dem Gewissen!»

Es war ein milder Frühsommerabend. Barbara ging mit ihrer Tochter den Klusenberg hinauf, der der Burg Altena mit dem Mädcheninternat gegenüberlag. Die Abendsonne tauchte das Tal mit dem Fluß, an dem sich die Häuser in wenigen Straßenzügen entlangreihten, in ein sanftes Licht, doch die zwei hatten für den Blick auf die Stadt keinen Sinn. Tinchen sollte mit Ende des Schuljahres das Internat verlassen, um ab dem Herbst in Essen das Gymnasium zu besuchen, doch sie sträubte sich mit aller Macht dagegen.

«Es kann nicht so sein, wie die Zeitungen schreiben.» Barbara blieb stehen und schaute Tinchen an, die mit ihrem Stirnband und dem kanarienbunten Minikleid aussah wie eine Indianerin. «Deinen Vater trifft bestimmt keine Schuld, das haben die Zeitungen erfunden, und was dein Großvater getan hat, hätten die meisten anderen Menschen an seiner Stelle auch getan. Er hatte Geld, und damit konnte er das Leben seiner Frau und seines Sohnes retten.»

Sie setzte sich auf eine Bank. Tinchen blieb stehen, auf ihrer Stirn die böse Trotzfalte, die Barbara inzwischen auch schon kannte.

«Wie kann man selber weiterleben, wenn andere Menschen dafür sterben mußten?»

«Auch wenn es so war, kann dann dein Vater etwas dafür?» Sie nahm Tinchens Hand, damit sie sich neben sie setzte. «Ich glaube, er selber denkt fast genauso wie du. Daß er gar nicht weiterleben dürfte.»

«Aber er tut es doch!»

«Obwohl er sich bestimmt nichts vorwerfen muß, hat Papa seinen Beruf aufgegeben. Weißt du eigentlich, was das für ihn bedeutet? Sein ganzes Leben lang hat er davon geträumt, das zu tun, was er hier in den letzten Jahren tun konnte.»

«Wenn er wenigstens Reue zeigen würde», sagte Tinchen, während sie widerwillig Platz nahm, «und sich einem Tribunal stellen würde oder bei *Terre des hommes* arbeiten, um dafür zu büßen. Aber was tut er? Er sitzt nur herum und starrt gegen die Wand oder in die Glotze. Typisch! Hauptsache verdrängen! Seine ganze beschissene Vergangenheit!»

«Bitte, Tinchen, nicht in diesem Ton.» Barbara versuchte, ihre Tochter anzusehen, doch Tinchen wich ihrem Blick aus und schaute auf die froschgrünen, klobigen Schuhe an ihren Füßen, die genauso scheußlich waren wie ihr Kleid. «Weißt du eigentlich, wie sehr du ihn mit deiner Ablehnung verletzt?»

Tinchen rührte sich nicht. Während die Trotzfalte noch eine Spur schärfer zwischen ihren Augen hervortrat, krabbelten ein paar Ameisen die Plateausohle ihres Schuhs hinauf, um ihre nackten Zehen mit den silbern angemalten Nägeln zu erkunden.

«Du hast ja keine Ahnung, wie sehr er sich quält. Keine Nacht kann er schlafen, dauernd stöhnt er und wälzt sich von einer Seite auf die andere.»

Zögernd hob Tinchen den Kopf. «Warum redet er nicht mit uns?» fragte sie. «Damit ... damit wir es wenigstens verstehen können.»

«Ach, mein kleines Mädchen.» Barbara wunderte sich einmal mehr, wie schnell der Ausdruck im Gesicht ihrer Tochter sich verändern konnte. Die Trotzfalte auf ihrer Stirn war verschwunden, und ihre Augen schauten plötzlich so traurig, daß Barbara sie am liebsten in den Arm genommen hätte. Doch statt es zu tun, sagte sie: «Ich glaube, du leidest unter der Geschichte fast genauso wie Papa.»

«Nicht mal mit *dir* redet er darüber, Mama. Aber ... aber ... er kann doch nicht einfach immer nur schweigen, das geht doch nicht.»

Barbara zögerte. Was sollte sie ihrer Tochter darauf antworten? Sie selbst litt ja am meisten unter Alex' Schweigen, unter dieser stummen, unsichtbaren Wand, hinter der er sich verkroch wie ein Tier, das Angst vor jeder Berührung hatte, so daß sie an manchen Tagen glaubte, es nicht länger aushalten zu können.

«Über solche Dinge», sagte sie schließlich, «kann man nicht auf Kommando reden, oder bloß weil es vernünftig ist. So was braucht Zeit, wie eine Wunde, die auch nur allmählich vernarbt. Wir müssen Geduld haben, bis er selbst den Anfang macht, irgendwann.»

«Aber wenn ihr nicht darüber reden könnt, was hat eure Ehe dann für einen Sinn?» Tinchen hatte die Frage noch nicht ausgesprochen, als sich ihre Miene erneut verwandelte. Plötzlich war die Trotzfalte wieder da, und aus ihren Augen sprühte Wut. «Ha, ich kann mir schon denken, warum. Er heult sich woanders aus. Da, wo er sich immer ausgeheult hat, solange du nicht hier warst.»

Tinchens Gesicht war so böse, daß Barbara einen Schreck bekam.

«Bitte, sag nichts. Ich ... ich will nichts davon wissen.»

Doch Tinchen hörte nicht auf sie. «Er hat dich betrogen», sagte sie hart. «Die ganze Zeit – mit Lilo, seiner Sekretärin.»

Jetzt war es heraus! Barbara wandte sich von ihrer Tochter ab, und während sich ihre Augen mit Tränen füllten, schaute sie ins Tal hinab auf den Fluß, eine braune, dreckige Brühe, die sich langsam und zäh zwischen den steilen Berghängen dahinwälzte, die Kloake unzähliger Häuser und Straßen, angereichert mit den Abwässern der Fabriken im Tal. Warum kannte Tinchen keine Gnade? Warum mußte sie ihr sagen, was sie schon längst ahnte? Überall im Haus war sie auf Spuren der fremden Frau gestoßen: eine vergessene Zahnbürste im Bad, ein Parfümfläschchen auf der Garderobenablage – und vor allem die praktische Ordnung in der Küche und in den Schränken, die unmöglich Alex' Werk sein konnte. Und obwohl sie manchmal das perverse Bedürfnis verspürt hatte, diese Frau kennenzulernen, die Frau, die an ihrer Stelle mit ihrem Mann zusammengelebt hatte, sie zu sehen, mit ihr zu sprechen, nur um zu wissen, ob sie hübsch war und intelligent und sympathisch, hatte sie Alex nie darauf angesprochen. Weil sie tief in ihrem Innern das Gefühl hatte, kein Recht dazu zu haben.

«Kannst du dich noch an deine Großmutter erinnern?» fragte sie schließlich.

Tinchen blickte sie irritiert an. «An deine Mamutschka? Ja, sicher, ein bißchen, aber was hat sie damit zu tun?»

«Am Morgen bevor dein Vater und ich geheiratet haben, hat sie mich gefragt, ob ich mir auch sicher sei, und gesagt: So eine Ehe ist ja nicht nur ein einziger langer Hochzeitstag.» Barbara stockte, bevor sie weitersprach. «Damals hielt ich das für eine Phrase, die nie etwas mit meiner Ehe zu tun haben könnte, doch heute weiß ich, was Mamutschka damit meinte.»

Tinchen legte den Arm um ihre Schulter und drückte sie an sich. «Du mußt dich von ihm scheiden lassen, Mama», sagte sie. «Du mußt! Wenn du es nicht tust, dann ...»

«Was dann, Tinchen?»

«Dann bist du genauso verlogen wie er!»

15

Umgeben von jahrhundertealten Kastanienbäumen, in deren Kronen sich die ersten Blätter gelblich färbten, verbarg sich im Park von Niederschönhausen, dem exklusivsten Stadtteil Ost-Berlins, ein schloßartiges Jugendstil-Gebäude, dessen Mauern die beste und zugleich unbekannteste Klinik der DDR beherbergten. Um den Frieden des Hauses zu schützen, waren auf den Stufen des Portals Tag und Nacht bewaffnete Posten aufgestellt, die niemanden einließen, der keinen Passierschein vorweisen konnte. Denn diese Klinik war nur wenigen Menschen vorbehalten: Hier wurden die verdienstvollsten Frauen und Männer der Republik versorgt, Parteifunktionäre und Regierungsmitglieder.

Auf der Frauenstation, im Südflügel des zweiten Stocks, hinter einer hohen Tür am Ende des Ganges, lag Elisabeth Markwitz im Bett eines geräumigen Einzelzimmers, dessen zwei Eckfenster einen wunderbaren Blick auf den frühherbstlichen Park eröffneten. Sie hielt das Kind im Arm, das sie in der vergangenen Nacht geboren hatte: ein Mädchen. Es hatte dichtes braunes Haar und dunkle, fast schwarze Augen – *seine* Augen. Was würden diese Augen alles im Leben zu sehen bekommen? Aus tausend Falten heraus blinzelte das Baby sie an. Ein nie zuvor gekanntes Gefühl von Innigkeit durchströmte Elisabeth, und sie spürte, wie die Milch einschoß und warm aus ihrem prallgefüllten Busen rann. Doch statt ihr Nachthemd aufzuknöpfen und ihrem Kind die Brust zu geben, schaute sie zu dem Mann am Fußende ihres Bettes auf, den sie gleich nach der Niederkunft zu sich bestellt und der vor wenigen Minuten ihr Zimmer betreten hatte.

«Hast du dir das auch gut überlegt?» fragte Norbert Petzold. «Ich meine, wir könnten deine Tochter ja zusammen aufziehen, wenn du möchtest.»

Sie wußte, sein Angebot war ernst gemeint, doch gerade das machte es nur noch schlimmer. Sie hatte Norbert gesagt, daß er nicht der Vater des Kindes war, kaum daß sich die ersten Anzeichen der Schwangerschaft an ihrem Körper zeigten, doch er hatte ihr verziehen, noch ehe sie ihn darum gebeten hatte.

«Ich ... ich würde sie wie meine eigene Tochter behandeln», sagte Norbert und versuchte zu lächeln. «Ich fühle mich jetzt schon fast wie ihr Vater.»

Er widerte sie an. Elisabeth wandte den Kopf ab und schaute hinaus in den Park. Sie sah den wirklichen Vater ihres Kindes vor sich, Christian, sein klares, wohlproportioniertes Gesicht mit dem wachen und intelligenten Ausdruck, wie er sie zärtlich angelächelt hatte, vor ihrem ersten Kuß. Sie hatte ihn nur benutzen, auf ihre Seite ziehen wollen, aus Rache ebenso wie aus Überzeugung, aber dann hatte sie sich in ihn verliebt. Christian hatte etwas in ihr zum Klingen gebracht, was sie kaum kannte, doch wonach sie sich aus tiefstem Herzen sehnte, eine andere, eine bessere Saite. Durch ihn hatte sie den Menschen in sich entdeckt, der sie sein wollte, länger schon, als sie überhaupt denken konnte, und sie hatte geglaubt, es mit seiner Hilfe und an seiner Seite zu schaffen. Doch es war eine Illusion geblieben. Sie hatte ihn mit einer Täuschung gewonnen, und in abgrundtiefer Enttäuschung ließ er sie nun zurück.

«Nein», sagte sie. «Ich habe mir alles gründlich überlegt. Ich gebe das Kind zur Adoption frei. Es soll in einer richtigen Familie aufwachsen. Je früher, desto besser.»

Norberts Miene verriet, daß er eigentlich nicht ihrer Meinung war, aber wie immer, wenn's darauf ankam, gab er nach. «Nun ja», sagte er. «Wahrscheinlich hast du recht. Dann werde ich sie also mit nach Daggelin nehmen und das Nötige in die Wege leiten.» Er hob das Körbchen vom Stuhl, das er mit in die Klinik gebracht hatte, und schaute Elisabeth an. «Und wie soll sie heißen? Ich meine, du willst ihr doch sicher einen Namen geben?»

Elisabeth dachte eine Sekunde nach. «Barbara», sagte sie dann, und als müßte sie sich selbst von der Richtigkeit ihres Entschlusses überzeugen, wiederholte sie noch einmal: «Ja, sie soll Barbara heißen.» Dann beugte sie sich über ihr Kind und küßte es auf die Wange – zum ersten und letzten Mal. Als ihre Lippen die zarte Haut berührten, war es ihr, als würde ihre Tochter sie anlächeln. Aber das war auch nur eine Täuschung; Elisabeth wußte ja, daß Babys erst ab dem dritten Monat lächeln konnten, genauso wie weinen.

Sie reichte Norbert ihr Kind. «Und jetzt geh bitte.»

Als sie sich zur Wand umdrehte, hörte sie, wie er ihr Baby in das Körbchen legte. Es dauerte unerträglich lange Minuten, während Elisabeth einen braunen Fleck an der Wand anstarrte, wo irgendein Patient vor Jahren eine Fliege oder Schnake zerquetscht hatte. Endlich entfernte Norbert sich und ging.

«Dann ... dann wünsche ich dir gute Besserung.»

Ohne zu antworten, starrte sie weiter gegen die Wand.

16

Es war ein Samstagabend wie jeder andere. Im Trödler-Frack stand Christian vor seiner Schallplattensammlung – ausschließlich West-LPs, siebenundzwanzig Stück, von Abba bis Led Zeppelin – und redete sich ein, gute Laune zu haben, obwohl er sich in seinem Innern hundeelend fühlte. Während die Gäste sich an der Bar mit *Stierblut* bedienten, sortierte er die Scheiben. Welche sollte er auflegen? Im Prinzip war das Programm bei jeder Party dasselbe: erst was zum Reden, dann was zum Tanzen, dann was zum Fummeln.

«Na, was legst du Gutes für uns auf? Ich hoffe, was zum Tanzen?»

«Hallo Regina! Schön, daß du gekommen bist.»

«Aber Christian! Hast du schon vergessen, wie ich heiße? Ich bin Silke!»

Christians Feste genossen einen legendären Ruf, und der Samstagabend in seinem Atelier war für viele Studenten und Künstler, die in immer größerer Zahl in die Altbauwohnungen am Prenzlauer Berg einzogen, ein festes Datum. Angefangen hatten sie im Frühjahr, ungefähr drei Wochen nachdem er sich von Elisabeth Markwitz getrennt und Gisela ihn mit seinem Bruder betrogen hatte. Durch Zufall hatte er in einem Hinterhof eine leerstehende, nur mit Brettern vernagelte Werkstatt entdeckt, um die sich offenbar kein Mensch kümmerte. Der große, versteckt gelegene Raum war ein idealer Ort für Feste! Zuerst hatte er die Werkstatt eine Weile beobachtet, dann hatte er begonnen, sie aufzuräumen, und als er feststellte, daß niemand sich daran störte, möbelte er sie nach und nach zu einem richtigen Ballsaal auf. Die Kosten bestritt er mit dem Geld, das er bei der Auflösung von Barbaras Wohnung in einer Schublade gefunden hatte. Er würde es seinem Bruder bei Gelegenheit zurückzahlen.

But what can a poor boy do, than to sing for a rock 'n' roll band ...

Christian verzog das Gesicht. Silke hatte die Stones aufgelegt. Das bedeutete, Punkt eins im Programm fiel aus. Wenn die Stones spielten, gab es kein Halten, und tatsächlich folgten schon ein paar Mädchen Silke in die Mitte des Raums und fingen an zu tanzen. Na ja, tröstete er sich, vielleicht konnte er dafür um so schneller zu Programmpunkt Nummer drei kommen.

Programmpunkt Nummer drei war seine Droge. Nur mit ihrer Hilfe gelang es ihm, für ein paar Stunden Elisabeth Markwitz und das Kind zu vergessen, das sie von ihm hatte. Die Feste waren ihm darum zur Sucht geworden. Schon am Montag hatte er nichts anderes im Kopf als den nächsten Samstag, obwohl er sonntags stets mit einer um so schlimmeren Depression aufwachte. Für diesen Abend hatte er Cordula im Visier, eine rothaarige Chemiestudentin, die noch solo auf der Tanzfläche war und sich mit erhobenen Armen im Kreis drehte, um ihren hübschen kleinen Hintern zur Geltung zu bringen. Wenn nicht alles täuschte, warf sie ihm bereits Blicke zu.

«Bei der hast du keine Chance», sprach Sascha ihn von der Seite an. «Cordula ist in festen Händen.»

«Abwarten», knurrte Christian und ließ seinen Freund stehen.

Er hatte noch eine Überraschung in petto. Doch dafür mußte er erst die Musik wechseln. Er legte *Atom Heart Mother* auf, dann setzte er sich an den Tisch neben der Bar, holte Tabak, Zigarettenpapier und einen Klumpen Haschisch aus der Tasche und baute einen Joint. Pink Floyd war noch nicht beim Refrain angelangt, als Christian von Gästen umringt war. Auch Cordula hörte auf zu tanzen und kam an den Tisch.

«Mann, wo hast du denn den Shit her?»

«Von meinem Schwesterchen aus dem Ruhrgebiet! Leider nur türkische Ware, Afghane ist im Moment nicht zu kriegen.»

«Erzähl! Wie hat sie dir das Piece geschickt?»

«In einem Kuchen», erklärte er, während er den Joint anzündete. «Das ist bei uns so eine Art Familientradition.» Er inhalierte so tief, daß ihm fünftausend Lungenbläschen platzten. In der nächsten Sekunde meldete sein Gehirn die gewünschte Wirkung.

Cordula streckte ihren roten Wuschelkopf vor und blickte ihn mit ihren großen grünen Augen an. «Eins muß man dir lassen», sagte sie und nahm den Joint. «Du machst die besten Feten in der ganzen Stadt. West-Berlin eingeschlossen.»

Christian seufzte. «Feste sind die einzigen Lichter in dieser gottverdammten Markwitzkei.»

«Markwitzkei?»

«Pardon, nur so eine Redensart.» Er schaute Cordula tief in die Augen. «Nichts gegen den Sozialismus, nur, die Langeweile, die er produziert, ist ein Fall für *amnesty international!* Das Leben hier ist doch so grau, als würde der November im Januar anfangen und im Dezember aufhören.»

«Du meinst, deine Feten sind deine Form von Widerstand?» fragte Cordula fasziniert. «Dann bist du ja ein Dissident!»

«Laß dir bloß nichts einreden», sagte Sascha. «Christian verfolgt mit seinen Festen nur einen einzigen Zweck.»

«Wie charmant!» erwiderte Cordula. «Und so revolutionär! Schon Engels hat dafür plädiert, die bürgerliche Moralprüderie abzuwerfen. Mir jedenfalls», lächelte sie Christian in einem rot-grünen Farbgewitter an, «ist ein Dissident, der sich an Engels hält, zehnmal lieber als ein strammer Genosse, der nur so tut als ob.»

«Was sagst du da? Strammer Genosse?» Christian spürte einen wohligen Schauer. Daß sie einen so direkten Draht zu seinen innersten Werten fand, war unglaublich!

«Warum geht ihr ihm immer wieder auf den Leim?» Sascha schüttelte den Kopf. «Christian hat nur euch Frauen im Kopf. Mit Widerstand hat das nichts zu tun.»

«Wo ist da der Gegensatz?» sagte Christian, die Augen auf Cordula gerichtet. «Im Widerstand sind Frauen ganz besonders attraktiv.»

Während er sprach, wechselte die Musik. Jemand hatte *In-A-Gadda-Da-Vida* aufgelegt. Cordula reichte Christian die Hand. «Ich glaube, ich hätte Lust, mit dir zu tanzen.»

Er warf Sascha einen triumphierenden Blick zu und stand auf. Doch er war noch nicht auf den Beinen, als Cordula sich in ein rotgrünes Kaleidoskop auflöste, das rasend schnell zu kreisen anfing, und er wie ein Sack auf seinen Stuhl zurückplumpste. Tausend Bilder stürzten auf ihn ein, und für eine Sekunde sah er Elisabeth Markwitz vor sich, mit einem Baby auf dem Arm lächelte sie ihn an. Dann wurde ihm schwarz vor Augen.

«Hee! Christian, was ist los?» Wie aus weiter Ferne drang die Stimme zu ihm. Er konnte sie kaum verstehen, es war, als hätte er Watte im Ohr. «Hallo, Christian! Wach auf!»

Allmählich kehrten seine Sinne wieder. Mit einem Kraftakt schlug er die Augen auf, doch was er sah, war so deprimierend, daß er sie gleich wieder zuklappte. Cordula lag mit einem Kerl auf der Matratze und fummelte an seinem Hosengürtel herum. Das war eindeutig Programmpunkt Nummer drei. Aus dem Lautsprecher raunte Leonard Cohen, zärtlich wie Schmirgelpapier.

«Hier, trink das», sagte Sascha und schob ihm einen Becher Kaffee hin.

«Danke», erwiderte Christian. «Ich glaube, der Shit war doch stärker, als ich dachte.»

«Du warst fast eine Stunde weg.» Sascha setzte sich zu ihm an den

Tisch. «Eine Frage: Kannst du wieder klar denken oder bist du noch bekifft?»

«Ich kann immer klar denken.» Christian trank einen Schluck Kaffee. «Himmel! Hast du vergessen, da auch Wasser reinzutun? So eine schwarze Brühe!»

Sascha rückte mit seinem Stuhl näher. «Ich hab ein Problem.» Er schaute sich um, und nachdem er sich überzeugt hatte, daß niemand zuhörte, flüsterte er: «Erinnerst du dich, was ich dich im *Prisma* gefragt habe? Was du tun würdest, wenn ein Dissident Hilfe braucht?»

«Klar erinnere ich mich. Ihm helfen natürlich! Aber wieso fragst du?» Mit plötzlichem Unbehagen blickte er Sascha an. Als er dessen ernstes Gesicht sah, wußte er die Antwort. «Du meinst, jemand steckt in Schwierigkeiten?»

Sascha nickte. «Ein Freund von mir aus Leipzig. Kannst du ihn für ein paar Tage in deiner Wohnung ...?»

«Ich?» Christian war mit einem Schlag hellwach. «Wie kommst du auf mich?»

«Meine Wohnung wird überwacht, drei Typen vor dem Haus, die sich rund um die Uhr abwechseln.»

«Aber – gibt es sonst keinen, der ihm helfen kann?»

«Nein, du bist der einzige, der mir einfiel. Aber wenn du nicht willst ...»

«Was heißt hier nicht wollen? Wollen würde ich schon, aber wie zum Teufel stellst du dir das vor?»

«Reg dich nicht auf, Christian, und sprich vor allem nicht so laut.»

«Nicht aufregen! Du machst mir Spaß! Glaub mir, wenn ich die Möglichkeit hätte, würde ich deinem Freund helfen. Aber du kennst doch meinen Nachbarn, den Suchanek, das ist ein Hundertfünfzigprozentiger, der hat im Frühjahr Studenten angezeigt, nur weil sie sich geweigert haben, bei der Maikundgebung mitzumarschieren.»

«Ist schon gut, Christian, du mußt dich nicht entschuldigen. Kein Mensch ist zum Helden geboren.» Sascha stand auf und klopfte ihm auf die Schulter. «Vergiß die Sache einfach. Ich werde schon eine Lösung finden.»

Christian fiel ein Stein vom Herzen. Wenn Sascha nur endlich verschwinden würde, statt ihn mit seinem traurigen Dschingis-Khan-Gesicht so anzuschauen. Er wandte sich gerade ab, als sich in Saschas

Rücken etwas bewegte. Cordula, inzwischen mit halbnacktem Oberkörper, befreite sich aus den Armen ihres Freundes und schaute ihn an. Als er ihre grünen Augen sah, war es um seinen Verstand geschehen.

«Okay, Sascha», sagte er. «Bestell deinem Freund, er soll zu mir kommen. Ich bin morgen den ganzen Tag zu Hause und warte auf ihn.»

17

Es war ein Freitagnachmittag im Oktober 1971. Leutnant Werner Reichenbach – ja, im Januar dieses Jahres war er, ganz wie die Dienstlaufbahnordnung der Nationalen Volksarmee es für seinen Jahrgang vorsah, zum Leutnant befördert worden – saß in seinem Büro und schaffte Ordnung auf seinem Schreibtisch. Doch so gern er sonst diese Tätigkeit versah, erfüllte sie ihn heute mit Bitterkeit. Es waren die letzten Stunden, die er an seinem Platz verbrachte. Sorgfältig legte er alle persönlichen Gegenstände beiseite und räumte sie in einen Karton: seine Schreibunterlage, seinen Füllfederhalter, seinen Aschenbecher. Doch konnte man die Dinge wirklich voneinander trennen? Der Dienst in der Armee, der Dienst an dem Staat, an den er glaubte und den er liebte, war doch sein Leben.

Ja, sie hatten es geschafft! Seine Mutter hatte getan, was sie nicht lassen konnte, hatte ihn und ihr Land verraten, um einem Verräter zu folgen, und Werner mußte nun den Dienst quittieren. Sie hatten ihm den Boden unter den Füßen genommen, rücksichtslos zerstört, was er in so vielen Jahren aufgebaut hatte. Mit einem Seufzer nahm er den Bilderrahmen mit Giselas Foto vom Schreibtisch und legte ihn in den Karton. Er hatte es noch nicht über sich gebracht, ihr die Katastrophe zu gestehen. Doch heute abend würde er vor sie hintreten müssen, um ihr die Wahrheit zu sagen: daß er den Anforderungen, die sein Staat an ihn stellte, nicht genügte. Wahrscheinlich würde sie sich von ihm trennen, und wenn sie es tat: Er würde sie verstehen.

«Herein!»

In der Tür stand eine auffallend hübsche Frau in einem uniformähnlichen Kostüm. Ihre Erscheinung mutete Werner auf befremdliche Weise vertraut an. Woher kannte er sie? Als er ihre Augen sah, kam ihm die Erinnerung.

«Genossin ... Markwitz ...?»

«Darf ich eintreten, Genosse Leutnant?»

«Sicher, natürlich», stammelte er und bot ihr einen Platz an. «Allerdings ... Sie müssen entschuldigen, ich bin ziemlich überrascht ... Wollten Sie tatsächlich zu mir, oder handelt es sich um einen Zufall?»

«Ich habe von Ihrer Dienstentlassung gehört», sagte Elisabeth ruhig und freundlich, während sie sich auf einen Stuhl setzte. «Und ich möchte Ihnen sagen, daß es mir ausgesprochen leid tut.»

«Subjektiv habe ich mir nichts vorzuwerfen», sagte er. «Aber objektiv blieb keine andere Wahl. Der Staat hat das Recht und die Pflicht, die Gesellschaft vor Schaden zu schützen, und objektiv gesehen, stellt meine Person zweifellos ein hohes Risiko dar.»

Elisabeth schüttelte den Kopf. «Ich sehe Ihren Fall genau umgekehrt. Die objektive Gefährdung von Staat und Gesellschaft durch Ihre Person ist relativ gering, doch Ihr subjektives Verhalten hat durchaus zu der für Sie so unerfreulichen Entwicklung beigetragen.»

«Das verstehe ich nicht.»

«Nein? Ein überzeugter Sozialist wie Sie? Dabei ist das doch sehr leicht zu verstehen.» Sie strich ihren Rock glatt und richtete ihre ungleichen Augen auf ihn. «Ihre Kaderakte steckt voller Widersprüche. Einerseits haben Sie sich im Dienst immer wieder durch hervorragende Leistungen ausgezeichnet, andererseits sind Sie nicht frei von überkommenen humanistischen Gefühlsduseleien. Einerseits lassen Sie durchaus erkennen, daß Sie zum Sieg der Revolution beitragen wollen, andererseits pflegen Sie immer wieder Umgang mit Personen, die Sie meiden sollten.» Sie machte eine kurze Pause, bevor sie weitersprach. «Einerseits haben Sie sich von Ihrem Vater losgesagt, nachdem er in die BRD geflohen ist, andererseits haben Sie weiter Kontakt zu Ihrer Mutter gehalten, obwohl Sie wußten, daß sie sich ebenfalls mit dem Gedanken der Republikflucht trug.»

«Ich ... ich habe alles versucht, um es ihr auszureden.»

«Daß ich nicht lache!» Sie sprach plötzlich in so scharfem Ton, als führte sie ein Verhör. «Statt Ihre Mutter daran zu hindern, die großzügige Reisegenehmigung zu mißbrauchen, oder, falls Ihnen dies unmöglich schien, sie wenigstens den Behörden anzuzeigen, wie es Ihre verdammte Pflicht gewesen wäre, haben Sie einfach die Hände in den Schoß gelegt und tatenlos zugeschaut.»

Werner schluckte. «Ich sehe ein, Genossin, daß ich in grob fahrlässiger Weise gehandelt habe, und bin bereit, alle Konsequenzen auf mich zu nehmen.»

«Herrgott noch mal», sagte Elisabeth, nun wieder milder. Sie stand auf und fing an, im Raum auf und ab zu gehen. «Warum kommen Einsicht und Reue immer so spät? Was hätten Sie sich und uns ersparen können, wenn Sie anders gehandelt hätten! Aber jetzt haben wir die Bescherung. Ihre Karriere, die zu so schönen Hoffnungen Anlaß gab, ist zu Ende, bevor sie richtig angefangen hat. Das ist wirklich eine Schande, sowohl für Sie als auch für das Kollektiv.»

«Ich verspreche, daß ich in Zukunft mein Bestes geben werde, an jedem Ort, egal, wohin man mich stellt.»

«Es sei denn», fügte sie hinzu, «Sie sind bereit, einen wirklichen Neuanfang zu machen.» Sie blieb vor seinem Schreibtisch stehen und fixierte ihn mit einem forschenden Blick. «Dann wäre es eventuell denkbar, daß Ihre Entlassung einer neuerlichen Prüfung unterzogen wird.»

Werner spürte, wie sein Herz vor Erregung zu schlagen anfing. «Sie meinen», fragte er vorsichtig, «es könnte vielleicht, eventuell, die Möglichkeit eines weiteren Verbleibs meiner Person in der Armee geben? Obwohl mein Vater und meine Mutter ...»

«Selbstverständlich! Die DDR ist ein demokratischer Staat und kennt keine Sippenhaft. Sie sind für die Verbrechen Ihrer Angehörigen nicht verantwortlich. Die Frage ist nur, ob Sie selbst, Leutnant Werner Reichenbach, eine zweite Chance verdienen.»

Die Wende kam so überraschend, daß Werner ein paar Sekunden brauchte, um seine Sprache wiederzufinden. «Was ... was kann ich tun, um Sie zu überzeugen?»

Elisabeth Markwitz antwortete nicht gleich. Werner rutschte nervös auf seinem Stuhl hin und her, während sie ihren Blick auf ihm ruhen ließ.

«Zwei Dinge», sagte sie schließlich. «Erstens: Sie müssen sich eindeutig und unzweifelhaft von Ihrer Familie distanzieren. Und zweitens: Sie müssen uns beweisen, daß die Partei Ihre wahre Familie ist.»

«Die Partei *ist* meine wahre Familie!» rief Werner. «Und von meiner alten Familie lebt nur noch mein Bruder hier.»

«Das ist uns bekannt.»

«Er ist wissenschaftlicher Assistent an der Humboldt-Universität.»

«Das ist uns ebenfalls bekannt», wiederholte Elisabeth Markwitz. «Langweilen Sie mich nicht mit Informationen, die wir besser kennen als Sie! Sagen Sie uns lieber: Was wissen Sie über Ihren Bruder, was wir nicht wissen?»

«Ich ... ich verstehe nicht, worauf Sie hinauswollen ...»

«Und ob Sie das wissen!» Ihre Stimme wurde so kalt, daß Werner ein Schauer den Rücken herunterlief. «Sagen Sie mir, was Sie von Ihrem Bruder halten! Sagen Sie mir, daß Sie Ihre Hand für ihn ins Feuer legen! Sagen Sie mir, daß Sie sich persönlich für ihn verbürgen! Können Sie das?»

Werner zögerte.

«Können Sie das? Wenn ja – nun gut, dann soll Ihr Bruder weiter seinen Weg an der Universität machen. Doch für Sie, Genosse Reichenbach, kann ich dann leider nichts tun!»

Werner schloß die Augen und atmete tief durch. Es war wie immer: Er tat alles, was die Pflicht von ihm verlangte, so gut es in seinen Kräften lag. Er schützte die Grenze der Republik, machte Flüchtlinge dingfest, und sollte es die Pflicht von ihm verlangen, war er sogar bereit, den Schutzwall mit der Waffe zu verteidigen. Und trotzdem, selbst in diesem Staat, der doch der beste Staat der Welt war, ging es ihm wie in seiner Familie: Er war das Arschloch und Christian der strahlende Held.

«Nein, Genossin Markwitz», sagte er leise. «Das kann ich nicht.»

Sie kam um den Schreibtisch herum und legte ihre Hand auf seine Schulter, wie eine alte Freundin. «Ich spüre so deutlich, Genosse, daß du etwas auf dem Herzen hast. Doch wenn du willst, daß wir dir vertrauen, mußt du den Anfang machen.»

Die Berührung ihrer Hand tat so gut, und die vertraute Anrede gab ihm das Gefühl von Sicherheit und Geborgenheit, das er so dringend brauchte. Dieses Gefühl hatte ihm seine Familie niemals gegeben. Im Gegenteil: Sie hatte es ihm genommen.

«Mein Bruder», fing er an, «hat mich vor einiger Zeit in der Nacht aufgesucht ... Er war stark angetrunken, und deshalb kann ich natürlich nicht mit Gewißheit sagen, ob das, was er in seinem Zustand von sich gab, wirklich wahr ist … Aber, in dieser Nacht hat er Dinge behauptet, die, wie soll ich sagen, wenn sie an die Öffentlichkeit gelangen, fürchterliche Auswirkungen haben könnten, sowohl im Innern unseres Landes als auch in den Beziehungen zum Ausland, und da ich Grund zu der Annahme habe, daß mein Bruder in Kreisen verkehrt, die konterrevolutionäre Ziele verfolgen und darum alles Interesse daran haben, das Ansehen und den Frieden der DDR zu untergraben …»

«Was hat dein Bruder erzählt, Genosse?»

«Er hat behauptet … daß in dem Kinderheim auf Daggelin … im ehemaligen Schloß unserer Großeltern …» Er stockte, denn Elisabeths Hand verkrampfte sich plötzlich in seiner Schulter, so sehr, daß ihre Nägel sich in seine Muskeln gruben.

«Weiter!» befahl sie.

«Er sagt, daß dort nicht alles mit rechten Dingen zugeht, daß Kinder, die Republikflüchtlinge hier zurückgelassen haben, angeblich Dissidentenkinder sind und zwangsadoptiert werden …»

Elisabeth nahm ihre Hand von seiner Schulter. Vorsichtig schaute Werner zu ihr herauf. Ihr Gesicht war wie versteinert, ihre Lippen ein Strich, alles Blut schien aus ihr gewichen zu sein, während sie mit großen Augen aus dem Fenster starrte, als würde sie dort etwas Entsetzliches sehen.

«Habe … habe ich etwas Falsches gesagt?» fragte Werner.

Mit einem Ruck wandte sie sich zu ihm um. «Nein, Genosse. Ganz und gar nicht. Ich glaube, das sind überaus wertvolle Informationen. Bitte, sprich weiter …»

18

Es war eine sternklare Nacht. Rund und gelb leuchtete der Mond durchs Fenster in das Zimmer hinein, wo sich die Gegenstände in ihren eigenen Schatten verbargen, wie Kobolde oder Dämonen, die jeden Moment zum Leben erwachen konnten. Draußen war alles ruhig, als wäre die Welt in einen tiefen, traumlosen Schlaf gesunken. Nur manchmal fuhr irgendwo ein Auto vorbei, dann schlug die Stille wieder über dem Wohnviertel zusammen. Barbara hörte, wie Alex sich neben ihr im Bett wälzte, ruhelos und gleichzeitig bemüht, sie nicht zu stören. Sie blickte auf die Leuchtziffern ihres Weckers: Viertel vor zwei. Seit drei Stunden lagen sie nun schon so da, stumm und schweigend, als würden sie schlafen, doch ohne Schlaf zu finden. Wie fast jede Nacht: Rücken an Rücken, und Lichtjahre voneinander entfernt.

«Manchmal frage ich mich», sagte Barbara zögernd in die Stille hinein, «ob es nicht besser wäre, wir würden uns trennen.»

Alex antwortete nicht. Sie hörte nur, wie er einmal tief einatmete.

«Es ist genauso wie damals, als du aus dem Gefängnis kamst. Du bist da und doch nicht da.» Sie machte eine Pause, während sie auf das Geräusch seines Atems lauschte. «Damals hatten wir noch einen Ausweg. Du konntest hierher fliehen, um einen neuen Anfang zu versuchen. Aber jetzt, wo wir beide hier sind? Wie können wir jetzt noch einmal von vorn anfangen?»

Mit einem Seufzer drehte Alex sich auf den Rücken. «Du ... du willst, daß wir uns trennen?» fragte er leise.

«Ich halte dein Schweigen nicht länger aus, Alex. Du gibst deinen Beruf auf, der dir soviel bedeutet, doch du sagst nichts. Du siehst zu, wie Tinchen sich von dir abwendet, und du schweigst. Und ... und wenn ich versuche, mit dir zu reden, hörst du nur höflich zu, wie irgendeinem Menschen auf der Straße.»

Sie wartete auf seine Antwort, aber vergebens.

«Dein Schweigen ist fast so schlimm wie früher die Mauer, vielleicht sogar noch schlimmer. Die Mauer hatten andere gebaut, aber dein Schweigen ... Wozu bin ich hier, wenn du nicht mit mir redest?»

«Worüber sollen wir reden? Es gibt nichts zu reden.»

«Doch, Alex, irgend etwas brütet in dir, etwas, das dir die Seele auffrißt. Ich weiß nicht, was es ist, aber es ist ein Teil von dir, und darum darfst du mich davon nicht ausschließen. Mich nicht und Tinchen nicht. Warum, glaubst du, hat sie sich geweigert, das Internat zu verlassen und zu uns zu ziehen?» Sie drehte sich zu ihm um und griff nach seiner Hand. «Bitte, hör endlich auf zu schweigen. Wenn wir nicht miteinander reden, was hat unsere Ehe dann für einen Sinn?»

Sie wartete, daß er ihre Hand nahm, doch er tat es nicht. Statt dessen stand er vom Bett auf und trat ans Fenster, um in die Nacht hinauszuschauen. «Was soll ich dir denn sagen?» fragte er schließlich. «Du weißt doch alles, was mit mir ist, es hat ja in jeder Zeitung gestanden.» Und leise, mit dem Rücken zu ihr, fügte er hinzu: «Wenn du ... wenn du mich verlassen willst, kann ich es verstehen.»

«Ich will dich nicht verlassen, aber wir können so nicht weiterleben.»

Barbara blickte zum Fenster. Groß und schwarz und abweisend hob sich seine Silhouette vor dem Sternenhimmel ab. Wie oft hatten die Sterne ihr geholfen, sich Alex nahe zu fühlen, obwohl sie voneinander getrennt waren. Doch diesmal vermehrten sie nur die Distanz zwischen ihnen. Kalt und fern erstrahlten sie am Himmel, als hätten sie sich mit Alex gegen Barbara verbündet.

«Warum ich?» fragte er nach einer Weile, die Barbara wie eine Ewigkeit erschien, mit unendlichem Schmerz in der Stimme. «Es ist dieses kleine Wörtchen *warum*, das ich nicht begreife. Warum ich und nicht Judith Schneider oder David Kohn? Warum durfte ich, Alexander Reichenbach, der gleichgültigste Mensch der Welt, weiterleben, während sie, die anderen, sterben mußten?»

«Ich glaube», sagte Barbara, «auf diese Frage gibt es keine Antwort.»

«Ich ... ich fühle mich ... wie ein Scheintoter, wie ein Wesen, das nicht mehr lebt und doch nicht sterben kann, das nicht mehr in diese Welt gehört und trotzdem in ihr gefangen bleibt. Mein Tod war längst beschlossen, während ich durch mein Leben spazierte wie durch einen Vergnügungspark. Weil mein Vater so getan hatte, als wäre das Schicksal eine Art Bilanz, wie die Bilanzen in seiner Bank, die er mit einem Federstrich ausgleichen konnte. Egal, was es kostet ...»

Barbara stand auf und trat zu ihm ans Fenster. Einen Schritt hinter ihm blieb sie stehen. Er drehte sich nicht um. Sie wollte ihn berühren, ihn streicheln, ihn in den Arm nehmen, aber sie traute sich nicht. «Wie hast du es erfahren?» fragte sie.

Er antwortete nicht. Sie nahm seine Hand und drückte sie.

«Was hast du gewußt? Und wie lange schon? Bitte, Alex! Du mußt es mir sagen. Für uns beide ...»

Endlich drehte er sich zu ihr um. Und er begann zu reden, ohne seinen Blick zu heben, mit tonloser Stimme und so leise, daß sie ihn kaum verstehen konnte, stockend und zögernd. «Mein Vater hat mir am Tag unserer Hochzeit einen Umschlag gegeben, auf dem Weg zur Kirche. Ich sollte ihn öffnen, wenn ihm etwas zustoßen würde ... Er hatte darin alles aufgeschrieben, was ich im Fall seines Todes wissen und tun sollte.»

«Wann hast du den Umschlag aufgemacht?»

«Zwei Tage nachdem er in den Bomben umgekommen ist. Es war nur ein Brief, nur ein paar handgeschriebene Seiten. Aber er enthielt die ganze entsetzliche Wahrheit, über meinen Vater und über meine Mutter ... und über mich.»

Alex verstummte. Barbara wartete eine Weile, ob er von allein weitersprechen würde, doch er schien keine Worte mehr zu finden.

«Und», fragte sie leise, «was stand in dem Brief?»

«Mein Vater hat versucht, meine Mutter und mich zu schützen ... weil wir jüdische Vorfahren hatten, weil wir Mischlinge waren. Er hat alles getan, damit uns nichts geschah ... Es war, wie die Zeitungen schreiben. Er hat unser Leben mit dem Tod zahlloser Menschen erkauft.»

Wieder machte er eine Pause, als kosteten ihn die Worte mehr Kraft, als er besaß.

«Was hat dein Vater getan, Alex? Ich möchte es von *dir* wissen, nicht aus der Zeitung.»

«Er hat den Nazis deckungslose Kredite gegeben, immer wieder, über viele Jahre hinweg, bis zu seinem Tod ... Geld, das sie für ihre Verbrechen brauchten.» Alex holte tief Luft, wie um seine letzten Kräfte anzustrengen. «Er hat mit seiner Bank Konzentrationslager in Polen finanziert, Vernichtungsstätten, in denen Tausende von Menschen umkamen.»

«Mein Gott! Dann ist es also wirklich wahr!» Barbara schloß für eine Sekunde die Augen, um die fürchterliche Wucht seiner Worte zu verkraften. «Und deshalb bist du zurück an die Front gegangen?»

Alex nickte.

«Es war die einzige Chance, mein Leben zu retten. Nach dem Tod meines Vaters gab es keinen Schutz mehr für mich ... Sie hätten mich verschleppt, genauso wie die anderen.»

«Aber warum hast du mir nichts gesagt? Wenn ich die Wahrheit gewußt hätte, hätte ich wenigstens verstanden, warum du gehen mußtest. Es wäre so vieles anders gekommen.»

Alex hob den Kopf und schaute sie an, ohne jeden Ausdruck im Gesicht. «Ich habe mich so vor dir geschämt, Barbara, wie ich es dir gar nicht sagen kann. Geschämt, weil ich lebte. Und ich hatte Angst, daß du mich verachten würdest oder hassen oder dich vor mir ekelst.»

Tränen schimmerten in seinen Augen. Barbara nahm seine Hände in die ihren. «Alex, was dein Vater getan hat, ist das Schlimmste, was ein Mensch nur tun kann, und ich bin sicher, es war die Hölle für ihn. Aber es ist nicht deine Schuld, was geschehen ist, du kannst nichts dafür, so fürchterlich es auch war, du hast es weder gewußt noch gewollt.»

«Aber ich habe davon profitiert, Barbara!» erwiderte er. «Alles, mein ganzes Leben, baute darauf auf! Was glaubst du, weshalb ich vom Kriegsdienst befreit wurde? Weshalb ich zurück in mein Labor durfte? Weil meine Arbeit so wichtig war? Nein, weil mein Vater dieses Geld gab. Jeden Atemzug verdankte ich den Qualen anderer Menschen; damit ich glücklich sein konnte, mußten andere Menschen unglücklich sein. Für jeden Kuß, den wir uns gegeben haben, wurden unzählige Tränen vergossen. Kann ein Kuß diesen Preis jemals rechtfertigen?»

«Nein», sagte Barbara und nahm sein Gesicht zwischen ihre Hände, «das kann kein Kuß der Welt.» Vorsichtig, so behutsam, als könne sie ihn verletzen, küßte sie die Tränen in seinen Augen. «Aber sollen wir darum aufhören, uns zu lieben? Wird darum irgendein Mensch weniger leiden?»

«Es ist wie ein Fluch», sagte er. «Egal, was ich tue, es ist immer falsch, und andere müssen dafür bezahlen ...»

«Pssst ...» Sie legte einen Finger auf seine Lippen und schaute ihn an. «Ich bin so froh, daß du endlich gesagt hast, was es ist, aber ... jetzt brauchst du nicht mehr zu sprechen. – Komm.» Sie nahm seine Hand, trat näher ans Fenster und zog die Gardine fort. «Weißt du noch, wie du mir vor langer, langer Zeit erklärt hast, daß die Sterne singen? In Eldena, auf unserem Ausflug nach Wieck? Das war der Augenblick, in dem ich mich in dich verliebt habe. Du warst so schüchtern und gleichzeitig so selbstbewußt und stolz.»

Sie schmiegte sich an seine Schulter und schaute hinaus in die Nacht. Er ließ es zu, doch ohne sich zu rühren.

«Ich», sagte er mit einem Räuspern, «ich habe sie immer wieder singen hören, in all den Jahren, wenn ich einsam war und an dich dachte.»

«Sie singen immer noch, Alex», flüsterte sie. «Aber ... damit sie es tun, mußt du den Arm um mich legen ...»

Eine Weile passierte nichts. Doch dann, unsicher und zögernd, hob er den Arm und berührte ihre Schulter, scheu, fast schüchtern, als geschehe es zum ersten Mal. Die Berührung war so zärtlich wie ein Kuß. Und plötzlich hörte sie, leise, ganz leise, wie aus unendlich weiter Ferne, ein Summen, ein zartes, vertrautes Schwingen.

«Laß uns für immer zusammenbleiben, Alex, du und ich. Ich liebe dich noch genauso wie damals. Und auch wenn ich irgendwann alt bin und grau, werde ich nicht aufhören, dich zu lieben.»

Er drückte sie an sich und schaute sie mit einem so liebevollen Lächeln an, daß es Barbara ganz flau wurde vor Sehnsucht und Erwartung. «Mein Gott», sagte er und küßte sie auf den Mund, «womit habe ich dich nur verdient?»

Noch eine lange Weile blieben sie am Fenster stehen, um zusammen dem Gesang der Sterne zu lauschen. Dann legten sie sich ins Bett und liebten sich, langsam und zärtlich. Als er in ihr war, überlegte sie für eine Sekunde, ob auch sie ihm die Wahrheit sagen sollte: über Michail Belajew und ihren Sohn. Doch dann entschied sie sich dagegen. Diese Nacht sollten die Dämonen schweigen.

Eng aneinandergeschmiegt, Gesicht an Gesicht, wie ein Paar, das die erste Nacht miteinander verbringt, schliefen sie im Morgengrauen ein, erlöst und liebessatt.

19

«Weißt du eigentlich, daß du den niedlichsten Hintern von ganz Berlin hast?» fragte Christian.

«Wenn einer das beurteilen kann», grinste Cordula, «dann sicher du.» Sie richtete sich im Bett auf und zündete zwei Zigaretten an. Christian fand sie zum Anbeißen, wie sie splitternackt neben ihm saß, absolut unbekümmert und nur mit einer Armbanduhr bekleidet.

Er wunderte sich noch immer, wie leicht es geklappt hatte. Er hatte gar nichts unternommen, um Cordula ins Bett zu kriegen. Sie war einfach ins *Café Prisma* geschneit, hatte sich zu ihm an den Tisch gesetzt und ihn bereits nach einer halben Stunde gefragt, wann sie endlich zu ihm nach Hause gingen. Doch warum sich darüber den Kopf zerbrechen? Cordula war ein Geschenk, und Geschenke nahm Christian gerne an.

Sie reichte ihm eine brennende Zigarette. «Was hattest du neulich eigentlich so Wichtiges mit Sascha zu bereden?» fragte sie nebenbei.

Christian verschluckte sich fast am Rauch seiner Zigarette. Warum mußten Frauen sich in den gemütlichsten Augenblicken immer für die ungemütlichsten Dinge interessieren? «Ein Gespräch unter Männern», sagte er hustend. «Sascha ist mein bester Freund.»

«Komm schon, erzähl ein bißchen, Männergespräche finde ich wahnsinnig spannend.» Sie schloß die Augen, um ihn zu küssen, als plötzlich im Flur Schritte zu hören waren und eine Tür ging. Irritiert blickte sie Christian an. «Was ist denn das? Hast du irgendwo noch eine Freundin im Schrank versteckt, du Schuft?»

«Ich?» erwiderte er mit gespielter Empörung. «Wo ich gerade meine Traumfrau gefunden habe?»

«Mir kannst du nichts vormachen.» Sie hob drohend den Zeigefinger. «Raus mit der Sprache!»

Christian wußte nicht, was er antworten sollte.

«Na? Du wirst ja ganz rot! Hab ich dich erwischt?»

Verärgert schüttelte Christian den Kopf. «Auch wenn Sascha immer das Gegenteil behauptet: Ab und zu beschäftige ich mich auch noch mit anderen Dingen als mit meinem Liebesleben.»

«Das ist die dümmste Ausrede, die ich je gehört habe!» lachte sie. «Das weiß doch die ganze Stadt, daß du immer nur an das eine denkst. Das macht dich ja so interessant.»

«Findest du?»

«Aber gerade darum will ich wissen, wer hier außer mir in deiner Wohnung rumschleicht.» Und als er nicht antwortete, fügte sie hinzu: «Wenn du es nicht sagst, erzähl ich überall, daß du andersrum bist und einen Freund hast.»

«Soll das eine Erpressung sein?»

«Nein, nur Eifersucht!» sagte sie, plötzlich ganz ernst. «Ich ... ich hab mich nämlich in dich verliebt, Christian.»

«Was bist du für ein süßes Tierchen.» Er küßte sie auf die Nase. «Ich verspreche dir, du brauchst dir keine Sorgen zu machen.»

«Mach ich mir aber, wenn du mir nicht sagst, wer das eben war.»

Die überraschende Liebeserklärung verfehlte nicht ihre Wirkung. Der «stramme Genosse», obwohl gerade erst vom Dienst befreit, lugte neugierig in Cordulas Richtung.

«Oh, so schnell wieder auf den Beinen?» staunte sie. «Das ist aber ein großes Kompliment.» Doch als Christian sie zu sich zog, sträubte sie sich. «Nein, erst mußt du mir sagen, wer hier bei dir wohnt. Sonst kann ich nichts für ihn tun.»

Christian zögerte. «Also gut», sagte er dann, «aber du mußt mir versprechen, daß du mit niemandem darüber sprichst.»

«Ich will nur wissen, daß es keine andere Frau ist», sagte sie, ohne ihn anzusehen, während sie mit dem Finger um seinen Bauchnabel kreiste. «Das würde ich nicht ertragen.»

«Du bist wirklich süß.» Er streifte mit seinen Lippen ihr Ohrläppchen und flüsterte: «Keine Angst, es ist keine Frau, ehrlich. Nur ein Freund von Sascha, aus Leipzig. Er steckt in Schwierigkeiten, die Stasi ist hinter ihm her, und muß für ein paar Tage untertauchen.»

Cordula strahlte ihn an. «Da fällt mir aber ein Stein vom Herzen!» Sie schlang ihre Arme um seinen Hals und gab ihm einen so leidenschaftlichen Kuß, daß ihm Hören und Sehen verging. Gemeinsam sanken sie auf das Bett.

«Du hast nicht nur den niedlichsten Hintern», murmelte Christian, während er sie mit Küssen bedeckte, «sondern auch die niedlichsten Lippen ... den niedlichsten Hals ... die niedlichsten Brüste ...»

«Hmmmm ... was machst du da ...?»

«... den niedlichsten Bauchnabel ...»

«... schööööön ...»

«... die niedlichsten Schenkel ...»

«... jaaa, mach weiter ...»

«... die niedlichsten Kraushaare ...»

«... nicht aufhören ...»

«... die niedlichste kleine ...»

«O mein Gott», unterbrach sie ihn plötzlich, «schon halb elf! Ich muß los!»

Enttäuscht hob er seinen Kopf. «Ausgerechnet jetzt?»

«Ja, mein fleißiger Liebhaber, tut mir selbst am meisten leid.» Sie sprang aus dem Bett und fing an, ihre Kleider zusammenzusuchen. «In einer halben Stunde schließt das Wohnheim, und wenn ich mich noch mal verspäte, kriege ich fürchterlichen Ärger.»

«Wenn du willst, kannst du bei mir schlafen.»

«Geht nicht. Morgen früh kommt meine Mutter. Sie ist gerade zu Besuch in Berlin.» Sie gab ihm einen Kuß. «Nicht traurig sein, mein Schatz. Ich mach's wieder gut, sobald ich kann. Großes Ehrenwort!»

Sie hatte es so eilig, daß sie sogar ihre Jacke vergaß, wie Christian feststellte, nachdem sie gegangen war. Er legte sich aufs Bett, um vor dem Schlafen noch eine Zigarette zu rauchen. Doch kaum war er allein, spürte er, wie die grauen Gedanken ihn wieder beschlichen, sich in seiner Seele breitmachten wie ungeladene Gäste, und er überlegte, ob er noch auf einen Sprung ins *Prisma* gehen sollte. Oder wenigstens in die Küche, um ein Bier mit Saschas Freund zu trinken. Obwohl er den Kerl nicht besonders leiden mochte, wäre das immer noch besser als dieses Alleinsein.

Er hatte die Zigarette noch nicht zu Ende geraucht, als es an der Haustür schellte. Sein Herz machte vor Freude einen Sprung. Das mußte Cordula sein! Sicher hatte sie gemerkt, daß sie ihre Jacke vergessen hatte. Vielleicht blieb sie jetzt doch die Nacht bei ihm! Er sprang auf, streifte seine Jeans über und durchquerte mit bloßen Füßen den winzigen Flur, um die Wohnungstür zu öffnen.

Auf dem Treppenabsatz standen zwei Männer in schweren, dunklen Ledermänteln.

«Christian Reichenbach?» fragte der kleinere der beiden.

«Ja. Warum?»

«Staatssicherheit! Sie sind verhaftet.»

«Was ...? Wie ...? Ich verstehe nicht, was Sie meinen ...»

«Und ob Sie verstehen! Sie beherbergen in Ihrer Wohnung einen Kriminellen. Machen Sie jetzt keinen Fehler und lassen Sie uns herein.»

Christian öffnete die Tür. Er brauchte keine Sekunde, um zu begreifen, was passiert war: Cordula hatte ihn verraten. Und in derselben Sekunde begriff er auch, was für eine Art Geschenk sie war.

Sie war ein Abschiedsgeschenk – von Elisabeth Markwitz.

SECHSTES BUCH

Wieder vereint
1989/90

I

«Meine Damen, meine Herren», begrüßte der Dekan der philologischen Fakultät das Auditorium, das dicht gedrängt den Festsaal der Ruhruniversität Bochum füllte. «Wenn ich behaupte, Ihnen heute einen besonderen Gast ankündigen zu dürfen, ist dies alles andere als eine Floskel. Vor nicht langer Zeit wäre sein Besuch bei uns noch unvorstellbar gewesen, und ich gestehe, daß ich bis heute mittag, bis zu dem Augenblick, als wir uns die Hand gaben, eine Zeit zwischen Hoffen und Bangen verbracht habe. Doch nun ist er da, um zu uns zu sprechen. Freuen Sie sich mit mir auf einen der brillantesten Literaturwissenschaftler seines Landes, den Doyen der DDR-Slawistik, Herausgeber der *Deutsch-russischen Mitteilungen*, Präsident der Puschkin-Gesellschaft sowie Leiter der Sektion Neuphilologie der Ost-Berliner Humboldt-Universität – Professor Dr. Christian Reichenbach!»

Unter dem Beifall des Publikums verließ der Dekan das Podium, wo Christian, ein Manuskript in der Hand, ans Rednerpult trat. «Ich bedanke mich», sagte er, «für den überaus freundlichen Empfang. Allerdings fürchte ich, daß Sie mit Ihrer Ankündigung, verehrter Herr Dekan, weitaus mehr versprochen haben, als ich mit meinem Vortrag halten kann. Sie wissen doch, was Martin Luther gesagt hat – um einen großen Deutschen zu zitieren, der sowohl bei uns in der DDR wie auch hier bei Ihnen über jeden Zweifel erhaben ist: ‹Versprich nur, was du halten kannst. Versprich, dir nicht die Nase abzubeißen …›» Während er abwartete, daß die Lacher im Publikum verstummten, ordnete er sein Manuskript, um dann mit konzentrierter Miene zu beginnen. «Puschkin und Majakowski – die russische Lyrik im Wandel der Zeit …»

«Ich kann dir gar nicht sagen, wie stolz ich auf den Jungen bin», flüsterte Alex Barbara ins Ohr, die zusammen in der ersten Reihe saßen. «Unser Sohn …»

Statt einer Antwort drückte Barbara seine Hand. Sie war so aufgewühlt, daß sie erst gar nicht versuchte, Christians Vortrag zu folgen. Achtzehn Jahre hatte sie ihn nicht gesehen, und jetzt war es gerade drei Stunden her, daß sie ihn in Düsseldorf am Flughafen abgeholt und zum ersten Mal wieder umarmt hatte.

Obwohl mehrere hundert Menschen im Saal waren, hatte Barbara das Gefühl, als wäre sie mit Christian allein. Während er von Versmaßen und freien Rhythmen, historischen Umbrüchen und poetischen Widerspiegelungen sprach, suchte sie nach Hinweisen, die Aufschluß gaben über das Leben, das er geführt hatte, nach Veränderungen in seinem Gesicht, in seinen Gesten, im Klang seiner Stimme, nach Spuren, die von seinen Erfahrungen und Begegnungen erzählten, von seinen Hoffnungen und Ängsten, von den Augenblicken der Freude und den Stunden oder Tagen oder Monaten des Leids, die er, allein und fern von ihr, in den vielen Jahren durchlebt haben mußte.

Er war stets ihr Lieblingskind gewesen, ihr kostbarer, heimlicher Schatz, und doch war ein so großer und bedeutender Teil seines Lebens ein Rätsel für sie. Trotz zahlloser Einladungen und Anträge hatte Christian nie in den Westen reisen dürfen, und ebensowenig hatte Barbara, nicht anders als Alex, ihren Sohn in der DDR besuchen können; als Republikflüchtlinge hätte man sie auf der Stelle verhaftet und drüben behalten. Was sie von seinem Leben wußte, war darum eine Mischung aus Halbwissen und Mutmaßungen, gespeist aus Briefen und Telefonaten, die, aus Angst vor den Ohren und Augen der Stasi, mehr vage Andeutungen enthielten als klare Informationen.

Am schlimmsten war die Zeit gewesen, die er im Gefängnis verbracht hatte. Barbara war kaum ein halbes Jahr zuvor in Essen angekommen, als es geschah. Elf Monate waren ohne eine Nachricht von ihm vergangen, und erst zwei Wochen vor seiner Entlassung wurde ihr mitgeteilt, daß er in Bautzen eine Haftstrafe verbüßte. Nicht einmal Werner hatte in der Zeit dazwischen sagen können, wo Christian steckte, noch ihr, als sie endlich seinen Aufenthalt erfahren hatte, Angaben über den Grund seiner Verurteilung machen können, obwohl ihr Jüngster doch Offizier der Nationalen Volksarmee war.

«Und damit komme ich zu der alten, großen Streitfrage», sagte Christian am Rednerpult. «Wer war der größte Lyriker russischer Sprache: Puschkin oder Majakowski?»

Ihre Gedanken schweiften wieder ab. Warum hatte Christian nie geheiratet, nachdem er und Gisela sich getrennt hatten? Sie forschte in seinen Zügen, nach den Narben, die das Leben darin hinterlassen hatte. Sein Gesicht verriet so wenig von seiner Vergangenheit. Sicher, er war älter geworden; sein Haar schimmerte an den Schläfen ein wenig grau, und manchmal, wenn er die Stimme hob, bekam er ein nervöses Zucken, ein plötzliches Zusammenkneifen der Augen, das er früher nie gehabt hatte. Doch dann, wenn das spöttische Grinsen auf seinem Gesicht erschien, war er wieder einfach nur der große Junge, der er immer gewesen war.

«Ich will Sie nicht auf die Folter spannen», erklärte Christian. «Obwohl ich die Ehre habe, der Puschkin-Gesellschaft vorzustehen, lautet meine Antwort Majakowski. Sein einzigartiges Verdienst ist es, und das macht ihn unsterblich, daß er mit seinem Werk die Chronik der russischen Revolution geschrieben hat.»

Barbara wunderte sich, mit was für Dingen ihr Sohn sich beschäftigte – nach allem, was passiert war. War das Leben wirklich so spurlos an ihm vorübergegangen? Trotz Haft und anschließender «Bewährung» in der Produktion, wo er jahrelang als Arbeiter im Straßenbau hatte schuften müssen, bevor man ihm plötzlich, im Sommer 1976, erlaubte, wieder an die Universität zurückzukehren? Barbara konnte es kaum glauben. Und überhaupt: Wie war es Christian gelungen, am Ende eine so glänzende Karriere zu machen? Hatte er sich mit dem System drüben arrangiert? Oder hielt sein Schutzengel immer noch die Hand über ihn?

Der Applaus der Zuhörer weckte sie aus ihren Gedanken. Christian sammelte sein Manuskript ein und verbeugte sich mit einem Lächeln. Obwohl sie keine zehn Sätze mitbekommen hatte, klatschte Barbara begeistert in die Hände. Der Dekan erhob sich, trat zu Christian aufs Podium, und gerade drückte er ihm die Hand, als Alex wie elektrisiert aufsprang.

«Du, ich ... ich glaube, ich habe jemand gesehen, aus meiner Gefangenschaft in Rußland.»

«Was redest du da?»

«Obwohl, das kann gar nicht sein, aber die Ähnlichkeit war so stark ...»

«Ich verstehe kein Wort. Wen hast du gesehen, Alex?»

«Warte», sagte er, während er schon in Richtung Ausgang lief. «Ich bin gleich wieder da.»

2

Christian fühlte sich wie ein Krake, so viele Hände mußte er nach dem Vortrag gleichzeitig schütteln. Während Barbara ein wenig abseits auf ihn wartete und dabei immer wieder irritiert in Richtung Ausgang schaute, wo sein Vater vor einer Minute verschwunden war, redete über ein Dutzend Leute auf ihn ein, Studenten, Dozenten und vor allem sein Gastgeber, der ebenso intelligente wie unsympathische Dekan Gutbrot.

«Wie schätzen Sie die Lage in der DDR ein, Professor Reichenbach?»

«Ist der Widerstand so stark, daß es irgendwann die Wiedervereinigung gibt?»

«Oder führen die Unruhen zu einem Rückfall in den kalten Krieg?»

«Wie lange kann Honecker sich dem Moskauer Kurs widersetzen?»

«Wann, glauben Sie, gibt es Glasnost und Perestroika auch bei Ihnen?»

Je mehr sie ihn mit ihren Fragen bestürmten, desto unwohler fühlte Christian sich. Nervös schaute er sich um. Garantiert war unter den Zuhörern jemand im Saal, der Wort für Wort mitschrieb, was er gerade von sich gab, um es nach Ost-Berlin weiterzumelden.

«Lassen Sie mich mit den Worten unserer Parteiführung antworten», sagte er ausweichend. «Niemand muß tapezieren, nur weil der Nachbar sein Haus renoviert.»

«Sie zitieren Ihren Chefideologen Hager?» erwiderte Gutbrot verwundert. «Dann zitiere ich den Generalsekretär der KPdSU: Wer zu spät kommt, den bestraft das Leben!»

«Ein weites Feld», sagte Christian. «Aber wenn Sie sich so sehr für Politik interessieren, warum haben Sie dann keinen Politiker an meiner Stelle eingeladen?»

«Haben Sie uns nicht gerade erklärt», fragte Gutbrot mit blitzenden Augen und dünnem Lächeln zurück, «daß Majakowski eben darum bedeutender als Puschkin ist, weil er das Politische zum Gegenstand seiner lyrischen Produktion erhoben hat?»

Christian schüttelte resigniert den Kopf. Mein Gott, das hatte er doch nur gesagt, weil er sich nicht die Lippen verbrennen wollte! Aber seit seiner Ankunft ging das schon so: Sobald er gegenüber seinem Gastgeber, der ihn mit seinen Eltern am Flughafen abgeholt hatte, den Mund aufmachte, konnte er sicher sein, daß es ein Mißverständnis gab. Obwohl sie dieselbe Sprache sprachen, redeten sie ständig aneinander vorbei.

Es war so vieles so vollkommen anders, als Christian erwartet hatte. Er hatte erwartet, daß ihn ein nie zuvor gekanntes Gefühl von Freiheit überwältigen würde, sobald er westdeutschen Boden betrat. Doch nichts dergleichen war geschehen. Er hatte seinen Koffer vom Rollband genommen, die Paßkontrolle und den Zoll passiert und war dann einfach in die Ankunftshalle gegangen, die natürlichste und normalste Sache der Welt, nicht anders, als würde er einen Kongreß in Warschau oder Prag besuchen. Kein Kribbeln, kein Jubilieren, kein Schock. Höchstens ein gewisses Befremden, daß alles genauso aussah, wie er es vom West-Fernsehen her kannte, und daß genau aus diesem Grund die ganze bunte Glitzerwelt in dem Moment, da er sie betrat, den größten Teil der Anziehungskraft verlor, die sie auf ihn ausgeübt hatte, solange sie nur im Flimmerkasten existierte.

Er drehte sich zu Gutbrot um. «Sie erlauben, daß ich mich um meine Mutter kümmere?» Ohne die Antwort abzuwarten, ließ er den Dekan stehen und zog Barbara mit sich fort.

«Aber nicht vergessen», rief Gutbrot ihm nach, «um neun der Empfang. Seine Magnifizenz, der Rektor, kommt auch.»

«Es ist ziemlich gräßlich hier für dich?» fragte Barbara, als sie in einer Ecke des Saales endlich allein waren, zum ersten Mal seit seiner Ankunft.

«Halb so wild. Die ganze Pracht bei euch erinnert mich ein bißchen an schöne Frauen: Aus der Ferne wirken sie auch meistens attraktiver als von nahem.»

«Kindskopf!»

«Mütter natürlich ausgenommen!» Er faßte sie bei den Schultern und schaute sie an. Sie trug das Haar wie früher lose hochgesteckt, und wie früher hing ihr eine Strähne ins Gesicht, die sie beim Sprechen immer wieder zur Seite blies, bis auf die Stupsnase herab. «Ich kann dir gar nicht sagen, wie sehr ich dich vermißt habe.»

«Und ich dich. Mein kleiner großer Junge ... Aber jetzt mußt du erzählen. Ich hab so viele Fragen, ich weiß gar nicht, wo ich anfangen soll.»

«Am besten mit der ersten.»

«Geht es dir wirklich gut? Lassen sie dich in Ruhe arbeiten? Hast du genug Geld?» Während die Fragen aus ihr heraussprudelten wie aus einem Springbrunnen, drückte sie seine Hände, streichelte sie sein Gesicht, zog ihn an sich und trat dann wieder einen Schritt zurück, um ihn anzusehen, als müßte sie sich vergewissern, daß er wirklich und wahrhaftig vor ihr stand. «Warum lebst du allein? Gibt es keine Frau, die dir gefällt?»

«Um Himmels willen! Eins nach dem andern. Du tust ja, als müßte ich heute abend wieder zurück. Ich bleib noch eine Woche!»

«Und was du mir vor allem sagen mußt ...»

«Ob ich auch jeden Tag satt zu essen bekomme und mich im Winter warm anziehe?»

«Nein, Christian», sagte sie ernst. «Warum haben sie dich ins Gefängnis gesteckt?»

«Ach, das ist eine alte Geschichte», wehrte er ab, während seine Augen anfingen zu zucken.

Barbara ließ nicht locker. «Was hast du gemacht? Was war der Grund?»

Die Ernsthaftigkeit, mit der sie ihn fragte, zerstörte den Zauber des Augenblicks. Vor einer Sekunde noch waren sie einfach nur Mutter und Sohn gewesen, die sich nach Jahren der Trennung wiedersahen und nicht genug voneinander bekommen konnten, eingehüllt und beschützt und berauscht von einer wunderbaren Vertrautheit. Doch jetzt, mit ihrer Frage, war auf einmal die ganze andere Vergangenheit da; die Summe all der Monate und Jahre, die sie nicht miteinander geteilt hatten, erhob sich im Raum und baute sich zwischen ihnen auf, und Christian spürte, wie fremd sie sich in Wirklichkeit geworden waren.

«Es hat keinen Sinn mehr, davon zu reden», sagte er schließlich. «Ich hatte einen Dissidenten bei mir versteckt und konnte die Klappe nicht halten, es war mein eigener Fehler.»

«Und in der Haft? Haben sie dich geschlagen?» Sie streichelte seine Schläfe. «Hast du seitdem dieses Zucken?»

«Ach was, Mama, alles halb so schlimm. Es war zu ertragen. Und ganz sicher leichter», fügte er hinzu, «als es damals für Papa gewesen sein muß. Erst die öffentliche Demütigung, und dann das Ende seines Berufs, der ihm doch fast so wichtig war wie du. Hat er sich davon je wieder erholt?»

Barbara schüttelte mit einem Lächeln den Kopf. «Um deinen Vater brauchst du dir keine Sorgen zu machen. Überhaupt nicht. Es war nur schlimm, solange er keine Arbeit hatte. Dann aber hat er ja die Stelle im Planetarium bekommen. Das war wie eine Wiedergeburt. Seit er dort arbeitet, ist er viel ruhiger und ausgeglichener als früher. Als ob er in der Astronomie gefunden hätte, wonach er sich immer gesehnt hat.» Sie machte eine Pause und sah ihn an. «Dein Vater kann etwas, was sonst niemand kann. Er kann machen, daß die Sterne singen.»

«Was kann er?» lachte Christian. «Ich hatte keine Ahnung, daß du unter die Lyriker gegangen bist!»

«Ist schon gut», erwiderte sie, «du kannst ja nicht wissen, woran ich dachte, und mußt glauben, daß deine arme alte Mama nicht mehr ganz richtig im Kopf ist. Aber in der Zeit, als Papa und ich voneinander getrennt lebten, haben die Sterne uns oft geholfen, damit fertig zu werden.» Sie schaute sich um, als hätte sie Angst, daß jemand sie beobachtete, und so leise, daß Christian sie kaum verstand, sagte sie: «Willst du die Gelegenheit nicht nutzen und hierbleiben? Damit wir endlich alle wieder zusammen sind, nicht nur Papa und ich?»

Christian hatte gewußt, daß diese Frage irgendwann kommen mußte. Trotzdem, als seine Mutter sie ihm jetzt so plötzlich stellte, wußte er nicht, was er antworten sollte. Um so mehr wunderte er sich, daß die Antwort ihm ganz von allein über die Lippen kam. «Nein», sagte er, als würde er sagen, was insgeheim schon seit langem feststand. «Ich will nicht davonlaufen.»

«Aber so eine Gelegenheit kommt vielleicht nie wieder!»

«Kann sein, und ich glaube sogar, daß manche Leute froh wären, wenn ich nicht zurückkehre. Vielleicht haben sie mir die Ausreisegenehmigung sogar in der klammheimlichen Hoffnung gegeben, daß ich hierbleibe.»

«Aber warum zum Himmel tust du es dann nicht?»

«Ich weiß selbst nicht genau. Ich glaube, es ... es wäre einfach zu erbärmlich.»

Seine Mutter schaute ihn lange und nachdenklich an. In dem Hörsaal waren nur noch wenige Studenten und Professoren zurückgeblieben, die in kleinen Grüppchen zusammenstanden und diskutierten und dabei immer wieder neugierig zu Christian herüberschielten. Der Dekan zeigte bereits auf seine Armbanduhr und nickte ihm vielsagend zu.

«Fast genau dasselbe hat vor vielen Jahren auch dein Großvater mal gesagt», sagte Barbara schließlich mit einem wehmütigen Lächeln. «Obwohl ihr so verschieden seid, hast du eine Menge von ihm geerbt. Du bist genauso ein Dickkopf wie er.»

«Und wie du», ergänzte Christian. «Aber sag mal, wie geht's Tinchen? Lebt sie immer noch auf Kreta?»

«Ja, zusammen mit Ingo.»

«Und immer noch die zivilisationsmüde Aussteigerin? Du hast mir geschrieben, daß sie Schafe züchtet und nur noch Sachen ißt, die sie selber anbaut.» Er schüttelte sich. «Muß fürchterlich schmecken, schlechter noch als der Mist bei uns aus der HO.»

«Na ja», lachte Barbara, als wäre auch sie erleichtert, über etwas Einfaches zu sprechen, «ganz so perfekt, wie sie meint, ist auch Tinchen nicht. Vorgestern ist sie zurückgekommen.»

«Mit dem Paddelboot?»

«Nein, mit dem Flugzeug. Ich hab ihr das Ticket geschickt, heimlich.»

Christian verstand sofort, was seine Mutter damit meinte. «Das heißt, Papa und Tinchen haben sich immer noch nicht wieder vertragen?»

Barbara schüttelte den Kopf. «Ich glaube, sie macht das alles nur ihm zum Trotz.»

«Das tut mir leid – für beide.» Christian machte eine Pause. «Ist das der Grund, weshalb sie heute nicht hier ist? Ich meine, wenn sie in Essen ist, hätte sie doch herkommen müssen, um ihren großen Bruder zu bewundern.»

«Das hätte sie sowieso nicht gekonnt. Sie ist im Krankenhaus.»

«Was? Ist sie krank?»

«Im Gegenteil», strahlte Barbara. «Sie bekommt ein Baby, ihr erstes. Und weil sie sechsunddreißig ist und sich einbildet, es könnte eine Frühgeburt geben, wollte sie es lieber in der Uni-Klinik als bei ihren Schafen zur Welt bringen. Wenn du Glück hast, kannst du es ja noch auf dem Arm halten, bevor du wieder fährst.»

Christian verzog das Gesicht und hob die Hände. «Nur das nicht!»

«Seit wann hast du was gegen Kinder?» fragte Barbara verwundert.

«Alte Junggesellenkrankheit», log er. «Hauptsache, ich seh meine kleine Schwester wieder. Mein Gott, wie lange ist das schon her, daß wir uns zum letzten ... Aber schau mal, da ist Papa ja endlich!»

Barbara drehte sich um. Als sie ihren Mann sah, stockte ihr das Blut in den Adern. Unwillkürlich griff sie nach Christians Arm.

«Was ist los, Mama? Du bist ja ganz blaß.»

«Nichts ... Christian, alles in Ordnung», flüsterte sie, während sich ihre Hand immer fester um seinen Arm klammerte. «Sag was, bitte ... Erzähl mir, wie es Werner geht ... Seht ihr ... seht ihr euch ... ab und zu?»

Barbara hörte ihre Stimme wie die Stimme einer fremden Frau. Denn durch die Tür betrat ein vor Glück strahlender Alex den Saal, an seiner Seite ein Mann mit silbergrauem Haar, feinem Oberlippenbart und olivfarbenem, leicht mongolischem Gesicht.

Michail Belajew.

3

Zur selben Stunde kehrte Oberstleutnant Werner Reichenbach vom Dienst heim. Auch für ihn war heute ein besonderer Tag, denn er hatte eine überaus wichtige Unterredung mit seinem Divisionskommandeur gehabt, Generalleutnant Radow, in der es um nichts weniger als um seine berufliche Zukunft gegangen war.

Er hatte kaum den Flur zu seiner alten, engen Drei-Zimmer-Plattenbau-Wohnung im Ostberliner Stadtteil Marzahn betreten, als

Gisela ihm aus dem Wohnzimmer entgegenkam, zurechtgemacht wie sonst nur an seinen Geburtstagen, mit frisch frisierten Locken, Stökkelschuhen und dem tief dekolletierten roten Seidenkleid, das Barbara ihr vor Jahren aus Essen geschickt hatte und unter dem sie immer ihren schwarzen Spitzen-BH trug.

«Und», fragte sie voller Spannung, «was hat er gesagt?»

«Zum ersten Mai werde ich befördert, Schneewittchen. Ich muß nur noch akzeptieren. Dann hast du einen Obersten zum Mann.»

«Das ist ja wunderbar!» rief sie und flog ihm um den Hals.

«Bist du zufrieden?»

«Und wie! Ich hab ja immer gewußt, daß du es schaffst. Endlich haben sie begriffen, was sie an dir haben.» Sie küßte ihn und drückte ihn an sich. «Das müssen wir feiern. Ich hab schon eine Flasche *Rotkäppchen* für uns kalt gestellt.»

«Schön, daß du dich so für mich freust», sagte er und machte sich vorsichtig aus ihrer Umarmung frei. «Aber, wenn ich ehrlich bin, eigentlich ist mir nicht nach Feiern zumute.»

«Was soll das denn heißen? Und ob wir das feiern!»

Statt ihr zu antworten, legte er seine Mütze und seinen Uniformrock an der Garderobe ab, die den schmalen Flur zur Hälfte versperrte, warf einen Blick in den Wandspiegel und fuhr sich mit der Hand durch das Haar, das sich an den Ecken schon zu lichten begann.

Gisela schlang von hinten die Arme um ihn. «Mein starker großer Held», schnurrte sie und streichelte seinen Bauch, der in den letzten Jahren noch ein wenig runder geworden war. «Komm, hol dir deine Belohnung. Ich hab die Kinder extra fortgeschickt.» Und während sie an seinem Ohrläppchen knabberte, raunte sie ihm zu: «Rate mal, was ich unter dem Kleid anhabe ...»

Doch Werner verspürte nur eine entsetzliche Müdigkeit, und je mehr sie ihn drängte, desto unwohler fühlte er sich. «Nein, wirklich nicht», sagte er und machte sich ein zweites Mal von ihr frei. Aber so behutsam er dabei vorging, schien sie die Zurückweisung zu spüren. «Tut mir wirklich leid», fügte er hinzu, als er ihr enttäuschtes Gesicht sah, «aber nicht jetzt, Schneewittchen.»

«Du sollst mich nicht Schneewittchen nennen!» erwiderte sie gereizt und ließ ihn los. «Das hab ich dir schon hundertmal gesagt!»

«Jetzt sei doch nicht gleich böse, bloß weil mir nicht danach ist.»

«Wenn dir heute nicht danach ist, wann denn dann, bitte schön? Geburtstag hast du erst wieder in einem dreiviertel Jahr.»

«Himmel-Arsch-und-Zwirn! Du weißt doch gar nicht den Grund!»

«Deshalb brauchst du mich noch lange nicht anzuschreien!» Wütend nahm sie ihren Kittel vom Haken, streifte ihre Stöckelschuhe ab und schlüpfte in die Pantoffeln, die unter der Garderobe standen. Bevor sie den Kittel anzog, schaute sie ihn noch einmal an, doch er wich ihrem Blick aus. «Dann eben nicht.»

Werner streckte seine Hand nach ihr aus. «Ich möchte nicht, daß wir schon wieder streiten, nicht heute.»

«Kein Mensch will Streit.»

«Ich ... ich muß mit dir reden.»

«Dann komm in die Küche.» Sie zog die Schlafzimmertür, durch deren Spalt Werner das aufgeschlagene Ehebett sah, mit einem Ruck zu und ging voraus. «Möchtest du ein Bier?» fragte sie, während sie den Kühlschrank öffnete.

«Gerne», sagte er und setzte sich an den Tisch.

Sie räumte die Sektflasche beiseite und nahm ein Bier aus dem Kühlschrank. «Also, was ist los? Weshalb willst du deine Beförderung nicht feiern? Oberst war doch immer dein Ziel!» Sie setzte ihm die Flasche und ein Glas vor und nahm ihm gegenüber am Tisch Platz.

Die Resignation, mit der sie das tat, versetzte Werner einen Stich. Es war alles so verkorkst und widersprüchlich. Eigentlich mußte er froh sein, daß sie ihm keine Szene machte, doch gerade die Tatsache, daß sie seine Zurückweisung so schnell abhaken konnte, machte ihn regelrecht krank. Wie wenig war von der Frau übriggeblieben, um die er seinen Bruder früher so beneidet hatte.

«Die Sache hat einen Haken», sagte er schließlich und schenkte sich das Bier ein. «Vor ein oder zwei Jahren, da hätte ich mich wie ein Schneekönig gefreut. Aber heute?» Er nahm einen Schluck aus seinem Glas und wischte sich den Schaum vom Mund. «Ich weiß nicht, wieviel du in der Klinik mitkriegst, was draußen in der Wirklichkeit passiert, und eigentlich dürfte ich gar nicht darüber reden, aber eins steht fest: Es braut sich was zusammen, eine richtig dicke, große Scheiße.»

«Könntest du dich vielleicht ein kleines bißchen klarer ausdrükken? Und mit etwas anderem Vokabular als auf dem Kasernenhof, wenn es dir nicht zuviel Mühe macht?»

«Ich nenne die Dinge nur beim Namen.»

«Dann solltest du wenigstens sagen, wovon du redest.»

«Wovon wohl?» schnaubte er. «Von den Arschlöchern und Stänkern, die nichts anderes im Sinn haben, als unseren Staat kaputtzumachen. Von den Klugscheißern und Besserwissern, die zum Beispiel letztes Jahr die Luxemburg-Liebknecht-Demonstration mit ihren Parolen aufgehetzt haben. Damit hat alles angefangen.»

«Aber das waren doch keine hundert Mann, und die meisten davon wurden abgeschoben.»

«Hundert Mann? Hast du eine Ahnung! Das war nur die Spitze des Eisbergs. Radow hat mir heute die Zahlen genannt. Seit 84 durften über hunderttausend Menschen in die BRD übersiedeln, und trotzdem stapeln sich eine Million Ausreiseanträge bei den Behörden.»

«Was? So viele?»

«Ja, und das ist noch vorsichtig geschätzt.» Nervös zündete er sich eine Zigarette an. «Was sollen wir mit diesen Heerscharen tun? Abschieben? Dann können wir den Laden hier gleich dichtmachen. Ausreise verweigern? Dann gehen immer mehr von diesen Querulanten auf die Straße. Vor allem, wenn sie jetzt auch noch den Segen aus Moskau kriegen.»

Vom Flur waren plötzlich Schritte und Stimmen zu hören. Werner blickte irritiert zur Tür. «Ich dachte, die Kinder sind nicht da?»

Im nächsten Moment ging die Tür auf, und ihr Sohn und ihre Tochter standen in der Küche. Die zwölfjährige Anke sah mit ihren dunklen Haaren und der hellen Haut wie eine Miniatur-Ausgabe ihrer Mutter aus, ein zweites kleines Schneewittchen, während Malte, der zwei Jahre älter war als seine Schwester, mit seinen blauen Augen und den Sommersprossen Werner wie aus dem Gesicht geschnitten war.

«Ist die Beförderung durch, Papa?» fragte er mit seiner schon dunklen Stimme. Obwohl er sehr erwachsen tat, platzte er vor Neugier.

«Der Kommandeur hat mich vorgeschlagen», antwortete Werner müde.

«Obwohl die Regierung die Streitkräfte reduziert und die Verteidigungsausgaben senkt?»

«Ja, mein Junge.»

«Puaaaah!!! Dann ... dann kann ich es morgen also in der Schule erzählen?»

«Sicher, wenn du willst. Aber wie kommt's, daß ihr schon da seid?»

«Die Vorführung im Clubhaus fiel aus», sagte Anke. «Aber macht nichts, war sowieso nur wieder so ein blöder russischer Film.»

«Überhaupt nicht blöd», widersprach ihr Bruder. «Über die Raumstation MIR. Leider war die Filmrolle nicht da. Die hat irgendein Provokateur verschwinden lassen, wahrscheinlich um ...»

«Das kannst du uns morgen früh alles erzählen», unterbrach Gisela ihn. «Jetzt ab ins Bett mit euch. Papa und ich haben was zu besprechen.»

Werner wunderte sich einmal mehr, wie gut die zwei ihrer Mutter gehorchten. Sie gaben ihren Eltern einen Kuß – Anke wie ein Schmusekätzchen, Malte ein bißchen steif und verlegen, wie meistens in letzter Zeit –, dann gingen sie hinaus. In der Tür blieb Malte noch einmal stehen.

«Du, Papa?»

«Ja, mein Junge?»

«Ich bin mächtig stolz auf dich.» Er blickte Werner voller Bewunderung an. «Jetzt kann der Klassenfeind ruhig kommen.» Dann machte er die Tür zu und verschwand.

«Wenn du dich schon nicht für dich freust», sagte Gisela, als sie wieder allein waren, «dann freu dich wenigstens für die Kinder. Hast du gesehen, wie Maltes Augen geleuchtet haben?»

«Wegen den Kindern mache ich mir am meisten Sorgen.»

«Außerdem, denk doch mal praktisch. Als Oberst hast du Anspruch auf eine Vier-Zimmer-Wohnung. Dann haben beide ein Zimmer für sich, und Malte muß nicht mehr auf der Couch schlafen. Und hundertzwanzig Mark mehr im Monat sind auch nicht zu verachten. – Aber was ziehst du für ein Gesicht?» unterbrach sie sich. «Du guckst ja aus der Wäsche, als solltest du nicht befördert werden, sondern entlassen.»

«Ich wollte fast, es wäre so.»

«Was redest du da? Was ist denn heute in dich gefahren?»

«Das Gespräch mit Radow hat mir die Augen geöffnet», sagte Werner leise, aus Furcht, daß sein Sohn ihn belauschte – so wie er früher seine Eltern belauscht hatte. «Überall schießen Menschenrechtsgruppen aus dem Boden, Umwelt- und Friedensinitiativen, Pfarrer rufen zum Widerstand auf, Protest wird zum Volkssport.» Er senkte den Blick, bevor er weitersprach. «Ich habe Angst, Schneewittchen ...»

Seine Frau schüttelte den Kopf. «Ich glaube, du solltest einen Schnaps trinken, du bist ja nicht mehr du selbst.»

«Nein, Gisela, machen wir uns nichts vor. Es wird immer mehr Unruhen geben, immer mehr Demonstrationen, immer mehr Aufstände, je näher der vierzigste Jahrestag rückt. Und ich, ich habe einen Eid geschworen – *‹der Deutschen Demokratischen Republik zu dienen und sie auf Befehl der Regierung der Arbeiter-und-Bauern-Regierung gegen jeden Feind zu schützen›*. Gegen *jeden* Feind, hörst du?»

«Ja und? Du bist nicht der einzige, der das geschworen hat!»

«Siehst du denn nicht die Konsequenzen? Wenn ich als Oberst mein eigenes Regiment habe, was glaubst du, wird dann meine Aufgabe sein, wenn der ganze Zirkus anfängt? Wenn diese Scheißopposition die Sache auf die Spitze treibt? Dann geht es nicht gegen irgendeinen Klassenfeind im Ausland, sondern gegen die eigenen Landsleute. Radow hat mir klipp und klar erklärt, was er von mir erwartet.» Er schüttelte den Kopf, und leise fügte er hinzu: «Am liebsten würde ich die Beförderung ausschlagen.»

Noch während er sprach, stand Gisela auf. So abrupt und plötzlich, daß Werner unwillkürlich zu dem Glas vor sich griff, als könnte es umkippen.

«Das höre ich mir nicht länger an», sagte sie und ging zur Tür. Die Klinke schon in der Hand, blickte sie ihn voller Verachtung an. «Manchmal wünschte ich, ich hätte nicht dich, sondern Christian geheiratet. Der steht zwar auf der falschen Seite, ist aber nicht so ein Waschlappen wie du.»

4

Alex wunderte sich über Barbara. Warum hatte sie ihnen den Rücken zugedreht? Genau in dem Moment, als sie in den Hörsal zurückkehrten. Seltsam.

«Sind Sie sicher, daß ich Ihre kleine Wiedersehensfeier nicht störe?» fragte Belajew und hielt ihn am Arm zurück.

«Kein Gedanke! Meine Frau und mein Sohn würden mir nie verzeihen, wenn ich Sie nicht ...»

«Es muß herrlich sein», unterbrach Belajew ihn, mit seltsam abwesendem Ton, «sein Leben mit Menschen zu teilen, die man liebt, in guten und schlechten Zeiten. Es ist vielleicht das Wertvollste überhaupt.»

«Haben Sie keine Familie?» fragte Alex erstaunt.

«Nein», sagte Belajew, «ich war immer allein.» Und mit einem Lächeln fügte er hinzu: «Für eine Familie braucht man, zumindest bei uns in Rußland, eine Frau.»

Die Wehmut in seinen Augen strafte seine spöttische Miene Lügen. Alex hatte plötzlich das Gefühl, daß sie einen wunden Punkt berührten, und wechselte das Thema. «Übrigens, eines frage ich mich schon seit über vierzig Jahren ...»

«Ja?»

«War das offene Lagertor ein Zufall, oder wollten Sie meinen Kameraden und mir helfen?»

Belajew sah ihn mit erhobener Braue an. «Erinnern Sie sich noch an unser kleines philosophisches Gespräch, das wir in der Kommandantur führten? Dann erinnern Sie sich vielleicht auch, daß mich nur eines interessiert: wie Menschen sich verhalten, wenn plötzlich etwas eintritt, womit sie nicht gerechnet haben. Wie sie suchen und tasten, wie sie sich irren und zögern und sich entschließen und manchmal auch handeln.»

«Das heißt also, es war *kein* Zufall?»

«Der Zufall ist meist das, wonach wir suchen», wich Belajew ihm mit abermals spöttischer Miene aus. «Ein Pseudonym Gottes, wenn er nicht mit uns zürnt.»

Alex spürte, daß er ihm keine klare Antwort geben wollte. «Sie betrachten das Leben also immer noch aus der Sicht des Experimentators? Wie einen gigantischen Rattenkäfig?»

«Schauen Sie mich nicht so tadelnd an, Dr. Reichenbach», lächelte Belajew. «Aber gibt es eine andere Sicht der Dinge, um der *comédie humaine* gerecht zu werden?»

«Nun ja», erwiderte Alex ironisch, «dann brechen für Sie ja faszinierende Zeiten an.»

«Ja», nickte Belajew, plötzlich sehr ernst, «wir leben in einer erstaunlichen Epoche. Wenn die Zeichen nicht trügen, neigen die Ideologien sich dem Ende zu. Und in ihrer kindlichen Euphorie glauben die Menschen, daß nun das Leben leichter wird.»

«Wird es das nicht?» fragte Alex. «Wenn zum Beispiel Professoren aus Ihrem Teil der Welt bei uns Vorträge halten? Oder wenn wir zwei hier reden und uns streiten, ohne uns die Köpfe einzuschlagen? Ist das kein Fortschritt?»

Belajew verzog das Gesicht. «Grund zum Jubeln haben nur die Krämer dieser Welt, denn leichter werden höchstens die Geschäfte. Für alle anderen Menschen aber ist es eine Katastrophe, wenn es keine Ideologien mehr gibt. Woran sollen sie dann glauben?»

Alex brauchte für die Antwort keine Sekunde. «An sich selbst. Einfach an sich selbst.»

«Trauen Sie das den Menschen wirklich zu?» fragte Belajew mit einem Seufzer. «Daß sie an sich glauben, wenn die gewohnte Wirklichkeit zusammenbricht, wie wir es gerade in meiner Heimat erleben? Wenn alles, was früher gut und richtig war, plötzlich falsch und schlecht sein soll? Wenn sie in der neuen Realität den Dämonen der Vergangenheit begegnen, die sie zwingen, die eigene Rolle im Leben immer wieder neu zu überdenken und zu definieren? Dazu sollen Menschen imstande sein? – Aber wenn Sie mich Ihrer Frau und Ihrem Sohn vorstellen möchten», unterbrach er sich, «sollten wir uns vielleicht nicht allzu sehr in diese Fragen vertiefen.»

«Wie es Werner geht?» fragte Christian. «Wenn ich ehrlich bin, allzu oft sehen wir uns nicht. Das letzte Mal war er gerade damit beschäftigt...»

Barbara war vollkommen unfähig, ihrem Sohn zuzuhören. Zwar

verstand sie jedes einzelne Wort, das er sagte, aber statt daß seine Worte sich in ihrem Kopf zu sinnvollen Sätzen zusammenfügten, zerplatzten sie als leere, inhaltlose Laute in ihren Ohren. Woher um Himmels willen kam Belajew? Hatte er gewußt, daß Christian hier einen Vortrag hielt? Wenn Alex merkte, daß sie sich kannten ... Sie war so nervös, daß sie am ganzen Körper zitterte.

In diesem Augenblick hörte sie die Stimme ihres Mannes.

«Barbara», sagte Alex und berührte sie an der Schulter, «das ist der russische Offizier, der mir in Grasnoworsk das Leben gerettet hat.»

Sie biß sich auf die Lippen und schloß die Augen. Mein Gott – das war Mischa gewesen? Der unbekannte Schutzengel, dem sie Alex' Rückkehr aus der Gefangenschaft verdankte? Sie gab sich einen Ruck und drehte sich um. «Ich ... ich freue mich, Sie kennenzulernen. Mein Mann ... hat mir viel von Ihnen erzählt.»

Als ihre Blicke sich begegneten, spürte sie, wie ihr schwindlig wurde. Lautlos wie aus dem Jenseits und doch so klar und rein, als spielte irgendwo ein Klavier, schwebte plötzlich ihr kleines Motiv im Raum, diese winzige Figur, das Hinübersinken von einer Tonart in die andere ... Belajew lächelte sie an, die Stirn leicht gerunzelt, eine Augenbraue höher als die andere. Es war immer noch dasselbe fürchterliche, wunderbare Lächeln, mit dem er sie damals angeschaut hatte, beim allerersten Mal. Und wie damals fühlte sie sich, als stünde sie bloß und nackt vor ihm da.

«Die Freude ist ganz auf meiner Seite.» Belajew reichte ihr die Hand. «So habe ich Sie mir vorgestellt – eine Frau, die jeden Mann mit Stolz erfüllen muß. Eine richtige Comtesse.»

«Oh, was für ein nettes Kompliment», sagte Alex. «Meine Frau ist tatsächlich eine gebürtige Freifrau.»

«Dann sind *Sie* also der Politoffizier», unterbrach ihn Christian, «der meinem Vater damals die Flucht ermöglicht hat?»

«Ja, das ist er», bestätigte Alex. «Major Michail Belajew, heute General. Ich weiß nicht, was ohne ihn aus mir geworden wäre.»

«Du ... du hast mir seinen Namen nie genannt», stammelte Barbara. Belajew hielt immer noch ihre Hand, als wollte er sie nie wieder loslassen, und wieder ertönte ihre Melodie, ein Gefühl von unsäglicher Ohnmacht und gleichzeitig seliger Süße, das nicht sein sollte und doch sein wollte. Wann hörte das nur auf? Eine Strähne fiel ihr ins Gesicht. Sie wollte sie zur Seite blasen, doch traute sie sich nicht, aus Angst, daß Belajew sie fortnehmen könnte, wie er es früher manchmal getan hatte, so selbstverständlich, als wäre sie seine Frau.

«Habe ich seinen Namen nie erwähnt?» fragte Alex verwundert. «Seltsam.»

«Namen sind Schall und Rauch», sagte Belajew und ließ endlich ihre Hand los.

«Erlauben Sie mir», sagte Christian, «daß ich mich bei Ihnen bedanke.»

Als die zwei sich die Hände reichten, mußte Barbara ihren Blick abwenden. Sie konnte es nicht mehr ertragen.

«Ich habe Ihren Dank nicht verdient», erwiderte Belajew. «Ihr Vater hat sich ganz allein in die Heimat durchgeschlagen. Alles andere waren – na, sagen wir, glückliche Umstände.» Er strich sich über den Schnurrbart und schaute Christian mit einem warmen Blick an. «Ich möchte vielmehr Ihnen danken», sagte er. «Ihre Ausführungen haben mich zutiefst beeindruckt. Ich freue mich sehr, daß Sie mit der Literatur meines Landes so gut vertraut sind.»

Bei den letzten Worten runzelte Christian die Stirn. «Sagen Sie mal, kennen Sie zufällig einen Ort namens Daggelin?»

«Daggelin? Wieso?»

«Ich habe irgendwie das Gefühl, als wären wir uns früher dort einmal begegnet.»

Barbara schloß die Augen. Alex mußte doch spüren, was los war. Jeder Blick, jedes Wort, jede Geste schrie die Wahrheit hinaus: *Schaut her, ich war die Geliebte dieses Mannes! Er ist der Vater meines Sohnes!* Die Melodie in ihrem Innern brauste wie ein Orkan heran, ein Choral, der anschwoll zum Fortissimo ... Plötzlich zuckte sie zusammen. Eine Hand berührte sie an der Stirn. Entsetzt schlug sie die Augen auf. Doch sie sah nicht in Belajews Gesicht, sondern in das von Alex, der ihr die lose Strähne aus der Stirn strich und sie zärtlich anlächelte, mit seinen leuchtenden blauen Augen.

«Barbara, Liebling, wo bist du?»

Es war, als hätte er sie mit diesem kleinen Satz; zusammen mit der ebenso kleinen intimen Geste, aus einer anderen Welt zurückgerufen. Mit einem Mal verstummte die Musik, nur leise, ganz leise, wie die Erinnerung eines längst vergangenen Glücks, hallte das kleine, winzige Motiv noch einmal in ihr nach, dieses Hinübersinken von einer Tonart in die andere. Sie blickte Alex an, dann Belajew, der sie aus den Augenwinkeln beobachtete, dann wieder Alex. Und endlich fiel die Angst von ihr ab, und sie wurde ganz ruhig. Nein, es war vorbei, und plötzlich ging ihr eine einfache Wahrheit auf, die doch alles entschied, mit derselben natürlichen Sicherheit, mit der sie wußte, daß jeden Morgen ein neuer Tag anbrach und abends die Sonne unterging: Alex war ihr Mann, der Mensch, mit dem sie ihr Leben geteilt hatte und mit dem sie die Jahre, die ihr noch blieben, teilen würde, was immer geschehen mochte – solange sie lebten.

«Danke, Alex», sagte sie und küßte ihn auf die Wange.

Belajew sah sie mit seinen dunklen Augen prüfend an, ein Lächeln um die Lippen. Doch diesmal blieb sein Blick ohne Wirkung. Er hatte eine Melodie in ihr zum Klingen gebracht, die tief in ihr geschlummert hatte, doch nun würde sie für immer schweigen.

Auch ohne Worte schien er zu begreifen, was in ihr vorging. Für eine Sekunde sprach alle Trauer der Welt aus seinem Blick, dann drehte er sich zu Christian um. «Daggelin? Nein, der Name sagt mir nichts. Sie müssen mich wohl verwechseln.»

Am anderen Ende des Saals, unweit des Eingangs, sah Barbara, wie Dekan Gutbrot auf seine Armbanduhr zeigte und zur Eile trieb.

«Komm», sagte sie zu Christian. «Du mußt zu deinem Empfang. Lassen wir die zwei ein bißchen allein.» Sie reichte Belajew die Hand und schaute ihm fest in die Augen, einem trotz seines Alters immer noch gutaussehenden Mann, den sie vor langer Zeit einmal gekannt hatte, aber von dem sie beinahe nichts wußte. «Ich habe mich wirklich gefreut, daß ich Ihnen doch noch einmal begegnen durfte.»

«Es war mir ein Vergnügen», sagte er und deutete eine Verbeugung an. Und mit einer Stimme, die so fremd klang, als spräche er aus einem fernen Universum zu ihr, fügte er hinzu: «Schade, daß es sich wohl nicht mehr wiederholen wird.»

Barbara nickte ihm zu, dann hakte sie sich bei Christian unter und führte ihren Sohn davon.

5

«Psssst», machte Tinchen und legte den Finger an die Lippen. «Er schläft.»

Obwohl Barbara wußte, daß es Unsinn war, betrat sie auf Zehenspitzen das Krankenzimmer ihrer Tochter, während Christian, in der Hand einen riesigen Blumenstrauß, behutsam die Tür hinter sich schloß. Tinchen saß aufgerichtet im Bett und hielt ihr Kind im Arm, einen Jungen, den sie in der Nacht geboren hatte, ganz ohne Komplikationen, und der jetzt, frisch gestillt, mit seinem milchverschmierten Mündchen an ihrer Brust so fest vor sich hin schlummerte, daß kein Lärm dieser Welt ihn in seinen Träumen erreichen konnte. Tinchen streichelte zärtlich seine Stirn, auf der sich eine einsame Locke kringelte, während sie ihre Mutter mit einem Kopfnicken aufforderte, näher zu kommen. Sie sah so glücklich aus wie noch nie in ihrem Leben.

«Ist das nicht das süßeste Baby, das ihr je gesehen habt?»

«Wie könnte es bei *der* Mutter anders sein?» Barbara beugte sich über sie und gab ihr einen Kuß. «Großartig hast du das gemacht! Aber glaubst du, daß wir wirklich flüstern müssen?»

«Natürlich nicht», grinste Tinchen. «Es ist nur einfach so schön, daß ich schon nicht mehr richtig ticke. – Stell die Blumen in die Vase auf der Fensterbank, Christian, und dann komm endlich her, deinen Neffen bewundern. Ach, Mama», sprudelte sie, «ich kann dir gar nicht beschreiben, was das für ein Gefühl ist. Das erste Mal, daß ich im Leben etwas ganz und gar richtig gemacht habe. Nur schade, daß Ingo nicht hiersein kann.» Ein Anflug von Trauer huschte über ihr erschöpftes, strahlendes Gesicht, doch eine Sekunde später leuchteten ihre Augen schon wieder. «Wißt ihr, was er mir am Telefon heute morgen gesagt hat? Haltet euch fest, ihr werdet's nicht glauben!»

«Daß ihr eure Schafe verkauft?» fragte Christian, der trotz der jahrelangen Trennung nach zwei Tagen in Essen mit seiner Schwester schon wieder ein Herz und eine Seele war.

«Nein, was völlig Verrücktes! Er hat mich gefragt, ob ich ihn heiraten will!»

«Und du hast ja gesagt?» Christian schaute seine Schwester prüfend an. «Gib's zu, Verräterin, ich seh es deinen Augen an!»

«Ja, Euer Ehren», sagte Tinchen mit gespielter Zerknirschung. «Ich habe mich hinreißen lassen.»

«Das ist ja wunderbar!» rief Barbara.

«Stellt euch mal vor», plapperte ihre Tochter selig weiter, «jetzt werden Ingo und ich noch ein stinknormales Spießerehepaar, und das alles nur wegen diesem gottverdammten süßen kleinen Hosenscheißer, den ich vor einem halben Jahr am liebsten abgetrieben hätte, weil ich solche Angst vor ihm in meinem Bauch hatte.»

«Darf ich ihn mal auf den Arm nehmen?» fragte Barbara.

«Aber nur, wenn du ihn nicht fallen läßt!»

«Keine Angst, ich mach das nicht zum ersten Mal», lachte sie und hob das Baby in die Luft. «Ein richtiger kleiner Prachtkerl! Findest du nicht auch, Christian?»

«Das kann ich so noch nicht sagen. Dafür muß ich den jungen Mann erst mal inspizieren.» Ohne zu fragen, nahm er seiner Mutter das Baby ab, mit so sicheren Bewegungen wie eine Säuglingsschwester, wie Barbara verwundert feststellte.

«Ich dachte, du könntest Babys nicht leiden?»

«Ich? Keine Babys leiden? Wer hat dir denn den Unsinn erzählt? Willkommen im Leben, du süßer Wicht!» sagte Christian und gab dem Kleinen einen Kuß auf die Stirn. «Und jetzt wollen wir mal sehen, ob du wirklich ein Prachtkerl bist. Da hätten wir also erstens die Nase, ja, wie es sich gehört, mit zwei kleinen Löchlein, dann die Augen, ebenfalls zwei – und siehe da, sogar zwei Ohren! – Tinchen, ich muß dich loben!»

«Prüfung bestanden?»

«Vorausgesetzt, er hat auch noch eine Öffnung zum Pupen! – Aber seht mal», rief er plötzlich aufgeregt. «Er macht die Augen auf und guckt mich an. Und das Gesicht, das er zieht, so ernst und streng wie ein kleiner Volksschullehrer.» Vorsichtig rieb er seine Nase an dem winzigen Näschen des Säuglings, verliebt wie ein frischgebackener Papa. «Mensch, Tinchen, den hast du wirklich prima hingekriegt.»

«Hab mir auch große Mühe gegeben.»

«Aber paß ja auf ihn auf, sonst klau ich dir den noch!»

«Wenn du das tust, ruf ich deinen Honecker an, damit er dich wieder ins Gefängnis steckt.»

«Honecker ist die falsche Adresse, der ist bei uns fürs Jubeln zuständig. Mielke heißt der Chef der Firma, an die du dich wenden mußt. Soll ich dir die Telefonnummer geben?»

«Mit so was macht man keine Witze», sagte Barbara, gleichzeitig glücklich und gerührt, wie ihre Tochter und ihr Sohn miteinander herumalberten.

«Aber sag mal, Bruderherz», fuhr Tinchen fort, «wenn du Babys so gerne hast, warum hast du dir dann noch nicht selbst welche angeschafft? Bist du zu faul dazu, oder dürfen Professoren in eurem komischen Land keine Kinder haben?»

«Du meinst, eigene Kinder?»

Barbara sah, wie sich Christians Miene plötzlich veränderte. Hatte er gerade noch über das ganze Gesicht gestrahlt, wirkte er auf einmal nachdenklich, fast bedrückt.

«Ja, was ist daran so schwer zu kapieren?» fragte Tinchen.

Christian schüttelte nur den Kopf.

«So ein süßes Teil, meine ich, wie du gerade auf dem Arm hältst, aus eigener Produktion. Einen netten kleinen Mini-Professor, Fleisch von deinem Fleische, Blut von deinem ...»

Ihr Baby ersparte ihm die Antwort. Noch während sie sprach, fing der Kleine an zu krähen, urplötzlich und mit solcher Lautstärke, daß Christian ihn seiner Mutter zurückgab, wie ein Paket, das ihm mit einem Mal zu schwer wurde.

«Da, ich glaube, jetzt bist du wieder dran.»

Er versuchte zu lächeln, doch es kam nur ein schiefes Grinsen dabei heraus, und seine Augen zuckten nervös. Barbara spürte, irgend etwas stimmte da nicht. Das war jetzt schon das zweite Mal, daß er merkwürdig auf die Frage nach Kindern reagierte. Was konnte der Grund sein? Daß Christian Kinder mochte, war doch sonnenklar. Warum zum Kuckuck verhielt er sich dann so komisch, wenn man ihn nach Kindern fragte? Als sie sah, mit welcher Zärtlichkeit Tinchen ihr Baby an die Brust legte, wo der Winzling keine Sekunde brauchte, um zu finden, wonach er suchte, mußte sie lächeln. Eine andere Frage, die ihr viel länger auf der Seele lag, kam ihr in den Sinn. Vielleicht war dies der richtige Augenblick, sie zu stellen.

«Was meinst du, Tinchen, jetzt wo du selber ein Kind hast, willst du dir da nicht einen Ruck geben und mit Papa sprechen?»

Das Gesicht ihrer Tochter verhärtete sich. «Ich wüßte nicht, was wir miteinander zu reden hätten.» Scharf und deutlich trat ihre alte Trotzfalte zwischen den Brauen hervor.

«Er würde so gern sein Enkelkind sehen. Kannst du nicht endlich über deinen Schatten springen?»

«Wenn einer über seinen Schatten springen muß, dann er!»

Barbara schaute Tinchen an, doch ihre Tochter wich ihrem Blick aus. Ein beklemmendes Schweigen füllte plötzlich das Zimmer, nur das Baby nuckelte zufrieden weiter. Tinchen widmete sich so demonstrativ ihrem Kind, daß Barbara sich zu ihrem Sohn umdrehte.

«Christian, was sagst du? Bist du nicht auch der Meinung, daß Tinchen und Papa ...»

«Wie? Was für eine Meinung?» fragte er zurück, irritiert und abwesend, als hätte sie ihn aus völlig anderen Gedanken gerissen. «Ich weiß nicht, wovon du gerade redest.»

6

Die restlichen Tage, die Christian noch im Ruhrgebiet verbrachte, waren geprägt von einer Mischung widersprüchlicher Gefühle. Sein Bochumer Vortrag war nur die erste Rate auf den Preis gewesen, den er für seine Ausreisegenehmigung zu zahlen hatte. Jeden Morgen Punkt neun holte Professor Gutbrot ihn ab, schleppte ihn kreuz und quer durchs Land, um ihn auf einem Dutzend Kongressen vorzuführen, stolz wie ein Botaniker, der dem Publikum eine exotische Pflanze präsentiert, die er vom anderen Ende der Welt mitgebracht hat, während Christian nach dem richtigen Namen für das Land suchte, das er auf diese Weise bereiste. War er in der BRD? Im Westen? Drüben? Alle diese Namen erschienen ihm gleichzeitig richtig und falsch.

In den wenigen Stunden, in denen er zur Besinnung kam, fühlte er sich, als wäre er in seinem eigenen Leben zu Gast. Natürlich wohnte er bei Barbara und Alex. Doch gerade in ihrem Bungalow spürte er, daß er nicht wirklich dazugehörte. Seine Mutter hatte das Bett für ihn im Gästezimmer gerichtet; wenn er aufstand, benutzte er die Gästetoilette; im Bad hing sein Handtuch am Gästehaken; und wenn er abends heimkehrte und Alex und Barbara vor dem Fernseher saßen, aus dem ihm Gesichter entgegenflimmerten, die ihm vom West-Fernsehen in seiner Ost-Berliner Wohnung vertrauter waren als die seiner Angehörigen, kam es ihm vor, als wäre der Bildschirm die Wirklichkeit und seine Eltern davor zwei kunstvolle Attrappen.

Dann kam schließlich das Wochenende: zwei Tage frei von Pflichten. Darauf hatte er sich am meisten gefreut, doch jetzt sah er diesen zwei Tagen mit Unbehagen entgegen. Achtundvierzig Stunden, allein mit seinen Eltern ... Barbara schlug vor, einfach zu Hause zu bleiben, damit sie endlich Zeit hatten, miteinander zu reden. Das aber war das letzte, was Christian wollte, sosehr das Gefühl, bei seinen Eltern nur zu Gast zu sein, ihn auch schmerzte, und er war froh, daß Alex ein Ausflugsprogramm vorbereitet hatte, das vom Besuch des Planetariums bis zur Besichtigung des Bergwerksmuseums reichte und sie von morgens bis abends auf Trab hielt. Denn Christian wollte nur noch eins: so schnell wie möglich zurück nach Hause. Dorthin, wo sein eigenes Leben stattfand, das er in Ordnung bringen mußte.

Es war deshalb eine Erlösung, als er nach Ost-Berlin zurückkehrte. Gleich am ersten Morgen rief er im Innenministerium an. Die Sekretärin am Apparat erklärte ihm, daß im laufenden Monat keine Aussicht auf einen Termin bestehe. Er solle sich gedulden.

Es dauerte fünf Wochen, bis er eine Antwort bekam. Und weitere zwei Wochen vergingen, bis er endlich vorsprechen konnte.

Dann, an einem Donnerstag im Juni 1989, stand er vor dem Büro, in dem er sich einfinden sollte. Als er das Namensschild las, fing sein Puls an zu rasen, und eine Minute zögerte er, ob er wirklich eintreten sollte. Wie sollte er sie anreden? Wie würde sie ihn empfangen? Er war nicht nur nervös, er hatte Angst. Schließlich faßte er sich ein Herz und klopfte an. Es war seine einzige Chance.

«Herein!»

Er hatte erwartet, in ein Vorzimmer einzutreten, doch als er die Tür öffnete, stand er ihr bereits gegenüber: einer Frau unbestimmten

Alters von strenger, beinahe abweisender Schönheit, die, das brünette Haar zu einem Knoten zusammengebunden, die Hände auf einer ledernen Unterlage gefaltet, am Schreibtisch saß und ihn mit zwei ungleichen Augen ansah.

«Guten Tag, Elisabeth», sagte Christian und trat ein.

«Bitte nehmen Sie Platz, Professor Reichenbach», antwortete sie und bot ihm einen Stuhl an. «Womit kann ich Ihnen behilflich sein?»

Er registrierte die förmliche Anrede, beschloß aber, sie zu ignorieren. «Kannst du ... kannst du dir das nicht denken? Ich meine, wenn ich mich nach so vielen Jahren bei dir melde.» Er blieb vor ihrem Schreibtisch stehen und wartete, daß sie ihm die Hand reichte. Als er sah, daß sie es nicht tat, nahm er ohne Begrüßung Platz.

«Ich weiß nicht, wovon Sie reden. Außerdem möchte ich Sie bitten, sich an die üblichen Umgangsformen zu halten. Also, was wünschen Sie?»

Christian holte tief Luft. Nein, sie hatte sich nicht verändert. Ihre Augen, ihre Miene, ihr Tonfall – er fühlte sich wie am Tag ihrer ersten Begegnung, als er noch ein Schuljunge war und sie zu entscheiden hatte, ob er in ein Erziehungsheim mußte. Genauso wie damals ruhte dieser Blick auf ihm, prüfend und unnahbar, und genauso wie damals irritierte sie ihn so sehr, daß er ihren Blick kaum erwidern konnte. Welche Gedanken, welche Gefühle verbargen sich hinter diesen Augen? Er wußte nicht, wie er anfangen sollte.

«Nun gut», sagte er schließlich. «Ich will nicht drum rumreden. Ich möchte dich bitten, mir den Namen ... und die Adresse unseres» – er stockte eine Sekunde – «unseres Kindes zu nennen.»

Elisabeth verzog keine Miene. Eine endlos lange Weile schaute sie ihn schweigend an, dann schüttelte sie den Kopf. «Tut mir leid, aber das werde ich nicht tun.»

«Bitte, Elisabeth. Wenn ich vielleicht nicht das Recht habe, dich darum zu bitten – meinst du nicht, daß das Kind ein Recht darauf hat, mich kennenzulernen? Ich ... ich bin immerhin sein Vater.»

„Keineswegs. Sie sind nicht der Vater. Sein Vater ist der Mann, der für das Kind sorgt. Was er übrigens in vorbildlicher Weise tut, seit achtzehn Jahren.»

«Aber das ändert nichts an der Tatsache, daß ich der leibliche Vater bin!» Christian stand von seinem Stuhl auf und zündete sich eine

Zigarette an. «Ich … ich möchte es nur einmal sehen», sagte er dann. «Kannst du das nicht verstehen?»

Elisabeth schloß die Augen, und ein Ausdruck von so tiefer Trauer, wie Christian ihn noch nie an ihr gesehen hatte, legte sich über ihr Gesicht. Als sie die Augen wieder aufschlug, hatte er den Eindruck, daß sie feucht glänzten.

«Doch, Christian», sagte sie, plötzlich mit einer ganz anderen, viel sanfteren Stimme. «Das versteht niemand besser als ich. Aber … du hättest dein Kind damals sehen können, damals und all die vielen Jahre, die seitdem vergangen sind, Tag für Tag. Aber das hast du nicht gewollt.»

Christian trat ans Fenster und schaute hinaus auf die Straße. Elisabeth war die Frau, die er geliebt und bewundert hatte wie keine andere, für die er seine Jugendliebe geopfert und seine Mutter und Familie hintergangen hatte. Die Frau, die er gehaßt und verachtet hatte wie keine andere, weil sie ihn getäuscht und betrogen und alles verraten hatte, woran er glaubte. Die Mutter seines Kindes, von dem er nicht einmal wußte, ob es ein Junge oder ein Mädchen war.

«Ich habe in letzter Zeit viel nachgedacht», sagte er. «Heute weiß ich, daß ich damals einen schweren Fehler gemacht habe. Und manchmal frage ich mich, ob ich nicht anders hätte handeln sollen.»

«Meinst du», fragte sie leise, «du hättest anders handeln *können?*»

Er drehte sich zu ihr um. Ein kleines, kaum sichtbares Lächeln spielte um ihren Mund, ein Lächeln voller Zärtlichkeit und Melancholie. Christian trat zu ihr, und ohne zu überlegen, was er tat, legte er seine Hand auf ihre Schulter.

«Bitte, Elisabeth, sag mir den Namen.»

Er spürte, wie ihr Körper sich entspannte. Sie hob den Kopf und schaute ihn an. Mein Gott, dachte er, sie war immer noch eine wunderschöne Frau, trotz ihres Alters. Zögernd streckte sie die Hand nach ihm aus, als wollte sie ihn berühren. Ihre Züge waren jetzt ganz weich, während sich ihr Mund einen winzigen Spaltbreit öffnete, so daß er zwischen ihren Lippen ihre Zähne schimmern sah. Da klingelte das Telefon auf ihrem Schreibtisch.

Mit einem Ruck fuhr sie herum und nahm den Hörer ab. «Markwitz», sagte sie. Eine Weile hörte sie der quakenden Stimme zu, die aus der Muschel drang. Christian nahm seine Hand von ihrer Schulter und nahm wieder auf seinem Stuhl Platz. «Das geht nicht», sagte sie in das Telefon, «ich möchte jetzt nicht gestört werden. Bitte rufen Sie mich in einer halben Stunde noch mal an.»

Sie legte den Hörer auf die Gabel.

«Darf ich also den Namen wissen, Elisabeth?»

Mit einer kleinen, flüchtigen Bewegung wischte sie sich über die Augen. Dann nahm sie ihre Brille vom Schreibtisch und setzte sie auf. «Nein», sagte sie, nüchtern und sachlich. «Die Entscheidungen, die damals getroffen wurden, sind definitiv. Sie können heute nicht mehr rückgängig gemacht werden.»

«Soll das heißen, du bist nicht bereit …»

«Die rechtliche Lage ist ganz und gar eindeutig, Herr Reichenbach.»

«Aber es geht hier nicht um Paragraphen, es geht um unser Kind!»

«Ich darf Sie darauf hinweisen, daß ich mich strafbar machen würde, wenn ich Ihren Wünschen entspräche. Und Sie sich selbst übrigens auch.»

«Das ist mir scheißegal!» Christian warf seine Zigarette in den Aschenbecher. «Ich will wissen, was für ein Mensch das ist, den du vor mir versteckst.»

«Das hätten Sie sich früher überlegen müssen. Jetzt ist es zu spät!» Während sie sprach, rückte sie ein wenig mit ihrem Stuhl zurück und drückte auf einen Knopf auf ihrem Schreibtisch.

«Elisabeth! Du hast nicht das Recht, mir mein Kind vorzuenthalten.»

«Das ‹Kind› ist ein erwachsener Mensch.»

Hinter Elisabeth ging eine Tür auf, und ein Polizist in Uniform betrat den Raum.

«Genossin Markwitz?»

«Bitte begleiten Sie Professor Reichenbach hinaus. Er möchte gehen.»

Mit ruhigen Schritten kam der Polizist auf ihn zu. Christian trat von dem Schreibtisch zurück, ein Reflex, den allein die Uniform in ihm auslöste. Es war zwecklos, Widerstand zu leisten. Er war in einem Büro des Innenministeriums, er hatte keine Chance. Also wandte er sich ab und ging zur Tür. Bevor er den Raum veließ, drehte er sich noch einmal um.

«Sag mir bitte eins. Ist es ... ein Junge oder ein Mädchen?»

Elisabeth blätterte in einer Akte auf ihrem Schreibtisch. «Ich habe Ihnen mitgeteilt, was ich Ihnen mitteilen konnte», erklärte sie, mit einer Stimme, die keinerlei Gefühl verriet. «Mehr habe ich Ihnen nicht zu sagen.»

7

Fast ein halbes Jahr war seit der Geburt ihres Sohnes Till vergangen, doch Tinchen war noch nicht nach Kreta zurückgeflogen. Eigentlich hatte sie vorgehabt, gleich nach der Entlassung aus dem Krankenhaus zu ihrem Mann heimzukehren. Doch als sich ein paar Tage nach der Entbindung ihre Brust entzündete, beschloß sie, statt sich selbst mit Quarkumschlägen zu behandeln, noch eine Weile in Deutschland zu bleiben, der medizinischen Versorgung wegen. Sie wollte ihren Sohn unbedingt stillen, mindestens sechs Monate lang, damit sie ihn nicht mit künstlichem Milchpulver und Fertigbrei vergiften mußte.

Also zog sie mit Till nach Altena im Sauerland, zu ihrer Freundin Conni, die sie noch aus ihrer Zeit im Internat kannte und die nun als Sozialpädagogin in einer Wohngemeinschaft mit resozialisierten jugendlichen Strafgefangenen lebte. Dankbar und gleichzeitig mit schlechtem Gewissen richtete Tinchen sich in dem Gästezimmer ein, das Conni ihr zur Verfügung stellte. Mit schlechtem Gewissen, weil sie insgeheim wußte, daß die Sorge um ihr Baby nur eine Ausrede war. Till war erstens ein robustes Kind, das auch mit den Produkten der modernen Nahrungsmittelindustrie aufgewachsen wäre, ohne Schaden zu nehmen, und zweitens hätte sie ihn auf Kreta mit Unmengen von Ziegenmilch und selbstangebautem Gemüse füttern können, die garantiert frei von den Schadstoffen der Zivilisation waren.

Nein, ihr wirkliches Problem war ein anderes. Der Aufenthalt in Deutschland hatte ihr vor Augen geführt, was sie tief in ihrem Unterbewußtsein schon lange ahnte, doch um keinen Preis wahrhaben wollte: Sie wußte nicht, wohin sie gehörte. Sie hatte in ihrem ganzen, inzwischen sechsunddreißigjährigen Leben nie eine richtige Heimat gehabt. An Daggelin, das sie mit sieben verlassen hatte, konnte sie sich kaum noch erinnern; dann hatte sie zehn Jahre in Essen gelebt, gefolgt von den Jahren im Internat; und in der Zeit des Studiums, während dem sie so ziemlich jedes Fach ausprobiert hatte, das man nur ausprobieren konnte, von der Medizin über Kunstgeschichte bis zur Ethnologie, ohne ein einziges abzuschließen, hatte sie in mehr als einem Dutzend verschiedener Städte gelebt, nicht nur in Deutschland, sondern auch in Frankreich, Italien und in Amerika. Mit dem Ergebnis, daß sie sich fast überall auf der Welt zu Hause fühlte, doch nirgendwo heimisch.

Das wollte sie ihrem Kind ersparen; Till sollte eine richtige Heimat haben, damit er die Geborgenheit spürte, die Tinchen nie erfahren hatte. Das war der Grund ihrer Unentschlossenheit, die Ursache, warum sie die Rückreise nach Kreta immer weiter hinauszögerte. Ach, obwohl sie es immer und immer wieder beteuerte, als hinge ihr Lebensglück davon ab: In Wahrheit war Griechenland keineswegs das Land ihrer Träume. Kreta war ihr so gleichgültig wie Wanne-Eickel oder Milwaukee. Sie war auf der Insel nur gelandet, weil Ingo dort in einer Öko-Kommune gelebt hatte, als sie noch studierte und glaubte, irgendwann tatsächlich einmal Ärztin oder Lehrerin oder was auch immer zu werden. Als sie dann von der Universität die Nachricht ihrer Zwangsexmatrikulation bekam, schien es ihr die natürlichste Sache der Welt, Ingo nach Kreta zu folgen. Und jetzt hatte sie ihn und die Schafe und Ziegen und noch dazu seine Freunde am Hals, die scharenweise aus Deutschland kamen, um sie für Wochen oder Monate auf ihrem Bauernhof in den Bergen zu besuchen, wo sie jeden Morgen Wasser pumpen und abends, wenn mal wieder der Strom ausfiel, bei Kerzenschein den Abwasch des Tages erledigen mußte.

«Du hast es selbst so gewollt», sagte Barbara. «Was aber nicht heißt, daß du nichts daran ändern kannst. Du kannst dich jeden Tag neu entscheiden.»

Es war ein milder Frühsommertag. Sie saßen auf ihrer Bank am Klusenberg, gegenüber der Burg und mit Blick auf das Tal, an derselben Stelle, wo sie schon gesessen hatten, als Tinchen noch im Internat war. Fast jeden Mittwoch, wenn Barbara nach Altena kam, trafen sie sich hier. Der Fluß, der sich durch das Tal schlängelte, war nicht mehr so braun und trübe wie noch vor Jahren, angeblich lebten sogar wieder Fische darin, doch in Tinchen sah es nicht viel anders aus als damals, trotz ihres Sohnes, der, inzwischen ein richtiger kleiner Hosenmatz, in seinem Kinderwagen saß und, den Schnuller zwischen den halboffenen Lippen, vor sich hin träumte.

«Aber das ist ja genau das Schlimme!» sagte Tinchen. «Ich hab schon viel zu oft alles über den Haufen geschmissen und mich neu entschieden. Und jedesmal für so ziemlich das Dümmste, was gerade möglich war. Darum pinkel ich mir ja vor Angst so ins Hemd, wenn ich mich jetzt wieder entscheiden soll.»

Barbara nahm ihre Hand und lächelte sie an. «Warum machst du es dir eigentlich so schwer? Warum packst du nicht einfach deine Sachen auf Kreta, nimmst Ingo unter den Arm und kommst hierher? Du weißt doch selbst, daß du in Griechenland nichts verloren hast.»

«Wie kommst du dazu, so was zu behaupten?» rief Tinchen. «Auf Kreta leben die Menschen ganz anders als hier, viel freier, viel ehrlicher, und rennen nicht immer nur hinter dem Geld her.» Während sie sprach, merkte sie, daß sie nur ihre alte Platte abspielte. Um irgend etwas zu tun, steckte sie ihrem Sohn den Schnuller, der ihm im Schlaf fast aus dem Mund fiel, wieder zwischen die Lippen. «Ach, Mama», seufzte sie. «Muß ich dir wirklich sagen, warum ich nicht hier leben will?»

«Es ist wegen Papa, nicht wahr?»

Tinchen nickte.

«Was hat er dir eigentlich angetan?» fragte Barbara. «Was ist an deinem Vater so schlimm, daß du ihn nicht sehen willst?»

«Ich ... ich weiß gar nicht, wo ich anfangen soll. Er verkörpert alles, was ich falsch finde und hasse. Erst diese widerliche Nazigeschichte, das Geld von seinem Vater für die KZs, was er immer vertuscht hat, und dann hat er selber auch noch Atomkraftwerke gebaut, ohne sich einen Dreck darum zu kümmern, was er damit für die Menschheit anrichtet.»

«Dein Vater hat sein Leben lang versucht, ein anständiger Kerl zu sein, Tinchen. Vielleicht hat er das nicht immer geschafft, aber er hat es versucht.»

«Das sagst ausgerechnet du? Obwohl er dich mit seiner Sekretärin betrogen hat? Wie in einem billigen Scheiß-Hollywoodfilm?»

«Tinchen, das ist fast zwanzig Jahre her.»

«Nein, Mama. Für mich ist das wie gestern. Du kannst dir nicht vorstellen, was das für ein Schock für mich war. Die einzigen zwei Menschen, die ich hier hatte und die mir immer nur was vorgespielt haben, damit ich nicht merke, was los ist.»

«Dein Vater ist ein Mann, kein Heiliger. Wir waren Jahre getrennt. Und nur damit du es weißt – ich hab ihm längst verziehen.»

«Aber ich nicht! Und ich werde es auch nicht, nie und nimmer! Er ist so verlogen und scheinheilig wie seine ganze Generation. Ein gemeiner, widerlicher Heuchler!» Sie schnappte nach Luft. «Wenn er sich wenigstens zu seinen Fehlern bekannt und sich mit mir auseinandergesetzt hätte, als ich ihn brauchte. Aber was hat er getan? Er hat mich mit Geschenken zugeschmissen, und als das nicht half, hat er mich ins Internat gesteckt – um mich zu *entsorgen*, wie seinen verdammten Atommüll.»

Sie schaute ihre Mutter an, in Erwartung einer heftigen Reaktion. Doch Barbara streichelte einfach nur ihr Gesicht. «Weißt du eigentlich, wie lieb er dich hat und wie sehr er darunter leidet, daß du ihn nicht sehen willst?»

«Ach, hör schon auf», sagte Tinchen und rückte von ihr ab. «Das ist doch alles sentimentaler Quatsch.»

«Du hast jetzt selbst ein Kind, da mußt du ihn doch verstehen. Willst du ihm Till immer noch nicht zeigen?»

«Du sollst mit diesem kitschigen Scheißgerede aufhören.»

Aber Barbara ließ sich nicht beirren. «Ich verrate dir jetzt etwas, was eine Mutter eigentlich nie ihren Kindern sagen darf.»

«Da bin ich aber gespannt.»

«Du bist immer sein Liebling gewesen. Mein Gott, was hat er sich auf dich gefreut, als ich mit dir schwanger war, und erst, als du zur Welt gekommen bist.»

Tinchen schnaubte verächtlich. «Wahrscheinlich, weil ich ein blödes süßes kleines Mädchen war. Väter mögen blöde süße kleine Mädchen, vor allem Machoväter. *Püppchen* hat er mich genannt!»

«Nein, das ist nicht der Grund. Soll ich dir sagen, warum er bis heute so an dir hängt?»

«Wenn du es unbedingt loswerden mußt.»

«Weil du damals, als er aus dem Gefängnis zurückkam, die einzige warst, die Zugang zu ihm fand. Erinnerst du dich noch, wie du ihm um den Hals gefallen bist, als er entlassen wurde?»

«Ich hab ja gesagt, daß ich ein blödes kleines Mädchen war.»

«Und wie froh war er, daß er wenigstens dich hatte, als er in den Westen ging. Ich sehe noch heute, wie ihr Hand in Hand durch das Hoftor davonmarschiert seid, du mit Plum im Arm, der Puppe, die ich dir zum Abschied genäht hatte ... Manchmal denke ich, vielleicht versteht ihr euch nur deshalb nicht, weil ihr euch einfach zu gern habt.»

«Wie bitte? Zu gern? Wir zwei? Daß ich nicht lache!»

«Doch, Tinchen, wenn du ehrlich bist, mußt du zugeben, du hast ihn genauso lieb wie er dich.»

«Komm, Mama», sagte Tinchen und erhob sich von der Bank. «Hören wir auf, darüber zu reden. Außerdem – es ist höchste Zeit, dein Zug geht in einer halben Stunde.»

Es war keineswegs höchste Zeit, bis zum Bahnhof dauerte es keine zwanzig Minuten, und Tinchen wußte das besser als Barbara, aber sie wollte nicht länger hier sitzen bleiben. Sie löste die Bremse des Kinderwagens, und schweigend machten sie sich auf den Weg. Ohne ein Wort zu sagen, liefen sie den Burgberg hinab, durchquerten die schmale Einkaufsstraße, die am Fluß entlang durch die Stadt führte, und gelangten schließlich an den kleinen, mit bunten Kinderbildern bemalten Bahnhof.

Erst auf dem Bahnsteig machte Barbara wieder den Mund auf.

«Willst du es dir nicht überlegen? Und den ersten Schritt machen? Es hat doch eigentlich nie einen wirklichen Grund gegeben, daß ihr so zerstritten seid.»

Tinchen schüttelte den Kopf. «Nein, Mama. Tut mir leid, aber es hat keinen Sinn. Es ist alles schon zu lange so, wie es ist. Jetzt ist es zu spät.» Sie gab Barbara einen Kuß. «Bis nächste Woche.»

Ohne länger zu warten, stieg sie die Treppe zur Unterführung hinab, in der es nach kaltem Urin stank, während auf dem Bahnsteig der Zug angekündigt wurde.

Nein, ihre Mutter konnte sagen, was sie wollte: Tinchen hatte ihre Meinung, und sie blieb dabei. Trotzdem war sie froh, daß sie mit ihr gesprochen hatte. Sie wußte jetzt viel klarer als zuvor, daß sie nicht länger in Deutschland bleiben wollte. Und noch am selben Abend rief sie Ingo an, um ihm zu sagen, daß sie das Ticket für den Rückflug nach Kreta gebucht hatte.

Als sie am nächsten Mittwoch ein letztes Mal zu ihrer Bank ging, war ihr trotzdem mulmig zumute. Ihre Mutter wußte noch nichts von ihrem Entschluß, und ihr in ein paar Minuten mitzuteilen, daß sie sich jetzt wieder Monate oder vielleicht ein ganzes Jahr lang nicht sehen würden, fiel Tinchen schwer. Sie nahm sich vor, nicht lange um den heißen Brei herumzureden und Barbara gleich zur Begrüßung reinen Wein einzuschenken.

Bei der letzten Wegbiegung stutzte sie. Anstelle ihrer Mutter saß auf der Bank ein Mann, ein älterer Herr mit Sommerhut und Sonnenbrille, der ihr den Rücken zugewandt hatte und in die entgegengesetzte Wegrichtung schaute, als würde er von dort jemand erwarten. Tinchen warf einen Blick auf die Uhr. Hatte sie sich verfrüht? Sonst war Barbara doch immer vor ihr da. Plötzlich, der Mann nahm gerade Hut und Brille ab und wischte sich mit dem Handrücken über die Stirn, erkannte sie ihn: Es war ihr Vater.

Im selben Augenblick spürte sie, wie ihr das Blut ins Gesicht schoß. Das hatte ihre Mutter arrangiert! Tinchen hielt den Kinderwagen an, um auf dem Absatz kehrtzumachen. Till erschrak bei der heftigen Bewegung und fing an zu greinen. Jetzt fiel auch noch der Schnuller zu Boden. Sie bückte sich, um ihn aufzuheben – da drehte Alex sich um.

«Tinchen?» fragte er leise.

Er legte Brille und Hut auf die Bank und stand auf. Vorsichtig und zögernd, als würde er sich kaum trauen, kam er auf sie zu, in der Hand ein kleines rotes Knäuel. Sie fühlte, wie ihre Knie zu zittern anfingen. Mein Gott, wie alt war ihr Vater geworden ... Sein Gesicht war voller Falten, doch die Augen hatten immer noch denselben wachen, freundlichen Ausdruck, aus dem gleichzeitig stets auch ein leiser Kummer zu sprechen schien. Plötzlich sah sie sein Bild wieder vor sich, wie er aus der Gefängnistür trat, in einem viel zu weiten Anzug, der ihm um die Knie schlotterte, und mit einem Pappkarton in der Hand. Bevor sie wußte, was sie tat, nahm sie den Kinderwagen und ging ihm entgegen.

Alex blieb stehen und schaute sie an. In der Hand hielt er Plum, ihre alte, zerschlissene Puppe.

«Guten Tag, Papa», sagte sie. «Ich ... ich würde dir gern deinen Enkelsohn zeigen ... Möchtest du ihn kennenlernen?»

«Dadada», brabbelte Till und streckte seine zwei Händchen nach der roten Zottelpuppe mit den grünen Haaren aus.

8

«Du?» fragte Gisela ungläubig. «Was verschafft uns denn *die* Ehre? Ich hoffe, du bist nicht plötzlich krank geworden?»

«Keine Angst, Frau Doktor», sagte Christian, der einfach auf Verdacht, ohne vorherige Anmeldung, an der Wohnungstür seines Bruders geklingelt hatte. «Du weißt doch, Leute wie ich werden grundsätzlich nicht krank. Aber würdest du mich vielleicht reinlassen?»

Sie zögerte eine Sekunde, bevor sie beiseite trat. «Na gut, wenn's unbedingt sein muß.»

Sie gab sich gar keine Mühe, ihren Widerwillen zu verbergen, während Christian in den Wohnungsflur trat. Seit er sie wegen Elisabeth Markwitz verlassen hatte, hatte sie ihn kein einziges Mal mehr angelächelt. Zum Glück sahen sie sich nur alle Jubeljahre. Sie gingen beide jeder Begegnung aus dem Weg, die nicht unbedingt nötig war. Doch heute ließ es sich nicht vermeiden. Christian brauchte seinen Bruder. Obwohl sie nur losen Kontakt hielten, war Werner der einzige Mensch, der ihm weiterhelfen konnte.

«Wolltet ihr nicht diesen Sommer umziehen?» fragte er, um irgend etwas Persönliches zu sagen. «Es war mal die Rede davon, ihr würdet eine Vier-Zimmer-Wohnung kriegen?»

Gisela zuckte nur mit den Schultern. Ihr Anblick tat ihm fast weh. Das harte Gesicht, die lieblose Frisur, das spießige Kostüm: jeder Zoll ein wertvolles Mitglied der sozialistischen Gesellschaft. Wären ihre Farben nicht dieselben wie früher gewesen, er hätte kaum glauben können, daß diese Frau einmal sein Schneewittchen gewesen war. Die Arme vor der Brust verschränkt, musterte sie ihn mit einem mißtrauischen Blick.

«Und, was willst du?»

«Ist Werner da?»

Sie deutete mit dem Kinn in Richtung Wohnzimmer. «Er sieht gerade fern. Warum? Treibt dich die Bruderliebe?»

«Wenn ich ehrlich bin – nicht ganz. Ich brauche seinen Rat.»

«Na, hätte mich auch gewundert, wenn der Herr Professor einfach so gekommen wäre.»

Werner schaltete den Fernseher ein. Die Kinder waren auf einer Geburtstagsfeier und würden erst um neun nach Hause kommen. Also konnte er in Ruhe Nachrichten schauen. Er bekam zwar immer noch ein schlechtes Gewissen, wenn die Fanfare der *Tagesschau* ertönte, aber was blieb ihm anderes übrig?

Die Bilder, die ihm aus dem Kasten entgegenflimmerten, waren mal wieder zum Gruseln. Seit Monaten ging das jetzt so: Eine Katastrophe jagte die andere, die ganze Welt, wie er sie kannte, spielte verrückt und geriet jeden Tag weiter außer Rand und Band. Gorbatschow besuchte die BRD, und der Klassenfeind jubelte dem Generalsekretär der KPdSU zu, als wäre er der Messias; in Polen fanden Parlamentswahlen statt, zu denen sogar Politiker der Opposition zugelassen waren; und in Ost-Berlin, der Hauptstadt der DDR, zogen Tausende von Menschen durch die Straßen und krakeelten, die Ergebnisse der letzten Kommunalwahl wären manipuliert ... Werner schenkte sich ein Glas Bier ein und nahm einen langen, tiefen Schluck. Die Scheiße, die sich da zusammenbraute, kochte noch viel schneller und mächtiger hoch, als er in seinen schlimmsten Alpträumen befürchtet hatte.

Plötzlich hörte er Stimmen auf dem Flur. Nanu, Besuch am Samstagabend? Wie ein Blitz sprang er auf und wechselte das Programm. Mit einem bezaubernden Lächeln, das nichts von den Katastrophen dieser Welt ahnen ließ, kündigte die Fernsehansagerin *Ein Kessel Buntes* an, als die Wohnzimmertür aufging.

«Hallo, Werner.»

«Christian?» Der hatte ihm gerade noch gefehlt!

«Du wunderst dich wahrscheinlich, daß ich plötzlich hier so aufkreuze, aber ich habe ein Problem.»

«Du? Die Zierde der Humboldt-Universität? Ein Problem?»

«Ja, und vielleicht kannst du mir helfen.» Umständlich setzte Christian sich auf einen Stuhl. «Ich … ich habe vor vielen Jahren eine Riesendummheit angestellt.»

«Eine? Bist du sicher, daß es nicht vielleicht zwei waren?»

«Ich war damals mit einer Frau zusammen, und sie hat, wie soll ich sagen …»

«… ein Kind von dir bekommen», ergänzte Werner den Satz, froh, daß Christians Problem wenigstens nichts mit Politik zu tun hatte. «Das ist typisch für dich, einer Frau ein Kind machen, ohne sie zu heiraten. Darf man fragen, wer die Glückliche ist?»

«Das tut nichts zur Sache. Es geht um das Kind, es wird in diesem Jahr achtzehn, und – ich möchte es kennenlernen.» Er stockte, bevor er weitersprach. «Kannst du mir helfen, es zu finden?»

«Ich? Bin ich das Einwohnermeldeamt?»

«Bitte, Werner, die Sache ist mir ernst. Die Mutter ist eine hohe Parteifunktionärin, und ich dachte, in deiner Position, und mit deinen Verbindungen, ob du vielleicht Nachforschungen für mich anstellen kannst.»

Werner zuckte zusammen. Also doch was Politisches! Im Fernsehen trällerte ein blondes Mädchen ein kleines dummes Liebeslied in ihr Mikrofon. Er stand auf und stellte den Apparat lauter. Man konnte nie wissen, wer sonst noch zuhörte.

«Wie kommst du eigentlich dazu», zischte er Christian an, «mir so eine Frage zu stellen? Weißt du nicht, was du mir damit zumutest?»

«Ich dachte, du könntest vielleicht was herausbekommen. Du hast doch sicher Zugang zu den entsprechenden Archiven und …»

«Du dachtest, du dachtest, du dachtest! Immer denkst du dir irgendwas zusammen, wie es dir in den Kram paßt. Nur, was das für andere bedeutet, daran denkst du nicht! Hauptsache, dir geht es gut! Hauptsache, du bist aus dem Schneider! Hauptsache, du hast keine Probleme!»

«Hast du noch alle Tassen im Schrank? Ich hab doch nur gefragt, ob du …»

«Mir geht selbst der Arsch mit Grundeis, mein Lieber! Ich habe letzten Monat meine Beförderung zum Oberst ausgeschlagen, und jetzt machen sie mir die Hölle heiß. Wenn ich mir jetzt irgend etwas zuschulden kommen lasse, auch nur den allerkleinsten Fehler, bin ich erledigt, im Eimer, weg vom Fenster!»

«Was hast du? Eine Beförderung ausgeschlagen? Weshalb denn das?»

«Weil ich keine Lust habe, solche Scheißkerle wie dich zusammenzuprügeln, die mit ihren gottverdammten Demonstrationen alles zerstören, was wir in diesem Land aufgebaut haben. Weil ich keine Lust habe, am vierzigsten Jahrestag der Republik auf meine Landsleute zu schießen. Darum! Aber wenn ich dich ansehe, kommen mir verfluchte Zweifel, ob ich nicht einen Riesenfehler gemacht habe.» Werner beugte sich über seinen Bruder und sah ihm in die Augen. «Immer wenn du auftauchst, kriege ich Schwierigkeiten, mein ganzes beklopptes Leben lang. Und jetzt verlangst du von mir, daß ich einem hohen Tier hinterherschnüffle und riskiere, daß sie mich endgültig zum Teufel jagen. Nur weil du vor einer Ewigkeit einen nervösen Pinsel hattest und nicht wußtest, wohin damit. Was bildest du dir eigentlich ein, du aufgeblasener, widerlicher Egoist?»

Werner war so in Rage, daß er nicht mehr weitersprechen konnte. Mein Gott, was hatte er verbrochen, daß er mit diesem Bruder geschlagen war? Warum konnte Christian nicht einfach aus seinem Leben verschwinden? – Mit einem Schnauben wandte er sich ab. Ach was! Was regte er sich überhaupt so auf? Das war der Drecksack gar nicht wert! Auf dem Bildschirm bedankte sich gerade die Blondine mit einem Knicks für den Applaus. Er starrte sie an, ohne sie wahrzunehmen. Wütend stellte er den Kasten aus.

«Ja, du hast recht», sagte Christian in die plötzliche Stille hinein.

Werner fuhr herum. «Wie bitte?!»

«Ich sagte, du hast recht. Ich hätte nicht herkommen sollen.»

«Was soll das jetzt wieder? Worauf willst du hinaus? Klär mich bitte auf, ich bin zu dumm! Oder ist das wieder eine von deinen Provokationen?»

Christian schüttelte den Kopf und stand auf. «Nein, keine Provokation, Bruderherz. Ich habe nur kapiert, daß ich zuviel von dir verlange.»

Werner fiel plötzlich auf, wie sehr sich sein Bruder verändert hatte. Resigniert und erschöpft wirkte er, von dem alten Strahlemann war nicht mehr viel übriggeblieben.

«Und», fragte er, «was hast du jetzt vor?»

«Zerbrich dir nicht meinen Kopf. Mir ... mir wird schon was einfallen.»

Christian lächelte ihn an, doch sein Lächeln ging in dem nervösen Zucken unter, mit dem er die Augen zusammenkniff. Der Anblick versetzte Werner einen Stich. Er wußte nur zu gut, seit wann sein Bruder an diesem Tick litt: seit er aus dem Gefängnis entlassen worden war. Und in derselben Sekunde wußte Werner auch, weshalb er sich jedesmal so aufregte und die Beherrschung verlor, wenn er mit Christian zusammen war: wegen seiner eigenen Schuld, wegen des Verrats, der immer noch auf seinem Gewissen lastete. Um seine Karriere zu retten, hatte er seinen Bruder an die Stasi ausgeliefert. Plötzlich empfand Werner nur noch bodenlose Scham.

Christian ging zur Tür.

«Einen Moment!»

Die Klinke schon in der Hand, drehte Christian sich um. «Ja?»

«Also», räusperte sich Werner, «wenn ich etwas für dich rauskriegen soll, mußt du mir wenigstens den Namen sagen.»

«Wie? Soll das heißen, du willst mir trotzdem helfen?»

«Ich dachte immer, du wärst der Intelligente von uns beiden. Ich brauche den Namen der Mutter. Ohne den kann ich keine Nachforschungen anstellen.»

«Meinst du das wirklich? Im Ernst?»

«Quatsch jetzt nicht rum, sag mir lieber ihren Namen.»

Christian ließ die Türklinke los und schaute ihn an. «Du kennst sie, schon genauso lange wie ich.» Er machte eine Pause, bevor er den Namen aussprach. «Es handelt sich um eine verdiente Genossin – Elisabeth Markwitz.»

Die nächsten Tage verbrachte Christian in so aufgeregter Erwartung, daß er kaum fähig zur Arbeit war. Dann, nach einer Woche, traf er sich mit seinem Bruder auf dem Alexanderplatz, unter der großen Weltzeituhr. Werner hatte den Treffpunkt vorgeschlagen; er wollte Christian persönlich sprechen, Telefon und Post waren ihm zu gefährlich.

«Und – hast du etwas rausgefunden?»

Werner schüttelte den Kopf. «Tut mir leid. So gut wie nichts. Nur eins.»

«Ja?»

«Sie hat das Kind unmittelbar nach der Geburt zur Adoption freigegeben.»

«Das ist alles?»

«Ja, leider.»

«Aber das kann doch nicht sein! Es muß doch Hinweise auf die neuen Eltern geben! Irgendwelche Urkunden, die den Vorgang belegen?»

«Nein, nichts. Sie hat alle Spuren verwischt. Sie weiß, wie man so was macht.»

«Das heißt, ich habe keine Chance, mein Kind je kennenzulernen?»

«Die einzige Person, die etwas über seine Identität weiß, ist die Markwitz selbst. Aber wenn sie nichts sagt ...» Werner zuckte hilflos die Schultern. «Glaub mir, ich hab getan, was ich konnte.»

Die Enttäuschung, die Christian bei den Worten seines Bruders befiel, war noch größer als die Erwartung, mit der er zu der Verabredung gekommen war. «Dann habe ich nur noch eine Wahl», sagte er. «Ich muß sie unter Druck setzen.»

«Druck? Auf gar keinen Fall! Die Bonzen sind im Moment alle übernervös und kennen kein Pardon!»

«Und ich habe auch schon eine Idee ...» Christian reichte Werner die Hand. «Ich danke dir, daß du das für mich riskiert hast, aber ich muß jetzt los.»

«Nicht, bleib da! Sag mir erst, was du vorhast!»

«Später, Bruderherz», erwiderte Christian und ließ Werner stehen.

«Um Himmels willen, ich flehe dich an! Mach ja keinen Scheiß!»

9

Die *Traube* war ein Lokal so ganz nach dem Geschmack von Dr. Karl-Heinz Luschnat. Am unteren Ende der Rheinpromenade von Königswinter gelegen, verbarg sich die Weinstube nebst angeschlossener Restauration in einem kleinen, unscheinbaren Fachwerkhaus, in deren holzgetäfelten Räumen man ebenso elegant wie diskret speisen konnte. Wie oft hatte er sich hier, in der guten alten Zeit des kalten Krieges, mit Oberst Jukureit getroffen. Daß er mit seinem alten Freund und Widerpart keine Geschäfte mehr machen konnte, die sowohl die Schicksale kleiner Menschenkinder als auch den Gang der großen Menschheitsgeschichte in seine, Karl-Heinz Luschnats Richtung lenkten, erfüllte ihn auch heute noch, zehn Jahre nach seiner Verabschiedung in den Ruhestand, mit Wehmut. Nun ja, immerhin hatte er noch sein privates Kuratorium, das allerdings nicht mehr als *Kuratorium SBZ* firmierte, sondern unter dem zeitgemäßeren Namen *Menschenrechte jetzt!*.

«Sie wünschen bitte?»

Er hatte kaum Platz genommen, da lächelte ihn eine Kellnerin an, ein kleines appetitliches Luderchen von vielleicht zwanzig Jahren, mit blonden Locken und üppigen Formen, wie Luschnat sie mochte. Ach, früher, als er noch im Saft stand, wäre ihm auf ihre Frage eine ganze Menge eingefallen. Doch nun, mit fünfundsiebzig Jahren, begnügte er sich damit, eine Flasche Bordeaux in Auftrag zu geben.

Während sie mit seiner Bestellung davonstöckelte, schaute er auf den Rhein hinaus, der sich breit und faul in der Mittagssonne dieses heißen Augusttages durch das Tal wälzte, und tupfte sich mit seinem Taschentuch den Schweiß von der Stirn.

«Herr Dr. Luschnat?»

«Ah, da sind Sie ja schon, Reichenbach!» Luschnat stand auf, um Alex zu begrüßen. «So lange nicht gesehen, und doch wiedererkannt!»

Die appetitliche Kellnerin kam mit dem Wein und der Speisekarte zurück. Während er die Menüauswahl überflog, beobachtete Luschnat über den Rand seiner Karte sein Gegenüber. Ob Reichenbach inzwischen wußte, wem er das Ende seiner Karriere als Direktor der Westphal AG zu verdanken hatte, und ahnte, wer damals die Zeitungen mit der interessanten Geschichte einer gewissen Dresdener Privatbank versorgt hatte? War das der Grund, weshalb er mit ihm sprechen wollte? Doch sosehr ihm die Frage auf den Nägeln brannte, hielt Luschnat sich zurück. Bei Geschäftsessen hatte er immer eine goldene Regel befolgt und war gut damit gefahren: keine wichtigen Themen vor dem Cognac!

«Ich nehme eine Consommé und dann den Filettopf», sagte Alex und klappte die Karte zu.

«Gute Idee», sagte Luschnat. «Das nehme ich auch.»

Während sie bei Vorspeise und Hauptgang über Gott und die Welt sprachen, ließ Luschnat Alex nicht aus den Augen. Nein, er hatte nicht den Eindruck, daß Reichenbach im Bilde war. Der Sterngucker war die Arglosigkeit in Person, für so was hatte er ein Gespür. Aber wenn er ihn nicht zur Rede stellen wollte, was wollte er dann? Nie wurde man schlau aus dem Kerl! Wenn Luschnat daran dachte, daß die Frau dieses Kerls ihm mal fast die Eier weggeschossen hatte, packte ihn immer noch die Wut.

Endlich servierte die Kellnerin den Cognac.

«Nun, Reichenbach, was haben Sie auf dem Herzen?» fragte Luschnat, während er sich eine Zigarre ansteckte. «Ich nehme an, Sie haben mich nicht angerufen, um bloß mit mir über das Wetter zu plaudern?»

«Nun», räusperte sich Alex, «es handelt sich um eine etwas heikle Mission, und ich weiß nicht genau, wo ich anfangen soll.»

«Dann lassen Sie mich einen Vorschlag machen: am Anfang!»

Alex nippte an seinem Cognac. «Sie wissen vielleicht, daß mein ältester Sohn in der DDR lebt.»

«Der berühmte Professor? Natürlich! Habe erst vor ein paar Monaten von ihm in der Zeitung gelesen. Hat er nicht Vortrage hier gehalten? Über russische Maler?»

«Lyriker.» Alex stellte sein Glas ab und blickte Luschnat in die Augen. «Mein Sohn hat mir Informationen über Vorfälle in der DDR zukommen lassen, die für Ihre Organisation vielleicht von Bedeutung sind.»

«Vorfälle? In der DDR?» Interessiert hob Luschnat die Brauen. «Sie meinen, Verstöße gegen die Menschenrechte?»

«Schlimmer. Zwangsadoptionen.»

«Wie darf ich das verstehen?»

«Kinder von Dissidenten, die ihren Eltern entzogen und ohne deren Einwilligung von zuverlässigen Parteigenossen adoptiert werden.»

Luschnat pfiff leise zwischen den Zähnen. «Mein lieber Mann, das sind ja ganz schwere Geschütze ... Wissen Sie auch, welche Behörden oder Organisationen für diese Schweinerei verantwortlich sind?»

«Da muß ich passen. Die Institutionen sind mir nicht bekannt.»

«Schade. Hätte meine Aufgabe kolossal erleichtert.»

«Aber einen Namen kann ich Ihnen nennen.»

«Einen Namen?»

«Ja, der Person, die nach Auskunft meines Sohnes die Adoptionen organisiert.»

«Sehr interessant.» Luschnat zog einen Kugelschreiber und ein Notizheft aus seiner Brusttasche. «Ich notiere.»

«Elisabeth Markwitz.»

Bei dem Namen fiel ihm fast der Stift aus der Hand. «Sie meinen, *die* Elisabeth Markwitz? Die früher im Gutsbetrieb Ihres Schwiegervaters gearbeitet hat?»

Alex nickte. «Sie erinnern sich noch an sie?»

«Erinnern ist übertrieben», log Luschnat. «Wie sie aussah, weiß ich nicht mehr. Aber wenn es um Namen geht, habe ich ein Gedächtnis wie ein Elefant.»

Er mußte sich beherrschen, um nicht über das ganze Gesicht zu strahlen. Die Markwitz war doch die Halbschwester von Barbara, und außerdem hatte sie mal was mit deren Sohn Christian gehabt, wie er von Jukureit wußte ... Meine Fresse, das war ja eine Überraschung, ein richtiges *dessert surprise!* Unwillkürlich leckte er sich die Lippen. Es war doch eine wunderbare Befriedigung, wenn man auch im Alter noch die Chance hatte, das Schicksal ein wenig zu korrigieren. Jetzt brauchte er nur noch den richtigen Zeitpunkt abzuwarten.

«Doch eine Bitte», sagte Alex.

«Und die wäre, lieber Herr Reichenbach?»

«Daß Sie die Informationen vorläufig vertraulich behandeln, im Interesse der Kinder. Darauf müssen wir vor allem Rücksicht nehmen. Mein Sohn wird uns ein Signal geben, wann wir damit an die Öffentlichkeit gehen müssen, um ihnen zu helfen.»

«Ich verstehe.» Luschnat beugte sich über den Tisch und drückte Alex die Hand. «Sie können sich voll und ganz auf mich verlassen – Ehrensache!» Dann schnippte er der vorbeieilenden Kellnerin zu. «Fräulein? Die Rechnung!»

10

«Bist du total durchgedreht?»

«Jetzt halt doch mal die Klappe! Genscher gibt jeden Moment eine Erklärung ab!»

Es war der 30. September 1989. An diesem Montagabend war Werner, direkt vom Dienst und noch in Uniform, bei Christian hereingeplatzt. Der aber ließ sich von seinem aufgeregt hin und her marschierenden Bruder nicht im geringsten ablenken. Wie gebannt saß er vor dem Fernseher und verfolgte die Bilder von der BRD-Botschaft in Prag, wo eine riesige Menschenmenge sich in der Dunkelheit eines Parks drängte, Tausende von Frauen und Männern, Kindern und Greisen, die aus der DDR geflohen waren und hier verzweifelt Zuflucht suchten. Alle Augen waren auf den schwach erleuchteten Balkon des Palais Lobkowicz gerichtet, auf dem gerade der westdeutsche Außenminister ins Freie trat. Während ihm ein Mikrofon vorgehalten wurde, verebbte das Stimmengewirr; die Spannung wuchs so sehr, daß sich die Hoffnungen und Ängste der dort ausharrenden Menschen auf gespenstische Weise in Christians Wohnung übertrugen, als wären ihre Empfindungen die seinen. Was würde Genscher ihnen sagen? Mußten sie zurück in ihre Heimat oder waren sie endlich dort angelangt, wohin sie sich sehnten – in der Freiheit? Der Minister hatte noch keine fünf Worte gesprochen, als ein ohrenbetäubender Jubel losbrach.

«Kannst du nicht endlich den verdammten Kasten abstellen?»

«Bist du verrückt? Ausgerechnet jetzt? Hast du nicht gehört, was er gesagt hat?» Christian hielt es nicht mehr auf seinem Stuhl. «Freies Geleit! Sie dürfen die Botschaft verlassen und in die BRD ausreisen!»

«Das weiß ich schon seit ein paar Stunden», erwiderte sein Bruder beiläufig.

Christian packte ihn am Uniformrock und schüttelte ihn. «Ja, kapierst du denn nicht, was das heißt? Das ist das Ende, Werner! Der ganze faule Zauber ist geplatzt! Aus und vorbei!»

«Ja, vielleicht», nickte Werner. «Aber noch haben wir nicht zwölf, sondern erst fünf vor. Und bis es zwölf ist, lassen sie noch ein paar mit über die Klinge springen. – Zum Beispiel dich!» Er machte sich von seinem Bruder los und stellte den Ton ab; auf der Mattscheibe vollführten die Menschen einen stummen, grotesken Freudentanz. «Wer hat dir nur in dein gottverdammtes Gehirn geschissen?»

«Wie? Was redest du da?»

«Das weißt du ganz genau! Eine solche Geschichte in den Westen zu lancieren, wo hier alles explodiert. Bist du vollkommen verrückt geworden?»

«Jetzt sag mir endlich, was du meinst!»

«Die Adoptionsgeschichte natürlich! Mein Gott, wie kann man nur so größenwahnsinnig sein? Aber das war schon immer dein Fehler. Du unterschätzt deine Gegner. Weil du glaubst, du bist der einzige intelligente Mensch auf der Welt.»

Die plötzliche Eröffnung verschlug Christian für eine Sekunde die Sprache. «Wie ... wie hast du davon erfahren?»

«Das spielt jetzt keine Rolle.» Werner legte ihm die Hand auf die Schulter. «Du mußt raus hier, Christian! Noch diese Nacht! Morgen früh werden sie dich verhaften!»

«Verhaften? Mich?»

Christian schloß die Augen. Es war fast zwei Jahrzehnte her, daß man ihn zu fünfeinhalb Jahren Haft verurteilt hatte, aber nie würde er die dreihundertzweiundachtzig Tage vergessen, die er davon hatte verbüßen müssen. Sie hatten sich die schlimmste Strafe ausgesucht, die es für ihn geben konnte: Einsamkeit. Dreihundertzweiundachtzig Tage, in denen er kaum ein menschliches Wesen länger als eine Minute zu Gesicht bekam. Dreimal am Tag brachte der Kalfaktor ihm sein Essen, wortlos, ohne Blickkontakt, während ein Wärter, der meistens unsichtbar blieb, die Tür öffnete und wieder verschloß. Nicht einmal während der Freistunden traf er eine Menschenseele, mit der er hätte reden können. Eine halbe Stunde am Tag durfte er Gymnastik machen, ansonsten gab es nur die immer gleiche, ödend langweilige Arbeit in seiner Zelle: Maschinenschrauben mit Federringen und Unterlegscheiben versehen, viertausenddreihundertsechzehn Stück pro Tag, so seine Norm, tagein, tagaus. Und dann, unmittelbar vor seiner Entlassung, als hätte sie die Wut gepackt, daß er nicht für immer bei ihnen blieb, oder auch als Einschüchterung, um ihn für die Zukunft zu warnen – er wußte bis heute nicht den Grund dafür, sowenig wie für die dann so plötzliche vorzeitige Entlassung –, steckten sie ihn in den «Käfig», wo durch den Raum ein Gitter lief, das die Fläche, auf der er sich bewegen konnte, auf drei Quadratmeter reduzierte und ihn sogar von der Kloschüssel absperrte, so daß er noch in seiner Notdurft der Willkür seiner unsichtbaren Bewacher ausgesetzt war. Geschlagen hatte ihn niemand, aber seit dieser Woche im «Käfig» zuckte sein Auge, hatte er die Kontrolle über seine Mimik, über sein Gesicht verloren. Und er wußte: Ein zweites Mal würde er diese leidenschaftslose, ja korrekte und ebendarum so zermürbende Folter nicht überstehen.

Er öffnete die Augen und schaute seinen Bruder an. «Was ... soll ich tun?»

Werner schien ebenso ratlos wie er. Mit ernstem Gesicht starrte er auf den stumm flimmernden Bildschirm, der immer noch die Bilder der jubelnden Menschen aus Prag übertrug, als müßte er nachdenken oder als wüßte er nicht, ob er wirklich aussprechen sollte, woran er gerade dachte. Dann endlich faßte er einen Entschluß, und mit einem Ruck drehte er sich zu Christian um.

«Hör zu», sagte er. «Wenn du mich fragst, gibt es nur eine Möglichkeit ...»

II

«Bilde dir ja nicht ein, daß ich das für *dich* tue! Wenn ich hier Kopf und Kragen riskiere, dann nur, damit Werner es nicht muß!»

Gisela saß am Steuer ihres alten Wolga, in eisiges Schweigen gehüllt, während sie immer wieder mit dem Fuß vom Gas ging, aus Angst vor einer Verkehrsstreife, um nicht die Höchstgeschwindigkeit auf der holprigen Landstraße zu überschreiten, die wie ein silbrig schimmerndes Band durch die in nächtlichem Dunkel liegenden Felder führte.

Vor einer Stunde hatte sie Christian am Prenzlauer Berg aufgelesen, nicht weit vom *Café Prisma* entfernt, in dem sie als Studenten so oft mit Freunden zusammen gesessen hatten. Werner hatte die Flucht geplant und alles arrangiert; Christian sollte auf einen der Sonderzüge der Reichsbahn aufspringen, die die Botschaftsflüchtlinge aus Prag und Warschau in dieser Nacht über das Gebiet der DDR in die Bundesrepublik bringen würden. Diese Form der Ausreise, so hatte Werner in Erfahrung gebracht, war die Lösung des Problems, die die beiden deutschen Regierungen miteinander vereinbart hatten: ein «humanitärer Akt», um die unhaltbaren Zustände in den Botschaften zu beenden, wo angeblich Seuchengefahr drohte.

«Fieberst du schon deinem Paradies entgegen?»

«Paradies?»

«Der goldene Westen! Das Reich der Freiheit! Daß ausgerechnet ich dir beim Rübermachen helfen muß. Aber du wirst dich noch umschauen, wenn du erst drüben bist.»

Christian gab keine Antwort. Nein, nach Paradies war ihm nicht zumute, dafür fühlte er sich viel zu erbärmlich. Jetzt, um fünf vor zwölf, da der Arbeiter-und-Bauern-Staat seinen großen Offenbarungseid leistete, vor der Welt und der Geschichte, leistete er seinen kleinen privaten und tat nun doch, was er niemals hatte tun wollen: Er lief davon. Hals über Kopf war er aufgebrochen, nur mit den Kleidern am Leib und seinen Ausweispapieren. Während draußen die schwarze Landschaft vorüberrauschte, erinnerte er sich, wie er schon einmal drauf und dran gewesen war, dieses Land zu verlassen. Er selbst hatte im letzten Moment die Ausreise vereitelt. Wegen Gisela, die er damals so sehr geliebt hatte, daß er sich nicht von ihr hatte trennen können, und die ihm jetzt die Flucht ermöglichte.

Als würde sie ahnen, was in ihm vorging, sagte sie: «Es wäre besser gewesen, du wärst schon viel früher gegangen. Und noch besser, ich hätte dich nie kennengelernt, sondern nur deinen Bruder.» Christian drehte sich zu ihr um. Ohne seinen Blick zu erwidern, schaute sie durch die Windschutzscheibe, hinaus in den Lichtkegel, der die Straße erhellte, und mit einer Stimme, die so traurig klang, daß es Christian den Hals zuschnürte, fuhr sie fort: «Werner und ich, ich glaube, wenn wir allein gewesen wären, wir hätten glücklich werden können … Aber zusammen mit dir? Du hast immer zwischen uns gestanden, wie ein großes Fragezeichen. Weil du immer anders warst.

Anders als die anderen, und anders, als es richtig ist. Werner hatte nie eine wirkliche Chance, und das ... das ist nicht fair.»

«Nicht fair?»

«Nein, nicht fair. Er hätte eine Chance verdient gehabt. – Aber ich glaube», unterbrach sie sich plötzlich, «wir sind da.»

Sie hielten an einer einsamen Straßenkreuzung, irgendwo hinter Brandenburg. Nur einen Steinwurf entfernt sah Christian eine Böschung und einen Bahndamm, der über eine Flußbrücke führte. Dahinter, jenseits des Scheinwerferlichts, verlor sich die Welt in grenzenloser Finsternis.

«Hier?» fragte er.

«Ja, das muß die Stelle sein. Das Bahnwärterhäuschen und die Brücke. Da verlangsamt der Zug die Fahrt, hat Werner gesagt, da kannst du aufspringen.»

Christian streckte ihr die Hand hin. «Dann ... dann müssen wir uns jetzt also verabschieden?» Er wartete, daß sie seine Hand nahm. Er hatte noch eine letzte Frage, und es würde ihm leichter fallen, sie zu stellen, wenn sie sich berührten. Aber Gisela nahm seine Hand nicht. «Bin ich ... bin ich in deinem Leben wirklich nur eine einzige Katastrophe gewesen?»

Sie erwiderte stumm seinen Blick. In ihren Augen schimmerte es feucht. Christian schluckte.

«Vielleicht», sagte er leise, «schafft ihr ja einen neuen Anfang, wenn ich weg bin. Ich ... ich wünsche euch viel Glück, wirklich.»

Statt einer Antwort schlang sie ihre Arme um seinen Hals und küßte ihn. Für eine endlos währende Sekunde schien die Vergangenheit aufgehoben, kehrten sie zurück in die kleine, kalte, von einem bullernden Kanonenofen aufgewärmte Fischerhütte am Karpfenteich, und er vergaß die Welt rings um sich her, seine Flucht, die Gefahr, um nur noch ihren Atem, ihre Lippen, ihre Zunge zu spüren. Und während sie sich küßten, stieg eine Ahnung in ihm auf, mit immer größerer Deutlichkeit, wie die Buchstaben einer unsichtbaren, mit Geheimtinte geschriebenen Schrift, die sich erst über der Flamme einer Kerze zeigen, eine alte, einfache und doch für so viele Jahre vergessene Gewißheit: daß dies die Frau seines Lebens war, die Frau, nach der er immer gesucht und sich gesehnt hatte, mit der er alles Glück und Unglück hätte teilen dürfen, teilen müssen, wäre es nur nach dem Schicksal gegangen, doch die sich nun, weil er sie verraten und verlassen hatte, an der Seite seines Bruders, in einem grauen, einförmigen, von Pflichten bestimmten Leben, einfach selber verloren hatte.

«Schneewittchen», flüsterte er.

«Ja, Christian?»

«Ich kann dir gar nicht sagen, was für ein Idiot ich damals gewesen bin. Ich wollte, du und ich, wir könnten noch einmal ...»

Gisela schüttelte den Kopf. «Machen wir uns nichts vor. Wenn es damals nicht passiert wäre, dann ein andermal. Du bist, wie du bist.» Sie löste sich aus der Umarmung und strich sich das Haar glatt. «Du mußt los, Christian, der Zug kann jeden Augenblick kommen.»

«Ich danke dir, für alles, was du für mich getan hast.» Er streichelte ihre Wange und küßte sie auf die Stirn. «Und ... ich bitte dich um Verzeihung.»

«Hör jetzt auf, bitte. Es hat keinen Zweck.» Sie beugte sich über ihn und stieß die Beifahrertür auf. «Los, hau endlich ab, sonst kommst du noch zu spät.»

Es war keine Sekunde zu früh. In der Ferne, noch so klein wie drei Glühwürmchen, tauchten die Lichter einer herannahenden Lokomotive auf. Christian blickte auf die Uhr: Zwanzig nach drei, das mußte der Zug sein. Er lächelte Schneewittchen noch einmal zu, dann sprang er aus dem Wagen und lief hinaus in die dunkle Nacht.

Er hörte, wie das Auto davonfuhr. Ohne sich umzudrehen, in geduckter Haltung, als würde er, von unsichtbaren Augen beobachtet, die von unsichtbaren Wachttürmen in die Finsternis spähten, sich der Staatsgrenze nähern, stolperte er über den gepflügten Acker. Ein feiner, kühler Nachtwind wehte ihm entgegen, der das Signal der Lokomotive herübertrug. Eine Hecke verdeckte ihm die Sicht; er sprang über einen Graben, dann sah er wieder die Lichter: Sie kamen mit jeder Sekunde näher. Sein Herz fing an zu rasen. In einer Minute würde der Zug die Brücke passieren, und in dieser einen Minute würde sich alles entscheiden.

Plötzlich spürte Christian, daß er nicht allein war. Vor ihm begann es sich im Gebüsch zu bewegen, zwei, drei, fünf geduckte Gestalten wie er, ein halbes, ein ganzes Dutzend, sie wurden immer mehr, krochen die Böschung hinauf, auf den Bahndamm zu, wie Hobos in den Abenteuerromanen von Jack London. Christian begriff sofort: Sie wollten fliehen wie er. Und im gleichen Augenblick überkam ihn Angst, vermischt mit einer instinktiven, aggressiven Rivalität: Nur ein paar von ihnen würden es schaffen.

Wieder ertönte ein Signal. Christian blickte auf. Die Lokomotive war nur noch ein paar hundert Meter entfernt, wie ein Drache wuchs sie heran, größer und größer ragte sie in der Dunkelheit auf, mit gleißenden Lichtern, als wolle sie ihn blenden. Ohne zu überlegen, drehte Christian sich um, in die Fahrtrichtung des Zuges, begann zu rennen, versuchte, einen Rhythmus zu finden, um in dem Moment, in dem die Waggons passierten, schnell genug zu laufen und doch nicht zu schnell, gerade im richtigen Tempo, damit er aufspringen konnte und gleichzeitig die Kontrolle über seine Bewegungen behielt. Mit immer lauterem Getöse rollte der Zug von hinten heran, er hörte das Stampfen der Motoren, das Kreischen der Räder, wie eine feindliche Bedrohung in seinem Rücken, die zugleich seine einzige Chance war.

Jetzt schob sich die Lokomotive an ihm vorbei, der erste Waggon, der zweite, der dritte. *Spring endlich, spring!* Er sah die erleuchteten Abteile, die Gesichter darin, lachende, freudige Gesichter ohne Angst, Gesichter von Menschen, die in Sicherheit waren. Vor ihm sprangen zwei Gestalten auf den Zug, die erste landete auf einem Puffer, die zweite klammerte sich an eine Stange, verlor den Halt, stürzte auf die Böschung zurück. Christian sah nicht hin, lief an dem Gestrauchelten vorbei, lief und rannte und starrte auf die Waggons, die in qualvoller Nähe an ihm vorüberzogen und doch so weit entfernt von ihm schienen, als könne er sie unmöglich erreichen … *Spring endlich, spring!* Plötzlich hörte er ein Keuchen, das abgehackte, schwere Atmen eines rennenden Menschen. Er knickte um, ein scharfer, stechender Schmerz in seinem Knöchel, jemand rempelte ihn an, er taumelte zur Seite, während der Zug unbeirrbar an ihm vorüberzog, ein Waggon nach dem anderen …

Christian hatte nur noch einen Gedanken: er oder ich! Und ohne eine Sekunde zu denken, richtete er sich auf, stieß mit aller Kraft den fremden Menschen beiseite, der sich vor ihn drängen wollte, sah ein entsetztes Gesicht, einen torkelnden Körper, schrie wie ein Tier und stieß ihn noch einmal.

Spring endlich, spring!

12

«Wahnsinn!»

Barbara traute ihren Augen nicht. Sie saß im Wohnzimmer und schaute mit ihrer Familie fern. Die Bilder, die sie sahen, waren wie von einem anderen Stern. In den Sieben-Uhr-Nachrichten war die Bombe geplatzt: Günter Schabowski, Mitglied des SED-Politbüros, zog auf einer Pressekonferenz, vor laufenden Kameras, am Ende der Veranstaltung und von niemandem erwartet, einen Notizzettel aus der Jackentasche, ganz nebenbei, als fiele ihm gerade ein, daß er noch eine Information nachtragen sollte, deren Inhalt er allerdings vergessen hatte, blickte auf den Zettel und verkündete, mit ausdrucksloser Miene und ohne jeden Kommentar, den Beschluß des Ministerrats, daß ab sofort die Grenzen der DDR geöffnet seien und alle Bürger des Landes, ohne besondere Voraussetzungen, ins Ausland reisen dürften – auch nach West-Berlin und in die Bundesrepublik.

Die Meldung war eine solche Sensation, daß es ein paar Stunden dauerte, bis die Menschen in den beiden Teilen des Landes sie fassen konnten. Den ganzen Abend lang wartete man auf ein Dementi, eine Richtigstellung, eine Einschränkung. Doch nichts dergleichen geschah: Die Worte galten, und jetzt, wenige Minuten vor Mitternacht, waren sie unglaubliche, doch unwiderrufliche Wirklichkeit geworden. Am Brandenburger Tor, im Zentrum der alten, vierzig Jahre lang geteilten Hauptstadt, war die Hölle los. Die Schlagbäume gingen hoch, Tausende und aber Tausende von Menschen strömten von Ost nach West, wo sie von Jubelspalieren empfangen wurden, überwanden die Absperrungen und kletterten auf die Krone der Mauer, von der es bis zuletzt geheißen hatte, sie würde noch hundert Jahre stehen, hielten sich an den Händen, tanzten zwischen Stacheldrahtrollen oder fielen sich lachend und weinend und stammelnd vor Glück einfach in die Arme: eine Orgie der Verbrüderung in dieser taghell erleuchteten Nacht, der Nacht des Jahrhunderts.

«Sie haben es wirklich geschafft», flüsterte Alex und schüttelte ungläubig den Kopf. Auf seinem Schoß schlummerte, wie jeden Abend, sein Enkelsohn Till in selig süßen Träumen und hielt seine

Schmusepuppe Plum fest in seiner kleinen Faust. «Alles hätte ich erwartet – aber nicht das.»

«Und ganz ohne Gewalt, nur mit ihren Demos und Kerzen», sagte Tinchen, während sie sich mit der einen Hand ihre Tränen aus dem Gesicht wischte und mit der andern eine Portion Kartoffelchips in den Mund steckte. «Wenn die so weitermachen, heul ich noch die ganze Nacht. Seht doch mal da, die zwei!» Aufgeregt zeigte sie auf den Bildschirm, wo ein Westberliner Punk und eine Ostberliner Oma sich gerade wie ein Liebespaar umarmten. «*Harold and Maude!* Das ist ja schöner als die kitschigste Scheiß-Hollywoodschnulze!» Wie die zwei im Fernsehen drückte Tinchen ihren Vater an sich, gab ihm einen Schmatz auf die Wange, und mit Triumph in der Stimme, als wäre sie Woche für Woche bei der Leipziger Montagsdemonstration mitmarschiert, rief sie: «Wir sind das Volk! Wir sind das Volk!»

«Nicht so laut! Du weckst Till noch auf!» Ingo, der mit am Couchtisch saß, stand auf und nahm Alex seinen schlafenden Sohn ab. «Ich glaub, ich leg ihn mal ins Bett.»

«Ja, tu das», sagte Tinchen, «und bring auf dem Rückweg was zu trinken mit.»

Barbara war gleichzeitig glücklich und irritiert. Es war alles so wirklich und unwirklich wie ein Kinofilm, ein grandioses Schauspiel, ein größenwahnsinniges Monumentalwerk wie *Ben Hur* oder *Ein Kampf um Rom*, erfunden von einem verrückten Drehbuchautor und von einem noch verrückteren Regisseur in Szene gesetzt. Dabei war es ihre ureigene Wirklichkeit, die da über die Mattscheibe flimmerte. Sie hob den Telefonhörer ab und wählte zum hundertsten Mal Werners Nummer. Was würde ihr Jüngster an diesem Abend, an dem seine ganze Welt zusammenbrach, wohl empfinden?

«Wo steckt Christian überhaupt?» fragte Alex. «Ist er immer noch auf dem Kongreß in New York?»

«In Washington, Papa.»

«Wenn der sieht, was hier los ist, wird er verrückt. Jetzt hätte er sich die ganze Flucht sparen können.»

«I wo! Dann hätte er ja nichts, womit er angeben könnte. Einfach zu Fuß und mit Erlaubnis der Vopos über die Grenze, zusammen mit den alten Omis und Opis da? Ne, so wie ich meinen Bruder kenne, wär das nichts für ihn gewesen.»

Sooft Barbara wählte, sie kam einfach nicht durch. Kaum hatte sie die Vorwahl der DDR getippt, ertönte das Besetztzeichen. Die Leitungen waren hoffnungslos überlastet.

Ingo kam aus der Küche zurück, zwei Flaschen Bier in der Hand. «Sagt mal», meinte er. «Was passiert eigentlich jetzt mit eurem Schloß?»

«Mit welchem Schloß?» fragte Alex.

«Mit Daggelin.»

«Daggelin?» wiederholte Barbara, den Hörer am Ohr. «Wie kommst du denn darauf?»

«Ich meine, wenn das so weitergeht, dann fällt das Schloß doch irgendwann an euch zurück.»

Aus dem Hörer kam wieder nur das immer gleiche, stumpfsinnige *tut-tut*, *tut-tut* ... Was hatte Ingo da gesagt? Barbara ließ den Hörer sinken. «Unsinn! Daggelin ist doch verstaatlicht.»

«Überhaupt kein Unsinn, Mama!» rief Tinchen. «Ingo hat recht! Du bist die Erbin, und wenn es die Wiedervereinigung gibt, dann gehört es dir, dann hast du das ganze verdammte Schloß wieder am Hals.» Sie schaute ihre Mutter mit großen, strahlenden Augen an. «Sag mal, wäre das nicht wunder-, wunderschön?»

13

Eine Woge der Euphorie brach über das Land herein, und «Wahnsinn» wurde zur Losung der Nation. Alle Dämme brachen; die Ereignisse überschlugen sich in einem solchen Tempo, als wollte die Geschichte in Tagen und Wochen wiedergutmachen, was sie in Jahren und Jahrzehnten versäumt hatte. Wie ausgehungerte Liebende, die eine Ewigkeit sich nacheinander verzehrt hatten, fielen Ost und West übereinander her. Endlose Autoschlangen stauten sich an den Grenzübergängen, und bald knatterten ostdeutsche Trabis über den Westberliner Ku'damm, mit derselben Selbstverständlichkeit, wie westdeutsche Golf-Cabrios die Ostberliner Allee Unter den Linden entlangrollten. Mit großen Augen bestaunte man die fremden Welten, die sich so plötzlich vor- und füreinander auftaten, samt ihren Bewohnern, doch während man die DDR schleunigst unter dem Mantel der Geschichte verschwinden ließ wie einen alten, schäbigen, schlecht sitzenden Anzug, mit dem man sich nicht länger blicken lassen mochte, plusterte die BRD sich auf wie nie zuvor. Die Demokratie machte sich im einstigen Arbeiter-und-Bauern-Staat breit wie ein Geldsack, und kurz nach den ersten freien Wahlen schwappte auch die D-Mark über die Grenze, die längst keine mehr war. Der Weltgeist kam darum zu dem Schluß, daß nun endlich zusammenwachsen sollte, was schon immer zusammengehörte, die Nationen stimmten zähneknirschend zu, und nur ein dreiviertel Jahr nach dem Fall der Mauer bereitete sich Deutschland auf das Fest seiner Wiedervereinigung vor, im Zeichen einer Freiheit, die im Genuß von Südfrüchten und Marlboro-Zigaretten ebenso ihre Erfüllung fand wie in der Verwirklichung der so mutig und mühsam erkämpften Menschenrechte.

Im Schatten dieser großen Wiedervereinigung wuchs auch die Familie Reichenbach nach Jahren der Trennung wieder zusammen, Schritt für Schritt, privat und unauffällig, wie unzählige andere Familien auch, und was für das Schicksal von Staat und Gesellschaft der Weltgeist besorgte, tat Alex im Kreis seiner Angehörigen: Er nahm das Heft in die Hand, wo immer Hilfe nötig war. Er fuhr mit Tinchen und Ingo kreuz und quer durchs Sauerland, bis sie in Wiblingwerde, nur eine Autostunde von Essen entfernt, einen geeigneten Bauernhof zur Pacht fanden, wo sie nach ökologischen Prinzipien Obst und Gemüse anbauen konnten; er unterstützte Werner, nachdem dieser als Offizier seinen Abschied eingereicht hatte, beim Aufbau einer Firma für Unternehmensberatung, die sich auf den neuen Ost-West-Handel spezialisierte; und er führte mit Christian den Papierkrieg, der nötig war, damit er nach seinem Intermezzo als Gastprofessor in Bochum wieder an seiner alten Hochschule, der Humboldt-Universität in Berlin, forschen und lehren durfte.

Nur eine Frage konnte Alex nicht lösen; Ingo hatte sie gestellt, und es war Barbaras Aufgabe, die Antwort zu finden. Was würde aus Daggelin werden? Denn Daggelin war weit mehr als nur das Schloß und die Ländereien: Daggelin war die ganze unerledigte Vergangenheit, und solange die unerledigt blieb, würde es keine wirkliche Zukunft geben.

Es dauerte beinahe ein Jahr, bis Barbara den nötigen Mut faßte. Dann, an einem Tag im September 1990, machte sie sich auf den Weg.

«Einen Moment, bitte.»

Elisabeth Markwitz saß über ein Schriftstück gebeugt an ihrem Schreibtisch, auf dem sich Dutzende von Aktenordnern stapelten. Barbara hatte lange überlegt, wo und wie sie den Kontakt mit ihr aufnehmen sollte: In ihrer Privatwohnung? In ihrer Datsche bei Neuenhagen, deren Adresse Werner herausgefunden hatte? Schließlich hatte sie entschieden, sie einfach in ihrem Büro aufzusuchen. Jetzt hob Elisabeth den Kopf und richtete die Augen auf sie: das eine grün, das andere braun. Für eine Sekunde verriet ihr Gesicht Irritation, ein fragendes, staunendes Befremden.

«Barbara Reichenbach ...»

«Du hast mich gleich erkannt? Trotz der vielen Jahre?»

Elisabeths Irritation dauerte wirklich nur eine Sekunde. «Ein gutes Personengedächtnis», sagte sie mit kalter Stimme, «ist Voraussetzung in meinem Beruf.»

Barbara schloß die Tür. Ein wenig überrascht schaute sie sich um. Sie hatte sich ein großes Büro vorgestellt, in dem Elisabeth wie eine Königin residieren würde. Doch nun traf sie sie in einem winzig kleinen, schmucklosen Raum mit vergilbten Wänden an, dessen einziges Fenster auf einen Hinterhof hinausging. Und, was noch seltsamer war, auch Elisabeth selbst wirkte viel kleiner, viel unscheinbarer, als Barbara sie in Erinnerung hatte. Wie irgendeine Sachbearbeiterin in irgendeiner Versicherung, obwohl sie immer noch ein hohes Tier in der Zentrale des Staatssicherheitsdienstes war.

«Darf ich mich setzen?»

«Wenn Ihnen die Stühle nicht zu schäbig sind», erwiderte Elisabeth, als könnte sie Gedanken lesen. «Die Einrichtung ist leider noch Ost-Niveau, aber das wird sich bestimmt bald ändern. Was möchten Sie?»

Barbara nahm Platz. Ja, was wollte sie hier? Dieselbe Frage hatte auch Christian ihr gestellt, als sie ihm gesagt hatte, sie würde Elisabeth aufsuchen. Mit allen Mitteln hatte er versucht, sie davon abzuhalten, sie beschworen, die Vergangenheit ruhenzulassen, und sie dann, als sie nicht auf ihn hörte, begleiten wollen, aber sie hatte es nicht zugelassen. Christian hatte nichts damit zu tun. Hier ging es um etwas, das nur Elisabeth und sie betraf.

«Ich möchte mit dir reden», sagte Barbara.

«Ich weiß nicht, was wir miteinander zu reden hätten.»

«Ich bin gekommen, damit wir uns die Hände reichen. Meinst du nicht, daß es dazu endlich Zeit ist?»

«Oh, hast du dich auch mit dem Versöhnungsfieber angesteckt?» Elisabeth lachte einmal auf, dann zog sie ein ernstes Gesicht. «Ich will dir sagen, warum du gekommen bist! Du willst dich an meinem Anblick weiden. Weil du genauso bist wie alle anderen, die jetzt aus dem Westen hier anmarschiert kommen. Ihr wollt euch vergewissern, daß ihr gewonnen habt, euch mit eigenen Augen überzeugen, daß ihr die Sieger seid und wir die Verlierer.»

Barbara schüttelte den Kopf. «Nein, Elisabeth. Ich bin gekommen, weil wir Schwestern sind.»

«Aha, das hast du also inzwischen rausgekriegt?»

«Und», fuhr Barbara fort, «weil es so viele offene Fragen zwischen uns gibt.»

Diesmal schüttelte Elisabeth den Kopf. «Es gibt keine offenen Fragen, zumindest keine, die dich und mich betreffen. Ich habe mein Leben lang immer nur getan, was getan werden mußte.» Sie deutete mit der Hand auf ihren Schreibtisch. «So wie ich jetzt die Akten abwickle, bevor ich sie an die Behörden der BRD weiterleite.»

Es entstand eine Pause. Doch, eine Frage gab es zwischen ihnen, eine große, fürchterliche Frage, die Barbara nun seit fünfundvierzig Jahren auf der Seele brannte, eine Frage, die niemand außer ihrer Schwester beantworten konnte, und sie würde den Raum nicht verlassen, bevor sie eine Antwort bekam. Sie warf den Kopf in den Nacken und schaute Elisabeth fest in die Augen

«Warum hast du damals, als die Russen auf Daggelin waren, gegen unseren Vater ausgesagt? Warum hast du vor dem Tribunal behauptet, er hätte Igor erschossen? Obwohl du wußtest, daß es nicht die Wahrheit war?»

Elisabeth antwortete nicht. Stumm, ohne jede Regung im Gesicht, erwiderte sie Barbaras Blick, den Mund zu einem feinen Strich zusammengepreßt, so daß die Muskeln auf ihren Wangen deutlich hervortraten, genauso wie früher bei ihrem Vater.

«Er war doch immer gut zu dir. Und du, du mochtest ihn doch auch, fast so sehr wie ich, du hast ihn vergöttert, bis zu diesem Tag. Warum dann plötzlich diese Aussage?»

Elisabeth schlug die Augen nieder. Draußen senkte sich die Nachmittagssonne über die Dächer des Hinterhofs und warf ein paar schräge, orangefarbene Strahlen durch das kleine Fenster, die das Halbdunkel des Raums in gespenstischer Weise aufhellten. In dem milden Gegenlicht erschien Elisabeth doppelt fremd, ja unwirklich, wie ein Wesen aus einer anderen Welt. Blaß, fast weiß war ihr Gesicht, eingerahmt von ihrem dunklen, streng nach hinten frisierten Haar. Sie verzog keine Miene, und doch spürte Barbara, wie es in ihr arbeitete.

«Sag es mir, bitte, damit ich es wenigstens verstehe. Warum, Elisabeth? Warum hast du das getan?»

Endlich schaute sie zu Barbara auf und sah sie an, Tränen in ihren ungleichen Augen. «Kannst du dir eigentlich vorstellen», sagte sie, mit zögernder, unsicherer Stimme, so leise, daß Barbara sie kaum verstehen konnte, «wie das für mich war, damals? Ich war unter allen Gutsangestellten immer sein Liebling gewesen, und ... und ich war so unendlich stolz darauf, und so dankbar für alles, was er mir gab. Weil, ich glaubte ja, daß ich mir seine Anerkennung selbst verdient hatte.» Sie stockte, und Barbara sah, daß ihre Lippen zitterten. «Ich wußte ja nicht, daß es nur Almosen waren, die er mir aus schlechtem Gewissen gab.»

«Ich glaube», sagte Barbara, «wir haben alle viel falsch gemacht, ich selber auch.»

«Du warst zwei Jahre älter als ich, und ich habe dich so bewundert. Ich wollte so sein wie du, mich so kleiden, mich so ausdrücken, mich so bewegen, du warst in allem mein Vorbild. Weil ich dachte, wenn ich so bin wie du, dann gehöre ich noch mehr dazu, zu euch, zu eurer Familie, die für mich das Wunderbarste war, was es auf der Welt gab.» In ihrer Stimme lag jetzt eine solche Bitterkeit, daß Barbara, trotz der Hitze im Raum, auf einmal am ganzen Körper fror. «Es war so eine himmelschreiende Ungerechtigkeit, eine so abgrundtiefe Gemeinheit. Er hat mir nie erlaubt, seine Tochter zu sein. Soll ich dir sagen, wann ich erfahren habe, daß dieser Mann mein Vater war? Ja? Willst du das wissen? – Es war während des Tribunals, nachdem ich meine erste Aussage gemacht hatte, da hat er es mir zugeflüstert, als Dank, daß ich ihm das Leben gerettet hatte. In diesem verfluchten Augenblick, als es ihm an den Kragen ging, als ich der einzige Mensch überhaupt war, der ihm helfen konnte, da hat er sich zu mir bekannt.»

«Darum also die plötzliche Wende ...» Barbara schloß die Augen. Endlich begriff sie, was damals passiert war. Sie hatte das Bild noch immer in ihrem Gedächtnis: wie Elisabeth ihren Vater anstarrte und wie sich dann mit einem Mal ihre Miene verhärtete, sie aufstand und vor den Richtertisch trat, zu Michail Belajew, um ihre Aussage zu korrigieren, wie sie die fürchterlichen Sätze sprach, die ihren Vater das Leben kosteten. Barbara holte tief Luft. «Trotzdem», sagte sie, «laß uns die Vergangenheit begraben und neu anfangen.»

«Wie? Einfach so? Als wäre nichts gewesen?»

«Ja. Laß es uns versuchen.» Obwohl sie sich fühlte, als wäre ihr Körper aus Blei, hob Barbara den Arm und streckte Elisabeth die Hand entgegen. «Wenn du Hilfe brauchst, du kannst mit uns rechnen. Was immer geschehen ist, du gehörst auch zu uns.»

«Du meinst – zu deiner Familie?»

«Ja, Elisabeth, und ich möchte, daß du das weißt.»

Sie hatte noch nicht ausgesprochen, als Elisabeth von ihrem Stuhl aufsprang. Mit einer einzigen Armbewegung streifte sie die Akten von ihrem Schreibtisch, die Augen voller Haß und Wut. «Welche Gnade, Barbara», sagte sie mit bebender Stimme, «welche unglaubliche Gnade und Großzügigkeit! Ja, du bist wirklich die Tochter deines Vaters ... Ich gehöre dazu, zu deiner wunderbaren Familie? Das wagst du mir zu sagen? Heute, nach einem halben Jahrhundert? Damit ich vor Dank auf die Knie falle?» Sie beugte sich über ihren Schreibtisch, so weit, daß ihre Gesichter sich fast berührten. «Weißt du eigentlich, wie sehr ich dazugehöre? Zu deiner gottverdammten Scheißfamilie? Weißt du das?» Sie blickte Barbara an, als würde sie gleich über sie herfallen. Doch dann schüttelte sie den Kopf und sagte: «Nein, du weißt es nicht, tatsächlich. Du hast keine Ahnung, obwohl du dich immer so erhaben fühlst! Nichts weißt du, gar nichts. Aber ich will es dir sagen, damit du endlich die Wahrheit kennst, die ganze Wahrheit und nichts als die Wahrheit.»

Sie machte eine Pause, dann öffnete sie den Mund und sprach es aus, hart und bestimmt: «Ich habe mit deinem Sohn geschlafen, mit *deinem* Liebling, mit Christian.»

«Bist du wahnsinnig?» flüsterte Barbara.

«Ja, und ich habe es genossen!»

«Sag, daß es nicht stimmt!»

«Ha, jetzt wünschst du dir, du hättest ihm gesagt, wer ich bin! Nicht wahr? Damit es nicht dazu gekommen wäre. Aber es ist passiert! Durch deine Schuld! Weil du es ihm verschwiegen hast, ein Leben lang, weil du dich geschämt hast, für dich und deinen Vater, daß ich, Elisabeth Markwitz, die Tochter einer Melkerin, diese kleine, unbedeutende, armselige Kreatur, dieses Stück Dreck, dieser Bastard von Daggelin – daß ich deine Schwester bin.»

Barbara hielt es nicht mehr auf ihrem Stuhl aus. «Bitte, Elisabeth, hör auf ...»

«Ja, ich bin deine Schwester, und weil du mich verleugnet hast, habe ich mir deinen Sohn genommen. Ich war ihm so unendlich nah, näher, als du ihm jemals sein kannst.» Für eine Sekunde ging ein Leuchten über ihr Gesicht. «Er war ein großartiger Liebhaber, wir haben es immer wieder getrieben, zu jeder Tages- und Nachtzeit, im Bett, auf dem Boden, im Freien ...»

«Du sollst aufhören, bitte, ich flehe dich an ...»

«Er hat nicht genug von mir bekommen, er war unersättlich, weil er mich liebte, meinen Körper, meinen Verstand, meine Macht! Und ich habe ihm alles gegeben, was eine Frau einem Mann geben kann!»

Barbara starrte sie an wie ein Ungeheuer. Was Elisabeth ihr da ins Gesicht schleuderte, war so unfaßbar, so unerträglich, daß sie glaubte, ersticken zu müssen, wenn sie noch eine Minute länger blieb, in der Gegenwart ihrer Schwester, ersticken an dem Haß dieser Frau. Sie hatte nur noch ein Bedürfnis: Sie mußte raus hier, weg, fort, so schnell wie möglich! Auf dem Absatz machte sie kehrt, doch sie hatte die Tür noch nicht geöffnet, da hörte sie noch einmal Elisabeths Stimme.

«Übrigens, er hat mir ein Kind gemacht.»

Gegen ihren Willen drehte Barbara sich um. «WAS HAT ER?»

Plötzlich begann Elisabeths Blick zu flackern, sie warf den Kopf in den Nacken und fing hysterisch an zu lachen. «Ja», rief sie. «Du hast richtig gehört! Er hat mir ein Kind gemacht, ein Mädchen! Es heißt genau wie du – Barbara!» Ihr Lachen verstummte, und so unvermittelt, wie es auf ihren Lippen erstarb, verfinsterte sich ihre Miene. «Aber das schwöre ich dir: Du und dein Sohn, ihr werdet es nie zu Gesicht bekommen – niemals! Lieber soll mich der Teufel holen!»

14

Christian wußte nicht, ob er lachen oder sich aufregen sollte. Bis vor ein paar Minuten hatte er in seinem Arbeitszimmer gesessen und sich auf seine Lehrveranstaltungen für das kommende Semester vorbereitet, in jener konzentrierten und trotzdem entspannten Seelenverfassung, die er nur in der Arbeit fand, als plötzlich Dr. Raimund Michalke, der Kanzler der ehrwürdigen Humboldt-Universität, bei ihm erschienen war, mit einer Nachricht, die so absurd war, daß Christian an seinem Verstand zweifelte. Also entschied er sich fürs Lachen.

«Ich – ein Stasi-Spitzel? Ausgerechnet ich?»

«Ich gebe nur wieder, was mir zugetragen wurde, Professor Reichenbach. Ich persönlich hege nicht den geringsten Zweifel an Ihrer Integrität.»

Michalke, ein im Hochschuldienst ergrauter, durch und durch korrekter Mann, rutschte nervös auf seinem Stuhl herum. Christian sah dem Kanzler an, wie peinlich ihm das Gespräch war.

«Bitte entschuldigen Sie, wenn ich lachen muß, aber es ist einfach zu komisch.»

«Es steht mir nicht an, Ihnen Ratschläge zu geben, aber ich an Ihrer Stelle würde nicht darüber lachen. Solche Dinge können sehr schnell sehr ernst werden.»

«Aber was wirft man mir überhaupt vor?»

«Nun, wie soll ich sagen, vor allem die Tatsache, daß Sie es geschafft haben, Professor zu werden, in dem alten System.»

«Wie? Soll das heißen, daß jetzt alle Hochschullehrer unter Generalverdacht fallen? Dann können Sie ja gleich die ganze Universität dichtmachen.»

«Nein, nicht alle, Genosse – pardon, Herr Reichenbach. Nur, Ihr Fall ist ein besonderer, bei Ihrem Hintergrund, gemessen an den damaligen Normen und Werten. Ich meine, Ihre Eltern, beide Republikflüchtlinge, und auch Sie selbst waren ja nie in der Partei ... Um es kurz zu machen: Man hält es für ausgeschlossen, daß ein Mann wie Sie eine solche Karriere hätte machen können ohne Protektion.»

«Für die Willkür des Systems bin ich nicht verantwortlich. Außerdem sind das alles Spekulationen.»

Michalke schüttelte den Kopf. «Leider nein, Herr Professor. Es liegt eine Anzeige gegen Sie vor.»

«Eine Anzeige?»

«Ja. Weil Sie – bitte, verstehen Sie mich nicht falsch, wenn ich den Inhalt wiederhole – weil Sie sich als inoffizieller Mitarbeiter der Staatssicherheit durch gesetzwidrige Auskünfte über Kollegen und Studenten berufliche Vorteile sowie private Vergünstigungen verschafft haben sollen.»

Allmählich fand Christian die Geschichte doch nicht mehr so komisch. «Könnten Sie bitte etwas konkreter werden?»

«Die Vorwürfe betreffen vor allem das Jahr 1971. Damals wurden Sie auf außerplanmäßige Weise und weit vor dem Abschluß Ihrer Dissertation Assistent im Fachbereich Slawistik. Außerdem bezogen Sie im selben Jahr ein Apartment im Dozentenwohnheim, ein Privileg, auf das Sie zum damaligen Zeitpunkt keinerlei Anspruch hatten.»

«Aber das war doch nur–»

«Und drittens», fuhr Michalke unbeirrt fort, «und darauf stützt sich die Anklage ganz besonders, standen Sie in enger Beziehung zu einer Genossin aus dem Ministerium für Staatssicherheit, Major Elisabeth Markwitz.»

«Diese Beziehung war rein privater Natur!»

«Mag sein. Die Anklage aber unterstellt, daß die Genossin Major Ihr Führungsoffizier war. Oder streiten Sie ab, daß Sie sich zusammen mit der Genossin damals, wie soll ich sagen, in der Betreuung von Waisenkindern engagiert haben?»

Christian verschlug es die Sprache. Was Michalke da vortrug, war so unerhört, daß er nicht wußte, was er als erstes dagegen vorbringen sollte. Hatte er richtig verstanden? Wollte man ihm jetzt die Schweinereien anlasten, wegen denen er Elisabeth verlassen hatte? Das war grotesk! Christian brauchte ein paar Sekunden, bis er die Sprache wiederfand.

«Wer», fragte er so ruhig wie möglich, «hat mich angezeigt?»

«Ein gewisser Sascha Hendersen. Er war damals Assistent wie Sie.»

«Das ist ausgeschlossen! Sascha war mein bester Freund!»

«Ich kann Ihnen nur die Fakten nennen. Die Bewertung liegt bei Ihnen.»

«Dann verlange ich unverzüglich Einsicht in meine Stasi-Akte.»

«Das wird kaum möglich sein. Ihre Akte liegt bei den Behörden. Aber wenn ich Ihnen einen Rat geben darf...»

Es klopfte an der Tür, und im selben Augenblick kam Barbara herein.

«Oh, du hast Besuch?»

«Entschuldige, Mama. Bitte nicht jetzt. Ich bin gerade in einer wichtigen Besprechung.»

«Nein, nein», widersprach Michalke und erhob sich von seinem Stuhl. «Kommen Sie nur herein. Ich wollte mich gerade verabschieden.»

«Aber wie geht es jetzt weiter?» fragte Christian, während der Kanzler sich zum Gehen wandte. «Was sind die Konsequenzen?»

Michalke hob die Arme. «Die üblichen, Professor Reichenbach, die üblichen.»

«Wollen Sie damit sagen, daß ich...?»

Michalke nickte. «Ja, leider. Bis zur Klärung des Falles sind Sie vom Dienst suspendiert.» Er deutete eine Verbeugung an. «Frau Reichenbach, Herr Professor – guten Tag.»

Damit ließ er die beiden stehen und ging hinaus.

«Weißt du, was das bedeutet, Mama?» fragte Christian, nachdem Michalke die Tür hinter sich geschlossen hatte.

«Nein», sagte Barbara. «Aber das spielt jetzt keine Rolle.»

«Keine Rolle? Das war der Kanzler dieser Universität, und er hat mir soeben Berufsverbot erteilt.»

Barbara trat zu ihm und legte ihre Hand auf seinen Arm. «Es gibt Schlimmeres, Christian.»

«Bist du jetzt auch noch wahnsinnig geworden?»

Seine Mutter schüttelte den Kopf. «Nein. Obwohl ich fast wünschte, ich wäre es.»

«Was redest du da?» Christian schaute Barbara an. Erst jetzt sah er, in welchem Zustand sie war. Ihr Gesicht war ganz bleich, und ihre Augen waren gerötet, als hätte sie geweint. Er nahm ihre Hand und stand auf. «Was ist passiert? Weshalb bist du hier?»

Sie wich seinem Blick aus. «Ich», sagte sie leise, «ich weiß jetzt, warum du nicht wolltest, daß ich mich mit Elisabeth Markwitz treffe.»

«Du warst also bei ihr?» Christian spürte, wie ihm das Blut aus dem Gesicht wich. «Und – sie hat es dir gesagt?»

«Ja, das hat sie.»

«Mein Gott!»

«Aber ich muß dir auch etwas gestehen», sagte Barbara. «Etwas, das ich dir schon viel früher hätte sagen sollen. Etwas Fürchterliches.» Sie schlug die Augen auf und sah ihn an, doch ohne etwas zu sagen.

«Was, Mama? Was mußt du mir gestehen?»

Barbara zögerte noch immer. «Elisabeth», sagte sie schließlich, «Elisabeth und ich, wir zwei sind – Schwestern.»

«WAS SEID IHR?»

«Ja, Christian.»

«Aber, ich ...», stammelte er, «ich begreife nicht, wie kann das sein?»

«Sie ist ... die uneheliche Tochter deines Großvaters.»

«Die Tochter meines Großvaters», wiederholte er, unfähig, den Sinn ihrer Worte zu verstehen. «Hat ... hat *sie* das behauptet? Ja? Dann hat sie dich angelogen!»

«Nein, Christian, ich habe es selbst herausgefunden, nach dem Tod meiner Mutter. Es stand in einem Brief, den dein Großvater an deine Großmutter geschrieben hat.»

«O nein! Diese gottverdammte Familie!»

Christian schlug die Hände vors Gesicht und sank auf seinen Stuhl. Ein Bild schoß ihm durch den Kopf, eine Szene vor vielen, vielen Jahren. Sie waren auf der Rückfahrt von Daggelin nach Berlin, und er hatte Elisabeth gezwungen anzuhalten. Er hörte ihre Stimme, die wütenden, haßerfüllten Worte, die sie ihm entgegengeschleudert hatte: *Und du bist der Vater! Oder der Cousin! Such es dir aus!* Jetzt wußte er, was diese Worte bedeuteten.

Barbara nahm sein Gesicht zwischen ihre Hände. «Warum hast du mir nie gesagt, daß du eine Tochter hast?»

«Ich habe nicht mal gewußt, daß es ein Mädchen ist.»

«Aber was willst du jetzt tun, Christian?»

Er ließ die Hände sinken und schaute sie an. «Ich weiß es nicht, Mama.»

Die Antwort hätte ehrlicher nicht sein können, und trotzdem, noch während er sprach, verwandelte sie sich in eine Lüge. Denn beim Reden faßte er einen Entschluß: Er würde Elisabeth zwingen, ihm die Identität seiner Tochter preiszugeben.

15

Dr. Karl-Heinz Luschnat, Präsident des Kuratoriums *Menschenrechte jetzt!*, war ein telegener Mann. Die massige Körperfülle, die er im Laufe der Jahre entwickelt hatte, wirkte auf dem Bildschirm überaus stattlich, und die grauen Haare verliehen ihm eine Seriosität, die seine Aussagen unangreifbar machte. Die junge Journalistin, die ihn auf der Freitreppe von Schloß Daggelin mit einem Mikrofon in der Hand interviewte, himmelte ihn an.

«Hinter dieser Tür», erklärte er und zeigte auf das Portal, «in denselben Räumen, in denen sich heute ein Restaurant und ein Hotel befinden, wurden zur Zeit des DDR-Regimes Verbrechen begangen, die denen der Nazis an Scheußlichkeit nicht nachstanden. Unschuldige Kinder wurden hier gewaltsam von ihren Eltern getrennt, Familien auseinandergerissen, von einem brutalen, gewissenlosen System, dem in seiner totalitären Verblendung jeder Sinn für Humanität abhanden gekommen war.»

«Juristen sprechen vom größten Adoptionsskandal der deutschen Geschichte», sagte die Journalistin. «Was werden Sie, Dr. Luschnat, jetzt unternehmen?»

«Die vordringlichste Aufgabe ist die lückenlose Aufarbeitung der Unterlagen, um die betroffenen Familien wieder zusammenzuführen. Wir müssen alles menschenmögliche daransetzen, die Kinder aufzufinden, damit sie zu ihren rechtmäßigen Eltern zurückkehren können. Ein Gebot der Menschlichkeit!»

«Und – ist man der nötigen Akten schon habhaft geworden?»

Elisabeth Markwitz verfolgte die Sendung mit wachsendem Entsetzen, allein in ihrer Datsche, vor dem kleinen Schwarzweiß-Fernseher, der mit seiner Zimmerantenne die Bilder nur als verschwommene Schemen übertrug. Sie hatte am Nachmittag, wenige Minuten nachdem Barbara gegangen war, von einem Mitarbeiter den Hinweis bekommen, daß in der *Tagesschau* ein Beitrag über das ehemalige Kinderheim ausgestrahlt würde, und hatte daraufhin ihr Büro verlassen, um hierherzufahren, als könne sie so der Wirklichkeit entfliehen, die sie heute, an diesem Abend im September 1990, wenige Wochen vor der Wiedervereinigung der beiden deutschen Staaten, unweigerlich einholen würde.

«Wir haben», erklärte Luschnat, «bereits Schritte eingeleitet, um in den Besitz der Dokumente zu gelangen. Das Ministerium des Innern hat mit den Behörden der noch amtierenden DDR-Regierung Kontakt aufgenommen.» Die Kamera zoomte sein Gesicht heran, so daß sein Kopf den ganzen Bildschirm ausfüllte. «Wir sind zuversichtlich, sehr bald die entsprechenden Zusagen zu erhalten.»

Elisabeth schaltete den Fernseher aus. Jetzt war passiert, was niemals hätte passieren dürfen. Schon morgen würden die Untersuchungen beginnen, würde alles ans Licht der Öffentlichkeit gezerrt, würde man sie, Elisabeth Markwitz, zur Verantwortung ziehen. Bei der Vorstellung begann der Boden unter ihr zu wanken, und sie fühlte nur noch Angst.

Was sollte sie tun? Sie hatte keine Wahl: Sie mußte fort, noch diese Nacht!

Sie lief in die Schlafkammer, holte unter dem Bett ihren Handkoffer hervor und warf eilig ein paar Sachen hinein: Unterwäsche, Strümpfe, zwei Kleider, Toilettenartikel. Auch wenn ihre ganze Welt lichterloh brannte, ein paar Freunde hatte sie noch, bei denen sie unterkommen konnte: eine Konsulatsangestellte in Bukarest, die mit ihr die Parteihochschule besucht hatte, eine Agraringenieurin in der Ukraine, und auch Norbert Petzold, der in Warschau das Haus der deutsch-polnischen Freundschaft leitete, würde sie sicher aufnehmen. Sie steckte ihren Reisepaß ein, Devisen, eine Landkarte, ihr Notizbuch. Dann, zum Schluß, nahm sie das gerahmte Foto, das auf ihrer Nachtkommode stand und das sie jeden Abend vor dem Schlafengehen küßte: das Foto ihrer Tochter Barbara, das sie heimlich, ohne deren Wissen, aufgenommen hatte, als sie mit Freundinnen auf dem Pausenhof ihrer Schule zusammenstand – ein lachendes Mädchen von siebzehn Jahren mit im Wind flatternden Haaren, das voller Lebenslust in die Welt schaute. Ihre Augen waren so dunkel wie die Augen ihres Vaters.

Elisabeth wollte das Foto gerade in ihrem Handkoffer verstauen, als sie plötzlich innehielt. Eine Frage schoß ihr in den Sinn, eine Frage von unermeßlicher Tragweite: Was würde mit den Kindern passieren, wenn sie jetzt floh?

Sie mußte sich setzen. Das Schlimme an der Frage war, daß sie die Antwort bereits wußte. Karl-Heinz Luschnat hatte es ja unmißverständlich gesagt: Die westdeutschen Behörden würden versuchen, alles rückgängig zu machen, so wie sie alles hier rückgängig machten, seit sie das Kommando übernommen hatten; sie würden mit Hilfe der Akten die Kinder aufspüren und mit den Eltern zusammenbringen, die sie gezeugt und geboren hatten. Man würde beiden Seiten erklären, daß alles nur ein Irrtum sei, ein Fehler der Geschichte, der nun korrigiert werden müsse, wie man eben so vieles korrigieren müsse, damit sie nicht länger die falschen Menschen liebten. Denn nicht Liebe, Vertrautheit, jahrelange Verbundenheit sollten entscheiden, welche Kinder zu welchen Eltern gehörten – allein die leibliche Herkunft, der Wahn der biologischen Abstammung, würde den Ausschlag geben, egal, welcher Schaden damit angerichtet würde.

Elisabeth biß sich auf die Lippe. Nein, sie durfte nicht fliehen. Wichtiger als alles, was nun mit ihr geschah, war die Verantwortung, die sie für diese Menschen trug.

Plötzlich war sie ganz ruhig, die Angst, wegen der sie vor wenigen Minuten noch am ganzen Leib gezittert hatte, die kleine, billige, erbärmliche Angst um ihr persönliches Wohlergehen, war von ihr gewichen: Sie wußte, was sie zu tun hatte. Sie kehrte in den Wohnraum zurück, kniete sich vor den Kamin, mit dem sie im Winter die Datsche beheizte, und entfachte ein Feuer. Während die Flammen sich langsam in die Höhe reckten, öffnete sie den großen, bis zur Zimmerdecke reichenden Rollschrank neben der Tür und holte einen Aktenstapel daraus hervor, den ersten von vielen.

Stunden verbrachte Elisabeth Markwitz mit dieser Arbeit. Ruhig und konzentriert überantwortete sie die Akten dem Feuer, eine nach der anderen, Blatt für Blatt, mit derselben unbeirrbaren Konsequenz und Systematik, mit der sie zeit ihres Lebens alle ihre Aufgaben verrichtet hatte, in dem Bewußtsein, daß dies ihre letzte Amtshandlung, ihre letzte Pflichterfüllung war: die Vernichtung ihres eigenen Werkes …

Christian war fest entschlossen. Der Zeitpunkt war gekommen, Elisabeth die Pistole auf die Brust zu setzen. Bis jetzt hatte er gehofft, ihr und sich diesen Weg ersparen zu können. Doch jetzt, nach dem, was seine Mutter gesagt hatte, blieb ihm nichts anderes übrig – so scheußlich und widerwärtig und ekelhaft es war. Er würde sie erpressen, ihr drohen, sein ganzes Wissen öffentlich zu machen, wenn sie seine Tochter noch länger vor ihm versteckte. Ein Anruf bei seinem Vater genügte; Alex hatte ja schon vor Monaten die nötigen Kontakte aufgenommen und wartete nur auf sein Signal. Schon morgen würde er Elisabeth aufsuchen.

Das Telefon riß ihn aus seinen Gedanken. Widerwillig hob er den Hörer ab.

«Ja, bitte?»

«Hallo, Bruderherz! Hör mal, ich hab eine tolle Idee», sprudelte Tinchens Stimme ihm entgegen. «Was hältst du davon, wenn wir Mamas Geburtstag auf Daggelin feiern?»

«Auf Daggelin? Laß mich nur damit in Ruhe! Keine zehn Pferde kriegen mich dahin.»

«Komm schon, du blöder Ossi, sei kein Spielverderber. Irgendwelche Wessis haben im Schloß eine Kneipe aufgemacht. Das wär doch total verrückt, wenn wir uns da träfen. So ein richtig kitschigschönes Familienschnulzenfest. Mamas Geburtstag ist doch auch ihr Hochzeitstag, und du weißt ja, wie romantisch sie ist, und deshalb dachte ich, wenn Werner oder du, ihr zwei habt's doch näher, wenn ihr da mal vorbeigeht, um den Saal zu mieten oder so, na ja, oder vielleicht erst mal nur schaut, ob das überhaupt möglich ist, ich meine …»

«Jetzt mach mal eine Pause, Tinchen. Was sagst du da? Das Schloß ist eine Kneipe?»

«Ach, ich seh schon», lachte sein Schwester, «du bist und bleibst ein dummer Ossi. Hast du denn keine Nachrichten gesehen? Da kam ein Bericht über Daggelin.»

«Nachrichten? Nein! Was zum Himmel hat Daggelin in den Nachrichten verloren?»

«Oje, Bruderherz, und so was nennt sich Professor! Also, in dem Kinderheim sind früher irgendwelche Schweinereien passiert, deshalb haben sie's auch dichtgemacht, irgendwas mit Adoptionen, hab nicht so genau aufgepaßt, weil, als ich plötzlich sah, daß da eine Kneipe drin ist, hatte ich ja diesen Geistesblitz –»

«Was? Adoptionen? In dem Kinderheim? Auf Daggelin?»

«Ja, Bruderherz. Aber warum schreist du plötzlich so?»

Es war bereits nach Mitternacht. Von draußen wehten die Geräusche des Waldes herbei, an dessen Rand die Datsche gelegen war: das Quaken von ein paar Fröschen, die sich irgendwo an einem Teich versammelt hatten, die Schreie eines Käuzchens.

Elisabeth hatte alle Unterlagen vernichtet – alle bis auf eine. Mit der letzten Akte in der Hand trat sie an den Kamin, in dem noch das Feuer brannte. Das Etikett, mit Bleistift beschriftet, war nur eine Folge einzelner Buchstaben und Zahlen, ohne Namen oder Ortsangaben, versehen mit dem Datum des Eingangs: 22. 9. 1971. Zwischen diesen zwei Deckeln war das Leben ihrer Tochter, ihres einzigen Kindes, verzeichnet, ihre ganze Identität: Tag und Ort ihrer Geburt, die Namen ihrer leiblichen Eltern sowie ihrer Adoptiveltern; ihr Werdegang von der Kinderkrippe bis zur Oberschule, wo sie im nächsten Frühjahr das Abitur ablegen würde; jede Beurteilung durch ihre Lehrer und die FDJ-Leitung, Zeugnisnoten, Auszeichnungen, Belobigungen und Tadel; ihre Körpergröße und ihr Gewicht, immer wieder auf den neuesten Stand gebracht; Angaben über Zeltlager, an denen sie teilgenommen hatte, über Reisen und über jeden Wohnungswechsel, einschließlich Anschrift und Telefonnummer: Alles war sorgfältig darin verbucht.

Sie kniete sich auf das alte, abgewetzte Lammfell vor dem Kamin, dasselbe, auf dem sie sich so oft mit Christian geliebt hatte. Es war wie ein langsamer, qualvoller, endgültiger Abschied, als sie den Aktenordner öffnete und nun auch diese Seiten dem Feuer übergab. Alle Erlebnisse, die das Leben ihrer Tochter ausmachten und an denen sie, obwohl ihre Mutter, nie hatte teilnehmen dürfen, gingen in den Flammen auf. Mit Tränen in den Augen sah sie zu, wie die Seiten aufloderten, ein kurzes Aufbegehren, und dann zu Asche zerfielen, für alle Zeit.

Elisabeth wartete, bis das letzte Blatt verbrannt, die letzte Flamme erloschen war. Dann stand sie auf und verließ den Kamin. Sie hatte den schwersten Teil ihrer Arbeit hinter sich gebracht. Doch sie war noch nicht am Ende ihres Weges. Die Akten waren zwar vernichtet, aber die Informationen, die sie enthielten, waren noch woanders gespeichert, an einem Ort, wo man sie jederzeit aufspüren konnte: in ihrem Kopf, in den Kammern ihrer Erinnerung. Und sie wußte, man würde sie fragen, wieder und wieder, in sie dringen und bohren, bis ihr Widerstand brach und sie endlich sagte, was sie von ihr wissen wollten.

Um dieser Gefahr zu begegnen, gab es nur eine Möglichkeit, und Elisabeth war bereit, auch diese Konsequenz zu ziehen. Sie holte die Fotografie aus der Schlafkammer, stellte das Bild vor sich auf ihrem Schreibtisch auf, nahm einen Bogen Papier und einen Füllfederhalter und begann zu schreiben, das lachende Gesicht ihrer Tochter vor Augen.

Ich habe sämtliche Unterlagen verbrannt. Ich mußte es tun. Schon um der Kinder willen. Die Wahrheit würde allen Beteiligten nur ein Leben lang Zweifel und Unglück bringen. Um weitere Nachforschungen unmöglich zu machen, werde ich das Gebotene tun.

Sie überflog die Zeilen, wie sie es stets tat, bevor sie ein Schriftstück zur Ablage gab, fügte ein Komma ein, das sie vergessen hatte, faltete den Briefbogen zusammen und steckte ihn in ein Kuvert, das sie gut sichtbar auf dem Sims über dem Kamin postierte. Dann trat sie an den Rollschrank und holte daraus ein großes, dickleibiges Dossier hervor, das mit Bindfaden mehrfach verschnürt war. *Barbara Reichenbach, geb. von Ganski, alias Barbara Schewesta,* stand darauf in ihrer eigenen, steilen und akkuraten Handschrift. Sie schnitt den

Bindfaden auf. Eine Pistole, geölt und funktionstüchtig und geladen, kam darin zum Vorschein; sie lag zuoberst auf zahllosen Notizen und Beweisstücken. Die Waffe hatte einmal Karl-Heinz Luschnat gehört, demselben Mann, der an diesem Abend im Fernsehen ein kleines Interview gegeben hatte, auf der Treppe von Schloß Daggelin. Mit dieser Pistole hatte alles angefangen – mit ihr hatte Luschnat den Zwangsarbeiter Igor vor einem halben Jahrhundert erschossen, mit ihr als Beweisstück hatte Elisabeth gegen ihren Vater ausgesagt.

Sie öffnete die Schublade ihres Schreibtischs und entnahm ihr ein zweites, nicht ganz so umfangreiches Dossier, das den Namen *Christian Reichenbach* trug, und legte es zu dem ersten. Beide gehörten zusammen. Dann schloß sie die Augen und dachte nach. Hatte sie noch etwas vergessen? Nein, sie hatte alles getan, was getan werden mußte. Jetzt blieb nur noch das eine zu tun.

Ruhig, ohne Eile, aber auch ohne Zögern, setzte sie sich die Pistole an die Schläfe. Hart und kalt spürte sie die Mündung auf ihrer Haut. Noch zwei, drei Atemzüge, dann würde es vorbei sein. Sie entsicherte die Waffe, hörte das leise Klicken an ihrem Ohr, legte den Finger um den Abzug und suchte nach dem Druckpunkt. Als sie ihn fand, schlug sie die Augen auf und sah in das Gesicht ihrer Tochter, in ihre lachenden Augen, zum allerletzten Mal. Ein Gefühl unendlicher Zärtlichkeit stieg in ihr auf, während das Bild vor ihr verschwamm.

«Leb wohl, Barbara», flüsterte sie. «Ich habe dich immer geliebt.»

16

«Herrgott! Hat dieses Auto kein Gaspedal?»

«Nu mal langsam mit die jungen Pferde. Meinen Sie, ich will meine Lizenz verlieren?»

«Jetzt fahren Sie verdammt noch mal schneller! Ich zahl den doppelten Preis!»

«Na gut, wenn das so ist.»

Endlich! Der Taxifahrer schob sich die Mütze in den Nacken und trat das Gaspedal durch. Sie hatten die Stadt verlassen; vor ihnen lag die leere dunkle Landstraße, die hinaus in Richtung Neuenhagen führte. Christian sah, wie die Tachonadel stetig in die Höhe kletterte: achtzig, hundert, hundertzwanzig ... Zum Glück gab es jetzt wenigstens Taxis in Berlin, sogar mitten in der Nacht. Eine der wenigen wirklich positiven Veränderungen seit der Wende.

Gleich nach dem Telefongespräch mit seiner Schwester hatte Christian sich auf den Weg gemacht. Er kannte Elisabeth Markwitz; wenn auch sie am Abend das Fernsehinterview gesehen hatte, und das hatte sie mit Sicherheit, würde sie reagieren, auf der Stelle.

«Halt! Da ist es!»

In dem kleinen, einsamen Haus am Waldrand brannte Licht. Gott sei Dank, sie war da! Mit quietschenden Reifen kam das Taxi zum Stehen. Christian griff in die Tasche, warf dem Fahrer ein paar Geldscheine hin und sprang hinaus. Draußen war es so dunkel, daß er kaum die Hand vor Augen sah, als er den schmalen Fußweg zu der Datsche entlangstolperte und gleichzeitig versuchte, seine Gedanken zu ordnen. Womit konnte er ihr noch drohen, jetzt, nachdem alles heraus war? Vielleicht war es am besten, er würde einfach an ihr Gewissen appellieren, im Namen ihrer gemeinsamen Tochter ...

Da krachte ein Schuß!

Christian blieb vor Schreck wie angewurzelt stehen. Er war nur noch wenige Meter von der Datsche entfernt. Keine Frage, der Schuß war im Innern des Hauses gefallen. Im nächsten Moment war er an der Tür und rüttelte an der Klinke.

«Elisabeth? Elisabeth!»

Die Tür war abgeschlossen.

«Elisabeth! Ich bin's, Christian! Hörst du mich?»

Keine Reaktion. Herr im Himmel, was war da los? Tausend Vorstellungen wirbelten gleichzeitig durch seinen Kopf. Er lief ums Haus, spähte durchs Fenster, aber durch die Gardine war nichts zu erkennen. Er spürte, wie die Angst ihm den Rücken hinaufkroch.

«Elisabeth! Mach auf, sofort, oder ich brech die Tür ein!»

Wieder keine Antwort. Christian nahm Anlauf und warf sich gegen die Türfüllung. Einmal, zweimal, dreimal ... Beim vierten Mal gab das Schloß mit einem Krachen nach.

«O mein Gott!»

Bei dem Anblick drinnen stockte ihm der Atem. Elisabeth saß auf einem Stuhl; ihr Oberkörper lag verdreht auf dem Schreibtisch, den Kopf zur Tür gewandt. Alle Härte, alle Strenge war aus ihrem Gesicht gewichen. Ihre zwei ungleichen Augen sahen Christian an, mit einem Ausdruck friedlichen Staunens, als würden sie in weiter Ferne etwas Wunderschönes sehen. Im selben Augenblick wußte er, daß sie tot war.

«Elisabeth ...»

Erst jetzt bemerkte er das kleine Loch an ihrer Schläfe, den feinen Streifen Blut, der über ihre Wange rann, an ihrem Kinn entlang, und sich dort mit einem zweiten Rinnsal paarte, das aus ihrem Mund quoll. Leblos baumelte ihr Arm am Körper herab; unter ihrer Hand, die sich noch leicht bewegte, lag eine Pistole auf dem Boden. Christian schluckte. Ja, sie hatte das Interview gesehen, und sie hatte reagiert, auf der Stelle, wie sie es immer getan hatte.

Sein Blick fiel auf ein graues Kuvert, auf dem Sims über dem Kamin. Er öffnete den Umschlag und erkannte ihre Schrift. Es war ihr Abschiedsbrief: *Ich habe sämtliche Unterlagen verbrannt. Ich mußte es tun ...* Er sah den offenen Rollschrank, die Asche im Kamin, und er begriff, was diese Zeilen bedeuteten. Sie hatte ihr Geheimnis mit sich genommen. Er würde nie erfahren, wer seine Tochter war.

«Du Miststück», flüsterte er, «du verdammtes Stück Dreck ...» Doch während er sprach, sah er wieder ihr Gesicht, und die Worte zerfielen in seinem Mund wie modrige Pilze. Seine Wut, der Zorn: Alle Gefühle, die ihn eben noch erfüllt hatten, lösten sich auf, und übrig blieb nur Mitleid für diese Frau. «Was hast du nur getan?»

Das Gefühl einer entsetzlichen Ohnmacht breitete sich in ihm aus. Was sollte er tun? Es war alles entschieden, aus und vorbei. Er würde die Polizei benachrichtigen, das war das einzige, was er noch tun konnte. Er schaute sich in dem kleinen Zimmer um, in dem er vor zwanzig Jahren so oft gewesen war, und suchte nach einem Telefon, doch er konnte keines entdecken.

Plötzlich runzelte Christian die Stirn. Auf dem Schreibtisch, neben Elisabeths Kopf, lag ein Dossier, dessen Etikett seinen Namen trug, und daneben ein zweites, noch stärkeres, mit dem Namen seiner Mutter. Was waren das für Akten?

Zögernd griff er danach. Ein Gegenstand fiel mit leisem Klirren zu Boden. Er bückte sich und hob ihn auf: eine Kette aus hauchdünnen, ineinandergeflochtenen Goldfäden, mit einem Bernstein-Amulett von der Größe eines Kieselsteins. Mit dem Hemdärmel putzte er den Bernstein blank und hielt ihn gegen das Licht. Im Innern erkannte er eine eingeschlossene Bienenkönigin: Es war das Amulett, das Elisabeth bei ihrer ersten Begegnung auf Daggelin getragen hatte – dasselbe, von dem seine Mutter ihm als Kind so oft erzählt hatte.

Ohne zu überlegen, was er tat, steckte er die Kette ein. Dann griff er nach den Ordnern. Das eine Dossier war seine Stasi-Akte, das andere enthielt Hunderte von Notizen und Beweisstücken, die seine Mutter betrafen – Informationen, die Elisabeth Markwitz im Lauf der Jahre und Jahrzehnte zusammengetragen hatte, Zeugnisse zahlloser Ereignisse. Was er und Barbara in einem halben Jahrhundert erlebt hatten, ihre Taten und ihre Versäumnisse, sie waren hier dokumentiert, aufbewahrt für alle Zeit. Es war, als hielte er sein ganzes Schicksal in den Händen, die guten und die schlechten, die hellen und die dunklen Seiten seines Lebens.

Wahllos blätterte Christian in den Akten und begann zu lesen: die Vorwürfe, die Fräulein Bosse, seine allererste Lehrerin, gegen ihn erhoben hatte, um ihn in ein Erziehungsheim zu stecken ... Seine Relegation von der Oberschule, nachdem sein Vater aus der DDR geflohen war ... Eine Beurteilung von Norbert Petzold, in dessen Brigade er gearbeitet hatte ... Er blätterte weiter, übersprang mit ein paar Seiten fünf, sechs Jahre seines Lebens: die Wiederzulassung zur Oberschule, seine erste Seminararbeit, seine Ernennung zum Hochschulassistenten.

Plötzlich stutzte er. Was war das? Ein Protokoll von einem Gespräch, das Elisabeth mit seinem Bruder geführt hatte ... Nein, das war nicht wahr, das mußte ein Irrtum sein, ein Irrtum oder eine Lüge ... Er atmete durch, bevor er das Protokoll noch einmal las. «Sie müssen uns beweisen, daß die Partei Ihre wahre Familie ist.» Doch, da stand es, schwarz auf weiß, bestätigt mit Werners Unterschrift: Sein Bruder hatte ihn an die Stasi verraten, um seinen Hals zu retten. «Die Partei ist meine wahre Familie!» Christian begriff. Darum war er damals aufgeflogen – und daher Werners erstaunliche Hilfsbereitschaft, später, als er fliehen mußte, um sich einer zweiten Verhaftung zu entziehen.

Als Christian von den Papieren aufsah, blickte er in Elisabeths erstarrtes Gesicht. Ihre Haut war ganz bleich, sie sah aus wie eine Puppe, doch ihre Augen schauten ihn immer noch an. Ein Schauer lief ihm über den Rücken. Er mußte fort hier, er konnte den Anblick dieser toten Frau nicht länger ertragen. Aber er konnte nicht fort, ohne alles gesehen, ohne alles erfahren zu haben ... Obwohl es ihn seine ganze Überwindung kostete, sie zu berühren, legte er seine Hand auf ihre kalte Stirn und schloß die Lider ihrer Augen. Dann wandte er sich von ihr ab und las weiter.

So verbrachte Christian die letzte Nacht mit Elisabeth Markwitz, Minuten und Stunden ohne jedes Gefühl von Zeit, versunken in die Vergangenheit, in die er tiefer und tiefer eintauchte, hinabfiel, stürzend und taumelnd, ohne einen Boden für die Zukunft zu finden, in einem Raum mit Elisabeths reglosem Körper, aus der die Seele, der Geist, was immer es gewesen war, was diesen Willen, dieses Leben geprägt hatte, entschwunden war, eingegangen in eine andere, fremde Wirklichkeit, nur wenige Minuten bevor er hier eingebrochen war, wo er nun auf demselben Lammfell saß, auf dem er sie unzählige Male geliebt hatte: eine stumme, gespenstische Totenwache, auf der Suche nach seinem eigenen Leben.

Und dann, irgendwann in den frühen Morgenstunden, draußen zwitscherten bereits die ersten Vögel, drang Christian zur letzten Wahrheit vor, entdeckte er das große, dunkle, so lange Zeit verborgene Geheimnis seiner Mutter, die letzte Wahrheit seiner eigenen Identität. Eine kleine Notiz, ein unscheinbares Sätzchen, nur wenige Worte, von Elisabeth an einem Tag im Jahre 1947 aufgeschrieben, zusammen mit dem Befund seiner Typhus-Erkrankung: «Vater des ältesten Sohnes der B. R. ist der Genosse B., Major der brüderlichen Sowjetarmee.»

Er las den Satz ein zweites Mal, ein drittes Mal, ohne ihn zu verstehen, wie ein Schulkind, das gerade lesen lernt, Buchstabe für Buchstabe einen Satz entziffert, doch unfähig, den Sinn des Ganzen zu erschließen. Er murmelte die Worte vor sich hin, bis dann, urplötzlich, die ganze Wucht ihrer Bedeutung auf ihn einstürzte. Die Erkenntnis traf ihn wie ein Keulenschlag: Er – der Sohn eines Besatzungsoffiziers? Seine Mutter – ein Russenliebchen?

Wie im Fieber durchstöberte er sein Dossier. Und erst jetzt begriff er die vielen kleinen Hinweise, die er zuvor zwar gesehen, doch überlesen hatte, gedankenlos, ohne ihnen Beachtung zu schenken, obwohl sie immer wiederkehrten, an allen Wendepunkten seines Lebens, bei seiner Wiedereinschulung in Berlin, bei seiner Aufnahme in die Universität, bei seiner vorzeitigen Haftentlassung – immer wieder diese kleinen Zusätze, «auf höhere Anweisung», «im Dienst der deutsch-sowjetischen Völkerfreundschaft», «aufgrund der Intervention eines verdienten Genossen», hinter denen sich, das ahnte, das wußte er jetzt, sein Vater verbarg, der geheime Schutzengel, der immer und immer wieder die Hand über ihn gehalten hatte, so daß er die Karriere hatte machen können, wegen der man ihn nun verdächtigte und anklagte.

Wer war der Genosse B., der Mensch, der ihn vor fünfundvierzig Jahren gezeugt hatte? Hatte er von ihm die dunklen, fast schwarzen Augen? Was für eine Vorstellung sollte er sich von diesem Mann machen, dessen Blut in seinen Adern floß, dem er sein verfluchtes Leben verdankte? War er groß oder klein, dick oder dünn? War er irgendein Bauer, ein Idiot, den die Kommunisten in eine Offiziersuniform gesteckt und zum Major gemacht hatten? War er ein fanatischer Weltverbesserer, der die Deutschen nach dem Krieg zum Sozialismus bekehren wollte? Oder war er einfach ein ganz normaler Soldat, der seinen Dienst in der Armee versah und den das Schicksal für ein paar Tage nach Daggelin verschlagen hatte, nur so, zum Spaß, damit er dort ein paar Tropfen von seinem Samen verspritzte? Der Gedanke, daß diese paar Tropfen seine ganze Existenz begründeten, erschien Christian so unbegreiflich, daß ihn für eine Sekunde nur eine Frage interessierte: Wie war der Samen dieses Fremden in den Schoß seiner Mutter gelangt? Hatte er sie vergewaltigt? Oder hatten sie sich geliebt? Er lachte bitter auf. Machte das heute, für ihn, noch einen Unterschied?

Nein, es war unendlich egal. So egal und gleichgültig wie die Tränen, die in ihm aufstiegen. Denn der Mann, den er für seinen Vater gehalten hatte, war ein Fremder, und dieser Fremde, den er niemals gesehen hatte, war sein Vater. Wäre er, Christian Reichenbach, ein anderer Mensch geworden, wenn er mit diesem Vater aufgewachsen wäre? Er zuckte die Achseln. Er war nicht der, der er war. Das war die simple, alles zerstörende Wahrheit: Sein ganzes Leben war eine erbärmliche Lüge.

Ja, vielleicht war Elisabeth klüger gewesen als sie alle. Sie hatte die Spuren getilgt, die Verbindung gekappt: zur Vergangenheit, zur Zukunft. Seine Tochter würde nie erfahren, daß es ihn gab; so blieb ihr erspart, was er in dieser Nacht durchlitten hatte. Also führte Christian Elisabeths Arbeit zu Ende; er nahm die zwei Dossiers, warf sie in den Kamin und zündete sie mit einem Streichholz an. Es dauerte nur wenige Minuten, dann war alles verbrannt. Mit einem Holzscheit stocherte er in den Resten, um sicher zu sein, daß nichts von den Akten übrig war. Dann ging er zur Tür. Er hatte hier nichts mehr verloren.

Bevor er ins Freie trat, warf er einen letzten Blick auf Elisabeth. Mit ihren geschlossenen Augen sah sie aus, als wäre sie am Schreibtisch eingeschlafen, mitten in der Arbeit. Sie hatte alles gewußt, vom allerersten Anfang an. Sie war sein dunkles Gedächtnis gewesen, die Hüterin seiner falschen Existenz, die böse Fee in seinem Leben. Jetzt war sie tot. Fast wünschte er, er könnte mit ihr tauschen …

Er wollte gerade die Tür öffnen, da sah er etwas blinken, neben ihrem Kopf, ein kurzes Aufleuchten, wie ein Zeichen. Müde rieb er sich die Augen. War er so erschöpft, daß er Halluzinationen hatte? Er schaute noch einmal hin. Nein, er hatte sich nicht getäuscht. Ein kleiner, umgekippter Bilderrahmen lag auf dem Tisch, in einer Lache von Elisabeths Blut, und in der metallenen Einfassung blinkten die Sonnenstrahlen, die der neue Tag durchs Fenster sandte.

Er trat an den Schreibtisch und nahm den Rahmen vom Tisch. Als er das blutverschmierte Foto sah, hielt er den Atem an. Das also hatte Elisabeth gesehen, in ihrem letzten Augenblick: das lachende Gesicht eines Mädchens, mit dunkel leuchtenden Augen.

Es war schon heller Morgen, als er die Datsche verließ. Auf der Landstraße herrschte reger Verkehr. Doch er nahm die Autos kaum wahr, die an ihm vorüberrauschten, während er am Rand der Straße, im Schatten uralter Pappeln, einen Schritt vor den anderen setzte. Er fühlte nichts mehr, er dachte nichts mehr, er sah nur immer wieder dieses junge, lachende Gesicht: das Gesicht seiner Tochter, aus dem die dunklen Augen seines Vaters leuchteten.

Irgendwann erreichte er das nächste Dorf, ein kleines Nest mit ein paar Dutzend Häusern, einer Post und einer Kneipe.

In der Kneipe war noch kein einziger Gast. Nur der Wirt saß neben dem Tresen, in eine Zeitung vertieft, und schaute verwundert zu ihm auf, als er den dämmrigen, nach abgestandenem Zigarettenrauch stinkenden Schankraum betrat.

Christian bestellte ein Bier. Er wollte sich betrinken.

17

Es war ein Tag in der Zeit. Ein blaßblauer Himmel, an dem der Wind dunkle Regenwolken vor sich hertrieb, als wolle er ihnen niemals Ruhe lassen, spannte sich über die weite, nur von wenigen Hügeln unterbrochene Ebene, über der sich Daggelin wie ein altes, verwunschenes Märchenschloß erhob. Zwischen den Wolkenschatten, die wie riesige Laken über das Land zogen, flammten immer wieder die Strahlen der Abendsonne auf, um die Türme, Giebel und Erker des Schlosses für Sekunden in ein goldgelbes Licht zu tauchen, das sich von dort in schäumenden Fluten auf die abgeernteten Felder ergoß. Wie ein gesprungener Spiegel funkelte in der Ferne der See. Eine erste Vorahnung des kommenden Winters lag in der Luft, an diesem Oktoberabend im Jahre 1990, und die Schreie der Graugänse, die über dem See in den Himmel aufstiegen, wehten herüber bis zu der Familiengruft, die, eingefriedet von einer immergrünen Hecke, hinter der Kapelle lag.

Barbara und Alex standen an Elisabeths Grab und blickten schweigend auf den Erdhügel, der sich neben der Grabstätte ihres Vaters wölbte. Die Bestattung war noch keine drei Wochen her. Daggelin würde bald wieder der Familie gehören, Werner kümmerte sich um die Rückführung des Besitzes, und die Wiederherstellung des alten Friedhofs war der erste Schritt. Das schlichte Holzkreuz trug außer den Lebensdaten nur den Namen: *Elisabeth Markwitz-von Ganski*.

«Der Name war das einzige», sagte Barbara, «was wir ihr noch geben konnten. Ich ... ich hätte früher zu ihr gehen müssen.»

«Ja, vielleicht», sagte Alex. «Vielleicht aber ist es auch meine Schuld. Weil, ich war es ja, der Luschnat eingeschaltet hat.» Nachdenklich schüttelte er den Kopf. «Was immer wir tun, es ist irgendwie falsch.»

Barbara schaute ihn an. «Was hast du gesagt?»

«Ach, nichts, nur ein Gedanke.» Er sah von dem Grab auf und erwiderte Barbaras Blick. «Aber jetzt wollen wir hineingehen. Die anderen warten schon.»

Als sie den Friedhof verließen, trat am Hoftor der Schloßanlage ein Mann hinter die Mauer zurück, der sie von ferne mit seinen dunklen Augen beobachtete: Michail Belajew, General der Sechsten Roten Armee. Er war mit der Auflösung der in Kujau stationierten sowjetischen Truppenverbände beauftragt, und als er Daggelin in seiner dunklen Limousine passierte, hatte er seinen Fahrer anhalten lassen, um sich von dem Ort zu verabschieden, an dem er für zwei Nächte in seinem langen, langen Leben das Glück gefunden hatte, das alles Leid der Welt aufhob, in den Armen einer Frau, die ein blinder Gott oder die Vernunft des Schicksals einem anderen Mann als ihm beschieden hatte.

Mit einem Seufzer wandte er sich ab. Die Bilder der Erinnerung waren wie mit einer Radiernadel in seine Seele eingebrannt. Noch immer spürte er Barbaras Hingabe, die Leidenschaft, mit der sie seine Liebkosungen erwidert hatte, hörte er die Melodie, die er in ihr zum Klingen gebracht hatte … Das Geräusch eines Autos weckte ihn aus seinen Gedanken. Ein Taxi hielt vor der Einfahrt, und heraus stieg ein Mann von gut vierzig Jahren, das Gesicht verwüstet, das Haar in Strähnen, der Anzug voller Falten und verdreckt. Es war Christian, sein Sohn.

Mit einer Wodkaflasche in der Hand torkelte er auf die Einfahrt zu, ohne seinen Vater zu registrieren. Plötzlich strauchelte er, stolperte und fiel zu Boden. Belajew reichte ihm die Hand, um ihm aufzuhelfen.

Christian blickte mit glasigen Augen zu ihm auf. «Besten Dank, unbekannterweise», lallte er. Er nahm die Hand und zog sich in die Höhe. Als er wieder auf den Beinen war, runzelte er die Brauen. «Sagen Sie mal, kennen wir uns nicht?»

Belajew schüttelte stumm den Kopf.

«Komisch», sagte Christian mit einem schiefen Grinsen und schwerer Zunge. «Na, auch egal. *Do svidanija, tovarisc!* Es lebe die Revolution!»

Dann wandte er sich ab und schwankte durch das Tor. Vom Himmel fielen die ersten Regentropfen. Belajew schlug den Kragen seines Uniformrocks hoch und kehrte zu seinem Wagen zurück. Seine Augen füllten sich mit Tränen, während er durch die getönten Scheiben der Limousine Christian nachschaute, wie er im Regen, langsam und mit unsicheren Schritten, den Hof überquerte, die Freitreppe emporstieg und schließlich durch das Portal im Innern des Schlosses verschwand.

«Dawai!» sagte er und tippte dem Fahrer auf die Schulter.

Langsam rollte der Wagen an. Belajew warf einen letzten Blick auf das verschlossene Portal, dann lehnte er sich in seinem Sitz zurück. Seine Mission im Land seiner Mutter war beendet, nach über fünfundvierzig Jahren. Die Menschen, die er hier zurückließ, hatten ihre Rollen gefunden, im großen Experiment des Lebens, auch wenn sie es selbst vielleicht noch nicht wußten. Er aber würde in seine Heimat zurückkehren, nach Moskau, in die Einsamkeit seiner kleinen Wohnung unweit des Kreml, ein alter Mann ohne Freunde oder Verwandte, allein mit seinen Erinnerungen, der abends ab und zu, solange es noch nicht zu schwer fiel, ins Restaurant oder Theater gehen würde und die Tage damit verbrachte, ein Buch zu lesen oder vom Fenster aus den Kindern im Hof beim Spielen zuzusehen.

Im Westen senkte sich die Sonne über das Land, und die Abenddämmerung brach herein.

18

Im Festsaal von Schloß Daggelin, dem Festsaal der ebenso eilig wie lieblos improvisierten Gastwirtschaft, in der Barbara mit ihrer Familie das Fest ihres fünfundsechzigsten Geburtstags und zugleich ihres sechsundvierzigsten Hochzeitstags feierte, war es so still, daß man die Teller in der Küche klappern hörte.

Alle Blicke waren auf Christian gerichtet. Er stand in der Mitte des Raumes, auf unsicheren Beinen, und starrte seine Mutter mit glasigen

Augen an, ein nervöses Zucken im Gesicht. Barbara faßte nach dem Amulett auf ihrer Brust, als müßte sie sich davon überzeugen, daß es tatsächlich dort hing. Denn ihr Sohn streckte ihr die andere Kette entgegen, die erste, die echte: diejenige, die Alex ihr am Morgen ihrer Hochzeit geschenkt hatte, hier in ihrem Elternhaus, vor einem halben Jahrhundert.

«Ich dachte», sagte Alex verstört, «die hätten damals die Russen ...»

«Natürlich – die Russen!» lallte Christian mit einem Grinsen. «Die waren ja an allem schuld!»

«Woher hast du die Kette?» flüsterte Barbara.

«Aus dem Grab meines Großvaters. – Ja, da staunst du, was?» Christian stieß einen Rülpser aus. «Du hast wohl gedacht, sie wäre da für immer verschwunden, einfach weg ... auf Nimmerwiedersehen.» Er trat noch einen Schritt näher und hielt ihr den Schmuck direkt vors Gesicht. «Ist sie aber nicht, Pech gehabt! Weil, da gab es nämlich jemand ... oder eine Jemandin, sollte ich sagen, die war eine leidenschaftliche Sammlerin. Die hat alles ausgegraben und aufgehoben für uns, für dich und für mich und sogar für den da.»

Er deutete mit dem Kinn auf Alex, der Barbara immer irritierter ansah, weil er nicht begriff, nicht begreifen konnte, was Christian meinte.

«Du ... du bist ja total besoffen», stammelte Werner, der erst jetzt die Sprache wiederfand. «Was fällt dir ein, in diesem Zustand hier aufzukreuzen?»

Christian warf ihm einen verächtlichen Blick zu. «Halt du bloß das Maul, du Mistkerl, du hast in deinem Leben schon genug gequatscht.»

«Komm, Bruderherz, mach keinen Terror!» sagte Tinchen und reichte den kleinen Till, den sie auf dem Arm trug, ihrem neben ihr sitzenden Mann. «Trink eine Kanne Kaffee, damit du nüchtern wirst, aber hör mit dem Scheiß auf!»

«Aufhören? Ich fange erst an! Wir sind doch hier, um lustig zu sein! Stimmt's, Werner? Oder traust du uns das nicht zu? Daß wir so lustig sind wie deine wahre Familie?»

«Meine was?»

«Deine wahre Familie – die Partei! Hast du Tante Elisabeths Plauderstunde schon vergessen, du Spitzel? Wieviel hat sie dir fürs Lustigsein bezahlt?»

«Du verdammtes, arrogantes Arschloch», schnaubte Werner. «Wenn ... wenn Mama nicht Geburtstag hätte, ich würde dir die Fresse polieren.»

Wie ein Blitz fuhr Christian herum, mit dunkel funkelnden Augen. «Du mir die Fresse polieren? Ausgerechnet du?»

Noch während er sprach, holte er aus und schlug seinem Bruder mit der Faust ins Gesicht, so plötzlich und hart, daß Werner ein paar Schritte rückwärts taumelte und dann zu Boden fiel.

«Werner! Christian! Um Himmels willen!»

Gisela eilte in ihrem roten Kleid zu ihrem Mann. Malte, ihr halbwüchsiger Sohn, stellte sich mit erhobenen Fäusten zwischen Christian und seinen Vater, der sich die blutende Nase hielt, während seine kleine Schwester Anke sich verängstigt an ihn drängte.

«Ich warne dich, Onkel Christian. Noch einmal, und ich –»

«Bravo, Malte! Das ist der gute alte Pioniergeist!»

Gisela zog ein Taschentuch aus dem Ärmel und hielt es Werner unter die Nase. «Tu den Kopf in den Nacken!»

«Dieses verdammte, eingebildete Großmaul!»

«Nicht reden, Werner. Und den Kopf in den Nacken!» Sie half ihrem Mann vom Boden und rief ihre Kinder. «Malte, Anke – kommt, wir gehen!»

«Gute Idee, Schneewittchen», sagte Christian. «Weil, mit meinem Bruder bin ich quitt. Nur mit der da» – er drehte sich zu Barbara um – «mit unserer Bienenkönigin, mit der muß ich noch anstoßen, aus einem ganz privaten Anlaß, der nur uns zwei was angeht.» Er blickte seiner Mutter fest in die Augen, und das Zucken in seinem Gesicht hörte plötzlich auf. «Meinst du nicht auch, liebe Mama? Ein bißchen Nachhilfe für deinen Liebling, damit du ihm mal erklärst, wie das eigentlich geht mit dem Vögeln und Kinderkriegen. Hab's immer noch nicht begriffen, obwohl ich mich redlich bemüht habe in den letzten zwanzig Jahren.»

«Es reicht, Christian!» rief Tinchen. «Willst du uns den ganzen Tag mit deinem Scheiß versauen? – Mama, sag endlich was, damit er sich benimmt! Der ist ja so betrunken, der gehört in eine Zelle!»

Barbara schüttelte den Kopf. «Nein, Tinchen, Christian ist nicht betrunken. Er tut nur so. Und er hat recht. Wir ... wir müssen wirklich miteinander reden, ich meine – allein.»

«Ich hör wohl nicht richtig! Heißt das, Ingo und ich sollen gehen?»

«Ja. Und frag jetzt nicht, warum.»

Tinchen runzelte die Stirn, und zwischen ihren Augen zeichnete sich scharf und deutlich ihre Trotzfalte ab.

«Bitte, Tinchen.»

Sie sagte es so eindringlich, daß ihre Tochter nur einen Moment noch zögerte; dann wandte Tinchen sich ab und ging zur Tür, wo Werner, den Kopf im Nacken und das Gesicht rot vor Wut, an Giselas Seite den Raum verließ, zusammen mit seinen Kindern. Malte bildete die Nachhut; er lief im Rückwärtsgang, die Fäuste noch immer erhoben, als müßte er seinen Vater vor weiteren Angriffen schützen. Ingo nahm den schlafenden Till über die Schulter und folgte seiner Frau.

«Ist verdammt klein, dein Universum, wie?» lallte Christian, als die anderen hinaus waren. «Das war doch immer dein Credo. *Die Liebe ist das Amen des Universums* – das Wort eines großen russischen Dichters ...» Er lachte verächtlich auf. «Den Dichter kenne ich jetzt! Er fängt mit B an.»

«Christian», sagte Alex scharf, «würdest du endlich erklären, was das alles soll?»

«Willst du das wirklich?» fragte Christian. «Ich glaube, wenn du es wüßtest, würdest du es lieber nicht wollen, es sei denn, du willst dich ein bißchen quälen.» Er legte den Arm um Alex' Schulter. «Hör zu, fremder Mann, wir haben zwar nichts miteinander zu tun ... aber, weil du ein anständiger Kerl bist, und vor allem, weil du immer so anständig zu mir warst, obwohl du gar keinen Grund dazu hattest, geb ich dir einen Rat.» Er beugte sich zu ihm und raunte ihm ins Ohr: «Frag-lieber-nicht!»

Alex machte sich aus seiner Umarmung frei. «Zum Kuckuck noch mal! Was bildest du dir ein? Erst verschwindest du einen Monat von der Bildfläche, dann kommst du betrunken hier anmarschiert, schlägst deinen Bruder nieder und machst dieses Affentheater, und dann sagst du, ich soll dich nicht fragen? Bist du eigentlich noch bei Trost?»

Christian stierte ihn eine lange Weile an, mit gerunzelten Brauen, prüfend, wie ein Forscher ein Insekt unter dem Mikroskop, während er den Fokus justiert.

«Ich glaube fast, du willst es wirklich wissen ...»

«Und ob ich das will!»

«Also gut, auf deine Verantwortung.»

Barbara biß sich auf die Lippen. Der Augenblick war da: Christian wußte die Wahrheit, und gleich würde auch Alex sie erfahren … Sie spürte, wie sich ihr Magen zusammenkrampfte. Ihr Herz pochte bis zum Hals.

«Alex, ich muß dir etwas sagen …»

«Nein!» fuhr Christian ihr über den Mund. «Du hattest lange genug Gelegenheit zu reden. Jetzt rede ich!» Wieder legte er seinen Arm um Alex' Schulter. «Ich hab meine Akte gesehen, Herr Reichenbach, und darin einen Zettel gefunden, eine kleine, winzige Notiz, eigentlich nur einen einzigen Satz, aber ungeheuer interessant. Ein richtiges Kleinod, wie ein Gedicht, ja, wirklich, ein poetisches Meisterwerk, von unglaublicher Ausdruckskraft. Eine Handvoll Wörter nur, und doch bedeuten sie ein ganzes Leben.»

«Christian, bitte, ich flehe dich an!»

«Psssst, Mama, verdirb deinem Mann nicht den Kunstgenuß. Ich werde den Vers gleich rezitieren.»

«Was war das für eine Notiz?» fragte Alex. «Was stand auf dem Zettel?»

«Was darauf stand?» Christian runzelte die Stirn, als müsse er nachdenken. «Komisch, plötzlich ist es weg, ich kann mich nicht mehr erinnern. Vielleicht liegt es daran, daß es sich nicht reimte? Na, egal, zum Glück haben wir ja eine Zeugin, eine Expertin in Sachen Poesie.» Er packte Barbara beim Handgelenk, so heftig, daß es schmerzte. «So, Bienenkönigin! Jetzt kannst du deine Aussage machen! Wer hat die Kette damals in das Grab geworfen?»

Sie erwiderte seinen Blick, sah in seine dunklen, fast schwarzen Augen. Und plötzlich fühlte sie sich, als stünde sie nackt und bloß vor ihm da.

«Na los, sag es! Wer hat die Kette in das Grab geworfen?»

Barbara schlug die Augen nieder. Dann sagte sie, so leise, daß sie ihre eigene Stimme kaum hörte: «Dein Vater …»

«Was sagst du da?» fragte Alex. «Was hab ich getan?»

«Von dir ist nicht die Rede!»

«Aber sie hat doch gesagt, daß ich –»

«Daß *du*? Hat sie *Alex* gesagt, deinen Namen?» Christian stieß ihn mit der Faust gegen die Brust. «Du dummer alter Mann, hast du immer noch nicht kapiert? Soll ich dir sagen, was in meiner Akte stand? Ja?» Ohne die Antwort abzuwarten, schleuderte er ihm die Wahrheit ins Gesicht: «‹Vater des ältesten Sohnes der B. R. ist der Genosse B., Major der brüderlichen Sowjetarmee.› Und dreimal darfst du raten, wer wohl B. R. ist, wer sich hinter diesen zwei Buchstaben verbirgt.» Plötzlich brach seine Stimme, und seine Augen füllten sich mit Tränen. «Warum, Mama, hast du das getan?»

«O Gott, Christian, nein ...» flüsterte Alex. «Du ... bist nicht mein Sohn?»

«Nein, fremder Mann, das bin ich nicht.»

Alex nahm seine Brille ab und rieb sich die Augen. Barbara sah, wie das Blut aus seinem Gesicht wich, in dem sie jede Furche kannte, jede Falte, jede Runzel. Noch nie in ihrem Leben hatte sie sich so erbärmlich gefühlt wie in diesem Augenblick. Sie hatte dem Mann, den sie wie ihr eigenes Leben liebte, den größten Schmerz zugefügt, den eine Frau einem Mann zufügen konnte. Wie gern hätte sie die Hand nach ihm ausgestreckt, um sein Gesicht zu berühren, aber sie traute sich nicht. Endlich setzte Alex die Brille wieder auf und öffnete die Augen. Doch er blickte nicht sie an, sondern Christian. Seine Stimme klang so ruhig, daß es Barbara kalt über den Rücken lief.

«Erinnerst du dich noch an den Tag, als ich mit Tinchen in den Westen floh, Christian? Du hast mir damals eine Frage gestellt, eine für uns beide sehr wichtige Frage.»

Christian nickte. «Ja, ich erinnere mich. An meine Frage, und an deine Antwort.»

«Du wolltest wissen, warum ich dich nach meiner Rückkehr aus Rußland adoptiert hatte, unter dem falschen Namen, den ich damals trug. Du hattest Angst, du könntest nicht mein Sohn sein.»

Christian erwiderte Alex' Blick. «Ich war so glücklich über deine Antwort. Aber sie war eine Lüge, auch wenn du es selber nicht gewußt hast.»

Alex schüttelte den Kopf. «Nein, Christian, es war keine Lüge. Vielleicht klingt es seltsam, aber ich kann nur sagen, wie ich es empfinde. Du ... du bist fünfundvierzig Jahre mein Sohn gewesen, und darum wirst du immer mein Sohn sein.» Er reichte Christian die Hand. «*Das* ist die Wahrheit, mein Junge, meinst du nicht auch?»

Alex hielt ihm die Hand entgegen und nickte ihm zu, doch Christian nahm sie nicht. Sein Gesicht war ganz hart, der Mund nur ein dünner Strich, so daß sich die Muskeln auf seinen Wangen wie Striemen abzeichneten. Aus seinen Augen rannen Tränen.

«Ich ... ich weiß nicht», sagte er. «Ich ... ich will es versuchen, aber ich weiß nicht, ob ich es schaffe.»

Ohne noch einmal aufzuschauen, machte er kehrt, abrupt und ohne ein weiteres Wort, und ging zur Tür hinaus.

Dann waren Barbara und Alex allein in dem großen Saal, so allein wie die ersten Menschen nach der Erschaffung der Welt. Barbara fröstelte. Als könne er ihre Nähe nicht ertragen, trat Alex ans Fenster und blickte hinaus. In dicken Tropfen klatschte der Regen gegen die Scheiben, und die Dämmerung war schon so weit vorangeschritten, daß die Dunkelheit im Raum das Licht beinahe verschluckte. Mit jeder Sekunde der Sprachlosigkeit dröhnte das Schweigen lauter in ihren Ohren. Irgendwo in einem Nebenzimmer lief die Fernsehübertragung von einem Fußballspiel.

«Warum hast du es mir nie gesagt?» fragte Alex schließlich, den Rücken ihr zugewandt.

Barbara machte einen Schritt auf ihn zu. Eine Strähne löste sich aus ihrer Frisur und fiel ihr ins Gesicht. «Ich habe es dir so oft sagen wollen, glaub mir, aber ich hatte nicht den Mut.» Sie streckte den Arm nach ihm aus und berührte vorsichtig seine Schulter. «Kannst du – kannst du mir trotzdem verzeihen?»

Alex rührte sich nicht. Er stieß einen Seufzer aus; dann antwortete er ihr, mit einer Stimme, als müsse er die Worte aus den tiefsten Kammern seiner Seele hervorholen. «Bist du dir eigentlich bewußt, Barbara, daß wir gar nicht verheiratet sind? Ich meine, vor dem Gesetz?»

Barbara spürte, wie sich ihr der Hals zuschnürte. «Du meinst, weil unsere Ehe ... im Krieg annulliert wurde?» Sie mußte eine Pause machen, bevor sie weitersprechen konnte. «Warum sagst du das jetzt? Ausgerechnet in diesem Moment? Willst du ... willst du mir damit sagen, daß du dich von mir trennen möchtest?»

Alex wandte sich vom Fenster ab und drehte sich zu ihr um. Inzwischen war es so dunkel, daß sie sein Gesicht kaum mehr erkennen konnte. Welche Empfindungen sprachen aus seinen Augen, welche Gefühle? Wut? Enttäuschung? Verachtung? Sie hatte solche Angst vor dem, was er jetzt sagen würde, daß sie sich an einer Stuhllehne festhalten mußte.

«Nein», flüsterte Alex. Draußen im Hof gingen die Laternen an, und Barbara sah plötzlich das Gesicht ihres Mannes. In dem diffusen Schein wirkte es viel jünger, wie vor vielen, vielen Jahren, ganz glatt und ohne Falten, ein Gesicht aus einer anderen Wirklichkeit, die doch die ihre war, weil sie selbst sie miteinander geschaffen hatten. Und dieses Gesicht lächelte sie an, scheu, fast schüchtern, und gleichzeitig unendlich zärtlich und voller Liebe. «Ich sage es nur, weil ich dir eine Frage stellen möchte.» Er strich die Strähne aus ihrem Gesicht, dann nahm er ihre Hände in die seinen. «Würdest du mich noch einmal heiraten, wenn ich dich darum bitte? Ich meine, mit Standesamt und Kirche und allem Drum und Dran?»

«Was sagst du da?»

«Ob du meine Frau sein möchtest, Barbara, ist das so schwer zu verstehen?»

«Ob ich das möchte? Oh, Alex! Ja, ja und wieder ja!»

Sie schlang ihre Arme um seinen Hals, und dann küßten sie sich, so behutsam und sanft wie beim allerersten Mal. Und als ihre Lippen sich berührten, ihre alten, schon welken Lippen, die einander so oft berührt hatten, stieg noch einmal die Ahnung jenes Gefühls in ihr auf, das sie vor vielen, vielen Jahren einmal in seinen Armen empfunden hatte, ein Gefühl, wie wenn sie sich im Meer auf einer Welle treiben ließ, ganz im Vertrauen auf die Kraft der Woge, die sie höher und höher hinaufhob, als solle sie aufsteigen bis in den Himmel.

«Oh, Alex, womit hab ich dich nur verdient?»

«Weißt du noch», flüsterte er in ihr Ohr, «was du damals zu mir gesagt hast, in der Nacht, in der ich den größten Fehler meines Lebens machte und dich verließ, um an die Front zurückzukehren?»

«Ja, mein Schatz. Aber sag es mir trotzdem – bitte. Ich würde es so gern von dir hören.»

Alex drückte sie an sich, so fest, als wollte er sie nie wieder loslassen. «Wir zwei, wir haben uns. Wir leben. Und solange wir leben, werden wir uns lieben ...»

Epilog: 1990

Wenige Monate nach der Wiedervereinigung fiel Alt-Daggelin, einschließlich der auf dem Grund und Boden befindlichen Schloßanlage, an seine ursprüngliche Eigentümerin zurück; Groß-Daggelin mit seinen Wäldern und Ländereien hingegen, das vor der Gründung der DDR enteignet worden war, verblieb in Staatsbesitz. Barbara überlegte lange, wie sie das Schloß für die Zukunft nutzen sollte. Gemeinsam mit ihrem Ehemann Alex, den sie am Heiligen Abend 1990 zum zweiten Mal geheiratet hatte, kam sie zu dem Schluß, in den Gebäuden ein Heim für Waisenkinder aus den Staaten des ehemaligen Ostblocks einzurichten, als Weiterführung jenes Heims für Kriegs- und Flüchtlingswaisen, das ihre Halbschwester Elisabeth Markwitz im Jahre 1947 gegründet hatte. Zur Erinnerung an sie trägt das Haus heute ihren Namen.

1992 verkauften Barbara und Alex ihren Bungalow in Essen, um auf Daggelin ihren Lebensabend zu verbringen, zusammen mit ihren Kindern und Enkeln. Barbara erteilt im Heim ab und zu Musikunterricht, Alex hilft täglich ein paar Stunden in der Verwaltung des Hauses, obwohl ihm dies aufgrund nachlassender Sehkraft von Monat zu Monat schwerer fällt.

Kaufmännischer Direktor des Elisabeth-Markwitz-Heims ist seit 1993 Werner Reichenbach; die pädagogische Leitung liegt seit demselben Jahr in Christians Händen. Obwohl die Verdächtigungen, er habe seine Karriere der Mitarbeit im Staatssicherheitsdienst zu verdanken, nie erhärtet werden konnten, gelang es ihm nicht, sie zweifelsfrei in der Öffentlichkeit auszuräumen, so daß er im Sommersemester 1992 seine Professur an der Humboldt-Universität aufgab, um beim Aufbau des neuen Daggelin mitzuwirken und an fremden Kindern gutzumachen, was er an seinem eigenen Kind versäumt hatte. Zu diesem Zeitpunkt hatte er sich mit Werner bereits ausgesöhnt. Die Brüder waren übereingekommen, daß Werners Verrat und seine spätere Hilfe bei Christians Flucht einander aufwogen.

Als letztes Mitglied der Familie zog im März 1994 Tinchen nach Daggelin. Mit ihrem Mann betreibt sie dort die Landwirtschaft und trägt so erheblich zur ökonomischen Sicherung des Familienunternehmens bei. Obwohl sie täglich bis zu zwölf Stunden arbeitet, bringt sie fast jedes Jahr ein Kind zur Welt. Inzwischen hat sie mit Ingo drei Töchter und zwei Söhne im Alter zwischen anderthalb und neun Jahren, doch wenn es nach ihr geht, soll es nicht dabei bleiben.

Mit Hilfe der Fotografie, die Christian von seiner Tochter Barbara besaß, gelang es ihm schließlich, sie ausfindig zu machen, etwa ein halbes Jahr nach Elisabeths Tod. Sie war bei einem Musikerehepaar in Leipzig aufgewachsen und studierte seit 1991 Pädagogik in Berlin. Dort trafen sie sich erstmals im Januar 1992, im *Café Prisma* am Prenzlauer Berg. So wichtig die Begegnung für Christian war, so wenig Interesse zeigte die junge Frau an ihrem Vater. Trotz aller Bemühungen kam er über eine belanglose Unterhaltung mit ihr nicht hinaus. Sie halten seitdem losen Kontakt, ohne einander wirklich näherzukommen.

Christian selbst verzichtete darauf, seine Mutter nach der Identität seines leiblichen Vaters zu fragen. Nachdem er sich von dem Schock seiner Entdeckung erholt hatte, nahm er Alex' Angebot an, ihn weiter als seinen Vater zu betrachten. In der Erkenntnis, daß seine Familie sich sowenig wie sein Schicksal im nachhinein korrigieren ließ, akzeptierte er sich als den Mann, der er als Alex' Sohn im Laufe der Jahre geworden war, und sein leiblicher Vater, der «Genosse B., Major der brüderlichen Sowjetarmee», verblaßte allmählich zu einem Phantom, Mitglied einer anderen, irrealen Phantom-Familie, die es nie gegeben hatte und niemals geben würde.

Wer Michail Belajew wirklich war, blieb darum für immer Barbaras Geheimnis.

Danke!

Dank sagen macht Spaß – erstens, weil es sich so gehört, zweitens, weil es ein Bedürfnis ist, und drittens, weil man dann mit einer Arbeit fertig ist. Danken möchte ich allen, die mit ihrer Kritik und ihrem Zuspruch an diesem Roman mitgewirkt haben. Insbesondere sind dies:

Roman Hocke, mein Freund und Agent. Durch ihn und mit ihm und trotz ihm ist dieses Buch entstanden.

Serpil Prange. Sie hat jede Phase der Entwicklung buchstäblich mit mir geteilt.

Nicole Lambert. Ohne ihre Recherchen wäre ich in dem Stoff untergegangen.

Jürgen Israel. Für die Überprüfung der DDR-Wirklichkeit im Romangeschehen.

Angelica Leist Erni. Mit sicherem Gespür hat sie 1001 Anregungen gegeben.

Hans-Joachim Bender. Für die verlegerische Unterstützung und Disziplinierung.

Lia Franken. Sie hat das Manuskript lektoriert, wie ein Autor es sich nur wünschen kann.

Michael Schwelien. Er hat mich auf den ersten Schritten begleitet.

Zwei großartige historische Romane
von Peter Prange:

Die Principessa

Rom, 1623. Während die Menschen auf den Straßen den neuen Papst feiern, trifft in der Ewigen Stadt eine blutjunge Engländerin ein, hungrig auf Leben und Freiheit. Umworben von zwei genialen Architekten, erliegt sie dem Zauber der Kunst.

»Ich habe angefangen zu lesen,
und dann wollte ich das Buch nicht mehr aus der Hand legen.«
Brigitte

Die Philosophin

Paris, 1747. Von Gott und den Menschen verraten, gerät Sophie in die riesige Hauptstadt des Königreichs. Um zu überleben, arbeitet sie im Café »Procope«, Treffpunkt der Freidenker und Aufrührer. Hier verliebt sie sich in den Philosophen Diderot, der das gefährlichste Buch der Welt seit der Bibel plant: die Enzyklopädie.

»Der beste historische Roman des Herbstes«
Welt am Sonntag

»Absolut lesenswert«
Die Freundin

Droemer / Knaur